COLLECTION FOLIO

Honoré de Balzac

Le Lys dans la vallée

Préface de Paul Morand

Postface, dossier et notes
d'Anne-Marie Meininger

Gallimard

PRÉFACE

Le Lys dans la vallée, *c'est la* Princesse de Clèves *du romantisme, c'est l'attachement au devoir dans les ruines d'une courte existence ;* « *victimes du devoir* », *comme sur les certificats posthumes des pompiers morts dans les flammes, les flammes du sacrifice ; on peut mesurer l'abîme qui sépare 1678 de 1845 (il est vrai que M. de Mortsauf n'est pas le Prince de Clèves, pas plus que Félix de Vandenesse n'est M. de Nemours). Entretemps, il y a eu le sec XVIIIᵉ siècle ; et après 1789 Dieu a cessé de faire peur ; quand on a vécu l'enfer sur terre, l'autre enfer s'en trouve dévalorisé ; quand on écrit en collaboration avec La Rochefoucauld, on fait court ; quand on écrit sous la dictée de Balzac, on met la pédale ; si Mᵐᵉ de Mortsauf osait, elle enverrait une lettre par jour à son Félix ; rien n'eût plus étonné cette sentimenteuse que d'entendre Mᵐᵉ de La Fayette dire* « *qu'elle aimerait mieux mourir que d'avoir un amant qui la forcerait de lui écrire tous les jours* ».

Non qu'il faille ne pas aimer l'héroïne du Lys dans la vallée, mais elle est vraiment trop innocente, avec « *ses scrupules d'hermine effarouchée* », *vivant comme une sainte avec Dieu, tendant à chaque page sa main à baiser, osant à peine s'appuyer parfois sur le bras de son amoureux, tendant plus rarement encore son front, attendant près de la moitié du roman pour comprendre qu'elle est désirée ; pleurant comme la fontaine des Innocents ;*

*est-ce l'innocence, ou beaucoup de penchants contrariés ?
Balzac affirme qu'elle est de cette sorte qui appartient
corps et âme au mari (c'est oublier que le XVIIIe a
passé par là, que des années de Directoire ont dû laisser
leurs traces, que les hussards de l'Empire ont rempli
l'Europe de bâtards...) Infirmière des âmes, Mme de
Mortsauf n'a pas le temps de descendre en elle-même ;
lui faut-il si longtemps pour comprendre le sens de l'hommage naïf du jeune Vandenesse, ce premier élan sauvage et vorace ? Serait-elle si offensée si les baisers
avaient fondu sur ses épaules comme sur de la glace ?*

*Nous saurons un jour la vérité, mais il faudra l'attendre
pendant près de deux cents pages, au cours desquelles
le lecteur doit accepter qu'elle place ses deux enfants
comme un écran, entre elle et son désir, qu'elle fasse
montre de toutes les qualités d'une maîtresse de maison,
en remontant aux intendants, aux acheteurs de coupes
de bois, aux ingénieurs agronomes. Fleur séchée d'un
keepsake illustré par Angelica Kaufmann ; poitrinaire
toujours, évanouie souvent, vouée à la flétrissure à longueur d'année, Henriette ne mériterait pas d'avoir ému
tant de lecteurs, s'il n'y avait, entre elle et l'amour...
le génie du romancier ; sans lui, elle aimerait comme elle
a vécu, au-dessous de son rang.*

*Quand Balzac intervient, tout devient humain ; même
les méchants, comme M. de Mortsauf. Ce nom le
peint = mort, sauf ; mort, ... sauf qu'il vit et survivra
au drame, comme un malade imaginaire au trépas. Il est
le caractère que je préfère ; son inconsciente férocité, sa
hargne, son égoïsme, ses ridicules d'homme vivant les
yeux fixés sur le baromètre, changeant d'habit à beau fixe,
s'emmitouflant à temps couvert ; on croit assister à ses
accès de neurasthénie, à ses colères effroyables. Il est la
vie même ; il se nourrit de ses malheurs ; il reste le dément
qu'on n'enferme pas, le méchant avec remords, la brute
intelligente, traversant Clochegourde, son domaine,
« avec les cris aigus du fou ». Il réussit même à être
impuissant et à avoir deux enfants ; Balzac nous laisse*

*perplexes : M. de Mortsauf « consulta (le médecin) pour
lui-même (pour son propre cas) et reçut de "désespérantes"
réponses... que confirma la naissance de Madeleine » (?)
On ne saurait dire de lui ce que M**me de La Fayette dit
du Prince de Clèves : « Pour être son mari, il ne cessa
pas d'être son amant. » Émigré qui reste l'émigré du
bonheur ; il est revenu vivant de l'armée des ci-devant ;
vivant, mais guillotiné par la vie, plus que par la Révolution ; c'est Louis XVIII, de retour en France, qui,
d'un mot, lui tranche la tête : « Monsieur de Morsauf
vit-il toujours ? »*

*Félix de Vandenesse a la beauté du diable, mais
c'est le diable des* Mémoires du Diable *; cet « enfant solitaire », ce « roi détrôné », abandonné de la véritable
existence, représente cette revanche que Balzac chercha
inlassablement à travers tous ses* lions *: sujet de pendule
épris d'un autre fantôme familier, une Madame de
Berny à bandeaux, l'amante génitrice, la mère-maî-
tresse ; Félix est beau, charmeur, aimé de tous, bien né,
vainqueur au trictrac de M. de Mortsauf, introduit
avec faveur jusque dans le cabinet des Tuileries ; le
roi Louis XVIII, qui se l'attachera, le taquine en le
surnommant* Mademoiselle de Vandenesse [1].

*Comment Félix a-t-il pu séduire une séductrice,
se tenir en selle sur le cheval que lui a offert une
foudroyante Anglaise, Lady Dudley ?*

*La rencontre de Lady Dudley, en écuyère, cravachant
sa monture, aura-t-elle éveillé chez Henriette des goûts
contrariés ; ce cheval n'est-t-il pas un symbole d'affran-
chissement, qui va déchaîner chez Henriette un désir fou
de libération, bien au-delà de sa passion pour Félix ? A
travers sa haine, peut-être a-t-elle trouvé en l'Anglaise un
maître à vivre, un vrai maître ? Lady Dudley et ses cour-*

---

[1]. Ce mot de Louis XVIII éveillera-t-il l'intérêt des psychana-
lystes ? Se demanderont-ils si Félix est très viril ? Des années de
tendres soupirs, d'amours platoniques, en tête à tête, à Clochegourde, ne sont pas l'indice d'une passion vraiment masculine ;
la vertu ne lui coûte guère.

siers, c'est le contraire d'Henriette, c'est le déchaînement de la nature et de l'immoralité, c'est la liberté sexuelle.

Qui fut Lady Dudley ? *J'ai essayé, ailleurs, de retrouver ses traces* [1]. *Après l'avoir présentée, avec des considérations générales, souvent risibles, sur la nature des femmes d'outre-Manche, Balzac nous fait douter du personnage ; or Lady Dudley, Jane Digby, de son vrai nom, a bel et bien existé ; il l'a connue ; elle était Lady Ellenborough par son premier mariage ; née en 1807, dans le Norfolk, et non « dans ce Lancashire où les femmes meurent d'amour », (comme si on pouvait mourir d'amour dans cette triste région où crépitent les moulins à égrener le coton, où ronronnent les fabriques de cotonnades destinées à Manchester, si proche, qui fabrique boubous africain et pagnes pour les Indes !).*

L'extravagante Lady Dudley, venge ses sœurs « vertueuses par force et prêtes à se dépraver ». « Le Paris de 1830 est plein d'insulaires rentés qui ont choisi la liberté », ancêtres des hippies milliardaires ; après Paris, pour Jane, ce sera Munich, la Grèce du roi Othon et du Roi des montagnes, Palmyre, Damas. A chaque siècle son Katmandou !

Comme Jane Digby, Lady Dudley aime le poivre ; ces épices d'Orient, transportées dans la fade Touraine, vont embraser la vallée de l'Indre et mettre le feu à Clochegourde.

Ce Lys, qui se nomme Henriette, à son tour va se changer en lys rouge, en buisson ardent ; jalouse de l'Anglaise, qui vient la défier jusque dans son domaine, Mme de Mortsauf se transforme, au moral comme au physique ; le devoir, la vertu, une femme peut écouter leur voix tant qu'elle n'est pas provoquée, tant qu'on ne lui prend pas celui qu'elle aime...

Beaucoup sera pardonné à cette future Bovary, car elle cesse soudain de pleurnicher ; elle ne gémit plus, elle crie ; bien portante, sa voix était mourante ; moribonde,

---

1. *Monplaisir en littérature.* p 263 (Éd. Gallimard).

la voici qui hurle comme une bête égorgée ; quand la vie va la quitter, Henriette devient humaine ; elle sort de son keepsake et Balzac abandonne la convention littéraire ; il atteint sa vraie hauteur. Félix cesse d'être « son enfant ». Finis les serments de mains éloquents, la correspondance angélique par l'intermédiaire du langage des fleurs, les « je-dois-être-sévère-parce-que-je-suis-la-plus-faible », les risibles « Aimez-moi-comme-j'aimais-ma-tante » ; il a suffi que Lady Dudley traverse la lande au galop, sous son nez, pour que Mme de Mortsauf entre dans la vérité, dans l'éternité littéraire, perde la tête en même temps que la vie.

On attendait son repentir ; ce qu'on entend ce sont des clameurs démentielles, les rugissements de l'amour frustré ; plus d'accommodements avec le Ciel : Vive l'Enfer ! Qu'on lui donne Paris, ses bals, ses folies, qu'on lui rende son homme ! « Je veux vivre ! Je veux Félix ! »

« De quel moi parlez-vous ? » demandait-elle, jadis ; que la chaste héroïne renfermât plus d'un moi, c'est ce que Balzac, déchirant le rideau, d'un geste sublime, nous révèle.

Voici les bords de l'Indre qui va se courber, comme, au-dessus d'elle, s'arrondit la Loire ; elles s'infléchissent, parallèlement ; fleuve et rivière descendent vers la mer, la mer des passions... La vallée heureuse où fleurissait le Lys n'est plus que la vallée de Josaphat.

Paul Morand,
de l'Académie française

LE LYS
DANS LA VALLÉE [1]

A MONSIEUR J.-B. NACQUART

MEMBRE DE L'ACADÉMIE ROYALE DE MÉDECINE[1]

Cher docteur, voici l'une des pierres les plus travaillées dans la seconde assise d'un édifice littéraire lentement et laborieusement construit ; j'y veux inscrire votre nom, autant pour remercier le savant qui me sauva jadis, que pour célébrer l'ami de tous les jours.

DE BALZAC.

A MADAME LA COMTESSE
NATALIE DE MANERVILLE

« Je cède à ton désir. Le privilège de la femme que
» nous aimons plus qu'elle ne nous aime est de nous
» faire oublier à tout propos les règles du bon sens.
» Pour ne pas voir un pli se former sur vos fronts,
» pour dissiper la boudeuse expression de vos lèvres
» que le moindre refus attriste, nous franchissons
» miraculeusement les distances, nous donnons notre
» sang, nous dépensons l'avenir. Aujourd'hui tu veux
» mon passé, le voici. Seulement, sache-le bien,
» Natalie : en t'obéissant, j'ai dû fouler aux pieds des
» répugnances inviolées. Mais pourquoi suspecter les
» soudaines et longues rêveries qui me saisissent
» parfois en plein bonheur ? pourquoi ta jolie colère
» de femme aimée, à propos d'un silence ? Ne pouvais-
» tu jouer avec les contrastes de mon caractère sans
» en demander les causes ? As-tu dans le cœur des
» secrets qui, pour se faire absoudre, aient besoin des
» miens ? Enfin, tu l'as deviné, Natalie, et peut-être
» vaut-il mieux que tu saches tout : oui, ma vie est
» dominée par un fantôme, il se dessine vaguement au
» moindre mot qui le provoque, il s'agite souvent de
» lui-même au-dessus de moi. J'ai d'imposants
» souvenirs ensevelis au fond de mon âme comme ces
» productions marines qui s'aperçoivent par les temps
» calmes, et que les flots de la tempête jettent par
» fragments sur la grève. Quoique le travail que

2

» nécessitent les idées pour être exprimées ait contenu
» ces anciennes émotions qui me font tant de mal
» quand elles se réveillent trop soudainement, s'il
» y avait dans cette confession des éclats qui te
» blessassent, souviens-toi que tu m'as menacé si je
» ne t'obéissais pas, ne me punis donc point de t'avoir
» obéi ? Je voudrais que ma confidence redoublât ta
» tendresse. A ce soir.

» Félix. »

I

Les deux enfances

A quel talent nourri de larmes devrons-nous un jour la plus émouvante élégie, la peinture des tourments [1] subis en silence par les âmes dont les racines tendres encore ne rencontrent que de durs cailloux dans le sol domestique, dont les premières frondaisons sont déchirées par des mains haineuses, dont les fleurs sont atteintes par la gelée au moment où elles s'ouvrent ? Quel poète nous dira les douleurs de l'enfant dont les lèvres sucent un sein amer, et dont les sourires sont réprimés par le feu dévorant d'un œil sévère ? La fiction qui représenterait ces pauvres cœurs opprimés par les êtres placés autour d'eux pour favoriser les développements de leur sensibilité, serait la véritable histoire de ma jeunesse. Quelle vanité pouvais-je blesser, moi nouveau-né ? quelle disgrâce physique ou morale me valait la froideur de ma mère ? étais-je donc l'enfant du devoir, celui dont la naissance est fortuite, ou celui dont la vie est un reproche ? Mis en nourrice à la campagne, oublié par ma famille pendant trois ans [2], quand je revins à la maison paternelle, j'y comptai pour si peu de chose que j'y subissais la compassion des gens. Je ne connais ni le sentiment, ni l'heureux hasard à l'aide desquels j'ai pu me relever de cette première déchéance : chez moi l'enfant ignore, et l'homme ne sait rien. Loin d'adoucir mon sort, mon frère et mes deux sœurs

s'amusèrent à me faire souffrir. Le pacte en vertu
duquel les enfants cachent leurs peccadilles et qui leur
apprend déjà l'honneur, fut nul à mon égard ; bien
plus, je me vis souvent puni pour les fautes de mon
frère, sans pouvoir réclamer contre cette injustice ; la
courtisanerie, en germe chez les enfants, leur conseil-
lait-elle de contribuer aux persécutions qui m'affli-
geaient, pour se ménager les bonnes grâces d'une mère
également redoutée par eux ? était-ce un effet de leur
penchant à l'imitation ? était-ce besoin d'essayer
leurs forces, ou manque de pitié ? Peut-être ces causes
réunies me privèrent-elles des douceurs de la frater-
nité. Déjà déshérité de toute affection, je ne pouvais
rien aimer, et la nature m'avait fait aimant ! Un ange
recueille-t-il les soupirs de cette sensibilité sans cesse
rebutée ? Si dans quelques âmes les sentiments méconnus tournent en haine, dans la mienne ils se concen-
trèrent et s'y creusèrent un lit d'où, plus tard, ils
jaillirent sur ma vie. Suivant les caractères, l'habitude
de trembler relâche les fibres, engendre la crainte, et la
crainte oblige à toujours céder. De là vient une faiblesse qui abâtardit l'homme et lui communique je ne
sais quoi d'esclave. Mais ces continuelles tourmentes
m'habituèrent à déployer une force qui s'accrut par
son exercice et prédisposa mon âme aux résistances
morales. Attendant toujours une douleur nouvelle,
comme les martyrs attendaient un nouveau coup,
tout mon être dut exprimer une résignation morne
sous laquelle les grâces et les mouvements de l'enfance
furent étouffés, attitude qui passa pour un symptôme
d'idiotie et justifia les sinistres pronostics de ma mère.
La certitude de ces injustices excita prématurément
dans mon âme la fierté, ce fruit de la raison, qui sans
doute arrêta les mauvais penchants qu'une semblable
éducation encourageait. Quoique délaissé par ma mère,
j'étais parfois l'objet de ses scrupules, parfois elle
parlait de mon instruction et manifestait le désir de
s'en occuper ; il me passait alors des frissons horribles

en songeant aux déchirements que me causerait un
contact journalier avec elle. Je bénissais mon abandon,
et me trouvais heureux de pouvoir rester dans le
jardin à jouer avec des cailloux, à observer des insectes,
à regarder le bleu du firmament. Quoique l'isole-
ment dût me porter à la rêverie, mon goût pour les
contemplations vint d'une aventure qui vous peindra
mes premiers malheurs. Il était si peu question de moi
que souvent la gouvernante oubliait de me faire
coucher. Un soir, tranquillement blotti sous un figuier,
je regardais une étoile avec cette passion curieuse qui
saisit les enfants, et à laquelle ma précoce mélancolie
ajoutait une sorte d'intelligence sentimentale. Mes
sœurs s'amusaient et criaient, j'entendais leur lointain
tapage comme un accompagnement à mes idées. Le
bruit cessa, la nuit vint. Par hasard, ma mère s'aperçut de mon absence. Pour éviter un reproche, notre
gouvernante, une terrible mademoiselle Caroline [1]
légitima les fausses appréhensions de ma mère en
prétendant que j'avais la maison en horreur ; que si
elle n'eût pas attentivement veillé sur moi, je me
serais enfui déjà ; je n'étais pas imbécile, mais sour-
nois ; parmi tous les enfants commis à ses soins, elle
n'en avait jamais rencontré dont les dispositions
fussent aussi mauvaises que les miennes. Elle feignit
de me chercher et m'appela, je répondis ; elle vint au
figuier où elle savait que j'étais. — Que faisiez-vous
donc là ? me dit-elle. — Je regardais une étoile. —
Vous ne regardiez pas une étoile, dit ma mère qui nous
écoutait du haut de son balcon, connaît-on l'astro-
nomie à votre âge ? — Ah ! madame, s'écria mademoiselle Caroline, il a lâché le robinet du réservoir, le
jardin est inondé. Ce fut une rumeur générale. Mes
sœurs s'étaient amusées à tourner ce robinet pour
voir couler l'eau ; mais, surprises par l'écartement
d'une gerbe qui les avait arrosées de toutes parts,
elles avaient perdu la tête et s'étaient enfuies sans
avoir pu fermer le robinet. Atteint et convaincu

d'avoir imaginé cette espièglerie, accusé de mensonge quand j'affirmais mon innocence, je fus sévèrement puni. Mais châtiment horrible! je fus persiflé sur mon amour pour les étoiles, et ma mère me défendit de rester au jardin le soir. Les défenses tyranniques aiguisent encore plus une passion chez les enfants que chez les hommes ; les enfants ont sur eux l'avantage de ne penser qu'à la chose défendue, qui leur offre alors les attraits irrésistibles. J'eus donc souvent le fouet pour mon étoile. Ne pouvant me confier à personne, je lui disais mes chagrins dans ce délicieux ramage intérieur par lequel un enfant bégaie ses premières idées, comme naguère il a bégayé ses premières paroles. A l'âge de douze ans, au collège, je la contemplais encore en éprouvant d'indicibles délices, tant les impressions reçues au matin de la vie laissent de profondes traces au cœur.

De cinq ans plus âgé que moi, Charles fut aussi bel enfant qu'il est bel homme, il était le privilégié de mon père, l'amour de ma mère, l'espoir de ma famille, partant le roi de la maison. Bien fait et robuste, il avait un précepteur. Moi, chétif et malingre, à cinq ans je fus envoyé comme externe dans une pension de la ville [1], conduit le matin et ramené le soir par le valet de chambre de mon père. Je partais en emportant un panier peu fourni, tandis que mes camarades apportaient d'abondantes provisions. Ce contraste entre mon dénuement et leur richesse engendra mille souffrances. Les célèbres rillettes et rillons de Tours formaient l'élément principal du repas que nous faisions au milieu de la journée, entre le déjeuner du matin et le dîner de la maison dont l'heure coïncidait avec notre rentrée. Cette préparation, si prisée par quelques gourmands, paraît rarement à Tours sur les tables aristocratiques ; si j'en entendis parler avant d'être mis en pension, je n'avais jamais eu le bonheur de voir étendre pour moi cette brune confiture sur une tartine de pain ; mais elle n'aurait pas été de mode à la pension,

mon envie n'en eût pas été moins vive, car elle était
devenue comme une idée fixe, semblable au désir
qu'inspiraient à l'une des plus élégantes duchesses
de Paris les ragoûts cuisinés par les portières, et qu'en
sa qualité de femme, elle satisfit. Les enfants devinent la convoitise dans les regards aussi bien que vous
y lisez l'amour : je devins alors un excellent sujet de
moquerie. Mes camarades, qui presque tous appartenaient à la petite bourgeoisie, venaient me présenter
leurs excellentes rillettes en me demandant si je savais
comment elles se faisaient, où elles se vendaient, pourquoi je n'en avais pas. Ils se pourléchaient en vantant
les rillons, ces résidus de porc sautés dans sa graisse
et qui ressemblent à des truffes cuites ; ils douanaient
mon panier, n'y trouvaient que des fromages d'Olivet,
ou des fruits secs, et m'assassinaient d'un : — *Tu n'as
donc pas de quoi ?* qui m'apprit à mesurer la différence
mise entre mon frère et moi. Ce contraste entre mon
abandon et le bonheur des autres a souillé les roses de
mon enfance, et flétri ma verdoyante jeunesse. La
première fois que, dupe d'un sentiment généreux,
j'avançai la main pour accepter la friandise tant
souhaitée qui me fut offerte d'un air hypocrite, mon
mystificateur retira sa tartine aux rires des camarades
prévenus de ce dénouement. Si les esprits les plus
distingués sont accessibles à la vanité, comment ne pas
absoudre l'enfant qui pleure de se voir méprisé, gogue-
nardé ? A ce jeu, combien d'enfants seraient devenus
gourmands, quêteurs, lâches! Pour éviter les persécutions, je me battis. Le courage du désespoir me rendit
redoutable, mais je fus un objet de haine, et restai
sans ressources contre les traîtrises. Un soir en sortant,
je reçus dans le dos un coup de mouchoir roulé, plein
de cailloux. Quand le valet de chambre, qui me vengea
rudement, apprit cet événement à ma mère, elle
s'écria : — Ce maudit enfant ne nous donnera que des
chagrins! J'entrai dans une horrible défiance de
moi-même, en trouvant là les répulsions que j'inspi-

rais en famille. Là, comme à la maison, je me repliai
sur moi-même. Une seconde tombée de neige retarda
la floraison des germes semés en mon âme. Ceux que je
voyais aimés étaient de francs polissons, ma fierté
s'appuya sur cette observation, je demeurai seul.
Ainsi se continua l'impossibilité d'épancher les sentiments dont mon pauvre cœur était gros. En me
voyant toujours assombri, haï, solitaire, le maître
confirma les soupçons erronés que ma famille avait de
m a mauvaise nature. Dès que je sus écrire et lire, ma
mère me fit exporter à Pont-le-Voy, collège dirigé par
des Oratoriens [1] qui recevaient les enfants de mon âge
dans une classe nommée la classe des *Pas latins*, où
restaient aussi les écoliers de qui l'intelligence tardive
se refusait au rudiment. Je demeurai là huit ans,
sans voir personne, et menant une vie de paria. Voici
comment et pourquoi. Je n'avais que trois francs par
mois pour mes menus plaisirs, somme qui suffisait à
peine aux plumes, canifs, règles, encre et papier dont
il fallait nous pourvoir. Ainsi, ne pouvant acheter ni
les échasses, ni les cordes, ni aucune des choses nécessaires aux amusements du collège, j'étais banni des
jeux ; pour y être admis, j'aurais dû flagorner les
riches ou flatter les forts de ma division. La moindre
de ces lâchetés, que se permettent si facilement les
enfants, me faisait bondir le cœur. Je séjournais sous
un arbre, perdu dans de plaintives rêveries, je lisais
là les livres que nous distribuait mensuellement le
bibliothécaire. Combien de douleurs étaient cachées
au fond de cette solitude monstrueuse, quelles angoisses
engendrait mon abandon ? Imaginez ee que mon âme
tendre dut ressentir à la première distribution de
prix où j'obtins les deux plus estimés, le prix de thème
et celui de version. En venant les recevoir sur le
théâtre au milieu des acclamations et des fanfares, je
n'eus ni mon père ni ma mère pour me fêter, alors
que le parterre était rempli par les parents de tous
mes camara des. Au lieu de baiser le distributeur,

suivant l'usage, je me précipitai dans son sein et j'y
fondis en larmes. Le soir, je brûlai mes couronnes dans
le poêle. Les parents demeuraient en ville pendant la
semaine employée par les exercices qui précédaient la
distribution des prix, ainsi mes camarades décam-
paient tous joyeusement le matin ; tandis que moi,
de qui les parents étaient à quelques lieues de là, je
restais dans les cours avec les Outre-mer, nom donné
aux écoliers dont les familles se trouvaient aux îles
ou à l'étranger. Le soir, durant la prière, les barbares
nous vantaient les bons dîners faits avec leurs parents.
Vous verrez toujours mon malheur s'agrandissant en
raison de la circonférence des sphères sociales où
j'entrerai. Combien d'efforts n'ai-je pas tentés pour
infirmer l'arrêt qui me condamnait à ne vivre qu'en
moi! Combien d'espérances longtemps conçues avec
mille élancements d'âme et détruites en un jour! Pour
décider mes parents à venir au collège, je leur écrivais
des épîtres pleines de sentiments, peut-être emphati-
quement exprimés, mais ces lettres auraient-elles dû
m'attirer les reproches de ma mère qui me réprimen-
dait avec ironie sur mon style ? Sans me décourager,
je promettais de remplir les conditions que ma mère et
mon père mettaient à leur arrivée, j'implorais l'assis-
tance de mes sœurs à qui j'écrivais aux jours de leur
fête et de leur naissance, avec l'exactitude des pauvres
enfants délaissés, mais avec une vaine persistance.
Aux approches de la distribution des prix, je redoublais mes prières, je parlais de triomphes pressentis.
Trompé par le silence de mes parents, je les attendais
en m'exaltant le cœur, je les annonçais à mes camarades ; et quand, à l'arrivée des familles, le pas du
vieux portier qui appelait les écoliers retentissait dans
les cours, j'éprouvais alors des palpitations maladives.
Jamais ce vieillard ne prononça mon nom. Le jour où
je m'accusai d'avoir maudit l'existence, mon confesseur
me montra le ciel où fleurissait la palme promise par
le *Beati qui lugent !* du Sauveur. Lors de ma première

communion, je me jetai donc dans les mystérieuses
profondeurs de la prière, séduit par les idées religieuses
dont les féeries morales enchantent les jeunes esprits.
Animé d'une ardente foi, je priais Dieu de renouveler
en ma faveur les miracles fascinateurs que je lisais
dans le Martyrologe. A cinq ans je m'envolais dans
une étoile, à douze ans j'allais frapper aux portes du
Sanctuaire. Mon extase fit éclore en moi des songes
inénarrables qui meublèrent mon imagination, enri-
chirent ma tendresse et fortifièrent mes facultés
pensantes. J'ai souvent attribué ces sublimes visions à
des anges chargés de façonner mon âme à de divines
destinées, elles ont doué mes yeux de la faculté de voir
l'esprit intime des choses ; elles ont préparé mon cœur
aux magies qui font le poète malheureux, quand il a le
fatal pouvoir de comparer ce qu'il sent à ce qui est, les
grandes choses voulues au peu qu'il obtient ; elles ont
écrit dans ma tête un livre où j'ai pu lire ce que je
devais exprimer, elles ont mis sur mes lèvres le charbon
de l'improvisateur [1].

Mon père conçut quelques doutes sur la portée de
l'enseignement oratorien, et vint m'enlever de Pont-
le-Voy pour me mettre à Paris dans une Institution
située au Marais. J'avais quinze ans. Examen fait de
ma capacité, le rhétoricien de Pont-le-Voy fut jugé
digne d'être en troisième. Les douleurs que j'avais
éprouvées en famille, à l'école, au collège, je les retrouvai sous une nouvelle forme pendant mon séjour à la
pension Lepître. Mon père ne m'avait point donné
d'argent. Quand mes parents savaient que je pouvais
être nourri, vêtu, gorgé de latin, bourré de grec, tout
était résolu. Durant le cours de ma vie collégiale, j'ai
connu mille camarades environ, et n'ai rencontré
chez aucun l'exemple d'une pareille indifférence.
Attaché fanatiquement aux Bourbons, monsieur
Lepître avait eu des relations avec mon père à l'époque
où des royalistes dévoués essayèrent d'enlever au
Temple la reine Marie-Antoinette [2] ; ils avaient renou-

velé connaissance ; monsieur Lepître se crut donc
obligé de réparer l'oubli de mon père, mais la somme
qu'il me donna mensuellement fut médiocre, car il
ignorait les intentions de ma famille. La pension était
installée à l'ancien hôtel Joyeuse, où, comme dans
toutes les anciennes demeures seigneuriales, il se
trouvait une loge de suisse. Pendant la récréation qui
précédait l'heure où le *gâcheux* [1] nous conduisait au
lycée Charlemagne, les camarades opulents allaient
déjeuner chez notre portier, nommé Doisy. Monsieur
Lepître ignorait ou souffrait le commerce de Doisy,
véritable contrebandier que les élèves avaient intérêt
à choyer : il était le secret chaperon de nos écarts, le
confident des rentrées tardives, notre intermédiaire
entre les loueurs de livres défendus. Déjeuner avec
une tasse de café au lait était un goût aristocratique,
expliqué par le prix excessif auquel montèrent les
denrées coloniales sous Napoléon. Si l'usage du sucre
et du café constituait un luxe chez les parents, il
annonçait parmi nous une supériorité vaniteuse qui
aurait engendré notre passion, si la pente à l'imitation,
si la gourmandise, si la contagion de la mode n'eussent
pas suffi. Doisy nous faisait crédit, il nous supposait à
tous des sœurs ou des tantes qui approuvent le point
d'honneur des écoliers et payent leurs dettes. Je
résistai longtemps aux blandices de la buvette. Si mes
juges eussent connu la force des séductions, les héroï-
ques aspirations de mon âme vers le stoïcisme, les
rages contenues pendant ma longue résistance, ils
eussent essuyé mes pleurs au lieu de les faire couler.
Mais, enfant, pouvais-je avoir cette grandeur d'âme
qui fait mépriser le mépris d'autrui ? Puis je sentis
peut-être les atteintes de plusieurs vices sociaux dont
la puissance fut augmentée par ma convoitise. Vers
la fin de la deuxième année, mon père et ma mère
vinrent à Paris. Le jour de leur arrivée me fut annoncé
par mon frère : il habitait Paris et ne m'avait pas fait
une seule visite. Mes sœurs étaient du voyage, et nous

devions voir Paris ensemble. Le premier jour nous
irions dîner au Palais-Royal afin d'être tout portés au
Théâtre-Français. Malgré l'ivresse que me causa ce
programme de fêtes inespérées, ma joie fut détendue
par le vent d'orage qui impressionne si rapidement les
habitués du malheur. J'avais à déclarer cent francs de
dettes contractées chez le sieur Doisy, qui me menaçait
de demander lui-même son argent à mes parents.
J'inventai de prendre mon frère pour drogman de
Doisy, pour interprète de mon repentir, pour médiateur de mon pardon. Mon père pencha vers l'indulgence.
Mais ma mère fut impitoyable, son œil bleu foncé me
pétrifia, elle fulmina de terribles prophéties. « Que
serais-je plus tard, si dès l'âge de dix-sept ans je
faisais de semblables équipées! Étais-je bien son fils ?
Allais-je ruiner ma famille ? Étais-je donc seul au
logis ? La carrière embrassée par mon frère Charles
n'exigeait-elle pas une dotation indépendante, déjà
méritée par une conduite qui glorifiait sa famille,
tandis que j'en serais la honte ? Mes deux sœurs se
marieraient-elles sans dot ? Ignorais-je donc le prix de
l'argent et ce que je coûtais ? A quoi servaient le
sucre et le café dans une éducation ? Se conduire ainsi,
n'était-ce pas apprendre tous les vices ? » Marat était
un ange en comparaison de moi. Après avoir subi le
choc de ce torrent qui charria mille terreurs en mon
âme, mon frère me reconduisit à ma pension, je perdis
le dîner aux Frères Provençaux et fus privé de voir
Talma dans *Britannicus*. Telle fut mon entrevue avec
ma mère après une séparation de douze ans.

Quand j'eus fini mes humanités, mon père me laissa
sous la tutelle de monsieur Lepître : je devais apprendre les mathématiques transcendantes, faire une
première année de Droit et commencer de hautes
études [1]. Pensionnaire en chambre et libéré des classes,
je crus à une trêve entre la misère et moi. Mais malgré
mes dix-neuf ans, ou peut-être à cause de mes dix-neuf
ans, mon père continua le système qui m'avait envoyé

jadis à l'école sans provisions de bouche, au collège
sans menus plaisirs, et donné Doisy pour créancier.
J'eus peu d'argent à ma disposition. Que tenter à
Paris sans argent ? D'ailleurs, ma liberté fut savamment enchaînée. Monsieur Lepître me faisait accompagner à l'École de Droit par un gâcheux qui me
remettait aux mains du professeur, et venait me
reprendre. Une jeune fille aurait été gardée avec moins
de précautions que les craintes de ma mère n'en inspi-
rèrent pour conserver ma personne. Paris effrayait à
bon droit mes parents. Les écoliers sont secrètement
occupés de ce qui préoccupe aussi les demoiselles
dans leurs pensionnats ; quoi qu'on fasse, celles-ci
parleront toujours de l'amant, et ceux-là de la femme.
Mais à Paris, et dans ce temps, les conversations
entre camarades étaient dominées par le monde
oriental et sultanesque du Palais-Royal. Le Palais-
Royal était un Eldorado d'amour où le soir les lingots
couraient tout monnayés. Là cessaient les doutes les
plus vierges, là pouvaient s'apaiser nos curiosités
allumées ! Le Palais-Royal et moi, nous fûmes deux
asymptotes, dirigées l'une vers l'autre sans pouvoir
se rencontrer. Voici comment le sort déjoua mes ten-
tatives. Mon père m'avait présenté chez une de mes
tantes qui demeurait dans l'île Saint-Louis, où je dus
aller dîner les jeudis et les dimanches, conduit par
madame ou par monsieur Lepître, qui, ces jours-là,
sortaient et me reprenaient le soir en revenant chez
eux. Singulières récréations ! La marquise de Listomère était une grande dame cérémonieuse qui n'eut
jamais la pensée de m'offrir un écu. Vieille comme une
cathédrale, peinte comme une miniature, somptueuse
dans sa mise, elle vivait dans son hôtel comme si
Louis XV ne fût pas mort, et ne voyait que des vieilles
femmes et des gentilshommes, société de corps fossiles
où je croyais être dans un cimetière. Personne ne
m'adressait la parole, et je ne me sentais pas la force
de parler le premier. Les regards hostiles ou froids me

rendaient honteux de ma jeunesse qui semblait
importune à tous. Je basai le succès de mon escapade
sur cette indifférence, en me proposant de m'esquiver
un jour, aussitôt le dîner fini, pour voler aux Galeries
de bois [1]. Une fois engagée dans un whist, ma tante ne
faisait plus attention à moi. Jean, son valet de chambre, se souciait peu de monsieur Lepître ; mais ce
malheureux dîner se prolongeait malheureusement en
raison de la vétusté des mâchoires ou de l'imperfection
des râteliers. Enfin un soir, entre huit et neuf heures,
j'avais gagné l'escalier, palpitant comme Bianca
Capello le jour de sa fuite ; mais quand le suisse m'eut
tiré le cordon, je vis le fiacre de monsieur Lepître dans
la rue, et le bonhomme qui me demandait de sa voix
poussive. Trois fois le hasard s'interposa fatalement
entre l'enfer du Palais-Royal et le paradis de ma
jeunesse. Le jour où, me trouvant honteux à vingt
ans de mon ignorance, je résolus d'affronter tous les
périls pour en finir ; au moment où faussant compagnie
à monsieur Lepître pendant qu'il montait en voiture,
opération difficile, il était gros comme Louis XVIII et
pied-bot ; eh bien ! ma mère arrivait en chaise de
poste ! Je fus arrêté par son regard et demeurai comme
l'oiseau devant le serpent. Par quel hasard la ren-
contrai-je ? Rien de plus naturel. Napoléon tentait
ses derniers coups. Mon père, qui pressentait le retour des
Bourbons, venait éclairer mon frère employé déjà
dans la diplomatie impériale. Il avait quitté Tours avec
ma mère. Ma mère s'était chargée de m'y reconduire
pour me soustraire aux dangers dont la capitale
semblait menacée à ceux qui suivaient intelligemment
la marche des ennemis. En quelques minutes je fus
enlevé de Paris, au moment où son séjour allait m'être
fatal. Les tourments d'une imagination sans cesse
agitée de désirs réprimés, les ennuis d'une vie attris-
tée par de constantes privations, m'avaient contraint
à me jeter dans l'étude, comme les hommes lassés de
leur sort se confinaient autrefois dans un cloître. Chez

moi, l'étude était devenue une passion qui pouvait
m'être fatale en m'emprisonnant à l'époque où les jeunes
gens doivent se livrer aux activités enchanteresses de
leur nature printanière.

Ce léger croquis d'une jeunesse, où vous devinez
d'innombrables élégies, était nécessaire pour expliquer
l'influence qu'elle exerça sur mon avenir. Affecté par
tant d'éléments morbides, à vingt ans passés, j'étais
encore petit, maigre et pâle. Mon âme pleine de vouloirs se débattait avec un corps débile en apparence ;
mais qui, selon le mot d'un vieux médecin de Tours,
subissait la dernière fusion d'un tempérament de fer.
Enfant par le corps et vieux par la pensée, j'avais tant
lu, tant médité, que je connaissais métaphysiquement
la vie dans ses hauteurs au moment où j'allais apercevoir les difficultés tortueuses de ses défilés et les
chemins sablonneux de ses plaines. Des hasards
inouïs m'avaient laissé dans cette délicieuse période où
surgissent les premiers troubles de l'âme, où elle
s'éveille aux voluptés, où pour elle tout est sapide et
frais. J'étais entre ma puberté prolongée par mes
travaux et ma virilité qui poussait tardivement ses
rameaux verts. Nul jeune homme ne fut, mieux que
je ne l'étais, préparé à sentir, à aimer. Pour bien comprendre mon récit, reportez-vous donc à ce bel âge
où la bouche est vierge de mensonges, où le regard
est franc, quoique voilé par des paupières qu'alour-
dissent les timidités en contradiction avec le désir, où
l'esprit ne se plie point au jésuitisme du monde, où la
couardise du cœur égale en violence les générosités du
premier mouvement.

Je ne vous parlerai point du voyage que je fis de
Paris à Tours avec ma mère. La froideur de ses façons
réprima l'essor de mes tendresses. En partant de
chaque nouveau relais, je me promettais de parler ;
mais un regard, un mot effarouchaient les phrases
prudemment méditées pour mon exorde. A Orléans, au
moment de se coucher, ma mère me reprocha mon

silence. Je me jetai à ses pieds, j'embrassai ses genoux en pleurant à chaudes larmes, je lui ouvris mon cœur, gros d'affection ; j'essayai de la toucher par l'éloquence d'une plaidoirie affamée d'amour, et dont les accents eussent remué les entrailles d'une marâtre. Ma mère me répondit que je jouais la comédie. Je me plaignis de son abandon, elle m'appela fils dénaturé. J'eus un tel serrement de cœur, qu'à Blois je courus sur le pont pour me jeter dans la Loire [1]. Mon suicide fut empêché par la hauteur du parapet.

A mon arrivée, mes deux sœurs, qui ne me connaissaient point, marquèrent plus d'étonnement que de tendresse ; cependant plus tard, par comparaison, elles me parurent pleines d'amitié pour moi. Je fus logé dans une chambre, au troisième étage. Vous aurez compris l'étendue de mes misères quand je vous aurai dit que ma mère me laissa, moi, jeune homme de vingt ans, sans autre linge que celui de mon misérable trousseau de pension, sans autre garde-robe que mes vêtements de Paris. Si je volais d'un bout du salon à l'autre pour lui ramasser son mouchoir, elle ne me disait que le froid merci qu'une femme accorde à son valet. Obligé de l'observer pour reconnaître s'il y avait en son cœur des endroits friables où je pusse attacher quelques rameaux d'affection, je vis en elle une grande femme sèche et mince, joueuse, égoïste, impertinente comme toutes les Listomère chez qui l'impertinence se compte dans la dot. Elle ne voyait dans la vie que des devoirs à remplir ; toutes les femmes froides que j'ai rencontrées se faisaient comme elle une religion du devoir, elle recevait nos adorations comme un prêtre reçoit l'encens à la messe ; mon frère aîné semblait avoir absorbé le peu de maternité qu'elle avait au cœur. Elle nous piquait sans cesse par les traits d'une ironie mordante, l'arme des gens sans cœur, et de laquelle elle se servait contre nous qui ne pouvions lui rien répondre. Malgré ces barrières épineuses, les sentiments instinctifs tiennent par tant de racines, la religieuse terreur inspirée par une mère de laquelle il coûte trop de désespérer conserve tant de liens, que la sublime erreur de notre amour se continua jusqu'au jour où, plus avancés dans la vie, elle fut souverainement jugée. En ce jour commencent les représailles des enfants dont l'indifférence engendrée par les déceptions du passé, grossie des épaves limoneuses qu'ils en ramènent, s'étend jusque sur la tombe. Ce terrible despotisme chassa les idées voluptueuses que j'avais follement médité de satisfaire à Tours. Je me jetai désespérément dans la bibliothèque de mon père, où je me mis à lire tous les livres que je ne connaissais point. Mes longues séances de travail m'épargnèrent tout contact avec ma mère, mais elles aggravèrent ma situation morale. Parfois, ma sœur aînée, celle qui à épousé notre cousin le marquis de Listomère, cherchait à me consoler sans pouvoir calmer l'irritation à laquelle j'étais en proie. Je voulais mourir.

De grands événements, auxquels j'étais étranger, se préparaient alors. Parti de Bordeaux pour rejoindre Louis XVIII à Paris, le duc d'Angoulême recevait, à son passage dans chaque ville, des ovations préparées par l'enthousiasme qui saisissait la vieille France au retour des Bourbons. La Touraine en émoi pour ses princes légitimes, la ville en rumeur, les fenêtres pavoisées, les habitants endimanchés, les apprêts d'une fête, et ce je ne sais quoi répandu dans l'air et qui grise, me donnèrent l'envie d'assister au bal offert au prince [1]. Quand je me mis de l'audace au front pour exprimer ce désir à ma mère, alors trop malade pour assister à la fête, elle se courrouça grandement. Arrivais-je du Congo pour ne rien savoir ? Comment pouvais-je imaginer que notre famille ne serait pas représentée à ce bal ? En l'absence de mon père et de mon frère, n'était-ce pas à moi d'y aller ? N'avais-je pas une mère ? ne pensait-elle pas au bonheur de ses enfants ? En un moment le fils quasi désavoué devenait un personnage. Je fus autant

abasourdi de mon importance que du déluge de raisons
ironiquement déduites par lesquelles ma mère accueil-
lit ma supplique. Je questionnai mes sœurs, j'appris
que ma mère, à laquelle plaisaient ces coups de théâtre, s'était forcément occupée de ma toilette. Surpris
par les exigences de ses pratiques, aucun tailleur
de Tours n'avait pu se charger de mon équipement.
Ma mère avait mandé son ouvrière à la journée, qui,
suivant l'usage des provinces, savait faire toute espèce
de couture. Un habit bleu-barbeau me fut secrètement
confectionné tant bien que mal. Des bas de soie et des
escarpins neufs furent facilement trouvés ; les gilets
d'homme se portaient courts, je pus mettre un des
gilets de mon père ; pour la première fois j'eus une
chemise à jabot dont les tuyaux gonflèrent ma poitrine et s'entortillèrent dans le nœud de ma cravate.
Quand je fus habillé, je me ressemblais si peu, que
mes sœurs me donnèrent par leurs compliments le
courage de paraître devant la Touraine assemblée.
Entreprise ardue! Cette fête comportait trop d'appelés
pour qu'il y eût beaucoup d'élus. Grâce à l'exiguïté de
ma taille, je me faufilai sous une tente construite dans
les jardins de la maison Papion, et j'arrivai près du
fauteuil où trônait le prince. En un moment je fus
suffoqué par la chaleur, ébloui par les lumières, par
les tentures rouges, par les ornements dorés, par les
toilettes et les diamants de la première fête publique
à laquelle j'assistais. J'étais poussé par une foule
d'hommes et de femmes qui se ruaient les uns sur les
autres et se heurtaient dans un nuage de poussière.
Les cuivres ardents et les éclats bourboniens de la
musique militaire étaient étouffés sous les hourras de :
— Vive le duc d'Angoulême! vive le roi! vivent les
Bourbons! Cette fête était une débâcle d'enthousiasme où chacun s'efforçait de se surpasser dans le
féroce empressement de courir au soleil levant des
Bourbons, véritable égoïsme de parti qui me laissa
froid, me rapetissa, me replia sur moi-même.

Emporté comme un fétu dans ce tourbillon, j'eus
un enfantin désir d'être duc d'Angoulême, de me mêler
ainsi à ces princes qui paradaient devant un public
ébahi. La niaise envie du Tourangeau fit éclore une
ambition que mon caractère et les circonstances enno-
blirent. Qui n'a pas jalousé cette adoration dont une
répétition grandiose me fut offerte quelques mois
après, quand Paris tout entier se précipita vers l'Empereur à son retour de l'île d'Elbe [1] ? Cet empire exercé
sur les masses dont les sentiments et la vie se déchar-
gent dans une seule âme, me voua soudain à la gloire,
cette prêtresse qui égorge les Français aujourd'hui,
comme autrefois la druidesse sacrifiait les Gaulois.
Puis tout à coup je rencontrai la femme qui devait
aiguillonner sans cesse mes ambitieux désirs, et les
combler en me jetant au cœur de la Royauté. Trop
timide pour inviter une danseuse, et craignant d'ailleurs de brouiller les figures, je devins naturellement
très grimaud et ne sachant que faire de ma personne.
Au moment où je souffrais du malaise causé par le
piétinement auquel nous oblige une foule, un officier
marcha sur mes pieds gonflés autant par la compres-
sion du cuir que par la chaleur. Ce dernier ennui me
dégoûta de la fête. Il était impossible de sortir, je me
réfugiai dans un coin au bout d'une banquette abandonnée, où je restai les yeux fixes, immobile et boudeur. Trompée par ma chétive apparence, une femme
me prit pour un enfant prêt à s'endormir en attendant
le bon plaisir de sa mère, et se posa près de moi par
un mouvement d'oiseau qui s'abat sur son nid. Aussitôt je sentis un parfum de femme qui brilla dans
mon âme comme y brilla depuis la poésie orientale.
Je regardai ma voisine, et fus plus ébloui par elle que
je ne l'avais été par la fête ; elle devint toute ma fête.
Si vous avez bien compris ma vie antérieure, vous devi-
nerez les sentiments qui sourdirent en mon cœur. Mes
yeux furent tout à coup frappés par de blanches épaules rebondies sur lesquelles j'aurais voulu pouvoir me

rouler, des épaules légèrement rosées qui semblaient
rougir comme si elles se trouvaient nues pour la première fois, de pudiques épaules qui avaient une âme,
et dont la peau satinée éclatait à la lumière comme un
tissu de soie. Ces épaules étaient partagées par une
raie, le long de laquelle coula mon regard, plus hardi
que ma main. Je me haussai tout palpitant pour voir
le corsage et fus complètement fasciné par une gorge
chastement couverte d'une gaze, mais dont les globes
azurés et d'une rondeur parfaite étaient douillette-
ment couchés dans des flots de dentelle. Les plus légers
détails de cette tête furent des amorces qui réveillèrent
en moi des jouissances infinies : le brillant des cheveux
lissés au-dessus d'un cou velouté comme celui d'une
petite fille, les lignes blanches que le peigne y avait
dessinées et où mon imagination courut comme en de
frais sentiers, tout me fit perdre l'esprit. Après m'être
assuré que personne ne me voyait, je me plongeai
dans ce dos comme un enfant qui se jette dans le sein
de sa mère, et je baisai toutes ces épaules en y roulant ma tête. Cette femme poussa un cri perçant, que
la musique empêcha d'entendre ; elle se retourna, me
vit et me dit : « — Monsieur ? » Ah ! si elle avait dit :
« — Mon petit bonhomme qu'est-ce qui vous prend
donc ? » je l'aurais tuée peut-être ; mais à ce *monsieur!* des larmes chaudes jaillirent de mes yeux. Je
fus pétrifié par un regard animé d'une sainte colère,
par une tête sublime couronnée d'un diadème de
cheveux cendrés, en harmonie avec ce dos d'amour. La
pourpre de la pudeur offensée étincela sur son visage,
que désarmait déjà le pardon de la femme qui comprend une frénésie quand elle en est le principe, et
devine des adorations infinies dans les larmes du repentir. Elle s'en alla par un mouvement de reine. Je sentis
alors le ridicule de ma position ; alors seulement je
compris que j'étais fagoté comme le singe d'un Savo-
yard. J'eus honte de moi. Je restai tout hébété, savourant la pomme que je venais de voler, gardant sur

mes lèvres la chaleur de ce sang que j'avais aspiré, ne me repentant de rien, et suivant du regard cette femme descendue des cieux. Saisi par le premier aspect charnel de la grande fièvre du cœur, j'errai dans le bal devenu désert, sans pouvoir y retrouver mon inconnue. Je revins me coucher métamorphosé.

Une âme nouvelle, une âme aux ailes diaprées avait brisé sa larve. Tombée des steppes bleus [1] où je l'admirais, ma chère étoile s'était donc faite femme en conservant sa clarté, ses scintillements et sa fraîcheur. J'aimai soudain sans rien savoir de l'amour. N'est-ce pas une étrange chose que cette première irruption du sentiment le plus vif de l'homme ? J'avais rencontré dans le salon de ma tante quelques jolies femmes, aucune ne m'avait causé la moindre impression. Existe-t-il donc une heure, une conjonction d'astres, une réunion de circonstances expresses, une certaine femme entre toutes, pour déterminer une passion exclusive, au temps où la passion embrasse le sexe entier ? En pensant que mon élue vivait en Touraine, j'aspirais l'air avec délices, je trouvai au bleu du temps une couleur que je ne lui ai plus vue nulle part. Si j'étais ravi mentalement, je parus sérieusement malade, et ma mère eut des craintes mêlées de remords. Semblable aux animaux qui sentent venir le mal, j'allai m'accroupir dans un coin du jardin pour y rêver au baiser que j'avais volé. Quelques jours après ce bal mémorable, ma mère attribua l'abandon de mes travaux, mon indifférence à ses regards oppresseurs, mon insouciance de ses ironies et ma sombre attitude, aux crises naturelles que doivent subir les jeunes gens de mon âge. La campagne, cet éternel remède des affections auxquelles la médecine ne connaît rien, fut regardée comme le meilleur moyen de me sortir de mon apathie. Ma mère décida que j'irais passer quelques jours à Frapesle [2], château situé sur l'Indre entre Montbazon et Azay-le-Rideau, chez l'un de ses amis, à qui sans doute elle donna des instructions secrètes. Le jour où j'eus

ainsi la clef des champs, j'avais si drument nagé dans
l'océan de l'amour que je l'avais traversé. J'ignorais le
nom de mon inconnue, comment la désigner, où la
trouver ? d'ailleurs, à qui pouvais-je parler d'elle ? Mon
caractère timide augmentait encore les craintes inexpliquées qui s'emparent des jeunes cœurs au début de
l'amour, et me faisait commencer par la mélancolie qui
termine les passions sans espoir. Je ne demandais pas
mieux que d'aller, venir, courir à travers champs. Avec
ce courage d'enfant qui ne doute de rien et comporte
je ne sais quoi de chevaleresque, je me proposais de
fouiller tous les châteaux de la Touraine, en y voya-
geant à pied, en me disant à chaque jolie tourelle :
— C'est là !

Donc, un jeudi matin je sortis de Tours par la barrière Saint-Éloy [1], je traversai les ponts Saint-Sauveur,
j'arrivai dans Poncher en levant le nez à chaque maison, et gagnai la route de Chinon. Pour la première
fois de ma vie, je pouvais m'arrêter sous un arbre,
marcher lentement ou vite à mon gré sans être ques-
tionné par personne. Pour un pauvre être écrasé par les
différents despotismes qui, peu ou prou, pèsent sur
toutes les jeunesses, le premier usage du libre arbitre,
exercé même sur des riens, apportait à l'âme je ne sais
quel épanouissement. Beaucoup de raisons se réunirent
pour faire de ce jour une fête pleine d'enchante-
ments. Dans mon enfance, mes promenades ne m'a-
vaient pas conduit à plus d'une lieue hors la ville. Mes
courses aux environs de Pont-le-Voy, ni celles que je
fis dans Paris, ne m'avaient gâté sur les beautés de la
nature champêtre. Néanmoins il me restait, des premiers souvenirs de ma vie, le sentiment du beau qui
respire dans le paysage de Tours avec lequel je m'étais
familiarisé. Quoique complètement neuf à la poésie des
sites, j'étais donc exigeant à mon insu, comme ceux qui
sans avoir la pratique d'un art en imaginent tout d'a-
bord l'idéal. Pour aller au château de Frapesle, les
ʒens à pied ou à cheval abrègent la route en passant

par les landes dites de Charlemagne, terres en friche,
situées au sommet du plateau qui sépare le bassin du
Cher et celui de l'Indre, et où mène un chemin de
traverse que l'on prend à Champy. Ces landes plates et
sablonneuses, qui vous attristent durant une lieue environ, joignent par un bouquet de bois le chemin de
Saché, nom de la commune d'où dépend Frapesle. Ce
chemin, qui débouche sur la route de Chinon, bien au-
delà de Ballan, longe une plaine ondulée sans acci-
dents remarquables, jusqu'au petit pays d'Artanne. Là
se découvre une vallée qui commence à Montbazon,
finit à la Loire, et semble bondir sous les châteaux
posés sur ces doubles collines ; une magnifique coupe
d'émeraude au fond de laquelle l'Indre se roule par
des mouvements de serpent. A cet aspect, je fus saisi
d'un étonnement voluptueux que l'ennui des landes ou
la fatigue du chemin avait préparé. — Si cette femme,
la fleur de son sexe, habite un lieu dans le monde, ce
lieu, le voici ? A cette pensée je m'appuyai contre un
noyer sous lequel, depuis ce jour, je me repose toutes
les fois que je reviens dans ma chère vallée. Sous
cet arbre confident de mes pensées, je m'interroge sur
les changements que j'ai subis pendant le temps qui
s'est écoulé depuis le dernier jour où j'en suis parti.
Elle demeurait là, mon cœur ne me trompait point : le
premier castel que je vis au penchant d'une lande était
son habitation. Quand je m'assis sous mon noyer, le
soleil de midi faisait pétiller les ardoises de son toit
et les vitres de ses fenêtres. Sa robe de percale produisait le point blanc que je remarquai dans ses vignes
sous un hallebergier [1]. Elle était, comme vous le savez
déjà, sans rien savoir encore, LE LYS DE CETTE VALLÉE
où elle croissait pour le ciel, en la remplissant du parfum de ses vertus. L'amour infini, sans autre aliment
qu'un objet à peine entrevu dont mon âme était
remplie, je le trouvais exprimé par ce long ruban
d'eau qui ruisselle au soleil entre deux rives vertes, par
ces lignes de peupliers qui parent de leurs dentelles

mobiles ce val d'amour, par les bois de chênes qui
s'avancent entre les vignobles sur des coteaux que la
rivière arrondit toujours différemment, et par ces
horizons estompés qui fuient en se contrariant. Si vous
voulez voir la nature belle et vierge comme une fiancée,
allez là par un jour de printemps ; si vous voulez calmer les plaies saignantes de votre cœur, revenez-y par
les derniers jours de l'automne; au printemps, l'amour
y bat des ailes à plein ciel, en automne on y songe à
ceux qui ne sont plus. Le poumon malade y respire une
bienfaisante fraîcheur, la vue s'y repose sur des touffes
dorées qui communiquent à l'âme leurs paisibles douceurs. En ce moment, les moulins situés sur les chutes
de l'Indre donnaient une voix à cette vallée frémis-
sante, les peupliers se balançaient en riant, pas un
nuage au ciel, les oiseaux chantaient, les cigales criaient, tout y était mélodie. Ne me demandez plus pourquoi j'aime la Touraine ? je ne l'aime ni comme on
aime son berceau, ni comme on aime une oasis dans le
désert ; je l'aime comme un artiste aime l'art ; je
l'aime moins que je ne vous aime, mais sans la Touraine, peut-être ne vivrais-je plus. Sans savoir pourquoi, mes yeux revenaient au point blanc, à la femme
qui brillait dans ce vaste jardin comme au milieu des
buissons verts éclatait la clochette d'un convolvulus,
flétrie si l'on y touche. Je descendis, l'âme émue, au
fond de cette corbeille, et vis bientôt un village que la
poésie qui surabondait en moi me fit trouver sans pareil. Figurez-vous trois moulins posés parmi des îles
gracieusement découpées, couronnées de quelques bouquets d'arbres au milieu d'une prairie d'eau ; quel autre
nom donner à ces végétations aquatiques, si vivaces,
si bien colorées, qui tapissent la rivière, surgissent au-
dessus, ondulent avec elle, se laissent aller à ses caprices et se plient aux tempêtes de la rivière fouettée
par la roue des moulins! Çà et là, s'élèvent des masses
de gravier sur lesquelles l'eau se brise en y formant
des franges où reluit le soleil. Les amaryllis, le nénu-

phar, le lys d'eau, les joncs, les phlox décorent les
rives de leurs magnifiques tapisseries. Un pont trem-
blant composé de poutrelles pourries, dont les piles sont
couvertes de fleurs, dont les garde-fous plantés d'herbes
vivaces et de mousses veloutées se penchent sur la
rivière et ne tombent point ; des barques usées, des
filets de pêcheurs, le chant monotone d'un berger, les
canards qui voguaient entre les îles ou s'épluchaient sur
le jard, nom du gros sable que charrie la Loire ; des
garçons meuniers, le bonnet sur l'oreille, occupés à
charger leurs mulets ; chacun de ces détails rendait
cette scène d'une naïveté surprenante. Imaginez au-
delà du pont deux ou trois fermes, un colombier, des
tourelles, une trentaine de masures séparées par des
jardins, par des haies de chèvrefeuilles, de jasmins et
de clématites ; puis du fumier fleuri devant toutes les
portes, des poules et des coqs par les chemins ? voilà le
village du Pont-de-Ruan, joli village surmonté d'une
vieille église pleine de caractère, une église du temps
des croisades, et comme les peintres en cherchent pour
leurs tableaux. Encadrez le tout de noyers antiques, de
jeunes peupliers aux feuilles d'or pâle, mettez de gracieuses fabriques [1] au milieu des longues prairies où
l'œil se perd sous un ciel chaud et vaporeux, vous aurez
une idée d'un des mille points de vue de ce beau pays.
Je suivis le chemin de Saché sur la gauche de la rivière,
en observant les détails des collines qui meublent la
rive opposée. Puis enfin j'atteignis un parc orné d'arbres centenaires qui m'indiqua le château de Frapesle.
J'arrivai précisément à l'heure où la cloche annonçait
le déjeuner. Après le repas, mon hôte, ne soupçonnant pas que j'étais venu de Tours à pied, me fit parcourir les alentours de sa terre où de toutes parts je
vis la vallée sous toutes ses formes : ici par une échap-
pée, là tout entière ; souvent mes yeux furent attirés à
l'horizon par la belle lame d'or de la Loire où, parmi les
roulées, les voiles dessinaient de fantasques figures qui
fuyaient emportées par le vent. En gravissant une

crête, j'admirai pour la première fois le château d'Azay, diamant taillé à facettes, serti par l'Indre, monté sur des pilotis masqués de fleurs. Puis je vis dans un fond les masses romantiques du château de Saché, mélancolique séjour plein d'harmonies, trop graves pour les gens superficiels, chères aux poètes dont l'âme est endolorie. Aussi, plus tard, en aimai-je le silence, les grands arbres chenus, et ce je ne sais quoi mystérieux épandu dans son vallon solitaire! Mais chaque fois que je retrouvais au penchant de la côte voisine le mignon castel aperçu, choisi par mon premier regard, je m'y arrêtais complaisamment.

— Hé! me dit mon hôte en lisant dans mes yeux l'un de ces pétillants désirs toujours si naïvement exprimés à mon âge, vous sentez de loin une jolie femme comme un chien flaire le gibier.

Je n'aimai pas ce dernier mot, mais je demandai le nom du castel et celui du propriétaire.

— Ceci est Clochegourde [1], me dit-il, une jolie maison appartenant au comte de Mortsauf [2], le représentant d'une famille historique en Touraine, dont la fortune date de Louis XI, et dont le nom indique l'aventure à laquelle il doit et ses armes et son illustration. Il descend d'un homme qui survécut à la potence. Aussi les Mortsauf portent-ils *d'or, à la croix de sable alezée potencée et contre-potencée, chargée en cœur d'une fleur de lys d'or au pied nourri*, avec : *Dieu saulve le Roi notre Sire*, pour devise. Le comte est venu s'établir sur ce domaine au retour de l'émigration. Ce bien est à sa femme, une demoiselle de Lenoncourt, de la maison de Lenoncourt-Givry, qui va s'éteindre : madame de Mortsauf est fille unique. Le peu de fortune de cette famille contraste si singulièrement avec l'illustration des noms, que, par orgueil ou par nécessité peut-être, ils restent toujours à Clochegourde et n'y voient personne. Jusqu'à présent leur attachement aux Bourbons pouvait justifier leur solitude ; mais je doute que le retour du roi change leur manière de vivre. En venant m'établir ici, l'année dernière, je suis allé leur faire une visite de politesse ; ils me l'ont rendue et nous ont invités à dîner ; l'hiver nous a séparés pour quelques mois ; puis les événements politiques ont retardé notre retour, car je ne suis à Frapesle que depuis peu de temps. Madame de Mortsauf est une femme qui pourrait occuper partout la première place.

— Vient-elle souvent à Tours ?

— Elle n'y va jamais. Mais, dit-il en se reprenant, elle y est allée dernièrement, au passage du duc d'Angoulême qui s'est montré fort gracieux pour monsieur de Mortsauf.

— C'est elle ! m'écriai-je.

— Qui, elle ?

— Une femme qui a de belles épaules.

— Vous rencontrerez en Touraine beaucoup de femmes qui ont de belles épaules, dit-il en riant. Mais si vous n'êtes pas fatigué, nous pouvons passer la rivière, et monter à Clochegourde, où vous aviserez à reconnaître vos épaules.

J'acceptai, non sans rougir de plaisir et de honte. Vers quatre heures nous arrivâmes au petit château que mes yeux caressaient depuis si longtemps. Cette habitation, qui fait un bel effet dans le paysage, est en réalité modeste. Elle a cinq fenêtres de face, chacune de celles qui terminent la façade exposée au midi s'avance d'environ deux toises, artifice d'architecture qui simule deux pavillons et donne de la grâce au logis ; celle du milieu sert de porte, et on en descend par un double perron dans des jardins étagés qui atteignent à une étroite prairie située le long de l'Indre. Quoiqu'un chemin communal sépare cette prairie de la dernière terrasse ombragée par une allée d'acacias et de vernis du Japon, elle semble faire partie des jardins ; car le chemin est creux, encaissé d'un côté par la terrasse, et bordé de l'autre par une haie normande. Les pentes bien ménagées mettent assez de distance entre l'habitation et la rivière pour

sauver les inconvénients du voisinage des eaux sans
en ôter l'agrément. Sous la maison se trouvent des
remises, des écuries, des resserres, des cuisines dont
les diverses ouvertures dessinent des arcades. Les toits
sont gracieusement contournés aux angles, décorés de
mansardes à croisillons sculptés et de bouquets en
plomb sur les pignons. La toiture, sans doute négligée
pendant la Révolution, est chargée de cette rouille
produite par les mousses plates et rougeâtres qui
croissent sur les maisons exposées au midi. La porte-
fenêtre du perron est surmontée d'un campanile où
reste sculpté l'écusson des Blamont-Chauvry : *écartelé
de gueules à un pal de vair, flanqué de deux mains
appaumées de carnation et d'or à deux lances de sable
mises en chevron.* La devise : *Voyez tous, nul ne touche!*
me frappa vivement. Les supports, qui sont un griffon
et un dragon de gueules enchaînés d'or, faisaient un
joli effet sculptés. La Révolution avait endommagé la
couronne ducale et le cimier qui se compose d'un
palmier de sinople fruité d'or. Senart, Secrétaire du
Comité de Salut public, était bailli de Saché avant
1789 [1], ce qui explique ces dévastations.

Ces dispositions donnent une élégante physionomie
à ce castel ouvragé comme une fleur, et qui semble ne
pas peser sur le sol. Vu de la vallée, le rez-de-chaussée
semble être au premier étage ; mais du côté de la cour,
il est de plain-pied avec une large allée sablée donnant
sur un boulingrin animé par plusieurs corbeilles de
fleurs. A droite et à gauche, les clos de vignes, les
vergers et quelques pièces de terre labourables plantées de noyers, descendent rapidement, enveloppent
la maison de leurs massifs, et atteignent les bords de
l'Indre, que garnissent en cet endroit des touffes
d'arbres dont les verts ont été nuancés par la nature
elle-même. En montant le chemin qui côtoie Clochegourde, j'admirais ces masses si bien disposées, j'y
respirais un air chargé de bonheur. La nature morale
a-t-elle donc, comme la nature physique, ses communi-

cations électriques et ses rapides changements de
température ? Mon cœur palpitait à l'approche des
événements secrets qui devaient le modifier à jamais,
comme les animaux s'égaient en prévoyant un beau
temps. Ce jour si marquant dans ma vie ne fut dénué
d'aucune des circonstances qui pouvaient le solenni-
ser. La Nature s'était parée comme une femme allant
à la rencontre du bien-aimé, mon âme avait pour la
première fois entendu sa voix, mes yeux l'avaient
admirée aussi féconde, aussi variée que mon imagination me la représentait dans mes rêves de collège dont
je vous ai dit quelques mots inhabiles à vous en expliquer l'influence, car ils ont été comme une Apocalypse
où ma vie me fut figurativement prédite : chaque
événement heureux ou malheureux s'y rattache
par des images bizarres, liens visibles aux yeux de
l'âme seulement. Nous traversâmes une première cour
entourée des bâtiments nécessaires aux exploitations
rurales, une grange, un pressoir, des étables, des
écuries. Averti par les aboiements du chien de garde,
un domestique vint à notre rencontre, et nous dit que
monsieur le comte, parti pour Azay dès le matin,
allait sans doute revenir, et que madame la comtesse
était au logis. Mon hôte me regarda. Je tremblais
qu'il ne voulût pas voir madame de Mortsauf en
l'absence de son mari, mais il dit au domestique de
nous annoncer. Poussé par une avidité d'enfant, je me
précipitai dans la longue antichambre qui traverse
la maison.

— Entrez donc, messieurs! dit alors une voix d'or.

Quoique madame de Mortsauf n'eût prononcé qu'un
mot au . ., je reconnus sa voix qui pénétra mon âme
et la remplit comme un rayon de soleil remplit et
dore le cachot d'un prisonnier. En pensant qu'elle
pouvait se rappeler ma figure, je voulus m'enfuir ;
il n'était plus temps, elle apparut sur le seuil de la
porte, nos yeux se rencontrèrent. Je ne sais qui d'elle
ou de moi rougit le plus fortement. Assez interdite

pour ne rien dire, elle revint s'asseoir à sa place devant
un métier à tapisserie, après que le domestique eut
approché deux fauteuils ; elle acheva de tirer son
aiguille afin de donner un prétexte à son silence,
compta quelques points et releva sa tête, à la fois
douce et altière, vers monsieur de Chessel en lui
demandant à quelle heureuse circonstance elle devait
sa visite. Quoique curieuse de savoir la vérité sur mon
apparition, elle ne nous regarda ni l'un ni l'autre ; ses
yeux furent constamment attachés sur la rivière ;
mais à la manière dont elle écoutait, vous eussiez dit
que, semblable aux aveugles, elle savait reconnaître
les agitations de l'âme dans les imperceptibles accents
de la parole. Et cela était vrai. Monsieur de Chessel
dit mon nom et fit ma biographie. J'étais arrivé
depuis quelques mois à Tours, où mes parents
m'avaient ramené chez eux quand la guerre avait
menacé Paris. Enfant de la Touraine à qui la Touraine
était inconnue, elle voyait en moi un jeune homme
affaibli par des travaux immodérés, envoyé à Frapesle
pour s'y divertir, et auquel il avait montré sa terre, où
je venais pour la première fois. Au bas du coteau
seulement, je lui avais appris ma course de Tours à
Frapesle, et craignant pour ma santé déjà si faible, il
s'était avisé d'entrer à Clochegourde en pensant qu'elle
me permettrait de m'y reposer. Monsieur de Chessel
disait la vérité, mais un hasard heureux semble si
fort cherché que madame de Mortsauf garda quelque
défiance ; elle tourna sur moi des yeux froids et sévères
qui me firent baisser les paupières, autant par je ne
sais quel sentiment d'humiliation que pour cacher des
larmes que je retins entre mes cils. L'imposante châtelaine me vit le front en sueur ; peut-être aussi devina-
t-elle les larmes, car elle m'offrit ce dont je pouvais
avoir besoin, en exprimant une bonté consolante qui
me rendit la parole. Je rougissais comme une jeune
fille en faute, et d'une voix chevrotante comme celle
d'un vieillard, je répondis par un remerciement négatif.

— Tout ce que je souhaite, lui dis-je en levant les yeux sur les siens que je rencontrai pour la seconde fois, mais pendant un moment aussi rapide qu'un éclair, c'est de n'être pas renvoyé d'ici ; je suis tellement engourdi par la fatigue, que je ne pourrais marcher.

— Pourquoi suspectez-vous l'hospitalité de notre beau pays ? me dit-elle. Vous nous accorderez sans doute le plaisir de dîner à Clochegourde ? ajouta-t-elle en se tournant vers son voisin.

Je jetai sur mon protecteur un regard où éclatèrent tant de prières qu'il se mit en mesure d'accepter cette proposition, dont la formule voulait un refus. Si l'habitude du monde permettait à monsieur de Chessel de distinguer ces nuances, un jeune homme sans expérience croit si fermement à l'union de la parole et de la pensée chez une belle femme, que je fus bien étonné quand, en revenant le soir, mon hôte me dit :

— Je suis resté, parce que vous en mouriez d'envie ; mais si vous ne raccommodez pas les choses, je suis brouillé peut-être avec mes voisins. Ce *si vous ne raccommodez pas les choses* me fit longtemps rêver. Si je plaisais à madame de Mortsauf, elle ne pourrait pas en vouloir à celui qui m'avait introduit chez elle. Monsieur de Chessel me supposait donc le pouvoir de l'intéresser, n'était-ce pas me le donner ? Cette explication corrobora mon espoir en un moment où j'avais besoin de secours.

— Ceci me semble difficile, répondit-il, madame de Chessel nous attend.

— Elle vous a tous les jours, reprit la comtesse, et nous pouvons l'avertir. Est-elle seule ?

— Elle a monsieur l'abbé de Quélus.

— Eh bien ! dit-elle en se levant pour sonner, vous dînez avec nous.

Cette fois monsieur de Chessel la crut franche et me jeta des regards complimenteurs. Dès que je fus certain de rester pendant une soirée sous ce toit, j'eus à moi comme une éternité. Pour beaucoup d'êtres malheureux, demain est un mot vide de sens, et j'étais alors au nombre de ceux qui n'ont aucune foi dans le lendemain ; quand j'avais quelques heures à moi, j'y faisais tenir toute une vie de voluptés. Madame de Mortsauf entama sur le pays, sur les récoltes, sur les vignes, une conversation à laquelle j'étais étranger. Chez une maîtresse de maison, cette façon d'agir atteste un manque d'éducation ou son mépris pour celui qu'elle met ainsi comme à la porte du discours ; mais ce fut embarras chez la comtesse. Si d'abord je crus qu'elle affectait de me traiter en enfant, si j'enviai le privilège des hommes de trente ans qui permettait à monsieur de Chessel d'entretenir sa voisine de sujets graves auxquels je ne comprenais rien, si je me dépitai en me disant que tout était pour lui ; à quelques mois de là, je sus combien est significatif le silence d'une femme, et combien de pensées couvre une diffuse conversation. D'abord j'essayai de me mettre à mon aise dans mon fauteuil ; puis je reconnus les avantages de ma position en me laissant aller au charme d'entendre la voix de la comtesse. Le souffle de son âme se déployait dans les replis des syllabes, comme le son se divise sous les clefs d'une flûte ; il expirait onduleusement à l'oreille d'où il précipitait l'action du sang. Sa façon de dire les terminaisons en *i* faisait croire à quelque chant d'oiseau ; le *ch* prononcé par elle était comme une caresse, et la manière dont elle attaquait les *t* accusait le despotisme du cœur. Elle étendait ainsi, sans le savoir, le sens des mots, et vous entraînait l'âme dans un monde surhumain. Combien de fois n'ai-je pas laissé continuer une discussion que je pouvais finir, combien de fois ne me suis-je pas fait injustement gronder pour écouter ces concerts de voix humaine, pour aspirer l'air qui sortait de sa lèvre chargé de son âme, pour étreindre cette lumière parlée avec l'ardeur que j'aurais mise à serrer la comtesse sur mon sein ! Quel chant d'hirondelle joyeuse, quand elle pouvait rire ! mais quelle voix de cygne appelant ses compagnes, quand elle parlait de ses chagrins! L'inattention de la comtesse me permit de l'examiner. Mon regard se régalait en glissant sur la belle parleuse, il pressait sa taille, baisait ses pieds, et se jouait dans les boucles de sa chevelure. Cependant j'étais en proie à une terreur que comprendront ceux qui, dans leur vie, ont éprouvé les joies illimitées d'une passion vraie. J'avais peur qu'elle ne me surprît les yeux attachés à la place de ses épaules que j'avais si ardemment embrassée. Cette crainte avivait la tentation, et j'y succombais, je les regardais! mon œil déchirait l'étoffe, je revoyais la lentille qui marquait la naissance de la jolie raie par laquelle son dos était partagé, mouche perdue dans du lait, et qui depuis le bal flamboyait toujours le soir dans ces ténèbres où semble ruisseler le sommeil des jeunes gens dont l'imagination est ardente, dont la vie est chaste.

Je puis vous crayonner les traits principaux qui partout eussent signalé la comtesse aux regards ; mais le dessin le plus correct, la couleur la plus chaude n'en exprimeraient rien encore. Sa figure est une de celles dont la ressemblance exige l'introuvable artiste de qui la main sait peindre le reflet des feux intérieurs, et sait rendre cette vapeur lumineuse que nie la science, que la parole ne traduit pas, mais que voit un amant. Ses cheveux fins et cendrés la faisaient souvent souffrir, et ces souffrances étaient sans doute causées par de subites réactions du sang vers la tête. Son front arrondi, proéminent comme celui de la Joconde, paraissait plein d'idées inexprimées, de sentiments contenus, de fleurs noyées dans des eaux amères. Ses yeux verdâtres, semés de points bruns, étaient toujours pâles ; mais s'il s'agissait de ses enfants, s'il lui échappait de ces vives effusions de joie ou de douleur, rares dans la vie des femmes résignées, son œil lançait alors une lueur subtile qui semblait s'enflammer aux sources de la vie et devait les tarir ; éclair

qui m'avait arraché des larmes quand elle me couvrit
de son dédain formidable et qui lui suffisait pour
abaisser les paupières aux plus hardis. Un nez grec,
comme dessiné par Phidias et réuni par un double arc à
des lèvres élégamment sinueuses, spiritualisait son
visage de forme ovale, et dont le teint, comparable au
tissu des camélias blancs, se rougissait aux joues par
de jolis tons roses. Son embonpoint ne détruisait ni
la grâce de sa taille, ni la rondeur voulue pour que
ses formes demeurassent belles quoique développées.
Vous comprendrez soudain ce genre de perfection,
lorsque vous saurez qu'en s'unissant à l'avant-bras
les éblouissants trésors qui m'avaient fasciné paraissaient ne devoir former aucun pli. Le bas de sa tête
n'offrait point ces creux qui font ressembler la nuque
de certaines femmes à des troncs d'arbres, ses muscles
n'y dessinaient point de cordes et partout les lignes
s'arrondissaient en flexuosités désespérantes pour le
regard comme pour le pinceau. Un duvet follet se
mourait le long de ses joues, dans les méplats du col,
en y retenant la lumière qui s'y faisait soyeuse. Ses
oreilles petites et bien contournées étaient, suivant
son expression, des oreilles d'esclave et de mère.
Plus tard, quand j'habitai son cœur, elle me disait :
« Voici monsieur de Mortsauf ! » et avait raison, tandis
que je n'entendais rien encore, moi dont l'ouïe possède
une remarquable étendue. Ses bras étaient beaux, sa
main aux doigts recourbés était longue, et, comme
dans les statues antiques, la chair dépassait ses ongles
à fines côtes. Je vous déplairais en donnant aux tailles
plates l'avantage sur les tailles rondes, si vous n'étiez
pas une exception. La taille ronde est un signe de
force, mais les femmes ainsi construites sont impé-
rieuses, volontaires, plus voluptueuses que tendres.
Au contraire, les femmes à taille plate sont dévouées,
pleines de finesse, enclines à la mélancolie ; elles sont
mieux femmes que les autres. La taille plate est souple
et molle, la taille ronde est inflexible et jalouse. Vous

savez maintenant comment elle était faite. Elle avait
le pied d'une femme comme il faut, ce pied qui marche
peu, se fatigue promptement et réjouit la vue quand il
dépasse la robe. Quoiqu'elle fût mère de deux enfants,
je n'ai jamais rencontré dans son sexe personne de
plus jeune fille qu'elle. Son air exprimait une simplesse,
jointe à je ne sais quoi d'interdit et de songeur qui
ramenait à elle comme le peintre nous ramène à la
figure où son génie a traduit un monde de sentiments.
Ses qualités visibles ne peuvent d'ailleurs s'exprimer
que par des comparaisons. Rappelez-vous le parfum
chaste et sauvage de cette bruyère que nous avons
cueillie en revenant de la villa Diodati [1], cette fleur
dont vous avez tant loué le noir et le rose, vous devine-
rez comment cette femme pouvait être élégante loin
du monde, naturelle dans ses expressions, recherchée
dans les choses qui devenaient siennes, à la fois rose et
noire. Son corps avait la verdeur que nous admirons
dans les feuilles nouvellement dépliées, son esprit
avait la profonde concision du sauvage ; elle était
enfant par le sentiment, grave par la souffrance,
châtelaine et bachelette [2]. Aussi plaisait-elle sans
artifice, par sa manière de s'asseoir, de se lever, de se
taire ou de jeter un mot. Habituellement recueillie,
attentive comme la sentinelle sur qui repose le salut
de tous et qui épie le malheur, il lui échappait parfois
des sourires qui trahissaient en elle un naturel rieur
enseveli sous le maintien exigé par sa vie. Sa coquetterie était devenue du mystère, elle faisait rêver au
lieu d'inspirer l'attention galante que sollicitent les
femmes, et laissait apercevoir sa première nature de
flamme vive, ses premiers rêves bleus, comme on
voit le ciel par des éclaircies de nuages. Cette révélation
involontaire rendait pensifs ceux qui ne se sentaient
pas une larme intérieure séchée par le feu des désirs. La
rareté de ses gestes, et surtout celle de ses regards
(excepté ses enfants, elle ne regardait personne)
donnaient une incroyable solennité à ce qu'elle faisait

ou disait, quand elle faisait ou disait une chose avec
cet air que savent prendre les femmes au moment où
elles compromettent leur dignité par un aveu. Ce jour-
là madame de Mortsauf avait une robe rose à mille
raies, une collerette à large ourlet, une ceinture noire
et des brodequins de cette même couleur. Ses cheveux
simplement tordus sur sa tête étaient retenus par un
peigne d'écaille. Telle est l'imparfaite esquisse promise.
Mais la constante émanation de son âme sur les siens,
cette essence nourrissante épandue à flots comme le
soleil émet sa lumière ; mais sa nature intime, son
attitude aux heures sereines, sa résignation aux heures
nuageuses ; tous ces tournoiements de la vie où le
caractère se déploie, tiennent comme les effets du ciel
à des circonstances inattendues et fugitives qui ne se
ressemblent entre elles que par le fond d'où elles se
détachent, et dont la peinture sera nécessairement
mêlée aux événements de cette histoire ; véritable
épopée domestique, aussi grande aux yeux du sage que
le sont les tragédies aux yeux de la foule, et dont le
récit vous attachera autant pour la part que j'y ai
prise, que par sa similitude avec un grand nombre
de destinées féminines.

Tout à Clochegourde portait le cachet d'une propreté
vraiment anglaise. Le salon où restait la comtesse était
entièrement boisé, peint en gris de deux nuances. La
cheminée avait pour ornement une pendule contenue
dans un bloc d'acajou surmonté d'une coupe, et deux
grands vases en porcelaine blanche à filets d'or, d'où
s'élevaient des bruyères du Cap. Une lampe était sur
la console. Il y avait un trictrac en face de la cheminée.
Deux larges embrasses en coton retenaient les rideaux
de percale blanche, sans franges. Des housses grises,
bordées d'un galon vert, recouvraient les sièges, et
la tapisserie tendue sur le métier de la comtesse disait
assez pourquoi son meuble était ainsi caché. Cette
simplicité arrivait à la grandeur. Aucun appartement,
parmi ceux que j'ai vus depuis, ne m'a causé des im-

pressions aussi fertiles, aussi touffues que celles dont
j'étais saisi dans ce salon de Clochegourde, calme et
recueilli comme la vie de la comtesse, et où l'on devi-
nait la régularité conventuelle de ses occupations.
La plupart de mes idées, et même les plus audacieuses
en science ou en politique, sont nées là, comme les
parfums émanent des fleurs ; mais là verdoyait la
plante inconnue qui jeta sur mon âme sa féconde poussière, là brillait la chaleur solaire qui développa mes
bonnes et dessécha mes mauvaises qualités. De la
fenêtre, l'œil embrassait la vallée depuis la colline où
s'étale Pont-de-Ruan, jusqu'au château d'Azay, en
suivant les sinuosités de la côte opposée que varient
les tours de Frapesle, puis l'église, le bourg et le vieux
manoir de Saché dont les masses dominent la prairie.
En harmonie avec cette vie reposée et sans autres
émotions que celles données par la famille, ces lieux
communiquaient à l'âme leur sérénité. Si je l'avais
rencontrée là pour la première fois, entre le comte
et ses deux enfants, au lieu de la trouver splendide
dans sa robe de bal, je ne lui aurais pas ravi ce délirant
baiser dont j'eus alors des remords en croyant qu'il
détruirait l'avenir de mon amour! Non, dans les noires
dispositions où me mettait le malheur, j'aurais plié
le genou, j'aurais baisé ses brodequins, j'y aurais laissé
quelques larmes, et je serais allé me jeter dans l'Indre.
Mais après avoir effleuré le frais jasmin de sa peau et
bu le lait de cette coupe pleine d'amour, j'avais dans
l'âme le goût et l'espérance de voluptés surhumaines ;
je voulais vivre et attendre l'heure du plaisir comme le
sauvage épie l'heure de la vengeance ; je voulais me
suspendre aux arbres, ramper dans les vignes, me tapir
dans l'Indre ; je voulais avoir pour complices le silence
de la nuit, la lassitude de la vie, la chaleur du soleil,
afin d'achever la pomme délicieuse où j'avais déjà
mordu. M'eût-elle demandé la fleur qui chante ou les
richesses enfouies par les compagnons de Morgan
l'exterminateur, je les lui aurais apportées afin d'ob-

tenir les richesses certaines et la fleur muette que je
souhaitais! Quand cessa le rêve où m'avait plongé la
longue contemplation de mon idole, et pendant lequel
un domestique vint et lui parla, je l'entendis causant
du comte. Je pensai seulement alors qu'une femme
devait appartenir à son mari. Cette pensée me donna
des vertiges. Puis j'eus une rageuse et sombre curiosité
de voir le possesseur de ce trésor. Deux sentiments
me dominèrent, la haine et la peur; une haine qui ne
connaissait aucun obstacle et les mesurait tous sans
les craindre; une peur vague, mais réelle du combat,
de son issue, et d'ELLE surtout. En proie à d'indicibles
pressentiments, je redoutais ces poignées de main qui
déshonorent, j'entrevoyais déjà ces difficultés élasti-
ques où se heurtent les plus rudes volontés et où elles
s'émoussent; je craignais cette force d'inertie qui
dépouille aujourd'hui la vie sociale des dénouements
que recherchent les âmes passionnées.

— Voici monsieur de Mortsauf, dit-elle.

Je me dressai sur mes jambes, comme un cheval
effrayé. Quoique ce mouvement n'échappât ni à monsieur de Chessel ni à la comtesse, il ne me valut aucune
observation muette, car il y eut une diversion faite
par une jeune fille à qui je donnai six ans, et qui entra
disant : — Voilà mon père.

— Eh bien! Madeleine? fit sa mère.

L'enfant tendit à monsieur de Chessel la main qu'il
demandait, et me regarda fort attentivement après
m'avoir adressé son petit salut plein d'étonnement.

— Êtes-vous contente de sa santé? dit monsieur
de Chessel à la comtesse.

— Elle va mieux, répondit-elle en caressant la chevelure de la petite déjà blottie dans son giron.

Une interrogation de monsieur de Chessel m'apprit
que Madeleine avait neuf ans; je marquai quelque surprise de mon erreur, et mon étonnement amassa des
nuages sur le front de sa mère. Mon introducteur me
jeta l'un de ces regards significatifs par lesquels les

gens du monde nous font une seconde éducation.
Là, sans doute, était une blessure maternelle dont
l'appareil devait être respecté. Enfant malingre dont
les yeux étaient pâles, dont la peau était blanche comme
une porcelaine éclairée par une lueur, Madeleine n'aurait sans doute pas vécu dans l'atmosphère d'une ville.
L'air de la campagne, les soins de sa mère qui semblait
la couver, entretenaient la vie dans ce corps aussi
délicat que l'est une plante venue en serre malgré les
rigueurs d'un climat étranger. Quoiqu'elle ne rappelât
en rien sa mère, Madeleine paraissait en avoir l'âme,
et cette âme la soutenait. Ses cheveux rares et noirs,
ses yeux caves, ses joues creuses, ses bras amaigris,
sa poitrine étroite annonçaient un débat entre la vie
et la mort, duel sans trêve où jusqu'alors la comtesse
était victorieuse. Elle se faisait vive, sans doute pour
éviter des chagrins à sa mère ; car, en certains moments
où elle ne s'observait plus, elle prenait l'attitude d'un
saule-pleureur. Vous eussiez dit d'une petite Bohémien-
ne souffrant la faim, venue de son pays en mendiant,
épuisée, mais courageuse et parée pour son public.

— Où donc avez-vous laissé Jacques ? lui demanda
sa mère en la baisant sur la raie blanche qui partageait ses cheveux en deux bandeaux semblables aux
ailes d'un corbeau.

— Il vient avec mon père.

En ce moment le comte entra suivi de son fils qu'il
tenait par la main. Jacques, vrai portrait de sa sœur,
offrait les mêmes symptômes de faiblesse. En voyant
ces deux enfants frêles aux côtés d'une mère si magnifiquement belle, il était impossible de ne pas deviner
les sources du chagrin qui attendrissait les tempes de
la comtesse et lui faisait taire une de ces pensées qui
n'ont que Dieu pour confident, mais qui donnent au
front de terribles signifiances. En me saluant, monsieur
de Mortsauf me jeta le coup d'œil moins observateur
que maladroitement inquiet d'un homme dont la
défiance provient de son peu d'habitude à manier

l'analyse. Après l'avoir mis au courant et m'avoir
nommé, sa femme lui céda sa place, et nous quitta.
Les enfants dont les yeux s'attachaient à ceux de leur
mère, comme s'ils en tiraient leur lumière, voulurent
l'accompagner, elle leur dit : — Restez, chers anges!
et mit son doigt sur ses lèvres. Ils obéirent, mais leurs
regards se voilèrent. Ah! pour s'entendre dire ce mot
chers, quelles tâches n'aurait-on pas entreprises ?
Comme les enfants, j'eus moins chaud quand elle ne
fut plus là. Mon nom changea les dispositions du comte
à mon égard. De froid et sourcilleux il devint, sinon
affectueux, du moins poliment empressé, me donna
des marques de considération et parut heureux de me
recevoir. Jadis mon père s'était dévoué pour nos
maîtres à jouer un rôle grand mais obscur, dangereux
mais qui pouvait être efficace. Quand tout fut perdu
par l'accès de Napoléon au sommet des affaires, comme
beaucoup de conspirateurs secrets, il s'était réfugié
dans les douceurs de la province et de la vie privée,
en acceptant des accusations aussi dures qu'imméritées ;
salaire inévitable des joueurs qui jouent le tout pour
le tout, et succombent après avoir servi de pivot à la
machine politique. Ne sachant rien de la fortune, rien
des antécédents ni de l'avenir de ma famille, j'ignorais
également les particularités de cette destinée perdue
dont se souvenait le comte de Mortsauf. Cependant,
si l'antiquité du nom, la plus précieuse qualité d'un
homme à ses yeux, pouvait justifier l'accueil qui me
rendit confus, je n'en appris la raison véritable que
plus tard. Pour le moment, cette transition subite me
mit à l'aise. Quand les deux enfants virent la conversation reprise entre nous trois, Madeleine dégagea
sa tête des mains de son père, regarda la porte ouverte,
se glissa dehors comme une anguille, et Jacques la
suivit. Tous deux rejoignirent leur mère, car j'entendis
leurs voix et leurs mouvements, semblables, dans le
lointain, aux bourdonnements des abeilles autour de
la ruche aimée.

Je contemplai le comte en tâchant de deviner son caractère, mais je fus assez intéressé par quelques traits principaux pour en rester à l'examen superficiel de sa physionomie. Agé seulement de quarante-cinq ans, il paraissait approcher de la soixantaine, tant il avait promptement vieilli dans le grand naufrage qui termina le dix-huitième siècle. La demi-couronne, qui ceignait monastiquement l'arrière de sa tête dégarnie de cheveux, venait mourir aux oreilles en caressant les tempes par des touffes grises mélangées de noir. Son visage ressemblait vaguement à celui d'un loup blanc qui a du sang au museau, car son nez était enflammé comme celui d'un homme dont la vie est altérée dans ses principes, dont l'estomac est affaibli, dont les humeurs sont viciées par d'anciennes maladies. Son front plat, trop large pour sa figure qui finissait en pointe, ridé tranversalement par marches inégales, annonçait les habitudes de la vie en plein air et non les fatigues de l'esprit, le poids d'une constante infortune et non les efforts faits pour la dominer. Ses pommettes, saillantes et brunes au milieu des tons blafards de son teint, indiquaient une charpente assez forte pour lui assurer une longue vie. Son œil clair, jaune et dur tombait sur vous comme un rayon du soleil en hiver, lumineux sans chaleur, inquiet sans pensée, défiant sans objet. Sa bouche était violente et impérieuse, son menton était droit et long. Maigre et de haute taille, il avait l'attitude d'un gentilhomme appuyé sur une valeur de convention, qui se sait au-dessus des autres par le droit, au-dessous par le fait. Le laissez-aller de la campagne lui avait fait négliger son extérieur. Son habillement était celui du campagnard en qui les paysans aussi bien que les voisins ne considèrent plus que la fortune territoriale. Ses mains brunies et nerveuses attestaient qu'il ne mettait de gants que pour monter à cheval ou le dimanche pour aller à la messe. Sa chaussure était grossière. Quoique les dix années d'émigration et les dix années de l'agricul-

teur eussent influé sur son physique, il subsistait en
lui des vestiges de noblesse. Le libéral le plus haineux,
mot qui n'était pas encore monnayé, aurait facilement
reconnu chez lui la loyauté chevaleresque, les convic-
tions immarcescibles du lecteur à jamais acquis à la
QUOTIDIENNE [1]. Il eût admiré l'homme religieux,
passionné pour sa cause, franc dans ses antipathies
politiques, incapable de servir personnellement son
parti, très capable de le perdre, et sans connaissance
des choses en France. Le comte était en effet un de ces
hommes droits qui ne se prêtent à rien et barrent opi-
niâtrement tout, bons à mourir l'arme au bras dans le
poste qui leur serait assigné, mais assez avares pour
donner leur vie avant de donner leurs écus. Pendant
le dîner je remarquai, dans la dépression de ses joues
flétries et dans certains regards jetés à la dérobée sur
ses enfants, les traces de pensées importunes dont les
élancements expiraient à la surface. En le voyant, qui
ne l'eût compris ? Qui ne l'aurait accusé d'avoir fatalement transmis à ses enfants ces corps auxquels manquait la vie ? S'il se condamnait lui-même, il déniait
aux autres le droit de le juger. Amer comme un pouvoir qui se sait fautif, mais n'ayant pas assez de grandeur ou de charme pour compenser la somme de douleur qu'il avait jetée dans la balance, sa vie intime
devait offrir les aspérités que dénonçaient en lui ses
traits anguleux et ses yeux incessamment inquiets.
Quand sa femme rentra, suivie des deux enfants
attachés à ses flancs, je soupçonnai donc un malheur,
comme lorsqu'en marchant sur les voûtes d'une cave
les pieds ont en quelque sorte la conscience de la profondeur. En voyant ces quatre personnes réunies, en
les embrassant de mes regards, allant de l'une à l'autre,
étudiant leurs physionomies et leurs attitudes respec-
tives, des pensées trempées de mélancolie tombèrent
sur mon cœur comme une pluie fine et grise em-
brume un joli pays après quelque beau lever de soleil.
Lorsque le sujet de la conversation fut épuisé, le comte

me mit encore en scène au détriment de monsieur de
Chessel, en apprenant à sa femme plusieurs circonstances concernant ma famille et qui m'étaient inconnues. Il me demanda mon âge. Quand je l'eus dit,
la comtesse me rendit mon mouvement de surprise à
propos de sa fille. Peut-être me donnait-elle quatorze
ans. Ce fut, comme je le sus depuis, le second lien qui
l'attacha si fortement à moi. Je lus dans son âme. Sa
maternité tressaillit, éclairée par un tardif rayon de
soleil que lui jetait l'espérance. En me voyant, à vingt
ans passés, si malingre, si délicat et néanmoins si
nerveux, une voix lui cria peut-être : — *Ils vivront!*
Elle me regarda curieusement, et je sentis qu'en ce
moment il se fondait bien des glaces entre nous. Elle
parut avoir mille questions à me faire et les garda
toutes.

— Si l'étude vous a rendu malade, dit-elle, l'air
de notre vallée vous remettra.

— L'éducation moderne est fatale aux enfants,
reprit le comte. Nous les bourrons de mathématiques,
nous les tuons à coups de science, et les usons avant
le temps. Il faut vous reposer ici, me dit-il, vous êtes
écrasé sous l'avalanche d'idées qui a roulé sur vous.
Quel siècle nous prépare cet enseignement mis à la
portée de tous, si l'on ne prévient le mal en rendant
l'instruction publique aux corporations religieuses!

Ces paroles annonçaient bien le mot qu'il dit un
jour aux élections en refusant sa voix à un homme
dont les talents pouvaient servir la cause royaliste :
— Je me défierai toujours des gens d'esprit, répondit-
il à l'entremetteur des voix électorales. Il nous proposa
de faire le tour de ses jardins, et se leva.

— Monsieur... lui dit la comtesse.

— Eh bien! ma chère?... répondit-il en se retournant avec une brusquerie hautaine qui dénotait
combien il voulait être absolu chez lui, mais combien
alors il l'était peu.

— Monsieur est venu de Tours à pied, monsieur de

Chessel n'en savait rien, et l'a promené dans Frapesle.

— Vous avez fait une imprudence, me dit-il, quoique à votre âge!... Et il hocha la tête en signe de regret.

La conversation fut reprise. Je ne tardai pas à reconnaître combien son royalisme était intraitable, et de combien de ménagements il fallait user pour demeurer sans choc dans ses eaux. Le domestique, qui avait promptement mis une livrée, annonça le dîner. Monsieur de Chessel présenta son bras à madame de Mortsauf, et le comte saisit gaiement le mien pour passer dans la salle à manger, qui, dans l'ordonnance du rez-de-chaussée, formait le pendant du salon.

Carrelée en carreaux blancs fabriqués en Touraine, et boisée à hauteur d'appui, la salle à manger était tendue d'un papier verni qui figurait de grands panneaux encadrés de fleurs et de fruits; les fenêtres avaient des rideaux de percale ornés de galons rouges ; les buffets étaient de vieux meubles de Boulle [1], et le bois des chaises, garnies en tapisserie faite à la main, était de chêne sculpté. Abondamment servie, la table n'offrit rien de luxueux : de l'argenterie de famille sans unité de forme, de la porcelaine de Saxe qui n'était pas encore redevenue à la mode, des carafes octogones, des couteaux à manche en agate, puis sous les bouteilles des ronds en laque de la Chine ; mais des fleurs dans des seaux vernis et dorés sur leurs découpures à dents de loup. J'aimai ces vieilleries, je trouvai le papier Réveillon et ses bordures de fleurs superbes. Le contentement qui enflait toutes mes voiles m'empêcha de voir les inextricables difficultés mises entre elle et moi par la vie cohérente de la solitude et de la campagne. J'étais près d'elle, à sa droite, je lui servais à boire. Oui, bonheur inespéré! je frôlais sa robe, je mangeais son pain. Au bout de trois heures, ma vie se mêlait à sa vie! Enfin nous étions liés par ce terrible baiser, espèce de secret qui nous inspirait une honte mutuelle. Je fus d'une lâcheté glorieuse : je m'étudiais à plaire au comte, qui se prêtait à toutes mes courti-

saneries ; j'aurais caressé le chien, j'aurais fait la cour
aux moindres désirs des enfants ; je leur aurais apporté
des cerceaux, des billes d'agate ; je leur aurais servi
de cheval, je leur en voulais de ne pas s'emparer déjà
de moi comme d'une chose à eux. L'amour a ses intui-
tions comme le génie a les siennes, et je voyais confusé-
ment que la violence, la maussaderie, l'hostilité ruine-
raient mes espérances. Le dîner se passa tout en joies
intérieures pour moi. En me voyant chez elle, je ne
pouvais songer ni à sa froideur réelle, ni à l'indifférence
que couvrit la politesse du comte. L'amour a, comme
la vie, une puberté pendant laquelle il se suffit à lui-
même. Je fis quelques réponses gauches en harmonie
avec les secrets tumultes de la passion, mais que personne ne pouvait deviner, pas même *elle*, qui ne savait
rien de l'amour. Le reste du temps fut comme un rêve.
Ce beau rêve cessa quand, au clair de la lune et par
un soir chaud et parfumé, je traversai l'Indre au milieu
des blanches fantaisies · qui décoraient les prés, les
rives, les collines ; en entendant le chant clair, la
note unique, pleine de mélancolie que jette incessamment par temps égaux une rainette dont j'ignore le
nom scientifique, mais que depuis ce jour solennel
je n'écoute pas sans des délices infinies. Je reconnus
un peu tard là, comme ailleurs, cette insensibilité de
marbre contre laquelle s'étaient jusqu'alors émoussés
mes sentiments ; je me demandai s'il en serait toujours
ainsi ; je crus être sous une fatale influence ; les sinistres événements du passé se débattirent avec les plaisirs purement personnels que j'avais goûtés. Avant de
regagner Frapesle, je regardai Clochegourde et vis
au bas une barque, nommée en Touraine une *toue*,
attachée à un frêne, et que l'eau balançait. Cette toue
appartenait à monsieur de Mortsauf, qui s'en servait
pour pêcher.

— Eh bien ! me dit monsieur de Chessel quand nous
fûmes sans danger d'être écoutés, je n'ai pas besoin de
vous demander si vous avez retrouvé vos belles épau-

les ; il faut vous féliciter de l'accueil que vous a fait
monsieur de Mortsauf! Diantre, vous êtes du premier
coup au cœur de la place.

Cette phrase, suivie de celle dont je vous ai parlé,
ranima mon cœur abattu. Je n'avais pas dit un mot
depuis Clochegourde, et monsieur de Chessel attri-
buait mon silence à mon bonheur.

— Comment! répondis-je avec un ton d'ironie qui
pouvait aussi bien paraître dicté par la passion contenue.

— Il n'a jamais si bien reçu qui que ce soit.

— Je vous avoue que je suis moi-même étonné de
cette réception, lui dis-je en sentant l'amertume intérieure que me dévoilait ce dernier mot.

Quoique je fusse trop inexpert des choses mondaines
pour comprendre la cause du sentiment qu'éprouvait
monsieur de Chessel, je fus néanmoins frappé de
l'expression par laquelle il le trahissait. Mon hôte avait
l'infirmité de s'appeler Durand, et se donnait le ridicule de renier le nom de son père, illustre fabricant, qui
pendant la Révolution avait fait une immense fortune. Sa femme était l'unique héritière des Chessel,
vieille famille parlementaire, bourgeoise sous Henri IV,
comme celle de la plupart des magistrats parisiens. En
ambitieux de haute portée, monsieur de Chessel voulut
tuer son Durand originel pour arriver aux destinées
qu'il rêvait. Il s'appela d'abord Durand de Chessel,
puis D. de Chessel ; il était alors monsieur de Chessel.
Sous la Restauration, il établit un majorat [1] au titre
de comte en vertu de lettres octroyées par Louis XVIII.
Ses enfants recueilleront les fruits de son courage sans
en connaître la grandeur. Un mot de certain prince
caustique a souvent pesé sur sa tête. — Monsieur de
Chessel se montre généralement peu en Durand, dit-il.
Cette phrase a longtemps régalé la Touraine. Les par-
venus sont comme les singes desquels ils ont l'adresse :
on les voit en hauteur, on admire leur agilité pendant
l'escalade ; mais, arrivés à la cime, on n'aperçoit plus

que leurs côtés honteux. L'envers de mon hôte s'est
composé de petitesses grossies par l'envie. La pairie et
lui sont jusqu'à présent deux tangentes impossibles.
Avoir une prétention et la justifier est l'impertinence
de la force ; mais être au-dessous de ses prétentions
avouées constitue un ridicule constant qui devient la
pâture des petits esprits. Or, monsieur de Chessel n'a
pas eu la marche rectiligne de l'homme fort : deux fois
député, deux fois repoussé aux élections ; hier direc-
teur-général, aujourd'hui rien, pas même préfet, ses
succès ou ses défaites ont gâté son caractère et lui ont
donné l'âpreté de l'ambitieux invalide. Quoique galant
homme, homme spirituel, et capable de grandes choses,
peut-être l'envie qui passionne l'existence en Touraine,
où les naturels du pays emploient leur esprit à tout
jalouser, lui fut-elle funeste dans les hautes sphères
sociales où réussissent peu ces figures crispées par le
succès d'autrui, ces lèvres boudeuses, rebelles au
compliment et faciles à l'épigramme. En voulant
moins, peut-être aurait-il obtenu davantage ; mais
malheureusement il avait assez de supériorité pour
vouloir marcher toujours debout. En ce moment monsieur de Chessel était au crépuscule de son ambition, le
royalisme lui souriait. Peut-être affectait-il les grandes
manières, mais il fut parfait pour moi. D'ailleurs il me
plut par une raison bien simple, je trouvais chez lui le
repos pour la première fois. L'intérêt, faible peut-être,
qu'il me témoignait, me parut, à moi malheureux
enfant rebuté, une image de l'amour paternel. Les soins
de l'hospitalité contrastaient tant avec l'indifférence
qui m'avait jusqu'alors accablé, que j'exprimais une
reconnaissance enfantine de vivre sans chaînes et
quasiment caressé. Aussi les maîtres de Frapesle sont-
ils si bien mêlés à l'aurore de mon bonheur que ma
pensée les confond dans les souvenirs où j'aime à
revivre. Plus tard, et précisément dans l'affaire des
lettres-patentes, j'eus le plaisir de rendre quelques
services à mon hôte. Monsieur de Chessel jouissait de

sa fortune avec un faste dont s'offensaient quelques-uns de ses voisins ; il pouvait renouveler ses beaux chevaux et ses élégantes voitures ; sa femme était recherchée dans sa toilette ; il recevait grandement ; son domestique était plus nombreux que ne le veulent les habitudes du pays, il tranchait du prince. La terre de Frapesle est immense. En présence de son voisin et devant tout ce luxe, le comte de Mortsauf, réduit au cabriolet de famille, qui en Touraine tient le milieu entre la patache et la chaise de poste, obligé par la médiocrité de sa fortune à faire valoir Clochegourde, fut donc Tourangeau jusqu'au jour où les faveurs royales rendirent à sa famille un éclat peut-être inespéré. Son accueil au cadet d'une famille ruinée dont l'écusson date des croisades lui servait à humilier la haute fortune, à rapetisser les bois, les guérets et les prairies de son voisin, qui n'était pas gentilhomme. Monsieur de Chessel avait bien compris le comte. Aussi se sont-ils toujours vus poliment, mais sans aucun de ces rapports journaliers, sans cette agréable intimité qui aurait dû s'établir entre Clochegourde et Frapesle, deux domaines séparés par l'Indre, et d'où chacune des châtelaines pouvait, de sa fenêtre, faire un signe à l'autre.

La jalousie n'était pas la seule raison de la solitude où vivait le comte de Mortsauf. Sa première éducation fut celle de la plupart des enfants de grande famille, une incomplète et superficielle instruction à laquelle suppléaient les enseignements du monde, les usages de la cour, l'exercice des grandes charges de la couronne ou des places éminentes. Monsieur de Mortsauf avait émigré précisément à l'époque où commençait sa seconde éducation, elle lui manqua. Il fut de ceux qui crurent au prompt rétablissement de la monarchie en France ; dans cette persuasion, son exil avait été la plus déplorable des oisivetés. Quand se dispersa l'armée de Condé, où son courage le fit inscrire parmi les plus dévoués, il s'attendit à bientôt revenir sous le drapeau

blanc, et ne chercha pas, comme quelques émigrés, à
se créer une vie industrieuse. Peut-être aussi n'eut-il
pas la force d'abdiquer son nom, pour gagner son pain
dans les sueurs d'un travail méprisé. Ses espérances
toujours appointées au lendemain, et peut-être aussi
l'honneur, l'empêchèrent de se mettre au service des
puissances étrangères. La souffrance mina son courage. De longues courses entreprises à pied sans nourriture suffisante, sur des espoirs toujours déçus, alté-
rèrent sa santé, découragèrent son âme. Par degrés son
dénuement devint extrême. Si pour beaucoup d'hommes la misère est un tonique, il en est d'autres pour qui
elle est un dissolvant, et le comte fut de ceux-ci. En
pensant à ce pauvre gentilhomme de Touraine allant
et couchant par les chemins de la Hongrie, partageant un quartier de mouton avec les bergers du prince
Esterhazy [1], auxquels le voyageur demandait le pain
que le gentilhomme n'aurait pas accepté du maître,
et qu'il refusa maintes fois des mains ennemies de la
France, je n'ai jamais senti dans mon cœur de fiel
pour l'émigré, même quand je le vis ridicule dans le
triomphe. Les cheveux blancs de monsieur de Mortsauf
m'avaient dit d'épouvantables douleurs, et je sympa-
thise trop avec les exilés pour pouvoir les juger. La
gaieté française et tourangelle succomba chez le
comte ; il devint morose, tomba malade, et fut soigné
par charité dans je ne sais quel hospice allemand. Sa
maladie était une inflammation du mésentère, cas
souvent mortel, mais dont la guérison entraîne des
changements d'humeur, et cause presque toujours
l'hypocondrie [2]. Ses amours, ensevelis dans le plus
profond de son âme, et que moi seul ai découverts,
furent des amours de bas étage, qui n'attaquèrent
pas seulement sa vie, ils en ruinèrent encore l'avenir.
Après douze ans de misères, il tourna les yeux vers la
France où le décret de Napoléon lui permit de rentrer. Quand en passant le Rhin le piéton souffrant
aperçut le clocher de Strasbourg par une belle soirée, il

défaillit. « — La France! France! Je criai : « Voilà la
France! » me dit-il, comme un enfant crie : Ma mère!
quand il est blessé. » Riche avant de naître, il se trouvait pauvre ; fait pour commander un régiment ou
gouverner l'État, il était sans autorité, sans avenir ; né
sain et robuste, il revenait infirme et tout usé. Sans
instruction au milieu d'un pays où les hommes et les
choses avaient grandi, nécessairement sans influence
possible, il se vit dépouillé de tout, même de ses forces
corporelles et morales. Son manque de fortune lui
rendit son nom pesant. Ses opinions inébranlables,
ses antécédents à l'armée de Condé, ses chagrins,
ses souvenirs, sa santé perdue, lui donnèrent une sus-
ceptibilité de nature à être peu ménagée en France,
le pays des railleries. A demi mourant, il atteignit
le Maine, où, par un hasard dû peut-être à la guerre
civile, le gouvernement révolutionnaire avait oublié
de faire vendre une ferme considérable en étendue,
et que son fermier lui conservait en laissant croire
qu'il en était le propriétaire. Quand la famille de
Lenoncourt, qui habitait Givry, château situé près
de cette ferme, sut l'arrivée du comte de Mortsauf,
le duc de Lenoncourt alla lui proposer de demeurer à
Givry pendant le temps nécessaire pour s'arranger une
habitation. La famille de Lenoncourt fut noblement
généreuse envers le comte, qui se répara là durant
plusieurs mois de séjour, et fit des efforts pour cacher
ses douleurs pendant cette première halte. Les Lenoncourt avaient perdu leurs immenses biens. Par le
nom, monsieur de Mortsauf était un parti sortable
pour leur fille. Loin de s'opposer à son mariage avec
un homme âgé de trente-cinq ans, maladif et vieilli,
mademoiselle de Lenoncourt en parut heureuse. Un
mariage lui acquérait le droit de vivre avec sa tante,
la duchesse de Verneuil, sœur du prince de Blamont-
Chauvry, qui pour elle était une mère d'adoption.

Amie intime de la duchesse de Bourbon, madame de
Verneuil faisait partie d'une société sainte dont l'âme

était monsieur Saint-Martin, né en Touraine, et surnommé le *Philosophe inconnu* [1]. Les disciples de ce philosophe pratiquaient les vertus conseillées par les hautes spéculations de l'illuminisme mystique. Cette doctrine donne la clef des mondes divins, explique l'existence par des transformations où l'homme s'achemine à de sublimes destinées, libère le devoir de sa dégradation légale, applique aux peines de la vie la douceur inaltérable du quaker, et ordonne le mépris de la souffrance en inspirant je ne sais quoi de maternel pour l'ange que nous portons au ciel. C'est le stoïcisme ayant un avenir. La prière active et l'amour pur sont les éléments de cette foi qui sort du catholicisme de l'Église romaine pour rentrer dans le christianisme de l'Église primitive. Mademoiselle de Lenoncourt resta néanmoins au sein de l'Église apostolique, à laquelle sa tante fut toujours également fidèle. Rudement éprouvée par les tourmentes révolutionnaires, la duchesse de Verneuil avait pris, dans les derniers jours de sa vie, une teinte de piété passionnée qui versa dans l'âme de son enfant chéri *la lumière de l'amour céleste et l'huile de la joie intérieure*, pour employer les expressions mêmes de Saint-Martin. La comtesse reçut plusieurs fois cet homme de paix et de vertueux savoir à Clochegourde après la mort de sa tante, chez laquelle il venait souvent. Saint-Martin surveilla de Clochegourde ses derniers livres imprimés à Tours chez Letourmy. Inspirée par la sagesse des vieilles femmes qui ont expérimenté les détroits orageux de la vie, madame de Verneuil donna Clochegourde à la jeune mariée, pour lui faire un chez elle. Avec la grâce des vieillards qui est toujours parfaite quand ils sont gracieux, la duchesse abandonna tout à sa nièce, en se contentant d'une chambre au-dessus de celle qu'elle occupait auparavant et que prit la comtesse. Sa mort presque subite jeta des crêpes sur les joies de cette union, et imprima d'ineffaçables tristesses sur Clochegourde comme sur l'âme superstitieuse de la mariée. Les premiers jours de son établissement en Touraine furent pour la comtesse le seul temps non pas heureux, mais insoucieux de sa vie.

Après les traverses de son séjour à l'étranger, monsieur de Mortsauf, satisfait d'entrevoir un clément avenir, eut comme une convalescence d'âme ; il respira dans cette vallée les enivrantes odeurs d'une espérance fleurie. Forcé de songer à sa fortune, il se jeta dans les préparatifs de son entreprise agronomique et commença par goûter quelque joie ; mais la naissance de Jacques fut un coup de foudre qui ruina le présent et l'avenir : le médecin condamna le nouveau-né. Le comte cacha soigneusement cet arrêt à la mère ; puis, il consulta pour lui-même et reçut de désespérantes réponses que confirma la naissance de Madeleine. Ces deux événements, une sorte de certitude intérieure sur la fatale sentence, augmentèrent les dispositions maladives de l'émigré. Son nom à jamais éteint, une jeune femme pure, irréprochable, malheureuse à ses côtés, vouée aux angoisses de la maternité, sans en avoir les plaisirs ; cet *humus* de son ancienne vie d'où germaient de nouvelles souffrances lui tomba sur le cœur, et paracheva sa destruction. La comtesse devina le passé par le présent et lut dans l'avenir. Quoique rien ne soit plus difficile que de rendre heureux un homme qui se sent fautif, la comtesse tenta cette entreprise digne d'un ange. En un jour, elle devint stoïque. Après être descendue dans l'abîme d'où elle put voir encore le ciel, elle se voua, pour un seul homme, à la mission qu'embrasse la sœur de charité pour tous ; et afin de le réconcilier avec lui-même, elle lui pardonna ce qu'il ne se pardonnait pas. Le comte devint avare, elle accepta les privations imposées ; il avait la crainte d'être trompé, comme l'ont tous ceux qui n'ont connu la vie du monde que pour en rapporter des répugnances, elle resta dans la solitude et se plia sans murmure à ses défiances ; elle employa les ruses de la femme à lui faire vouloir ce qui était bien, il se croyait ainsi des idées et goûtait chez lui les plaisirs de la supériorité qu'il n'aurait eue nulle part. Puis, après s'être avancée dans la voie du mariage, elle se résolut à ne jamais sortir de Cloche-gourde, en reconnaissant chez le comte une âme hys-térique dont les écarts pouvaient, dans un pays de malice et de commérage, nuire à ses enfants. Aussi, personne ne soupçonnait-il l'incapacité réelle de monsieur de Mortsauf, elle avait paré ses ruines d'un épais manteau de lierre. Le caractère variable, non pas mécontent, mais mal content du comte, rencontra donc chez sa femme une terre douce et facile où il s'étendit en y sentant ses secrètes douleurs amollies par la fraîcheur des baumes.

Cet historique est la plus simple expression des discours arrachés à monsieur de Chessel par un secret dépit. Sa connaissance du monde lui avait fait entre-voir quelques-uns des mystères ensevelis à Cloche-gourde. Mais si, par sa sublime attitude, madame de Mortsauf trompait le monde, elle ne put tromper les sens intelligents de l'amour. Quand je me trouvai dans ma petite chambre, la prescience de la vérité me fit bondir dans mon lit, je ne supportai pas d'être à Frapesle lorsque je pouvais voir les fenêtres de sa chambre ; je m'habillai, descendis à pas de loup, et sortis du château par la porte d'une tour où se trouvait un escalier en colimaçon. Le froid de la nuit me rassé-réna. Je passai l'Indre sur le pont du moulin Rouge, et j'arrivai dans la bienheureuse toue en face de Cloche-gourde où brillait une lumière à la dernière fenêtre du côté d'Azay. Je retrouvai mes anciennes contempla-tions, mais paisibles, mais entremêlées par les roulades du chantre des nuits amoureuses, et par la note unique du rossignol des eaux. Il s'éveillait en moi des idées qui glissaient comme des fantômes en enlevant les crêpes qui jusqu'alors m'avaient dérobé mon bel avenir. L'âme et les sens étaient également charmés. Avec quelle violence mes désirs montèrent jusqu'à elle!

Combien de fois je me dis comme un insensé son refrain : — L'aurai-je ? Si durant les jours précédents l'univers s'était agrandi pour moi, dans une seule nuit il eut un centre. A elle, se rattachèrent mes vouloirs et mes ambitions, je souhaitai d'être tout pour elle, afin de refaire et de remplir son cœur déchiré. Belle fut cette nuit passée sous ses fenêtres, au milieu du murmure des eaux passant à travers les vannes des moulins, et entrecoupé par la voix des heures sonnées au clocher de Saché! Pendant cette nuit baignée de lumière où cette fleur sidérale m'éclaira la vie, je lui fiançai mon âme avec la foi du pauvre chevalier castillan de qui nous nous moquons dans Cervantès, et par laquelle nous commençons l'amour. A la première lueur dans le ciel, au premier cri d'oiseau, je me sauvai dans le parc de Frapesle ; je ne fus aperçu par aucun homme de la campagne, personne ne soupçonna mon escapade, et je dormis jusqu'au moment où la cloche annonça le déjeuner. Malgré la chaleur, après le déjeuner, je descendis dans la prairie afin d'aller revoir l'Indre et ses îles, la vallée et ses coteaux dont je parus un admirateur passionné ; mais avec cette vélocité de pieds qui défie celle du cheval échappé, je retrouvai mon bateau, mes saules et mon Clochegourde. Tout y était silencieux et frémissant comme est la campagne à midi. Les feuillages immobiles se découpaient nettement sur le fond bleu du ciel ; les insectes qui vivent de la lumière, demoiselles vertes, cantharides, volaient à leurs frênes, à leurs roseaux ; les troupeaux ruminaient à l'ombre, les terres rouges de la vigne brûlaient, et les couleuvres glissaient le long des talus. Quel changement dans ce paysage si frais et si coquet avant mon sommeil! Tout à coup je sautai hors de la barque et remontai le chemin pour tourner autour de Clochegourde d'où je croyais avoir vu sortir le comte. Je ne me trompais point, il allait le long d'une haie, et gagnait sans doute une porte donnant sur le chemin d'Azay qui longe la rivière.

— Comment vous portez-vous ce matin, monsieur le comte ?

Il me regarda d'un air heureux, il ne s'entendait pas souvent nommer ainsi.

— Bien, dit-il, mais vous aimez donc la campagne, pour vous promener par cette chaleur ?

— Ne m'a-t-on pas envoyé ici pour vivre en plein air ?

— Hé bien! voulez-vous venir voir couper mes seigles ?

— Mais volontiers, lui dis-je. Je suis, je vous l'avoue, d'une ignorance incroyable. Je ne distingue pas le seigle du blé, ni le peuplier du tremble ; je ne sais rien des cultures, ni des différentes manières d'exploiter une terre.

— Hé bien! venez, dit-il joyeusement en revenant sur ses pas. Entrez par la petite porte d'en haut.

Il remonta le long de sa haie en dedans, moi en dehors.

— Vous n'apprendriez rien chez monsieur de Chessel, me dit-il, il est trop grand seigneur pour s'occuper d'autre chose que de recevoir les comptes de son régisseur.

Il me montra donc ses cours et ses bâtiments, les jardins d'agrément, les vergers et les potagers. Enfin, il me mena vers cette longue allée d'acacias et de vernis du Japon, bordée par la rivière, où j'aperçus à l'autre bout, sur un banc, madame de Mortsauf occupée avec ses deux enfants. Une femme est bien belle sous ces menus feuillages tremblants et découpés! Surprise peut-être de mon naïf empressement, elle ne se dérangea pas, sachant bien que nous irions à elle. Le comte me fit admirer la vue de la vallée, qui, de là, présente un aspect tout différent de ceux qu'elle avait déroulés selon les hauteurs où nous avions passé. Là, vous eussiez dit d'un petit coin de la Suisse. La prairie, sillonnée par les ruisseaux qui se jettent dans l'Indre, se découvre dans sa longueur, et se perd en lointains vaporeux. Du côté de Montbazon, l'œil aperçoit une immense étendue verte, et sur tous les autres points se trouve arrêté par des collines, par des masses d'arbres, par des rochers. Nous allongeâmes le pas pour aller saluer madame de Mortsauf, qui laissa tomber tout à coup le livre où lisait Madeleine, et prit sur ses genoux Jacques en proie à une toux convulsive.

— Hé bien! qu'y a-t-il? s'écria le comte en devenant blême.

— Il a mal à la gorge, répondit la mère qui semblait ne pas me voir, ce ne sera rien.

Elle lui tenait à la fois la tête et le dos, et de ses yeux sortaient deux rayons qui versaient la vie à cette pauvre faible créature.

— Vous êtes d'une incroyable imprudence, reprit le comte avec aigreur, vous l'exposez au froid de la rivière et l'asseyez sur un banc de pierre.

— Mais, mon père, le banc brûle, s'écria Madeleine.

— Ils étouffaient là-haut, dit la comtesse.

— Les femmes veulent toujours avoir raison! dit-il en me regardant.

Pour éviter de l'approuver ou de l'improuver par mon regard, je contemplais Jacques qui se plaignait de souffrir dans la gorge, et que sa mère emporta. Avant de nous quitter, elle put entendre son mari.

— Quand on a fait des enfants si mal portants, on devrait savoir les soigner! dit-il.

Paroles profondément injustes; mais son amour-propre le poussait à se justifier aux dépens de sa femme. La comtesse volait en montant les rampes et les perrons. Je la vis disparaissant par la porte-fenêtre. Monsieur de Mortsauf s'était assis sur le banc, la tête inclinée, songeur; ma situation devenait intolérable, il ne me regardait ni ne me parlait. Adieu cette promenade pendant laquelle je comptais me mettre si bien dans son esprit. Je ne me souviens pas d'avoir passé dans ma vie un quart d'heure plus

horrible que celui-là. Je suais à grosses gouttes, me
disant : M'en irai-je ? ne m'en irai-je pas ? Combien de
pensées tristes s'élevèrent en lui pour lui faire oublier
d'aller savoir comment se trouvait Jacques! Il se leva
brusquement et vint auprès de moi. Nous nous retour-
nâmes pour regarder la riante vallée.

— Nous remettrons à un autre jour notre promenade, monsieur le comte, lui dis-je alors avec douceur.

— Sortons! répondit-il. Je suis malheureusement
habitué à voir souvent de semblables crises, moi qui
donnerais ma vie sans aucun regret pour conserver
celle de cet enfant.

— Jacques va mieux, il dort, mon ami, dit la voix
d'or. Madame de Mortsauf se montra soudain au bout
de l'allée, elle arriva sans fiel, sans amertume, et me
rendit mon salut. Je vois avec plaisir, me dit-elle,
que vous aimez Clochegourde.

— Voulez-vous, ma chère, que je monte à cheval
et que j'aille chercher monsieur Deslandes [1]? lui dit-il
en témoignant le désir de se faire pardonner son
injustice.

— Ne vous tourmentez point, dit-elle, Jacques n'a
pas dormi cette nuit, voilà tout. Cet enfant est très
nerveux, il a fait un vilain rêve, et j'ai passé tout le
temps à lui conter des histoires pour le rendormir. Sa
toux est purement nerveuse, je l'ai calmée avec une
pastille de gomme, et le sommeil l'a gagné.

— Pauvre femme! dit-il en lui prenant la main
dans les siennes et lui jetant un regard mouillé, je
n'en savais rien.

— A quoi bon vous inquiéter pour des riens ? allez
à vos seigles. Vous savez! Si vous n'êtes pas là, les
métayers laisseront les glaneuses étrangères au bourg
entrer dans le champ avant que les gerbes n'en soient
enlevées.

— Je vais faire mon premier cours d'agriculture,
madame, lui dis-je.

— Vous êtes à bonne école, répondit-elle en montrant le comte de qui la bouche se contracta pour exprimer ce sourire de contentement que l'on nomme familièrement *faire la bouche en cœur.*

Deux mois après seulement, je sus qu'elle avait passé cette nuit en d'horribles anxiétés, elle avait craint que son fils n'eût le croup. Et moi, j'étais dans ce bateau, mollement bercé par des pensées d'amour, imaginant que de sa fenêtre, elle me verrait adorant la lueur de cette bougie qui éclairait alors son front labouré par de mortelles alarmes. Le croup régnait à Tours, et y faisait d'affreux ravages. Quand nous fûmes à la porte, le comte me dit d'une voix émue : — Madame de Mortsauf est un ange! Ce mot me fit chanceler. Je ne connaissais encore que superficielle-ment cette famille, et le remords si naturel dont est saisie une âme jeune en pareille occasion, me cria : « De quel droit troublerais-tu cette paix profonde ? »

Heureux de rencontrer pour auditeur un jeune homme sur lequel il pouvait remporter de faciles triomphes, le comte me parla de l'avenir que le retour des Bourbons préparait à la France. Nous eûmes une conversation vagabonde dans laquelle j'entendis de vrais enfantillages qui me surprirent étrangement. Il ignorait des faits d'une évidence géométrique ; il avait peur des gens instruits ; les supériorités, il les niait ; il se moquait, peut-être avec raison, des progrès ; enfin je reconnus en lui une grande quantité de fibres douloureuses qui obligeaient à prendre tant de pré-cautions pour ne le point blesser, qu'une conversation suivie devenait un travail d'esprit. Quand j'eus pour ainsi dire palpé ses défauts, je m'y pliai avec autant de souplesse qu'en mettait la comtesse à les caresser. A une autre époque de ma vie, je l'eusse indubitablement froissé ; mais, timide comme un enfant, croyant ne rien savoir, ou croyant que les hommes faits savaient tout, je m'ébahissais des merveilles obtenues à Cloche-gourde par ce patient agriculteur. J'écoutais ses plans avec admiration. Enfin, flatterie involontaire qui me valut la bienveillance du vieux gentilhomme, j'enviais cette jolie terre, sa position, ce paradis terrestre en le mettant bien au-dessus de Frapesle.

— Frapesle, lui dis-je, est une massive argenterie, mais Clochegourde est un écrin de pierres précieuses !

Phrase qu'il répéta souvent depuis en citant l'auteur.

— Hé bien ! avant que nous y vinssions, c'était une désolation, disait-il.

J'étais tout oreilles quand il me parlait de ses semis, de ses pépinières. Neuf aux travaux de la campagne, je l'accablais de questions sur les prix des choses, sur les moyens d'exploitation, et il me parut heureux d'avoir à m'apprendre tant de détails.

— Que vous enseigne-t-on donc ? me demandait-il avec étonnement.

Dès cette première journée, le comte dit à sa femme en rentrant : — Monsieur Félix est un charmant jeune homme !

Le soir, j'écrivis à ma mère de m'envoyer des habillements et du linge, en lui annonçant que je restais à Frapesle. Ignorant la grande révolution qui s'accomplissait alors, et ne comprenant pas l'influence qu'elle devait exercer sur mes destinées, je croyais retourner à Paris pour y achever mon Droit, et l'École ne reprenait ses cours que dans les premiers jours du mois de novembre, j'avais donc deux mois et demi devant moi.

Pendant les premiers moments de mon séjour, je tentai de m'unir intimement au comte, et ce fut un temps d'impressions cruelles. Je découvris en cet homme une irascibilité sans cause, une promptitude d'action dans un cas désespéré, qui m'effrayèrent. Il se rencontrait en lui des retours soudains du gentilhomme si valeureux à l'armée de Condé, quelques éclairs paraboliques de ces volontés qui peuvent, au jour des circonstances graves, trouer la politique à la manière des bombes, et qui, par les hasards de la droiture et du courage, font d'un homme condamné à vivre dans sa

gentilhommière un d'Elbée, un Bonchamp, un Cha-
rette. Devant certaines suppositions, son nez se
contractait, son front s'éclairait, et ses yeux lançaient
une foudre aussitôt amollie. J'avais peur qu'en surpre-
nant le langage de mes yeux, monsieur de Mortsauf ne
me tuât sans réflexion. A cette époque, j'étais exclusivement tendre. La volonté, qui modifie si étrangement
les hommes, commençait seulement à poindre en moi.
Mes excessifs désirs m'avaient communiqué ces rapides
ébranlements de la sensibilité qui ressemblent aux
secousses de la peur. La lutte ne me faisait pas trembler, mais je ne voulais pas perdre la vie sans avoir
goûté le bonheur d'un amour partagé. Les difficultés
et mes désirs grandissaient sur deux lignes parallèles.
Comment parler de mes sentiments ? J'étais en proie
à de navrantes perplexités. J'attendais un hasard,
j'observais, je me familiarisais avec les enfants de qui
je me fis aimer, je tâchais de m'identifier aux choses de
la maison. Insensiblement le comte se contint moins
avec moi. Je connus donc ses soudains changements
d'humeur, ses profondes tristesses sans motif, ses
soulèvements brusques, ses plaintes amères et cas-
santes, sa froideur haineuse, ses mouvements de folie
réprimés, ses gémissements d'enfant, ses cris d'homme
au désespoir, ses colères imprévues. La nature
morale se distingue de la nature physique en ceci,
que rien n'y est absolu : l'intensité des effets est en
raison de la portée des caractères, ou des idées que nous
groupons autour d'un fait. Mon maintien à Clochegourde, l'avenir de ma vie, dépendaient de cette
volonté fantasque. Je ne saurais vous exprimer quelles
angoisses pressaient mon âme, alors aussi facile à
s'épanouir qu'à se contracter, quand en entrant, je me
disais : Comment va-t-il me recevoir ? Quelle anxiété
de cœur me brisait alors que tout à coup un orage
s'amassait sur ce front neigeux! C'était un qui-vive
continuel. Je tombai donc sous le despotisme de cet
homme. Mes souffrances me firent deviner celles de

madame de Mortsauf. Nous commençâmes à échanger
des regards d'intelligence, mes larmes coulaient
quelquefois quand elle retenait les siennes. La comtesse
et moi, nous nous éprouvâmes ainsi par la douleur.
Combien de découvertes n'ai-je pas faites durant ces
quarante premiers jours pleins d'amertumes réelles,
de joies tacites, d'espérances tantôt abîmées, tantôt
surnageant! Un soir je la trouvai religieusement
pensive devant un coucher de soleil qui rougissait si
voluptueusement les cimes en laissant voir la vallée
comme un lit, qu'il était impossible de ne pas écouter
la voix de cet éternel Cantique des Cantiques par
lequel la nature convie ses créatures à l'amour. La
jeune fille reprenait-elle des illusions envolées ? la
femme souffrait-elle de quelque comparaison secrète ?
Je crus voir dans sa pose un abandon profitable aux
premiers aveux, et lui dis : — Il est des journées
difficiles!

— Vous avez lu dans mon âme, me dit-elle, mais
comment ?

— Nous nous touchons par tant de points! répondis-je. N'appartenons-nous pas au petit nombre de
créatures privilégiées pour la douleur et pour le plaisir,
de qui les qualités sensibles vibrent toutes à l'unisson
en produisant de grands retentissements intérieurs, et
dont la nature nerveuse est en harmonie constante
avec le principe des choses! Mettez-les dans un milieu
où tout est dissonance, ces personnes souffrent horriblement, comme aussi leur plaisir va jusqu'à l'exaltation quand elles rencontrent les idées, les sensations ou
les êtres qui leur sont sympathiques. Mais il est pour
nous un troisième état dont les malheurs ne sont
connus que des âmes affectées par la même maladie,
et chez lesquelles se rencontrent de fraternelles com-
préhensions. Il peut nous arriver de n'être impression-
nés ni en bien ni en mal. Un orgue expressif doué de
mouvement s'exerce alors en nous dans le vide, se
passionne sans objet, rend des sons sans produire de

mélodie, jette des accents qui se perdent dans le
silence ! espèce de contradiction terrible d'une âme
qui se révolte contre l'inutilité du néant. Jeux acca-
blants dans lesquels notre puissance s'échappe tout
entière sans aliment, comme le sang par une blessure
inconnue. La sensibilité coule à torrents, il en résulte
d'horribles affaiblissements, d'indicibles mélancolies
pour lesquelles le confessionnal n'a pas d'oreilles.
N'ai-je pas exprimé nos communes douleurs ?

Elle tressaillit, et, sans cesser de regarder le couchant,
elle me répondit : — Comment si jeune savez-vous
ces choses ? Avez-vous donc été femme ?

— Ah ! lui répondis-je d'une voix émue, mon enfance
a été comme une longue maladie.

— J'entends tousser Madeleine, me dit-elle en me
quittant avec précipitation.

La contesse me vit assidu chez elle sans en prendre
de l'ombrage, par deux raisons. D'abord elle était pure
comme un enfant, et sa pensée ne se jetait dans aucun
écart. Puis j'amusais le comte, je fus une pâture à ce
lion sans ongles et sans crinière. Enfin, j'avais fini par
trouver une raison de venir qui nous parut plausible
à tous. Je ne savais pas le trictrac, monsieur de Mortsauf me proposa de me l'enseigner, j'acceptai. Dans
le moment où se fit notre accord, la comtesse ne put
s'empêcher de m'adresser un regard de compassion
qui voulait dire : « Mais vous vous jetez dans la gueule
du loup ! » Si je n'y compris rien d'abord, le troisième
jour je sus à quoi je m'étais engagé. Ma patience que
rien ne lasse, ce fruit de mon enfance, se mûrit pendant ce temps d'épreuves. Ce fut un bonheur pour le
comte que de se livrer à de cruelles railleries quand
je ne mettais pas en pratique le principe ou la règle
qu'il m'avait expliqué ; si je réfléchissais, il se plaignait de l'ennui que cause un jeu lent ; si je jouais vite,
il se fâchait d'être pressé ; si je faisais des écoles, il
me disait, en en profitant, que je me dépêchais trop.
Ce fut une tyrannie de magister, un despotisme de

férule dont je ne puis vous donner une idée qu'en me
comparant à Épictète tombé sous le joug d'un enfant
méchant. Quand nous jouâmes de l'argent, ses
gains constants lui causèrent des joies déshonorantes,
mesquines. Un mot de sa femme me consolait de tout,
et le rendait promptement au sentiment de la politesse
et des convenances. Bientôt je tombai dans les bra-
siers d'un supplice imprévu. A ce métier, mon argent
s'en alla. Quoique le comte restât toujours entre sa
femme et moi jusqu'au moment où je les quittais, quelquefois fort tard, j'avais toujours l'espérance de trouver un moment où je me glisserais dans son cœur ;
mais pour obtenir cette heure attendue avec la douloureuse patience du chasseur, ne fallait-il pas continuer ces taquines parties où mon âme était constamment déchirée, et qui emportaient tout mon argent !
Combien de fois déjà n'étions-nous pas demeurés silencieux, occupés à regarder un effet de soleil dans la
prairie, des nuées dans un ciel gris, les collines vaporeuses, ou les tremblements de la lune dans les pierreries
de la rivière, sans nous dire autre chose que : — La
nuit est belle !

— La nuit est femme, madame.

— Quelle tranquillité !

— Oui, l'on ne peut pas être tout à fait malheureux
ici.

A cette réponse elle revenait à sa tapisserie. J'avais
fini par entendre en elle des remuements d'entrailles
causés par une affection qui voulait sa place. Sans
argent, adieu les soirées. J'avais écrit à ma mère de m'en
envoyer ; ma mère me gronda, et ne m'en donna pas
pour huit jours. A qui donc en demander ? Et il s'agissait de ma vie ! Je retrouvais donc, au sein de mon
premier grand bonheur, les souffrances qui m'avaient
assailli partout ; mais à Paris, au collège, à la pension,
j'y avais échappé par une pensive abstinence, mon
malheur avait été négatif ; à Frapesle il devint actif ;
je connus alors l'envie du vol, ces crimes rêvés, ces

épouvantables rages qui sillonnent l'âme et que nous
devons étouffer sous peine de perdre notre propre
estime. Les souvenirs des cruelles méditations, des
angoisses que m'imposa la parcimonie de ma mère,
m'ont inspiré pour les jeunes gens la sainte indulgence
de ceux qui, sans avoir failli, sont arrivés sur le bord
de l'abîme comme pour en mesurer la profondeur.
Quoique ma probité, nourrie de sueurs froides, se
soit fortifiée en ces moments où la vie s'entr'ouvre et
laisse voir l'aride gravier de son lit, toutes les fois
que la terrible justice humaine a tiré son glaive sur le
cou d'un homme, je me suis dit : Les lois pénales ont
été faites par des gens qui n'ont pas connu le malheur.
En cette extrémité, je découvris, dans la bibliothèque
de monsieur de Chessel, le traité du trictrac, et l'étu-
diai ; puis mon hôte voulut bien me donner quelques
leçons ; moins durement mené, je pus faire des progrès, appliquer les règles et les calculs que j'appris
par cœur. En peu de jours je fus en état de dompter
mon maître ; mais, quand je le gagnai, son humeur
devint exécrable ; ses yeux étincelèrent comme ceux
des tigres, sa figure se crispa, ses sourcils jouèrent comme je n'ai vu jouer les sourcils de personne. Ses plaintes
furent celles d'un enfant gâté. Parfois il jetait les dés,
se mettait en fureur, trépignait, mordait son cornet et
me disait des injures. Ces violences eurent un terme.
Quand j'eus acquis un jeu supérieur, je conduisis la
bataille à mon gré ; je m'arrangeai pour qu'à la fin
tout fût à peu près égal, en le laissant gagner durant la
première moitié de la partie, et rétablissant l'équilibre
pendant la seconde moitié. La fin du monde aurait
moins surpris le comte que la rapide supériorité de
son écolier ; mais il ne la reconnut jamais. Le dénouement constant de nos parties fut une pâture nouvelle
dont son esprit s'empara.

— Décidément, disait-il, ma pauvre tête se fatigue.
Vous gagnez toujours vers la fin de la partie, parce
qu'alors j'ai perdu mes moyens.

La comtesse, qui savait le jeu, s'aperçut de mon
manège dès la première fois, et devina d'immenses
témoignages d'affection. Ces détails ne peuvent être
appréciés que par ceux à qui les horribles difficultés
du trictrac sont connues. Que ne disait pas cette petite
chose! Mais l'amour, comme le Dieu de Bossuet, met
au-dessus des plus riches victoires le verre d'eau du
pauvre, l'effort du soldat qui périt ignoré. La comtesse
me jeta l'un de ces remerciements muets qui brisent
un cœur jeune : elle m'accorda le regard qu'elle réservait à ses enfants! Depuis cette bienheureuse soirée,
elle me regarda toujours en me parlant. Je ne saurais
expliquer dans quel état je fus en m'en allant. Mon
âme avait absorbé mon corps, je ne pesais pas, je ne
marchais point, je volais. Je sentais en moi-même ce
regard, il m'avait inondé de lumière, comme son *adieu,
monsieur*! avait fait retentir en mon âme les harmonies
que contient l'*O filii, o filiæ!* de la résurrection pas-
chale [1]. Je naissais à une nouvelle vie. J'étais donc
quelque chose pour elle! Je m'endormis en des langes
de pourpre. Des flammes passèrent devant mes yeux
fermés en se poursuivant dans les ténèbres comme les
jolis vermisseaux de feu qui courent les uns après les
autres sur les cendres du papier brûlé. Dans mes rêves,
sa voix devint je ne sais quoi de palpable, une atmosphère qui m'enveloppa de lumière et de parfums, une
mélodie qui me caressa l'esprit. Le lendemain, son accueil exprima la plénitude des sentiments octroyés,
et je fus dès lors initié dans les secrets de sa voix. Ce
jour devait être un des plus marquants de ma vie.
Après le dîner, nous nous promenâmes sur les hauteurs,
nous allâmes dans une lande où rien ne pouvait venir,
le sol en était pierreux, desséché, sans terre végétale ;
néanmoins il s'y trouvait quelques chênes et des buissons pleins de sinelles ; mais, au lieu d'herbes, s'étendait un tapis de mousses fauves, crépues, allumées par
les rayons du soleil couchant, et sur lequel les pieds glissaient. Je tenais Madeleine par la main pour la soute-

nir, et madame de Mortsauf donnait le bras à Jacques.
Le comte, qui allait en avant, se retourna, frappa la
terre avec sa canne, et me dit avec un accent horrible :
— Voilà ma vie ! Oh ! mais avant de vous avoir connue,
reprit-il en jetant un regard d'excuse sur sa femme.
Réparation tardive, la comtesse avait pâli. Quelle
femme n'aurait pas chancelé comme elle en recevant
ce coup ?

— Quelles délicieuses odeurs arrivent ici, et les
beaux effets de lumière ! m'écriai-je ; je voudrais bien
avoir à moi cette lande, j'y trouverais peut-être des
trésors en la sondant ; mais la plus certaine richesse
serait votre voisinage. Qui d'ailleurs ne payerait pas
cher une vue si harmonieuse à l'œil, et cette rivière
serpentine où l'âme se baigne entre les frênes et les
aulnes ? Voyez la différence des goûts ? Pour vous, ce
coin de terre est une lande ; pour moi, c'est un paradis.

Elle me remercia par un regard.

— Églogue ! fit-il d'un ton amer, ici n'est pas la vie
d'un homme qui porte votre nom. Puis il s'interrompit
et dit : — Entendez-vous les cloches d'Azay ? J'entends
positivement sonner des cloches.

Madame de Mortsauf me regarda d'un air effrayé,
Madeleine me serra la main.

— Voulez-vous que nous rentrions faire un trictrac ?
lui dis-je, le bruit des dés vous empêchera d'entendre
celui des cloches.

Nous revînmes à Clochegourde en parlant à bâtons
rompus. Le comte se plaignait de douleurs vives
sans les préciser. Quand nous fûmes au salon, il
y eut entre nous tous une indéfinissable incertitude.
Le comte était plongé dans un fauteuil, absorbé dans
une contemplation respectée par sa femme, qui se
connaissait aux symptômes de la maladie et savait en
prévoir les accès. J'imitai son silence. Si elle ne me
pria point de m'en aller, peut-être crut-elle que la
partie de trictrac égaierait le comte et dissiperait ces

fatales susceptibilités nerveuses dont les éclats la
tuaient. Rien n'était plus difficile que de faire faire au
comte cette partie de trictrac, dont il avait toujours
grande envie. Semblable à une petite-maîtresse, il
voulait être prié, forcé, pour ne pas avoir l'air d'être
obligé, peut-être par cela même qu'il en était ainsi.
Si, par suite d'une conversation intéressante, j'oubliais
pour un moment mes *salamalek*, il devenait maussade,
âpre, blessant, et s'irritait de la conversation en contre-
disant tout. Averti par sa mauvaise humeur, je lui
proposais une partie ; alors il coquetait : « D'abord il
était trop tard, disait-il, puis je ne m'en souciais pas. »
Enfin des simagrées désordonnées, comme chez les
femmes qui finissent par vous faire ignorer leurs véritables désirs. Je m'humiliais, je le suppliais de m'entretenir dans une science si facile à oublier faute d'exercice. Cette fois j'eus besoin d'une gaieté folle pour le
décider à jouer. Il se plaignait d'étourdissements qui
l'empêcheraient de calculer, il avait le crâne serré
comme dans un étau, il entendait des sifflements, il
étouffait et poussait des soupirs énormes. Enfin il
consentit à s'attabler. Madame de Mortsauf nous quitta
pour coucher ses enfants et faire dire les prières à sa
maison. Tout alla bien pendant son absence, je m'arrangeai pour que monsieur de Mortsauf gagnât, et son
bonheur le dérida brusquement. Le passage subit d'une
tristesse qui lui arrachait de sinistres prédictions sur
lui-même, à cette joie d'homme ivre, à ce rire fou et
presque sans raison, m'inquiéta, me glaça. Je ne l'a-
vais jamais vu dans un accès si franchement accusé.
Notre connaissance intime avait porté ses fruits, il ne
se gênait plus avec moi. Chaque jour il essayait de
m'envelopper dans sa tyrannie, d'assurer une nouvelle
pâture à son humeur, car il semble vraiment que les
maladies morales soient des créatures qui ont leurs
appétits, leurs instincts, et veulent augmenter l'espace de leur empire comme un propriétaire veut augmenter son domaine. La comtesse descendit, et vint

près du trictrac pour mieux éclairer sa tapisserie, mais
elle se mit à son métier dans une appréhension mal
déguisée. Un coup funeste, et que je ne pus empêcher,
changea la face du comte : de gaie, elle devint sombre ;
de pourpre, elle devint jaune, ses yeux vacillèrent. Puis
arriva un dernier malheur que je ne pouvais ni prévoir
ni réparer. Monsieur de Mortsauf amena pour lui-même
un dé foudroyant qui décida sa ruine. Aussitôt il se
leva, jeta la table sur moi, la lampe à terre, frappa du
poing sur la console, et sauta par le salon, je ne saurais
dire qu'il marcha. Le torrent d'injures, d'imprécations,
d'apostrophes, de phrases incohérentes qui sortit de
sa bouche, aurait fait croire à quelque antique possession, comme au Moyen-Age. Jugez de mon attitude !

— Allez dans le jardin, me dit-elle en me pressant
la main.

Je sortis sans que le comte s'aperçût de ma dispa-
rition. De la terrasse où je me rendis à pas lents, j'entendis les éclats de sa voix et ses gémissements qui
partaient de sa chambre contiguë à la salle à manger.
A travers la tempête, j'entendis aussi la voix de l'ange
qui, par intervalles, s'élevait comme un chant de rossignol au moment où la pluie va cesser. Je me promenais
sous les acacias par la plus belle nuit du mois d'août
finissant, en attendant que la comtesse m'y rejoignît.
Elle allait venir, son geste me l'avait promis. Depuis
quelques jours une explication flottait entre nous, et
semblait devoir éclater au premier mot qui ferait jaillir
la source trop pleine en nos âmes. Quelle honte retar-
dait l'heure de notre parfaite entente ? Peut-être
aimait-elle autant que je l'aimais ce tressaillement
semblable aux émotions de la peur, qui meurtrit la
sensibilité, pendant ces moments où l'on retient sa vie
près de déborder, où l'on hésite à dévoiler son intérieur,
en obéissant à la pudeur qui agite les jeunes filles
avant qu'elles ne se montrent à l'époux aimé. Nous
avions agrandi nous-mêmes par nos pensées accumulées
cette première confidence devenue nécessaire. Une

heure se passa. J'étais assis sur la balustrade en briques,
quand le retentissement de son pas mêlé au bruit
onduleux de la robe flottante anima l'air calme du soir.
C'est des sensations auxquelles le cœur ne suffit pas.

— Monsieur de Mortsauf est maintenant endormi,
me dit-elle. Quand il est ainsi, je lui donne une tasse
d'eau dans laquelle on a fait infuser quelques têtes de
pavots, et les crises sont assez éloignées pour que ce
remède si simple ait toujours la même vertu. Monsieur,
me dit-elle en changeant de ton et prenant sa plus
persuasive inflexion de voix, un hasard malheureux
vous a livré des secrets jusqu'ici soigneusement gardés,
promettez-moi d'ensevelir dans votre cœur le souvenir
de cette scène. Faites-le pour moi, je vous en prie. Je ne
vous demande pas de serment, dites-moi le *oui* de
l'homme d'honneur, je serai contente.

— Ai-je donc besoin de prononcer ce *oui* ? lui dis-je.
Ne nous sommes-nous jamais compris ?

— Ne jugez point défavorablement monsieur de
Mortsauf en voyant les effets de longues souffrances
endurées pendant l'émigration, reprit-elle. Demain il
ignorera complètement les choses qu'il aura dites, et
vous le trouverez excellent et affectueux.

— Cessez, madame, lui répondis-je, de vouloir
justifier le comte, je ferai tout ce que vous voudrez. Je
me jetterais à l'instant dans l'Indre, si je pouvais ainsi
renouveler monsieur de Mortsauf et vous rendre à une
vie heureuse. La seule chose que je ne puisse refaire
est mon opinion, rien n'est plus fortement tissu en moi.
Je vous donnerais ma vie, je ne puis vous donner ma
conscience ; je puis ne pas l'écouter, mais puis-je
l'empêcher de parler ? or, dans mon opinion, monsieur
de Mortsauf est...

— Je vous entends, dit-elle, en m'interrompant avec
une brusquerie insolite, vous avez raison. Le comte
est nerveux comme une petite-maîtresse, reprit-elle
pour adoucir l'idée de la folie en adoucissant le mot,
mais il n'est ainsi que par intervalles, une fois au plus

par année, lors des grandes chaleurs. Combien de maux a causés l'émigration! Combien de belles existences perdues! Il eût été, j'en suis certaine, un grand homme de guerre, l'honneur de son pays.

— Je le sais, lui dis-je en l'interrompant à mon tour, et lui faisant comprendre qu'il était inutile de me tromper.

Elle s'arrêta, posa l'une de ses mains sur son front, et me dit : — Qui vous a donc ainsi produit dans notre intérieur? Dieu veut-il m'envoyer un secours, une vive amitié qui me soutienne? reprit-elle en appuyant sa main sur la mienne avec force, car vous êtes bon, généreux... Elle leva les yeux vers le ciel, comme pour invoquer un visible témoignage qui lui confirmât ses secrètes espérances, et les reporta sur moi. Électrisé par ce regard qui jetait une âme dans la mienne, j'eus, selon la jurisprudence mondaine, un manque de tact ; mais, chez certaines âmes, n'est-ce pas souvent précipitation généreuse au-devant d'un danger, envie de prévenir un choc, crainte d'un malheur qui n'arrive pas, et plus souvent encore n'est-ce pas l'interrogation brusque faite à un cœur, un coup donné pour savoir s'il résonne à l'unisson? Plusieurs pensées s'élevèrent en moi comme des lueurs, et me conseillèrent de laver la tache qui souillait ma candeur, au moment où je prévoyais une complète initiation.

— Avant d'aller plus loin, lui dis-je d'une voix altérée par des palpitations facilement entendues dans le profond silence où nous étions, permettez-moi de purifier un souvenir du passé.

— Taisez-vous, me dit-elle vivement en me mettant sur les lèvres un doigt qu'elle ôta aussitôt. Elle me regarda fièrement comme une femme trop haut située pour que l'injure puisse l'atteindre, et me dit d'une voix troublée : — Je sais de quoi vous voulez parler. Il s'agit du premier, du dernier, du seul outrage que j'aurai reçu! Ne parlez jamais de ce bal. Si la chrétienne vous a pardonné, la femme souffre encore.

— Ne soyez pas plus impitoyable que ne l'est Dieu, lui dis-je en gardant entre mes cils les larmes qui me vinrent aux yeux.

— Je dois être plus sévère, je suis plus faible, répondit-elle.

— Mais, repris-je avec une manière de révolte enfantine, écoutez-moi, quand ce ne serait que pour la première, la dernière et la seule fois de votre vie.

— Eh bien! dit-elle, parlez! Autrement, vous croiriez que je crains de vous entendre.

Sentant alors que ce moment était unique en notre vie, je lui dis avec cet accent qui commande l'attention, que les femmes au bal m'avaient été toutes indifférentes comme celles que j'avais aperçues jusqu'alors ; mais qu'en la voyant, moi de qui la vie était si studieuse, de qui l'âme était si peu hardie, j'avais été comme emporté par une frénésie qui ne pouvait être condamnée que par ceux qui ne l'avaient jamais éprouvée, que jamais cœur d'homme ne fut si bien empli du désir auquel ne résiste aucune créature et qui fait tout vaincre, même la mort...

— Et le mépris ? dit-elle en m'arrêtant.

— Vous m'avez donc méprisé ? lui demandai-je

— Ne parlons plus de ces choses, dit-elle.

— Mais parlons-en! lui répondis-je avec une exaltation causée par une douleur surhumaine. Il s'agit de tout moi-même, de ma vie inconnue, d'un secret que vous devez connaître ; autrement je mourrais de désespoir! Ne s'agit-il pas aussi de vous, qui, sans le savoir, avez été la Dame aux mains de laquelle reluit la couronne promise aux vainqueurs du tournoi.

Je lui contai mon enfance et ma jeunesse, non comme je vous l'ai dite, en la jugeant à distance ; mais avec les paroles ardentes du jeune homme de qui les blessures saignaient encore. Ma voix retentit comme la hache des bûcherons dans une forêt. Devant elle tombèrent à grand bruit les années mortes, les longues douleurs qui les avaient hérissées de branches sans

feuillages. Je lui peignis avec des mots enfiévrés une
foule de détails terribles dont je vous ai fait grâce.
J'étalai le trésor de mes vœux brillants, l'or vierge de
mes désirs, tout un cœur brûlant conservé sous les
glaces de ces Alpes entassées par un continuel hiver.
Lorsque, courbé sous le poids de mes souffrances redites
avec les charbons d'Isaïe, j'attendis un mot de cette
femme qui m'écoutait la tête baissée, elle éclaira les
ténèbres par un regard, elle anima les mondes terrestres
et divins par un seul mot.

— Nous avons eu la même enfance! dit-elle en me
montrant un visage où reluisait l'auréole des martyrs.
Après une pause où nos âmes se marièrent dans cette
même pensée consolante : Je n'étais donc pas seul à
souffrir! la comtesse me dit de sa voix réservée pour
parler à ses chers petits, comment elle avait eu le tort
d'être une fille quand les fils étaient morts. Elle m'ex-
pliqua les différences que son état de fille sans cesse
attachée aux flancs d'une mère mettait entre ses douleurs et celles d'un enfant jeté dans le monde des collèges. Ma solitude avait été comme un paradis, comparée au contact de la meule sous laquelle son âme fut
sans cesse meurtrie, jusqu'au jour où sa véritable mère,
sa bonne tante l'avait sauvée en l'arrachant à ce supplice dont elle me raconta les renaissantes douleurs. C'était les inexplicables pointilleries insupportables aux natures nerveuses qui ne reculent pas
devant un coup de poignard et meurent sous l'épée de
Damoclès : tantôt une expansion généreuse arrêtée par
un ordre glacial, tantôt un baiser froidement reçu ;
un silence imposé, reproché tour à tour ; des larmes
dévorées qui lui restaient sur le cœur ; enfin les mille
tyrannies du couvent, cachées aux yeux des étrangers
sous les apparences d'une maternité glorieusement
exaltée. Sa mère tirait vanité d'elle, et la vantait ;
mais elle payait cher le lendemain ces flatteries nécessaires au triomphe de l'institutrice. Quand, à force
d'obéissance et de douceur, elle croyait avoir vaincu

le cœur de la mère, et qu'elle s'ouvrait à elle, le tyran reparaissait armé de ces confidences. Un espion n'eût pas été si lâche ni si traître. Tous ses plaisirs de jeune fille, ses fêtes lui avaient été chèrement vendues, car elle était grondée d'avoir été heureuse, comme elle l'eût été pour une faute. Jamais les enseignements de sa noble éducation ne lui avaient été donnés avec amour, mais avec une blessante ironie. Elle n'en voulait point à sa mère, elle se reprochait seulement de ressentir moins d'amour que de terreur pour elle. Peut-être, pensait cet ange, ces sévérités étaient-elles nécessaires ? ne l'avaient-elles pas préparée à sa vie actuelle ? En l'écoutant, il me semblait que la harpe de Job de laquelle j'avais tiré de sauvages accords, maintenant maniée par des doigts chrétiens, y répondait en chantant les litanies de la Vierge au pied de la croix.

— Nous vivions dans la même sphère avant de nous retrouver ici, vous partie de l'orient et moi de l'occident.

Elle agita la tête par un mouvement désespéré : — A vous l'orient, à moi l'occident, dit-elle. Vous vivrez heureux, je mourrai de douleur ! Les hommes font eux-mêmes les événements de leur vie, et la mienne est à jamais fixée. Aucune puissance ne peut briser cette lourde chaîne à laquelle la femme tient par un anneau d'or, emblème de la pureté des épouses.

Nous sentant alors jumeaux du même sein, elle ne conçut point que les confidences se fissent à demi entre frères abreuvés aux mêmes sources. Après le soupir naturel aux cœurs purs au moment où ils s'ouvrent, elle me raconta les premiers jours de son mariage, ses premières déceptions, tout le *renouveau* du malheur. Elle avait, comme moi, connu les petits faits, si grands pour les âmes dont la limpide substance est ébranlée tout entière au moindre choc, de même qu'une pierre jetée dans un lac en agite également la surface et la profondeur. En se mariant, elle possédait ses épargnes, ce peu d'or qui représente les heures joyeuses, les

mille désirs du jeune âge ; en un jour de détresse,
elle l'avait généreusement donné sans dire que c'était
des souvenirs et non des pièces d'or ; jamais son mari
ne lui en avait tenu compte, il ne se savait pas son
débiteur! En échange de ce trésor englouti dans les
eaux dormantes de l'oubli, elle n'avait pas obtenu ce
regard mouillé qui solde tout, qui pour les âmes géné-
reuses est comme un éternel joyau dont les feux
brillent aux jours difficiles. Comme elle avait marché
de douleur en douleur! Monsieur de Mortsauf oubliait
de lui donner l'argent nécessaire à la maison ; il se
réveillait d'un rêve quand, après avoir vaincu toutes
ses timidités de femme, elle lui en demandait ; et
jamais il ne lui avait une seule fois évité ces cruels
serrements de cœur! Quelle terreur vint la saisir au
moment où la nature maladive de cet homme ruiné
s'était dévoilée! elle avait été brisée par le premier
éclat de ses folles colères. Par combien de réflexions
dures n'avait-elle point passé avant de regarder comme
nul son mari, cette imposante figure qui domine l'existence d'une femme! De quelles horribles calamités
furent suivies ses deux couches! Quel saisissement à
l'aspect de deux enfants mort-nés? Quel courage
pour se dire : « Je leur soufflerai la vie! je les enfanterai
de nouveau tous les jours! » Puis quel désespoir de
sentir un obstacle dans le cœur et dans la main d'où
les femmes tirent leurs secours! Elle avait vu cet
immense malheur déroulant ses savanes épineuses
à chaque difficulté vaincue. A la montée de chaque
rocher, elle avait aperçu de nouveaux déserts à franchir, jusqu'au jour où elle eut bien connu son mari,
l'organisation de ses enfants, et le pays où elle devait
vivre ; jusqu'au jour où, comme l'enfant arraché par
Napoléon aux tendres soins du logis, elle eut habitué
ses pieds à marcher dans la boue et dans la neige,
accoutumé son front aux boulets, toute sa personne
à la passive obéissance du soldat. Ces choses que je
vous résume, elle me les dit alors dans leur ténébreuse

étendue, avec leur cortège de faits désolants, de
batailles conjugales perdues, d'essais infructueux.

— Enfin, me dit-elle en terminant, il faudrait
demeurer ici quelques mois pour savoir combien de
peines me coûtent les améliorations de Clochegourde,
combien de patelineries fatigantes pour lui faire vouloir la chose la plus utile à ses intérêts! Quelle malice
d'enfant le saisit quand une chose due à mes conseils
ne réussit pas tout d'abord! Avec quelle joie il s'attribue le bien! Quelle patience m'est nécessaire pour
toujours entendre des plaintes quand je me tue à lui
sarcler ses heures, à lui embaumer son air, à lui sabler,
à lui fleurir les chemins qu'il a semés de pierres. Ma
récompense est ce terrible refrain : « — Je vais mourir, la vie me pèse! » S'il a le bonheur d'avoir du
monde chez lui, tout s'efface, il est gracieux et poli.
Pourquoi n'est-il pas ainsi pour sa famille? Je ne
sais comment expliquer ce manque de loyauté chez
un homme parfois vraiment chevaleresque. Il est
capable d'aller secrètement à franc étrier me chercher
à Paris une parure comme il le fit dernièrement pour
le bal de la ville. Avare pour sa maison, il serait prodigue pour moi, si je le voulais. Ce devrait être l'inverse : je n'ai besoin de rien, et sa maison est lourde.
Dans le désir de lui rendre la vie heureuse, et sans
songer que je serais mère, peut-être l'ai-je habitué
à me prendre pour sa victime ; moi qui en usant de
quelques cajoleries, le mènerais comme un enfant,
si je pouvais m'abaisser à jouer un rôle qui me semble
infâme! Mais l'intérêt de la maison exige que je sois
calme et sévère comme une statue de la Justice, et
cependant, moi aussi, j'ai l'âme expansive et tendre!

— Pourquoi, lui dis-je, n'usez-vous pas de cette
influence pour vous rendre maîtresse de lui, pour le
gouverner?

— S'il ne s'agissait que de moi seule, je ne saurais
ni vaincre son silence obtus, opposé pendant des
heures entières à des arguments justes, ni répondre à

des observations sans logique, de véritables raisons d'enfant. Je n'ai de courage ni contre la faiblesse ni contre l'enfance ; elles peuvent me frapper sans que je leur résiste ; peut-être opposerais-je la force à la force, mais je suis sans énergie contre ceux que je plains. S'il fallait contraindre Madeleine à quelque chose pour la sauver je mourrais avec elle. La pitié détend toutes mes fibres et mollifie mes nerfs. Aussi les violentes secousses de ces dix années m'ont-elles abattue ; maintenant ma sensibilité si souvent attaquée est parfois sans consistance, rien ne la régénère ; parfois l'énergie, avec laquelle je supportais les orages, me manque. Oui, parfois je suis vaincue. Faute de repos et de bains de mer où je retremperais mes fibres, je périrai. Monsieur de Mortsauf m'aura tuée et il mourra de ma mort.

— Pourquoi ne quittez-vous pas Clochegourde pour quelques mois ? Pourquoi n'iriez-vous pas, accompagnée de vos enfants, au bord de la mer ?

— D'abord, monsieur de Mortsauf se croirait perdu si je m'éloignais. Quoiqu'il ne veuille pas croire à sa situation, il en a la conscience. Il se rencontre en lui l'homme et le malade; deux natures différentes dont les contradictions expliquent bien des bizarreries! Puis, il aurait raison de trembler. Tout irait mal ici. Vous avez vu peut-être en moi la mère de famille occupée à protéger ses enfants contre le milan qui plane sur eux. Tâche écrasante, augmentée des soins exigés par monsieur de Mortsauf qui va toujours demandant : — Où est madame? Ce n'est rien. Je suis aussi le précepteur de Jacques, la gouvernante de Madeleine. Ce n'est rien encore! Je suis intendant et régisseur. Vous connaîtrez un jour la portée de mes paroles quand vous saurez que l'exploitation d'une terre est ici la plus fatigante des industries. Nous avons peu de revenus en argent, nos fermes sont cultivées à moitié, système qui veut une surveillance continuelle. Il faut vendre soi-même ses grains, ses

bestiaux, ses récoltes de toute nature. Nous avons
pour concurrents nos propres fermiers qui s'entendent au cabaret avec les consommateurs, et font
les prix après avoir vendu les premiers. Je vous en-
nuierais si je vous expliquais les mille difficultés de
notre agriculture. Quel que soit mon dévouement, je
ne puis veiller à ce que nos colons n'amendent pas
leurs propres terres avec nos fumiers ; je ne puis, ni
aller voir si nos métiviers [1] ne s'entendent pas avec
eux lors du partage des récoltes, ni savoir le moment
opportun pour la vente. Or, si vous venez à penser
au peu de mémoire de monsieur de Mortsauf, aux
peines que vous m'avez vue prendre pour l'obliger à
s'occuper de ses affaires, vous comprendrez la lourdeur
de mon fardeau, l'impossibilité de le déposer un
moment. Si je m'absentais, nous serions ruinés. Personne ne l'écouterait ; la plupart du temps, ses ordres
se contredisent ; d'ailleurs personne ne l'aime, il est
trop grondeur, il fait trop l'absolu ; puis, comme tous
les gens faibles, il écoute trop facilement ses inférieurs
pour inspirer autour de lui l'affection qui unit les
familles. Si je partais, aucun domestique ne resterait
ici huit jours. Vous voyez bien que je suis attachée
à Clochegourde comme ces bouquets de plomb le sont
à nos toits. Je n'ai pas eu d'arrière-pensée avec vous,
monsieur. Toute la contrée ignore les secrets de Clochegourde, et maintenant vous les savez. N'en dites
rien que de bon et d'obligeant, et vous aurez mon
estime, ma reconnaissance, ajouta-t-elle encore d'une
voix adoucie. A ce prix, vous pouvez toujours revenir
à Clochegourde, vous y trouverez des cœurs amis.

— Mais, dis-je, moi je n'ai jamais souffert ! Vous
seule...

— Non, reprit-elle en laissant échapper ce sourire
des femmes résignées qui fendrait le granit, ne vous
étonnez pas de cette confidence, elle vous montre la
vie comme elle est, et non comme votre imagination
vous l'a fait espérer. Nous avons tous nos défauts

et nos qualités. Si j'eusse épousé quelque prodigue, il m'aurait ruinée. Si j'eusse été donnée à quelque jeune homme ardent et voluptueux, il aurait eu des succès, peut-être n'aurais-je pas su le conserver, il m'aurait abandonnée, je serais morte de jalousie. Je suis jalouse! dit-elle avec un accent d'exaltation qui ressemblait au coup de tonnerre d'un orage qui passe. Hé bien! monsieur de Mortsauf m'aime autant qu'il peut m'aimer ; tout ce que son cœur enferme d'affection, il le verse à mes pieds, comme la Madeleine a versé le reste de ses parfums aux pieds du Sauveur. Croyez-le! une vie d'amour est une fatale exception à la loi terrestre ; toute fleur périt, les grandes joies ont un lendemain mauvais, quand elles ont un lendemain. La vie réelle est une vie d'angoisses : son image est dans cette ortie, venue au pied de la terrasse, et qui, sans soleil, demeure verte sur sa tige. Ici, comme dans les patries du nord, il est des sourires dans le ciel, rares il est vrai, mais qui paient bien des peines. Enfin les femmes qui sont exclusivement mères ne s'attachent-elles pas plus par les sacrifices que par les plaisirs ? Ici j'attire sur moi les orages que je vois prêts à fondre sur les gens ou sur mes enfants, et j'éprouve en les détournant je ne sais quel sentiment qui me donne une force secrète. La résignation de la veille a toujours préparé celle du lendemain. Dieu ne me laisse d'ailleurs point sans espoir. Si d'abord la santé de mes enfants m'a désespérée, aujourd'hui plus ils avancent dans la vie, mieux ils se portent. Après tout, notre demeure s'est embellie, la fortune se répare. Qui sait si la vieillesse de monsieur de Mortsauf ne sera pas heureuse par moi ? Croyez-le! l'être qui se présente devant le Grand Juge, une palme verte à la main, lui ramenant consolés ceux qui maudissaient la vie, cet être a converti ses douleurs en délices. Si mes souffrances servent au bonheur de la famille, est-ce bien des souffrances ?

— Oui, lui dis-je, mais elles étaient nécessaires

comme le sont les miennes pour me faire apprécier les saveurs du fruit mûri dans nos roches ; maintenant peut-être le goûterons-nous ensemble, peut-être en admirerons-nous les prodiges ? ces torrents d'affection dont il inonde les âmes, cette sève qui ranime les feuilles jaunissantes. La vie ne pèse plus alors, elle n'est plus à nous. Mon Dieu ! ne m'entendez-vous pas ? repris-je en me servant du langage mystique auquel notre éducation religieuse nous avait habitués. Voyez par quelles voies nous avons marché l'un vers l'autre ? quel aimant nous a dirigés sur l'océan des eaux amères, vers la source d'eau douce, coulant au pied des monts sur un sable pailleté, entre deux rives vertes et fleuries ? N'avons-nous pas, comme les Mages, suivi la même étoile ? Nous voici devant la crèche d'où s'éveille un divin enfant qui lancera ses flèches au front des arbres nus, qui nous ranimera le monde par ses cris joyeux, qui par des plaisirs incessants donnera du goût à la vie, rendra aux nuits leur sommeil, aux jours leur allégresse. Qui donc a serré chaque année de nouveaux nœuds entre nous ? Ne sommes-nous pas plus que frère et sœur ? Ne déliez jamais ce que le ciel a réuni. Les souffrances dont vous parlez étaient le grain répandu à flots par la main du Semeur pour faire éclore la moisson déjà dorée par le plus beau des soleils. Voyez ! voyez ! N'irons-nous pas ensemble tout cueillir brin à brin ! Quelle force en moi, pour que j'ose vous parler ainsi ! Répondez-moi donc, ou je ne repasserai pas l'Indre.

— Vous m'avez évité le mot *amour*, dit-elle en m'interrompant d'une voix sévère ; mais vous avez parlé d'un sentiment que j'ignore et qui ne m'est point permis. Vous êtes un enfant, je vous pardonne encore, mais pour la dernière fois. Sachez-le, monsieur, mon cœur est comme enivré de maternité ! Je n'aime monsieur de Mortsauf ni par devoir social, ni par calcul de béatitudes éternelles à gagner ; mais par un irrésistible sentiment qui l'attache à toutes les fibres de mon cœur. Ai-je été violentée à mon mariage ? Il fut décidé par ma sympathie pour les infortunes. N'était-ce pas aux femmes à réparer les maux du temps, à consoler ceux qui coururent sur la brèche et revinrent blessés ? Que vous dirai-je ? j'ai ressenti je ne sais quel contentement égoïste en voyant que vous l'amusiez : n'est-ce pas la maternité pure ? Ma confession ne vous-a-t-elle donc pas assez montré les *trois* enfants auxquels je ne dois jamais faillir, sur lesquels je dois faire pleuvoir une rosée réparatrice, et faire rayonner mon âme sans en laisser adultérer la moindre parcelle ? N'aigrissez pas le lait d'une mère ! Quoique l'épouse soit invulnérable en moi, ne me parlez donc plus ainsi. Si vous ne respectiez pas cette défense si simple, je vous en préviens, l'entrée de cette maison vous serait à jamais fermée. Je croyais à de pures amitiés, à des fraternités volontaires, plus certaines que ne le sont les fraternités imposées. Erreur ! Je voulais un ami qui ne fût pas un juge, un ami pour m'écouter en ces moments de faiblesse où la voix qui gronde est une voix meurtrière, un ami saint avec qui je n'eusse rien à craindre. La jeunesse est noble, sans mensonges, capable de sacrifices, désintéressée : en voyant votre persistance, j'ai cru, je l'avoue, à quelque dessein du ciel ; j'ai cru que j'aurais une âme qui serait à moi seule comme un prêtre est à tous, un cœur où je pourrais épancher mes douleurs quand elles surabondent, crier quand mes cris sont irrésistibles et m'étoufferaient si je continuais à les dévorer. Ainsi mon existence, si précieuse à ces enfants, aurait pu se prolonger jusqu'au jour où Jacques serait devenu homme. Mais n'est-ce pas être trop égoïste ? La Laure de Pétrarque peut-elle se recommencer ? Je me suis trompée, Dieu ne le veut pas. Il faudra mourir à mon poste, comme le soldat sans ami. Mon confesseur est rude, austère ; et... ma tante n'est plus !

Deux grosses larmes éclairées par un rayon de lune

sortirent de ses yeux, roulèrent sur ses joues, en attei-
gnirent le bas ; mais je tendis la main assez à temps
pour les recevoir, et les bus avec une avidité pieuse
qu'excitèrent ces paroles déjà signées par dix ans de
larmes secrètes, de sensibilité dépensée, de soins constants, d'alarmes perpétuelles, l'héroïsme le plus élevé
de votre sexe! Elle me regarda d'un air doucement
stupide.

— Voici, lui dis-je, la première, la sainte communion de l'amour. Oui, je viens de participer à vos
douleurs, de m'unir à votre âme, comme nous nous
unissons au Christ en buvant sa divine substance.
Aimer sans espoir est encore un bonheur. Ah! quelle
femme sur la terre pourrait me causer une joie aussi
grande que celle d'avoir aspiré ces larmes! J'accepte
ce contrat qui doit se résoudre en souffrances pour
moi. Je me donne à vous sans arrière-pensée, et serai
ce que vous voudrez que je sois.

Elle m'arrêta par un geste, et me dit de sa voix
profonde : — Je consens à ce pacte, si vous voulez ne
jamais presser les liens qui nous attacheront.

— Oui, lui dis-je, mais moins vous m'accorderez,
plus certainement dois-je posséder.

— Vous commencez par une méfiance, répondit-
elle en exprimant la mélancolie du doute.

— Non, mais par une jouissance pure. Écoutez !
je voudrais de vous un nom qui ne fût à personne,
comme doit être le sentiment que nous nous vouons.

— C'est beaucoup, dit-elle, mais je suis moins
petite que vous ne le croyez. Monsieur de Mortsauf
m'appelle Blanche. Une seule personne au monde,
celle que j'ai le plus aimée, mon adorable tante, me
nommait Henriette. Je redeviendrai donc Henriette
pour vous.

Je lui pris la main et la baisai. Elle me l'abandonna
dans cette confiance qui rend la femme si supérieure
à nous, confiance qui nous accable. Elle s'appuya sur
la balustrade en briques et regarda l'Indre.

— N'avez-vous pas tort, mon ami, dit-elle, d'aller du premier bond au bout de la carrière ? Vous avez épuisé, par votre première aspiration, une coupe offerte avec candeur. Mais un vrai sentiment ne se partage pas, il doit être entier, ou il n'est pas. Monsieur de Mortsauf, me dit-elle après un moment de silence, est par-dessus tout loyal et fier. Peut-être seriez-vous tenté, pour moi, d'oublier ce qu'il a dit ; s'il n'en sait rien, moi demain je l'en instruirai. Soyez quelque temps sans vous montrer à Clochegourde, il vous en estimera davantage. Dimanche prochain, au sortir de l'église, il ira lui-même à vous ; je le connais, il effacera ses torts ; et vous aimera de l'avoir traité comme un homme responsable de ses actions et de ses paroles.

— Cinq jours sans vous voir, sans vous entendre !

— Ne mettez jamais cette chaleur aux paroles que vous me direz, dit-elle.

Nous fîmes deux fois le tour de la terrasse en silence. Puis elle me dit d'un ton de commandement qui me prouvait qu'elle prenait possession de mon âme :

— Il est tard, séparons-nous.

Je voulais lui baiser la main, elle hésita, me la rendit, et me dit d'une voix de prière : — Ne la prenez que lorsque je vous la donnerai, laissez-moi mon libre arbitre, sans quoi je serais une chose à vous, et cela ne doit pas être.

— Adieu, lui dis-je.

Je sortis par la petite porte d'en bas qu'elle m'ouvrit. Au moment où elle l'allait fermer, elle la rouvrit, me tendit sa main en me disant : — En vérité, vous avez été bien bon ce soir, vous avez consolé tout mon avenir ; prenez, mon ami, prenez !

Je baisai sa main à plusieurs reprises ; et quand je levai les yeux, je vis des larmes dans les siens. Elle remonta sur la terrasse, et me regarda encore un moment à travers la prairie. Quand je fus dans le chemin de Frapesle, je vis encore sa robe blanche

éclairée par la lune ; puis, quelques instants après,
une lumière illumina sa chambre.

— O mon Henriette! me dis-je, à toi l'amour le
plus pur qui jamais aura brillé sur cette terre!

Je regagnai Frapesle en me retournant à chaque
pas. Je sentais en moi je ne sais quel contentement
ineffable. Une brillante carrière s'ouvrait enfin au
dévouement dont est gros tout jeune cœur, et qui chez
moi fut si longtemps une force inerte! Semblable
au prêtre qui, par un seul pas, s'est avancé dans une
vie nouvelle, j'étais consacré, voué. Un simple *oui,
madame!* m'avait engagé à garder pour moi seul en
mon cœur un amour irrésistible, à ne jamais abuser
de l'amitié pour amener à petits pas cette femme dans
l'amour. Tous les sentiments nobles réveillés faisaient
entendre en moi-même leurs voix confuses. Avant de
me retrouver à l'étroit dans une chambre, je voulus
voluptueusement rester sous l'azur ensemencé d'é-
toiles, entendre encore en moi-même ces chants de
ramier blessé, les tons simples de cette confidence
ingénue, rassembler dans l'air les effluves de cette
âme qui toutes devaient venir à moi. Combien elle
me parut grande, cette femme, avec son oubli profond
du moi, sa religion pour les êtres blessés, faibles ou
souffrants, avec son dévouement allégé des chaînes
légales! Elle était là, sereine sur son bûcher de sainte
et de martyre! J'admirais sa figure qui m'apparut
au milieu des ténèbres, quand soudain je crus deviner
un sens à ses paroles, une mystérieuse signifiance qui
me la rendit complètement sublime. Peut-être voulait-elle que je fusse pour elle ce qu'elle était pour
son petit monde ? Peut-être voulait-elle tirer de moi
sa force et sa consolation, me mettant ainsi dans sa
sphère, sur sa ligne ou plus haut ? Les astres, disent
quelques hardis constructeurs des mondes, se communiquent ainsi le mouvement et la lumière. Cette
pensée m'éleva soudain à des hauteurs éthérées. Je
me retrouvai dans le ciel de mes anciens songes, et

je m'expliquai les peines de mon enfance par le bonheur immense où je nageais.

Génies éteints dans les larmes, cœurs méconnus,
saintes Clarisse Harlowe [1] ignorées, enfants désavoués,
proscrits innocents, vous tous qui êtes entrés dans la
vie par ses déserts, vous qui partout avez trouvé les
visages froids, les cœurs fermés, les oreilles closes, ne
vous plaignez jamais! vous seuls pouvez connaître
l'infini de la joie au moment où pour vous un cœur
s'ouvre, une oreille vous écoute, un regard vous
répond. Un seul jour efface les mauvais jours. Les
douleurs, les méditations, les désespoirs, les mélancolies passées et non pas oubliées sont autant de liens
par lesquels l'âme s'attache à l'âme confidente. Belle
de nos désirs réprimés, une femme hérite alors des
soupirs et des amours perdus, elle nous restitue agran-
dies toutes les affections trompées, elle explique les
chagrins antérieurs comme la soulte exigée par le
destin pour les éternelles félicités qu'elle donne au
jour des fiançailles de l'âme. Les anges seuls disent
le nom nouveau dont il faudrait nommer ce saint
amour, de même que vous seuls, chers martyrs, saurez bien ce que madame de Mortsauf était soudain
devenue pour moi, pauvre, seul!

II

Les premières amours

Cette scène s'était passée un mardi, j'attendis jusqu'au dimanche sans passer l'Indre dans mes promenades. Pendant ces cinq jours, de grands événements
arrivèrent à Clochegourde. Le comte reçut le brevet
de maréchal-de-camp [1], la croix de Saint-Louis [2], et une
pension de quatre mille francs. Le duc de Lenoncourt-
Givry, nommé pair de France, recouvra deux forêts,
reprit son service à la cour, et sa femme rentra dans
ses biens non vendus qui avaient fait partie du domaine
de la couronne impériale. La comtesse de Mortsauf
devenait ainsi l'une des plus riches héritières du Maine.
Sa mère était venue lui apporter cent mille francs [3]
économisés sur les revenus de Givry, le montant de
sa dot qui n'avait point été payée, et dont le comte ne
parlait jamais, malgré sa détresse. Dans les choses de
la vie extérieure, la conduite de cet homme attestait
le plus fier de tous les désintéressements. En joignant
à cette somme ses économies, le comte pouvait acheter
deux domaines voisins qui valaient environ neuf mille
livres de rente. Son fils devant succéder à la pairie de
son grand-père, il pensa tout à coup à lui constituer
un majorat qui se composerait de la fortune territoriale
des deux familles sans nuire à Madeleine, à laquelle la
faveur du duc de Lenoncourt ferait sans doute faire un
beau mariage. Ces arrangements et ce bonheur je-

tèrent quelque baume sur les plaies de l'émigré. La
duchesse de Lenoncourt à Clochegourde fut un événement dans le pays. Je songeais douloureusement que
cette femme était une grande dame, et j'aperçus alors
dans sa fille l'esprit de caste que couvrait à mes yeux
la noblesse de ses sentiments. Qu'étais-je, moi pauvre,
sans autre avenir que mon courage et mes facultés ?
Je ne pensais aux conséquences de la Restauration,
ni pour moi, ni pour les autres. Le dimanche, de la
chapelle réservée où j'étais à l'église avec monsieur,
madame de Chessel et l'abbé de Quélus, je lançais des
regards avides sur une autre chapelle latérale où se
trouvaient la duchesse et sa fille, le comte et les enfants.
Le chapeau de paille qui me cachait mon idole ne va-
cilla pas, et cet oubli de moi sembla m'attacher plus
vivement que tout le passé. Cette grande Henriette
de Lenoncourt, qui maintenant était ma chère Henriette, et de qui je voulais fleurir la vie, priait avec
ardeur ; la foi communiquait à son attitude je ne sais
quoi d'abîmé, de prosterné, une pose de statue religieuse, qui me pénétra.

Suivant l'habitude des cures de village, les vêpres
devaient se dire quelque temps après la messe. Au
sortir de l'église, madame de Chessel proposa naturellement à ses voisins de passer les deux heures d'attente à Frapesle, au lieu de traverser deux fois l'Indre
et la prairie par la chaleur. L'offre fut agréée. Monsieur
de Chessel donna le bras à la duchesse, madame de
Chessel accepta celui du comte, je présentai le mien à
la comtesse, et je sentis pour la première fois ce beau
bras frais à mes flancs. Pendant le retour de la paroisse à
Frapesle, trajet qui se faisait à travers les bois de
Saché où la lumière filtrée dans les feuillages produisait, sur le sable des allées, ces jolis jours qui ressemblent à des soieries peintes, j'eus des sensations d'orgueil et des idées qui me causèrent de violentes palpitations.

— Qu'avez-vous ? me dit-elle après quelques pas

faits dans un silence que je n'osais rompre. Votre cœur
bat trop vite ?...

— J'ai appris des événements heureux pour vous,
lui dis-je, et comme ceux qui aiment bien, j'ai des
craintes vagues. Vos grandeurs ne nuiront-elles point
à vos amitiés ?

— Moi! dit-elle, fi! Encore une idée semblable, et
je ne vous mépriserais pas, je vous aurais oublié pour
toujours.

Je la regardai, en proie à une ivresse qui dut être
communicative.

— Nous profitons du bénéfice de lois que nous n'a-
vons ni provoquées ni demandées, mais nous ne serons
ni mendiants ni avides ; et d'ailleurs vous savez bien,
reprit-elle, que ni moi ni monsieur de Mortsauf nous
pouvons sortir de Clochegourde. Par mon conseil, il
a refusé le commandement auquel il avait droit dans la
Maison Rouge [1]. Il nous suffit que mon père ait sa
charge! Notre modestie forcée, dit-elle en souriant avec
amertume, a déjà bien servi notre enfant. Le roi, près
duquel mon père est de service, a dit fort gracieusement
qu'il reporterait sur Jacques la faveur dont nous ne
voulions pas. L'éducation de Jacques, à laquelle il
faut songer, est maintenant l'objet d'une grave discussion ; il va représenter deux maisons, les Lenoncourt
et les Mortsauf. Je ne puis avoir d'ambition que pour
lui, voici donc mes inquiétudes augmentées. Non
seulement Jacques doit vivre, mais il doit encore
devenir digne de son nom, deux obligations qui se
contrarient. Jusqu'à présent j'ai pu suffire à son éducation en mesurant les travaux à ses forces, mais
d'abord où trouver un précepteur qui me convienne ?
puis, plus tard, quel ami me le conservera dans cet
horrible Paris où tout est piège pour l'âme et danger
pour le corps ? Mon ami, me dit-elle d'une voix émue,
à voir votre front et vos yeux, qui ne devinerait en
vous l'un de ces oiseaux qui doivent habiter les hauteurs ? prenez votre élan, soyez un jour le parrain de

notre cher enfant. Allez à Paris. Si votre frère et votre
père ne vous secondent point, notre famille, ma mère
surtout, qui a le génie des affaires, sera certes très
influente ; profitez de notre crédit ! vous ne manquerez
alors ni d'appui, ni de secours dans la carrière que vous
choisirez ! mettez donc le superflu de vos forces dans
une noble ambition...

— Je vous entends, lui dis-je en l'interrompant,
mon ambition deviendra ma maîtresse. Je n'ai pas
besoin de ceci pour être tout à vous. Non, je ne veux
pas être récompensé de ma sagesse ici par des faveurs
là-bas. J'irai, je grandirai seul, par moi-même. J'accep-
terais tout de vous ; des autres, je ne veux rien.

— Enfantillage ! dit-elle en murmurant mais en
retenant mal un sourire de contentement.

— D'ailleurs, je me suis voué, lui dis-je. En médi-
tant notre situation, j'ai pensé à m'attacher à vous
par des liens qui ne puissent jamais se dénouer.

Elle eut un léger tremblement et s'arrêta pour me
regarder.

— Que voulez-vous dire ? fit-elle en laissant aller
les deux couples qui nous précédaient et gardant ses
enfants près d'elle.

— Hé bien ! répondis-je, dites-moi franchement
comment vous voulez que je vous aime.

— Aimez-moi comme m'aimait ma tante, de qui je
vous ai donné les droits en vous autorisant à m'appeler du nom qu'elle avait choisi pour elle parmi les
miens.

— J'aimerai donc sans espérance, avec un dévouement complet. Hé bien ! oui, je ferai pour vous ce que
l'homme fait pour Dieu. Ne l'avez-vous pas demandé ?
Je vais entrer dans un séminaire, j'en sortirai prêtre,
et j'élèverai Jacques [1]. Votre Jacques, ce sera comme
un autre moi : conceptions politiques, pensée, énergie,
patience, je lui donnerai tout. Ainsi, je demeurerai
près de vous, sans que mon amour, pris dans la religion comme une image d'argent dans du cristal, puisse

être suspecté. Vous n'avez à craindre aucune de ces ardeurs immodérées qui saisissent un homme et par lesquelles une fois déjà je me suis laissé vaincre. Je me consumerai dans la flamme, et vous aimerai d'un amour purifié.

Elle pâlit, et dit à mots pressés : — Félix, ne vous engagez pas en des liens qui, un jour, seraient un obstacle à votre bonheur. Je mourrais de chagrin d'avoir été la cause de ce suicide. Enfant, un désespoir d'amour est-il donc une vocation ? Attendez les épreuves de la vie pour juger de la vie ; je le veux, je l'ordonne. Ne vous mariez ni avec l'Église ni avec une femme, ne vous mariez d'aucune manière, je vous le défends. Restez libre. Vous avez vingt et un ans. A peine savez-vous ce que vous réserve l'avenir. Mon Dieu ! vous aurais-je mal jugé ? Cependant j'ai cru que deux mois suffisaient à connaître certaines âmes.

— Quel espoir avez-vous ? lui dis-je en jetant des éclairs par les yeux.

— Mon ami, acceptez mon aide, élevez-vous, faites fortune, et vous saurez quel est mon espoir. Enfin, dit-elle en paraissant laisser échapper un secret, ne quittez jamais la main de Madeleine que vous tenez en ce moment.

Elle s'était penchée à mon oreille pour me dire ces paroles qui prouvaient combien elle était occupée de mon avenir.

— Madeleine ? lui dis-je, jamais !

Ces deux mots nous rejetèrent dans un silence plein d'agitations. Nos âmes étaient en proie à ces bouleversements qui les sillonnent de manière à y laisser d'éternelles empreintes. Nous étions en vue d'une porte en bois par laquelle on entrait dans le parc de Frapesle, et dont il me semble encore voir les deux pilastres ruinés, couverts de plantes grimpantes et de mousses, d'herbes et de ronces. Tout à coup une idée, celle de la mort du comte, passa comme une flèche dans ma cervelle, et je lui dis : — Je vous comprends.

— C'est bien heureux, répondit-elle d'un ton qui me fit voir que je lui supposais une pensée qu'elle n'aurait jamais.

Sa pureté m'arracha une larme d'admiration que l'égoïsme de la passion rendit bien amère. En faisant un retour sur moi, je songeai qu'elle ne m'aimait pas assez pour souhaiter sa liberté. Tant que l'amour recule devant un crime, il nous semble avoir des bornes, et l'amour doit être infini. J'eus une horrible contraction de cœur.

— Elle ne m'aime pas, pensais-je.

Pour ne pas laisser lire dans mon âme, j'embrassai Madeleine sur ses cheveux.

— J'ai peur de votre mère, dis-je à la comtesse pour reprendre l'entretien.

— Et moi aussi, répondit-elle en faisant un geste plein d'enfantillage, mais n'oubliez pas de toujours la nommer madame la duchesse et de lui parler à la troisième personne. La jeunesse actuelle a perdu l'habitude de ces formes polies, reprenez-les ? faites cela pour moi. D'ailleurs, il est de si bon goût de respecter les femmes, quel que soit leur âge, et de reconnaître les distinctions sociales sans les mettre en question. Les honneurs que vous rendez aux supériorités établies ne sont-ils pas la garantie de ceux qui vous sont dus ? Tout est solidaire dans la Société. Le cardinal de la Rovère et Raphaël d'Urbin étaient autrefois deux puissances également révérées. Vous avez sucé dans vos lycées le lait de la Révolution, et vos idées politiques peuvent s'en ressentir, mais en avançant dans la vie, vous apprendrez combien les principes de liberté mal définis sont impuissants à créer le bonheur des peuples. Avant de songer, en ma qualité de Lenoncourt, à ce qu'est ou ce que doit être une aristocratie, mon bon sens de paysanne me dit que les Sociétés n'existent que par la hiérarchie. Vous êtes dans un moment de la vie où il faut choisir bien ! Soyez de votre parti. Surtout, ajouta-t-elle en riant, quand il triomphe.

Je fus vivement touché par ces paroles où la profondeur politique se cachait sous la chaleur de l'affection, alliance qui donne aux femmes un si grand pouvoir de séduction ; elles savent toutes prêter aux raisonnements les plus aigus les formes du sentiment. Il semblait que, dans son désir de justifier les actions du comte, Henriette eût prévu les réflexions qui devaient sourdre en mon âme au moment où je vis, pour la première fois, les effets de la courtisanerie. Monsieur de Mortsauf, roi dans son castel, entouré de son auréole historique, avait pris à mes yeux des proportions grandioses, et j'avoue que je fus singulièrement étonné de la distance qu'il mit entre la duchesse et lui, par des manières au moins obséquieuses. L'esclave a sa vanité, il ne veut obéir qu'au plus grand des despotes ; je me sentais comme humilié de voir l'abaissement de celui qui me faisait trembler en dominant tout mon amour. Ce mouvement intérieur me fit comprendre le supplice des femmes de qui l'âme généreuse est accouplée à celle d'un homme de qui elles enterrent journellement les lâchetés. Le respect est une barrière qui protège également le grand et le petit, chacun de son côté peut se regarder en face. Je fus respectueux avec la duchesse, à cause de ma jeunesse ; mais là où les autres voyaient une duchesse, je vis la mère de mon Henriette et mis une sorte de sainteté dans mes hommages. Nous entrâmes dans la grande cour de Frapesle, où nous trouvâmes la compagnie. Le comte de Mortsauf me présenta fort gracieusement à la duchesse, qui m'examina d'un air froid et réservé. Madame de Lenoncourt était alors une femme de cinquante-six ans, parfaitement conservée et qui avait de grandes manières. En voyant ses yeux d'un bleu dur, ses tempes rayées, son visage maigre et macéré, sa taille imposante et droite, ses mouvements rares, sa blancheur fauve qui se revoyait si éclatante dans sa fille, je reconnus la race froide d'où procédait ma mère, aussi promptement qu'un minéralogiste reconnaît le fer de

Suède. Son langage était celui de la vieille cour, elle prononçait les *oit* en *ait* et disait *frait* pour *froid*, *porteux* au lieu de *porteurs*. Je ne fus ni courtisan, ni gourmé ; je me conduisis si bien, qu'en allant à vêpres la comtesse me dit à l'oreille : — Vous êtes parfait !

Le comte vint à moi, me prit par la main et me dit : — Nous ne sommes pas fâchés, Félix ? Si j'ai eu quelques vivacités, vous les pardonnerez à votre vieux camarade. Nous allons rester ici probablement à dîner, et nous vous inviterons pour jeudi, la veille du départ de la duchesse. Je vais à Tours y terminer quelques affaires. Ne négligez pas Clochegourde. Ma belle-mère est une connaissance que je vous engage à cultiver. Son salon donnera le ton au faubourg Saint-Germain. Elle a les traditions de la grande compagnie, elle possède une immense instruction, connaît le blason du premier comme du dernier gentilhomme en Europe.

Le bon goût du comte, peut-être les conseils de son génie domestique, se montrèrent dans les circonstances nouvelles où le mettait le triomphe de sa cause. Il n'eut ni arrogance ni blessante politesse, il fut sans emphase, et la duchesse fut sans airs protecteurs. Monsieur et madame de Chessel acceptèrent avec reconnaissance le dîner du jeudi suivant. Je plus à la duchesse, et ses regards m'apprirent qu'elle examinait en moi un homme de qui sa fille lui avait parlé. Quand nous revînmes de vêpres, elle me questionna sur ma famille et me demanda si le Vandenesse [1] occupé déjà dans la diplomatie était mon parent. — Il est mon frère, lui dis-je. Elle devint alors affectueuse à demi. Elle m'apprit que ma grand-tante, la vieille marquise de Listomère, était une Grandlieu. Ses manières furent polies comme l'avaient été celles de monsieur de Mortsauf le jour où il me vit pour la première fois. Son regard perdit cette expression de hauteur par laquelle les princes de la terre vous font mesurer la distance qui se trouve entre eux et vous. Je ne savais presque rien de ma famille. La duchesse m'apprit que mon grand-

oncle, vieil abbé que je ne connaissais même pas de
nom, faisait partie du conseil privé, mon frère avait
reçu de l'avancement ; enfin, par un article de la Charte
que je ne connaissais pas encore, mon père redevenait
marquis de Vandenesse.

— Je ne suis qu'une chose, le serf de Clochegourde,
dis-je tout bas à la comtesse.

Le coup de baguette de la Restauration s'accomplissait avec une rapidité qui stupéfiait les enfants élevés
sous le régime impérial. Cette révolution ne fut rien
pour moi. La moindre parole, le plus simple geste de
madame de Mortsauf étaient les seuls événements
auxquels j'attachais de l'importance. J'ignorais ce
qu'était le conseil privé ; je ne connaissais rien à la
politique ni aux choses du monde ; je n'avais d'autre
ambition que celle d'aimer Henriette, mieux que
Pétrarque n'aimait Laure. Cette insouciance me fit
prendre pour un enfant par la duchesse. Il vint beaucoup de monde à Frapesle, nous y fûmes trente personnes à dîner. Quel enivrement pour un jeune homme
de voir la femme qu'il aime être la plus belle entre
toutes, devenir l'objet de regards passionnés, et de se
savoir seul à recevoir la lueur de ses yeux chastement
réservée ; de connaître assez toutes les nuances de sa
voix pour trouver dans sa parole, en apparence légère ou
moqueuse, les preuves d'une pensée constante, même
quand on se sent au cœur une jalousie dévorante
contre les distractions du monde. Le comte, heureux
des attentions dont il se vit l'objet, fut presque jeune ;
sa femme en espéra quelque changement d'humeur ;
moi je riais avec Madeleine qui, semblable aux enfants
chez lesquels le corps succombe sous les étreintes de
l'âme, me faisait rire par des observations étonnantes
et pleines d'un esprit moqueur sans malignité, mais
qui n'épargnait personne. Ce fut une belle journée.
Un mot, un espoir né le matin avait rendu la nature
lumineuse ; et me voyant si joyeux, Henriette était
joyeuse.

— Ce bonheur à travers sa vie grise et nuageuse lui sembla bien bon, me dit-elle le lendemain.

Le lendemain je passai naturellement la journée à Clochegourde ; j'en avais été banni pendant cinq jours, j'avais soif de ma vie. Le comte était parti dès six neures pour aller faire dresser ses contrats d'acquisition à Tours. Un grave sujet de discorde s'était ému entre la mère et la fille. La duchesse voulait que la comtesse la suivit à Paris, où elle devait obtenir pour elle une charge à la cour, où le comte, en revenant sur son refus, pouvait occuper de hautes fonctions. Henriette, qui passait pour une femme heureuse, ne voulait dévoiler à personne, pas même au cœur d'une mère, ses horribles souffrances, ni trahir l'incapacité de son mari. Pour que sa mère ne pénétrât point le secret de son ménage, elle avait envoyé monsieur de Mortsauf à Tours, où il devait se débattre avec les notaires. Moi seul, comme elle l'avait dit, connaissais les secrets de Clochegourde. Après avoir expérimenté combien l'air pur, le ciel bleu de cette vallée calmaient les irritations de l'esprit ou les amères douleurs de la maladie, et quelle influence l'habitation de Clochegourde exerçait sur la santé de ses enfants, elle opposait des refus motivés que combattait la duchesse, femme envahissante, moins chagrine qu'humiliée du mauvais mariage de sa fille. Henriette aperçut que sa mère s'inquiétait peu de Jacques et de Madeleine, affreuse découverte ! Comme toutes les mères habituées à continuer sur la femme mariée le despotisme qu'elles exerçaient sur la jeune fille, la duchesse procédait par des considérations qui n'admettaient point de répliques ; elle affectait tantôt une amitié captieuse afin d'arracher un consentement à ses vues, tantôt une amère froideur pour avoir par la crainte ce que la douceur ne lui obtenait pas ; puis, voyant ses efforts inutiles, elle déploya le même esprit d'ironie que j'avais observé chez ma mère. En dix jours, Henriette connut tous les déchirements que causent aux jeunes femmes les ré-

voltes nécessaires à l'établissement de leur indépendance. Vous qui, pour votre bonheur, avez la meilleure
des mères, vous ne sauriez comprendre ces choses.
Pour avoir une idée de cette lutte entre une femme
sèche, froide, calculée, ambitieuse, et sa fille, pleine
de cette onctueuse et fraîche bonté qui ne tarit jamais,
il faudrait vous figurer le lys auquel mon cœur l'a sans
cesse comparée, broyé dans les rouages d'une machine
en acier poli. Cette mère n'avait jamais eu rien de
cohérent avec sa fille ; elle ne sut deviner aucune des
véritables difficultés qui l'obligeaient à ne pas profiter
des avantages de la Restauration, et à continuer sa
vie solitaire. Elle crut à quelque amourette entre sa
fille et moi. Ce mot, dont elle se servit pour exprimer
ses soupçons, ouvrit entre ces deux femmes des abîmes
que rien ne pouvait combler désormais. Quoique les
familles enterrent soigneusement ces intolérables dis-
sidences, pénétrez-y ? vous trouverez dans presque
toutes des plaies profondes, incurables, qui diminuent
les sentiments naturels : ou c'est des passions réelles,
attendrissantes, que la convenance des caractères
rend éternelles et qui donnent à la mort un contre-
coup dont les noires meurtrissures sont ineffaçables ;
ou des haines latentes qui glacent lentement le cœur
et sèchent les larmes au jour des adieux éternels.
Tourmentée hier, tourmentée aujourd'hui, frappée
par tous, même par ses deux anges souffrants qui n'é-
taient complices ni des maux qu'ils enduraient ni de
ceux qu'ils causaient, comment cette pauvre âme
n'aurait-elle pas aimé celui qui ne la frappait point
et qui voulait l'environner d'une triple haie d'épines,
afin de la défendre des orages, de tout contact, de
toute blessure ? Si je souffrais de ces débats, j'en étais
parfois heureux en sentant qu'elle se rejetait dans
mon cœur, car Henriette me confia ses nouvelles
peines. Je pus alors apprécier son calme dans
la douleur, et la patience énergique qu'elle savait
déployer. Chaque jour j'appris mieux le sens de ces

mots : — Aimez-moi, comme m'aimait ma tante.

— Vous n'avez donc point d'ambition ? me dit à
dîner la duchesse d'un air dur.

— Madame, lui répondis-je en lui lançant un regard
sérieux, je me sens une force à dompter le monde ; mais
je n'ai que vingt et un ans, et je suis tout seul.

Elle regarda sa fille d'un air étonné, elle croyait
que, pour me garder près d'elle, sa fille éteignait en
moi toute ambition. Le séjour que fit la duchesse de
Lenoncourt à Clochegourde fut un temps de gêne
perpétuelle. La comtesse me recommandait le décorum,
elle s'effrayait d'une parole doucement dite ; et, pour
lui plaire, il fallait endosser le harnais de la dissimula-
tion. Le grand jeudi vint, ce fut un jour d'ennuyeux
cérémonial, un de ces jours que haïssent les amants
habitués aux cajoleries du laisser-aller quotidien,
accoutumés à voir leur chaise à sa place et la maîtresse
du logis tout à eux. L'amour a horreur de tout ce qui
n'est pas lui-même. La duchesse alla jouir des pompes
de la cour, et tout rentra dans l'ordre à Clochegourde.

Ma petite brouille avec le comte avait eu pour résultat de m'y implanter encore plus avant que par le
passé : j'y pus venir à tout moment sans exciter la
moindre défiance, et les antécédents de ma vie me portèrent à m'étendre comme une plante grimpante dans
la belle âme où s'ouvrait pour moi le monde enchan-
teur des sentiments partagés. A chaque heure, de moment en moment, notre fraternel mariage, fondé sur
la confiance, devint plus cohérent ; nous nous établis-
sions chacun dans notre position : la comtesse m'enveloppait dans les nourricières protections, dans les
blanches draperies d'un amour tout maternel ; tandis
que mon amour, séraphique en sa présence, devenait
loin d'elle mordant et altéré comme un fer rouge ; je
l'aimais d'un double amour qui décochait tour à tour
les mille flèches du désir, et les perdait au ciel où elles
se mouraient dans un éther infranchissable. Si vous me
demandez pourquoi, jeune et plein de fougueux vou-

loirs, je demeurai dans les abusives croyances de l'a-
mour platonique, je vous avouerai que je n'étais pas
assez homme encore pour tourmenter cette femme,
toujours en crainte de quelque catastrophe chez ses
enfants ; toujours attendant un éclat, une orageuse
variation d'humeur chez son mari ; frappée par lui,
quand elle n'était pas affligée par la maladie de Jacques
ou de Madeleine ; assise au chevet de l'un d'eux quand
son mari calmé pouvait lui laisser prendre un peu de
repos. Le son d'une parole trop vive ébranlait son
être, un désir l'offensait ; pour elle, il fallait être amour
voilé, force mêlée de tendresse, enfin tout ce qu'elle
était pour les autres. Puis, vous le dirai-je, à vous si
bien femme, cette situation comportait des langueurs
enchanteresses, des moments de suavité divine et les
contentements qui suivent de tacites immolations. Sa
conscience était contagieuse, son dévouement sans
récompense terrestre imposait par sa persistance ;
cette vive et secrète piété, qui servait de lien à ses
autres vertus, agissait à l'entour comme un encens
spirituel. Puis j'étais jeune ! assez jeune pour concentrer
ma nature dans le baiser qu'elle me permettait si
rarement de mettre sur sa main dont elle ne voulut
jamais me donner que le dessus et jamais la paume,
limite où pour elle commençaient peut-être les voluptés
sensuelles. Si jamais deux âmes ne s'étreignirent avec
plus d'ardeur, jamais le corps ne fut plus intrépide-
ment ni plus victorieusement dompté. Enfin, plus
tard, j'ai reconnu la cause de ce bonheur plein. A mon
âge, aucun intérêt ne me distrayait le cœur, aucune
ambition ne traversait le cours de ce sentiment déchaîné
comme un torrent et qui faisait onde de tout ce qu'il
emportait. Oui, plus tard, nous aimons la femme dans
une femme ; tandis que de la première femme aimée,
nous aimons tout : ses enfants sont les nôtres, sa maison
est la nôtre, ses intérêts sont nos intérêts, son malheur
est notre plus grand malheur ; nous aimons sa robe et
ses meubles ; nous sommes plus fâchés de voir ses blés

versés que de savoir notre argent perdu ; nous sommes
prêts à gronder le visiteur qui dérange nos curiosités
sur la cheminée. Ce saint amour nous fait vivre dans
un autre, tandis que plus tard, hélas ! nous attirons
une autre vie en nous-mêmes, en demandant à la femme
d'enrichir de ses jeunes sentiments nos facultés ap-
pauvries. Je fus bientôt de la maison, et j'éprouvai
pour la première fois une de ces douceurs infinies qui
sont à l'âme tourmentée ce qu'est un bain pour le
corps fatigué ; l'âme est alors rafraîchie sur toutes
ses surfaces, caressée dans ses plis les plus profonds.
Vous ne sauriez me comprendre, vous êtes femme, et
il s'agit ici d'un bonheur que vous donnez, sans jamais
recevoir le pareil. Un homme seul connaît le friand
plaisir d'être, au sein d'une maison étrangère, le privilégié de la maîtresse, le centre secret de ses affections :
les chiens n'aboient plus après vous, les domestiques
reconnaissent, aussi bien que les chiens, les insignes
cachés que vous portez ; les enfants, chez lesquels rien
n'est faussé, qui savent que leur part ne s'amoindrira
jamais, et que vous êtes bienfaisant à la lumière de
leur vie, ces enfants possèdent un esprit divinateur ;
ils se font chats pour vous, ils ont de ces bonnes tyrannies qu'ils réservent aux êtres adorés et adorants ;
ils ont des discrétions spirituelles et sont d'innocents
complices ; ils viennent à vous sur la pointe des pieds,
vous sourient et s'en vont sans bruit. Pour vous, tout
s'empresse, tout vous aime et vous rit. Les passions
vraies semblent être de belles fleurs qui font d'autant
plus de plaisir à voir que les terrains où elles se pro-
duisent sont plus ingrats. Mais si j'eus les délicieux
bénéfices de cette naturalisation dans une famille où
je trouvais des parents selon mon cœur, j'en eus aussi
les charges. Jusqu'alors monsieur de Mortsauf s'était
gêné pour moi ; je n'avais vu que les masses de ses
défauts, j'en sentis bientôt l'application dans toute
son étendue, et vis combien la comtesse avait été noblement charitable en me dépeignant ses luttes quoti-

diennes. Je connus alors tous les angles de ce caractère
intolérable : j'entendis ces criailleries continuelles à
propos de rien, ces plaintes sur des maux dont aucun
signe n'existait au dehors, ce mécontentement inné
qui déflorait la vie, et ce besoin incessant de tyrannie
qui lui aurait fait dévorer chaque année de nouvelles
victimes. Quand nous nous promenions le soir, il
dirigeait lui-même la promenade ; mais quelle qu'elle
fût, il s'y était toujours ennuyé ; de retour au logis, il
mettait sur les autres le fardeau de sa lassitude ; sa
femme en avait été la cause en le menant contre son
gré là où elle voulait aller ; ne se souvenant plus de
nous avoir conduits, il se plaignait d'être gouverné par
elle dans les moindres détails de la vie, de ne pouvoir
garder ni une volonté ni une pensée à lui, d'être un
zéro dans sa maison. Si ses duretés rencontraient une
silencieuse patience, il se fâchait en sentant une limite à son pouvoir ; il demandait aigrement si la religion n'ordonnait pas aux femmes de complaire à leurs
maris, s'il était convenable de mépriser le père de ses
enfants. Il finissait toujours par attaquer chez sa femme
une corde sensible ; et quand il l'avait fait résonner,
il semblait goûter un plaisir particulier à ces nullités
dominatrices. Quelquefois il affectait un mutisme
morne, un abattement morbide, qui soudain effrayait
sa femme de laquelle il recevait alors des soins tou-
chants. Semblable à ces enfants gâtés qui exercent
leur pouvoir sans se soucier des alarmes maternelles,
il se laissait dorloter comme Jacques et Madeleine
dont il était jaloux. Enfin, à la longue, je découvris
que dans les plus petites, comme dans les plus grandes
circonstances, le comte agissait envers ses domestiques, ses enfants et sa femme, comme envers moi au
jeu de trictrac. Le jour où j'embrassai dans leurs
racines et dans leurs rameaux ces difficultés qui,
semblables à des lianes, étouffaient, comprimaient
les mouvements et la respiration de cette famille,
emmaillotaient de fils légers mais multipliés la marche

du ménage, et retardaient l'accroissement de la fortune
en compliquant les actes les plus nécessaires, j'eus une
admirative épouvante qui domina mon amour, et le
refoula dans mon cœur. Qu'étais-je, mon Dieu ? Les
larmes que j'avais bues engendrèrent en moi comme
une ivresse sublime, et je trouvai du bonheur à épouser
les souffrances de cette femme. Je m'étais plié naguère
au despotisme du comte comme un contrebandier paie
ses amendes ; désormais, je m'offris volontairement
aux coups du despote, pour être au plus près d'Henriette. La comtesse me devina, me laissa prendre une
place à ses côtés, et me récompensa par la permission
de partager ses douleurs, comme jadis l'apostat re-
penti, jaloux de voler au ciel de conserve avec ses frères,
obtenait la grâce de mourir dans le cirque.

— Sans vous j'allais succomber à cette vie, me dit
Henriette un soir où le comte avait été, comme les
mouches par un jour de grande chaleur, plus piquant,
plus acerbe, plus changeant qu'à l'ordinaire.

Le comte s'était couché. Nous restâmes, Henriette
et moi, pendant une partie de la soirée, sous nos
acacias ; les enfants jouaient autour de nous, baignés
dans les rayons du couchant. Nos paroles rares et
purement exclamatives nous révélaient la mutualité
des pensées par lesquelles nous nous reposions de nos
communes souffrances. Quand les mots manquaient,
le silence servait fidèlement nos âmes qui pour ainsi
dire entraient l'une chez l'autre sans obstacle, mais
sans y être conviées par le baiser ; savourant toutes
deux les charmes d'une torpeur pensive, elles s'enga-
geaient dans les ondulations d'une même rêverie, se
plongeaient ensemble dans la rivière, en sortaient
rafraîchies comme deux nymphes aussi parfaitement
unies que la jalousie le peut désirer, mais sans aucun
lien terrestre. Nous allions dans un gouffre sans fond,
nous revenions à la surface, les mains vides, en nous
demandant par un regard : « — Aurons-nous un seul
jour à nous parmi tant de jours ? » Quand la volupté

nous cueille de ces fleurs nées sans racines, pourquoi la chair murmure-t-elle ? Malgré l'énervante poésie du soir qui donnait aux briques de la balustrade ces tons orangés, si calmants et si purs ; malgré cette religieuse atmosphère qui nous communiquait en sons adoucis les cris des deux enfants, et nous laissait tranquilles, le désir serpenta dans mes veines comme le signal d'un feu de joie. Après trois mois, je commençais à ne plus me contenter de la part qui m'était faite, et je caressais doucement la main d'Henriette en essayant de transborder ainsi les riches voluptés qui m'embrasaient. Henriette redevint madame de Mortsauf et me retira sa main ; quelques pleurs roulèrent dans mes yeux, elle les vit et me jeta un regard tiède en portant sa main à mes lèvres.

— Sachez donc bien, me dit-elle, que ceci me coûte des larmes ! L'amitié qui veut une si grande faveur est bien dangereuse.

J'éclatai, je me répandis en reproches, je parlai de mes souffrances et du peu d'allégement que je demandais pour les supporter. J'osai lui dire qu'à mon âge, si les sens étaient tout âme, l'âme aussi avait un sexe ; que je saurais mourir, mais non mourir les lèvres closes. Elle m'imposa silence en me lançant son regard fier, où je crus lire le : *Et moi, suis-je sur des roses ?* du Cacique [1]. Peut-être aussi me trompai-je. Depuis le jour où, devant la porte de Frapesle, je lui avais à tort prêté cette pensée qui faisait naître notre bonheur d'une tombe, j'avais honte de tacher son âme par des souhaits empreints de passion brutale. Elle prit la parole ; et, d'une lèvre emmiellée, me dit qu'elle ne pouvait pas être tout pour moi, que je devais le savoir. Je compris, au moment où elle disait ces paroles, que, si je lui obéissais, je creuserais des abîmes entre nous deux. Je baissai la tête. Elle continua, disant qu'elle avait la certitude religieuse de pouvoir aimer un frère, sans offenser ni Dieu ni les hommes ; qu'il y avait quelque douceur à faire de ce culte une

image réelle de l'amour divin, qui, selon son bon
Saint-Martin, est la vie du monde. Si je ne pouvais
pas être pour elle quelque chose comme son vieux
confesseur, moins qu'un amant, mais plus qu'un
frère, il fallait ne plus nous voir. Elle saurait mourir
en portant à Dieu ce surcroît de souffrances vives,
supportées non sans larmes ni déchirements.

— J'ai donné, dit-elle en finissant, plus que je ne
devais pour n'avoir plus rien à laisser prendre, et j'en
suis déjà punie.

Il fallut la calmer, promettre de ne jamais lui causer
une peine, et de l'aimer à vingt ans comme les vieillards aiment leur dernier enfant.

Le lendemain je vins de bonne heure. Elle n'avait
plus de fleurs pour les vases de son salon gris. Je
m'élançai dans les champs, dans les vignes, et j'y
cherchai des fleurs pour lui composer deux bouquets [1];
mais tout en les cueillant une à une, les coupant au
pied, les admirant, je pensai que les couleurs et les
feuillages avaient une harmonie, une poésie qui se
faisait jour dans l'entendement en charmant le regard,
comme les phrases musicales réveillent mille souvenirs
au fond des cœurs aimants et aimés. Si la couleur est la
lumière organisée, ne doit-elle pas avoir un sens comme
les combinaisons de l'air ont le leur ? Aidé par Jacques
et Madeleine, heureux tous trois de conspirer une surprise pour notre chérie, j'entrepris, sur les dernières
marches du perron où nous établîmes le quartier-
général de nos fleurs, deux bouquets par lesquels
j'essayai de peindre un sentiment. Figurez-vous une
source de fleurs sortant des deux vases par un bouil-
lonnement, retombant en vagues frangées, et du sein
de laquelle s'élançaient mes vœux en roses blanches,
en lys à la coupe d'argent ? Sur cette fraîche étoffe
brillaient les bluets, les myosotis, les vipérines,
toutes les fleurs bleues dont les nuances, prises dans le
ciel, se marient si bien avec le blanc; n'est-ce pas deux
innocences, celle qui ne sait rien et celle qui sait tout,

une pensée de l'enfant, une pensée du martyr ? L'amour
a son blason, et la comtesse le déchiffra secrètement.
Elle me jeta l'un de ces regards incisifs qui ressemblent
au cri d'un malade touché dans sa plaie : elle était à
la fois honteuse et ravie. Quelle récompense dans ce
regard ! La rendre heureuse, lui rafraîchir le cœur,
quel encouragement ! J'inventai donc la théorie du
père Castel [1] au profit de l'amour, et retrouvai pour
elle une science perdue en Europe où les fleurs de l'écri-
toire remplacent les pages écrites en Orient avec des
couleurs embaumées. Quel charme que de faire exprimer ses sensations par ces filles du soleil, les sœurs
des fleurs écloses sous les rayons de l'amour ! Je m'entendis bientôt avec les productions de la flore champêtre, comme un homme que j'ai rencontré plus tard
à Grandlieu [2] s'entendait avec les abeilles.

Deux fois par semaine, pendant le reste de mon
séjour à Frapesle, je recommençai le long travail de
cette œuvre poétique à l'accomplissement de laquelle
étaient nécessaires toutes les variétés des graminées
desquelles je fis une étude approfondie, moins en
botaniste qu'en poète, étudiant plus leur esprit que
leur forme. Pour trouver une fleur là où elle venait, j'allais souvent à d'énormes distances, au bord des
eaux, dans les vallons, au sommet des rochers, en
pleines landes, butinant des pensées au sein des bois
et des bruyères. Dans ces courses, je m'initiai moi-
même à des plaisirs inconnus au savant qui vit dans
la méditation, à l'agriculteur occupé de spécialités,
à l'artisan cloué dans les villes, au commerçant attaché
à son comptoir ; mais connus de quelques forestiers,
de quelques bûcherons, de quelques rêveurs. Il est
dans la nature des effets dont les significances sont sans
bornes, et qui s'élèvent à la hauteur des plus grandes
conceptions morales. Soit une bruyère fleurie, couverte
des diamants de la rosée qui la trempe, et dans laquelle
se joue le soleil, immensité parée pour un seul regard
qui s'y jette à propos. Soit un coin de forêt environné

de roches ruineuses, coupé de sables, vêtu de mousses,
garni de genévriers, qui vous saisit par je ne sais quoi
de sauvage, de heurté, d'effrayant, et d'où sort le
cri de l'orfraie. Soit une lande chaude, sans végétation,
pierreuse, à pans raides, dont les horizons tiennent
de ceux du désert, et où je rencontrais une fleur
sublime et solitaire, une pulsatille au pavillon de soie
violette étalé pour ses étamines d'or ; image attendrissante de ma blanche idole, seule dans sa vallée !
Soit de grandes mares d'eau sur lesquelles la nature
jette aussitôt des taches vertes, espèce de transition
entre la plante et l'animal, où la vie arrive en quelques
jours, des plantes et des insectes flottant là, comme un
monde dans l'éther ! Soit encore une chaumière avec
son jardin plein de choux, sa vigne, ses palis, suspendue
au-dessus d'une fondrière, encadrée par quelques
maigres champs de seigle, figure de tant d'humbles
existences ! Soit une longue allée de forêt semblable
à quelque nef de cathédrale, où les arbres sont des
piliers, où leurs branches forment les arceaux de la
voûte, au bout de laquelle une clairière lointaine aux
jours mélangés d'ombres ou nuancés par les teintes
rouges du couchant point à travers les feuilles et
montre comme les vitraux coloriés d'un chœur plein
d'oiseaux qui chantent. Puis au sortir de ces bois frais
et touffus, une jachère crayeuse où sur des mousses
ardentes et sonores, des couleuvres repues rentrent
chez elles en levant leurs têtes élégantes et fines.
Jetez sur ces tableaux, tantôt des torrents de soleil
ruisselant comme des ondes nourrissantes, tantôt
des amas de nuées grises alignées comme les rides au
front d'un vieillard, tantôt les tons froids d'un ciel
faiblement orangé, sillonné de bandes d'un bleu pâle ;
puis écoutez ? vous entendrez d'indéfinissables harmonies au milieu d'un silence qui confond. Pendant
les mois de septembre et d'octobre, je n'ai jamais
construit un seul bouquet qui m'ait coûté moins de
trois heures de recherches, tant j'admirais, avec le

suave abandon des poètes, ces fugitives allégories
où pour moi se peignaient les phases les plus contras-
tantes de la vie humaine, majestueux spectacles où
va maintenant fouiller ma mémoire. Souvent aujour-
d'hui je marie à ces grandes scènes le souvenir de l'âme
alors épandue sur la nature. J'y promène encore la
souveraine dont la robe blanche ondoyait dans les
taillis, flottait sur les pelouses, et dont la pensée
s'élevait, comme un fruit promis, de chaque calice
plein d'étamines amoureuses.

Aucune déclaration, nulle preuve de passion insensée n'eut de contagion plus violente que ces sympho-
nies de fleurs, où mon désir trompé me faisait déployer
les efforts que Beethoven exprimait avec ses notes [1];
retours profonds sur lui-même, élans prodigieux vers
le ciel. Madame de Mortsauf n'était plus qu'Henriette
à leur aspect. Elle y revenait sans cesse, elle s'en nour-
rissait, elle y reprenait toutes les pensées que j'y avais
mises, quand pour les recevoir elle relevait la tête de
dessus son métier à tapisserie en disant : — Mon
Dieu, que cela est beau! Vous comprendrez cette
délicieuse correspondance par le détail d'un bouquet,
comme d'après un fragment de poésie vous comprendriez Saadi. Avez-vous senti dans les prairies, au mois
de mai, ce parfum qui communique à tous les êtres
l'ivresse de la fécondation, qui fait qu'en bateau vous
trempez vos mains dans l'onde, que vous livrez au
vent votre chevelure, et que vos pensées reverdissent
comme les touffes forestières ? Une petite herbe, la
flouve odorante, est un des plus puissants principes
de cette harmonie voilée. Aussi personne ne peut-il la
garder impunément près de soi. Mettez dans un bouquet ses lames luisantes et rayées comme une robe
à filets blancs et verts, d'inépuisables exhalations
remueront au fond de votre cœur les roses en bouton
que la pudeur y écrase. Autour du col évasé de la
porcelaine, supposez une forte marge uniquement
composée des touffes blanches particulières au sédum

des vignes en Touraine ; vague image des formes
souhaitées, roulées comme celles d'une esclave soumise. De cette assise sortent les spirales des liserons
à cloches blanches, les brindilles de la bugrane rose,
mêlées de quelques fougères, de quelques jeunes
pousses de chêne aux feuilles magnifiquement colorées et lustrées ; toutes s'avancent prosternées,
humbles comme des saules pleureurs, timides et sup-
pliantes comme des prières. Au-dessus, voyez les
fibrilles déliées, fleuries, sans cesse agitées de l'amourette purpurine qui verse à flots ses anthères presque
jaunes ; les pyramides neigeuses du paturin des
champs et des eaux, la verte chevelure des bromes
stériles, les panaches effilés de ces agrostis nommés
les épis du vent ; violâtres espérances dont se cou-
ronnent les premiers rêves et qui se détachent sur le
fond gris de lin où la lumière rayonne autour de ces
herbes en fleurs. Mais déjà plus haut, quelques roses
du Bengale, clairsemées parmi les folles dentelles du
daucus, les plumes de la linaigrette, les marabouts
de la reine des prés, les ombellules du cerfeuil sauvage,
les blonds cheveux de la clématite en fruits, les mi-
gnons sautoirs de la croisette au blanc de lait, les
corymbes des mille-feuilles, les tiges diffuses de la
fumeterre aux fleurs roses et noires, les vrilles de la
vigne, les brins tortueux des chèvrefeuilles ; enfin tout
ce que ces naïves créatures ont de plus échevelé, de
plus déchiré, des flammes et de triples dards, des
feuilles lancéolées, déchiquetées, des tiges tourmen-
tées comme les désirs entortillés au fond de l'âme.
Du sein de ce prolixe torrent d'amour qui déborde,
s'élance un magnifique double pavot rouge accompagné de ses glands prêts à s'ouvrir, déployant les flam-
mèches de son incendie au-dessus des jasmins étoilés
et dominant la pluie incessante du pollen, beau nuage
qui papillote dans l'air en reflétant le jour dans ses
mille parcelles luisantes ! Quelle femme enivrée par la
senteur d'Aphrodise cachée dans la flouve, ne compren-

dra ce luxe d'idées soumises, cette blanche tendresse
troublée par des mouvements indomptés, et ce rouge
désir de l'amour qui demande un bonheur refusé dans
les luttes cent fois recommencées de la passion contenue, infatigable, éternelle ? Mettez ce discours dans
la lumière d'une croisée, afin d'en montrer les frais
détails, les délicates oppositions, les arabesques, afin
que la souveraine émue y voie une fleur plus épanouie
et d'où tombe une larme ; elle sera bien près de
s'abandonner, il faudra qu'un ange ou la voix de son
enfant la retienne au bord de l'abîme. Que donne-t-on
à Dieu ? des parfums, de la lumière et des chants, les
expressions les plus épurées de notre nature. Eh bien !
tout ce qu'on offre à Dieu n'était-il pas offert à l'amour
dans ce poème de fleurs lumineuses qui bourdonnait
incessamment ses mélodies au cœur, en y caressant
des voluptés cachées, des espérances inavouées, des
illusions qui s'enflamment et s'éteignent comme des
fils de la vierge par une nuit chaude.

Ces plaisirs neutres nous furent d'un grand secours
pour tromper la nature irritée par les longues contemplations de la personne aimée, par ces regards qui
jouissent en rayonnant jusqu'au fond des formes
pénétrées. Ce fut pour moi, je n'ose dire pour elle,
comme ces fissures par lesquelles jaillissent les eaux
contenues dans un barrage invincible, et qui souvent
empêchent un malheur en faisant une part à la nécessité. L'abstinence a des épuisements mortels que pré-
viennent quelques miettes tombées une à une de ce
ciel qui, de Dan à Sahara, donne la manne au voyageur. Cependant à l'aspect de ces bouquets, j'ai souvent surpris Henriette les bras pendants, abîmée en
ces rêveries orageuses pendant lesquelles les pensées
gonflent le sein, animent le front, viennent par vagues,
jaillissent écumeuses, menacent et laissent une lassitude énervante. Jamais depuis je n'ai fait de bouquet
pour personne ! Quand nous eûmes créé cette langue à
notre usage, nous éprouvâmes un contentement sem-

blable à celui de l'esclave qui trompe son maître.

Pendant le reste de ce mois, quand j'accourais par les jardins, je voyais parfois sa figure collée aux vitres ; et quand j'entrais au salon, je la trouvais à son métier. Si je n'arrivais pas à l'heure convenue sans que jamais nous l'eussions indiquée, parfois sa forme blanche errait sur la terrasse ; et quand je l'y surprenais, elle me disait : — Je suis venue au-devant de vous. Ne faut-il pas avoir un peu de coquetterie pour le dernier enfant ?

Les cruelles parties de trictrac avaient été interrompues entre le comte et moi. Ses dernières acquisitions l'obligeaient à une foule de courses, de reconnaissances, de vérifications, de bornages et d'arpentages ; il était occupé d'ordres à donner, de travaux champêtres qui voulaient l'œil du maître, et qui se décidaient entre sa femme et lui. Nous allâmes souvent, la comtesse et moi, le retrouver dans les nouveaux domaines avec ses deux enfants qui durant le chemin couraient après des insectes, des cerfs-volants, des couturières, et faisaient aussi leurs bouquets, ou, pour être exact, leurs bottes de fleurs. Se promener avec la femme qu'on aime, lui donner le bras, lui choisir son chemin ! ces joies illimitées suffisent à une vie. Le discours est alors si confiant ! Nous allions seuls, nous revenions avec le général, surnom de raillerie douce que nous donnions au comte quand il était de bonne humeur. Ces deux manières de faire la route nuançaient notre plaisir par des oppositions dont le secret n'est connu que des cœurs gênés dans leur union. Au retour, les mêmes félicités, un regard, un serrement de main, étaient entremêlés d'inquiétudes. La parole, si libre pendant l'aller, avait au retour de mystérieuses significations, quand l'un de nous trouvait, après quelque intervalle, une réponse à des interrogations insidieuses, ou qu'une discussion commencée se continuait sous ces formes énigmatiques auxquelles se prête si bien notre langue et que créent si ingénieusement les femmes. Qui n'a goûté le plaisir de s'entendre ainsi comme dans une sphère inconnue où les esprits se séparent de la foule et s'unissent en trompant les lois vulgaires ? Un jour j'eus un fol espoir promptement dissipé quand, à une demande du comte, qui voulait savoir de quoi nous parlions, Henriette répondit par une phrase à double sens dont il se paya. Cette innocente raillerie amusa Madeleine et fit après coup rougir sa mère, qui m'apprit par un regard sévère qu'elle pouvait me retirer son âme comme elle m'avait naguère retiré sa main, voulant demeurer une irréprochable épouse. Mais cette union purement spirituelle a tant d'attraits que le lendemain nous recommençâmes.

Les heures, les journées, les semaines, s'enfuyaient ainsi pleines de félicités renaissantes. Nous arrivâmes à l'époque des vendanges, qui sont en Touraine de véritables fêtes. Vers la fin du mois de septembre, le soleil, moins chaud que durant la moisson, permet de demeurer aux champs sans avoir à craindre ni le hâle ni la fatigue. Il est plus facile de cueillir les grappes que de scier les blés. Les fruits sont tous mûrs. La moisson est faite, le pain devient moins cher, et cette abondance rend la vie heureuse. Enfin les craintes qu'inspiraient le résultat des travaux champêtres où s'enfuit autant d'argent que de sueurs, ont disparu devant la grange pleine et les celliers prêts à s'emplir. La vendange est alors comme le joyeux dessert du festin récolté, le ciel y sourit toujours en Touraine, où les automnes sont magnifiques. Dans ce pays hospitalier, les vendangeurs sont nourris au logis. Ces repas étant les seuls où ces pauvres gens aient, chaque année, des aliments substantiels et bien préparés, ils y tiennent comme dans les familles patriarcales les enfants tiennent aux galas des anniversaires. Aussi courent-ils en foule dans les maisons où les maîtres les traitent sans lésinerie. La maison est donc pleine de monde et de provisions. Les pressoirs sont cons-

tamment ouverts. Il semble que tout soit animé par
ce mouvement d'ouvriers tonneliers, de charrettes
chargées de filles rieuses, de gens qui, touchant des
salaires meilleurs que pendant le reste de l'année,
chantent à tous propos. D'ailleurs, autre cause de
plaisir, les rangs sont confondus : femmes, enfants,
maîtres et gens, tout le monde participe à la dive
cueillette. Ces diverses circonstances peuvent expliquer l'hilarité transmise d'âge en âge, qui se développe en ces derniers beaux jours de l'année et dont le
souvenir inspira jadis à Rabelais la forme bachique
de son grand ouvrage. Jamais les enfants, Jacques et
Madeleine toujours malades, n'avaient été en vendange ; j'étais comme eux, ils eurent je ne sais quelle
joie enfantine de voir leurs émotions partagées ; leur
mère avait promis de nous y accompagner. Nous
étions allés à Villaines, où se fabriquent les paniers du
pays, nous en commander de fort jolis ; il était question de vendanger à nous quatre quelques chaînées
réservées à nos ciseaux ; mais il était convenu qu'on ne
mangerait pas trop de raisin. Manger dans les vignes
le gros *co* [1] de Touraine paraissait chose si délicieuse,
que l'on dédaignait les plus beaux raisins sur la table.
Jacques me fit jurer de n'aller voir vendanger nulle
part, et de me réserver pour le clos de Clochegourde.
Jamais ces deux petits êtres, habituellement souffrants et pâles, ne furent plus frais, ni plus roses, ni
aussi agissants et remuants que durant cette matinée.
Ils babillaient pour babiller, allaient, trottaient, revenaient sans raison apparente ; mais, comme les autres
enfants, ils semblaient avoir trop de vie à secouer ;
monsieur et madame de Mortsauf ne les avaient jamais
vus ainsi. Je redevins enfant avec eux, plus enfant
qu'eux peut-être, car j'espérais aussi ma récolte.
Nous allâmes par le plus beau temps vers les vignes,
et nous y restâmes une demi-journée. Comme nous
nous disputions à qui trouverait les plus belles grappes,
à qui remplirait plus vite son panier ! C'était des allées

et venues des ceps à la mère, il ne se cueillait pas une
grappe qu'on ne la lui montrât. Elle se mit à rire du
bon rire plein de sa jeunesse, quand arrivant après
sa fille, avec mon panier, je lui dis comme Madeleine :
— Et les miens, maman [1] ? Elle me répondit : — Cher
enfant, ne t'échauffe pas trop! Puis me passant la main
tour à tour sur le cou et dans les cheveux, elle me
donna un petit coup sur la joue en ajoutant : — Tu
es en nage! Ce fut la seule fois que j'entendis cette
caresse de la voix, le *tu* des amants. Je regardai les
jolies haies couvertes de fruits rouges, de sinelles et
de mûrons ; j'écoutai les cris des enfants, je contemplai la troupe des vendangeuses, la charrette pleine
de tonneaux et les hommes chargés de hottes!...
Ah! je gravai tout dans ma mémoire, tout jusqu'au
jeune amandier sous lequel elle se tenait, fraîche,
colorée, rieuse, sous son ombrelle dépliée. Puis je me
mis à cueillir des grappes, à remplir mon panier, à
l'aller vider dans le tonneau de vendange avec une
application corporelle, silencieuse et soutenue, par
une marche lente et mesurée qui laissa mon âme
libre. Je goûtai l'ineffable plaisir d'un travail extérieur
qui voiture la vie en réglant le cours de la passion,
bien près, sans ce mouvement mécanique, de tout
incendier. Je sus combien le labeur uniforme contient
de sagesse, et je compris les règles monastiques.

Pour la première fois depuis longtemps, le comte
n'eut ni maussaderie, ni cruauté. Son fils si bien portant,
le futur duc de Lenoncourt-Mortsauf, blanc et rose,
barbouillé de raisin, lui réjouissait le cœur. Ce jour
étant le dernier de la vendange, le général promit de
faire danser le soir devant Clochegourde en l'honneur
des Bourbons revenus ; la fête fût ainsi complète pour
tout le monde. En revenant la comtesse prit mon bras ;
elle s'appuya sur moi de manière à faire sentir à mon
cœur tout le poids du sien, mouvement de mère qui
voulait communiquer sa joie, et me dit à l'oreille : —
Vous nous portez bonheur!

Certes, pour moi qui savais ses nuits sans sommeil, ses alarmes et sa vie antérieure où elle était soutenue par la main de Dieu, mais où tout était aride et fatigant, cette phrase accentuée par sa voix si riche développait des plaisirs qu'aucune femme au monde ne pouvait plus me rendre.

— L'uniformité malheureuse de mes jours est rompue, la vie devient belle avec des espérances, me dit-elle après une pause. Oh! ne me quittez pas! ne trahissez jamais mes innocentes superstitions! soyez l'aîné qui devient la providence de ses frères!

Ici, Natalie, rien n'est romanesque : pour y découvrir l'infini des sentiments profonds, il faut dans sa jeunesse avoir jeté la sonde dans ces grands lacs au bord desquels on a vécu. Si pour beaucoup d'êtres les passions ont été des torrents de lave écoulés entre des rives desséchées, n'est-il pas des âmes où la passion contenue par d'insurmontables difficultés a rempli d'une eau pure le cratère du volcan ?

Nous eûmes encore une fête semblable. Madame de Mortsauf voulait habituer ses enfants aux choses de la vie, et leur donner connaissance des pénibles labeurs par lesquels s'obtient l'argent ; elle leur avait donc constitué des revenus soumis aux chances de l'agriculture : à Jacques appartenait le produit des noyers, à Madeleine celui des châtaigniers. A quelques jours de là, nous eûmes la récolte des marrons et celle des noix. Aller gauler les marronniers de Madeleine, entendre tomber les fruits que leur bogue faisait rebondir sur le velours mat et sec des terrains ingrats où vient le châtaignier ; voir la gravité sérieuse avec laquelle la petite fille examinait les tas en estimant leur valeur, qui pour elle représentait les plaisirs qu'elle se donnait sans contrôle ; les félicitations de Manette la femme de charge qui seule suppléait la comtesse auprès de ses enfants ; les enseignements que préparait le spectacle des peines nécessaires pour recueillir les moindres biens, si souvent mis en péril par les alternatives du

climat, ce fut une scène où les ingénues félicités de
l'enfance paraissaient charmantes au milieu des teintes
graves de l'automne commencé. Madeleine avait son
grenier à elle, où je voulus voir serrer sa brune che-
vance [1], en partageant sa joie. Eh bien! je tressaille
encore aujourd'hui en me rappelant le bruit que
faisait chaque hottée de marrons, roulant sur la bourre
jaunâtre mêlée de terre qui servait de plancher. Le
comte en prenait pour la maison ; les métiviers, les
gens, chacun autour de Clochegourde procurait des
acheteurs à la Mignonne, épithète amie que dans le pays
les paysans accordent volontiers même à des étrangers,
mais qui semblait appartenir exclusivement à Madeleine.

Jacques fut moins heureux pour la cueillette de ses
noyers, il plut pendant quelques jours ; mais je le
consolai en lui conseillant de garder ses noix, pour les
vendre un peu plus tard. Monsieur de Chessel m'avait
appris que les noyers ne donnaient rien dans le Bré-
hémont, ni dans le pays d'Amboise, ni dans celui de
Vouvray. L'huile de noix est de grand usage en Touraine. Jacques devait trouver au moins quarante sous
de chaque noyer, il en avait deux cents, la somme
était donc considérable! Il voulait s'acheter un équipement pour monter à cheval. Son désir émut une discussion publique où son père lui fit faire des réflexions
sur l'instabilité des revenus, sur la nécessité de créer
des réserves pour les années où les arbres seraient
inféconds, afin de se procurer un revenu moyen. Je
reconnus l'âme de la comtesse dans son silence ; elle
était joyeuse de voir Jacques écoutant son père, et le
père reconquérant un peu de la sainteté qui lui manquait, grâce à ce sublime mensonge qu'elle avait
préparé. Ne vous ai-je pas dit, en vous peignant cette
femme, que le langage terrestre serait impuissant à
rendre ses traits et son génie! Quand ces sortes de
scènes arrivent, l'âme savoure leurs délices sans les
analyser ; mais avec quelle vigueur elles se détachent

plus tard sur le fond ténébreux d'une vie agitée! pareilles à des diamants, elles brillent serties par des pensées pleines d'alliages, regrets fondus dans le souvenir des bonheurs évanouis! Pourquoi les noms des deux domaines récemment achetés, dont monsieur et madame de Mortsauf s'occupaient tant, la Cassine et la Rhétorière, m'émeuvent-ils plus que les plus beaux noms de la Terre-Sainte ou de la Grèce? *Qui aime, le die* [1]*!* s'est écrié La Fontaine. Ces noms possèdent les vertus talismaniques des paroles constellées en usage dans les évocations, ils m'expliquent la magie, ils réveillent des figures endormies qui se dressent aussitôt et me parlent, ils me mettent dans cette heureuse vallée, ils créent un ciel et des paysages; mais les évocations ne se sont-elles pas toujours passées dans les régions du monde spirituel? Ne vous étonnez donc pas de me voir vous entretenant de scènes si familières. Les moindres détails de cette vie simple et presque commune ont été comme autant d'attaches faibles en apparence par lesquelles je me suis étroitement uni à la comtesse.

Les intérêts de ses enfants causaient à la comtesse autant de chagrins que lui en donnait leur faible santé. Je reconnus bientôt la vérité de ce qu'elle m'avait dit relativement à son rôle secret dans les affaires de la maison, auxquelles je m'initiai lentement en apprenant sur le pays des détails que doit savoir l'homme d'État. Après dix ans d'efforts, madame de Mortsauf avait changé la culture de ses terres; elle les avait *mis en quatre*, expression dont on se sert dans le pays pour expliquer les résultats de la nouvelle méthode suivant laquelle les cultivateurs ne sèment de blé que tous les quatre ans, afin de faire rapporter chaque année un produit à la terre. Pour vaincre l'obstination des paysans, il avait fallu résilier des baux, partager ses domaines en quatre grandes métairies, et les avoir *à moitié*, le cheptel particulier à la Touraine et aux pays d'alentour. Le propriétaire donne l'habitation, les

bâtiments d'exploitation et les semences, à des colons
de bonne volonté avec lesquels il partage les frais de
culture et les produits. Ce partage est surveillé par un
métivier, l'homme chargé de prendre la moitié due au
propriétaire, système coûteux et compliqué par une
comptabilité que varie à tout moment la nature des
partages. La comtesse avait fait cultiver par monsieur
de Mortsauf une cinquième ferme composée des terres
réservées, sises autour de Clochegourde, autant pour
l'occuper que pour démontrer par l'évidence des faits,
à ses *fermiers à moitié*, l'excellence des nouvelles méthodes. Maîtresse de diriger les cultures, elle avait fait
lentement, et avec sa persistance de femme, rebâtir
deux de ses métairies sur le plan des fermes de l'Artois
et de la Flandre. Il est aisé de deviner son dessein.
Après l'expiration des baux à moitié, la comtesse
voulait composer deux belles fermes de ses quatre
métairies, et les louer en argent à des gens actifs et
intelligents, afin de simplifier les revenus de Clochegourde. Craignant de mourir la première, elle tâchait
de laisser au comte des revenus faciles à percevoir,
et à ses enfants des biens qu'aucune impéritie ne pourrait faire péricliter. En ce moment les arbres fruitiers
plantés depuis dix ans étaient en plein rapport. Les
haies qui garantissaient les domaines de toute contestation future étaient poussées. Les peupliers, les ormes,
tout était bien venu. Avec ses nouvelles acquisitions
et en introduisant partout le nouveau système d'exploitation, la terre de Clochegourde, divisée en quatre
grandes fermes, dont deux restaient à bâtir, était
susceptible de rapporter seize mille francs en écus,
à raison de quatre mille francs par chaque ferme ; sans
compter le clos de vigne, ni les deux cents arpents de
bois qui les joignaient, ni la ferme modèle. Les chemins
de ses quatre fermes pouvaient tous aboutir à une
grande avenue qui de Clochegourde irait en droite
ligne s'embrancher sur la route de Chinon. La distance
entre cette avenue et Tours n'étant que de cinq lieues,

les fermiers ne devaient pas lui manquer, surtout au
moment où tout le monde parlait des améliorations
faites par le comte, de ses succès, et de la bonification
de ses terres. Dans chacun des deux domaines achetés,
elle voulait faire jeter une quinzaine de mille francs
pour convertir les maisons de maître en deux grandes
fermes, afin de les mieux louer après les avoir cultivées
pendant une année ou deux, en y envoyant pour régisseur un certain Martineau, le meilleur, le plus probe
de ses métiviers, lequel allait se trouver sans place ;
car les baux à moitié de ses quatre métairies finis-
saient, et le moment de les réunir en deux fermes et
de louer en argent était venu. Ses idées si simples,
mais compliquées de trente et quelque mille francs à
dépenser, étaient en ce moment l'objet de longues
discussions entre elle et le comte ; querelles affreuses,
et dans lesquelles elle n'était soutenue que par l'intérêt
de ses deux enfants. Cette pensée : « — Si je mourais
demain, qu'adviendrait-il ? » lui donnait des palpitations. Les âmes douces et paisibles chez lesquelles la
colère est impossible, qui veulent faire régner autour
d'elles leur profonde paix intérieure, savent seules combien de force est nécessaire pour ces luttes, quelles
abondantes vagues de sang affluent au cœur avant
d'entamer le combat, quelle lassitude s'empare de
l'être quand après avoir lutté rien n'est obtenu. Au
moment où ses enfants étaient moins étiolés, moins
maigres, plus agiles, car la saison des fruits avait
produit ses effets sur eux ; au moment où elle les suivait d'un œil mouillé dans leurs jeux, en éprouvant
un contentement qui renouvelait ses forces en lui
rafraîchissant le cœur, la pauvre femme subissait les
pointilleries injurieuses et les attaques lancinantes
d'une âcre opposition. Le comte, effrayé de ces changements, en niait les avantages et la possibilité par
un entêtement compacte. A des raisonnements con-
cluants, il répondait par l'objection d'un enfant qui
mettrait en question l'influence du soleil en été. La

comtesse l'emporta. La victoire du bon sens sur la folie calma ses plaies, elle oublia ses blessures. Ce jour elle s'alla promener à la Cassine et à la Rhétorière, afin d'y décider les constructions. Le comte marchait seul en avant, les enfants nous séparaient, et nous étions tous deux en arrière suivant lentement, car elle me parlait de ce ton doux et bas qui faisait ressembler ses phrases à des flots menus, murmurés par la mer sur un sable fin.

« Elle était certaine du succès, me disait-elle. Il allait s'établir une concurrence pour le service de Tours à Chinon, entreprise par un homme actif, par un messager, cousin de Manette, qui voulait avoir une grande ferme sur la route. Sa famille était nombreuse : le fils aîné conduirait les voitures, le second ferait les roulages ; le père, placé sur la route, à la Rabelaye, une des fermes à louer et située au centre, pourrait veiller au relais et cultiverait bien les terres en les amendant avec les fumiers que lui donneraient ses écuries. Quant à la seconde ferme, la Baude, celle qui se trouvait à deux pas de Clochegourde, un de leurs quatre colons, homme probe, intelligent, actif et qui sentait les avantages de la nouvelle culture, offrait déjà de la prendre à bail. Quant à la Cassine et à la Rhétorière, ces terres étaient les meilleures du pays ; une fois les fermes bâties et les cultures en pleine valeur, il suffirait de les afficher à Tours. En deux ans, Clochegourde vaudrait ainsi vingt-quatre mille francs de rente environ ; la Gravelotte, cette ferme du Maine, retrouvée par monsieur de Mortsauf, venait d'être prise à sept mille francs pour neuf ans ; la pension du maréchal-de-camp était de quatre mille francs ; si ces revenus ne constituaient pas encore une fortune, ils procuraient une grande aisance ; plus tard, d'autres améliorations lui permettraient peut-être d'aller un jour à Paris pour y veiller à l'éducation de Jacques, dans deux ans, quand la santé de l'héritier présomptif se serait affermie. »

Avec quel tremblement elle prononça le mot *Paris!*
J'étais au fond de ce projet, elle voulait se séparer le
moins possible de l'ami. Sur ce mot je m'enflammai, je
lui dis qu'elle ne me connaissait pas ; que, sans lui en
parler, j'avais comploté d'achever mon éducation en
travaillant nuit et jour, afin d'être le précepteur de
Jacques ; car je ne supporterais pas l'idée de savoir
dans son intérieur un jeune homme. A ces mots, elle
devint sérieuse.

— Non, Félix, dit-elle, cela ne sera pas plus que
votre prêtrise. Si vous avez par un seul mot atteint la
mère jusqu'au fond de son cœur, la femme vous aime
trop sincèrement pour vous laisser devenir victime de
votre attachement. Une déconsidération sans remède
serait le loyer de ce dévouement, et je n'y pourrais
rien. Oh ! non, que je ne vous sois funeste en rien ! Vous,
vicomte de Vandenesse, précepteur ? Vous ! dont la
noble devise est : *Ne se vend !* Fussiez-vous un Richelieu,
vous vous seriez à jamais barré la vie. Vous causeriez
les plus grands chagrins à votre famille. Mon ami,
vous ne savez pas ce qu'une femme comme ma mère
sait mettre d'impertinence dans un regard protecteur,
d'abaissement dans une parole, de mépris dans un
salut.

— Et si vous m'aimez, que me fait le monde ?

Elle feignit de ne pas avoir entendu, et dit en continuant : — Quoique mon père soit excellent et disposé
à m'accorder ce que je lui demande, il ne vous pardon-
nerait pas de vous être mal placé dans le monde et se
refuserait à vous y protéger. Je ne voudrais pas vous
voir précepteur du dauphin ! Acceptez la société comme
elle est, ne commettez point de fautes dans la vie.
Mon ami, cette proposition insensée de...

— D'amour, lui dis-je à voix basse.

— Non, de charité, dit-elle en retenant ses larmes,
cette pensée folle m'éclaire sur votre caractère : votre
cœur vous nuira. Je réclame, dès ce moment, le droit
de vous apprendre certaines choses ; laissez à mes yeux

de femme le soin de voir quelquefois pour vous ? Oui, du fond de mon Clochegourde, je veux assister, muette et ravie, à vos succès. Quant au précepteur, eh bien! soyez tranquille, nous trouverons un bon vieil abbé, quelque ancien savant jésuite, et mon père sacrifiera volontiers une somme pour l'éducation de l'enfant qui doit porter son nom. Jacques est mon orgueil. Il a pourtant onze ans, dit-elle, après une pause. Mais il en est de lui comme de vous : en vous voyant, je vous avais donné treize ans.

Nous étions arrivés à la Cassine où Jacques, Madeleine et moi nous la suivions comme des petits suivent leur mère ; mais nous la gênions, je la laissai pour un moment et m'en allai dans le verger où Martineau l'aîné, son garde, examinait de compagnie avec Martineau cadet, le métivier, si les arbres devaient être ou non abattus ; ils discutaient ce point comme s'il s'agissait de leurs propres biens. Je vis alors combien la comtesse était aimée. J'exprimai mon idée à un pauvre journalier qui, le pied sur sa bêche et le coude posé sur le manche, écoutait les deux docteurs en Pomologie.

— Ah! oui, monsieur, me répondit-il, c'est une bonne femme, et pas fière, comme toutes ces guenons d'Azay qui nous verraient crever comme des chiens plutôt que de nous céder un sou sur une toise de fossé! Le jour où cette femme quittera le pays, la Sainte Vierge en pleurera, et nous aussi. Elle sait ce qui lui est dû ; mais elle connaît nos peines, et y a égard.

Avec quel plaisir je donnai tout mon argent à cet homme!

Quelques jours après, il vint un poney pour Jacques, que son père, excellent cavalier, voulait plier lentement aux fatigues de l'équitation. L'enfant eut un joli habillement de cavalier, acheté sur le produit des noyers. Le matin où il prit la première leçon, accompagné de son père, aux cris de Madeleine étonnée qui sautait sur le gazon autour duquel courait Jacques, ce fut pour la comtesse la première grande fête de sa maternité. Jacques avait une collerette brodée par sa mère, une petite redingote en drap bleu de ciel serrée par une ceinture de cuir verni, un pantalon blanc à plis et une toque écossaise d'où ses cheveux cendrés s'échappaient en grosses boucles : il était ravissant à voir. Aussi tous les gens de la maison se goupèrent-ils en partageant cette félicité domestique. Le jeune héritier souriait à sa mère en passant, et se tenait sans peur. Ce premier acte d'homme chez cet enfant de qui la mort parut si souvent prochaine, l'espérance d'un bel avenir, garanti par cette promenade qui le lui montrait si beau, si joli, si frais, quelle délicieuse récompense! la joie du père, qui redevenait jeune et souriait pour la première fois depuis longtemps, le bonheur peint dans les yeux de tous les gens de la maison, le cri d'un vieux piqueur de Lenoncourt qui revenait de Tours, et qui, voyant la manière dont l'enfant tenait la bride, lui dit : « — Bravo, monsieur le vicomte! » c'en fut trop, madame de Mortsauf fondit en larmes. Elle, si calme dans ses douleurs, se trouva faible pour supporter la joie en admirant son enfant chevauchant sur ce sable où souvent elle l'avait pleuré par avance, en le promenant au soleil. En ce moment elle s'appuya sur mon bras, sans remords, et me dit : — Je crois n'avoir jamais souffert. Ne nous quittez pas aujourd'hui.

La leçon finie, Jacques se jeta dans les bras de sa mère qui le reçut et le garda sur elle avec la force que prête l'excès des voluptés, et ce fut des baisers, des caresses sans fin. J'allai faire avec Madeleine deux bouquets magnifiques pour en décorer la table en l'honneur du cavalier. Quand nous revînmes au salon, la comtesse me dit : — Le quinze octobre sera certes un grand jour! Jacques a pris sa première leçon d'équitation, et je viens de faire le dernier point de mon meuble.

— Hé bien! Blanche, dit le comte en riant, je veux vous le payer.

Il lui offrit le bras, et l'amena dans la première cour où elle vit une calèche que son père lui donnait, et pour laquelle le comte avait acheté deux chevaux en Angleterre, amenés avec ceux du duc de Lenoncourt. Le vieux piqueur avait tout préparé dans la première cour pendant la leçon. Nous étrennâmes la voiture, en allant voir le tracé de l'avenue qui devait mener en droite ligne de Clochegourde à la route de Chinon, et que les récentes acquisitions permettaient de faire à travers les nouveaux domaines. En revenant, la comtesse me dit d'un air plein de mélancolie : — Je suis trop heureuse, pour moi le bonheur est comme une maladie, il m'accable, et j'ai peur qu'il ne s'efface comme un rêve.

J'aimais trop passionnément pour ne pas être jaloux, et je ne pouvais lui rien donner, moi! Dans ma rage, je cherchais un moyen de mourir pour elle. Elle me demanda quelles pensées voilaient mes yeux, je les lui dis naïvement, elle en fut plus touchée que de tous les présents, et jeta du baume dans mon cœur quand, après m'avoir emmené sur le perron, elle me dit à l'oreille : — Aimez-moi comme m'aimait ma tante, ne sera-ce pas me donner votre vie ? et si je la prends ainsi, n'est-ce pas me faire votre obligée à toute heure ?

— Il était temps de finir ma tapisserie, reprit-elle en rentrant dans le salon où je lui baisai la main comme pour renouveler mes serments. Vous ne savez peut-être pas, Félix, pourquoi je me suis imposé ce long ouvrage ? Les hommes trouvent dans les occupations de leur vie des ressources contre les chagrins, le mouvement des affaires les distrait ; mais nous autres femmes, nous n'avons dans l'âme aucun point d'appui contre nos douleurs. Afin de pouvoir sourire à mes enfants et à mon mari quand j'étais en proie à de tristes images, j'ai senti le besoin de régulariser la souffrance par un mouvement physique. J'évitais

ainsi les atonies qui suivent les grandes dépenses de
force, aussi bien que les éclairs de l'exaltation. L'action
de lever le bras en temps égaux berçait ma pensée et
communiquait à mon âme, où grondait l'orage, la
paix du flux et du reflux en réglant ainsi ses émotions.
Chaque point avait la confidence de mes secrets,
comprenez-vous [1]? Hé bien! en faisant mon dernier
fauteuil, je pensais trop à vous! oui, beaucoup trop,
mon ami. Ce que vous mettez dans vos bouquets,
moi je le disais à mes dessins.

Le dîner fut gai. Jacques, comme tous les enfants
dont on s'occupe, me sauta au cou, en voyant les
fleurs que je lui avais cueillies en guise de couronne. Sa
mère affecta de me bouder à cause de cette infidélité ;
ce bouquet jalousé, avec quelle grâce, vous le savez,
le cher enfant le lui offrit! Le soir, nous fîmes tous
trois un trictrac, moi seul contre monsieur et madame
de Mortsauf, et le comte fut charmant. Enfin, à la
tombée du jour, ils me reconduisirent jusqu'au chemin de Frapesle, par une de ces tranquilles soirées
dont les harmonies font gagner en profondeur aux sentiments ce qu'ils perdent en vivacité. Ce fut une
journée unique en la vie de cette pauvre femme, un
point brillant que vint souvent caresser son souvenir
aux heures difficiles. En effet, les leçons d'équitation
devinrent bientôt un sujet de discorde. La comtesse
craignit avec raison les dures apostrophes du père pour
le fils. Jacques maigrissait déjà, ses beaux yeux bleus
se cernaient ; pour ne pas causer de chagrin à sa mère,
il aimait mieux souffrir en silence. Je trouvai un remède à ses maux en lui conseillant de dire à son père
qu'il était fatigué, quand le comte se mettrait en
colère ; mais ces palliatifs furent insuffisants : il fallut
substituer le vieux piqueur au père, qui ne se laissa
pas arracher son écolier sans des tiraillements. Les
criailleries et les discussions revinrent ; le comte trouva
des textes à ses plaintes continuelles dans le peu de
reconnaissance des femmes ; il jeta vingt fois par jour

la calèche, les chevaux et les livrées au nez de sa
femme. Enfin il arriva l'un de ces événements auxquels les caractères de ce genre et les maladies de cette
espèce aiment à se prendre : la dépense dépassa de
moitié les prévisions à la Cassine et à la Rhétorière, où
des murs et des planchers mauvais s'écroulèrent. Un
ouvrier vint maladroitement annoncer cette nouvelle
à monsieur de Mortsauf, au lieu de la dire à la comtesse.
Ce fut l'objet d'une querelle commencée doucement,
mais qui s'envenima par degrés, et où l'hypocondrie du comte, apaisée depuis quelques jours,
demanda ses arrérages à la pauvre Henriette.

Ce jour-là, j'étais parti de Frapesle à dix heures et
demie, après le déjeuner, pour venir faire à Clochegourde un bouquet avec Madeleine. L'enfant m'avait
apporté sur la balustrade de la terrasse les deux vases,
et j'allais des jardins aux environs, courant après les
fleurs d'automne, si belles, mais si rares. En revenant
de ma dernière course, je ne vis plus mon petit lieutenant à ceinture rose, à pèlerine dentelée, et j'entendis
des cris à Clochegourde.

— Le général, me dit Madeleine en pleurs, et chez
elle ce mot était un mot de haine contre son père, le
général gronde notre mère, allez donc la défendre.

Je volai par les escaliers et j'arrivai dans le salon
sans être aperçu ni salué par le comte ni par sa femme.
En entendant les cris aigus du fou, j'allai fermer toutes
les portes, puis je revins, j'avais vu Henriette aussi
blanche que sa robe.

— Ne vous mariez jamais, Félix, me dit le comte ;
une femme est conseillée par le diable ; la plus vertueuse inventerait le mal s'il n'existait pas, toutes
sont des bêtes brutes.

J'entendis alors des raisonnements sans commencement ni fin. Se prévalant de ses négations antérieures,
monsieur de Mortsauf répéta les niaiseries des paysans
qui se refusaient aux nouvelles méthodes. Il prétendit
que s'il avait dirigé Clochegourde, il serait deux fois

plus riche qu'il ne l'était. En formulant ses blasphèmes
violemment et injurieusement, il jurait, il sautait d'un
meuble à l'autre, il les déplaçait et les cognait ; puis
au milieu d'une phrase il s'interrompait pour parler
de sa moelle qui le brûlait, ou de sa cervelle qui s'échappait à flots, comme son argent. Sa femme le ruinait.
Le malheureux, des trente et quelques mille livres de
rentes qu'il possédait, elle lui en avait apporté déjà
plus de vingt. Les biens du duc et ceux de la duchesse
valaient plus de cinquante mille francs de rente, réservés à Jacques. La comtesse souriait superbement
et regardait le ciel.

— Oui, s'écria-t-il, Blanche, vous êtes mon bourreau,
vous m'assassinez ; je vous pèse ; tu veux te débar-
rasser de moi, tu es un monstre d'hypocrisie. Elle rit !
Savez-vous pourquoi elle rit, Félix ?

Je gardai le silence et baissai la tête.

— Cette femme, reprit-il en faisant la réponse à sa
demande, elle me sèvre de tout bonheur, elle est
autant à moi qu'à vous, et prétend être ma femme !
Elle porte mon nom et ne remplit aucun des devoirs
que les lois divines et humaines lui imposent, elle ment
ainsi aux hommes et à Dieu. Elle m'excède de courses
et me lasse pour que je la laisse seule ; je lui déplais,
elle me hait, et met tout son art à rester jeune fille ;
elle me rend fou par les privations qu'elle me cause,
car tout se porte alors à ma pauvre tête ; elle me tue à
petit feu, et se croit une sainte, ça communie tous les
mois.

La comtesse pleurait en ce moment à ̓audes
larmes, humiliée par l'abaissement de cet homme
auquel elle disait pour toute réponse : — Monsieur!
monsieur! monsieur!

Quoique les paroles du comte m'eussent fait rougir
pour lui comme pour Henriette, elles me remuèrent
violemment le cœur, car elles répondaient aux sentiments de chasteté, de délicatesse qui sont pour ainsi
dire l'étoffe des premières amours.

— Elle est vierge à mes dépens, disait le comte.

A ces mots, la comtesse s'écria : — Monsieur!

— Qu'est-ce que c'est, dit-il, que votre monsieur impérieux ? ne suis-je pas le maître ? faut-il enfin vous l'apprendre ?

Il s'avança sur elle en lui présentant sa tête de loup blanc devenue hideuse, car ses yeux jaunes eurent une expression qui le fit ressembler à une bête affamée sortant d'un bois. Henriette se coula de son fauteuil à terre pour recevoir le coup qui n'arriva pas ; elle s'était étendue sur le parquet en perdant connaissance, toute brisée. Le comte fut comme un meurtrier qui sent rejaillir à son visage le sang de sa victime, il resta tout hébété. Je pris la pauvre femme dans mes bras, le comte me la laissa prendre comme s'il se fût trouvé indigne de la porter ; mais il alla devant moi pour m'ouvrir la porte de la chambre contiguë au salon, chambre sacrée où je n'étais jamais entré. Je mis la comtesse debout, et la tins un moment dans un bras, en passant l'autre autour de sa taille, pendant que monsieur de Mortsauf ôtait la fausse couverture, l'édredon, l'appareil du lit ; puis, nous la soulevâmes et l'étendîmes tout habillée. En revenant à elle, Henriette nous pria par un geste de détacher sa ceinture ; monsieur de Mortsauf trouva des ciseaux et coupa tout, je lui fis respirer des sels, elle ouvrit les yeux. Le comte s'en alla, plus honteux que chagrin. Deux heures se passèrent en un silence profond. Henriette avait sa main dans la mienne et me la pressait sans pouvoir parler. De temps en temps elle levait les yeux pour me dire par un regard qu'elle voulait demeurer calme et sans bruit ; puis il y eut un moment de trêve où elle se releva sur son coude, et me dit à l'oreille : — Le malheureux! si vous saviez...

Elle se remit la tête sur l'oreiller. Le souvenir de ses peines passées joint à ses douleurs actuelles lui rendit des convulsions nerveuses que je n'avais calmées que par le magnétisme de l'amour [1] ; effet qui

m'était encore inconnu, mais dont j'usai par instinct.
Je la maintins avec une force tendrement adoucie ;
et pendant cette dernière crise, elle me jeta des regards
qui me firent pleurer. Quand ces mouvements nerveux cessèrent, je rétablis ses cheveux en désordre,
que je maniai pour la seule et unique fois de ma vie ;
puis je repris encore sa main et contemplai longtemps
cette chambre à la fois brune et grise, ce lit simple à
rideaux de perse, cette table couverte d'une toilette
parée à la mode ancienne, ce canapé mesquin à mate-
las piqué. Que de poésie dans ce lieu! Quel abandon
du luxe pour sa personne! son luxe était la plus exquise
propreté. Noble cellule de religieuse mariée pleine de
résignation sainte, où le seul ornement était le cru-
cifix de son lit, au-dessus duquel se voyait le portrait
de sa tante ; puis, de chaque côté du bénitier, ses
deux enfants dessinés par elle au crayon, et leurs
cheveux du temps où ils étaient petits. Quelle retraite
pour une femme de qui l'apparition dans le grand
monde eût fait pâlir les plus belles! Tel était le boudoir
où pleurait toujours la fille d'une illustre famille,
inondée en ce moment d'amertume et se refusant à
l'amour qui l'aurait consolée. Malheur secret, irréparable! Et des larmes chez la victime pour le bourreau,
et des larmes chez le bourreau pour la victime. Quand
les enfants et la femme de chambre entrèrent, je sortis.
Le comte m'attendait, il m'admettait déjà comme
un pouvoir médiateur entre sa femme et lui ; et il me
saisit par les mains en me criant : — Restez, restez,
Félix!

— Malheureusement, lui dis-je, monsieur de Chessel a du monde, il ne serait pas convenable que ses
convives cherchassent les motifs de mon absence ;
mais après le dîner je reviendrai.

Il sortit avec moi, me reconduisit jusqu'à la porte
d'en bas sans me dire un mot ; puis il m'accompagna
jusqu'à Frapesle, sans savoir ce qu'il faisait. Enfin,
là je lui dis : — Au nom du ciel, monsieur le comte,

laissez-lui diriger votre maison, si cela peut lui plaire, et ne la tourmentez plus.

— Je n'ai pas longtemps à vivre, me dit-il d'un air sérieux ; elle ne souffrira pas longtemps par moi, je sens que ma tête éclate.

Et il me quitta dans un accès d'égoïsme involontaire. Après le dîner, je revins savoir des nouvelles de madame de Mortsauf, que je trouvai déjà mieux. Si telles étaient, pour elle, les joies du mariage, si de semblables scènes se renouvelaient souvent, comment pouvait-elle vivre ? Quel lent assassinat impuni ! Pendant cette soirée, je compris par quelles tortures inouïes le comte énervait sa femme. Devant quel tribunal apporter de tels litiges ? Ces réflexions m'hébétaient, je ne pus rien dire à Henriette ; mais je passai la nuit à lui écrire. Des trois ou quatre lettres que je fis, il m'est resté ce commencement dont je ne fus pas content ; mais s'il me parut ne rien exprimer, ou trop parler de moi quand je ne devais m'occuper que d'elle, il vous dira dans quel état était mon âme.

« A MADAME DE MORTSAUF.

» « Combien de choses n'avais-je pas à vous dire en
» arrivant, auxquelles je pensais pendant le chemin
» et que j'oublie en vous voyant ! Oui, dès que je vous
» vois, chère Henriette, je ne trouve plus mes paroles
» en harmonie avec les reflets de votre âme qui gran-
» dissent votre beauté ; puis, j'éprouve près de vous
» un bonheur tellement infini, que le sentiment actuel
» efface les sentiments de la vie antérieure. Chaque
» fois, je nais à une vie plus étendue et suis comme le
» voyageur qui, en montant quelque grand rocher,
» découvre à chaque pas un nouvel horizon. A chaque
» nouvelle conversation, n'ajoutai-je pas à mes im-
» menses trésors un nouveau trésor ? Là, je crois, est
» le secret des longs, des inépuisables attachements.

» Je ne puis donc vous parler de vous que loin de
» vous. En votre présence, je suis trop ébloui pour
» voir, trop heureux pour interroger mon bonheur,
» trop plein de vous pour être moi, trop éloquent par
» vous pour parler, trop ardent à saisir le moment
» présent pour me souvenir du passé. Sachez bien
» cette constante ivresse pour m'en pardonner les
» erreurs. Près de vous, je ne puis que sentir. Néan-
» moins j'oserai vous dire, ma chère Henriette, que
» jamais, dans les nombreuses joies que vous avez
» faites, je n'ai ressenti de félicités semblables aux
» délices qui remplirent mon âme hier quand, après
» cette tempête horrible où vous avez lutté contre
» le mal avec un courage surhumain, vous êtes revenue
» à moi seul, au milieu du demi-jour de votre chambre,
» où cette malheureuse scène m'a conduit. Moi seul
» ai su de quelles lueurs peut briller une femme quand
» elle arrive des portes de la mort aux portes de la vie,
» et que l'aurore d'une renaissance vient nuancer son
» front. Combien votre voix était harmonieuse !
» Combien les mots, même les vôtres, me semblaient
» petits alors que dans le son de votre voix adorée
» reparaissaient les ressentiments vagues d'une dou-
» leur passée, mêlés aux consolations divines par
» lesquelles vous m'avez enfin rassuré, en me donnant
» ainsi vos premières pensées. Je vous connaissais
» brillant de toutes les splendeurs humaines ; mais
» hier j'ai entrevu une nouvelle Henriette qui serait à
» moi si Dieu le voulait. Hier j'ai entrevu je ne sais
» quel être dégagé des entraves corporelles qui nous
» empêchent de secouer les feux de l'âme. Tu étais bien
» belle dans ton abattement, bien majestueuse dans
» ta faiblesse. Hier j'ai trouvé quelque chose de plus
» beau que ta beauté, quelque chose de plus doux
» que ta voix ; des lumières plus étincelantes que ne
» l'est la lumière de tes yeux, des parfums pour les-
» quels il n'est point de mots ; hier ton âme a été
» visible et palpable. Ah ! j'ai bien souffert de n'avoir

» pu t'ouvrir mon cœur pour t'y faire revivre. Enfin,
» hier, j'ai quitté la terreur respectueuse que tu m'ins-
» pires, cette défaillance ne nous avait-elle pas rap-
» prochés ? Alors j'ai su ce que c'était que respirer
» en respirant avec toi, quand la crise te permit d'as-
» pirer notre air. Combien de prières élevées au ciel en
» un moment ! Si je n'ai pas expiré en traversant les
» espaces que j'ai franchis pour aller demander à
» Dieu de te laisser encore à moi, l'on ne meurt ni de
» joie ni de douleur. Ce moment m'a laissé des souve-
» nirs ensevelis dans mon âme et qui ne reparaîtront
» jamais à sa surface sans que mes yeux se mouillent
» de pleurs ; chaque joie en augmentera le sillon,
» chaque douleur les fera plus profonds. Oui, les
» craintes dont mon âme fut agitée hier seront un
» terme de comparaison pour toutes mes douleurs à
» venir, comme les joies que tu m'as prodiguées,
» chère éternelle pensée de ma vie ! domineront toutes
» les joies que la main de Dieu daignera m'épancher.
» Tu m'as fait comprendre l'amour divin, cet amour
» sûr qui, plein de sa force et de sa durée, ne connaît
» ni soupçons ni jalousies. »

Une mélancolie profonde me rongeait l'âme, le
spectacle de cette vie intérieure était navrant pour
un cœur jeune et neuf aux émotions sociales ; trouver
cet abîme à l'entrée du monde, un abîme sans fond,
une mer morte. Cet horrible concert d'infortunes me
suggéra des pensées infinies, et j'eus à mon premier
pas dans la vie sociale une immense mesure à laquelle
les autres scènes rapportées ne pouvaient plus être
que petites. Ma tristesse fit juger à monsieur et madame de Chessel que mes amours étaient malheu-
reuses, et j'eus le bonheur de ne nuire en rien à ma
grande Henriette par ma passion.

Le lendemain, quand j'entrai dans le salon, elle y
était seule ; elle me contempla pendant un instant en
me tendant la main, et me dit : — L'ami sera donc

toujours trop tendre ? Ses yeux devinrent humides,
elle se leva, puis me dit avec un ton de supplication
désespérée : — Ne m'écrivez plus ainsi !

Monsieur de Mortsauf était prévenant. La comtesse
avait repris son courage et son front serein ; mais son
teint trahissait ses souffrances de la veille, qui étaient
calmées sans être éteintes. Elle me dit le soir, en nous
promenant dans les feuilles sèches de l'automne qui
résonnaient sous nos pas : — La douleur est infinie,
la joie a des limites. Mot qui révélait ses souffrances,
par la comparaison qu'elle en faisait avec ses félicités
fugitives.

— Ne médisez pas de la vie, lui dis-je : vous ignorez
l'amour, et il a des voluptés qui rayonnent jusque dans
les cieux.

— Taisez-vous, dit-elle, je n'en veux rien connaître.
Le Groënlandais mourrait en Italie ! Je suis calme et
heureuse près de vous, je puis vous dire toutes mes
pensées ; ne détruisez pas ma confiance. Pourquoi
n'auriez-vous pas la vertu du prêtre et le charme de
l'homme libre ?

— Vous feriez avaler des coupes de ciguë, lui dis-je
en lui mettant la main sur mon cœur qui battait à
coups pressés.

— Encore ! s'écria-t-elle en retirant sa main comme
si elle eût ressenti quelque vive douleur. Voulez-vous
donc m'ôter le triste plaisir de faire étancher le sang
de mes blessures par une main amie ? N'ajoutez pas
à mes souffrances, vous ne les savez pas toutes ! les
plus secrètes sont les plus difficiles à dévorer. Si vous
étiez femme, vous comprendriez en quelle mélancolie
mêlée de dégoût tombe une âme fière, alors qu'elle
se voit l'objet d'attentions qui ne réparent rien et
avec lesquelles *on* croit tout réparer. Pendant quelques
jours je vais être courtisée, *on* va vouloir se faire pardonner le tort que l'*on* s'est donné. Je pourrais alors
obtenir un assentiment aux volontés les plus déraisonnables. Je suis humiliée par cet abaissement, par

ces caresses qui cessent le jour où l'*on* croit que j'ai tout oublié. Ne devoir la bonne grâce de son maître qu'à ses fautes...

— A ses crimes, dis-je vivement.

— N'est-ce pas une affreuse condition d'existence ? dit-elle en me jetant un triste sourire. Puis, je ne sais pas user de ce pouvoir passager. En ce moment, je ressemble aux chevaliers qui ne portaient pas de coup à leur adversaire tombé. Voir à terre celui que nous devons honorer, le relever pour en recevoir de nouveaux coups, souffrir de sa chute plus qu'il n'en souffre lui-même, et se trouver déshonorée si l'on profite d'une passagère influence, même dans un but d'utilité ; dépenser sa force, épuiser les trésors de l'âme en ces luttes sans noblesse, ne régner qu'au moment où l'on reçoit de mortelles blessures ! Mieux vaut la mort. Si je n'avais pas d'enfants, je me laisserais aller au courant de cette vie ; mais, sans mon courage inconnu, que deviendraient-ils ? je dois vivre pour eux, quelque douloureuse que soit la vie. Vous me parlez d'amour ?... eh ! mon ami, songez donc en quel enfer je tomberais si je donnais à cet être sans pitié, comme le sont tous les gens faibles, le droit de me mépriser ? Je ne supporterais pas un soupçon ! La pureté de ma conduite fait ma force. La vertu, cher enfant, a des eaux saintes où l'on se retrempe et d'où l'on sort renouvelé à l'amour de Dieu !

— Écoutez, chère Henriette, je n'ai plus qu'une semaine à demeurer ici, je veux que...

— Ah ! vous nous quittez... dit-elle en m'interrompant.

— Mais ne dois-je pas savoir ce que mon père décidera de moi ? Voici bientôt trois mois...

— Je n'ai pas compté les jours, me répondit-elle avec l'abandon de la femme émue. Elle se recueillit et me dit : — Marchons, allons à Frapesle.

Elle appela le comte, ses enfants, demanda son

châle ; puis, quand tout fut prêt, elle si lente, si calme, eut une activité de Parisienne, et nous partîmes en troupe pour aller à Frapesle y faire une visite que la comtesse ne devait pas. Elle s'efforça de parler à madame de Chessel, qui heureusement fut très prolixe dans ses réponses. Le comte et monsieur de Chessel s'entretinrent de leurs affaires. J'avais peur que monsieur de Mortsauf ne vantât sa voiture et son attelage, mais il fut d'un goût parfait ; son voisin le questionna sur les travaux qu'il entreprenait à la Cassine et à la Rhétorière. En entendant la demande, je regardai le comte en croyant qu'il s'abstiendrait d'un sujet de conversation si fatal en souvenirs, si cruellement amer pour lui ; mais il prouva combien il était urgent d'améliorer l'état de l'agriculture dans le canton, de bâtir de belles fermes dont les locaux fussent sains et salubres ; enfin, il s'attribua glorieusement les idées de sa femme. Je contemplai la comtesse en rougissant. Ce manque de délicatesse chez un homme qui dans certaines occasions en montrait tant, cet oubli de la scène mortelle, cette adoption des idées contre lesquelles il s'était si violemment élevé, cette croyance en soi me pétrifiaient.

Quand monsieur de Chessel lui dit : — Croyez-vous pouvoir retrouver vos dépenses ?

— Au-delà ! fit-il avec un geste affirmatif.

De semblables crises ne s'expliquaient que par le mot *démence*. Henriette, la céleste créature, était radieuse. Le comte ne paraissait-il pas homme de sens, bon administrateur, excellent agronome ? elle caressait avec ravissement les cheveux de Jacques, heureuse pour elle, heureuse pour son fils ! Quel comique horrible, quel drame railleur ! j'en fus épouvanté. Plus tard, quand le rideau de la scène sociale se releva pour moi, combien de Mortsauf n'ai-je pas vus, moins les éclairs de loyauté, moins la religion de celui-ci ! Quelle singulière et mordante puissance est celle qui perpétuellement jette au fou un ange, à

l'homme d'amour sincère et poétique une femme
mauvaise, au petit la grande, à ce magot une belle et
sublime créature ; à la noble Juana le capitaine Diard,
de qui vous avez sur l'histoire à Bordeaux ; à madame
de Beauséant un d'Ajuda, à madame d'Aiglemont
son mari, au marquis d'Espard sa femme [1] ? J'ai cherché
longtemps le sens de cette énigme, je vous l'avoue.
J'ai fouillé bien des mystères, j'ai découvert la raison
de plusieurs lois naturelles, le sens de quelques hiéro-
glyphes divins ; de celui-ci, je ne sais rien, je l'étudie
toujours comme une figure du casse-tête indien dont
les brames se sont réservé la construction symbolique.
Ici le génie du mal est trop visiblement le maître, et
je n'ose accuser Dieu. Malheur sans remède, qui donc
s'amuse à vous tisser ? Henriette et son Philosophe
Inconnu auraient-ils donc raison ? leur mysticisme
contiendrait-il le sens général de l'humanité ?

Les derniers jours que je passai dans ce pays furent
ceux de l'automne effeuillée, jours obscurcis de nuages
qui parfois cachèrent le ciel de la Touraine, toujours
si pur et si chaud dans cette belle saison. La veille
de mon départ, madame de Mortsauf m'emmena
sur la terrasse, avant le dîner.

— Mon cher Félix, me dit-elle après un tour fait en
silence sous les arbres dépouillés, vous allez entrer
dans le monde, et je veux vous y accompagner en
pensée. Ceux qui ont beaucoup souffert ont beaucoup
vécu ; ne croyez pas que les âmes solitaires ne sachent
rien de ce monde, elles le jugent. Si je dois vivre par
mon ami, je ne veux être mal à l'aise ni dans son cœur
ni dans sa conscience ; au fort du combat il est bien
difficile de se souvenir de toutes les règles, permettez-
moi de vous donner quelques enseignements de mère
à fils. Le jour de votre départ je vous remettrai, cher
enfant ! une longue lettre où vous trouverez mes pensées de femme sur le monde, sur les hommes, sur la
manière d'aborder les difficultés dans ce grand remue-
ment d'intérêts ; promettez-moi de ne la lire qu'à

Paris ? Ma prière est l'expression d'une de ces fantaisies de sentiment qui sont notre secret à nous autres
femmes; je ne crois pas qu'il soit impossible de la
comprendre, mais peut-être serions-nous chagrines
de la savoir comprise ; laissez-moi ces petits sentiers
où la femme aime à se promener seule.

— Je vous le promets, lui dis-je en lui baisant les
mains.

— Ah! dit-elle, j'ai encore un serment à vous
demander ; mais engagez-vous d'avance à le souscrire.

— Oh! oui, lui dis-je en croyant qu'il allait être
question de fidélité.

— Il ne s'agit pas de moi, reprit-elle en souriant
avec amertume. Félix, ne jouez jamais dans quelque
salon que ce puisse être ; je n'excepte celui de personne.

— Je ne jouerai jamais, lui répondis-je.

— Bien, dit-elle. Je vous ai trouvé un meilleur
usage du temps que vous dissiperiez au jeu ; vous
verrez que là où les autres doivent perdre tôt ou tard,
vous gagnerez toujours.

— Comment ?

— La lettre vous le dira, répondit-elle d'un air
enjoué qui ôtait à ses recommandations le caractère
sérieux dont sont accompagnées celles des grands-
parents.

La comtesse me parla pendant une heure environ
et me prouva la profondeur de son affection en me
révélant avec quel soin elle m'avait étudié pendant
ces trois derniers mois; elle entra dans les derniers
replis de mon cœur, en tâchant d'y appliquer le sien ;
son accent était varié, convaincant; ses paroles tombaient d'une lèvre maternelle, et montraient autant
par le ton que par la substance combien de liens nous
attachaient déjà l'un à l'autre.

— Si vous saviez, dit-elle en finissant, avec quelles
anxiétés je vous suivrai dans votre route, quelle joie
si vous allez droit, quels pleurs si vous vous heurtez à

des angles! Croyez-moi, mon affection est sans égale ; elle est à la fois involontaire et choisie. Ah! je voudrais vous voir heureux, puissant, considéré, vous qui serez pour moi comme un rêve animé.

Elle me fit pleurer. Elle était à la fois douce et terrible ; son sentiment se mettait trop audacieusement à découvert, il était trop pur pour permettre le moindre espoir au jeune homme altéré de plaisir. En retour de ma chair laissée en lambeaux dans son cœur, elle me versait les lueurs incessantes et incorruptibles de ce divin amour qui ne satisfaisait que l'âme. Elle montait à des hauteurs où les ailes diaprées de l'amour qui me fit dévorer ses épaules ne pouvaient me porter ; pour arriver près d'elle, un homme devait avoir conquis les ailes blanches du séraphin.

— En toutes choses, lui dis-je, je penserai : Que dirait mon Henriette ?

— Bien, je veux être l'étoile et le sanctuaire, dit-elle en faisant allusion aux rêves de mon enfance et cherchant à m'en offrir la réalisation pour tromper mes désirs.

— Vous serez ma religion et ma lumière, vous serez tout, m'écriai-je.

— Non, répondit-elle, je ne puis être la source de vos plaisirs.

Elle soupira, et me jeta le sourire des peines secrètes, ce sourire de l'esclave un moment révolté. Dès ce jour, elle fut non pas la bien-aimée, mais la plus aimée ; elle ne fut pas dans mon cœur comme une femme qui veut une place, qui s'y grave par le dévouement ou par l'excès du plaisir ; non, elle eut tout le cœur, et fut quelque chose de nécessaire au jeu des muscles ; elle devint ce qu'était la Béatrix du poète florentin, la Laure sans tache du poète vénitien, la mère des grandes pensées, la cause inconnue des résolutions qui sauvent, le soutien de l'avenir, la lumière qui brille dans l'obscurité comme le lys dans les feuillages sombres. Oui, elle dicta ces hautes déterminations qui coupent la part au feu, qui restituent la chose en péril ; elle m'a donné cette constance à la Coligny [1] pour vaincre les vainqueurs, pour renaître de la défaite, pour lasser les plus forts lutteurs.

Le lendemain, après avoir déjeuné à Frapesle et fait mes adieux à mes hôtes si complaisants à l'égoïsme de mon amour, je me rendis à Clochegourde. Monsieur et madame de Mortsauf avaient projeté de me reconduire à Tours, d'où je devais partir dans la nuit pour Paris. Pendant ce chemin la comtesse fut affectueusement muette, elle prétendit d'abord avoir la migraine ; puis elle rougit de ce mensonge et le pallia soudain en disant qu'elle ne me voyait point partir sans regret. Le comte m'invita à venir chez lui, quand en l'absence des Chessel j'aurais l'envie de voir la vallée de l'Indre. Nous nous séparâmes héroïquement, sans larmes apparentes ; mais, comme quelques enfants maladifs, Jacques eut un mouvement de sensibilité qui lui fit répandre quelques larmes, tandis que Madeleine, déjà femme, serrait la main de sa mère.

— Cher petit ! dit la comtesse en baisant Jacques avec passion.

Quand je me trouvai seul à Tours, il me prit après le dîner une de ces rages inexpliquées que l'on n'éprouve qu'au jeune âge. Je louai un cheval et franchis en cinq quarts d'heure la distance entre Tours et Pont-de-Ruan. Là, honteux de montrer ma folie, je courus à pied dans le chemin, et j'arrivai comme un espion, à pas de loup, sous la terrasse. La comtesse n'y était pas, j'imaginai qu'elle souffrait ; j'avais gardé la clef de la petite porte, j'entrai ; elle descendait en ce moment le perron avec ses deux enfants pour venir respirer, triste et lente, la douce mélancolie empreinte sur ce paysage, au coucher du soleil.

— Ma mère, voilà Félix, dit Madeleine.

— Oui, moi, lui dis-je à l'oreille. Je me suis demandé pourquoi j'étais à Tours, quand il m'était encore facile de vous voir. Pourquoi ne pas accomplir un désir que dans huit jours je ne pourrai plus réaliser ?

— Il ne nous quitte pas, ma mère, cria Jacques en sautant à plusieurs reprises.

— Tais-toi donc, dit Madeleine, tu vas attirer ici le général.

— Ceci n'est pas sage, reprit-elle, quelle folie !

Cette consonance dite dans les larmes par sa voix, quel paiement de ce qu'on devrait appeler les calculs usuraires de l'amour !

— J'avais oublié de vous rendre cette clef, lui dis-je en souriant.

— Vous ne reviendrez donc plus ? dit-elle.

— Est-ce que nous nous quittons ? demandai-je en lui jetant un regard qui lui fit abaisser ses paupières pour voiler sa muette réponse.

Je partis après quelques moments passés dans une de ces heureuses stupeurs des âmes arrivées là où finit l'exaltation et où commence la folle extase. Je m'en allai d'un pas lent, en me retournant sans cesse. Quand au sommet du plateau je contemplai la vallée une dernière fois, je fus saisi du contraste qu'elle m'offrit en la comparant à ce qu'elle était quand j'y vins : ne verdoyait-elle pas, ne flambait-elle pas alors comme flambaient, comme verdoyaient mes désirs et mes espérances ? Initié maintenant aux sombres et mélancoliques mystères d'une famille, partageant les angoisses d'une Niobé chrétienne, triste comme elle, l'âme rembrunie, je trouvais en ce moment la vallée au ton de mes idées. En ce moment les champs étaient dépouillés, les feuilles des peupliers tombaient, et celles qui restaient avaient la couleur de la rouille ; les pampres étaient brûlés, la cime des bois offrait les teintes graves de cette couleur *tannée* que jadis des rois adoptaient pour leur costume et qui cachait la pourpre du pouvoir sous le brun des chagrins. Toujours en harmonie avec mes pensées, la vallée où se mouraient les rayons jaunes d'un soleil tiède, me présentait encore une vivante image de mon âme. Quitter une

femme aimée est une situation horrible ou simple,
selon les natures ; moi je me trouvai soudain comme
dans un pays étranger dont j'ignorais la langue ; je
ne pouvais me prendre à rien, en voyant des choses
auxquelles je ne sentais plus mon âme attachée.
Alors l'étendue de mon amour se déploya, et ma chère
Henriette s'éleva de toute sa hauteur dans ce désert
où je ne vécus que par son souvenir. Elle fut une figure
si religieusement adorée que je résolus de rester sans
souillure en présence de ma divinité secrète, et me
revêtis idéalement de la robe blanche des lévites,
imitant ainsi Pétrarque qui ne se présenta jamais
devant Laure de Noves qu'entièrement habillé de
blanc. Avec quelle impatience j'attendis la première
nuit où, de retour chez mon père, je pourrais lire cette
lettre que je touchais durant le voyage comme un
avare tâte une somme en billets qu'il est forcé de porter
sur lui. Pendant la nuit, je baisais le papier sur lequel
Henriette avait manifesté ses volontés, où je devais
reprendre les mystérieuses effluves échappées de sa
main, d'où les accentuations de sa voix s'élanceraient
dans mon entendement recueilli. Je n'ai jamais lu
ses lettres que comme je lus la première, au lit et au
milieu d'un silence absolu ; je ne sais pas comment on
peut lire autrement des lettres écrites par une personne
aimée ; cependant il est des hommes indignes d'être
aimés qui mêlent la lecture de ces lettres aux préoccu-
pations du jour, la quittent et la reprennent avec une
odieuse tranquillité. Voici, Natalie, l'adorable voix
qui tout à coup retentit dans le silence de la nuit, voici
la sublime figure qui se dressa pour me montrer du
doigt le vrai chemin dans le carrefour où j'étais arrivé.

« Quel bonheur, mon ami, d'avoir à rassembler les
» éléments épars de mon expérience pour vous la trans-
» mettre et vous en armer contre les dangers du monde
» à travers lequel vous devrez vous conduire habile-
» ment ! J'ai ressenti les plaisirs permis de l'affection

» maternelle, en m'occupant de vous durant quelques
» nuits. Pendant que j'écrivais ceci, phrase à phrase,
» en me transportant par avance dans la vie que vous
» mènerez, j'allais parfois à ma fenêtre. En voyant
» de là les tours de Frapesle éclairées par la lune,
» souvent je me disais : « Il dort, et je veille pour
» lui! » Sensations charmantes qui m'ont rappelé les
» premiers bonheurs de ma vie, alors que je contem-
» plais Jacques endormi dans son berceau, en atten-
» dant son réveil pour lui donner mon lait. N'êtes-
» vous pas un homme-enfant de qui l'âme doit être
» réconfortée par quelques préceptes dont vous
» n'avez pu vous nourrir dans ces affreux collèges où
» vous avez tant souffert ; mais que, nous autres
» femmes, avons le privilège de vous présenter! Ces
» riens influent sur vos succès, ils les préparent et les
» consolident. Ne sera-ce pas une maternité spirituelle
» que cet engendrement du système auquel un
» homme doit rapporter les actions de sa vie, une
» maternité bien comprise par l'enfant ? Cher Félix,
» laissez-moi, quand même je commettrais ici quelques
» erreurs, imprimer à notre amitié le désintéressement
» qui la sanctifiera : vous livrer au monde, n'est-ce
» pas renoncer à vous ? mais je vous aime assez pour
» sacrifier mes jouissances à votre bel avenir. Depuis
» bientôt quatre mois vous m'avez fait étrangement
» réfléchir aux lois et aux mœurs qui régissent notre
» époque. Les conversations que j'ai eues avec ma
» tante, et dont le sens vous appartient, à vous qui
» la remplacez! les événements de sa vie que mon-
» sieur de Mortsauf m'a racontés ; les paroles de mon
» père à qui la cour fut si familière ; les plus grandes
» comme les plus petites circonstances, tout a surgi
» dans ma mémoire au profit de mon enfant adop-
» tif que je vois près de se lancer au milieu des
» hommes, presque seul ; près de se diriger sans conseil
» dans un pays où plusieurs périssent par leurs
» bonnes qualités étourdiment déployées, où certains

» réussissent par leurs mauvaises bien employées.

» Avant tout, méditez l'expression concise de mon
» opinion sur la société considérée dans son ensemble,
» car avec vous peu de paroles suffisent. J'ignore si
» les sociétés sont d'origine divine ou si elles sont
» inventées par l'homme, j'ignore également en quel
» sens elles se meuvent ; ce qui me semble certain,
» est leur existence ; dès que vous les acceptez au
» lieu de vivre à l'écart, vous devez en tenir les condi-
» tions constitutives pour bonnes ; entre elles et vous,
» demain il se signera comme un contrat. La société
» d'aujourd'hui se sert-elle plus de l'homme qu'elle
» ne lui profite ? je le crois ; mais que l'homme y trouve
» plus de charges que de bénéfices, ou qu'il achète trop
» chèrement les avantages qu'il en recueille, ces ques-
» tions regardent le législateur et non l'individu. Selon
» moi, vous devez donc obéir en toute chose à la loi
» générale, sans la discuter, qu'elle blesse ou flatte
» votre intérêt. Quelque simple que puisse vous
» paraître ce principe, il est difficile en ses applica-
» tions ; il est comme une sève qui doit s'infiltrer dans
» les moindres tuyaux capillaires pour vivifier l'arbre,
» lui conserver sa verdure, développer ses fleurs, et
» bonifier ses fruits si magnifiquement qu'il excite
» une admiration générale. Cher, les lois ne sont pas
» toutes écrites dans un livre, les mœurs aussi créent
» des lois, les plus importantes sont les moins con-
» nues ; il n'est ni professeurs, ni traités, ni école pour
» ce droit qui régit vos actions, vos discours, votre
» vie extérieure, la manière de vous présenter au
» monde ou d'aborder la fortune. Faillir à ces lois
» secrètes, c'est rester au fond de l'état social au lieu
» de le dominer. Quand même cette lettre ferait de
» fréquents pléonasmes avec vos pensées, laissez-moi
» donc vous confier ma politique de femme.

» Expliquer la société par la théorie du bonheur
» individuel pris avec adresse aux dépens de tous,
» est une doctrine fatale dont les déductions sévères

» amènent l'homme à croire que tout ce qu'il s'attri-
» bue secrètement sans que la loi, le monde ou l'indi-
» vidu s'aperçoivent d'une lésion, est bien ou dûment
» acquis. D'après cette charte, le voleur habile est
» absous, la femme qui manque à ses devoirs sans
» qu'on en sache rien est heureuse et sage ; tuez un
» homme sans que la justice en ait une seule preuve,
» si vous conquérez ainsi quelque diadème à la Mac-
» beth, vous avez bien agi ; votre intérêt devient une
» loi suprême, la question consiste à tourner, sans
» témoins ni preuves, les difficultés que les mœurs
» et les lois mettent entre vous et vos satisfactions.
» A qui voit ainsi la société, le problème que constitue
» une fortune à faire, mon ami, se réduit à jouer une
» partie dont les enjeux sont un million ou le bagne,
» une position politique ou le déshonneur. Encore le
» tapis vert n'a-t-il pas assez de drap pour tous les
» joueurs, et faut-il une sorte de génie pour combiner
» un coup. Je ne vous parle ni de croyances religieuses,
» ni de sentiments ; il s'agit ici des rouages d'une
» machine d'or et de fer, et de ses résultats immédiats
» dont s'occupent les hommes. Cher enfant de mon
» cœur, si vous partagez mon horreur envers cette
» théorie des criminels, la société ne s'expliquera
» donc à vos yeux que comme elle s'explique dans tout
» entendement sain, par la théorie des devoirs. Oui,
» vous vous devez les uns aux autres sous mille formes
» diverses. Selon moi, le duc et pair se doit bien plus
» à l'artisan ou au pauvre, que le pauvre et l'artisan
» ne se doivent au duc et pair. Les obligations contrac-
» tées s'accroissent en raison des bénéfices que la
» société présente à l'homme, d'après ce principe,
» vrai en commerce comme en politique, que la gra-
» vité des soins est partout en raison de l'étendue des
» profits. Chacun paie sa dette à sa manière. Quand
» notre pauvre homme de la Rhétorière vient se cou-
» cher fatigué de ses labours, croyez-vous qu'il n'ait
» pas rempli des devoirs ; il a certes mieux accompli

» les siens que beaucoup de gens haut placés. En consi-
» dérant ainsi la société dans laquelle vous voudrez
» une place en harmonie avec votre intelligence et vos
» facultés, vous avez donc à poser, comme principe
» générateur, cette maxime : ne se rien permettre ni
» contre sa conscience ni contre la conscience publique.
» Quoique mon insistance puisse vous sembler super-
» flue, je vous supplie, oui, votre Henriette vous sup-
» plie de bien peser le sens de ces deux paroles. Simples
» en apparence, elles signifient, cher, que la droiture,
» l'honneur, la loyauté, la politesse sont les instru-
» ments les plus sûrs et les plus prompts de votre
» fortune. Dans ce monde égoïste, une foule de gens
» vous diront que l'on ne fait pas son chemin par les
» sentiments, que les considérations morales trop
» respectées retardent leur marche ; vous verrez des
» hommes mal élevés, malappris ou incapables de
» toiser l'avenir, froissant un petit, se rendant cou-
» pables d'une impolitesse envers une vieille femme,
» refusant de s'ennuyer un moment avec quelque bon
» vieillard, sous prétexte qu'ils ne leur sont utiles à
» rien ; plus tard vous apercevrez ces hommes accro-
» chés à des épines qu'ils n'auront pas épointées, et
» manquant leur fortune pour un rien ; tandis que
» l'homme rompu de bonne heure à cette théorie des
» devoirs, ne rencontrera point d'obstacles ; peut-être
» arrivera-t-il moins promptement, mais sa fortune
» sera solide et restera quand celle des autres croulera !
» Quand je vous dirai que l'application de cette
» doctrine exige avant tout la science des manières,
» vous trouverez peut-être que ma jurisprudence
» sent un peu la cour et les enseignements que j'ai
» reçus dans la maison de Lenoncourt. O mon ami !
» j'attache la plus grande importance à cette instruc-
» tion, si petite en apparence. Les habitudes de la
» grande compagnie vous sont aussi nécessaires que
» peuvent l'être les connaissances étendues et va-
» riées que vous possédez ; elles les ont souvent

» suppléées : certains ignorants en fait, mais doués
» d'un esprit naturel, habitués à mettre de la suite
» dans leurs idées, sont arrivés à une grandeur qui
» fuyait de plus dignes qu'eux. Je vous ai bien étudié,
» Félix, afin de savoir si votre éducation, prise en
» commun dans les collèges, n'avait rien gâté chez vous.
» Avec quelle joie ai-je reconnu que vous pouviez
» acquérir le peu qui vous manque, Dieu seul le sait !
» Chez beaucoup de personnes élevées dans ces tra-
» ditions, les manières sont purement extérieures ;
» car la politesse exquise, les belles façons viennent
» du cœur et d'un grand sentiment de dignité per-
» sonnelle ; voilà pourquoi, malgré leur éducation,
» quelques nobles ont mauvais ton, tandis que certaines
» personnes d'extraction bourgeoise ont naturelle-
» ment bon goût, et n'ont plus qu'à prendre quelques
» leçons pour se donner, sans imitation gauche, d'ex-
» cellentes manières. Croyez-en une pauvre femme qui
» ne sortira jamais de sa vallée, ce ton noble, cette
» simplicité gracieuse empreinte dans la parole, dans
» le geste, dans la tenue et jusque dans la maison, cons-
» titue comme une poésie physique dont le charme est
» irrésistible ; jugez de sa puissance quand elle prend
» sa source dans le cœur ? La politesse, cher enfant,
» consiste à paraître s'oublier pour les autres ; chez
» beaucoup de gens, elle est une grimace sociale qui
» se dément aussitôt que l'intérêt trop froissé montre
» le bout de l'oreille, un grand devient alors ignoble.
» Mais, et je veux que vous soyez ainsi, Félix, la vraie
» politesse implique une pensée chrétienne ; elle est
» comme la fleur de la charité, et consiste à s'oublier
» réellement. En souvenir d'Henriette, ne soyez donc
» pas une fontaine sans eau, ayez l'esprit et la forme !
» Ne craignez pas d'être souvent la dupe de cette
» vertu sociale, tôt ou tard vous recueillerez le fruit
» de tant de grains en apparence jetés au vent. Mon
» père a remarqué jadis qu'une des façons les plus
» blessantes dans la politesse mal entendue est l'abus

» des promesses. Quand il vous sera demandé quelque
» chose que vous ne sauriez faire, refusez net en ne
» laissant aucune fausse espérance ; puis accordez
» promptement ce que vous voulez octroyer : vous
» acquerrez ainsi la grâce du refus et la grâce du bien-
» fait, double loyauté qui relève merveilleusement
» un caractère. Je ne sais si l'on ne nous en veut pas
» plus d'un espoir déçu qu'on ne nous sait gré d'une
» faveur. Surtout, mon ami, car ces petites choses
» sont bien dans mes attributions, et je puis m'appe-
» santir sur ce que je crois savoir, ne soyez ni confiant,
» ni banal, ni empressé, trois écueils ! La trop grande
» confiance diminue le respect, la banalité nous vaut
» le mépris, le zèle nous rend excellents à exploiter.
» Et d'abord, cher enfant, vous n'aurez pas plus de
» deux ou trois amis dans le cours de votre existence,
» votre entière confiance est leur bien ; la donner à
» plusieurs, n'est-ce pas les trahir ? Si vous vous liez
» avec quelques hommes plus intimement qu'avec
» d'autres, soyez donc discret sur vous-même, soyez
» toujours réservé comme si vous deviez les avoir un
» jour pour compétiteurs, pour adversaires ou pour
» ennemis ; les hasards de la vie le voudront ainsi.
» Gardez donc une attitude qui ne soit ni froide ni
» chaleureuse, sachez trouver cette ligne moyenne sur
» laquelle un homme peut demeurer sans rien compro-
» mettre. Oui, croyez que le galant homme est aussi
» loin de la lâche complaisance de Philinte que de
» l'âpre vertu d'Alceste. Le génie du poète comique
» brille dans l'indication du milieu vrai que saisissent
» les spectateurs nobles ; certes, tous pencheront plus
» vers les ridicules de la vertu que vers le souverain
» mépris caché sous la bonhomie de l'égoïsme ; mais
» ils sauront se préserver de l'un et de l'autre. Quant à
» la banalité, si elle fait dire de vous par quelques
» niais que vous êtes un homme charmant, les gens
» habitués à sonder, à évaluer les capacités humaines,
» déduiront votre tare et vous serez promptement

» déconsidéré, car la banalité est la ressource des
» gens faibles ; or les faibles sont malheureusement
» méprisés par une société qui ne voit dans chacun
» de ses membres que des organes ; peut-être d'ail-
» leurs a-t-elle raison, la nature condamne à mort les
» êtres imparfaits. Aussi peut-être les touchantes
» protections de la femme sont-elles engendrées par
» le plaisir qu'elle trouve à lutter contre une force
» aveugle, à faire triompher l'intelligence du cœur sur
» la brutalité de la matière. Mais la société, plus
» marâtre que mère, adore les enfants qui flattent
» sa vanité. Quant au zèle, cette première et sublime
» erreur de la jeunesse qui trouve un contentement
» réel à déployer ses forces et commence ainsi par
» être dupe d'elle-même avant d'être celle d'autrui,
» gardez-le pour vos sentiments partagés, gardez-le
» pour la femme et pour Dieu. N'apportez ni au bazar
» du monde ni aux spéculations de la politique des
» trésors en échange desquels ils vous rendront des
» verroteries. Vous devez croire la voix qui vous
» commande la noblesse en toute chose, alors qu'elle
» vous supplie de ne pas vous prodiguer inutilement ;
» car malheureusement les hommes vous estiment
» en raison de votre utilité, sans tenir compte de votre
» valeur. Pour employer une image qui se grave en
» votre esprit poétique, que le chiffre soit d'une gran-
» deur démesurée, tracé en or, écrit au crayon, ce
» ne sera jamais qu'un chiffre. Comme l'a dit un
» homme de cette époque : « n'ayez jamais de zèle [1] »
» Le zèle effleure la duperie, il cause des mécomptes ;
» vous ne trouveriez jamais au-dessus de vous une
» chaleur en harmonie avec la vôtre : les rois comme
» les femmes croient que tout leur est dû. Quelque
» triste que soit ce principe, il est vrai, mais ne déflore
» point l'âme. Placez vos sentiments purs en des
» lieux inaccessibles où leurs fleurs soient passionné-
» ment admirées, où l'artiste rêvera presque amoureu-
» sement au chef-d'œuvre. Les devoirs, mon ami,

» ne sont pas des sentiments. Faire ce qu'on doit n'est
» pas faire ce qui plaît. Un homme doit aller mourir
» froidement pour son pays et peut donner avec bon-
» heur sa vie à une femme. Une des règles les plus
» importantes de la science des manières, est un silence
» presque absolu sur vous-même. Donnez-vous la
» comédie, quelque jour, de parler de vous-même à
» des gens de simple connaissance ; entretenez-les
» de vos souffrances, de vos plaisirs ou de vos affaires ;
» vous verrez l'indifférence succédant à l'intérêt joué ;
» puis, l'ennui venu, si la maîtresse du logis ne vous
» interrompt poliment, chacun s'éloignera sous des
» prétextes habilement saisis. Mais voulez-vous grou-
» per autour de vous toutes les sympathies, passer
» pour un homme aimable et spirituel, d'un commerce
» sûr ? entretenez-les d'eux-mêmes, cherchez un
» moyen de les mettre en scène, même en soulevant
» des questions en apparence inconciliables avec les
» individus ; les fronts s'animeront, les bouches vous
» souriront, et quand vous serez parti chacun fera
» votre éloge. Votre conscience et la voix du cœur vous
» diront la limite où commence la lâcheté des flatte-
» ries, où finit la grâce de la conversation. Encore un
» mot sur le discours en public. Mon ami, la jeunesse
» est toujours encline à je ne sais quelle promptitude
» de jugement qui lui fait honneur, mais qui la des-
» sert ; de là venait le silence imposé par l'éducation
» d'autrefois aux jeunes gens qui faisaient auprès des
» grands un stage pendant lequel ils étudiaient la vie ;
» car, autrefois, la Noblesse comme l'Art avait ses
» apprentis, ses pages dévoués aux maîtres qui les
» nourrissaient. Aujourd'hui la jeunesse possède une
» science de serre chaude, partant tout acide, qui la
» porte à juger avec sévérité les actions, les pensées
» et les écrits ; elle tranche avec le fil d'une lame qui
» n'a pas encore servi. N'ayez pas ce travers. Vos
» arrêts seraient des censures qui blesseraient beau-
» coup de personnes autour de vous, et tous pardon-

» neront moins peut-être une blessure secrète qu'un tort
» que vous donneriez publiquement. Les jeunes gens
» sont sans indulgence, parce qu'ils ne connaissent
» rien de la vie ni de ses difficultés. Le vieux critique
» est bon et doux, le jeune critique est implacable ;
» celui-ci ne sait rien, celui-là sait tout. D'ailleurs, il
» est au fond de toutes les actions humaines un laby-
» rinthe de raisons déterminantes, desquelles Dieu
» s'est réservé le jugement définitif. Ne soyez sévère
» que pour vous-même. Votre fortune est devant vous,
» mais personne en ce monde ne peut faire la sienne
» sans aide ; pratiquez donc la maison de mon père,
» l'entrée vous en est acquise, les relations que vous
» vous y créerez vous serviront en mille occasions ;
» mais n'y cédez pas un pouce de terrain à ma mère,
» elle écrase celui qui s'abandonne et admire la fierté
» de celui qui lui résiste ; elle ressemble au fer qui,
» battu, peut se joindre au fer, mais qui brise par son
» contact tout ce qui n'a pas sa dureté. Cultivez donc
» ma mère ; si elle vous veut du bien, elle vous intro-
» duira dans les salons où vous acquerrez cette fatale
» science du monde, l'art d'écouter, de parler, de
» répondre, de vous présenter, de sortir ; le langage
» précis, ce *je ne sais quoi* qui n'est pas plus la supé-
» riorité que l'habit ne constitue le génie, mais sans
» lequel le plus beau talent ne sera jamais admis.
» Je vous connais assez pour être sûre de ne me faire
» aucune illusion en vous voyant par avance comme
» je souhaite que vous soyez : simple dans vos ma-
» nières, doux de ton, fier sans fatuité, respectueux
» près des vieillards, prévenant sans servilité, discret
» surtout. Déployez votre esprit, mais ne servez pas
» d'amusement aux autres ; car, sachez bien que si
» votre supériorité froisse un homme médiocre, il
» se taira, puis il dira de vous : « — Il est très amu-
» sant ! » terme de mépris. Que votre supériorité soit
» toujours léonine. Ne cherchez pas d'ailleurs à
» complaire aux hommes. Dans vos relations avec eux,

» je vous recommande une froideur qui puisse arriver
» jusqu'à cette impertinence dont ils ne peuvent se
» fâcher ; tous respectent celui qui les dédaigne, et
» ce dédain vous conciliera la faveur de toutes les
» femmes qui vous estimeront en raison du peu de
» cas que vous ferez des hommes. Ne souffrez jamais
» près de vous des gens déconsidérés, quand même
» ils ne mériteraient pas leur réputation, car le monde
» nous demande également compte de nos amitiés
» et de nos haines ; à cet égard, que vos jugements
» soient longtemps et mûrement pesés, mais qu'ils
» soient irrévocables. Quand les hommes repoussés
» par vous auront justifié votre répulsion, votre es-
» time sera recherchée ; ainsi vous inspirerez ce respect
» tacite qui grandit un homme parmi les hommes.
» Vous voilà donc armé de la jeunesse qui plaît, de
» la grâce qui séduit, de la sagesse qui conserve les
» conquêtes. Tout ce que je viens de vous dire peut
» se résumer par un vieux mot : *noblesse oblige!*

» Maintenant appliquez ces préceptes à la politique
» des affaires. Vous entendrez plusieurs personnes
» disant que la finesse est l'élément du succès, que le
» moyen de percer la foule est de diviser les hommes
» pour se faire faire place. Mon ami, ces principes
» étaient bons au Moyen-Age, quand les princes
» avaient des forces rivales à détruire les unes par les
» autres ; mais aujourd'hui tout est à jour, et ce sys-
» tème vous rendrait de fort mauvais services. En
» effet, vous rencontrerez devant vous, soit un homme
» loyal et vrai, soit un ennemi traître, un homme qui
» procédera par la calomnie, par la médisance, par la
» fourberie. Eh bien! sachez que vous n'avez pas de
» plus puissant auxiliaire que celui-ci, l'ennemi de cet
» homme est lui-même ; vous pouvez le combattre en
» vous servant d'armes loyales, il sera tôt ou tard
» méprisé. Quant au premier, votre franchise vous
» conciliera son estime ; et, vos intérêts conciliés
» (car tout s'arrange), il vous servira. Ne craignez pas

» de vous faire des ennemis ; malheur à qui n'en a pas
» dans le monde où vous allez ; mais tâchez de ne
» donner prise ni au ridicule ni à la déconsidération ;
» je dis tâchez, car à Paris un homme ne s'appar-
» tient pas toujours, il est soumis à de fatales circons-
» tances ; vous n'y pourrez éviter ni la bouc du ruis-
» seau, ni la tuile qui tombe. La morale a ses ruisseaux
» d'où les gens déshonorés essaient de faire jaillir sur
» les plus nobles personnes la boue dans laquelle ils
» se noient. Mais vous pouvez toujours vous faire
» respecter en vous montrant dans toutes les sphères
» implacable dans vos dernières déterminations. Dans
» ce conflit d'ambitions, au milieu de ces difficultés
» entrecroisés, allez toujours droit au fait, marchez
» résolument à la question, et ne vous battez jamais
» que sur un point, avec toutes vos forces. Vous savez
» combien monsieur de Mortsauf haïssait Napoléon, il
» le poursuivait de sa malédiction, il veillait sur lui
» comme la justice sur le criminel, il lui redemandait
» tous les soirs le duc d'Enghien, la seule infortune, la
» seule mort qui lui ait fait verser des larmes; eh bien !
» il l'admirait comme le plus hardi des capitaines, il
» m'en a souvent expliqué la tactique. Cette stratégie
» ne peut-elle donc s'appliquer dans la guerre des in-
» térêts ? elle y économiserait le temps comme l'autre
» économisait les hommes et l'espace ; songez à ceci,
» car une femme se trompe souvent en ces choses que
» nous jugeons par instinct et par sentiment. Je puis
» insister sur un point : toute finesse, toute tromperie
» est découverte et finit par nuire, tandis que toute
» situation me paraît être moins dangereuse quand un
» homme se place sur le terrain de la franchise. Si je
» pouvais citer mon exemple, je vous dirais qu'à
» Clochegourde, forcée par le caractère de monsieur
» de Mortsauf à prévenir tout litige, à faire arbitrer
» immédiatement les contestations qui seraient pour
» lui comme une maladie dans laquelle il se complairait
» en y succombant, j'ai toujours tout terminé moi-même

» en allant droit au nœud et disant à l'adversaire :
» Dénouons, ou coupons ? Il vous arrivera souvent
» d'être utile aux autres, de leur rendre service, et
» vous en serez peu récompensé ; mais n'imitez pas
» ceux qui se plaignent des hommes et se vantent
» de ne trouver que des ingrats. N'est-ce pas se
» mettre sur un piédestal ? puis n'est-il pas un peu
» niais d'avouer son peu de connaissance du monde ?
» Mais ferez-vous le bien comme un usurier prête son
» argent ? Ne le ferez-vous pas pour le bien en lui-
» même ? *Noblesse oblige!* Néanmoins ne rendez pas
» de tels services que vous forciez les gens à l'ingra-
» titude, car ceux-là deviendraient pour vous d'irré-
» conciliables ennemis : il y a le désespoir de l'obliga-
» tion, comme le désespoir de la ruine, qui prête des
» forces incalculables. Quant à vous, acceptez le moins
» que vous pourrez des autres. Ne soyez le vassal d'au-
» cune âme, ne relevez que de vous-même. Je ne vous
» donne d'avis, mon ami, que sur les petites choses de
» la vie. Dans le monde politique, tout change d'as-
» pect, les règles qui régissent votre personne fléchis-
» sent devant les grands intérêts. Mais si vous parveniez
» à la sphère où se meuvent les grands hommes, vous
» seriez, comme Dieu, seul juge de vos résolutions.
» Vous ne serez plus alors un homme, vous serez la
» loi vivante ; vous ne serez plus un individu, vous vous
» serez incarné la nation. Mais si vous jugez, vous serez
» jugé aussi. Plus tard vous comparaîtrez devant les
» siècles, et vous savez assez l'histoire pour avoir appré-
» cié les sentiments et les actes qui engendrent la
» vraie grandeur.

» J'arrive à la question grave, à votre conduite au-
» près des femmes. Dans les salons où vous irez, ayez
» pour principe de ne pas vous prodiguer en vous
» livrant au petit manège de la coquetterie. Un des
» hommes qui, dans l'autre siècle, eurent le plus de
» succès, avait l'habitude de ne jamais s'occuper que
» d'une seule personne dans la même soirée, et de s'at-

» tacher à celles qui paraissent négligées. Cet homme,
» cher enfant, a dominé son époque. Il avait sagement
» calculé que, dans un temps donné, son éloge serait
» obstinément fait par tout le monde. La plupart des
» jeunes gens perdent leur plus précieuse fortune, le
» temps nécessaire pour se créer des relations qui sont
» la moitié de la vie sociale ; comme ils plaisent par
» eux-mêmes, ils ont peu de choses à faire pour qu'on
» s'attache à leurs intérêts ; mais ce printemps est
» rapide, sachez le bien employer. Cultivez donc les
» femmes influentes. Les femmes influentes sont les
» vieilles femmes, elles vous apprendront les al-
» liances, les secrets de toutes les familles, et les
» chemins de traverse qui peuvent vous mener rapi-
» dement au but. Elles seront à vous de cœur ; la
» protection est leur dernier amour quand elles ne
» sont pas dévotes ; elles vous serviront merveilleu-
» sement, elles vous prôneront et vous rendront dési-
» rable. Fuyez les jeunes femmes ! Ne croyez pas qu'il
» y ait le moindre intérêt personnel dans ce que je vous
» dis ? La femme de cinquante ans fera tout pour vous
» et la femme de vingt ans rien ; celle-ci veut toute
» votre vie, l'autre ne vous demandera qu'un moment,
» une attention. Raillez les jeunes femmes, prenez
» d'elles tout en plaisanterie, elles sont incapables
» d'avoir une pensée sérieuse. Les jeunes femmes,
» mon ami, sont égoïstes, petites, sans amitié vraie,
» elles n'aiment qu'elles, elles vous sacrifieraient à un
» succès. D'ailleurs, toutes veulent du dévouement,
» et votre situation exigera qu'on en ait pour vous,
» deux prétentions inconciliables. Aucune d'elles
» n'aura l'entente de vos intérêts, toutes penseront à
» elles et non à vous, toutes vous nuiront plus par leur
» vanité qu'elles ne vous serviront par leur attache-
» ment ; elles vous dévoreront sans scrupule votre
» temps, vous feront manquer votre fortune, vous
» détruiront de la meilleure grâce du monde. Si vous
» vous plaignez, la plus sotte d'entre elles vous prou-

» vera que son gant vaut le monde, que rien n'est plus
» glorieux que de la servir. Toutes vous diront qu'elles
» donnent le bonheur, et vous feront oublier vos belles
» destinées : leur bonheur est variable, votre grandeur
» sera certaine. Vous ne savez pas avec quel art
» perfide elles s'y prennent pour satisfaire leurs fan-
» taisies, pour convertir un goût passager en un
» amour qui commence sur la terre et doit se conti-
» nuer dans le ciel. Le jour où elles vous quitteront,
» elles vous diront que le mot *je n'aime plus* justifie
» l'abandon, comme le mot *j'aime* excusait leur amour,
» que l'amour est involontaire. Doctrine absurde,
» cher ! Croyez-le, le véritable amour est éternel,
» infini, toujours semblable à lui-même ; il est égal
» et pur, sans démonstrations violentes ; il se voit en
» cheveux blancs, toujours jeune de cœur. Rien de
» ces choses ne se trouve parmi les femmes mondaines,
» elles jouent toutes la comédie : celle-ci vous inté-
» ressera par ses malheurs, elle paraîtra la plus douce
» et la moins exigeante des femmes ; mais quand elle
» se sera rendue nécessaire, elle vous dominera lente-
» ment et vous fera faire ses volontés ; vous voudrez
» être diplomate, aller, venir, étudier les hommes,
» les intérêts, les pays ? non, vous resterez à Paris ou
» à sa terre, elle vous coudra malicieusement à sa
» jupe ; et plus vous montrerez de dévouement, plus
» elle sera ingrate. Celle-là tentera de vous intéresser
» par sa soumission, elle se fera votre page, elle vous
» suivra romanesquement au bout du monde, elle se
» compromettra pour vous garder et sera comme une
» pierre à votre cou. Vous vous noierez un jour, et la
» femme surnagera. Les moins rusées des femmes ont
» des pièges infinis ; la plus imbécile triomphe par le
» peu de défiance qu'elle excite ; la moins dangereuse
» serait une femme galante qui vous aimerait sans
» savoir pourquoi, qui vous quitterait sans motif, et
» vous reprendrait par vanité. Mais toutes vous nui-
» ront dans le présent ou dans l'avenir. Toute jeune

» femme qui va dans le monde, qui vit de plaisirs et
» de vaniteuses satisfactions, est une femme à demi
» corrompue qui vous corrompra. Là, ne sera pas la
» créature chaste et recueillie dans l'âme de laquelle
» vous régnerez toujours. Ah! elle sera solitaire celle
» qui vous aimera : ses plus belles fêtes seront vos
» regards, elle vivra de vos paroles. Que cette femme
» soit donc pour vous le monde entier, car vous serez
» tout pour elle ; aimez-là bien, ne lui donnez ni cha-
» grins ni rivales, n'excitez pas sa jalousie. Être aimé,
» cher, être compris, est le plus grand bonheur, je
» souhaite que vous le goûtiez, mais ne compromettez
» pas la fleur de votre âme, soyez bien sûr du cœur
» où vous placerez vos affections. Cette femme ne sera
» jamais elle, elle ne devra jamais penser à elle, mais à
» vous ; elle ne vous disputera rien, elle n'entendra
» jamais ses propres intérêts et saura flairer pour vous
» un danger là où vous n'en verrez point, là où elle
» oubliera le sien propre ; enfin si elle souffre, elle
» souffrira sans se plaindre, elle n'aura point de coquet-
» terie personnelle, mais elle aura comme un respect
» de ce que vous aimerez en elle. Répondez à cet amour
» en le surpassant. Si vous êtes assez heureux pour
» rencontrer ce qui manquera toujours à votre pauvre
» amie, un amour également inspiré, également res-
» senti, songez, quelle que soit la perfection de cet
» amour, que dans une vallée vivra pour vous une
» mère de qui le cœur est si creusé par le sentiment
» dont vous l'avez rempli, que vous n'en pourrez
» jamais trouver le fond. Oui, je vous porte une affec-
» tion dont l'étendue ne vous sera jamais connue :
» pour qu'elle se montre ce qu'elle est, il faudrait que
» vous eussiez perdu cette belle intelligence, et alors
» vous ne sauriez pas jusqu'où pourrait aller mon
» dévouement. Suis-je suspecte en vous disant d'é-
» viter les jeunes femmes, toutes plus ou moins arti-
» ficieuses, moqueuses, vaniteuses, futiles, gaspilleuses ;
» de vous attacher aux femmes influentes, à ces impo-

» santes douairières, pleines de sens comme l'était ma
» tante, et qui vous serviront si bien, qui vous défen-
» dront contre les accusations secrètes en les détruisant,
» qui diront de vous ce que vous ne pourriez en dire
» vous-même ? Enfin, ne suis-je pas généreuse en vous
» ordonnant de réserver vos adorations pour l'ange
» au cœur pur ? Si ce mot, *noblesse oblige*, contient
» une grande partie de mes premières recommanda-
» tions, mes avis sur vos relations avec les femmes
» sont aussi dans ce mot de chevalerie : *les servir*
» *toutes, n'en aimer qu'une.*

» Votre instruction est immense, votre cœur conservé
» par la souffrance est resté sans souillure ; tout est
» beau, tout est bien en vous, *veuillez donc!* Votre
» avenir est maintenant dans ce seul mot, le mot des
» grands hommes. N'est-ce pas, mon enfant, que vous
» obéirez à votre Henriette, que vous lui permettrez
» de continuer à vous dire ce qu'elle pense de vous et
» de vos rapports avec le monde : j'ai dans l'âme un
» œil qui voit l'avenir pour vous comme pour mes en-
» fants, laissez-moi donc user de cette faculté, à votre
» profit, don mystérieux que m'a fait la paix de ma
» vie et qui, loin de s'affaiblir, s'entretient dans la
» solitude et le silence. Je vous demande en retour de
» me donner un grand bonheur : je veux vous voir
» grandissant parmi les hommes, sans qu'un seul de
» vos succès me fasse plisser le front ; je veux que vous
» mettiez promptement votre fortune à la hauteur de
» votre nom et pouvoir me dire que j'ai contribué
» mieux que par le désir à votre grandeur. Cette secrète
» coopération est le seul plaisir que je puisse me per-
» mettre. J'attendrai. Je ne vous dis pas adieu. Nous
» sommes séparés, vous ne pouvez avoir ma main
» sous vos lèvres ; mais vous devez bien avoir entrevu
» quelle place vous occupez dans le cœur de

» Votre Henriette. »

Quand j'eus fini cette lettre, je sentais palpiter sous mes doigts un cœur maternel au moment où j'étais encore glacé par le sévère accueil de ma mère. Je devinai pourquoi la comtesse m'avait interdit en Touraine la lecture de cette lettre, elle craignait sans doute de voir tomber ma tête à ses pieds et de les sentir mouillés par mes pleurs.

Je fis enfin la connaissance de mon frère Charles qui jusqu'alors avait été comme un étranger pour moi ; mais il eut dans ses moindres relations une morgue qui mettait trop de distance entre nous pour que nous nous aimassions en frères ; tous les sentiments doux reposent sur l'égalité des âmes, et il n'y eut entre nous aucun point de cohésion. Il m'enseignait doctoralement ces riens que l'esprit ou le cœur devinent ; à tout propos, il paraissait se défier de moi ; si je n'avais pas eu pour point d'appui mon amour, il m'eût rendu gauche et bête en affectant de croire que je ne savais rien. Néanmoins il me présenta dans le monde où ma niaiserie devait faire valoir ses qualités. Sans les malheurs de mon enfance, j'aurais pu prendre sa vanité de protecteur pour de l'amitié fraternelle ; mais la solitude morale produit les mêmes effets que la solitude terrestre : le silence permet d'y apprécier les plus légers retentissements, et l'habitude de se réfugier en soi-même développe une sensibilité dont la délicatesse révèle les moindres nuances des affections qui nous touchent. Avant d'avoir connu madame de Mortsauf, un regard dur me blessait, l'accent d'un mot brusque me frappait au cœur ; j'en gémissais, mais sans rien savoir de la vie des caresses ; tandis qu'à mon retour de Clochegourde, je pouvais établir des comparaisons qui perfectionnaient ma science prématurée. L'observation qui repose sur des souffrances ressenties est incomplète. Le bonheur a sa lumière aussi. Je me laissai d'autant plus volontiers écraser sous la supériorité du droit d'aînesse, que je n'étais pas la dupe de Charles.

J'allais seul chez la duchesse de Lenoncourt où je
n'entendis point parler d'Henriette, où personne,
excepté le bon vieux duc, la simplicité même, ne m'en
parla ; mais à la manière dont il me reçut, je devinai
les secrètes recommandations de sa fille. Au moment
où je commençais à perdre le niais étonnement que
cause à tout débutant la vue du grand monde, au
moment où j'y entrevoyais des plaisirs en comprenant
les ressources qu'il offre aux ambitieux, et que je me
plaisais à mettre en usage les maximes d'Henriette
en admirant leur profonde vérité, les événements du
20 mars arrivèrent [1]. Mon frère suivit la cour à
Gand ; moi, par le conseil de la comtesse avec qui
j'entretenais une correspondance active de mon côté
seulement, j'y accompagnai le duc de Lenoncourt. La
bienveillance habituelle du duc devint une sincère protection quand il me vit attaché de cœur, de tête et
de pied aux Bourbons ; il me présenta lui-même à
Sa Majesté. Les courtisans du malheur sont peu nombreux ; la jeunesse a des admirations naïves, des fidé-
lités sans calcul ; le roi savait juger les hommes ; ce
qui n'eût pas été remarqué aux Tuileries le fut donc
beaucoup à Gand, et j'eus le bonheur de plaire à
Louis XVIII. Une lettre de madame de Mortsauf à
son père, apportée avec des dépêches par un émissaire
des Vendéens et dans laquelle il y avait un mot pour
moi, m'apprit que Jacques était malade. Monsieur de
Mortsauf au désespoir autant de la mauvaise santé de
son fils que de voir une seconde émigration commencer
sans lui, avait ajouté quelques mots qui me firent
deviner la situation de la bien-aimée. Tourmentée
par lui sans doute quand elle passait tous ses instants
au chevet de Jacques, n'ayant de repos ni le jour ni la
nuit ; supérieure aux taquineries, mais sans force pour
les dominer quand elle employait toute son âme à
soigner son enfant, Henriette devait désirer le secours
d'une amitié qui lui avait rendu la vie moins pesante ;
ne fût-ce que pour s'en servir à occuper monsieur de

Mortsauf. Déjà plusieurs fois j'avais emmené le comte au dehors quand il menaçait de la tourmenter ; innocente ruse dont le succès m'avait valu quelques-uns de ces regards qui expriment une reconnaissance passionnée où l'amour voit des promesses. Quoique je fusse impatient de marcher sur les traces de Charles envoyé récemment au congrès de Vienne [1], quoique je voulusse au risque de mes jours justifier les prédictions d'Henriette et m'affranchir de la vassalité fraternelle, mon ambition, mes désirs d'indépendance, l'intérêt que j'avais à ne pas quitter le roi, tout pâlit devant la figure endolorie de madame de Mortsauf ; je résolus de quitter la cour de Gand pour aller servir la vraie souveraine. Dieu me récompensa. L'émissaire envoyé par les Vendéens ne pouvait pas retourner en France, le roi voulait un homme qui se dévouât à y porter ses instructions. Le duc de Lenoncourt savait que le roi n'oublierait point celui qui se chargerait de cette périlleuse entreprise ; il me fit agréer sans me consulter, et j'acceptai, bien heureux de pouvoir me retrouver à Clochegourde tout en servant la bonne cause.

Après avoir eu, dès vingt et un ans, une audience du roi, je revins en France où, soit à Paris, soit en Vendée, j'eus le bonheur d'accomplir les intentions de Sa Majesté. Vers la fin de mai, poursuivi par les autorités bonapartistes auxquelles j'étais signalé, je fus obligé de fuir en homme qui semblait retourner à son manoir, allant à pied de domaine en domaine, de bois en bois, à travers la haute Vendée, le Bocage et le Poitou, changeant de route suivant l'occurrence. J'atteignis Saumur, de Saumur je vins à Chinon, et de Chinon, en une seule nuit, je gagnai les bois de Nueil où je rencontrai le comte à cheval dans une lande ; il me prit en croupe, et m'amena chez lui, sans que nous eussions vu personne qui pût me reconnaître.

— Jacques est mieux, avait été son premier mot.

Je lui avouai ma position de fantassin diplomatique traqué comme une bête fauve, et le gentilhomme s'arma

de son royalisme pour disputer à monsieur de Chessel
le danger de me recevoir. En apercevant Clochegourde,
il me sembla que les huit mois qui venaient de s'écouler
étaient un songe. Quand le comte dit à sa femme
en me précédant : — Devinez qui je vous amène ?...
Félix.

— Est-ce possible! demanda-t-elle les bras pendants
et le visage stupéfié.

Je me montrai, nous restâmes tous deux immobiles,
elle clouée sur son fauteuil, moi sur le seuil de sa porte,
nous contemplant avec l'avide fixité de deux amants qui
veulent réparer par un seul regard tout le temps perdu ;
mais honteuse d'une surprise qui laissait son cœur sans
voile, elle se leva, je m'approchai.

— J'ai bien prié pour vous, me dit-elle après m'avoir
tendu sa main à baiser.

Elle me demanda des nouvelles de son père ; puis
elle devina ma fatigue, et alla s'occuper de mon gîte ;
tandis que le comte me faisait donner à manger, car je
mourais de faim. Ma chambre fut celle qui se trouvait
au-dessus de la sienne, celle de sa tante ; elle m'y fit
conduire par le comte, après avoir mis le pied sur la
première marche de l'escalier en délibérant sans doute
avec elle-même si elle m'y accompagnerait ; je me
retournai, elle rougit, me souhaita un bon sommeil,
et se retira précipitamment. Quand je descendis pour
dîner, j'appris les désastres de Waterloo [1], la fuite de
Napoléon, la marche des alliés sur Paris et le retour
probable des Bourbons. Ces événements étaient tout
pour le comte, ils ne furent rien pour nous. Savez-
vous la plus grande nouvelle, après les enfants caressés,
car je ne vous parle pas de mes alarmes en voyant la
comtesse pâle et maigrie ; je connaissais le ravage que
pouvait faire un geste d'étonnement, et n'exprimai que
du plaisir en la voyant. La grande nouvelle pour nous
fut : « — Vous aurez de la glace! » Elle s'était souvent
dépitée l'année dernière de ne pas avoir d'eau assez
fraîche pour moi qui, n'ayant pas d'autre boisson,

l'aimais glacée. Dieu sait au prix de combien d'impor-
tunités elle avait fait construire une glacière! Vous
savez mieux que personne qu'il suffit à l'amour d'un
mot, d'un regard, d'une inflexion de voix, d'une attention légère en apparence ; son plus beau privilège est
de se prouver par lui-même. Hé bien! son mot, son
regard, son plaisir me révélèrent l'étendue de ses
sentiments, comme je lui avais naguère dit tous les
miens par ma conduite au trictrac. Mais les naïfs témoignages de sa tendresse abondèrent : le septième
jour après mon arrivée, elle redevint fraîche ; elle
pétilla de santé, de joie et de jeunesse; je retrouvai
mon cher lys, embelli, mieux épanoui, de même que je
trouvai mes trésors de cœur augmentés. N'est-ce pas
seulement chez les petits esprits, ou dans les cœurs
vulgaires, que l'absence amoindrit les sentiments,
efface les traits de l'âme et diminue les beautés de la
personne aimée? Pour les imaginations ardentes,
pour les êtres chez lesquels l'enthousiasme passe dans
le sang, le teint d'une pourpre nouvelle, et chez qui la
passion prend les formes de la constance, l'absence
n'a-t-elle pas l'effet des supplices qui raffermissaient
la foi des premiers chrétiens, et leur rendaient Dieu
visible ? N'existe-t-il pas chez un cœur rempli d'amour
des souhaits incessants qui donnent plus de prix aux
formes désirées en les faisant entrevoir colorées par le
feu des rêves ? n'éprouve-t-on pas des irritations qui
communiquent le beau de l'idéal aux traits adorés en
les chargeant de pensées ? Le passé, repris souvenir
à souvenir, s'agrandit ; l'avenir se meuble d'espérances.
Entre deux cœurs où surabondent ces nuages électriques, une première entrevue devient alors comme un
bienfaisant orage qui ravive la terre et la féconde en y
portant les subites lumières de la foudre. Combien de
plaisirs suaves ne goûtai-je pas en voyant que chez nous
ces pensers, ces ressentiments étaient réciproques ?
De quel œil charmé je suivis les progrès du bonheur
chez Henriette! Une femme qui revit sous les regards

de l'aimé donne peut-être une plus grande preuve de sentiment que celle qui meurt tuée par un doute, ou séchée sur sa tige, faute de sève ; je ne sais qui des deux est la plus touchante. La renaissance de madame de Mortsauf fut naturelle, comme les effets du mois de mai sur les prairies, comme ceux du soleil et de l'onde sur les fleurs abattues. Comme notre vallée d'amour, Henriette avait eu son hiver, elle renaissait comme elle au printemps. Avant le dîner, nous descendîmes sur notre chère terrasse. Là, tout en caressant la tête de son pauvre enfant, devenu plus débile que je ne l'avais vu, qui marchait aux flancs de sa mère, silencieux comme s'il couvait encore une maladie, elle me raconta ses nuits passées au chevet du malade. — Durant ces trois mois, elle avait, disait-elle, vécu d'une vie tout intérieure ; elle avait habité comme un palais sombre en craignant d'entrer en de somptueux appartements où brillaient des lumières, où se donnaient des fêtes à elle interdites, et à la porte desquels elle se tenait, un œil à son enfant, l'autre sur une figure indistincte, une oreille pour écouter les douleurs, une autre pour entendre une voix. Elle disait des poésies suggérées par la solitude, comme aucun poète n'en a jamais inventé ; mais tout cela naïvement, sans savoir qu'il y eût le moindre vestige d'amour, ni trace de voluptueuse pensée, ni poésie orientalement suave, comme une rose du Frangistan [1]. Quand le co.   e nous rejoignit, elle continua du même ton, en femme fière d'elle-même, qui peut jeter un regard d'orgueil à son mari, et mettre sans rougir un baiser sur le front de son fils. Elle avait beaucoup prié, elle avait tenu Jacques pendant des nuits entières sous ses mains jointes, ne voulant pas qu'il mourût.

– J'allais, disait-elle, jusqu'aux portes du sanctuaire demander sa vie à Dieu. Elle avait eu des visions ; elle me les racontait ; mais au moment où elle prononça de sa voix d'ange ces paroles merveilleuses :

– Quand je dormais, mon cœur veillait !

— C'est-à-dire que vous avez été presque folle, répondit le comte en l'interrompant.

Elle se tut, atteinte d'une vive douleur, comme si c'était la première blessure reçue, comme si elle eût oublié que, depuis treize ans, jamais cet homme n'avait manqué de lui décocher une flèche au cœur. Oiseau sublime atteint dans son vol par ce grossier grain de plomb, elle tomba dans un stupide abattement.

— Hé! quoi, monsieur, dit-elle après une pause, jamais une de mes paroles ne trouvera-t-elle grâce au tribunal de votre esprit? n'aurez-vous jamais d'indulgence pour ma faiblesse, ni de compréhension pour mes idées de femme?

Elle s'arrêta. Déjà cet ange se repentait de ses murmures, et mesurait d'un regard son passé comme son avenir : pourrait-elle être comprise, n'allait-elle pas faire jaillir une virulente apostrophe? Ses veines bleues battirent violemment dans ses tempes, elle n'eut point de larmes, mais le vert de ses yeux devint pâle ; puis elle abaissa ses regards vers la terre pour ne pas voir dans les miens sa peine agrandie, ses sentiments devinés, son âme caressée en mon âme, et surtout la compatissance encolérée d'un jeune amour prêt, comme un chien fidèle, à dévorer celui qui blesse sa maîtresse, sans discuter ni la force ni la qualité de l'assaillant. En ces cruels moments il fallait voir l'air de supériorité que prenait le comte ; il croyait triompher de sa femme, et l'accablait alors d'une grêle de phrases qui répétaient la même idée et ressemblaient à des coups de hache rendant le même son.

— Il est donc toujours le même? lui dis-je quand le comte nous quitta forcément réclamé par son piqueur qui vint le chercher.

— Toujours, me répondit Jacques.

— Toujours excellent, mon fils, dit-elle à Jacques en essayant ainsi de soustraire monsieur de Mortsauf au jugement de ses enfants. Vous voyez le présent, vous ignorez le passé, vous ne sauriez critiquer votre

père sans commettre quelque injustice ; mais eussiez-
vous la douleur de voir votre père en faute, l'honneur
des familles exige que vous ensevelissiez de tels
secrets dans le plus profond silence.

— Comment vont les changements à la Cassine et à
la Rhétorière ? lui demandai-je pour la tirer de ses
amères pensées.

— Au-delà de mes espérances, me dit-elle. Les bâtiments finis, nous avons trouvé deux fermiers excellents qui ont pris l'une à quatre mille cinq cents francs,
impôts payés, l'autre à cinq mille francs ; et les baux
sont consentis pour quinze ans. Nous avons déjà
planté trois mille pieds d'arbres sur les deux nouvelles
fermes. Le parent de Manette est enchanté d'avoir la
Rabelaye. Martineau tient la Baude. Le bien de nos
quatre fermiers consiste en prés et en bois, dans lesquels ils ne portent point, comme le font quelques
fermiers peu consciencieux, les fumiers destinés à nos
terres de labour. Ainsi *nos* efforts ont été couronnés
par le plus beau succès. Clochegourde, sans les réserves
que nous nommons la ferme du château, sans les bois
ni les clos, rapporte dix-neuf mille francs, et les
plantations nous ont préparé de belles annuités. Je
bataille pour faire donner nos terres réservées à
Martineau, notre garde, qui maintenant peut se faire
remplacer par son fils. Il en offre trois mille francs si
monsieur de Mortsauf veut lui bâtir une ferme à la
Commanderie. Nous pourrions alors dégager les abords
de Clochegourde, achever notre avenue projetée
jusqu'au chemin de Chinon, et n'avoir que nos vignes
et nos bois à soigner. Si le roi revient, *notre* pension
reviendra ; *nous* y consentirons après quelques jours
de croisière contre le bon sens de *notre* femme. La
fortune de Jacques sera donc indestructible. Ces
derniers résultats obtenus, je laisserai monsieur de
Mortsauf thésauriser pour Madeleine, que le roi
dotera d'ailleurs selon l'usage. J'ai la conscience
tranquille ; ma tâche s'accomplit. Et vous ? me dit-elle.

Je lui expliquai ma mission, et lui fis voir combien
son conseil avait été fructueux et sage. Était-elle
douée de seconde vue pour ainsi pressentir les événements ?

— Ne vous l'ai-je pas écrit ? dit-elle. Pour vous
seul, je puis exercer une faculté surprenante, dont je
n'ai parlé qu'à monsieur de la Berge, mon confesseur,
et qu'il explique par une intervention divine. Souvent,
après quelques méditations profondes, provoquées
par des craintes sur l'état de mes enfants, mes yeux se
fermaient aux choses de la terre et voyaient dans une
autre région : quand j'y apercevais Jacques et Madeleine lumineux, ils étaient pendant un certain temps
en bonne santé ; si je les y trouvais enveloppés d'un
brouillard, ils tombaient bientôt malades. Pour vous,
non seulement je vous vois toujours brillant, mais
j'entends une voix douce qui m'explique sans paroles,
par une communication mentale, ce que vous devez
faire. Par quelle loi ne puis-je user de ce don merveil-
leux que pour mes enfants et pour vous ? dit-elle en
tombant dans la rêverie. Dieu veut-il leur servir de
père ? se demanda-t-elle après une pause.

— Laissez-moi croire, lui dis-je, que je n'obéis qu'à
vous !

Elle me jeta l'un de ces sourires entièrement gracieux qui me causaient une si grande ivresse de cœur,
que je n'aurais pas alors senti un coup mortel.

— Dès que le roi sera dans Paris [1], allez-y, quittez
Clochegourde, reprit-elle. Autant il est dégradant de
quêter des places et des grâces, autant il est ridicule
de ne pas être à portée de les accepter. Il se fera de
grands changements. Les hommes capables et sûrs
seront nécessaires au roi, ne lui manquez pas ; vous
entrerez jeune aux affaires, et vous vous en trouverez
bien ; car, pour les hommes d'État comme pour les
acteurs, il est des choses de métier que le génie ne
révèle pas, il faut les apprendre. Mon père tient ceci
du duc de Choiseul. Songez à moi, me dit-elle après

une pause, faites-moi goûter les plaisirs de la supériorité dans une âme toute à moi. N'êtes-vous pas mon fils ?

— Votre fils ? repris-je d'un air boudeur.

— Rien que mon fils, dit-elle en se moquant de moi, n'est-ce pas avoir une assez belle place dans mon cœur ?

La cloche sonna le dîner, elle prit mon bras et s'y appuya complaisamment.

— Vous avez grandi, me dit-elle en montant les escaliers. Quand nous fûmes au perron, elle m'agita le bras comme si mes regards l'atteignaient trop vivement ; quoiqu'elle eût les yeux baissés, elle savait bien que je ne regardais qu'elle ; elle me dit alors de cet air faussement impatienté, si gracieux, si coquet : — Allons, voyez donc un peu notre chère vallée ? Elle se retourna, mit son ombrelle de soie blanche au-dessus de nos têtes, en collant Jacques sur elle ; et le geste de tête par lequel elle me montra l'Indre, la toue, les prés, prouvait que depuis mon séjour et nos promenades elle s'était entendue avec ces horizons fumeux, avec leurs sinuosités vaporeuses. La nature était le manteau sous lequel s'abritaient ses pensées. Elle savait maintenant ce que soupire le rossignol pendant les nuits, et ce que répète le chantre des marais en psalmodiant sa note plaintive.

A huit heures, le soir, je fus témoin d'une scène qui m'émut profondément et que je n'avais jamais pu voir, car je restais toujours à jouer avec monsieur de Mortsauf, pendant qu'elle se passait dans la salle à manger avant le coucher des enfants. La cloche sonna deux coups, tous les gens de la maison vinrent.

— Vous êtes notre hôte, soumettez-vous à la règle du couvent ? dit-elle en m'entraînant par la main avec cet air d'innocente raillerie qui distingue les femmes vraiment pieuses.

Le comte nous suivit. Maîtres, enfants, domestiques, tous s'agenouillèrent, têtes nues, en se mettant à leurs places habituelles. C'était le tour de Madeleine à dire

les prières : la chère petite les prononça de sa voix
enfantine dont les tons ingénus se détachèrent avec
clarté dans l'harmonieux silence de la campagne et
prêtèrent aux phrases la sainte candeur de l'innocence, cette grâce des anges. Ce fut la plus émouvante
prière que j'aie entendue. La nature répondait aux
paroles de l'enfant par les mille bruissements du soir,
accompagnement d'orgue légèrement touché. Madeleine était à droite de la comtesse et Jacques à la
gauche. Les touffes gracieuses de ces deux têtes entre
lesquelles s'élevait la coiffure nattée de la mère et que
dominaient les cheveux entièrement blancs et le crâne
jauni de monsieur de Mortsauf, composaient un
tableau dont les couleurs répétaient en quelque sorte
à l'esprit les idées réveillées par les mélodies de la
prière ; enfin, pour satisfaire aux conditions de l'unité
qui marque le sublime, cette assemblée recueillie
était enveloppée par la lumière adoucie du couchant
dont les teintes rouges coloraient la salle, en laissant
croire ainsi aux âmes, ou poétiques, ou superstitieuses,
que les feux du ciel visitaient ces fidèles serviteurs de
Dieu agenouillés là sans distinction de rang, dans
l'égalité voulue par l'Église. En me reportant aux jours
de la vie patriarcale, mes pensées agrandissaient encore
cette scène déjà si grande par sa simplicité. Les
enfants dirent bonsoir à leur père, les gens nous
saluèrent, la comtesse s'en alla, donnant une main à
chaque enfant, et je rentrai dans le salon avec le
comte.

— Nous vous ferons faire votre salut par là et votre
enfer par ici, me dit-il en montrant le trictrac.

La comtesse nous rejoignit une demi-heure après et
avança son métier près de notre table.

— Ceci est pour vous, dit-elle en déroulant le cane-
vas ; mais depuis trois mois l'ouvrage a bien langui.
Entre cet œillet rouge et cette rose, mon pauvre enfant
a souffert.

— Allons, allons, dit monsieur de Mortsauf, ne

parlons pas de cela. Six-cinq, monsieur l'envoyé du
roi.

Quand je me couchai, je me recueillis pour l'entendre
allant et venant dans sa chambre. Si elle demeura
calme et pure, je fus travaillé par des idées folles
qu'inspiraient d'intolérables désirs. — Pourquoi ne
serait-elle pas à moi ? me disais-je. Peut-être est-elle,
comme moi, plongée dans cette tourbillonnante agitation des sens ? A une heure, je descendis, je pus marcher
sans faire de bruit, j'arrivai devant sa porte, je m'y
couchai, l'oreille appliquée à la fente, j'entendis son
égale et douce respiration d'enfant. Quand le froid
m'eut saisi, je remontai, je me remis au lit et dormis
tranquillement jusqu'au matin. Je ne sais à quelle
prédestination, à quelle nature doit s'attribuer le
plaisir que je trouve à m'avancer jusqu'au bord des
précipices, à sonder le gouffre du mal, à en interroger
le fond, en sentir le froid, et me retirer tout ému.
Cette heure de nuit passée au seuil de sa porte où
j'ai pleuré de rage, sans qu'elle ait jamais su que le
lendemain elle avait marché sur mes pleurs et sur
mes baisers, sur sa vertu tour à tour détruite et
respectée, maudite et adorée ; cette heure, sotte aux
yeux de plusieurs, est une inspiration de ce sentiment
inconnu qui pousse des militaires, quelques-uns m'ont
dit avoir ainsi joué leur vie, à se jeter devant une
batterie pour savoir s'ils échapperaient à la mitraille,
et s'ils seraient heureux en chevauchant ainsi l'abîme
des probabilités, en fumant comme Jean Bart sur un
tonneau de poudre. Le lendemain j'allai cueillir et
faire deux bouquets ; le comte les admira, lui que rien
en ce genre n'émouvait et pour qui le mot de Champ-
cenetz, « il fait des cachots en Espagne », semblait
avoir été dit.

Je passai quelques jours à Clochegourde, n'allant
faire que de courtes visites à Frapesle, où je dînai
trois fois cependant. L'armée française vint occuper
Tours [1]. Quoique je fusse évidemment la vie et la

santé de madame de Mortsauf, elle me conjura de
gagner Châteauroux, pour revenir en toute hâte à
Paris, par Issoudun et Orléans. Je voulus résister,
elle commanda disant que le génie familier avait
parlé ; j'obéis. Nos adieux furent cette fois trempés
de larmes, elle craignait pour moi l'entraînement du
monde où j'allais vivre. Ne fallait-il pas entrer sérieusement dans le tournoiement des intérêts, des passions,
des plaisirs qui font de Paris une mer aussi dangereuse
aux chastes amours qu'à la pureté des consciences. Je
lui promis de lui écrire chaque soir les événements et
les pensées de la journée, même les plus frivoles. A
cette promesse, elle appuya sa tête alanguie sur mon
épaule, et me dit : — N'oubliez rien, tout m'intéressera.

Elle me donna des lettres pour le duc et la duchesse
chez lesquels j'allai le second jour de mon arrivée.

— Vous avez du bonheur, me dit le duc, dînez ici,
venez avec moi ce soir au château, votre fortune est
faite. Le roi vous a nommé ce matin, en disant : « Il
est jeune, capable et fidèle ! » Et le roi regrettait de ne
pas savoir si vous étiez mort ou vivant, en quel lieu
vous avaient jeté les événements, après vous être si
bien acquitté de votre mission.

Le soir j'étais maître des requêtes au Conseil-
d'État, et j'avais auprès du roi Louis XVIII un emploi
secret d'une durée égale à celle de son règne, place de
confiance, sans faveur éclatante, mais sans chance de
disgrâce, qui me mit au cœur du gouvernement et fut
la source de mes prospérités. Madame de Mortsauf
avait vu juste, je lui devais donc tout : pouvoir et
richesse, le bonheur et la science ; elle me guidait et
m'encourageait, purifiait mon cœur et donnait à mes
vouloirs cette unité sans laquelle les forces de la jeunesse se dépensent inutilement. Plus tard j'eus un
collègue. Chacun de nous fut de service pendant six
mois. Nous pouvions nous suppléer l'un l'autre au
besoin ; nous avions une chambre au château, notre
voiture et de larges rétributions pour nos frais quand

nous étions obligés de voyager. Singulière situation!
Être les disciples secrets d'un monarque à la politique
duquel ses ennemis ont rendu depuis une éclatante
justice [1], l'entendre jugeant tout, intérieur, extérieur,
être sans influence patente, et se voir parfois consultés
comme Laforêt par Molière, sentir les hésitations
d'une vieille expérience, affermies par la conscience
de la jeunesse. Notre avenir était d'ailleurs fixé de
manière à satisfaire l'ambition. Outre mes appointe-
ments de maître des requêtes, payés par le budget
du Conseil-d'État, le roi me donnait mille francs par
mois sur sa cassette, et me remettait souvent lui-
même quelques gratifications. Quoique le roi sentît
qu'un jeune homme de vingt-trois ans ne résisterait
pas longtemps au travail dont il m'accablait, mon
collègue, aujourd'hui pair de France, ne fut choisi
que vers le mois d'août 1817. Ce choix était si difficile,
nos fonctions exigeaient tant de qualités, que le roi
fut longtemps à se décider. Il me fit l'honneur de me
demander quel était celui des jeunes gens entre
lesquels il hésitait avec qui je m'accorderais le mieux.
Parmi eux se trouvait un de mes camarades de la
pension Lepître, et je ne l'indiquai point. Sa Majesté
me demanda pourquoi.

— Le Roi, lui dis-je, a choisi des hommes également
fidèles, mais de capacités différentes, j'ai nommé celui
que je crois le plus habile, certain de toujours bien
vivre avec lui.

Mon jugement coïncidait avec celui du roi, qui me sut
toujours gré du sacrifice que j'avais fait. En cette
occasion, il me dit : — Vous serez Monsieur le Premier.
Il ne laissa pas ignorer cette circonstance à mon collègue qui, en retour de ce service, m'accorda son amitié.
La considération que me marqua le duc de Lenoncourt
donna la mesure à celle dont m'environna le monde.
Ces mots : « Le roi prend un vif intérêt à ce jeune
homme ; ce jeune homme a de l'avenir, le roi le
goûte », auraient tenu lieu de talents, mais ils commu-

niquaient au gracieux accueil dont les jeunes gens
sont l'objet ce je ne sais quoi qu'on accorde au pouvoir.
Soit chez le duc de Lenoncourt, soit chez ma sœur qui
épousa vers ce temps son cousin le marquis de Listomère, le fils de la vieille parente chez qui j'allais à
l'île Saint-Louis, je fis insensiblement la connaissance
des personnes les plus influentes au faubourg Saint-
Germain.

Henriette me mit bientôt au cœur de la société dite
le Petit-Château [1], par les soins de la princesse de
Blamont-Chauvry, de qui elle était la petite-belle-
nièce ; elle lui écrivit si chaleureusement à mon sujet,
que la princesse m'invita sur-le-champ à la venir voir ;
je la cultivai, je sus lui plaire, et elle devint non pas ma
protectrice, mais une amie dont les sentiments eurent
je ne sais quoi de maternel. La vieille princesse prit à
cœur de me lier avec sa fille madame d'Espard, avec
la duchesse de Langeais, la vicomtesse de Beauséant
et la duchesse de Maufrigneuse, des femmes qui tour
à tour tinrent le sceptre de la mode et qui furent d'autant plus gracieuses pour moi, que j'étais sans prétention auprès d'elles, et toujours prêt à leur être agréable.
Mon frère Charles, loin de me renier, s'appuya dès
lors sur moi ; mais ce rapide succès lui inspira une secrète
jalousie qui plus tard me causa bien des chagrins.
Mon père et ma mère, surpris de cette fortune inespérée, sentirent leur vanité flattée, et m'adoptèrent
enfin pour leur fils ; mais, comme leur sentiment était
en quelque sorte artificiel, pour ne pas dire joué, ce
retour eut peu d'influence sur un cœur ulcéré ; d'ailleurs, les affections entachées d'égoïsme excitent peu
les sympathies ; le cœur abhorre les calculs et les
profits de tout genre.

J'écrivais fidèlement à ma chère Henriette, qui me
répondait une ou deux lettres par mois. Son esprit
planait ainsi sur moi, ses pensées traversaient les
distances et me faisaient une atmosphère pure. Aucune
femme ne pouvait me captiver. Le roi sut ma réserve ;

sous ce rapport, il était de l'école de Louis XV, et me
nommait en riant mademoiselle de Vandenesse, mais
la sagesse de ma conduite lui plaisait fort. J'ai la
conviction que la patience dont j'avais pris l'habitude
pendant mon enfance et surtout à Clochegourde servit
beaucoup à me concilier les bonnes grâces du roi,
qui fut toujours excellent pour moi. Il eut sans doute
la fantaisie de lire mes lettres, car il ne fut pas longtemps la dupe de ma vie de demoiselle. Un jour, le
duc était de service, j'écrivais sous la dictée du roi, qui,
voyant entrer le duc de Lenoncourt, nous enveloppa
d'un regard malicieux.

— Hé bien! ce diable de Mortsauf veut donc
toujours vivre? lui dit-il de sa belle voix d'argent à
laquelle il savait communiquer à volonté le mordant
de l'épigramme.

— Toujours, répondit le duc.

— La comtesse de Mortsauf est un ange que je
voudrais cependant bien voir ici, reprit le roi; mais si
je ne puis rien, mon chancelier, dit-il en se tournant
vers moi, sera plus heureux. Vous avez six mois à
vous, je me décide à vous donner pour collègue le
jeune homme dont nous parlions hier. Amusez-vous
bien à Clochegourde, monsieur Caton! Et il se fit
rouler [1] hors du cabinet en souriant.

Je volai comme une hirondelle en Touraine. Pour la
première fois j'allais me montrer à celle que j'aimais,
non seulement un peu moins niais, mais encore dans
l'appareil d'un jeune homme élégant dont les manières
avaient été formées par les salons les plus polis, dont
l'éducation avait été achevée par les femmes les plus
gracieuses, qui avait enfin recueilli le prix de ses
souffrances, et qui avait mis en usage l'expérience du
plus bel ange que le ciel ait commis à la garde d'un
enfant. Vous savez comment j'étais équipé pendant
les trois mois de mon premier séjour à Frapesle.
Quand je revins à Clochegourde lors de ma mission en
Vendée, j'étais vêtu comme un chasseur. Je portais

une veste verte à boutons blancs rougis, un pantalon à raies, des guêtres de cuir et des souliers. La marche, les halliers m'avaient si mal arrangé, que le comte fut obligé de me prêter du linge. Cette fois, deux ans de séjour à Paris, l'habitude d'être avec le roi, les façons de la fortune, ma croissance achevée, une physionomie jeune qui recevait un lustre inexplicable de la placidité d'une âme magnétiquement unie à l'âme pure qui de Clochegourde rayonnait sur moi, tout m'avait transformé : j'avais de l'assurance sans fatuité, j'avais un contentement intérieur de me trouver, malgré ma jeunesse, au sommet des affaires ; j'avais la conscience d'être le soutien secret de la plus adorable femme qui fût ici-bas, son espoir inavoué. Peut-être eus-je un petit mouvement de vanité quand le fouet des postillons claqua dans la nouvelle avenue qui de la route de Chinon menait à Clochegourde, et qu'une grille que je ne connaissais pas s'ouvrit au milieu d'une enceinte circulaire récemment bâtie. Je n'avais pas écrit mon arrivée à la comtesse, voulant lui causer une surprise, et j'eus doublement tort : d'abord, elle éprouva le saisissement que donne un plaisir longtemps espéré, mais considéré comme impossible ; puis, elle me prouva que toutes les surprises calculées étaient de mauvais goût.

Quand Henriette vit le jeune homme là où elle n'avait jamais vu qu'un enfant, elle abaissa son regard vers la terre par un mouvement d'une tragique lenteur ; elle se laissa prendre et baiser la main sans témoigner ce plaisir intime dont j'étais averti par son frissonnement de sensitive ; et quand elle releva son visage pour me regarder encore, je la trouvai pâle.

— Hé bien ! vous n'oubliez donc pas vos vieux amis ? me dit monsieur de Mortsauf, qui n'était ni changé ni vieilli.

Les deux enfants me sautèrent au cou. J'aperçus à la porte la figure grave de l'abbé de Dominis, précepteur de Jacques.

— Oui, dis-je au comte ; j'aurai désormais par an six mois de liberté qui vous appartiendront toujours. Hé bien! qu'avez-vous ? dis-je à la comtesse en lui passant mon bras pour lui envelopper la taille et la soutenir, en présence de tous les siens.

— Oh! laissez-moi, me dit-elle en bondissant, ce n'est rien.

Je lus dans son âme, et répondis à sa pensée secrète en lui disant : — Ne reconnaissez-vous donc plus votre fidèle esclave ?

Elle prit mon bras, quitta le comte, ses enfants, l'abbé, les gens accourus, et me mena loin de tous en tournant le boulingrin, mais en restant sous leurs yeux ; puis, quand elle jugea que sa voix ne serait point entendue : — Félix, mon ami, dit-elle, pardon-nez la peur à qui n'a qu'un fil pour se diriger dans un labyrinthe souterrain, et qui tremble de le voir se briser. Répétez-moi que je suis plus que jamais Hen-riette pour vous, que vous ne m'abandonnerez point, que rien ne prévaudra contre moi, que vous serez toujours un ami dévoué. J'ai vu tout à coup dans l'avenir, et vous n'y étiez pas, comme toujours, la face brillante et les yeux sur moi ; vous me tourniez le dos.

— Henriette, idole dont le culte l'emporte sur celui de Dieu, lys, fleur de ma vie, comment ne savez-vous donc plus, vous qui êtes ma conscience, que je me suis si bien incarné à votre cœur que mon âme est ici quand ma personne est à Paris ? Faut-il donc vous dire que je suis venu en dix-sept heures, que chaque tour de roue emportait un monde de pensées et de désirs qui a éclaté comme une tempête aussitôt que je vous ai vue...

— Dites, dites! Je suis sûre de moi, je puis vous entendre sans crime. Dieu ne veut pas que je meure ; il vous envoie à moi comme il dispense son souffle à ses créations, comme il épand la pluie des nuées sur une terre aride ; dites, dites! m'aimez-vous saintement ?

— Saintement.

— A jamais?

— A jamais.

— Comme une vierge Marie, qui doit rester dans ses voiles et sous sa couronne blanche?

— Comme une vierge Marie visible.

— Comme une sœur?

— Comme une sœur trop aimée.

— Comme une mère?

— Comme une mère secrètement désirée.

— Chevaleresquement, sans espoir?

— Chevaleresquement, mais avec espoir.

— Enfin, comme si vous n'aviez encore que vingt ans, et que vous portiez votre petit méchant habit bleu du bal?

— Oh! mieux. Je vous aime ainsi, et je vous aime encore comme... Elle me regarda dans une vive appréhension... comme vous aimait votre tante.

— Je suis heureuse: vous avez dissipé mes terreurs, dit-elle en revenant vers la famille étonnée de notre conférence secrète; mais soyez bien enfant ici! car vous êtes encore un enfant. Si votre politique est d'être homme avec le roi, sachez, monsieur, qu'ici la vôtre est de rester enfant. Enfant, vous serez aimé! Je résisterai toujours à la force de l'homme; mais que refuserais-je à l'enfant? rien; il ne peut rien vouloir que je ne puisse accorder. — Les secrets sont dits, fit-elle en regardant le comte d'un air malicieux où reparaissait la jeune fille et son caractère primitif. Je vous laisse, je vais m'habiller.

Jamais, depuis trois ans, je n'avais entendu sa voix si pleinement heureuse. Pour la première fois je connus ces jolis cris d'hirondelle, ces notes enfantines dont je vous ai parlé. J'apportais un équipage de chasse à Jacques, à Madeleine une boîte à ouvrage dont sa mère se servit toujours; enfin je réparai la mesquinerie à laquelle m'avait condamné jadis la parcimonie de ma mère. La joie que témoignaient les deux enfants, enchantés de se montrer l'un à l'autre leurs cadeaux, parut importuner le comte, toujours chagrin quand on ne s'occupait pas de lui. Je fis un signe d'intelligence à Madeleine, et je suivis le comte, qui voulait causer de lui-même avec moi. Il m'emmena vers la terrasse ; mais nous nous arrêtâmes sur le perron à chaque fait grave dont il m'entretenait.

— Mon pauvre Félix, me dit-il, vous les voyez tous heureux et bien portants : moi, je fais ombre au tableau : j'ai pris leurs maux, et je bénis Dieu de me les avoir donnés. Autrefois j'ignorais ce que j'avais ; mais aujourd'hui je le sais : j'ai le pylore attaqué, je ne digère plus rien.

— Par quel hasard êtes-vous devenu savant comme un professeur de l'École de médecine ? lui dis-je en souriant. Votre médecin est-il assez indiscret pour vous dire ainsi...

— Dieu me préserve de consulter les médecins, s'écria-t-il en manifestant la répulsion que la plupart des malades imaginaires éprouvent pour la médecine.

Je subis alors une conversation folle, pendant laquelle il me fit les plus ridicules confidences, se plaignant de sa femme, de ses gens, de ses enfants et de la vie, en prenant un plaisir évident à répéter ses dires de tous les jours à un ami qui, ne les connaissant pas, pouvait s'en étonner, et que la politesse obligeait à l'écouter avec intérêt. Il dut être content de moi, car je lui prêtais une profonde attention, en essayant de pénétrer ce caractère inconcevable et de deviner les nouveaux tourments qu'il infligeait à sa femme et qu'elle me taisait. Henriette mit fin à ce monologue en apparaissant sur le perron, le comte l'aperçut, hocha la tête et me dit : — Vous m'écoutez, vous, Félix ; mais ici personne ne me plaint !

Il s'en alla comme s'il eût eu la conscience du trouble qu'il aurait porté dans mon entretien avec Henriette, ou que, par une attention chevaleresque pour elle, il eût su qu'il lui faisait plaisir en nous laissant seuls. Son

caractère offrait des désinences vraiment inexplicables,
car il était jaloux comme le sont tous les gens faibles ;
mais aussi sa confiance dans la sainteté de sa femme
était sans bornes ; peut-être même les souffrances de
son amour-propre blessé par la supériorité de cette
haute vertu engendraient-elles son opposition constante aux volontés de la comtesse, qu'il bravait comme
les enfants bravent leurs maîtres ou leurs mères.
Jacques prenait sa leçon, Madeleine faisait sa toilette :
pendant une heure environ je pus donc me promener
seul avec la comtesse sur la terrasse.

— Hé bien ! cher ange, lui dis-je, la chaîne s'est
alourdie, les sables se sont enflammés, les épines se
multiplient ?

— Taisez-vous, me dit-elle en devinant les pensées
que m'avait suggérées ma conversation avec le comte ;
vous êtes ici, tout est oublié ! Je ne souffre point, je n'ai
pas souffert !

Elle fit quelques pas légers, comme pour aérer sa
blanche toilette, pour livrer au zéphyr, ses ruches de
tulle neigeuses, ses manches flottantes, ses rubans
frais, sa pèlerine et les boucles fluides de sa coiffure à
la Sévigné ; et je la vis pour la première fois, jeune
fille, gaie de sa gaieté naturelle, prête à jouer comme
un enfant. Je connus alors et les larmes du bonheur et
la joie que l'homme éprouve à donner le plaisir.

— Belle fleur humaine que caresse ma pensée et que
baise mon âme ! ô mon lys ! lui dis-je, toujours intact et
droit sur sa tige, toujours blanc, fier, parfumé, solitaire !

— Assez, monsieur, dit-elle en souriant. Parlez-moi
de vous, racontez-moi bien tout.

Nous eûmes alors sous cette mobile voûte de feuillages frémissants une longue conversation pleine de
parenthèses interminables, prise, quittée et reprise,
où je la mis au fait de ma vie, de mes occupations ;
je lui décrivis mon appartement à Paris, car elle
voulut tout savoir ; et, bonheur alors inapprécié, je

n'avais rien à lui cacher. En connaissant ainsi mon âme et tous les détails de cette existence remplie par d'écrasants travaux, en apprenant l'étendue de ces fonctions où, sans une probité sévère, on pouvait si facilement tromper, s'enrichir, mais que j'exerçais avec tant de rigueur que le roi, lui dis-je, m'appelait *mademoiselle de Vandenesse,* elle saisit ma main et la baisa en y laissant tomber une larme de joie. Cette subite transposition des rôles, cet éloge si magnifique, cette pensée si rapidement exprimée, mais plus rapidement comprise : « Voici le maître que j'aurais voulu, voilà mon rêve! » tout ce qu'il y avait d'aveux dans cette action, où l'abaissement était de la grandeur, où l'amour se trahissait dans une région interdite aux sens, cet orage de choses célestes me tomba sur le cœur et m'écrasa. Je me sentis petit, j'aurais voulu mourir à ses pieds.

— Ah! dis-je, vous nous surpasserez toujours en tout. Comment pouvez-vous douter de moi ? car on en a douté tout à l'heure, Henriette.

— Non pour le présent, reprit-elle en me regardant avec une douceur ineffable qui, pour moise ulement, voilait la lumière de ses yeux ; mais en vous voyant si beau, je me suis dit : — Nos projets sur Madeleine seront dérangés par quelque femme qui devinera les trésors cachés dans votre cœur, qui vous adorera, qui nous volera notre Félix et brisera tout ici.

— Toujours Madeleine! dis-je en exprimant une surprise dont elle ne s'affligea qu'à demi. Est-ce donc à Madeleine que je suis fidèle ?

Nous tombâmes dans un silence que monsieur de Mortsauf vint malencontreusement interrompre. Je dus, le cœur plein, soutenir une conversation hérissée de difficultés, où mes sincères réponses sur la politique alors suivie par le roi heurtèrent les idées du comte qui me força d'expliquer les intentions de Sa Majesté. Malgré mes interrogations sur ses chevaux, sur la situation de ses affaires agricoles, s'il était content de

ses cinq fermes, s'il couperait les arbres d'une vieille
avenue ; il en revenait toujours à la politique avec une
taquinerie de vieille fille et une persistance d'enfant,
car ces sortes d'esprits se heurtent volontiers aux
endroits où brille la lumière, ils y retournent toujours
en bourdonnant sans rien pénétrer, et fatiguent l'âme
comme les grosses mouches fatiguent l'oreille en fredon-
nant le long des vitres. Henriette se taisait. Pour
éteindre cette conversation que la chaleur du jeune
âge pouvait enflammer, je répondis par des monosyl-
labes approbatifs en évitant ainsi d'inutiles discus-
tions ; mais monsieur de Mortsauf avait beaucoup
trop d'esprit pour ne pas sentir tout ce que ma politesse
avait d'injurieux. Au moment où, fâché d'avoir toujours
raison, il se cabra, ses sourcils et les rides de son front
jouèrent, ses yeux jaunes éclatèrent, son nez ensanglanté se colora davantage, comme le jour où, pour
la première fois, je fus témoin d'un de ses accès de
démence ; Henriette me jeta des regards suppliants en
me faisant comprendre qu'elle ne pouvait déployer en
ma faveur l'autorité dont elle usait pour justifier ou
pour défendre ses enfants. Je répondis alors au comte
en le prenant au sérieux et maniant avec une excessive
adresse son esprit ombrageux.

— Pauvre cher, pauvre cher ! disait-elle en murmurant plusieurs fois ces deux mots qui arrivaient à mon
oreille comme une brise. Puis quand elle crut pouvoir
intervenir avec succès, elle nous dit en s'arrêtant : —
Savez-vous, messieurs, que vous êtes parfaitement
ennuyeux ?

Ramené par cette interrogation à la chevaleresque
obéissance due aux femmes, le comte cessa de parler
politique ; nous l'ennuyâmes à notre tour en disant des
riens, et il nous laissa libres de nous promener en
prétendant que la tête lui tournait à parcourir ainsi
continuellement le même espace.

Mes tristes conjectures étaient vraies. Les doux
paysages, la tiède atmosphère, le beau ciel, l'enivrante

poésie de cette vallée qui, pendant quinze ans, avait calmé les lancinantes fantaisies de ce malade, étaient impuissants aujourd'hui. A l'époque de la vie où chez les autres hommes les aspérités se fondent et les angles s'émoussent, le caractère du vieux gentilhomme était encore devenu plus agressif que par le passé. Depuis quelques mois, il contredisait pour contredire, sans raison, sans justifier ses opinions ; il demandait le pourquoi de toute chose, s'inquiétait d'un retard ou d'une commission, se mêlait à tout propos des affaires intérieures, et se faisait rendre compte des moindres minuties du ménage de manière à fatiguer sa femme ou ses gens, en ne leur laissant point leur libre arbitre. Jadis il ne s'irritait jamais sans quelque motif spécieux, maintenant son irritation était constante. Peut-être les soins de sa fortune, les spéculations de l'agriculture, une vie de mouvement avaient-ils jusqu'alors détourné son humeur atrabilaire en donnant une pâture à ses inquiétudes, en employant l'activité de son esprit ; et peut-être aujourd'hui le manque d'occupations mettait-il sa maladie aux prises avec elle-même ; ne s'exerçant plus au-dehors, elle se produisait par des idées fixes, le *moi* moral s'était emparé du *moi* physique. Il était devenu son propre médecin ; il compulsait des livres de médecine, croyait avoir les maladies dont il lisait les descriptions, et prenait alors pour sa santé des précautions inouïes, variables, impossibles à prévoir, partant impossibles à contenter. Tantôt il ne voulait pas de bruit, et quand la comtesse établissait autour de lui un silence absolu, tout à coup il se plaignait d'être comme dans une tombe, il disait qu'il y avait un milieu entre ne pas faire du bruit et le néant de la Trappe. Tantôt il affectait une parfaite indifférence des choses terrestres, la maison entière respirait ; ses enfants jouaient, les travaux ménagers s'accomplissaient sans aucune critique ; soudain au milieu du bruit, il s'écriait lamentablement : « — On veut le tuer ! » — Ma chère s'il s'agissait de vos

enfants, vous sauriez bien deviner ce qui les gêne,
disait-il à sa femme en aggravant l'injustice de ces
paroles par le ton aigre et froid dont il les accompagnait. Il se vêtait et se dévêtait à tout moment, en
étudiant les plus légères variations de l'atmosphère,
et ne faisait rien sans consulter le baromètre. Malgré
les maternelles attentions de sa femme, il ne trouvait
aucune nourriture à son goût, car il prétendait avoir
un estomac délabré dont les douloureuses digestions
lui causaient des insomnies continuelles ; et néanmoins
il mangeait, buvait, digérait, dormait avec une perfection que le plus savant médecin aurait admirée. Ses
volontés changeantes lassaient les gens de sa maison,
qui, routiniers comme le sont tous les domestiques,
étaient incapables de se conformer aux exigences de
systèmes incessamment contraires. Le comte ordon-
nait-il de tenir les fenêtres ouvertes sous prétexte
que le grand air était désormais nécessaire à sa santé ;
quelques jours après, le grand air, ou trop humide ou
trop chaud, devenait intolérable ; il grondait alors, il
entamait une querelle, et, pour avoir raison, il niait
souvent sa consigne antérieure. Ce défaut de mémoire
ou cette mauvaise foi lui donnait gain de cause dans
toutes les discussions où sa femme essayait de l'opposer
à lui-même. L'habitation de Clochegourde était
devenue si insupportable que l'abbé de Dominis,
homme profondément instruit, avait pris le parti de
chercher la résolution de quelques problèmes, et se
retranchait dans une distraction affectée. La comtesse
n'espérait plus, comme par le passé, pouvoir enfermer
dans le cercle de la famille les accès de ces folles
colères ; déjà les gens de la maison avaient été témoins
de scènes où l'exaspération sans motif de ce vieillard
prématuré passa les bornes ; ils étaient si dévoués à la
comtesse qu'il n'en transpirait rien au-dehors, mais elle
redoutait chaque jour un éclat public de ce délire que
le respect humain ne contenait plus. J'appris plus tard
d'affreux détails sur la conduite du comte envers sa

femme ; au lieu de la consoler, il l'accablait de sinistres
prédictions et la rendait responsable des malheurs à
venir, parce qu'elle refusait les médications insensées
auxquelles il voulait soumettre ses enfants. La comtesse
se promenait-elle avec Jacques et Madeleine, le comte
lui prédisait un orage, malgré la pureté du ciel ; si
par hasard l'événement justifiait son pronostic, la
satisfaction de son amour-propre le rendait insensible
au mal de ses enfants ; l'un d'eux était-il indisposé,
le comte employait tout son esprit à rechercher la
cause de cette souffrance dans le système de soins
adopté par sa femme et qu'il épiloguait dans les plus
minces détails, en concluant toujours par ces mots
assassins : « Si vos enfants retombent malades, vous
l'aurez bien voulu. » Il agissait ainsi dans les moindres
détails de l'administration domestique où il ne voyait
jamais que le pire côté des choses, se faisant à tout
propos *l'avocat du diable*, suivant une expression de son
vieux cocher. La comtesse avait indiqué pour Jacques
et Madeleine des heures de repas différentes des siennes, et les avait ainsi soustraits à la terrible action de
la maladie du comte, en attirant sur elle tous les orages.
Madeleine et Jacques voyaient rarement leur père.
Par une de ces hallucinations particulières aux égoïstes,
le comte n'avait pas la plus légère conscience du mal
dont il était l'auteur. Dans la conversation confiden-
tielle que nous avions eue, il s'était surtout plaint
d'être trop bon pour tous les siens. Il maniait donc le
fléau, abattait, brisait tout autour de lui comme eût
fait un singe ; puis, après avoir blessé sa victime, il
niait l'avoir touchée. Je compris alors d'où provenaient
les lignes comme marquées avec le fil d'un rasoir sur
le front de la comtesse, et que j'avais aperçues en la
revoyant. Il est chez les âmes nobles une pudeur qui les
empêche d'exprimer leurs souffrances, elles en déro-
bent orgueilleusement l'étendue à ceux qu'elles aiment
par un sentiment de charité voluptueuse. Aussi,
malgré mes instances, n'arrachai-je pas tout d'un

coup cette confidence à Henriette. Elle craignait de
me chagriner, elle me faisait des aveux interrompus
par de subites rougeurs ; mais j'eus bientôt deviné
l'aggravation que le désœuvrement du comte avait
apportée dans les peines domestiques de Clochegourde.

— Henriette, lui dis-je quelques jours après, en lui
prouvant que j'avais mesuré la profondeur de ses
nouvelles misères, n'avez-vous pas eu tort de si bien
arranger votre terre que le comte n'y trouve plus à
s'occuper ?

— Cher, me dit-elle en souriant, ma situation est
assez critique pour mériter toute mon attention,
croyez que j'en ai bien étudié les ressources, et toutes
sont épuisées. En effet, les tracasseries ont toujours
été grandissant. Comme monsieur de Mortsauf et
moi nous sommes toujours en présence, je ne puis les
affaiblir en les divisant sur plusieurs points, tout serait
également douloureux pour moi. J'ai songé à distraire
monsieur de Mortsauf, en lui conseillant d'établir
une magnanerie à Clochegourde où il existe déjà
quelques mûriers, vestiges de l'ancienne industrie de
la Touraine [1] ; mais j'ai reconnu qu'il serait tout aussi
despote au logis, et que j'aurais de plus les mille
ennuis de cette entreprise. Apprenez, monsieur l'observateur, me dit-elle, que dans le jeune âge les mauvaises qualités de l'homme sont contenues par le monde,
arrêtées dans leur essor par le jeu des passions, gênées
par le respect humain ; plus tard, dans la solitude,
chez un homme âgé, les petits défauts se montrent
d'autant plus terribles qu'ils ont été longtemps
comprimés. Les faiblesses humaines sont essentiellement lâches, elle ne comportent ni ʼpaix ni trêve ;
ce que vous leur avez accordé hier, elles l'exigent
aujourd'hui, demain et toujours ; elles s'établissent
dans les concessions et les étendent. La puissance est
clémente, elle se rend à l'évidence, elle est juste et
paisible ; tandis que les passions engendrées par la
faiblesse sont impitoyables ; elles sont heureuses

quand elles peuvent agir à la manière des enfants qui
préfèrent les fruits volés en secret à ceux qu'ils peuvent
manger à table ; ainsi monsieur de Mortsauf éprouve
une joie véritable à me surprendre ; et lui qui ne trom-
perait personne me trompe avec délices, pourvu que
la ruse reste dans le for intérieur.

Un mois environ après mon arrivée, un matin, en
sortant de déjeuner, la comtesse me prit le bras,
se sauva par une porte à claire-voie qui donnait dans
le verger, et m'entraîna vivement dans les vignes.

— Ah! il me tuera, dit-elle. Cependant je veux
vivre, ne fût-ce que pour mes enfants! Comment,
pas un jour de relâche! Toujours marcher dans les
broussailles, manquer de tomber à tout moment, et
à tout moment rassembler ses forces pour garder son
équilibre. Aucune créature ne saurait suffire à de
telles dépenses d'énergie. Si je connaissais bien le
terrain sur lequel doivent porter mes efforts, si ma
résistance était déterminée, l'âme s'y plierait ; mais
non, chaque jour l'attaque change de caractère, et me
surprend sans défense ; ma douleur n'est pas une,
elle est multiple. Félix, Félix, vous ne sauriez imaginer
quelle forme odieuse a prise sa tyrannie, et quelles
sauvages exigences lui ont suggérées ses livres de
médecine. Oh! mon ami... dit-elle en appuyant sa
tête sur mes épaules, sans achever sa confidence. Que
devenir, que faire ? reprit-elle en se débattant contre
les pensées qu'elle n'avait pas exprimées. Comment
résister ? Il me tuera. Non, je me tuerai moi-même,
et c'est un crime cependant! M'enfuir ? et mes enfants!
Me séparer ? mais comment, après quinze ans de
mariage, dire à mon père que je ne puis demeurer avec
monsieur de Mortsauf, quand, si mon père ou ma mère
viennent, il sera posé, sage, poli, spirituel. D'ailleurs
les femmes mariées ont-elles des pères, ont-elles des
mères ? elles appartiennent corps et biens à leurs
maris. Je vivais tranquille, sinon heureuse, je puisais
quelques forces dans ma chaste solitude, je l'avoue ;

mais si je suis privée de ce bonheur négatif, je deviendrai folle aussi moi. Ma résistance est fondée sur de puissantes raisons qui ne me sont pas personnelles. N'est-ce pas un crime que de donner le jour à de pauvres créatures condamnées par avance à de perpétuelles douleurs ? Cependant ma conduite soulève de si graves questions que je ne puis les décider seule ; je suis juge et partie. J'irai demain à Tours consulter l'abbé Birotteau, mon nouveau directeur ; car mon cher et vertueux abbé de la Berge est mort, dit-elle en s'interrompant. Quoiqu'il fût sévère, sa force apostolique me manquera toujours ; son successeur est un ange de douceur qui s'attendrit au lieu de réprimander ; néanmoins, au cœur de la religion quel courage ne se retremperait ? quelle raison ne s'affermirait à la voix de l'Esprit-Saint ? — Mon Dieu, reprit-elle en séchant ses larmes et levant les yeux au ciel, de quoi me punissez-vous ? Mais, il faut le croire, dit-elle en appuyant ses doigts sur mon bras, oui, croyons-le, Félix, nous devons passer par un creuset rouge avant d'arriver saints et parfaits dans les sphères supérieures. Dois-je me taire ? me défendez-vous, mon Dieu, de crier dans le sein d'un ami ? l'aimé-je trop ? Elle me pressa sur son cœur comme si elle eût craint de me perdre : — Qui me résoudra ces doutes ? Ma conscience ne me reproche rien. Les étoiles rayonnent d'en haut sur les hommes ; pourquoi l'âme, cette étoile humaine, n'envelopperait-elle pas de ses feux un ami, quand on ne laisse aller à lui que de pures pensées ?

J'écoutais cette horrible clameur en silence, tenant la main moite de cette femme dans la mienne plus moite encore ; je la serrais avec une force à laquelle Henriette répondait par une force égale.

— Vous êtes donc par là ? cria le comte qui venait à nous, la tête nue.

Depuis mon retour il voulait obstinément se mêler à nos entretiens, soit qu'il en espérât quelque amuse-

ment, soit qu'il crût que la comtesse me contait ses
douleurs et se plaignait dans mon sein, soit encore
qu'il fût jaloux d'un plaisir qu'il ne partageait point.

— Comme il me suit! dit-elle avec l'accent du
désespoir. Allons voir les clos, nous l'éviterons. Bais-
sons-nous le long des haies pour qu'il ne nous aper-
çoive pas.

Nous nous fîmes un rempart d'une haie touffue,
nous gagnâmes les clos en courant, et nous nous trouvâmes bientôt loin du comte, dans une allée d'aman-
diers.

— Chère Henriette, lui dis-je alors en serrant son
bras contre mon cœur, et m'arrêtant pour la contem-
pler dans sa douleur, vous m'avez naguère dirigé
savamment à travers les voies périlleuses du grand
monde ; permettez-moi de vous donner quelques
instructions pour vous aider à finir le duel sans témoins dans lequel vous succomberiez infailliblement,
car vous ne vous battez point avec des armes égales.
Ne luttez pas plus longtemps contre un fou...

— Chut! dit-elle en réprimant des larmes qui roulèrent dans ses yeux.

— Écoutez-moi, chère! Après une heure de ces
conversations que je suis obligé de subir par amour
pour vous, souvent ma pensée est pervertie, ma tête
est lourde ; le comte me fait douter de mon intelligence, les mêmes idées répétées se gravent malgré moi
dans mon cerveau. Les monomanies bien caracté-
risées ne sont pas contagieuses ; mais, quand la folie
réside dans la manière d'envisager les choses, et
qu'elle se cache sous des discussions constantes, elle
peut causer des ravages sur ceux qui vivent auprès
d'elle. Votre patience est sublime, mais ne vous
mène-t-elle pas à l'abrutissement ? Ainsi pour vous,
pour vos enfants, changez de système avec le comte.
Votre adorable complaisance a développé son égoïsme,
vous l'avez traité comme une mère traite un enfant
qu'elle gâte ; mais aujourd'hui, si vous voulez vivre...

Et, dis-je en la regardant, vous le voulez! déployez l'empire que vous avez sur lui. Vous le savez, il vous aime
et vous craint, faites-vous craindre davantage, oppo-
sez à ses volontés diffuses une volonté rectiligne.
Étendez votre pouvoir comme il a su étendre, lui,
les concessions que vous lui avez faites, et renfermez
sa maladie dans une sphère morale, comme on renferme les fous dans une loge.

— Cher enfant, me dit-elle en souriant avec amertume, une femme sans cœur peut seule jouer ce rôle.
Je suis mère, je serais un mauvais bourreau. Oui, je
sais souffrir, mais faire souffrir les autres! jamais, dit-
elle, pas même pour obtenir un résultat honorable ou
grand. D'ailleurs, ne devrais-je pas faire mentir mon
cœur, déguiser ma voix, armer mon front, corrompre
mon geste... ne me demandez pas de tels mensonges.
Je puis me placer entre monsieur de Mortsauf et ses
enfants, je recevrai ses coups pour qu'ils n'atteignent
ici personne ; voilà tout ce que je puis pour concilier
tant d'intérêts contraires.

— Laisse-moi t'adorer! sainte, trois fois sainte!
dis-je en mettant un genou en terre, en baisant sa robe
et y essuyant des pleurs qui me vinrent aux yeux.

— Mais, s'il vous tue, lui dis-je.

Elle pâlit, et répondit en levant les yeux au ciel : —
La volonté de Dieu sera faite!

— Savez-vous ce que le roi disait à votre père à
propos de vous ? « Ce diable de Mortsauf vit donc
toujours! »

— Ce qui est une plaisanterie dans la bouche du
roi, répondit-elle, est un crime ici.

Malgré nos précautions, le comte nous avait suivis
à la piste ; il nous atteignit tout en sueur sous un
noyer où la comtesse s'était arrêtée pour me dire cette
parole grave; en le voyant, je me mis à parler vendange.
Eut-il d'injustes soupçons ? je ne sais; mais il resta
sans mot dire à nous examiner, sans prendre garde
à la fraîcheur que distillent les noyers. Après un mo-

ment employé par quelques paroles insignifiantes
entrecoupées de pauses très significatives, le comte
dit avoir mal au cœur et à la tête ; il se plaignit doucement, sans quêter notre pitié, sans nous peindre
ses douleurs par des images exagérées. Nous n'y fîmes
aucune attention. En rentrant, il se sentit plus mal
encore, parla de se mettre au lit, et s'y mit sans céré-
monie, avec un naturel qui ne lui était pas ordinaire.
Nous profitâmes de l'armistice que nous donnait son
humeur hypocondriaque, et nous descendîmes à notre
chère terrasse, accompagnés de Madeleine.

— Allons nous promener sur l'eau, dit la comtesse
après quelques tours, nous irons assister à la pêche
que le garde fait pour nous aujourd'hui.

Nous sortons par la petite porte, nous gagnons la
toue, nous y sautons, et nous voilà remontant l'Indre
avec lenteur. Comme trois enfants amusés à des
riens, nous regardions les herbes des bords, les demoiselles bleues ou vertes ; et la comtesse s'étonnait de
pouvoir goûter de si tranquilles plaisirs au milieu de
ses poignants chagrins ; mais le calme de la nature,
qui marche insouciante de nos luttes, n'exerce-t-il
pas sur nous un charme consolateur ? L'agitation d'un
amour plein de désirs contenus s'harmonie à celle de
l'eau, les fleurs que la main de l'homme n'a point per-
verties expriment ses rêves les plus secrets, le voluptueux balancement d'une barque imite vaguement
les pensées qui flottent dans l'âme. Nous éprouvâmes l'engourdissante influence de cette double
poésie. Les paroles, montées au diapason de la nature,
déployèrent une grâce mystérieuse, et les regards
eurent de plus éclatants rayons en participant à la
lumière si largement versée par le soleil dans la prairie
flamboyante. La rivière fut comme un sentier sur
lequel nous volions. Enfin, n'étant pas diverti par
le mouvement qu'exige la marche à pied, notre esprit
s'empara de la création. La joie tumultueuse d'une
petite fille en liberté, si gracieuse dans ses gestes, si

agaçante dans ses propos, n'était-elle pas aussi la
vivante expression de deux âmes libres qui se plaisaient à former idéalement cette merveilleuse créature
rêvée par Platon, connue de tous ceux dont la jeunesse
fut remplie par un heureux amour. Pour vous peindre
cette heure, non dans ses détails indescriptibles, mais
dans son ensemble, je vous dirai que nous nous ai-
mions en tous les êtres, en toutes les choses qui nous
entouraient ; nous sentions hors de nous le bonheur
que chacun de nous souhaitait ; il nous pénétrait si
vivement que la comtesse ôta ses gants et laissa tomber ses belles mains dans l'eau comme pour rafraîchir
une secrète ardeur. Ses yeux parlaient ; mais sa
bouche, qui s'entr'ouvrait comme une rose à l'air, se
serait fermée à un désir. Vous connaissez la mélodie
des sons graves parfaitement unis aux sons élevés,
elle m'a toujours rappelé la mélodie de nos deux âmes
en ce moment, qui ne se retrouva plus jamais.

— Où faites-vous pêcher, lui dis-je, si vous ne pouvez pêcher que sur les rives qui sont à vous ?

— Près du pont de Ruan, me dit-elle. Ha ! nous
avons maintenant la rivière à nous depuis le pont de
Ruan jusqu'à Clochegourde. Monsieur de Mortsauf
vient d'acheter quarante arpents de prairie avec les
économies de ces deux années et l'arriéré de sa pension. Cela vous étonne ?

— Moi, je voudrais que toute la vallée fût à vous !
m'écriai-je.

Elle me répondit par un sourire. Nous arrivâmes
au-dessous du pont de Ruan, à un endroit où l'Indre
est large, et où l'on pêchait.

— Hé bien ! Martineau ? dit-elle.

— Ah ! madame la comtesse, nous avons du
guignon. Depuis trois heures que nous y sommes, en
remontant du moulin ici, nous n'avons rien pris.

Nous abordâmes afin d'assister aux derniers coups
de filet, et nous nous plaçâmes tous trois à l'ombre d'un
bouillard, espèce de peuplier dont l'écorce est blanche,

qui se trouve sur le Danube, sur la Loire, probablement sur tous les grands fleuves, et qui jette au printemps un coton blanc soyeux, l'enveloppe de sa fleur.
La comtesse avait repris son auguste sérénité ; elle
se repentait presque de m'avoir dévoilé ses douleurs
et d'avoir crié comme Job, au lieu de pleurer comme la
Madeleine, une Madeleine sans amours, ni fêtes, ni
dissipations, mais non sans parfums ni beautés. La
seine ramenée à ses pieds fut pleine de poissons : des
tanches, des barbillons, des brochets, des perches et
une énorme carpe sautillant sur l'herbe.

— C'est un fait exprès, dit le garde.

Les ouvriers écarquillaient leurs yeux en admirant
cette femme qui ressemblait à une fée dont la baguette
aurait touché les filets. En ce moment le piqueur parut,
chevauchant à travers la prairie au grand galop, et lui
causa d'horribles tressaillements. Nous n'avions pas
Jacques avec nous, et la première pensée des mères
est, comme l'a si poétiquement dit Virgile, de serrer
leurs enfants sur leur sein au moindre événement.

— Jacques ! cria-t-elle. Où est Jacques ? Qu'est-il
arrivé à mon fils ?

Elle ne m'aimait pas ! Si elle m'avait aimé, elle
aurait eu pour mes souffrances cette expression de
lionne au désespoir.

— Madame la comtesse, monsieur le comte se
trouve plus mal.

Elle respira, courut avec moi, suivie de Madeleine.

— Revenez lentement, me dit-elle ; que cette chère
fille ne s'échauffe pas. Vous le voyez, la course de
monsieur de Mortsauf par ce temps si chaud l'avait
mis en sueur, et sa station sous le noyer a pu devenir la
cause d'un malheur.

Ce mot, dit au milieu de son trouble, accusait la
pureté de son âme. La mort du comte, un malheur !
Elle gagna rapidement Clochegourde, passa par la
brèche d'un mur et traversa les clos. Je revins lentement en effet. L'expression d'Henriette m'avait éclairé,

mais comme éclaire la foudre qui ruine les moissons
engrangées. Durant cette promenade sur l'eau, je
m'étais cru le préféré ; je sentis amèrement qu'elle
était de bonne foi dans ses paroles. L'amant qui
n'est pas tout n'est rien. J'aimais donc seul avec les
désirs d'un amour qui sait tout ce qu'il veut, qui se
repaît par avance de caresses espérées, et se contente
des voluptés de l'âme parce qu'il y mêle celles que lui
réserve l'avenir. Si Henriette aimait, elle ne connaissait rien ni des plaisirs de l'amour ni de ses tempêtes.
Elle vivait du sentiment même, comme une sainte
avec Dieu. J'étais l'objet auquel s'étaient rattachées
ses pensées, ses sensations méconnues, comme un
essaim s'attache à quelque branche d'arbre fleuri ; mais
je n'étais pas le principe, j'étais un accident de sa
vie, je n'étais pas toute sa vie. Roi détrôné, j'allais me
demandant qui pouvait me rendre mon royaume.
Dans ma folle jalousie, je me reprochais de n'avoir rien
osé, de n'avoir pas resserré les liens d'une tendresse qui
me semblait alors plus subtile que vraie par les chaînes
du droit positif que crée la possession.

L'indisposition du comte, déterminée peut-être par
le froid du noyer, devint grave en quelques heures.
J'allai quérir à Tours un médecin renommé, monsieur Origet [1], que je ne pus ramener que dans la soirée ;
mais il resta pendant toute la nuit et le lendemain à
Clochegourde. Quoiqu'il eût envoyé chercher une
grande quantité de sangsues par le piqueur, il jugea
qu'une saignée était urgente, et n'avait point de lan-
cette sur lui. Aussitôt je courus à Azay par un temps
affreux, je réveillai le chirurgien, monsieur Deslandes,
et le contraignis à venir avec une célérité d'oiseau.
Dix minutes plus tard, le comte eût succombé ; la
saignée le sauva. Malgré ce premier succès, le médecin
pronostiquait la fièvre inflammatoire la plus perni-
cieuse, une de ces maladies comme en font les gens
qui se sont bien portés pendant vingt ans. La comtesse
atterrée croyait être la cause de cette fatale crise. Sans

force pour me remercier de mes soins, elle se contentait de me jeter quelques sourires dont l'expression
équivalait au baiser qu'elle avait mis sur ma main ;
j'aurais voulu y lire les remords d'un illicite amour,
mais c'était l'acte de contrition d'un repentir qui faisait mal à voir dans une âme si pure, c'était l'expression d'une admirative tendresse pour celui qu'elle regardait comme noble, en s'accusant, elle seule, d'un
crime imaginaire. Certes, elle aimait comme Laure de
Noves aimait Pétrarque, et non comme Francesca
da Rimini aimait Paolo : affreuse découverte pour qui
rêvait l'union de ces deux sortes d'amour! La comtesse gisait, le corps affaissé, les bras pendants, sur un
fauteuil sale dans cette chambre qui ressemblait à la
bauge d'un sanglier. Le lendemain soir, avant de partir, le médecin dit à la comtesse, qui avait passé la nuit,
de prendre une garde. La maladie devait être longue.

— Une garde, répondit-elle, non, non. Nous le soi-
gnerons, s'écria-t-elle en me regardant ; nous nous
devons de le sauver!

A ce cri, le médecin nous jeta un coup d'œil observateur, plein d'étonnement. L'expression de cette parole était de nature à lui faire soupçonner quelque for-
fait manqué. Il promit de revenir deux fois par semaine,
indiqua la marche à tenir à monsieur Deslandes et
désigna les symptômes menaçants qui pouvaient exiger
qu'on vînt le chercher à Tours. Afin de procurer à la
comtesse au moins une nuit de sommeil sur deux, je
lui demandai de me laisser veiller le comte alternativement avec elle. Ainsi je la décidai, non sans peine,
à s'aller coucher la troisième nuit. Quand tout reposa
dans la maison, pendant un moment où le comte
s'assoupit, j'entendis chez Henriette un douloureux
gémissement. Mon inquiétude devint si vive que j'allai
la trouver ; elle était à genoux devant son prie-Dieu,
fondant en larmes, et s'accusait : — Mon Dieu, si tel
est le prix d'un murmure, criait-elle, je ne me plain-
drai jamais.

— Vous l'avez quitté! dit-elle en me voyant.

— Je vous entendais pleurer et gémir, j'ai eu peur pour vous.

— Oh! moi, dit-elle, je me porte bien!

Elle voulut être certaine que monsieur de Mortsauf dormît ; nous descendîmes tous deux, et tous deux à la clarté d'une lampe nous le regardâmes : le comte était plus affaibli par la perte du sang tiré à flots qu'il n'était endormi ; ses mains agitées cherchaient à ramener sa couverture sur lui.

— On prétend que c'est des gestes de mourants, dit-elle. Ah! s'il mourait de cette maladie que nous avons causée, je ne me marierais jamais, je le jure, ajouta-t-elle en étendant la main sur la tête du comte par un geste solennel.

— J'ai tout fait pour le sauver, lui dis-je.

— Oh! vous, vous êtes bon, dit-elle. Mais moi, je suis la grande coupable.

Elle se pencha sur ce front décomposé, en balaya la sueur avec ses cheveux, et le baisa saintement ; mais je ne vis pas sans une joie secrète qu'elle s'acquittait de cette caresse comme d'une expiation.

— Blanche, à boire, dit le comte d'une voix éteinte.

— Vous voyez, il ne connaît que moi, me dit-elle en lui apportant un verre.

Et par son accent, par ses manières affectueuses, elle cherchait à insulter aux sentiments qui nous liaient, en les immolant au malade.

— Henriette, lui dis-je, allez prendre quelque repos, je vous en supplie.

— Plus d'Henriette, dit-elle en m'interrompant avec une impérieuse précipitation.

— Couchez-vous afin de ne pas tomber malade. Vos enfants, *lui-même* vous ordonnent de vous soigner, il est des cas où l'égoïsme devient une sublime vertu.

— Oui, dit-elle.

Elle s'en alla me recommandant son mari par des gestes qui eussent accusé quelque prochain délire,

s'ils n'avaient pas eu les grâces de l'enfance mêlées
à la force suppliante du repentir. Cette scène, terrible
en la mesurant à l'état habituel de cette âme pure,
m'effraya ; je craignis l'exaltation de sa conscience.
Quand le médecin revint, je lui révélai les scrupules
d'hermine effarouchée qui poignaient ma blanche
Henriette. Quoique discrète, cette confidence dissipa
les soupçons de monsieur Origet, et il calma les agitations de cette belle âme en disant qu'en tout état de
cause le comte devait subir cette crise, et que sa
station sous le noyer avait été plus utile que nuisible
en déterminant la maladie.

Pendant cinquante-deux jours, le comte fut entre
la vie et la mort ; nous veillâmes chacun à notre tour,
Henriette et moi, vingt-six nuits. Certes, monsieur de
Mortsauf dut son salut à nos soins, à la scrupuleuse
exactitude avec laquelle nous exécutions les ordres
de monsieur Origet. Semblable aux médecins philo-
sophes que de sagaces observations autorisent à douter
des belles actions quand elles ne sont que le secret
accomplissement d'un devoir, cet homme, tout en
assistant au combat d'héroïsme qui se passait entre la
comtesse et moi, ne pouvait s'empêcher de nous épier
par des regards inquisitifs, tant il avait peur de se
tromper dans son admiration.

— Dans une semblable maladie, me dit-il lors de
sa troisième visite, la mort rencontre un prompt
auxiliaire dans le moral, quand il se trouve aussi gravement altéré que l'est celui du comte. Le médecin,
la garde, les gens qui entourent le malade tiennent sa
vie entre leurs mains ; car alors un seul mot, une
crainte vive exprimée par un geste, ont la puissance
du poison [1].

En me parlant ainsi, Origet étudiait mon visage et
ma contenance ; mais il vit dans mes yeux la claire
expression d'une âme candide. En effet, durant le cours
de cette cruelle maladie, il ne se forma pas dans mon
intelligence la plus légère de ces mauvaises idées invo-

lontaires qui parfois sillonnent les consciences les plus
innocentes. Pour qui contemple en grand la nature,
tout y tend à l'unité par l'assimilation. Le monde
moral doit être régi par un principe analogue. Dans
une sphère pure, tout est pur. Près d'Henriette, il se
respirait un parfum du ciel, il semblait qu'un désir
reprochable devait à jamais vous éloigner d'elle.
Ainsi, non seulement elle était le bonheur, mais elle
était aussi la vertu. En nous trouvant toujours également
ment attentifs et soigneux, le docteur avait je ne sais
quoi de pieux et d'attendri dans les paroles et dans les
manières ; il semblait se dire : — Voilà les vrais malades,
ils cachent leur blessure et l'oublient ! Par un contraste
qui, selon cet excellent homme, était assez ordinaire
chez les hommes ainsi détruits, monsieur de Mortsauf
fut patient, plein d'obéissance, ne se plaignit jamais
et montra la plus merveilleuse docilité ; lui qui, bien
portant, ne faisait pas la chose la plus simple sans mille
observations. Le secret de cette soumission à la médecine, tant niée naguère, était une secrète peur de la
mort, autre contraste chez un homme d'une bravoure
irrécusable ! Cette peur pourrait assez bien expliquer
plusieurs bizarreries du nouveau caractère que lui
avaient prêté ses malheurs.

Vous l'avouerai-je, Natalie, et le croirez-vous ? ces
cinquante jours et le mois qui les suivit furent les plus
beaux moments de ma vie. L'amour n'est-il pas dans les
espaces infinis de l'âme comme est dans une belle
vallée le grand fleuve où se rendent les pluies, les
ruisseaux et les torrents, où tombent les arbres et les
fleurs, les graviers du bord et les plus élevés quartiers
de roc ; il s'agrandit aussi bien par les orages que par
le lent tribut des claires fontaines. Oui, quand on aime,
tout arrive à l'amour. Les premiers grands dangers
passés, la comtesse et moi, nous nous habituâmes à la
maladie. Malgré le désordre incessant introduit par
les soins qu'exigeait le comte, sa chambre que nous
avions trouvée si mal tenue devint propre et coquette.

Bientôt nous y fûmes comme deux êtres échoués dans une île déserte ; car non seulement les malheurs isolent, mais encore ils font taire les mesquines conventions de la société. Puis l'intérêt du malade nous obligea d'avoir des points de contact qu'aucun autre événement n'aurait autorisés. Combien de fois nos mains, si timides auparavant, ne se rencontrèrent-elles pas en rendant quelque service au comte! n'avais-je pas à soutenir, à aider Henriette! Souvent emportée par une nécessité comparable à celle du soldat en vedette, elle oubliait de manger ; je lui servis alors, quelquefois sur ses genoux, un repas pris en hâte et qui nécessitait mille petits soins. Ce fut une scène d'enfance à côté d'une tombe entr'ouverte. Elle me commandait vivement les apprêts qui pouvaient éviter quelque souffrance au comte, et m'employait à mille menus ouvrages. Pendant le premier temps où l'intensité du danger étouffait, comme durant une bataille, les subtiles distinctions qui caractérisent les faits de la vie ordinaire, elle dépouilla nécessairement ce décorum que toute femme, même la plus naturelle, garde en ses paroles, dans ses regards, dans son maintien quand elle est en présence du monde ou de sa famille, et qui n'est plus de mise en déshabillé. Ne venait-elle pas me relever aux premiers chants de l'oiseau, dans ses vêtements du matin qui me permirent de revoir parfois les éblouissants trésors que, dans mes folles espérances, je considérais comme miens ? Tout en restant imposante et fière, pouvait-elle ainsi ne pas être familière ? D'ailleurs pendant les premiers jours le danger ôta si bien toute signification passionnée aux privautés de notre intime union, qu'elle n'y vit point de mal ; puis quand vint la réflexion, elle songea peut-être que ce serait une insulte pour elle comme pour moi que de changer ses manières. Nous nous trouvâmes insensiblement apprivoisés, mariés à demi. Elle se montra bien noblement confiante, sûre de moi comme d'elle-même. J'entrai donc plus avant dans son cœur. La comtesse redevint mon Henriette, Henriette contrainte d'aimer davantage celui qui s'efforçait d'être sa seconde âme. Bientôt je n'attendis plus sa main toujours irrésistiblement abandonnée au moindre coup d'œil solliciteur ; je pouvais, sans qu'elle se dérobât à ma vue, suivre avec ivresse les lignes de ses belles formes durant les longues heures pendant lesquelles nous écoutions le sommeil du malade. Les chétives voluptés que nous nous accordions, ces regards attendris, ces paroles prononcées à voix basse pour ne pas éveiller le comte, les craintes, les espérances dites et redites, enfin les mille événements de cette fusion complète de deux cœurs longtemps séparés, se détachaient vivement sur les ombres douloureuses de la scène actuelle. Nous connûmes nos âmes à fond dans cette épreuve à laquelle succombent souvent les affections les plus vives qui ne résistent pas au laisser-voir de toutes les heures, qui se détachent en éprouvant cette cohésion constante où l'on trouve la vie ou lourde ou légère à porter. Vous savez quel ravage fait la maladie d'un maître, quelle interruption dans les affaires, le temps manque pour tout ; la vie embarrassée chez lui dérange les mouvements de sa maison et ceux de sa famille. Quoique tout tombât sur madame de Mortsauf, le comte était encore utile au-dehors ; il allait parler aux fermiers, se rendait chez les gens d'affaires, recevait les fonds ; si elle était l'âme, il était le corps. Je me fis son intendant pour qu'elle pût soigner le comte sans rien laisser péricliter au-dehors. Elle accepta tout sans façon, sans un remerciement. Ce fut une douce communauté de plus que ces soins de maison partagés, que ces ordres transmis en son nom. Je m'entretenais souvent le soir avec elle, dans sa chambre, et de ses intérêts et de ses enfants. Ces causeries donnèrent un semblant de plus à notre mariage éphémère. Avec quelle joie Henriette se prêtait à me laisser jouer le rôle de son mari, à me faire occuper sa place à table, à m'envoyer parler au garde ; et tout cela dans une complète innocence, mais non sans cet intime plaisir qu'éprouve la plus vertueuse femme du monde à trouver un biais où se réunissent la stricte observation des lois et le contentement de ses désirs inavoués. Annulé par la maladie, le comte ne pesait plus sur sa femme, ni sur sa maison ; et alors la comtesse fut elle-même, elle eut le droit de s'occuper de moi, de me rendre l'objet d'une foule de soins. Quelle joie quand je découvris en elle la pensée vaguement conçue peut-être, mais délicieusement exprimée, de me révéler tout le prix de sa personne et de ses qualités, de me faire apercevoir le changement qui s'opérerait en elle si elle était comprise! Cette fleur, incessamment fermée dans la froide atmosphère de son ménage, s'épanouit à mes regards, et pour moi seul ; elle prit autant de joie à se déployer que j'en sentis en y jetant l'œil curieux de l'amour. Elle me prouvait par tous les riens de la vie combien j'étais présent à sa pensée. Le jour où, après avoir passé la nuit au chevet du malade, je dormais tard, Henriette se levait le matin avant tout le monde, elle faisait régner autour de moi le plus absolu silence ; sans être avertis, Jacques et Madeleine jouaient au loin ; elle usait de mille super-cheries pour conquérir le droit de mettre elle-même mon couvert ; enfin, elle me servait, avec quel pétille-ment de joie dans les mouvements, avec quelle fauve finesse d'hirondelle, quel vermillon sur les joues, quels tremblements dans la voix, quelle pénétration de lynx! Ces expansions de l'âme se peignent-elles ? Souvent elle était accablée de fatigue ; mais si par hasard en ces moments de lassitude il s'agissait de moi, pour moi comme pour ses enfants elle trouvait de nouvelles forces, elle s'élançait agile, vive et joyeuse. Comme elle aimait à jeter sa tendresse en rayons dans l'air! Ah! Natalie, oui, certaines femmes partagent ici-bas les privilèges des Esprits Angéliques, et répandent comme eux cette lumière que Saint-Martin, le Philosophe Inconnu, disait être intelligente, mélodieuse et par-

fumée. Sûre de ma discrétion, Henriette se plut à me
relever le pesant rideau qui nous cachait l'avenir,
en me laissant voir en elle deux femmes : la femme
enchaînée qui m'avait séduit malgré ses rudesses,
et la femme libre dont la douceur devait éterniser
mon amour. Quelle différence! madame de Mortsauf
était le bengali transporté dans la froide Europe,
tristement posé sur son bâton, muet et mourant dans
sa cage où le garde un naturaliste ; Henriette était
l'oiseau chantant ses poèmes orientaux dans son bocage
au bord du Gange, et comme une pierrerie vivante,
volant de branche en branche parmi les roses d'un
immense volkaméria toujours fleuri. Sa beauté se
fit plus belle, son esprit se raviva. Ce continuel feu
de joie était un secret entre nos deux esprits, car l'œil
de l'abbé de Dominis, ce représentant du monde, était
plus redoutable pour Henriette que celui de monsieur
de Mortsauf ; mais elle prenait comme moi grand plaisir à donner à sa pensée des tours ingénieux ; elle cachait
son contentement sous la plaisanterie, et couvrait
d'ailleurs les témoignages de sa tendresse du brillant
pavillon de la reconnaissance.

— Nous avons mis votre amitié à de rudes épreuves,
Félix! Nous pouvons bien lui permettre les licences
que nous permettons à Jacques, monsieur l'abbé?
disait-elle à table.

Le sévère abbé répondait par l'aimable sourire de
l'homme pieux qui lit dans les cœurs et les trouve
purs ; il exprimait d'ailleurs pour la comtesse le respect
mélangé d'adoration qu'inspirent les anges. Deux fois,
en ces cinquante jours, la comtesse s'avança peut-être
au-delà des bornes dans lesquelles se renfermait notre
affection ; mais encore ces deux événements furent-ils
enveloppés d'un voile qui ne se leva qu'au jour des
aveux suprêmes. Un matin, dans les premiers jours
de la maladie du comte, au moment où elle se repentit
de m'avoir traité si sévèrement en me retirant les
innocents privilèges accordés à ma chaste tendresse,

je l'attendais, elle devait me remplacer. Trop fatigué,
je m'étais endormi, la tête appuyée sur la muraille.
Je me réveillai soudain en me sentant le front touché
par je ne sais quoi de frais qui me donna une sensation
comparable à celle d'une rose qu'on y eût appuyée.
Je vis la comtesse à trois pas de moi, qui me dit :
« — J'arrive ! » Je m'en allai ; mais en lui souhaitant
le bonjour, je lui pris la main, et la sentis humide et
tremblante.

— Souffrez-vous ? lui dis-je.

— Pourquoi me faites-vous cette question ? me
demanda-t-elle.

Je la regardai, rougissant, confus : — J'ai rêvé,
dis-je.

Un soir, pendant les dernières visites de monsieur
Origet, qui avait positivement annoncé la convalescence du comte, je me trouvais avec Jacques et Madeleine sous le perron où nous étions tous trois couchés
sur les marches, emportés par l'attention que demandait une partie d'onchets que nous faisions avec des
tuyaux de paille et des crochets armés d'épingles.
Monsieur de Mortsauf dormait. En attendant que son
cheval fut attelé, le médecin et la comtesse causaient
à voix basse dans le salon. Monsieur Origet s'en alla
sans que je m'aperçusse de son départ. Après l'avoir
reconduit, Henriette s'appuya sur la fenêtre d'où elle
nous contempla sans doute pendant quelque temps,
à notre insu. La soirée était une de ces soirées chaudes
où le ciel prend les teintes du cuivre, où la campagne
envoie dans les échos mille bruits confus. Un dernier
rayon de soleil se mourait sur les toits, les fleurs des
jardins embaumaient les airs, les clochettes des bestiaux ramenés aux étables retentissaient au loin. Nous
nous conformions au silence de cette heure tiède en
étouffant nos cris de peur d'éveiller le comte. Tout à
coup, malgré le bruit onduleux d'une robe, j'entendis
la contraction gutturale d'un soupir violemment ré-
primé ; je m'élançai dans le salon, j'y vis la comtesse

assise dans l'embrasure de la fenêtre, un mouchoir
sur la figure ; elle reconnut mon pas, et me fit un geste
impérieux pour m'ordonner de la laisser seule. Je vins,
le cœur pénétré de crainte, et voulus lui ôter son mouchoir de force, elle avait le visage baigné de larmes ;
elle s'enfuit dans sa chambre, et n'en sortit que pour
la prière. Pour la première fois, depuis cinquante
jours, je l'emmenai sur la terrasse et lui demandai
compte de son émotion ; mais elle affecta la gaieté la
plus folle et la justifia par la bonne nouvelle que lui
avait donnée Origet.

— Henriette, Henriette, lui dis-je, vous la saviez
au moment où je vous ai vue pleurant. Entre nous
deux un mensonge serait une monstruosité. Pourquoi
m'avez-vous empêché d'essuyer ces larmes ? M'appar-
tenaient-elles donc ?

— J'ai pensé, me dit-elle, que pour moi cette maladie a été comme une halte dans la douleur. Maintenant
que je ne tremble plus pour monsieur de Mortsauf,
il faut trembler pour moi.

Elle avait raison. La santé du comte s'annonça
par le retour de son humeur fantasque : il commençait
à dire que ni sa femme, ni moi, ni le médecin ne savaient
le soigner, nous ignorions tous et sa maladie et son
tempérament, et ses souffrances et les remèdes convenables. Origet, infatué de je ne sais quelle doctrine,
voyait une altération dans les humeurs, tandis qu'il
ne devait s'occuper que du pylore. Un jour, il nous
regarda malicieusement comme un homme qui nous
aurait épiés ou bien devinés, et il dit en souriant à sa
femme : — Eh bien! ma chère, si j'étais mort, vous
m'auriez regretté, sans doute, mais, avouez-le, vous
vous seriez résignée...

— J'aurais porté le deuil de cour, rose et noir [1],
répondit-elle en riant afin de faire taire son mari.

Mais il y eut surtout à propos de la nourriture, que
le docteur déterminait sagement en s'opposant à ce
que l'on satisfît la faim du convalescent, des scènes

de violence et des criailleries qui ne pouvaient se comparer à rien dans le passé, car le caractère du comte se
montra d'autant plus terrible qu'il avait pour ainsi
dire sommeillé. Forte de ses ordonnances du médecin
et de l'obéissance de ses gens, stimulée par moi qui
vis dans cette lutte un moyen de lui apprendre à
exercer sa domination sur son mari, la comtesse s'en-
hardit à la résistance ; elle sut opposer un front calme
à la démence et aux cris ; elle s'habitua, le prenant
pour ce qu'il était, pour un enfant, à entendre ses
épithètes injurieuses. J'eus le bonheur de lui voir
saisir enfin le gouvernement de cet esprit maladif.
Le comte criait, mais il obéissait, et il obéissait surtout après avoir beaucoup crié. Malgré l'évidence des
résultats, Henriette pleurait parfois à l'aspect de ce
vieillard décharné, faible, au front plus jaune que la
feuille près de tomber, aux yeux pâles, aux mains
tremblantes ; elle se reprochait ses duretés, elle ne
résistait pas souvent à la joie qu'elle voyait dans les
yeux du comte quand, en lui mesurant ses repas, elle
allait au-delà des défenses du médecin. Elle se montra
d'ailleurs d'autant plus douce et gracieuse pour lui
qu'elle l'avait été pour moi ; mais il y eut cependant
des différences qui remplirent mon cœur d'une joie
illimitée. Elle n'était pas infatigable, elle savait appeler ses gens pour servir le comte quand ses caprices
se succédaient un peu trop rapidement et qu'il se plaignait de ne pas être compris.

　　La comtesse voulut aller rendre grâces à Dieu du
rétablissement de monsieur de Mortsauf, elle fit dire
une messe et me demanda mon bras pour se rendre
à l'église ; je l'y menai ; mais pendant le temps que
dura la messe, je vins voir monsieur et madame de
Chessel. Au retour, elle voulut me gronder.

　　— Henriette, lui dis-je, je suis incapable de fausseté.
Je puis me jeter à l'eau pour sauver mon ennemi qui
se noie, lui donner mon manteau pour le réchauffer ;
enfin je lui pardonnerais, mais sans oublier l'offense.

Elle garda le silence, et pressa mon bras sur son cœur.

— Vous êtes un ange, vous avez dû être sincère dans vos actions de grâces, dis-je en continuant. La mère du prince de la Paix ¹ fut sauvée des mains d'une populace furieuse qui voulait la tuer, et quand la reine lui demanda : Que faisiez-vous ? elle répondit : Je priais pour eux! La femme est ainsi. Moi je suis un homme et nécessairement imparfait.

— Ne vous calomniez point, dit-elle en me remuant le bras avec violence, peut-être valez-vous mieux que moi.

— Oui, repris-je, car je donnerais l'éternité pour un seul jour de bonheur, et vous!...

— Et moi ? dit-elle en me regardant avec fierté.

Je me tus et baissai les yeux pour éviter la foudre de son regard.

— Moi! reprit-elle, de quel *moi* parlez-vous ? Je sens bien des moi en moi! Ces deux enfants, ajouta-t-elle en montrant Madeleine et Jacques, sont des *moi*. Félix, dit-elle avec un accent déchirant, me croyez-vous donc égoïste ? Pensez-vous que je saurais sacrifier toute une éternité pour récompenser celui qui me sacrifie sa vie ? Cette pensée est horrible, elle froisse à jamais les sentiments religieux. Une femme ainsi déchue peut-elle se relever ? son bonheur peut-il l'absoudre ? Vous me feriez bientôt décider ces questions!... Oui, je vous livre enfin un secret de ma conscience : cette idée m'a souvent traversé le cœur, je l'ai souvent expiée par de dures pénitences, elle a causé des larmes dont vous m'avez demandé compte avant-hier...

— Ne donnez-vous pas trop d'importance à certaines choses que les femmes vulgaires mettent à haut prix et que vous devriez...

— Oh! dit-elle en m'interrompant, leur en donnez-vous moins ?

Cette logique arrêta tout raisonnement.

— Hé bien! reprit-elle, sachez-le! Oui, j'aurais la

lâcheté d'abandonner ce pauvre vieillard dont je suis la vie! Mais, mon ami, ces deux petites créatures si faibles qui sont en avant de nous, Madeleine et Jacques, ne resteraient-ils pas avec leur père? Eh bien! croyez-vous, je vous le demande, croyez-vous qu'ils vécussent trois mois sous la domination insensée de cet homme? Si en manquant à mes devoirs, il ne s'agissait que de moi... Elle laissa échapper un superbe sourire. Mais n'est-ce pas tuer mes deux enfants? leur mort serait certaine. Mon Dieu! s'écria-t-elle, pourquoi parlons-nous de ces choses? Mariez-vous, et laissez-moi mourir!

Elle dit ces paroles d'un ton si amer, si profond, qu'elle étouffa la révolte de ma passion.

— Vous avez crié, là-haut, sous ce noyer; je viens de crier, moi, sous ces aulnes, voilà tout. Je me tairai désormais.

— Vos générosités me tuent, dit-elle en levant les yeux au ciel.

Nous étions arrivés sur la terrasse, nous y trouvâmes le comte assis dans un fauteuil, au soleil. L'aspect de cette figure fondue, à peine animée par un sourire faible, éteignit les flammes sorties des cendres. Je m'appuyai sur la balustrade, en contemplant le tableau que m'offrait ce moribond, entre ses deux enfants toujours malingres, et sa femme pâlie par les veilles, amaigrie par les excessifs travaux, par les alarmes et peut-être par les joies de ces deux terribles mois, mais que les émotions de cette scène avaient colorée outre mesure. A l'aspect de cette famille souffrante, enveloppée des feuillages tremblotants à travers lesquels passait la grise lumière d'un ciel d'automne nuageux, je sentis en moi-même se dénouer les liens qui rattachent le corps à l'esprit. Pour la première fois, j'éprouvai ce spleen moral que connaissent, dit-on, les plus robustes lutteurs au fort de leurs combats, espèce de folie froide qui fait un lâche de l'homme le plus brave, un dévot d'un incrédule, qui rend indifférent à toute chose, même aux sentiments les plus vitaux, à l'honneur, à l'amour ; car le doute nous ôte la connaissance de nous-mêmes, et nous dégoûte de la vie. Pauvres créatures nerveuses que la richesse de votre organisation livre sans défense à je ne sais quel fatal génie, où sont vos pairs et vos juges ? Je conçus comment le jeune audacieux qui avançait déjà la main sur le bâton des maréchaux de France, habile négociateur autant qu'intrépide capitaine, avait pu devenir l'innocent assassin que je voyais! Mes désirs, aujourd'hui couronnés de roses, pouvaient avoir cette fin ? Épouvanté par la cause autant que par l'effet, demandant comme l'impie où était ici la Providence, je ne pus retenir deux larmes qui roulèrent sur mes joues.

— Qu'as-tu, mon bon Félix ? me dit Madeleine de sa voix enfantine.

Puis Henriette acheva de dissiper ces noires vapeurs et ces ténèbres par un regard de sollicitude qui rayonna dans mon âme comme le soleil. En ce moment, le vieux piqueur m'apporta de Tours une lettre dont la vue m'arracha je ne sais quel cri de surprise, et qui fit trembler madame de Mortsauf par contre-coup. Je voyais le cachet du cabinet, le roi me rappelait. Je lui tendis la lettre, elle la lut d'un regard.

— Il s'en va! dit le comte.

— Que vais-je devenir ? me dit-elle en apercevant pour la première fois son désert sans soleil.

Nous restâmes dans une stupeur de pensée qui nous oppressa tous également, car nous n'avions jamais si bien senti que nous nous étions tous nécessaires les uns aux autres. La comtesse eut, en me parlant de toutes choses, même indifférentes, un son de voix nouveau, comme si l'instrument eût perdu plusieurs cordes, et que les autres se fussent détendues. Elle eut des gestes d'apathie et des regards sans lueur. Je la priai de me confier ses pensées.

— En ai-je ? me dit-elle.

Elle m'entraîna dans sa chambre, me fit asseoir

sur son canapé, fouilla le tiroir de sa toilette, se mit
à genoux devant moi, et me dit : — Voilà les cheveux
qui me sont tombés depuis un an, prenez-les, ils sont
bien à vous, vous saurez un jour comment et pourquoi.

Je me penchai lentement vers son front, elle ne se
baissa pas pour éviter mes lèvres, je les appuyai saintement, sans coupable ivresse, sans volupté chatouil-
leuse, mais avec un solennel attendrissement. Voulait-
elle tout sacrifier ? Allait-elle seulement, comme je
l'avais fait, au bord du précipice ? Si l'amour l'avait
amenée à se livrer, elle n'eût pas eu ce calme profond,
ce regard religieux, et ne m'eût pas dit de sa voix
pure : — Vous ne m'en voulez plus ?

Je partis au commencement de la nuit, elle voulut
m'accompagner par la route de Frapesle, et nous nous
arrêtâmes au noyer ; je le lui montrai, lui disant comment de là je l'avais aperçue quatre ans auparavant :
— La vallée était bien belle! m'écriai-je.

— Et maintenant ? reprit-elle vivement.

— Vous êtes sous le noyer, lui dis-je, et la vallée est
à nous!

Elle baissa la tête, et notre adieu se fit là. Elle
remonta dans sa voiture avec Madeleine, et moi dans
la mienne, seul. De retour à Paris, je fus heureusement
absorbé par des travaux pressants qui me donnèrent
une violente distraction et me forcèrent à me dérober
au monde qui m'oublia. Je correspondis avec madame
de Mortsauf, à qui j'envoyais mon journal toutes les
semaines, et qui me répondait deux fois par mois. Vie
obscure et pleine, semblable à ces endroits touffus,
fleuris et ignorés, que j'avais admirés naguère encore
au fond des bois en faisant de nouveaux poèmes de
fleurs pendant les deux dernières semaines.

O vous qui aimez! imposez-vous de ces belles obligations, chargez-vous de règles à accomplir comme
l'Église en a donné pour chaque jour aux chrétiens.
C'est de grandes idées que les observances rigoureuses

créées par la Religion Romaine, elles tracent toujours plus avant dans l'âme les sillons du devoir par la répétition des actes qui conservent l'espérance et la crainte. Les sentiments courent toujours vifs dans ces ruisseaux creusés qui retiennent les eaux, les purifient, rafraîchissent incessamment le cœur, et fertilisent la vie par les abondants trésors d'une foi cachée, source divine où se multiplie l'unique pensée d'un unique amour.

III

Les deux femmes

Ma passion, qui recommençait le Moyen-Age et
rappelait la chevalerie, fut connue je ne sais comment ;
peut-être le roi et le duc de Lenoncourt en causèrent-
ils. De cette sphère supérieure, l'histoire à la fois romanesque et simple d'un jeune homme qui adorait pieusement une femme belle sans public, grande dans la
solitude, fidèle sans l'appui du devoir, se répandit sans
doute au cœur du faubourg Saint-Germain ? Dans les
salons, je me trouvais l'objet d'une attention gênante,
car la modestie de la vie a des avantages qui, une fois
éprouvés, rendent insupportable l'éclat d'une mise en
scène constante. De même que les yeux habitués à ne
voir que des couleurs douces sont blessés par le grand
jour, de même il est certains esprits auxquels déplai-
sent les violents contrastes. J'étais alors ainsi ; vous
pouvez vous en étonner aujourd'hui ; mais prenez
patience, les bizarreries du Vandenesse actuel vont
s'expliquer. Je trouvais donc les femmes bienveillan-
tes et le monde parfait pour moi. Après le mariage du
duc de Berry [1], la cour reprit du faste, les fêtes françaises revinrent. L'occupation étrangère avait cessé, la
prospérité reparaissait, les plaisirs étaient possibles [2].
Des personnages illustres par leur rang, ou considérables par leur fortune, abondèrent de tous les points
de l'Europe dans la capitale de l'intelligence où se
retrouvent les avantages des autres pays et leurs vices

agrandis, aiguisés par l'esprit français. Cinq mois
après avoir quitté Clochegourde au milieu de l'hiver,
mon bon ange. m'écrivit une lettre désespérée en
me racontant une grave maladie de son fils et à
laquelle il avait échappé, mais qui laissait des craintes
pour l'avenir ; le médecin avait parlé de précautions à
prendre pour la poitrine, mot terrible qui, prononcé par
la science, teint en noir toutes les heures d'une mère.
A peine Henriette respirait-elle, à peine Jacques entrait-
il en convalescence, que sa sœur inspira des inquiétudes. Madeleine, cette jolie plante qui répondait si
bien à la culture maternelle, subissait une crise prévue,
mais redoutable pour une si frêle constitution. Abattue
déjà par les fatigues que lui avait causées la longue
maladie de Jacques, la comtesse se trouvait sans
courage pour supporter ce nouveau coup, et le spectacle que lui présentaient ces deux chers êtres la rendait insensible aux tourments redoublés du caractère
de son mari. Ainsi, des orages de plus en plus troubles
et chargés de graviers déracinaient par leurs vagues
âpres les espérances le plus profondément plantées
dans son cœur. Elle s'était d'ailleurs abandonnée à la
tyrannie du comte, qui, de guerre lasse, avait regagné
le terrain perdu.

« Quand toute ma force enveloppait mes enfants,
» m'écrivait-elle, pouvais-je l'employer contre mon-
» sieur de Mortsauf et pouvais-je me défendre de ses
» agressions en me défendant contre la mort ? En
» marchant aujourd'hui, seule et affaiblie, entre les
» deux jeunes mélancolies qui m'accompagnent, je
» suis atteinte par un invincible dégoût de la vie. Quel
» coup puis-je sentir, à quelle affection puis-je répon-
» dre, quand je vois sur la terrasse Jacques immobile
» dont la vie ne m'est plus attestée que par ses deux
» beaux yeux agrandis de maigreur, caves comme ceux
» d'un vieillard, et dont, fatal pronostic ! l'intelligence
» avancée contraste avec sa débilité corporelle ? Quand
» je vois à mes côtés cette jolie Madeleine, si vive,

» si caressante, si colorée, maintenant blanche comme
» une morte, ses cheveux et ses yeux me semblent
» avoir pâli, elle tourne sur moi des regards languis-
» sants comme si elle voulait me faire ses adieux ;
» aucun mets ne la tente, ou si elle désire quelque nour-
» riture, elle m'effraie par l'étrangeté de ses goûts ; la
» candide créature, quoique élevée dans mon cœur,
» rougit en me les confiant. Malgré mes efforts, je ne
» puis amuser mes enfants ; chacun d'eux me sourit,
» mais ce sourire leur est arraché par mes coquetteries,
» et ne vient pas d'eux ; ils pleurent de ne pouvoir
» répondre à mes caresses. La souffrance a tout détendu
» dans leur âme, même les liens qui nous attachent.
» Ainsi vous comprenez combien Clochegourde est
» triste : monsieur de Mortsauf y règne sans obstacle.
» O mon ami, vous ma gloire! m'écrivait-elle plus
» loin, vous devez bien m'aimer pour m'aimer encore,
» pour m'aimer inerte, ingrate, et pétrifiée par la
» douleur. »

En ce moment, où jamais je ne me sentis plus vivement atteint dans mes entrailles, et où je ne vivais
que dans cette âme, sur laquelle je tâchais d'envoyer
la brise lumineuse des matins et l'espérance des soirs
empourprés, je rencontrai dans les salons de l'Élysée-
Bourbon [1] l'une de ces illustres ladies qui sont à demi
souveraines. D'immenses richesses, la naissance dans
une famille qui depuis la conquête était pure de toute
mésalliance, un mariage avec l'un des vieillards les
plus distingués de la pairie anglaise, tous ces avantages
n'étaient que des accessoires qui rehaussaient la
beauté de cette personne, ses grâces, ses manières, son
esprit, je ne sais quel brillant qui éblouissait avant de
fasciner. Elle fut l'idole du jour, et régna d'autant
mieux sur la société parisienne, qu'elle eut les qualités
nécessaires à ses succès, la main de fer sous un gant
de velours dont parlait Bernadotte. Vous connaissez
la singulière personnalité des Anglais, cette orgueilleuse Manche infranchissable, ce froid canal Saint-

Georges qu'ils mettent entre eux et les gens qui ne leur sont point présentés ; l'humanité semble être une fourmilière sur laquelle ils marchent ; ils ne connaissent de leur espèce que les gens admis; par eux ; les autres, ils n'en entendent pas le langage ; c'est bien des lèvres qui se remuent et des yeux qui voient, mais ni le son ni le regard ne les atteignent ; pour eux, ces gens sont comme s'ils n'étaient point. Les Anglais offrent ainsi comme une image de leur île où la loi régit tout, où tout est uniforme dans chaque sphère, où l'exercice des vertus semble être le jeu nécessaire de rouages qui marchent à heure fixe. Les fortifications d'acier poli élevées autour d'une femme anglaise, encagée dans son ménage par des fils d'or, mais où sa mangeoire et son abreuvoir, où ses bâtons et sa pâture sont des merveilles, lui prêtent d'irrésistibles attraits. Jamais un peuple n'a mieux préparé l'hypocrisie de la femme mariée en la mettant à tout propos entre la mort et la vie sociale ; pour elle, aucun intervalle entre la honte et l'honneur : ou la faute est complète, ou elle n'est pas ; c'est tout ou rien, le *to be, or not to be* d'Hamlet. Cette alternative, jointe au dédain constant auquel les mœurs l'habituent, fait d'une femme anglaise un être à part dans le monde. C'est une pauvre créature, vertueuse par force et prête à se dépraver, condamnée à de continuels mensonges enfouis en son cœur, mais délicieuse par la forme, parce que ce peuple a tout mis dans la forme. De là les beautés particulières aux femmes de ce pays : cette exaltation d'une tendresse où pour elles se résume nécessairement la vie, l'exagération de leurs soins pour elles-mêmes, la délicatesse de leur amour si gracieusement peinte dans la fameuse scène de Roméo et de Juliette où le génie de Shakspeare [1] a d'un trait exprimé la femme anglaise. A vous qui leur enviez tant de choses, que vous dirai-je que vous ne sachiez de ces blanches sirènes, impénétrables en apparence et sitôt connues, qui croient que l'amour suffit à l'amour, et qui importent le spleen

dans les jouissances en ne les variant pas, dont l'âme
n'a qu'une note, dont la voix n'a qu'une syllabe, océan
d'amour, où qui n'a pas nagé ignorera toujours quelque
chose de la poésie des sens, comme celui qui n'a pas vu
la mer aura des cordes de moins à sa lyre. Vous connaissez le pourquoi de ces paroles. Mon aventure avec
la marquise Dudley eut une fatale célébrité. Dans un
âge où les sens ont tant d'empire sur nos déterminations, chez un jeune homme où leurs ardeurs avaient
été si violemment comprimées, l'image de la sainte
qui souffrait son lent martyre à Clochegourde rayonna
si fortement que je pus résister aux séductions. Cette
fidélité fut le lustre qui me valut l'attention de lady
Arabelle. Ma résistance aiguisa sa passion. Ce qu'elle
désirait, comme le désirent beaucoup d'Anglaises,
était l'éclat, l'extraordinaire. Elle voulait du poivre, du
piment pour la pâture du cœur, de même que les
Anglais veulent des condiments enflammés pour réveiller leur goût. L'atonie que mettent dans l'existence de
ces femmes une perfection constante dans les choses,
une régularité méthodique dans les habitudes, les
conduit à l'adoration du romanesque et du difficile. Je
ne sus pas juger ce caractère. Plus je me renfermais
dans un froid dédain, plus lady Dudley se passionnait.
Cette lutte, dont elle se faisait gloire, excita la curiosité
de quelques salons, ce fut pour elle un premier bonheur qui lui faisait une obligation du triomphe. Ah!
j'eusse été sauvé, si quelque ami m'avait répété le
mot atroce qui lui échappa sur madame de Mortsauf
et sur moi :

— Je suis, dit-elle, ennuyée de ces soupirs de tourte-
relle!

Sans vouloir ici justifier mon crime, je vous ferai
observer, Natalie, qu'un homme a moins de ressources
pour résister à une femme que vous n'en avez pour
échapper à nos poursuites. Nos mœurs interdisent à
notre sexe les brutalités de la répression qui, chez vous,
sont des amorces pour un amant, et que d'ailleurs les

convenances vous imposent ; à nous, au contraire, je
ne sais quelle jurisprudence de fatuité masculine ridicu-
lise notre réserve ; nous vous laissons le monopole de
la modestie pour que vous ayez le privilège des faveurs ;
mais intervertissez les rôles, l'homme succombe sous
la moquerie. Quoique gardé par ma passion, je n'étais
pas à l'âge où l'on reste insensible aux triples séductions de l'orgueil, du dévouement et de la beauté.
Quand lady Arabelle mettait à mes pieds, au milieu
d'un bal dont elle était la reine, les hommages qu'elle
y recueillait, et qu'elle épiait mon regard pour savoir
si sa toilette était de mon goût, et qu'elle frissonnait de
volupté lorsqu'elle me plaisait, j'étais ému de son
émotion. Elle se tenait d'ailleurs sur un terrain où je
ne pouvais pas la fuir ; il m'était difficile de refuser
certaines invitations parties du cercle diplomatique ;
sa qualité lui ouvrait tous les salons, et avec cette
adresse que les femmes déploient pour obtenir ce qui
leur plaît, elle se faisait placer à table par la maîtresse
de maison auprès de moi ; puis elle me parlait à l'oreille.
« — Si j'étais aimée comme l'est madame de Mortsauf,
me disait-elle, je vous sacrifierais tout. » Elle me sou-
mettait en riant les conditions les plus humbles, elle
me promettait une discrétion à toute épreuve, ou me
demandait de souffrir seulement qu'elle m'aimât. Elle
me disait un jour ces mots qui satisfaisaient toutes les
capitulations d'une conscience timorée et les effrénés
désirs du jeune homme : « — Votre amie toujours, et
votre maîtresse quand vous le voudrez! » Enfin elle
médita de faire servir à ma perte la loyauté même
de mon caractère, elle gagna mon valet de chambre,
et après une soirée où elle s'était montrée si belle qu'elle
était sûre d'avoir excité mes désirs, je la trouvai chez
moi. Cet éclat retentit dans l'Angleterre, et son aristocratie se consterna comme le ciel à la chute de son plus
bel ange. Lady Dudley quitta son nuage dans l'empy-
rée britannique, se réduisit à sa fortune, et voulut éclip-
ser par ses sacrifices CELLE dont la vertu causa ce

célèbre désastre. Lady Arabelle prit plaisir, comme le démon sur le faîte du temple, à me montrer les plus riches pays de son ardent royaume.

Lisez-moi, je vous en conjure, avec indulgence ? Il s'agit ici d'un des problèmes les plus intéressants de la vie humaine, d'une crise à laquelle ont été soumis la plus grande partie des hommes, et que je voudrais expliquer, ne fût-ce que pour allumer un phare sur cet écueil. Cette belle lady, si svelte, si frêle, cette femme de lait, si brisée, si brisable, si douce, d'un front si caressant, couronnée de cheveux de couleur fauve et si fins, cette créature dont l'éclat semble phosphorescent et passager, est une organisation de fer. Quelque fougueux qu'il soit, aucun cheval ne résiste à son poignet nerveux, à cette main molle en apparence et que rien ne lasse. Elle a le pied de la biche, un petit pied sec et musculeux, sous une grâce d'enveloppe indescriptible. Elle est d'une force à ne rien craindre dans une lutte ; nul homme ne peut la suivre à cheval ; elle gagnerait le prix d'un *steeple chase* sur des centaures ; elle tire les daims et les cerfs sans arrêter son cheval. Son corps ignore la sueur, il aspire le feu dans l'atmosphère et vit dans l'eau sous peine de ne pas vivre. Aussi sa passion est-elle tout africaine ; son désir va comme le tourbillon du désert, le désert dont l'ardente immensité se peint dans ses yeux, le désert plein d'azur et d'amour, avec son ciel inaltérable, avec ses fraîches nuits étoilées. Quelles oppositions avec Clochegourde ! L'orient et l'occident, l'une attirant à elle les moindres parcelles humides pour s'en nourrir, l'autre exsudant son âme, enveloppant ses fidèles d'une lumineuse atmosphère ; celle-ci, vive et svelte ; celle-là, lente et grasse. Enfin, avez-vous jamais réfléchi au sens général des mœurs anglaises ? N'est-ce pas la divinisation de la matière, un épicuréisme défini, médité, savamment appliqué ? Quoi qu'elle fasse ou dise, l'Angleterre est matérialiste, à son insu peut-être. Elle a des prétentions religieuses et morales, d'où la spiritualité divine, d'où l'âme catholique est absente, et dont la grâce fécondante ne sera remplacée par aucune hypocrisie, quelque bien jouée qu'elle soit. Elle possède au plus haut degré cette science de l'existence qui bonifie les moindres parcelles de la matérialité, qui fait que votre pantoufle est la plus exquise pantoufle du monde, qui donne à votre linge une saveur indicible, qui double de cèdre et parfume les commodes ; qui verse à l'heure dite un thé suave, savamment déplié [1], qui bannit la poussière, cloue des tapis depuis la première marche jusque dans les derniers replis de la maison, brosse les murs des caves, polit le marteau de la porte, assouplit les ressorts du carrosse, qui fait de la matière une pulpe nourrissante et cotonneuse, brillante et propre au sein de laquelle l'âme expire sous la jouissance, qui produit l'affreuse monotonie du bien-être, donne une vie sans opposition dénuée de spontanéité et qui pour tout dire vous machinise. Ainsi, je connus tout à coup au sein de ce luxe anglais une femme peut-être unique en son sexe, qui m'enveloppa dans les rets de cet amour renaissant de son agonie et aux prodigalités duquel j'apportais une continence sévère, de cet amour qui a des beautés accablantes, une électricité à lui, qui vous introduit souvent dans les cieux par les portes d'ivoire de son demi-sommeil, ou qui vous y enlève en croupe sur ses reins ailés. Amour horriblement ingrat, qui rit sur les cadavres de ceux qu'il tue ; amour sans mémoire, un cruel amour qui ressemble à la politique anglaise, et dans lequel tombent presque tous les hommes. Vous comprenez déjà le problème. L'homme est composé de matière et d'esprit ; l'animalité vient aboutir en lui, et l'ange commence à lui. De là cette lutte que nous éprouvons tous entre une destinée future que nous pressentons et les souvenirs de nos instincts antérieurs dont nous ne sommes pas entièrement détachés : un amour charnel et un amour divin. Tel homme les résout en un seul, tel autre s'abstient ; celui-ci fouille le sexe entier pour y chercher la satisfaction de ses appétits antérieurs, celui-là l'idéalise en une seule femme dans laquelle se résume l'univers ; les uns flottent indécis entre les voluptés de la matière et celles de l'esprit, les autres spiritualisent la chair en lui demandant ce qu'elle ne saurait donner. Si, pensant à ces traits généraux de l'amour, vous tenez compte des répulsions et des affinités qui résultent de la diversité des organisations, et qui brisent les pactes conclus entre ceux qui ne se sont pas éprouvés ; si vous y joignez les erreurs produites par les espérances des gens qui vivent plus spécialement par l'esprit, par le cœur ou par l'action, qui pensent, qui sentent ou qui agissent, et dont les vocations sont trompées, méconnues dans une association où il se trouve deux êtres, également doubles ; vous aurez une grande indulgence pour les malheurs envers lesquels la société se montre sans pitié. Eh bien! lady Arabelle contente les instincts, les organes, les appétits, les vices et les vertus de la matière subtile dont nous sommes faits ; elle était la maîtresse du corps. Madame de Mortsauf était l'épouse de l'âme. L'amour que satisfaisait la maîtresse a des bornes, la matière est finie, ses propriétés ont des forces calculées, elle est soumise à d'inévitables saturations ; je sentais souvent je ne sais quel vide à Paris, près de lady Dudley. L'infini est le domaine du cœur, l'amour était sans bornes à Clochegourde. J'aimais passionnément lady Arabelle, et certes, si la bête était sublime en elle, elle avait aussi de la supériorité dans l'intelligence ; sa conversation moqueuse embrassait tout. Mais j'adorais Henriette. La nuit je pleurais de bonheur, le matin je pleurais de remords. Il est certaines femmes assez savantes pour cacher leur jalousie sous la bonté la plus angélique ; c'est celles qui, semblables à lady Dudley, ont dépassé trente ans. Ces femmes savent alors sentir et calculer, presser tout le suc du présent et penser à l'avenir ; elles peuvent étouffer des gémissements souvent légitimes avec l'énergie du chas-

seur qui ne s'aperçoit pas d'une blessure en poursuivant son bouillant hallali. Sans parler de madame de
Mortsauf, Arabelle essayait de la tuer dans mon
âme où elle la retrouvait toujours, et sa passion se
ravivait au souffle de cet amour invincible. Afin de
triompher par des comparaisons qui fussent à son avantage, elle ne se montra ni soupçonneuse, ni tracassière,
ni curieuse, comme le sont la plupart des jeunes femmes ; mais, semblable à la lionne qui a saisi dans sa
gueule et rapporté dans son antre une proie à ronger,
elle veillait à ce que rien ne troublât son bonheur, et
me gardait comme une conquête insoumise. J'écrivais
à Henriette sous ses yeux, jamais elle ne lut une seule
ligne, jamais elle ne chercha par aucun moyen à savoir
l'adresse écrite sur mes lettres. J'avais ma liberté.
Elle semblait s'être dit : — Si je le perds, je n'en accu-
serai que moi. Et elle s'appuyait fièrement sur un amour
si dévoué qu'elle m'aurait donné sa vie sans hésiter
si je la lui avais demandée. Enfin elle m'avait fait
croire que, si je la quittais, elle se tuerait aussitôt.
Il fallait l'entendre à ce sujet célébrer la coutume des
veuves indiennes qui se brûlent sur le bûcher de leurs
maris. « — Quoique dans l'Inde cet usage soit une distinction réservée à la classe noble, et que, sous ce
rapport, il soit peu compris des Européens incapables
de deviner la dédaigneuse grandeur de ce privilège,
avouez, me disait-elle, que, dans nos plates mœurs
modernes, l'aristocratie ne peut plus se relever que
par l'extraordinaire des sentiments ? Comment puis-
je apprendre aux bourgeois que le sang de mes veines
ne ressemble pas au leur, si ce n'est en mourant autrement qu'ils ne meurent ? Des femmes sans naissance
peuvent avoir les diamants, les étoffes, les chevaux,
les écussons même qui devraient nous être réservés,
car on achète un nom ! Mais, aimer, tête levée, à contre-
sens de la loi, mourir pour l'idole que l'on s'est choisie
en se taillant un linceul dans les draps de son lit,
soumettre le monde et le ciel à un homme en dérobant

ainsi au Tout-Puissant le droit de faire un Dieu,
ne le trahir pour rien, pas même pour la vertu ; car
se refuser à lui au nom du devoir, n'est pas se donner
à quelque chose qui n'est pas *lui?*... que ce soit un
homme ou une idée, il y a toujours trahison! Voilà
des grandeurs où n'atteignent pas les femmes vulgaires ; elles ne connaissent que deux routes communes, ou le grand chemin de la vertu, ou le bourbeux
sentier de la courtisane! » Elle procédait, vous le voyez,
par l'orgueil, elle flattait toutes les vanités en les déi-
fiant, elle me mettait si haut qu'elle ne pouvait vivre
qu'à mes genoux ; aussi toutes les séductions de son
esprit étaient-elles exprimées par sa pose d'esclave
et par son entière soumission. Elle savait rester tout
un jour, étendue à mes pieds, silencieuse, occupée à
me regarder, épiant l'heure du plaisir comme une
cadine du sérail et l'avançant par d'habiles coquetteries, tout en paraissant l'attendre. Par quels mots
peindre les six premiers mois pendant lesquels je fus
en proie aux énervantes jouissances d'un amour fertile en plaisirs, et qui les variait avec le savoir que donne
l'expérience, mais en cachant son instruction sous les
emportements de la passion. Ces plaisirs, subite révélation de la poésie des sens, constituent le lien vigoureux par lequel les jeunes gens s'attachent aux femmes
plus âgées qu'eux ; mais ce lien est l'anneau du forçat,
il laisse dans l'âme une ineffaçable empreinte, il y met
un dégoût anticipé pour les amours frais, candides,
riches de fleurs seulement, et qui ne savent pas servir
d'alcool dans des coupes d'or curieusement ciselées,
enrichies de pierres où brillent d'inépuisables feux.
En savourant les voluptés que je rêvais sans les
connaître, que j'avais exprimées dans mes *selam* [1],
et que l'union des âmes rend mille fois plus ardentes,
je ne manquai pas de paradoxes pour me justifier à
moi-même la complaisance avec laquelle je m'abreu-
vais à cette belle coupe. Souvent lorsque, perdue dans
l'infini de la lassitude, mon âme dégagée du corps vol-

tigeait loin de la terre, je pensais que ces plaisirs étaient
un moyen d'annuler la matière et de rendre l'esprit
à son vol sublime. Souvent lady Dudley, comme beaucoup de femmes, profitait de l'exaltation à laquelle
conduit l'excès du bonheur, pour me lier par des serments ; et, sous le coup d'un désir, elle m'arrachait des
blasphèmes contre l'ange de Clochegourde. Une fois
traître, je devins fourbe. Je continuai d'écrire à madame
de Mortsauf comme si j'étais toujours le même enfant
au méchant petit habit bleu qu'elle aimait tant ;
mais, je l'avoue, son don de seconde vue m'épouvantait quand je pensais aux désastres qu'une indiscrétion
pouvait causer dans le joli château de mes espérances.
Souvent, au milieu de mes joies, une soudaine douleur
me glaçait, j'entendais le nom d'Henriette prononcé
par une voix d'en haut comme le : — *Caïn, où est
Abel ?* de l'Écriture. Mes lettres restèrent sans réponse.
Je fus saisi d'une horrible inquiétude, je voulus partir
pour Clochegourde. Arabelle ne s'y opposa point, mais
elle parla naturellement de m'accompagner en Touraine. Son caprice aiguisé par la difficulté, ses pressentiments justifiés par un bonheur inespéré, tout avait
engendré chez elle un amour réel qu'elle désirait rendre unique. Son génie de femme lui fit apercevoir dans
ce voyage un moyen de me détacher entièrement de
madame de Mortsauf ; tandis que, aveuglé par la peur,
emporté par la naïveté de la passion vraie, je ne vis
pas le piège où j'allais être pris. Lady Dudley proposa
les concessions les plus humbles et prévint toutes les
objections. Elle consentit à demeurer près de Tours,
à la campagne, inconnue, déguisée, sans sortir le
jour, et à choisir pour nos rendez-vous les heures de
la nuit où personne ne pouvait nous rencontrer. Je
partis de Tours à cheval pour Clochegourde. J'avais
mes raisons en y venant ainsi, car il me fallait pour mes
excursions nocturnes un cheval, et le mien était un
cheval arabe que lady Esther Stanhope [1] avait envoyé
à la marquise, et qu'elle m'avait échangé contre ce

fameux tableau de Rembrandt, qu'elle a dans son
salon à Londres, et que j'ai si singulièrement obtenu.
Je pris le chemin que j'avais parcouru pédestrement
six ans auparavant, et m'arrêtai sous le noyer. De là,
je vis madame de Mortsauf en robe blanche au bord
de la terrasse. Aussitôt, je m'élançai vers elle avec la
rapidité de l'éclair, et fus en quelques minutes au bas
du mur, après avoir franchi la distance en droite ligne,
comme s'il s'agissait d'une course au clocher. Elle
entendit les bonds prodigieux de l'hirondelle du désert,
et, quand je l'arrêtai net au coin de la terrasse, elle
me dit : — Ah! vous voilà!

Ces trois mots me foudroyèrent. Elle savait mon
aventure. Qui la lui avait apprise ? sa mère, de qui plus
tard elle me montra la lettre odieuse! La faiblesse indifférente de cette voix, jadis si pleine de vie, la pâleur
mate du son révélaient une douleur mûrie, exhalaient
je ne sais quelle odeur de fleurs coupées sans retour.
L'ouragan de l'infidélité, semblable à ces crues de la
Loire qui ensablent à jamais une terre, avait passé
sur son âme en faisant un désert là où verdoyaient
d'opulentes prairies. Je fis entrer mon cheval par la
petite porte ; il se coucha sur le gazon à mon commandement, et la comtesse, qui s'était avancée à pas lents,
s'écria : — Le bel animal! Elle se tenait les bras croisés
pour que je ne prisse pas sa main, je devinai son intention. — Je vais prévenir monsieur de Mortsauf, dit-
elle en me quittant.

Je demeurai debout, confondu, la laissant aller, la
contemplant, toujours noble, lente, fière, plus blanche
que je ne l'avais vue, mais gardant au front la jaune
empreinte du sceau de la plus amère mélancolie,
et penchant la tête comme un lys trop chargé de
pluie.

— Henriette! criai-je avec la rage de l'homme qui
se sent mourir.

Elle ne se retourna point, elle ne s'arrêta pas, elle
dédaigna de me dire qu'elle m'avait retiré son nom,

qu'elle n'y répondait plus, elle marchait toujours.
Je pourrai dans cette épouvantable vallée où doivent
tenir des millions de peuples devenus poussière et
dont l'âme anime maintenant la surface du globe,
je pourrai me trouver petit au sein de cette foule
pressée sous les immensités lumineuses qui l'éclaire-
ront de leur gloire ; mais alors je serai moins aplati
que je ne le fus devant cette forme blanche, montant
comme monte dans les rues d'une ville quelque inflexible inondation, montant d'un pas égal à son château
de Clochegourde, la gloire et le supplice de cette Didon
chrétienne! Je maudis Arabelle par une seule impréca-
tion qui l'eût tuée si elle l'eût entendue, elle qui avait
tout laissé pour moi, comme on laisse tout pour Dieu!
Je restai perdu dans un monde de pensées, en apercevant de tous côtés l'infini de la douleur. Je les vis alors
descendant tous. Jacques courait avec l'impétuosité
naïve de son âge. Gazelle aux yeux mourants, Madeleine accompagnait sa mère. Je serrai Jacques contre
mon cœur en versant sur lui les effusions de l'âme
et les larmes que rejetait sa mère. Monsieur de Mortsauf vint à moi, me tendit les bras, me pressa sur lui,
m'embrassa sur les joues, en me disant : — Félix,
j'ai su que je vous devais la vie!

Madame de Mortsauf nous tourna le dos pendant
cette scène, en prenant le prétexte de montrer le
cheval à Madeleine stupéfaite.

— Ha! diantre! voilà bien les femmes, cria le comte
en colère, elles examinent votre cheval.

Madeleine se retourna, vint à moi, je lui baisai la
main en regardant la comtesse qui rougit.

— Elle est bien mieux, Madeleine, dis-je.

— Pauvre fillette! répondit la comtesse en la baisant au front.

— Oui, pour le moment, ils sont tous bien, répondit le comte. Moi seul, mon cher Félix, suis délabré
comme une vieille tour qui va tomber.

— Il paraît que le général a toujours ses dragons

noirs, repris-je en regardant madame de Mortsauf.

— Nous avons tous nos *blue devils*, répondit-elle. N'est-ce pas le mot anglais ?

Nous remontâmes vers les clos en nous promenant ensemble, et sentant tous qu'il était survenu quelque grave événement. Elle n'avait aucun désir d'être seule avec moi. Enfin j'étais son hôte.

— Pour le coup, et votre cheval ? dit le comte quand nous fûmes sortis.

— Vous verrez, reprit la comtesse, que j'aurai tort en y pensant, et tort en n'y pensant plus.

— Mais oui, dit-il, il faut tout faire en temps utile.

— J'y vais, dis-je, en trouvant ce froid accueil insupportable. Moi seul puis le faire sortir, et le caser comme il faut. Mon *groom* vient par la voiture de Chinon, il le pansera.

— Le *groom* arrive-t-il aussi d'Angleterre ? dit-elle.

— Il ne s'en fait que là, répondit le comte qui devint gai en voyant sa femme triste.

La froideur de sa femme fut une occasion de la contredire, il m'accabla de son amitié. Je connus la pesanteur de l'attachement d'un mari. Ne croyez pas que le moment où leurs attentions assassinent les âmes nobles soit le temps où leurs femmes prodiguent une affection qui semble leur être volée ; non! ils sont odieux et insupportables le jour où cet amour s'envole. La bonne intelligence, condition essentielle aux attachements de ce genre, apparaît alors comme un moyen ; elle pèse alors, elle est horrible comme tout moyen que sa fin ne justifie plus.

— Mon cher Félix, me dit le comte en me prenant les mains et me les serrant affectueusement, pardonnez à madame de Mortsauf, les femmes ont besoin d'être quinteuses, leur faiblesse les excuse, elles ne sauraient avoir l'égalité d'humeur que nous donne la force du caractère. Elle vous aime beaucoup, je le sais ; mais...

Pendant que le comte parlait, madame de Mortsauf

s'éloigna de nous insensiblement de manière à nous laisser seuls.

— Félix, me dit-il alors à voix basse en contemplant sa femme qui remontait au château accompagnée de ses deux enfants, j'ignore ce qui se passe dans l'âme de madame de Mortsauf, mais son caractère a complètement changé depuis six semaines. Elle si douce, si dévouée jusqu'ici, devient d'une maussaderie incroyable!

Manette m'apprit plus tard que la comtesse était tombée dans un abattement qui la rendait insensible aux tracasseries du comte. En ne rencontrant plus de terre molle où planter ses flèches, cet homme était devenu inquiet comme l'enfant qui ne voit plus remuer le pauvre insecte qu'il tourmente. En ce moment il avait besoin d'un confident comme l'exécuteur a besoin d'un aide.

— Essayez, dit-il après une pause, de questionner madame de Mortsauf. Une femme a toujours des secrets pour son mari ; mais elle vous confiera peut-être le sujet de ses peines. Dût-il m'en coûter la moitié des jours qui me restent et la moitié de ma fortune, je sacrifierais tout pour la rendre heureuse. Elle est si nécessaire à ma vie! Si dans ma vieillesse je ne sentais pas toujours cet ange à mes côtés, je serais le plus malheureux des hommes! je voudrais mourir tranquille. Dites-lui donc qu'elle n'a pas longtemps à me supporter. Moi, Félix, mon pauvre ami, je m'en vais, je le sais. Je cache à tout le monde la fatale vérité, pourquoi les affliger par avance? Toujours le pylore, mon ami! J'ai fini par saisir les causes de la maladie, la sensibilité m'a tué. En effet, toutes nos affections frappent sur le centre gastrique...

— En sorte, lui dis-je en souriant, que les gens de cœur périssent par l'estomac.

— Ne riez pas, Félix, rien n'est plus vrai. Les peines trop vives exagèrent le jeu du grand sympathique. Cette exaltation de la sensibilité entretient dans une

constante irritation la muqueuse de l'estomac. Si
cet état persiste, il amène des perturbations d'abord
insensibles dans les fonctions digestives : les sécrétions
s'altèrent, l'appétit se déprave et la digestion se fait
capricieuse : bientôt des douleurs poignantes apparais-
sent, s'aggravent et deviennent de jour en jour plus
fréquentes ; puis la désorganisation arrive à son comble
comme si quelque poison lent se mêlait au bol alimen-
taire ; la muqueuse s'épaissit, l'induration de la val-
vule du pylore s'opère et il s'y forme un squirrhe [1]
dont il faut mourir. Eh bien! j'en suis là, mon cher!
L'induration marche sans que rien puisse l'arrêter.
Voyez mon teint jaune-paille, mes yeux secs et brillants, ma maigreur excessive ? Je me dessèche. Que
voulez-vous, j'ai rapporté de l'émigration le germe de
cette maladie : j'ai tant souffert alors! Mon mariage,
qui pouvait réparer les maux de l'émigration, loin de
calmer mon âme ulcérée, a ravivé la plaie. Qu'ai-je
trouvé ici ? d'éternelles alarmes causées par mes enfants, des chagrins domestiques, une fortune à refaire,
des économies qui engendraient mille privations que
j'imposais à ma femme et dont je pâtissais le premier.
Enfin, je ne puis confier ce secret qu'à vous, mais voici
ma plus dure peine. Quoique Blanche soit un ange,
elle ne me comprend pas ; elle ne sait rien de mes douleurs, elle les contrarie, je lui pardonne! Tenez, ceci
est affreux à dire, mon ami ; mais une femme moins
vertueuse qu'elle m'aurait rendu plus heureux en se
prêtant à des adoucissements que Blanche n'imagine
pas, car elle est niaise comme un enfant! Ajoutez que
mes gens me tourmentent, c'est des buses qui entendent grec lorsque je parle français. Quand notre fortune a été reconstruite, coussi coussi, quand j'ai eu
moins d'ennui, le mal était fait, j'atteignais à la période
des appétits dépravés ; puis est venue ma grande maladie, si mal prise par Origet. Bref, aujourd'hui je n'ai
pas six mois à vivre...

J'écoutais le comte avec terreur. En revoyant la

comtesse, le brillant de ses yeux secs et la teinte jaune-
paille de son front m'avait frappé, j'entraînai le comte
vers la maison en paraissant écouter ses plaintes mêlées
de dissertations médicales ; mais je ne songeais qu'à
Henriette et voulais l'observer. Je trouvai la comtesse
dans le salon, où elle assistait à une leçon de mathématiques donnée à Jacques par l'abbé de Dominis,
en montrant à Madeleine un point de tapisserie. Autrefois elle aurait bien su, le jour de mon arrivée, remettre
ses occupations pour être toute à moi ; mais mon amour
était si profondément vrai que je refoulai dans mon
cœur le chagrin que me causa ce contraste entre le
présent et le passé ; car je voyais la fatale teinte jaune-
paille qui, sur ce céleste visage, ressemblait au reflet
des lueurs divines que les peintres italiens ont mises à
la figure des saintes. Je sentis alors en moi le vent
glacé de la mort. Puis quand le feu de ses yeux dénués
de l'eau limpide où jadis nageait son regard tomba sur
moi, je frissonnai ; j'aperçus alors quelques changements dus au chagrin et que je n'avais point remarqués
en plein air : les lignes si menues qui, à ma dernière
visite, n'étaient que légèrement imprimées sur son
front, l'avaient creusé ; ses tempes bleuâtres semblaient
ardentes et concaves ; ses yeux s'étaient enfoncés sous
leurs arcades attendries, et le tour avait bruni ; elle
était mortifiée comme le fruit sur lequel les meurtrissures commencent à paraître, et qu'un ver intérieur
fait prématurément blondir. Moi, dont toute l'ambition était de verser le bonheur à flots dans son âme,
n'avais-je pas jeté l'amertume dans la source où se
rafraîchissait sa vie, où se retrempait son courage ? Je
vins m'asseoir à ses côtés, et lui dis d'une voix où
pleurait le repentir : — Êtes-vous contente de votre
santé ?

— Oui, répondit-elle en plongeant ses yeux dans les
miens. Ma santé, la voici, reprit-elle en me montrant
Jacques et Madeleine.

Sortie victorieuse de sa lutte avec la nature, à quinze

ans, Madeleine était femme ; elle avait grandi, ses
couleurs de rose du Bengale renaissaient sur ses joues
bistrées ; elle avait perdu l'insouciance de l'enfant qui
regarde tout en face, et commençait à baisser les
yeux ; ses mouvements devenaient rares et graves
comme ceux de sa mère ; sa taille était svelte, et les
grâces de son corsage fleurissaient déjà ; déjà la coquetterie lissait ses magnifiques cheveux noirs, séparés en
deux bandeaux sur son front d'Espagnole. Elle ressemblait aux jolies statuettes du Moyen-Age, si fines de
contour, si minces de forme que l'œil en les caressant
craint de les voir se briser ; mais la santé, ce fruit éclos
après tant d'efforts, avait mis sur ses joues le velouté
de la pêche, et le long de son col le soyeux duvet où,
comme chez sa mère, se jouait la lumière. Elle devait
vivre! Dieu l'avait écrit, cher bouton de la plus belle
des fleurs humaines! sur les longs cils de tes paupières,
sur la courbe de tes épaules qui promettaient de se
développer richement comme celles de ta mère! Cette
brune jeune fille, à la taille de peuplier, contrastait
avec Jacques, frêle jeune homme de dix-sept ans, de
qui la tête avait grossi, dont le front inquiétait par
sa rapide extension, dont les yeux fiévreux, fatigués,
étaient en harmonie avec une voix profondément sonore. L'organe livrait un trop fort volume de son, de
même que le regard laissait échapper trop de pensées.
C'était l'intelligence, l'âme, le cœur d'Henriette dévorant de leur flamme rapide un corps sans consistance ;
car Jacques avait ce teint de lait animé des couleurs
ardentes qui distinguent les jeunes Anglaises marquées par le fléau pour être abattues dans un temps
déterminé ; santé trompeuse! En obéissant au signe
par lequel Henriette, après m'avoir montré Madeleine, indiquait Jacques qui traçait des figures de
géométrie et des calculs algébriques sur un tableau
devant l'abbé de Dominis, je tressaillis à l'aspect de
cette mort cachée sous les fleurs, et respectai l'erreur de
la pauvre mère.

16

— Quand je les vois ainsi, la joie fait taire mes
douleurs, de même qu'elles se taisent et disparaissent
quand je les vois malades. Mon ami, dit-elle l'œil
brillant de plaisir maternel, si d'autres affections nous
trahissent, les sentiments récompensés ici, les devoirs
accomplis et couronnés de succès compensent la défaite
essuyée ailleurs. Jacques sera comme vous un homme
d'une haute instruction, plein de vertueux savoir ; il
sera comme vous l'honneur de son pays, qu'il gouver-
nera peut-être, aidé par vous qui serez si haut placé ;
mais je tâcherai qu'il soit fidèle à ses premières affections. Madeleine, la chère créature, a déjà le cœur sublime, elle est pure comme la neige du plus haut sommet
des Alpes, elle aura le dévouement de la femme et sa
gracieuse intelligence, elle est fière, elle sera digne des
Lenoncourt ! La mère jadis si tourmentée est maintenant bien heureuse, heureuse d'un bonheur infini,
sans mélange ; oui, ma vie est pleine, ma vie est riche.
Vous le voyez, Dieu fait éclore mes joies au sein des
affections permises et mêle de l'amertume à celles
vers lesquelles m'entraînait un penchant dangereux...

— Bien, s'écria joyeusement l'abbé. Monsieur le
vicomte en sait autant que moi...

En achevant sa démonstration Jacques toussa légèrement.

— Assez pour aujourd'hui, mon cher abbé, dit la
comtesse émue, et surtout pas de leçon de chimie.
Montez à cheval, Jacques, reprit-elle en se laissant
embrasser par son fils avec la caressante mais digne
volupté d'une mère, et les yeux tournés vers moi
comme pour insulter mes souvenirs. Allez, cher, et
soyez prudent.

— Mais, lui dis-je pendant qu'elle suivait Jacques
par un long regard, vous ne m'avez pas répondu. Res-
sentez-vous quelques douleurs ?

— Oui, parfois à l'estomac. Si j'étais à Paris, j'aurais
les honneurs d'une gastrite, la maladie à la mode.

— Ma mère souffre souvent et beaucoup, me dit Madeleine.

— Ah! dit-elle, ma santé vous-intéresse ?...

Madeleine étonnée de la profonde ironie empreinte dans ces mots, nous regarda tour à tour ; mes yeux comptaient des fleurs roses sur le coussin de son meuble gris et vert qui ornait le salon.

— Cette situation est intolérable, lui dis-je à l'oreille.

— Est-ce moi qui l'ai créée ? me demanda-t-elle. Cher enfant, ajouta-t-elle à haute voix en affectant ce cruel enjouement par lequel les femmes enjolivent leurs vengeances, ignorez-vous l'histoire moderne ? la France et l'Angleterre ne sont-elles pas toujours ennemies ? Madeleine sait cela, elle sait qu'une mer immense les sépare, mer froide, mer orageuse.

Les vases de la cheminée étaient remplacés par des candélabres, afin sans doute de m'ôter le plaisir de les remplir de fleurs ; je les retrouvai plus tard dans sa chambre. Quand mon domestique arriva, je sortis pour lui donner des ordres ; il m'avait apporté quelques affaires que je voulus placer dans ma chambre.

— Félix, me dit la comtesse, ne vous trompez pas! L'ancienne chambre de ma tante est maintenant celle de Madeleine, vous êtes au-dessus du comte.

Quoique coupable, j'avais un cœur, et tous ces mots étaient des coups de poignard froidement donnés aux endroits les plus sensibles qu'elle semblait choisir pour frapper. Les souffrances morales ne sont pas absolues, elles sont en raison de la délicatesse des âmes, et la comtesse avait durement parcouru cette échelle des douleurs ; mais, par cette raison même, la meilleure femme sera toujours d'autant plus cruelle qu'elle a été plus bienfaisante ; je la regardai, mais elle baissa la tête. J'allai dans ma nouvelle chambre qui était jolie, blanche et verte. Là, je fondis en larmes. Henriette m'entendit, elle y vint en apportant un bouquet de fleurs.

— Henriette, lui dis-je, en êtes-vous à ne point pardonner la plus excusable des fautes ?

— Ne m'appelez jamais Henriette, reprit-elle, elle n'existe plus, la pauvre femme ; mais vous trouverez toujours madame de Mortsauf, une amie dévouée qui vous écoutera, qui vous aimera. Félix, nous causerons plus tard. Si vous avez encore de la tendresse pour moi, laissez-moi m'habituer à vous voir ; et au moment où les mots me déchireront moins le cœur, à l'heure où j'aurai reconquis un peu de courage, eh bien! alors, alors seulement. Voyez-vous cette vallée, dit-elle en me montrant l'Indre, elle me fait mal, je l'aime toujours.

— Ah! périsse l'Angleterre et toutes ses femmes! Je donne ma démission au roi, je meurs ici, pardonné.

— Non, aimez-la, cette femme! Henriette n'est plus, ceci n'est pas un jeu, vous le saurez.

Elle se retira, dévoilant par l'accent de ce dernier mot l'étendue de ses plaies. Je sortis vivement, la retins et lui dis : — Vous ne m'aimez donc plus ?

— Vous m'avez fait plus de mal que tous les autres ensemble! Aujourd'hui je souffre moins, je vous aime donc moins ; mais il n'y a qu'en Angleterre où l'on dise *ni jamais*, *ni toujours* ; ici nous disons *toujours*. Soyez sage, n'augmentez pas ma douleur ; et si vous souffrez, songez que je vis, moi!

Elle me retira sa main que je tenais froide, sans mouvement, mais humide, et se sauva comme une flèche en traversant le corridor où cette scène véritablement tragique avait eu lieu. Pendant le dîner, le comte me réservait un supplice auquel je n'avais pas songé.

— La marquise Dudley n'est donc pas à Paris? me dit-il.

Je rougis excessivement en lui répondant : — Non.

— Elle n'est pas à Tours? dit le comte en continuant.

— Elle n'est pas divorcée, elle peut aller en Angleterre. Son mari serait bien heureux, si elle voulait revenir à lui, dis-je avec vivacité.

— A-t-elle des enfants ? demanda madame de Mortsauf d'une voix altérée.

— Deux fils, lui dis-je.

— Où sont-ils ?

— En Angleterre, avec le père.

— Voyons, Félix, soyez-franc. Est-elle aussi belle qu'on le dit ?

— Pouvez-vous lui faire une semblable question ? la femme qu'on aime n'est-elle pas toujours la plus belle des femmes ? s'écria la comtesse.

— Oui, toujours, dis-je avec orgueil en lui lançant un regard qu'elle ne soutint pas.

— Vous êtes heureux, reprit le comte, oui, vous êtes un heureux coquin. Ah! dans ma jeunesse, j'aurais été fou d'une semblable conquête...

— Assez, dit madame de Mortsauf, en montrant par un regard Madeleine à son père.

— Je ne suis pas un enfant, dit le comte qui se plaisait à redevenir jeune.

En sortant de table, la comtesse m'amena sur la terrasse, et quand nous y fûmes, elle s'écria : — Comment, il se rencontre des femmes qui sacrifient leurs enfants à un homme ? La fortune, le monde, je le conçois, l'éternité, oui, peut-être! Mais les enfants! se priver de ses enfants!

— Oui, et ces femmes voudraient avoir encore à sacrifier plus, elles donnent tout...

Pour la comtesse, le monde se renversa, ses idées se confondirent. Saisie par ce grandiose, soupçonnant que le bonheur devait justifier cette immolation, entendant en elle-même les cris de la chair révoltée, elle demeura stupide en face de sa vie manquée. Oui, elle eut un moment de doute horrible ; mais elle se releva grande et sainte, portant haut la tête.

— Aimez-la donc bien, Félix, cette femme, dit-elle avec des larmes aux yeux, ce sera ma sœur heureuse. Je lui pardonne les maux qu'elle m'a faits, si elle vous donne ce que vous ne deviez jamais trouver ici, ce que vous ne pouvez plus tenir de moi. Vous avez eu raison, je ne vous ai jamais dit que je vous aimasse, et je ne vous ai jamais aimé comme on aime dans ce monde. Mais si elle n'est pas mère, comment peut-elle aimer ?

— Chère sainte, repris-je, il faudrait que je fusse moins ému que je ne le suis pour t'expliquer que tu planes victorieusement au-dessus d'elle, qu'elle est une femme de la terre, une fille des races déchues, et que tu es la fille des cieux, l'ange adoré, que tu as tout mon cœur et qu'elle n'a que ma chair ; elle le sait, elle en est au désespoir, et elle changerait avec toi, quand même le plus cruel martyre lui serait imposé pour prix de ce changement. Mais tout est irrémédiable. A toi l'âme, à toi les pensées, l'amour pur, à toi la jeunesse et la vieillesse ; à elle les désirs et les plaisirs de la passion fugitive ; à toi mon souvenir dans toute son étendue, à elle l'oubli le plus profond.

— Dites, dites, dites-moi donc cela, ô mon ami ! Elle alla s'asseoir sur un banc et fondit en larmes. La vertu, Félix, la sainteté de la vie, l'amour maternel, ne sont donc pas des erreurs. Oh ! jetez ce baume sur mes plaies ! Répétez une parole qui me rend aux cieux où je voulais tendre d'un vol égal avec vous ! Bénissez-moi par un regard, par un mot sacré, je vous pardonnerai les maux que j'ai soufferts depuis deux mois.

— Henriette, il est des mystères de notre vie que vous ignorez. Je vous ai rencontrée dans un âge auquel le sentiment peut étouffer les désirs inspirés par notre nature ; mais plusieurs scènes dont le souvenir me réchaufferait à l'heure où viendra la mort ont dû vous attester que cet âge finissait, et votre constant triomphe a été d'en prolonger les muettes délices. Un amour sans possession se soutient par l'exaspération même des désirs ; puis il vient un moment où tout est souf-

france en nous, qui ne ressemblons en rien à vous.
Nous possédons une puissance qui ne saurait être
abdiquée, sous peine de ne plus être hommes. Privé
de la nourriture qui le doit alimenter, le cœur se
dévore lui-même, et sent un épuisement qui n'est pas
la mort, mais qui la précède. La nature ne peut donc
pas être longtemps trompée ; au moindre accident,
elle se réveille avec une énergie qui ressemble à la
folie. Non, je n'ai pas aimé, mais j'ai eu soif au milieu
du désert.

— Du désert ! dit-elle avec amertume en montrant
la vallée. Et, ajouta-t-elle, comme il raisonne, et
combien de distinctions subtiles ? les fidèles n'ont pas
tant d'esprit.

— Henriette, lui dis-je, ne nous querellons pas
pour quelques expressions hasardées. Non, mon âme
n'a pas vacillé, mais je n'ai pas été maître de mes
sens. Cette femme n'ignore pas que tu es la seule aimée.
Elle joue un rôle secondaire dans ma vie, elle le sait,
et s'y résigne ; j'ai le droit de la quitter, comme on
quitte une courtisane...

— Et alors...

— Elle m'a dit qu'elle se tuerait, répondis-je en
croyant que cette résolution surprendrait Henriette. Mais en m'entendant elle laissa échapper un
de ces dédaigneux sourires plus expressifs encore que
les pensées qu'ils traduisaient. — Ma chère
conscience, repris-je, si tu me tenais compte de mes
résistances et des séductions qui conspiraient ma
perte, tu concevrais cette fatale...

— Oh ! oui, fatale ! dit-elle. J'ai cru trop en vous !
J'ai cru que vous ne manqueriez pas de la vertu que
pratique le prêtre et... que possède monsieur de Mortsauf, ajouta-t-elle en donnant à sa voix le mordant de
l'épigramme. — Tout est fini, reprit-elle après une
pause, je vous dois beaucoup, mon ami ; vous avez
éteint en moi les flammes de la vie corporelle. Le plus
difficile du chemin est fait, l'âge approche, me voilà

souffrante, bientôt maladive ; je ne pourrais être pour
vous la brillante fée qui vous verse une pluie de faveurs.
Soyez fidèle à lady Arabelle. Madeleine, que j'élevais
si bien pour vous, à qui sera-t-elle ? Pauvre Madeleine, pauvre Madeleine ! répéta-t-elle comme un
douloureux refrain. Si vous l'aviez entendue me disant :
Ma mère, vous n'êtes pas gentille pour Félix ! La
chère créature !

Elle me regarda sous les tièdes rayons du soleil
couchant qui glissaient à travers le feuillage, et prise
de je ne sais quelle compassion pour nos débris, elle
se replongea dans notre passé si pur, en se laissant
aller à des contemplations qui furent mutuelles. Nous
reprenions nos souvenirs, nos yeux allaient de la
vallée au clos, des fenêtres de Clochegourde à Frapesle, en peuplant cette rêverie de nos bouquets
embaumés, des romans de nos désirs. Ce fut sa dernière volupté, savourée avec la candeur de l'âme
chrétienne. Cette scène, si grande pour nous, nous
avait jetés dans une même mélancolie. Elle crut à
mes paroles, et se vit où je la mettais, dans les cieux.

— Mon ami, me dit-elle, j'obéis à Dieu, car son
doigt est dans tout ceci.

Je ne connus que plus tard la profondeur de ce mot.
Nous remontâmes lentement par les terrasses. Elle
prit mon bras, s'y appuya résignée, saignant, mais
ayant mis un appareil sur ses blessures.

— La vie humaine est ainsi, me dit-elle. Qu'a fait
monsieur de Mortsauf pour mériter son sort ? Ceci
nous démontre l'existence d'un monde meilleur.
Malheur à ceux qui se plaindraient d'avoir marché
dans la bonne voie !

Elle se mit alors à si bien évaluer la vie, à la si
profondément considérer sous ses diverses faces, que
ces froids calculs me révélèrent le dégoût qui l'avait
saisie pour toutes les choses d'ici-bas. En arrivant
sur le perron, elle quitta mon bras, et dit cette dernière phrase : — Si Dieu nous a donné le sentiment

et le goût du bonheur, ne doit-il pas se charger des âmes innocentes qui n'ont trouvé que des afflictions ici-bas. Cela est, ou Dieu n'est pas, ou notre vie serait une amère plaisanterie.

A ces derniers mots, elle rentra brusquement, je la trouvai sur son canapé, couchée comme si elle avait été foudroyée par la voix qui terrassa saint Paul.

— Qu'avez-vous ? lui dis-je.

— Je ne sais plus ce qu'est la vertu, dit-elle, et n'ai pas conscience de la mienne!

Nous restâmes pétrifiés tous deux, écoutant le son de cette parole comme celui d'une pierre jetée dans un gouffre.

— Si je me suis trompée dans ma vie, *elle* a raison, *elle!* reprit madame de Mortsauf.

Ainsi son dernier combat suivit sa dernière volupté. Quand le comte vint, elle se plaignit, elle qui ne se plaignait jamais ; je la conjurai de me préciser ses souffrances, mais elle refusa de s'expliquer, et s'alla coucher en me laissant en proie à des remords qui naissaient les uns des autres. Madeleine accompagna sa mère ; et le lendemain je sus par elle que la comtesse avait été prise de vomissements causés, dit-elle par les violentes émotions de cette journée. Ainsi, moi qui souhaitais donner ma vie pour elle, je la tuais.

— Cher comte, dis-je à monsieur de Mortsauf qui me força de jouer au trictrac, je crois la comtesse très sérieusement malade, il est encore temps de la sauver ; appelez Origet, et suppliez-la de suivre ses avis...

— Origet qui m'a tué ? dit-il en m'interrompant. Non, non, je consulterai Carbonneau [1].

Pendant cette semaine, et surtout les premiers jours, tout me fut souffrance, commencement de paralysie au cœur, blessure à la vanité, blessure à l'âme. Il faut avoir été le centre de tout, des regards et des soupirs, avoir été le principe de la vie, le foyer d'où chacun tirait sa lumière, pour connaître l'horreur du vide. Les mêmes choses étaient là, mais l'esprit

qui les vivifiait s'était éteint comme une flamme soufflée. J'ai compris l'affreuse nécessité où sont les
amants de ne plus se revoir quand l'amour est envolé.
N'être plus rien, là où l'on a régné! Trouver la silencieuse froideur de la mort là où scintillaient les joyeux
rayons de la vie! les comparaisons accablent. Bientôt
j'en vins à regretter la douloureuse ignorance de tout
bonheur qui avait assombri ma jeunesse. Aussi mon
désespoir devint-il si profond que la comtesse en fut,
je crois, attendrie. Un jour, après le dîner, pendant
que nous nous promenions tous sur le bord de l'eau,
je fis un dernier effort pour obtenir mon pardon. Je
priai Jacques d'emmener sa sœur en avant, je laissai
le comte aller seul, et conduisant madame de Mortsauf vers la toue : — Henriette, lui dis-je, un mot de
grâce, ou je me jette dans l'Indre! J'ai failli, oui, c'est
vrai ; mais n'imité-je pas le chien dans son sublime
attachement! je reviens comme lui, comme lui plein
de honte ; s'il fait mal, il est châtié, mais il adore la
main qui le frappe ; brisez-moi, mais rendez-moi
votre cœur...

— Pauvre enfant! dit-elle, n'êtes-vous pas toujours
mon fils ?

Elle prit mon bras et regagna silencieusement
Jacques et Madeleine, avec lesquels elle revint à
Clochegourde par les clos en me laissant au comte,
qui se mit à parler politique à propos de ses voisins.

— Rentrons, lui dis-je, vous avez la tête nue, et
la rosée du soir pourrait causer quelque accident.

— Vous me plaignez, vous! mon cher Félix, me
répondit-il, en se méprenant sur mes intentions. Ma
femme ne m'a jamais voulu consoler, par système
peut-être.

Jamais elle ne m'aurait laissé seul avec son mari,
maintenant j'avais besoin de prétextes pour l'aller
rejoindre. Elle était avec ses enfants occupée à expliquer les règles du trictrac à Jacques.

— Voilà, dit le comte, toujours jaloux de l'affec-

tion qu'elle portait à ses deux enfants, voilà ceux pour
lesquels je suis toujours abandonné. Les maris, mon
cher Félix, ont toujours le dessous ; la femme la
plus vertueuse trouve encore le moyen de satisfaire
son besoin de voler l'affection conjugale.

Elle continua ses caresses sans répondre.

— Jacques, dit-il, venez ici !

Jacques fit quelques difficultés.

— Votre père vous veut, allez mon fils, dit la mère
en le poussant.

— Ils m'aiment par ordre, reprit ce vieillard qui
parfois voyait sa situation.

— Monsieur, répondit-elle en passant à plusieurs
reprises sa main sur les cheveux de Madeleine qui était
coiffée en belle Ferronnière, ne soyez pas injuste pour
les pauvres femmes ; la vie ne leur est pas toujours
facile à porter, et peut-être les enfants sont-ils les
vertus d'une mère !

— Ma chère, répondit le comte qui s'avisa d'être
logique, ce que vous dites signifie que, sans leurs
enfants, les femmes manqueraient de vertu et plan-
teraient là leurs maris.

La comtesse se leva brusquement et emmena Madeleine sur le perron.

— Voilà le mariage, mon cher, dit le comte. Pré-
tendez-vous dire en sortant ainsi que je déraisonne ?
cria-t-il en prenant son fils par la main et venant au
perron auprès de sa femme sur laquelle il lança des
regards furieux.

— Au contraire, monsieur, vous m'avez effrayée.
Votre réflexion me fait un mal affreux, dit-elle d'une
voix creuse en me jetant un regard de criminelle. Si
la vertu ne consiste pas à se sacrifier pour ses enfants
et pour son mari, qu'est-ce donc que la vertu ?

— Se sa-cri-fi-er ! reprit le comte, en faisant de
chaque syllabe un coup de barre sur le cœur de sa
victime. Que sacrifiez-vous donc à vos enfants ? que
me sacrifiez-vous donc ? qui ? quoi ? répondez ? répon-

drez-vous ? Que se passe-t-il donc ici ? que voulez-
vous dire ?

— Monsieur, répondit-elle, seriez-vous donc satisfait d'être aimé pour l'amour de Dieu, ou de
savoir votre femme vertueuse pour la vertu en elle-
même ?

— Madame a raison, dis-je en prenant la parole
d'une voie émue qui vibra dans ces deux cœurs où
je jetai mes espérances à jamais perdues et que je
calmai par l'expression de la plus haute de toutes les
douleurs dont le cri sourd éteignit cette querelle
comme, quand le lion rugit, tout se tait. Oui, le plus
beau privilège que nous ait conféré la raison est de
pouvoir rapporter nos vertus aux êtres dont le bonheur est notre ouvrage, et que nous ne rendons heureux ni par calcul, ni par devoir, mais par une inépui-
sable et volontaire affection.

Une larme brilla dans les yeux d'Henriette.

— Et, cher comte, si par hasard une femme était
involontairement soumise à quelque sentiment étranger à ceux que la société lui impose, avouez que plus
ce sentiment serait irrésistible, plus elle serait vertueuse en l'étouffant, en se *sacrifiant* à ses enfants,
à son mari. Cette théorie n'est d'ailleurs applicable
ni à moi, qui malheureusement offre un exemple du
contraire, ni à vous qu'elle ne concernera jamais.

Une main à la fois moite et brûlante se posa sur ma
main et s'y appuya silencieusement.

— Vous êtes une belle âme, Félix, dit le comte qui
passa non sans grâce sa main sur la taille de sa femme
et l'amena doucement à lui, pour lui dire : — Pardon-
nez, ma chère, à un pauvre malade qui voudrait sans
doute être aimé plus qu'il ne le mérite.

— Il est des cœurs qui sont tout générosité, répondit-elle en appuyant sa tête sur l'épaule du comte qui
prit cette phrase pour lui. Cette erreur causa je ne sais
quel frémissement à la comtesse ; son peigne tomba,
ses cheveux se dénouèrent, elle pâlit ; son mari qui

la soutenait poussa une sorte de rugissement en la sentant défaillir, il la saisit comme il eût fait de sa fille et la porta sur le canapé du salon où nous l'entourâmes. Henriette garda ma main dans la sienne, comme pour me dire que nous seuls savions le secret de cette scène si simple en apparence, si épouvantable par les déchirements de son âme.

— J'ai tort, me dit-elle à voix basse en un moment où le comte nous laissa seuls pour aller demander un verre d'eau de fleurs d'oranger, j'ai mille fois tort envers vous, que j'ai voulu désespérer quand j'aurais dû vous recevoir à merci. Cher, vous êtes d'une adorable bonté que moi seule puis apprécier. Oui, je le sais, il est des bontés qui sont inspirées par la passion. Les hommes ont plusieurs manières d'être bons ; ils sont bons par dédain, par entraînement, par calcul, par indolence de caractère ; mais vous, mon ami, vous venez d'être d'une bonté absolue.

— Si cela est, lui dis-je, apprenez que tout ce que je puis avoir de grand en moi vient de vous. Ne savez-vous donc plus que je suis votre ouvrage ?

— Cette parole suffit au bonheur d'une femme, répondit-elle au moment où le comte revint. Je suis mieux, dit-elle en se levant, il me faut de l'air.

Nous descendîmes tous sur la terrasse embaumée par les acacias encore en fleurs. Elle avait pris mon bras droit et le serrait contre son cœur en exprimant ainsi de douloureuses pensées ; mais c'était, suivant son expression, de ces douleurs qu'elle aimait. Elle voulait sans doute être seule avec moi ; mais son imagination inhabile aux ruses de femme ne lui suggérait aucun moyen de renvoyer ses enfants et son mari ; nous causions donc de choses indifférentes, pendant qu'elle se creusait la tête en cherchant à se ménager un moment où elle pourrait enfin décharger son cœur dans le mien.

— Il y a bien longtemps que je me suis promenée en voiture, dit-elle enfin en voyant la beauté de la

soirée. Monsieur, donnez des ordres, je vous prie,
pour que je puisse aller faire un tour.

Elle savait qu'avant la prière toute explication
serait impossible, et craignait que le comte ne voulût
faire un trictrac. Elle pouvait bien se trouver avec
moi sur cette tiède terrasse embaumée, quand son
mari serait couché ; mais elle redoutait peut-être de
rester sous ces ombrages à travers lesquels passaient
des lueurs voluptueuses, de se promener le long de la
balustrade d'où nos yeux embrassaient le cours de
l'Indre dans la prairie. De même qu'une cathédrale
aux voûtes sombres et silencieuses conseille la prière ;
de même, les feuillages éclairés par la lune, parfumés
de senteurs pénétrantes, et animés par les bruits sourds
du printemps, remuent les fibres et affaiblissent la
volonté. La campagne, qui calme les passions des vieillards, excite celles des jeunes cœurs ; nous le savions !
Deux coups de cloche annoncèrent l'heure de la prière,
la comtesse tressaillit.

— Ma chère Henriette, qu'avez-vous ?

— Henriette n'existe plus, répondit-elle. Ne la
faites pas renaître, elle était exigeante, capricieuse ;
maintenant vous avez une paisible amie dont la vertu
vient d'être raffermie par des paroles que le Ciel vous
a dictées. Nous parlerons de tout ceci plus tard.
Soyons exacts à la prière. Aujourd'hui, mon tour de
la dire est arrivé.

Quand la comtesse prononça les paroles par lesquelles
elle demandait à Dieu son secours contre les adversi-
tés de la vie, elle y mit un accent dont je ne fus pas
frappé seul ; elle semblait avoir usé de son don de
seconde vue pour entrevoir la terrible émotion à laquelle
devait la soumettre une maladresse causée par mon
oubli de mes conventions avec Arabelle.

— Nous avons le temps de faire trois rois [1] avant
que les chevaux ne soient attelés, dit le comte en m'entraînant au salon. Vous irez vous promener avec ma
femme, moi je me coucherai.

Comme toutes nos parties, celle-ci fut orageuse. De sa chambre ou de celle de Madeleine, la comtesse put entendre la voix de son mari.

— Vous abusez étrangement de l'hospitalité, dit-elle au comte quand elle revint au salon.

Je la regardai d'un air hébété, je ne m'habituais point à ses duretés ; elle se serait certes bien gardée jadis de me soustraire à la tyrannie du comte, autrefois elle aimait à me voir partageant ses souffrances et les endurant avec patience pour l'amour d'elle.

— Je donnerais ma vie, lui dis-je à l'oreille, pour vous entendre encore murmurer : — *Pauvre cher ! pauvre cher !*

Elle baissa les yeux en se souvenant de l'heure à laquelle je faisais allusion ; son regard se coula vers moi, mais en dessous, et il exprima la joie de la femme qui voit les plus fugitifs accents de son cœur, préférés aux profondes délices d'un autre amour. Alors, comme toutes les fois que je subissais pareille injure, je la lui pardonnais en me sentant compris. Le comte perdait, il se dit fatigué pour pouvoir quitter la partie, et nous allâmes nous promener autour du boulingrin en attendant la voiture ; aussitôt qu'il nous eut laissés, le plaisir rayonna si vivement sur mon visage que la comtesse m'interrogea par un regard curieux et surpris.

— Henriette existe, lui dis-je, je suis toujours aimé ; vous me blessez avec une intention évidente de me briser le cœur ; je puis encore être heureux !

— Il ne restait plus qu'un lambeau de la femme, dit-elle avec épouvante, et vous l'emportez en ce moment. Dieu soit béni ! lui qui me donne le courage d'endurer mon martyre mérité. Oui, je vous aime encore trop, j'allais faillir, l'Anglaise m'éclaire un abîme.

En ce moment, nous montâmes en voiture, le cocher demanda l'ordre.

— Allez sur la route de Chinon par l'avenue, vous

nous ramènerez par les landes de Charlemagne et le chemin de Saché.

— Quel jour sommes-nous? dis-je avec trop de vivacité.

— Samedi.

— N'allez point par là, madame, le samedi soir la route est pleine de coquassiers [1] qui vont à Tours, et nous rencontrerions leurs charrettes.

— Faites ce que je vous dis, reprit-elle en regardant le cocher.

Nous connaissions trop l'un et l'autre les modes de notre voix, quelque infinis qu'ils fussent, pour nous déguiser la moindre de nos émotions. Henriette avait tout compris.

— Vous n'avez pas pensé aux coquassiers, en choisissant cette nuit, dit-elle avec une légère teinte d'ironie. Lady Dudley est à Tours. Ne mentez pas, elle vous attend près d'ici. *Quel jour sommes-nous, les coquassiers! les charrettes!* reprit-elle. Avez-vous jamais fait de semblables observations quand nous sortions autrefois?

— Elles prouvent que j'oublie tout à Clochegourde, répondis-je simplement.

— Elle vous attend? reprit-elle.

— Oui.

— A quelle heure?

— Entre onze heures et minuit.

— Où?

— Dans les landes.

— Ne me trompez point, n'est-ce pas sous le noyer?

— Dans les landes.

— Nous irons, dit-elle, je la verrai.

En entendant ces paroles, je regardai ma vie comme définitivement arrêtée. Je résolus en un moment de terminer par un complet mariage avec lady Dudley la lutte douloureuse qui menaçait d'épuiser ma sensibilité, d'enlever par tant de chocs répétés ces voluptueuses délicatesses qui ressemblent à la fleur des

fruits. Mon silence farouche blessa la comtesse, dont
toute la grandeur ne m'était pas connue.

— Ne vous irritez point contre moi, dit-elle de sa
voix d'or, ceci, cher, est ma punition. Vous ne serez
jamais aimé comme vous l'êtes ici, reprit-elle en posant
sa main sur son cœur. Ne vous l'ai-je pas avoué ? La
marquise Dudley m'a sauvée. A elle les souillures, je
ne les lui envie point. A moi le glorieux amour des
anges ! J'ai parcouru des champs immenses depuis
votre arrivée ! J'ai jugé la vie. Élevez l'âme, vous la
déchirez ; plus vous allez haut, moins de sympathie
vous rencontrez ; au lieu de souffrir dans la vallée,
vous souffrez dans les airs comme l'aigle qui plane en
emportant au cœur une flèche décochée par quelque
pâtre grossier. Je comprends aujourd'hui que le ciel
et la terre sont incompatibles. Oui, pour qui peut vivre
dans la zone céleste, Dieu seul est possible. Notre âme
doit être alors détachée de toutes les choses terrestres.
Il faut aimer ses amis comme on aime ses enfants,
pour eux et non pour soi. Le moi cause les malheurs
et les chagrins. Mon cœur ira plus haut que ne va l'aigle ; là est un amour qui ne me trompera point. Quant
à vivre de la vie terrestre, elle nous ravale trop en faisant dominer l'égoïsme des sens sur la spiritualité de
l'ange qui est en nous. Les jouissances que donne la
passion sont horriblement orageuses, payées par d'énervantes inquiétudes qui brisent les ressorts de l'âme.
Je suis venue au bord de la mer où s'agitent ces tempè-
tes, je les ai vues de trop près ; elles m'ont souvent
enveloppée de leurs nuages, la lame ne s'est pas toujours brisée à mes pieds, j'ai senti sa rude étreinte qui
froidit le cœur ; je dois me retirer sur les hauts lieux,
je périrais au bord de cette mer immense. Je vois en
vous, comme en tous ceux qui m'ont affligée, les gar-
diens de ma vertu. Ma vie a été mêlée d'angoisses heureusement proportionnées à mes forces, et s'est entre-
tenue ainsi pure des passions mauvaises, sans repos
séducteur et toujours prête à Dieu. Notre attache-

ment *fut* la tentative insensée, l'effort de deux enfants
candides essayant de satisfaire leur cœur, les hommes
et Dieu... Folie, Félix! Ha! dit-elle après une pause,
comment vous nomme cette femme?

— Amédée, répondis-je. Félix est un être à part,
qui n'appartiendra jamais qu'à vous.

— Henriette a peine à mourir, dit-elle en laissant
échapper un pieux sourire. Mais, reprit-elle, elle périra
dans le premier effort de la chrétienne humble, de la
mère orgueilleuse, de la femme aux vertus chance-
lantes hier, raffermies aujourd'hui. Que vous dirai-je?
Hé bien! oui, ma vie est conforme à elle-même dans
ses plus grandes circonstances comme dans ses plus
petites. Le cœur où je devais attacher les premières
racines de la tendresse, le cœur de ma mère s'est fermé
pour moi, malgré ma persistance à y chercher un pli
où je pusse me glisser. J'étais fille, je venais après
trois garçons morts, et je tâchai vainement d'occuper
leur place dans l'affection de mes parents; je ne gué-
rissais point la plaie faite à l'orgueil de la famille.
Quand, après cette sombre enfance, je connus mon
adorable tante, la mort me l'enleva promptement.
Monsieur de Mortsauf, à qui je me suis vouée, m'a
constamment frappée, sans relâche, sans le savoir,
pauvre homme! Son amour a le naïf égoïsme de celui
que nous portent nos enfants. Il n'est pas dans le
secret des maux qu'il me cause, il est toujours pardonné! Mes enfants, ces chers enfants qui tiennent à ma
chair par toutes leurs douleurs, à mon âme par toutes
leurs qualités, à ma nature par leurs joies innocentes;
ces enfants ne m'ont-ils pas été donnés pour montrer
combien il se trouve de force et de patience dans le
sein des mères? Oh! oui, mes enfants sont mes vertus!
Vous savez si je suis flagellée par eux, en eux, malgré
eux. Devenir mère, pour moi ce fut acheter le droit de
toujours souffrir. Quand Agar a crié dans le désert, un
ange a fait jaillir pour cette esclave trop aimée une
source pure; mais à moi, quand la source limpide vers

laquelle (vous en souvenez-vous ?) vous vouliez me guider est venue couler autour de Clochegourde, elle ne m'a
versé que des eaux amères. Oui, vous m'avez infligé des
souffrances inouïes. Dieu pardonnera sans doute à qui
n'a connu l'affection que par la douleur. Mais, si les plus
vives peines que j'aie éprouvées m'ont été imposées
par vous, peut-être les ai-je méritées. Dieu n'est pas
injuste. Ah ! oui, Félix, un baiser furtivement déposé
sur un front comporte des crimes peut-être ! Peut-être
doit-on rudement expier les pas que l'on a faits en
avant de ses enfants et de son mari, lorsqu'on se pro-
menait le soir afin d'être seule avec des souvenirs et
des pensées qui ne leur appartenaient pas, et qu'en
marchant ainsi, l'âme était mariée à une autre ! Quand
l'être intérieur se ramasse et se rapetisse pour n'occuper
que la place que l'on offre aux embrassements, peut-
être est-ce le pire des crimes ! Lorsqu'une femme se
baisse afin de recevoir dans ses cheveux le baiser de
son mari pour se faire un front neutre, il y a crime ! Il
y a crime à se forger un avenir en s'appuyant sur la
mort, crime à se figurer dans l'avenir une maternité
sans alarmes, de beaux enfants jouant le soir avec un
père adoré de toute sa famille, et sous les yeux attendris
d'une mère heureuse. Oui, j'ai péché, j'ai grandement
péché ! J'ai trouvé goût aux pénitences infligées par
l'Église, et qui ne rachetaient point assez ces fautes
pour lesquelles le prêtre fut sans doute trop indulgent.
Dieu sans doute a placé la punition au cœur de toutes
ces erreurs en chargeant de sa vengeance celui pour
qui elles furent commises. Donner mes cheveux,
n'était-ce pas me promettre ? Pourquoi donc aimai-je
à mettre une robe blanche ? ainsi je me croyais mieux
votre lys ; ne m'aviez-vous pas aperçue, pour la première fois, ici, en robe blanche ? Hélas ! j'ai moins
aimé mes enfants, car toute affection vive est prise
sur les affections dues. Vous voyez bien, Félix ? toute
souffrance a sa signification. Frappez, frappez plus
fort que n'ont frappé monsieur de Mortsauf et mes

enfants. Cette femme est un instrument de la colère
de Dieu, je vais l'aborder sans haine, je lui sourirai ;
sous peine de ne pas être chrétienne, épouse et mère, je
dois l'aimer. Si, comme vous le dites, j'ai pu contribuer à préserver votre cœur du contact qui l'eût
défleuri, cette Anglaise ne saurait me haïr. Une femme
doit aimer la mère de celui qu'elle aime, et je suis
votre mère. Qu'ai-je voulu dans votre cœur ? la place
laissée vide par madame de Vandenesse. Oh! oui, vous
vous êtes toujours plaint de ma froideur! Oui, je ne
suis bien que votre mère. Pardonnez-moi donc les
duretés involontaires que je vous ai dites à votre
arrivée, car une mère doit se réjouir en sachant son
fils si bien aimé. Elle appuya sa tête sur mon sein, en
répétant : — Pardon! pardon! J'entendis alors des
accents inconnus. Ce n'était ni sa voix de jeune fille
et ses notes joyeuses, ni sa voix de femme et ses terminaisons despotiques, ni les soupirs de la mère endolorie ; c'était une déchirante, une nouvelle voix pour
des douleurs nouvelles. — Quant à vous, Félix, reprit-elle en s'animant, vous êtes l'ami qui ne saurait
mal faire. Ah! vous n'avez rien perdu dans mon cœur,
ne vous reprochez rien, n'ayez pas le plus léger remords. N'était-ce pas le comble de l'égoïsme que de
vous demander de sacrifier à un avenir impossible les
plaisirs les plus immenses, puisque pour les goûter
une femme abandonne ses enfants, abdique son rang,
et renonce à l'éternité. Combien de fois ne vous ai-je
pas trouvé supérieur à moi! vous étiez grand et noble,
moi, j'étais petite et criminelle! Allons, voilà qui est
dit, je ne puis être pour vous qu'une lueur élevée,
scintillante et froide, mais inaltérable. Seulement,
Félix, faites que je ne sois pas seule à aimer le frère que
je me suis choisi. Chérissez-moi! L'amour d'une sœur
n'a ni mauvais lendemain, ni moments difficiles.
Vous n'aurez pas besoin de mentir à cette âme indul-
gente qui vivra de votre belle vie, qui ne manquera
jamais à s'affliger de vos douleurs, qui s'égaiera de vos

joies, aimera les femmes qui vous rendront heureux et
s'indignera des trahisons. Moi je n'ai pas eu de frère à
aimer ainsi. Soyez assez grand pour vous dépouiller
de tout amour-propre, pour résoudre notre attachement jusqu'ici si douteux et plein d'orages par cette
douce et sainte affection. Je puis encore vivre ainsi.
Je commencerai la première en serrant la main de lady
Dudley.

Elle ne pleurait pas, elle! en prononçant ces paroles
pleines d'une science amère, et par lesquelles, en arrachant le dernier voile qui me cachait son âme et ses
douleurs, elle me montrait par combien de liens elle
s'était attachée à moi, combien de fortes chaînes j'avais
hachées. Nous étions dans un tel délire, que nous ne
nous apercevions point de la pluie qui tombait à torrents.

— Madame la comtesse ne veut-elle pas entrer un
moment ici? dit le cocher en désignant la principale
auberge de Ballan.

Elle fit un signe de consentement, et nous restâmes
une demi-heure environ sous la voûte d'entrée au
grand étonnement des gens de l'hôtellerie qui se
demandèrent pourquoi madame de Mortsauf était à
onze heures par les chemins. Allait-elle à Tours? En
revenait-elle? Quand l'orage eut cessé, que la pluie fut
convertie en ce qu'on nomme à Tours une *brouée*,
qui n'empêchait pas la lune d'éclairer les brouillards
supérieurs rapidement emportés par le vent du haut,
le cocher sortit et retourna sur ses pas, à ma grande
joie.

— Suivez mon ordre, lui cria doucement la comtesse.

Nous prîmes donc le chemin des landes de Charlemagne où la pluie recommença. A moitié des landes,
j'entendis les aboiements du chien favori d'Arabelle;
un cheval s'élança tout à coup de dessous une truisse
de chêne, franchit d'un bond le chemin, sauta le fossé
creusé par les propriétaires pour distinguer leurs ter-

rains respectifs dans ces friches que l'on croyait sus-
ceptibles de culture, et lady Dudley s'alla placer dans
la lande pour voir passer la calèche.

— Quel plaisir d'attendre ainsi son amant, quand on
le peut sans crime ! dit Henriette.

Les aboiements du chien avaient appris à lady
Dudley que j'étais dans la voiture, elle crut sans doute
que je venais ainsi la chercher à cause du mauvais
temps ; quand nous arrivâmes à l'endroit où se tenait
la marquise, elle vola sur le bord du chemin avec cette
dextérité de cavalier qui lui est particulière, et dont
Henriette s'émerveilla comme d'un prodige. Par mi-
gnonnerie, Arabelle ne disait que la dernière syllabe
de mon nom, prononcée à l'anglaise, espèce d'appel qui
sur ses lèvres avait un charme digne d'une fée. Elle
savait ne devoir être entendue que de moi en criant :
My Dee.

— C'est lui, madame, répondit la comtesse en
contemplant sous un clair rayon de la lune la fantas-
tique créature dont le visage impatient était bizarre-
ment accompagné de ses longues boucles défri-
sées.

Vous savez avec quelle rapidité deux femmes s'examinent. L'Anglaise reconnut sa rivale et fut glorieusement Anglaise ; elle nous enveloppa d'un regard plein
de son mépris anglais et disparut dans la bruyère avec
la rapidité d'une flèche.

— Vite à Clochegourde ! cria la comtesse pour qui
cet âpre coup d'œil fut comme un coup de hache au
cœur.

Le cocher retourna pour prendre le chemin de Chinon
qui était meilleur que celui de Saché. Quand la calèche
longea de nouveau les landes, nous entendîmes le galop
furieux du cheval d'Arabelle et les pas de son chien.
Tous trois, ils rasaient les bois de l'autre côté de la
bruyère.

— Elle s'en va, vous la perdez à jamais, me dit
Henriette.

— Eh bien! lui répondis-je, qu'elle s'en aille! Elle n'aura pas un regret.

— Oh! les pauvres femmes, s'écria la comtesse en exprimant une compatissante horreur. Mais où va-t-elle?

— A la Grenadière, une petite maison près de Saint-Cyr, dis-je [1].

— Elle s'en va seule, reprit Henriette d'un ton qui me prouva que les femmes se croient solidaires en amour et ne s'abandonnent jamais.

Au moment où nous entrions dans l'avenue de Clochegourde, le chien d'Arabelle jappa d'une façon joyeuse en accourant au-devant de la calèche.

— Elle nous a devancés, s'écria la comtesse. Puis elle reprit, après une pause : Je n'ai jamais vu de plus belle femme. Quelle main et quelle taille! Son teint efface le lys, et ses yeux ont l'éclat du diamant! Mais elle monte trop bien à cheval, elle doit aimer à déployer sa force, je la crois active et violente ; puis elle me semble se mettre un peu trop hardiment au-dessus des conventions : la femme qui ne reconnaît pas de lois est bien près de n'écouter que ses caprices. Ceux qui aiment tant à briller, à se mouvoir, n'ont pas reçu le don de constance. Selon mes idées, l'amour veut plus de tranquillité : je me le suis figuré comme un lac immense où la sonde ne trouve point de fond, où les tempêtes peuvent être violentes, mais rares et contenues en des bornes infranchissables, où deux êtres vivent dans une île fleurie, loin du monde dont le luxe et l'éclat les offenseraient. Mais l'amour doit prendre l'empreinte des caractères, j'ai tort peut-être. Si les principes de la nature se plient aux formes voulues par les climats, pourquoi n'en serait-il pas ainsi des sentiments chez les individus ? Sans doute les sentiments, qui tiennent à la loi générale par la masse, ne contrastent que dans l'expression seulement. Chaque âme a sa manière. La marquise est la femme forte qui franchit les distances et agit avec la puissance de l'homme ;

qui délivrerait son amant de captivité, tuerait geôlier, gardes et bourreaux ; tandis que certaines créatures ne savent qu'aimer de toute leur âme ; dans le danger, elles s'agenouillent, prient et meurent. Quelle est de ces deux femmes celle qui vous plaît le plus, voilà toute la question. Mais oui, la marquise vous aime, elle vous a fait tant de sacrifices! Peut-être est-ce celle qui vous aimera toujours quand vous ne l'aimerez plus!

— Permettez-moi, cher ange, de répéter ce que vous m'avez dit un jour : comment savez-vous ces choses ?

— Chaque douleur a son enseignement, et j'ai souffert sur tant de points, que mon savoir est vaste.

Mon domestique avait entendu donner l'ordre, il crut que nous reviendrions par les terrasses, et tenait mon cheval tout prêt dans l'avenue : le chien d'Arabelle avait senti le cheval ; et sa maîtresse, conduite par une curiosité bien légitime, l'avait suivi à travers les bois où sans doute elle était cachée.

— Allez faire votre paix, me dit Henriette en souriant et sans trahir de mélancolie. Dites-lui combien elle s'est trompée sur mes intentions ; je voulais lui révéler tout le prix du trésor qui lui est échu ; mon cœur n'enferme que de bons sentiments pour elle et n'a surtout ni colère ni mépris ; expliquez-lui que je suis sa sœur et non pas sa rivale.

— Je n'irai point! m'écriai-je.

— N'avez-vous jamais éprouvé, dit-elle avec l'étincelante fierté des martyrs, que certains ménagements arrivent jusqu'à l'insulte ? Allez, allez.

Je courus alors vers lady Dudley pour savoir en quelles dispositions elle était. — Si elle pouvait se fâcher et me quitter! pensai-je, je reviendrais à Clochegourde. Le chien me conduisit sous un chêne, d'où la marquise s'élança en me criant : — *Away! away!* Tout ce que je pus faire fut de la suivre jusqu'à Saint-Cyr, où nous arrivâmes à minuit.

— Cette dame est en parfaite santé, me dit Arabelle quand elle descendit de cheval.

Ceux qui l'ont connue peuvent seuls imaginer tous les sarcasmes que contenait cette observation sèchement jetée d'un air qui voulait dire : — Moi je serais morte!

— Je te défends de hasarder une seule de tes plaisanteries à triple dard sur madame de Mortsauf, lui répondis-je.

— Serait-ce déplaire à Votre Grâce que de remarquer la parfaite santé dont jouit un être cher à votre précieux cœur? Les femmes françaises haïssent, dit-on, jusqu'au chien de leurs amants; en Angleterre, nous aimons tout ce que nos souverains seigneurs aiment, nous haïssons tout ce qu'ils haïssent, parce que nous vivons dans la peau de nos seigneurs. Permettez-moi donc d'aimer cette dame autant que vous l'aimez vous-même. Seulement, cher enfant, dit-elle en m'enlaçant de ses bras humides de pluie, si tu me trahissais, je ne serais ni debout ni couchée, ni dans une calèche flanquée de laquais, ni à me promener dans les landes de Charlemagne, ni dans aucune des landes d'aucun pays d'aucun monde, ni dans mon lit, ni sous le toit de mes pères! Je ne serais plus, moi. Je suis née dans le Lancashire, pays où les femmes meurent d'amour. Te connaître et te céder! Je ne te céderais à aucune puissance, pas même à la mort, car je m'en irais avec toi.

Elle m'emmena dans sa chambre, où déjà le confort avait étalé ses jouissances.

— Aime-la, ma chère, lui dis-je avec chaleur, elle t'aime, elle, non pas d'une façon railleuse, mais sincèrement.

— Sincèrement, petit? dit-elle en délaçant son amazone.

Par vanité d'amant, je voulus révéler la sublimité du caractère d'Henriette à cette orgueilleuse créature. Pendant que la femme de chambre, qui ne savait pas un mot de français, lui arrangeait les cheveux, j'essayai de peindre madame de Mortsauf en en esquissant la vie, et je répétai les grandes pensées que lui avait suggérées la crise où toutes les femmes deviennent petites et mauvaises. Quoique Arabelle parût ne pas me prêter la moindre attention, elle ne perdit aucune de mes paroles.

— Je suis enchantée, dit-elle quand nous fûmes seuls, de connaître ton goût pour ces sortes de conversations chrétiennes ; il existe dans une de mes terres un vicaire qui s'entend comme personne à composer des sermons, nos paysans les comprennent, tant cette prose est bien appropriée à l'auditeur. J'écrirai demain à mon père de m'envoyer ce bonhomme par le paquebot, et tu le trouveras à Paris ; quand tu l'auras une fois écouté, tu ne voudras plus écouter que lui, d'autant plus qu'il jouit aussi d'une parfaite santé ; sa morale ne te causera point de ces secousses qui font pleurer, elle coule sans tempêtes, comme une source claire, et procure un délicieux sommeil. Tous les soirs, si cela te plaît, tu satisferas ta passion pour les sermons en digérant ton dîner. La morale anglaise, cher enfant, est aussi supérieure à celle de Touraine que notre coutellerie, notre argenterie et nos chevaux le sont à vos couteaux et à vos bêtes. Fais-moi la grâce d'entendre mon vicaire, promets-le-moi ? Je ne suis que femme, mon amour, je sais aimer, je puis mourir pour toi si tu le veux ; mais je n'ai point étudié à Eton, ni à Oxford, ni à Édimbourg ; je ne suis ni docteur, ni révérend ; je ne saurais donc te préparer de la morale, j'y suis tout à fait impropre, je serais de la dernière maladresse si j'essayais. Je ne te reproche pas tes goûts, tu en aurais de plus dépravés que celui-ci, je tâcherais de m'y conformer ; car je veux te faire trouver près de moi tout ce que tu aimes, plaisirs d'amour, plaisirs de table, plaisirs d'église, bon claret et vertus chrétiennes. Veux-tu que je mette un cilice ce soir ? Elle est bien heureuse, cette femme, de te servir de la morale! Dans quelle université les femmes françaises prennent-elles leurs grades? Pauvre moi! je ne puis que me donner, je ne suis que ton esclave...

— Alors, pourquoi t'es-tu donc enfuie quand je voulais vous voir ensemble?

— Es-tu fou, *my dee*? J'irais de Paris à Rome déguisée en laquais, je ferais pour toi les choses les plus déraisonnables; mais comment puis-je parler sur les chemins à une femme qui ne m'a pas été présentée et qui allait commencer un sermon en trois points? Je parlerai à des paysans, je demanderai à un ouvrier de partager son pain avec moi, si j'ai faim, je lui donnerai quelques guinées, et tout sera convenable; mais arrêter une calèche, comme font les gentilshommes de grande route en Angleterre, ceci n'est pas dans mon code à moi. Tu ne sais donc qu'aimer, pauvre enfant, tu ne sais donc pas vivre? D'ailleurs, je ne te ressemble pas encore complètement, mon ange! Je n'aime pas la morale. Mais pour te plaire, je suis capable des plus grands efforts. Allons, tais-toi, je m'y mettrai! Je tâcherai de devenir prêcheuse. Auprès de moi, Jérémie ne sera bientôt qu'un bouffon. Je ne me permettrai plus de caresses sans les larder de versets de la Bible.

Elle usa de son pouvoir, elle en abusa dès qu'elle vit dans mon regard cette ardente expression qui s'y peignait aussitôt que commençaient ses sorcelleries. Elle triompha de tout, et je mis complaisamment au-dessus des finasseries catholiques, la grandeur de la femme qui se perd, qui renonce à l'avenir et fait toute sa vertu de l'amour.

— Elle s'aime donc mieux qu'elle ne t'aime? me dit-elle. Elle te préfère donc quelque chose qui n'est pas toi? Comment attacher à ce qui est de nous d'autre importance que celle dont vous l'honorez? Aucune femme, quelque grande moraliste qu'elle soit, ne peut être l'égale d'un homme. Marchez sur nous,

tuez-nous, n'embarrassez jamais votre existence de
nous. A nous de mourir, à vous de vivre grands et
fiers. De vous à nous le poignard, de nous à vous
l'amour et le pardon. Le soleil s'inquiète-t-il des
moucherons qui sont dans ses rayons et qui vivent de
lui ? ils restent tant qu'ils peuvent, et quand il disparaît ils meurent...

— Ou ils s'envolent, dis-je en l'interrompant.

— Ou ils s'envolent, reprit-elle avec une indifférence qui aurait piqué l'homme le plus déterminé à
user du singulier pouvoir dont elle l'investissait. Crois-
tu qu'il soit digne d'une femme de faire avaler à un
homme des tartines beurrées de vertu pour lui persuader que la religion est incompatible avec l'amour ?
Suis-je donc une impie ? On se donne, ou l'on se refuse ;
mais se refuser et moraliser, il y a double peine, ce
qui est contraire au droit de tous les pays. Ici tu
n'auras que d'excellents *sandwiches* apprêtés par la
main de ta servante Arabelle, de qui toute la morale
sera d'imaginer des caresses qu'aucun homme n'a
encore ressenties et que les anges m'inspirent.

Je ne sais rien de plus dissolvant que la plaisanterie
maniée par une Anglaise, elle y met le sérieux éloquent, l'air de pompeuse conviction sous lequel les
Anglais couvrent les hautes niaiseries de leur vie à
préjugés. La plaisanterie française est une dentelle
avec laquelle les femmes savent embellir la joie qu'elles
donnent et les querelles qu'elles inventent ; c'est une
parure morale, gracieuse comme leur toilette. Mais
la plaisanterie anglaise est un acide qui corrode si
bien les êtres sur lesquels il tombe qu'il en fait des
squelettes lavés et brossés. La langue d'une Anglaise
spirituelle ressemble à celle d'un tigre qui emporte
la chair jusqu'à l'os en voulant jouer. Arme toute-
puissante du démon qui vient dire en ricanant : *Ce
n'est que cela ?* la moquerie laisse un venin mortel dans
les blessures qu'elle ouvre à plaisir. Pendant cette
nuit, Arabelle voulut montrer son pouvoir comme un

sultan qui, pour prouver son adresse, s'amuse à décoller des innocents.

— Mon ange, me dit-elle quand elle m'eut plongé dans ce demi-sommeil où l'on oublie tout excepté le bonheur, je viens de me faire de la morale aussi, moi! Je me suis demandé si je commettais un crime en t'aimant, si je violais les lois divines, et j'ai trouvé que rien n'était plus religieux ni plus naturel. Pourquoi Dieu créerait-il des êtres plus beaux que les autres si ce n'est pour nous indiquer que nous devons les adorer? Le crime serait de ne pas t'aimer, n'es-tu pas un ange? Cette dame t'insulte en te confondant avec les autres hommes, les règles de la morale ne te sont pas applicables, Dieu t'a mis au-dessus de tout. N'est-ce pas se rapprocher de lui que de t'aimer? pourra-t-il en vouloir à une pauvre femme d'avoir appétit des choses divines? Ton vaste et lumineux cœur ressemble tant au ciel que je m'y trompe comme les moucherons qui viennent se brûler aux bougies d'une fête! les punira-t-on, ceux-ci, de leur erreur? d'ailleurs, est-ce une erreur, n'est-ce pas une haute adoration de la lumière? Ils périssent par trop de religion, si l'on appelle périr se jeter au cou de ce qu'on aime. J'ai la faiblesse de t'aimer, tandis que cette femme a la force de rester dans sa chapelle catholique. Ne fronce pas le sourcil! tu crois que je lui en veux? Non, petit! J'adore sa morale qui lui a conseillé de te laisser libre et m'a permis ainsi de te conquérir, de te garder à jamais; car tu es à moi pour toujours, n'est-ce pas?

— Oui.

— A jamais?

— Oui.

— Me fais-tu donc une grâce, sultan? Moi seule ai deviné tout ce que tu valais! Elle sait cultiver les terres, dis-tu? Moi je laisse cette science aux fermiers, j'aime mieux cultiver ton cœur.

Je tâche de me rappeler ces enivrants bavardages

afin de vous bien peindre cette femme, de vous justifier ce que je vous en ai dit, et vous mettre ainsi dans
tout le secret du dénouement. Mais comment vous
décrire les accompagnements de ces jolies paroles que
vous savez! C'était des folies comparables aux fantaisies les plus exorbitantes de nos rêves ; tantôt des
créations semblables à celles de mes bouquets : la
grâce unie à la force, la tendresse et ses molles lenteurs,
opposées aux irruptions volcaniques de la fougue ;
tantôt les gradations les plus savantes de la musique
appliquées au concert de nos voluptés ; puis des jeux
pareils à ceux des serpents entrelacés ; enfin, les plus
caressants discours ornés des plus riantes idées, tout
ce que l'esprit peut ajouter de poésie aux plaisirs des
sens. Elle voulait anéantir sous les foudroiements
de son amour impétueux les impressions laissées dans
mon cœur par l'âme chaste et recueillie d'Henriette.
La marquise avait aussi bien vu la comtesse, que
madame de Mortsauf l'avait vue : elles s'étaient bien
jugées toutes deux. La grandeur de l'attaque faite
par Arabelle me révélait l'étendue de sa peur et sa
secrète admiration pour sa rivale. Au matin, je la
trouvai les yeux en pleurs et n'ayant pas dormi.

— Qu'as-tu ? lui dis-je.

— J'ai peur que mon extrême amour ne me nuise,
répondit-elle. J'ai tout donné. Plus adroite que je ne
le suis, cette femme possède quelque chose en elle que
tu peux désirer. Si tu la préfères, ne pense plus à moi :
je ne t'ennuierai point de mes douleurs, de mes remords, de mes souffrances ; non, j'irai mourir loin de
toi, comme une plante sans son vivifiant soleil.

Elle sut m'arracher des protestations d'amour qui
la comblèrent de joie. Que dire en effet à une femme qui
pleure au matin ? Une dureté me semble alors infâme.
Si nous ne lui avons pas résisté la veille, le lendemain,
ne sommes-nous pas obligés à mentir, car le Code-
Homme nous fait en galanterie un devoir du mensonge.

— Hé bien! je suis généreuse, dit-elle en essuyant

ses larmes, retourne auprès d'elle, je ne veux pas te devoir à la force de mon amour, mais à ta propre volonté. Si tu reviens ici, je croirai que tu m'aimes autant que je t'aime, ce qui m'a toujours paru impossible.

Elle sut me persuader de retourner à Clochegourde. La fausseté de la situation dans laquelle j'allais entrer ne pouvait être devinée par un homme gorgé de bonheur. En refusant d'aller à Clochegourde, je donnais gain de cause à lady Dudley sur Henriette. Arabelle m'emmenait alors à Paris. Mais y aller, n'était-ce pas insulter madame de Mortsauf ? dans ce cas, je devais revenir encore plus sûrement à Arabelle. Une femme a-t-elle jamais pardonné de semblables crimes de lèse-amour ? A moins d'être un ange descendu des cieux, et non l'esprit purifié qui s'y rend, une femme aimante préférerait voir son amant souffrant une agonie à le voir heureux par une autre : plus elle aime, plus elle sera blessée. Ainsi vue sous ses deux faces, ma situation, une fois sorti de Clochegourde pour aller à la Grenadière, était aussi mortelle à mes amours d'élection que profitable à mes amours de hasard. La marquise avait calculée tout avec une profondeur étudiée. Elle m'avoua plus tard que si madame de Mortsauf ne l'avait pas rencontrée dans les landes, elle avait médité de me compromettre en rôdant autour de Clochegourde.

Au moment où j'abordai la comtesse, que je vis pâle, abattue comme une personne qui a souffert quelque dure insomnie, j'exerçai soudain, non pas ce tact, mais le *flairer* qui fait ressentir aux cœurs encore jeunes et généreux la portée de ces actions indifférentes aux yeux de la masse, criminelles selon la jurisprudence des grandes âmes. Aussitôt, comme un enfant qui, descendu dans un abîme en jouant, en cueillant des fleurs, voit avec angoisse qu'il lui sera impossible de remonter, n'aperçoit plus le sol humain qu'à une distance infranchissable, se sent tout seul,

à la nuit, et entend les hurlements sauvages, je compris
que nous étions séparés par tout un monde. Il se fit
dans nos deux âmes une grande clameur et comme un
retentissement du lugubre *Consummatum est!* qui se
crie dans les églises le vendredi-saint à l'heure où
le Sauveur expira, horrible scène qui glace les jeunes
âmes pour qui la religion est un premier amour. Toutes
les illusions d'Henriette étaient mortes d'un seul coup,
son cœur avait souffert une passion. Elle, si respectée
par le plaisir qui ne l'avait jamais enlacée de ses
engourdissants replis, devinait-elle aujourd'hui les
voluptés de l'amour heureux, pour me refuser ses
regards ? car elle me retira la lumière qui depuis
six ans brillait sur ma vie. Elle savait donc que la
source des rayons épanchés de nos yeux était dans
nos âmes, auxquelles ils servaient de route pour pénétrer l'une chez l'autre ou pour se confondre en une seule,
se séparer, jouer comme deux femmes sans défiance
qui se disent tout ? Je sentis amèrement la faute d'apporter sous ce toit inconnu aux caresses un visage
où les ailes du plaisir avaient semé leur poussière dia-
prée. Si, la veille, j'avais laissé lady Dudley s'en aller
seule ; si j'étais revenu à Clochegourde, où peut-être
Henriette m'avait attendu ; peut-être... enfin peut-
être madame de Mortsauf ne se serait-elle pas si cruellement proposé d'être ma sœur. Elle mit à toutes ses
complaisances le faste d'une force exagérée, elle entrait
violemment dans son rôle pour n'en point sortir. Pendant le déjeuner, elle eut pour moi mille attentions,
des attentions humiliantes, elle me soignait comme
un malade de qui elle avait pitié.

— Vous vous êtes promené de bonne heure, me dit
le comte ; vous devez alors avoir un excellent appétit,
vous dont l'estomac n'est pas détruit !

Cette phrase, qui n'attira pas sur les lèvres de la
comtesse le sourire d'une sœur rusée, acheva de me
prouver le ridicule de ma position. Il était impossible
d'être à Clochegourde le jour, à Saint-Cyr la nuit.

Arabelle avait compté sur ma délicatesse et sur la grandeur de madame de Mortsauf. Pendant cette longue journée, je sentis combien il est difficile de devenir l'ami d'une femme longtemps désirée. Cette transition, si simple quand les ans la préparent, est une maladie au jeune âge. J'avais honte, je maudissais le plaisir, j'aurais voulu que madame de Mortsauf me demandât mon sang. Je ne pouvais lui déchirer à belles dents sa rivale, elle évitait d'en parler, et médire d'Arabelle était une infamie qui m'aurait fait mépriser par Henriette magnifique et noble jusque dans les derniers replis de son cœur. Après cinq ans de délicieuse intimité, nous ne savions de quoi parler ; nos paroles ne répondaient point à nos pensées ; nous nous cachions mutuellement de dévorantes douleurs, nous pour qui la douleur avait toujours été un fidèle truchement. Henriette affectait un air heureux et pour elle et pour moi ; mais elle était triste. Quoiqu'elle se dît à tout propos ma sœur, et qu'elle fût femme, elle ne trouvait aucune idée pour entretenir la conversation, et nous demeurions la plupart du temps dans un silence contraint. Elle accrut mon supplice intérieur, en feignant de se croire la seule victime de cette lady.

— Je souffre plus que vous, lui dis-je en un moment où la sœur laissa échapper une ironie toute féminine.

— Comment ? répondit-elle avec ce ton de hauteur que prennent les femmes quand on veut primer leurs sensations.

— Mais j'ai tous les torts.

Il y eut un moment où la comtesse prit avec moi un air froid et indifférent qui me brisa ; je résolus de partir. Le soir, sur la terrasse, je fis mes adieux à la famille réunie. Tous me suivirent au boulingrin où piaffait mon cheval dont ils s'écartèrent. Elle vint à moi quand j'en pris la bride.

— Allons seuls, à pied, dans l'avenue, me dit-elle.

Je lui donnai le bras, et nous sortîmes par les cours

en marchant à pas lents, comme si nous savourions nos mouvements confondus ; nous atteignîmes ainsi un bouquet d'arbres qui enveloppait un coin de l'enceinte extérieure.

— Adieu, mon ami, dit-elle en s'arrêtant, en jetant sa tête sur mon cœur et ses bras à mon cou. Adieu, nous ne nous verrons plus. Dieu m'a donné le triste pouvoir de regarder dans l'avenir. Ne vous rappelez-vous pas la terreur qui m'a saisie, un jour, quand vous êtes revenu si beau! si jeune! et que je vous ai vu me tournant le dos comme aujourd'hui que vous quittez Clochegourde pour aller à la Grenadière. Hé bien! encore une fois, pendant cette nuit j'ai pu jeter un coup d'œil sur nos destinées. Mon ami, nous nous parlons en ce moment pour la dernière fois. A peine pourrai-je vous dire encore quelques mots, car ce ne sera plus moi tout entière qui vous parlerai. La mort a déjà frappé quelque chose en moi. Vous aurez alors enlevé leur mère à mes enfants, remplacez-la près d'eux! vous le pourrez! Jacques et Madeleine vous aiment comme si vous les aviez toujours fait souffrir.

— Mourir! dis-je effrayé en la regardant et revoyant le feu sec de ses yeux luisants dont on ne peut donner une idée à ceux qui n'ont pas connu des êtres chers atteints de cette horrible maladie, qu'en comparant ses yeux à des globes d'argent bruni. Mourir! Henriette, je t'ordonne de vivre. Tu m'as autrefois demandé des serments, eh bien! aujourd'hui j'en exige un de toi : jure-moi de consulter Origet et de lui obéir en tout...

— Voulez-vous donc vous opposer à la clémence de Dieu ? dit-elle en m'interrompant par le cri du désespoir indigné d'être méconnu.

— Vous ne m'aimez donc pas assez pour m'obéir aveuglément en toute chose comme cette misérable lady...

— Oui, tout ce que tu voudras, dit-elle poussée par une jalousie qui lui fit en un moment franchir les distances qu'elle avait respectées jusqu'alors.

— Je reste ici, lui dis-je en la baisant sur les yeux.

Effrayée de ce consentement, elle s'échappa de mes bras, alla s'appuyer contre un arbre ; puis elle rentra chez elle en marchant avec précipitation, sans tourner la tête ; mais je la suivis, elle pleurait et priait. Arrivé au boulingrin, je lui pris la main et la baisai respectueusement. Cette soumission inespérée la toucha.

— A toi quand même! lui dis-je, car je t'aime comme t'aimait ta tante.

Elle tressaillit en me serrant alors violemment la main.

— Un regard, lui dis-je, encore un de nos anciens regards! La femme qui se donne tout entière, m'écriai-je en sentant mon âme illuminée par le coup d'œil qu'elle me jeta, donne moins de vie et d'âme que je viens d'en recevoir. Henriette, tu es la plus aimée, la seule aimée.

— Je vivrai! dit-elle, mais guérissez-vous aussi.

Ce regard avait effacé l'impression des sarcasmes d'Arabelle. J'étais donc le jouet des deux passions inconciliables que je vous ai décrites et dont j'éprouvais alternativement l'influence. J'aimais un ange et un démon ; deux femmes également belles, parées l'une de toutes les vertus que nous meurtrissons en haine de nos imperfections, l'autre de tous les vices que nous déifions par égoïsme. En parcourant cette avenue, où je me retournais de moments en moments pour revoir madame de Mortsauf appuyée sur un arbre et entourée de ses enfants qui agitaient leurs mouchoirs, je surpris dans mon âme un mouvement d'orgueil de me savoir l'arbitre de deux destinées si belles, d'être la gloire à des titres si différents de deux femmes si supérieures, et d'avoir inspiré de si grandes passions que de chaque côté la mort arriverait si je leur manquais. Cette fatuité passagère a été doublement punie, croyez-le bien! Je ne sais quel démon me disait d'attendre près d'Arabelle le moment où quelque déses-

poir, où la mort du comte me livrerait Henriette, car
Henriette m'aimait toujours : ses duretés, ses larmes,
ses remords, sa chrétienne résignation étaient d'éloquentes traces d'un sentiment qui ne pouvait pas plus
s'effacer de son cœur que du mien. En allant au pas
dans cette jolie avenue, et faisant ces réflexions, je
n'avais plus vingt-cinq ans, j'en avais cinquante.
N'est-ce pas encore plus le jeune homme que la
femme qui passe en un moment de trente à soixante
ans ? Quoique j'aie chassé d'un souffle ces mauvaises
pensées, elles m'obsédèrent, je dois l'avouer ! Peut-être
leur principe se trouvait-il aux Tuileries, sous les lam-
bris du cabinet royal. Qui pouvait résister à l'esprit
déflorateur de Louis XVIII, lui qui disait qu'on n'a
de véritables passions que dans l'âge mûr, parce que
la passion n'est belle et furieuse que quand il s'y mêle
de l'impuissance et qu'on se trouve alors à chaque
plaisir comme un joueur à son dernier enjeu. Quand je
fus au bout de l'avenue, je me retournai et la franchis
en un clin d'œil en voyant qu'Henriette y était encore,
elle seule ! Je vins lui dire un dernier adieu, mouillé
de larmes expiatrices dont la cause lui fut cachée.
Larmes sincères, accordées sans le savoir à ces belles
amours à jamais perdues, à ces vierges émotions, à
ces fleurs de la vie qui ne renaissent plus ; car, plus tard,
l'homme ne donne plus, il reçoit ; il s'aime lui-même
dans sa maîtresse ; tandis qu'au jeune âge il aime sa
maîtresse en lui : plus tard nous inoculons nos goûts,
nos vices peut-être à la femme qui nous aime ; tandis
qu'au début de la vie, celle que nous aimons nous
impose ses vertus, ses délicatesses ; elle nous convie
au beau par un sourire, et nous apprend le dévouement par son exemple. Malheur à qui n'a pas eu son
Henriette ! Malheur à qui n'a pas connu quelque lady
Dudley ! S'il se marie, celui-ci ne gardera pas sa femme,
celui-là sera peut-être abandonné par sa maîtresse ;
mais heureux qui peut trouver les deux en une seule ;
heureux, Natalie, l'homme que vous aimez !

De retour à Paris, Arabelle et moi nous devînmes plus intimes que par le passé. Bientôt nous abolîmes insensiblement l'un et l'autre les lois de convenance que je m'étais imposées, et dont la stricte observation fait souvent pardonner par le monde la fausseté de la position où s'était mise lady Dudley. Le monde, qui aime tant à pénétrer au-delà des apparences, les légitime dès qu'il connaît le secret qu'elles enveloppent. Les amants forcés de vivre au milieu du grand monde auront toujours tort de renverser ces barrières exigées par la jurisprudence des salons, tort de ne pas obéir scrupuleusement à toutes les conventions imposées par les mœurs ; il s'agit alors moins des autres que d'eux-mêmes. Les distances à franchir, le respect extérieur à conserver, les comédies à jouer, le mystère à obscurcir, toute cette stratégie de l'amour heureux occupe la vie, renouvelle le désir et protège notre cœur contre les relâchements de l'habitude. Mais essentiellement dissipatrices, les premières passions, de même que les jeunes gens, coupent leurs forêts à blanc au lieu de les aménager. Arabelle n'adoptait pas ces idées bourgeoises, elle s'y était pliée pour me plaire ; semblable au bourreau marquant d'avance sa proie afin de se l'approprier, elle voulait me compromettre à la face de tout Paris pour faire de moi son *sposo*. Aussi employa-t-elle ses coquetteries à me garder chez elle, car elle n'était pas contente de son élégant esclandre qui, faute de preuves, n'encourageait que les chuchoteries sous l'éventail. En la voyant si heureuse de commettre une imprudence qui dessinerait franchement sa position, comment n'aurais-je pas cru à son amour ? Une fois plongé dans les douceurs d'un mariage illicite, le désespoir me saisit, car je voyais ma vie arrêtée au rebours des idées reçues et des recommandations d'Henriette. Je vécus alors avec l'espèce de rage qui saisit un poitrinaire quand, pressentant sa fin, il ne veut pas qu'on interroge le bruit de sa respiration. Il y avait un coin de mon cœur où je ne pouvais me

retirer sans souffrance ; un esprit vengeur me jetait
incessamment des idées sur lesquelles je n'osais m'ap-
pesantir. Mes lettres à Henriette peignaient cette
maladie morale, et lui causaient un mal infini. « Au
prix de tant de trésors perdus, elle me voulait au
moins heureux! » me dit-elle dans la seule réponse que
je reçus. Et je n'étais pas heureux! Chère Natalie, le
bonheur est absolu, il ne souffre pas de comparaisons.
La première ardeur passée, je comparai nécessairement ces deux femmes l'une à l'autre, contraste que
je n'avais pas encore pu étudier. En effet, toute grande
passion pèse si fortement sur notre caractère qu'elle
en refoule d'abord les aspérités et comble la trace des
habitudes qui constituent nos défauts ou nos qualités ;
mais plus tard, chez deux amants bien accoutumés
l'un à l'autre, les traits de la physionomie morale
reparaissent ; tous deux se jugent alors mutuellement,
et souvent il se déclare, durant cette réaction du caractère sur la passion, des antipathies qui préparent ces
désunions dont s'arment les gens superficiels pour
accuser le cœur humain d'instabilité. Cette période
commença donc. Moins aveuglé par les séductions, et
détaillant pour ainsi dire mon plaisir, j'entrepris, sans
le vouloir peut-être, un examen qui nuisit à lady Dudley.

Je lui trouvai d'abord en moins l'esprit qui distingue
la Française entre toutes les femmes, et la rend la
plus délicieuse à aimer, selon l'aveu des gens que les
hasards de leur vie ont mis à même d'éprouver les
manières d'aimer de chaque pays. Quand une Française
aime, elle se métamorphose ; sa coquetterie si vantée,
elle l'emploie à parer son amour ; sa vanité si dangereuse, elle l'immole et met toutes ses prétentions à
bien aimer. Elle épouse les intérêts, les haines, les
amitiés de son amant ; elle acquiert en un jour les
subtilités expérimentées de l'homme d'affaires, elle
étudie le code, elle comprend le mécanisme du crédit,
et séduit la caisse d'un banquier ; étourdie et prodigue,
elle ne fera pas une seule faute et ne gaspillera pas un

seul louis ; elle devient à la fois mère, gouvernante, médecin, et donne à toutes ses transformations une grâce de bonheur qui révèle dans les plus légers détails un amour infini ; elle réunit les qualités spéciales qui recommandent les femmes de chaque pays en donnant à ce mélange de l'unité par l'esprit, cette semence française qui anime, permet, justifie, varie tout et détruit la monotonie d'un sentiment appuyé sur le premier temps d'un seul verbe. La femme française aime toujours, sans relâche ni fatigue, à tout moment, en public et seule ; en public, elle trouve un accent qui ne résonne que dans une oreille, elle parle par son silence même, et sait vous regarder les yeux baissés ; si l'occasion lui interdit la parole et le regard, elle emploiera le sable sur lequel s'imprime son pied pour y écrire une pensée ; seule, elle exprime sa passion même pendant le sommeil ; enfin elle plie le monde à son amour. Au contraire l'Anglaise plie son amour au monde. Habituée par son éducation à conserver cette habitude glaciale, ce maintien britannique si égoïste dont je vous ai parlé, elle ouvre et ferme son cœur avec la facilité d'une mécanique anglaise. Elle possède un masque impénétrable qu'elle met et qu'elle ôte flegmatiquement ; passionnée comme une Italienne quand aucun œil ne la voit, elle devient froidement digne aussitôt que le monde intervient. L'homme le plus aimé doute alors de son empire en voyant la profonde immobilité du visage, le calme de la voix, la parfaite liberté de contenance qui distingue une Anglaise sortie de son boudoir. En ce moment, l'hypocrisie va jusqu'à l'indifférence, l'Anglaise a tout oublié. Certes la femme qui sait jeter son amour comme un vêtement fait croire qu'elle peut en changer. Quelles tempêtes soulèvent alors les vagues du cœur quand elles sont remuées par l'amour-propre blessé de voir une femme prenant, interrompant, reprenant l'amour comme une tapisserie à main ! Ces femmes sont trop maîtresses d'elles-mêmes pour vous bien

appartenir ; elles accordent trop d'influence au monde
pour que notre règne soit entier. Là où la Française
console le patient par un regard, trahit sa colère
contre les visiteurs par quelques jolies moqueries, le
silence des Anglaises est absolu, agace l'âme et
taquine l'esprit. Ces femmes trônent si constamment
en toute occasion que, pour la plupart d'entre elles,
l'omnipotence de la *fashion* doit s'étendre jusque sur
leurs plaisirs. Qui exagère la pudeur doit exagérer
l'amour, les Anglaises sont ainsi ; elles mettent tout
dans la forme, sans que chez elles l'amour de la forme
produise le sentiment de l'art : quoi qu'elles puissent
dire, le protestantisme et le catholicisme expliquent
les différences qui donnent à l'âme des Françaises
tant de supériorité sur l'amour raisonné, calculateur
des Anglaises. Le protestantisme doute, examine et
tue les croyances, il est donc la mort de l'art et de
l'amour. Là où le monde commande, les gens du monde
doivent obéir ; mais les gens passionnés le fuient aussitôt, il leur est insupportable. Vous comprendrez
alors combien fut choqué mon amour-propre en découvrant que lady Dudley ne pouvait point se passer du
monde, et que la transition britannique lui était familière : ce n'était pas un sacrifice que le monde lui imposait ; non, elle se manifestait naturellement sous
deux formes ennemies l'une de l'autre ; quand elle
aimait, elle aimait avec ivresse ; aucune femme d'aucun pays ne lui était comparable, elle valait tout un
sérail ; mais le rideau tombé sur cette scène de féerie
en bannissait jusqu'au souvenir. Elle ne répondait ni
à un regard ni à un sourire ; elle n'était ni maîtresse
ni esclave, elle était comme une ambassadrice obligée
d'arrondir ses phrases et ses coudes, elle impatientait
par son calme, elle outrageait le cœur par son décorum ;
elle ravalait ainsi l'amour jusqu'au besoin, au lieu de
l'élever jusqu'à l'idéal par l'enthousiasme. Elle n'exprimait ni crainte, ni regrets, ni désir ; mais à l'heure
dite sa tendresse se dressait comme des feux subite-

ment allumés, et semblait insulter à sa réserve. A
laquelle de ces deux femmes devais-je croire ? Je sentis
alors par mille piqûres d'épingle les différences infinies
qui séparaient Henriette d'Arabelle. Quand madame
de Mortsauf me quittait pour un moment, elle semblait
laisser à l'air le soin de me parler d'elle ; les plis de sa
robe, quand elle s'en allait, s'adressaient à mes yeux
comme leur bruit onduleux arrivait joyeusement à
mon oreille quand elle revenait ; il y avait des tendresses
infinies dans la manière dont elle dépliait ses paupières
en abaissant ses yeux vers la terre ; sa voix, cette voix
musicale, était une caresse continuelle ; ses discours
témoignaient d'une pensée constante, elle se ressemblait toujours à elle-même ; elle ne scindait pas son
âme en deux atmosphères, l'une ardente et l'autre glacée ; enfin, madame de Mortsauf réservait son esprit
et la fleur de sa pensée pour exprimer ses sentiments,
elle se faisait coquette par les idées avec ses enfants
et avec moi. Mais l'esprit d'Arabelle ne lui servait pas à
rendre la vie aimable, elle ne l'exerçait point à mon
profit, il n'existait que par le monde et pour le monde,
elle était purement moqueuse ; elle aimait à déchirer,
à mordre, non pour m'amuser, mais pour satisfaire
un goût. Madame de Mortsauf aurait dérobé son bonheur à tous les regards, lady Arabelle voulait montrer
le sien à tout Paris, et, par une horrible grimace, elle
restait dans les convenances tout en paradant au Bois
avec moi. Ce mélange d'ostentation et de dignité,
d'amour et de froideur, blessait constamment mon âme,
à la fois vierge et passionnée ; et, comme je ne savais
point passer ainsi d'une température à l'autre, mon
humeur s'en ressentait ; j'étais palpitant d'amour
quand elle reprenait sa pudeur de convention. Quand
je m'avisai de me plaindre, non sans de grands ménagements, elle tourna sa langue à triple dard contre
moi, mêlant les gasconnades de sa passion à ces plaisanteries anglaises que j'ai tâché de vous peindre.
Aussitôt qu'elle se trouvait en contradiction avec moi,

elle se faisait un jeu de froisser mon cœur et d'humilier
mon esprit, elle me maniait comme une pâte. A des
observations sur le milieu que l'on doit garder en tout,
elle répondait par la caricature de mes idées, qu'elle
portait à l'extrême. Quand je lui reprochais son attitude, elle me demandait si je voulais qu'elle m'em-
brassât devant tout Paris, aux Italiens ; elle s'y engageait si sérieusement, que, connaissant son envie de
faire parler d'elle, je tremblais de lui voir exécuter sa
promesse. Malgré sa passion réelle, je ne sentais jamais
rien de recueilli, de saint, de profond comme chez
Henriette : elle était toujours insatiable comme une
terre sablonneuse. Madame de Mortsauf était toujours
rassurée et sentait mon âme dans une accentuation
ou dans un coup d'œil, tandis que la marquise n'était
jamais accablée par un regard, ni par un serrement
de main, ni par une douce parole. Il y a plus ! le bonheur de la veille n'était rien le lendemain ; aucune
preuve d'amour ne l'étonnait ; elle éprouvait un si
grand désir d'agitation, de bruit, d'éclat, que rien
n'atteignait sans doute à son beau idéal en ce genre,
et de là ses furieux efforts d'amour ; dans sa fantaisie
exagérée, il s'agissait d'elle et non de moi. Cette lettre
de madame de Mortsauf, lumière qui brillait encore
sur ma vie, et qui prouvait la manière dont la femme
la plus vertueuse sait obéir au génie de la Française, en
accusant une perpétuelle vigilance, une entente continuelle de toutes mes fortunes ; cette lettre a dû vous
faire comprendre avec quel soin Henriette s'occupait
de mes intérêts matériels, de mes relations politiques,
de mes conquêtes morales, avec quelle ardeur elle
embrassait ma vie par les endroits permis. Sur tous
ces points, lady Dudley affectait la réserve d'une personne de simple connaissance. Jamais elle ne s'informa
ni de mes affaires, ni de ma fortune, ni de mes travaux,
ni des difficultés de ma vie, ni de mes haines, ni de mes
amitiés d'homme. Prodigue pour elle-même sans être
généreuse, elle séparait vraiment un peu trop les in-

térêts et l'amour ; tandis que, sans l'avoir éprouvé, je
savais qu'afin de m'éviter un chagrin, Henriette aurait
trouvé pour moi ce qu'elle n'aurait pas cherché pour
elle. Dans un de ces malheurs qui peuvent attaquer
les hommes les plus élevés et les plus riches, l'histoire
en atteste assez ! j'aurais consulté Henriette, mais je
me serais laissé traîner en prison sans dire un mot à
lady Dudley.

Jusqu'ici le contraste repose sur les sentiments, mais
il en était de même pour les choses. Le luxe est en
France l'expression de l'homme, la reproduction de ses
idées, de sa poésie spéciale ; il peint le caractère, et
donne entre amants du prix aux moindres soins en
faisant rayonner autour de nous la pensée dominante
de l'être aimé ; mais ce luxe anglais dont les recherches
m'avaient séduit par leur finesse était mécanique aussi !
lady Dudley n'y mettait rien d'elle, il venait des gens,
il était acheté. Les mille attentions caressantes de
Clochegourde étaient, aux yeux d'Arabelle, l'affaire
des domestiques ; à chacun d'eux son devoir et sa
spécialité. Choisir les meilleurs laquais était l'affaire
de son majordome, comme s'il se fût agi de chevaux.
Cette femme ne s'attachait point à ses gens, la mort
du plus précieux d'entre eux ne l'aurait point affectée,
on l'eût à prix d'argent remplacé par quelque autre
également habile. Quant au prochain, jamais je ne
surpris dans ses yeux une larme pour les malheurs
d'autrui, elle avait même une naïveté d'égoïsme de
laquelle il fallait absolument rire. Les draperies rouges
de la grande dame couvraient cette nature de bronze.
La délicieuse Aimée qui se roulait le soir sur ses tapis,
qui faisait sonner tous les grelots de son amoureuse
folie, réconciliait promptement un homme jeune avec
l'Anglaise insensible et dure ; aussi ne découvris-je
que pas à pas le tuf sur lequel je perdais mes semailles,
et qui ne devait point donner de moissons. Madame
de Mortsauf avait pénétré tout d'un coup cette nature
dans sa rapide rencontre ; je me souvins de ses paroles

prophétiques. Henriette avait eu raison en tout,
l'amour d'Arabelle me devenait insupportable. J'ai
remarqué depuis que la plupart des femmes qui mon-
tent bien à cheval ont peu de tendresse. Comme aux
amazones, il leur manque une mamelle, et leurs cœurs
sont endurcis en un certain endroit, je ne sais lequel.

Au moment où je commençais à sentir la pesanteur
de ce joug, où la fatigue me gagnait le corps et l'âme,
où je comprenais bien tout ce que le sentiment vrai
donne de sainteté à l'amour, où j'étais accablé par les
souvenirs de Clochegourde en respirant, malgré la
distance, le parfum de toutes ses roses, la chaleur de
sa terrasse, en entendant le chant de ses rossignols, en
ce moment affreux où j'apercevais le lit pierreux du
torrent sous ses eaux diminuées, je reçus un coup qui
retentit encore dans ma vie, car à chaque heure il
trouve un écho. Je travaillais dans le cabinet du roi
qui devait sortir à quatre heures, le duc de Lenoncourt
était de service ; en le voyant entrer le roi lui demanda
des nouvelles de la comtesse ; je levai brusquement la
tête d'une façon trop significative ; le roi, choqué de ce
mouvement, me jeta le regard qui précédait ces mots
durs qu'il savait si bien dire.

— Sire, ma pauvre fille se meurt, répondit le duc.

— Le roi daignera-t-il m'accorder un congé ? dis-je,
les larmes aux yeux en bravant une colère près d'é-
clater.

— Courez, mylord, me répond-il en souriant de
mettre une épigramme dans chaque mot et me faisant
grâce de sa réprimande en faveur de son esprit.

Plus courtisan que père, le duc ne demanda point
de congé et monta dans la voiture du roi pour l'accompagner. Je partis sans dire adieu à lady Dudley, qui
par bonheur était sortie et à laquelle j'écrivis que j'allais en mission pour le service du roi. A la Croix de
Berny, je rencontrai Sa Majesté qui revenait de Ver-
rières. En acceptant un bouquet de fleurs qu'il laissa
tomber à ses pieds, le roi me jeta un regard plein de

ces royales ironies accablantes de profondeur, et qui semblait me dire : « — Si tu veux être quelque chose en politique, reviens! Ne t'amuse pas à parlementer avec les morts! » Le duc me fit avec la main un signe de mélancolie. Les deux pompeuses calèches à huit chevaux, les colonels dorés, l'escorte et ses tourbillons de poussière passèrent rapidement aux cris de Vive le roi! Il me sembla que la cour avait foulé le corps de madame de Mortsauf avec l'insensibilité que la nature témoigne pour nos catastrophes. Quoique ce fût un excellent homme, le duc allait sans doute faire le whist de MONSIEUR [1], après le coucher du roi. Quant à la duchesse, elle avait depuis longtemps porté le premier coup à sa fille en lui parlant, elle seule, de lady Dudley.

Mon rapide voyage fut comme un rêve, mais un rêve de joueur ruiné ; j'étais au désespoir de ne point avoir reçu de nouvelles. Le confesseur avait-il poussé la rigidité jusqu'à m'interdire l'accès de Clochegourde ? J'accusais Madeleine, Jacques, l'abbé de Dominis, tout, jusqu'à monsieur de Mortsauf. Au-delà de Tours, en débouchant par les ponts Saint-Sauveur, pour descendre dans le chemin bordé de peupliers qui mène à Poncher, et que j'avais tant admiré quand je courais à la recherche de mon inconnue, je rencontrai monsieur Origet ; il devina que je me rendais à Clochegourde, je devinai qu'il en revenait ; nous arrêtâmes chacun notre voiture et nous en descendîmes, moi pour demander des nouvelles, et lui pour m'en donner.

— Hé bien! comment va madame de Mortsauf? lui dis-je.

— Je doute que vous la trouviez vivante, me répondit-il. Elle meurt d'une affreuse mort, elle meurt d'inanition. Quand elle me fit appeler au mois de juin dernier, aucune puissance médicale ne pouvait plus combattre la maladie ; elle avait les affreux symptômes que monsieur de Mortsauf vous aura sans doute décrits, puisqu'il croyait les éprouver. Madame la com-

tesse n'était pas alors sous l'influence passagère d'une
perturbation due à une lutte intérieure que la médecine
dirige et qui devient la cause d'un état meilleur, ou
sous le coup d'une crise commencée et dont le désordre
se répare ; non, la maladie était arrivée au point où
l'art est inutile : c'est l'incurable résultat d'un chagrin,
comme une blessure mortelle est la conséquence d'un
coup de poignard. Cette affection est produite par
l'inertie d'un organe dont le jeu est aussi nécessaire
à la vie que celui du cœur. Le chagrin a fait l'office du
poignard. Ne vous y trompez pas ! madame de Mortsauf
meurt de quelque peine inconnue.

— Inconnue ! dis-je. Ses enfants n'ont point été
malades ?

— Non, me dit-il, en me regardant d'un air significatif, et depuis qu'elle est sérieusement atteinte,
monsieur de Mortsauf ne l'a plus tourmentée. Je ne
suis plus utile, monsieur Deslandes d'Azay suffit, il
n'existe aucun remède, et les souffrances sont horribles.
Riche, jeune, belle, et mourir maigrie, vieillie par la
faim, car elle mourra de faim ! Depuis quarante jours,
l'estomac étant comme fermé rejette tout aliment,
sous quelque forme qu'on le présente.

Monsieur Origet me pressa la main que je lui tendis,
il me l'avait presque demandée par un geste de respect.

— Du courage, monsieur, dit-il en levant les yeux
au ciel.

Sa phrase exprimait de la compassion pour des
peines qu'il croyait également partagées ; il ne soup-
çonnait pas le dard envenimé de ses paroles qui m'at-
teignirent comme une flèche au cœur. Je montai
brusquement en voiture en promettant une bonne
récompense au postillon si j'arrivais à temps.

Malgré mon impatience, je crus avoir fait le chemin
en quelques minutes, tant j'étais absorbé par les réflexions amères qui se pressaient dans mon âme. Elle
meurt de chagrin, et ses enfants vont bien ! elle mourait
donc par moi ! Ma conscience menaçante prononça un

de ces réquisitoires qui retentissent dans toute la vie
et quelquefois au-delà. Quelle faiblesse et quelle impuissance dans la justice humaine! Elle ne venge que
les actes patents. Pourquoi la mort et la honte au meurtrier qui tue d'un coup, qui vous surprend généreusement dans le sommeil et vous endort pour toujours, ou
qui frappe à l'improviste, en vous évitant l'agonie ?
Pourquoi la vie heureuse, pourquoi l'estime au meurtrier
qui verse goutte à goutte le fiel dans l'âme et mine le
corps pour le détruire ? Combien de meurtriers im-
punis! Quelle complaisance pour le vice élégant! quel
acquittement pour l'homicide causé par les persécutions morales! Je ne sais quelle main vengeresse leva
tout à coup le rideau peint qui couvre la société. Je
vis plusieurs de ces victimes qui vous sont aussi connues
qu'à moi : madame de Beauséant partie mourante en
Normandie quelques jours avant mon départ! La duchesse de Langeais compromise! Lady Brandon arrivée
en Touraine pour y mourir dans cette humble maison
où lady Dudley était restée deux semaines, et tuée,
par quel horrible dénouement ? vous le savez ¹! Notre
époque est fertile en événements de ce genre. Qui n'a
connu cette pauvre jeune femme qui s'est empoisonnée, vaincue par la jalousie ² qui tuait peut-être madame de Mortsauf ? Qui n'a frémi du destin de cette
délicieuse jeune fille qui, semblable à une fleur piquée
par un taon, a dépéri en deux ans de mariage, victime
de sa pudique ignorance, victime d'un misérable
auquel Ronquerolles, Montriveau, de Marsay donnent
la main parce qu'il sert leurs projets politiques ³ ?
Qui n'a palpité au récit des derniers moments de cette
femme qu'aucune prière n'a pu fléchir et qui n'a jamais
voulu revoir son mari après en avoir si noblement payé
les dettes ? Madame d'Aiglemont n'a-t-elle pas vu la
tombe de bien près, et sans les soins de mon frère
vivrait-elle ⁴ ? Le monde et la science sont complices
de ces crimes pour lesquels il n'est point de Cour d'As-
sises. Il semble que personne ne meure de chagrin, ni

de désespoir, ni d'amour, ni de misères cachées, ni d'espérances cultivées sans fruit, incessamment re- plantées et déracinées. La nomenclature nouvelle a des mots ingénieux pour tout expliquer : la gastrite, la péricardite, les mille maladies de femme dont les noms se disent à l'oreille, servent de passeport aux cercueils escortés de larmes hypocrites que la main du notaire a bientôt essuyées. Y a-t-il au fond de ce mal- heur quelque loi que nous ne connaissons pas ? Le centenaire doit-il impitoyablement joncher le terrain de morts, et le dessécher autour de lui pour s'élever, de même que le millionnaire s'assimile les efforts d'une multitude de petites industries ? Y a-t-il une forte vie venimeuse qui se repaît des créatures douces et tendres ? Mon Dieu! appartenais-je donc à la race des tigres ? Le remords me serrait le cœur de ses doigts brûlants, et j'avais les joues sillonnées de larmes quand j'entrai dans l'avenue de Clochegourde par une humide ma- tinée d'octobre qui détachait les feuilles mortes des peupliers dont la plantation avait été dirigée par Henriette, dans cette avenue où naguère elle agitait son mouchoir comme pour me rappeler! Vivait-elle ? Pourrais-je sentir ses deux blanches mains sur ma tête prosternée ? En un moment je payai tous les plaisirs donnés par Arabelle et les trouvai chèrement vendus! je me jurai de ne jamais la revoir, et je pris en haine l'Angleterre. Quoique lady Dudley soit une variété de l'espèce, j'enveloppai toutes les Anglaises dans les crêpes de mon arrêt.

En entrant à Clochegourde, je reçus un nouveau coup. Je trouvai Jacques, Madeleine et l'abbé de Do- minis agenouillés tous trois au pied d'une croix de bois plantée au coin d'une pièce de terre qui avait été comprise dans l'enceinte, lors de la construction de la grille, et que ni le comte, ni la comtesse n'avaient voulu abattre. Je sautai hors de ma voiture et j'allai vers eux le visage plein de larmes, et le cœur brisé par le spectacle de ces deux enfants et de ce grave personnage implorant Dieu. Le vieux piqueur y était aussi, à quelques pas, la tête nue.

— Eh bien! monsieur? dis-je à l'abbé de Dominis en baisant au front Jacques et Madeleine qui me jetèrent un regard froid, sans cesser leur prière. L'abbé se leva, je lui pris le bras pour m'y appuyer en lui disant : — Vit-elle encore? Il inclina la tête par un mouvement triste et doux. — Parlez, je vous en supplie, au nom de la Passion de Notre-Seigneur! Pourquoi priez-vous au pied de cette croix? pourquoi êtes-vous ici et non près d'elle? pourquoi ses enfants sont-ils dehors par une si froide matinée? dites-moi tout, afin que je ne cause pas quelque malheur par ignorance.

— Depuis plusieurs jours, madame la comtesse ne veut voir ses enfants qu'à des heures déterminées. — Monsieur, reprit-il après une pause, peut-être devriez-vous attendre quelques heures avant de revoir madame de Mortsauf, elle est bien changée! mais il est utile de la préparer à cette entrevue, vous pourriez lui causer quelque surcroît de souffrance... Quant à la mort, ce serait un bienfait.

Je serrai la main de cet homme divin dont le regard et la voix caressaient les blessures d'autrui sans les aviver.

— Nous prions tous ici pour elle, reprit-il; car elle, si sainte, si résignée, si faite à mourir, depuis quelques jours elle a pour la mort une horreur secrète, elle jette sur ceux qui sont pleins de vie des regards où, pour la première fois, se peignent des sentiments sombres et envieux. Ses vertiges sont excités, je crois, moins par l'effroi de la mort que par une ivresse intérieure, par les fleurs fanées de sa jeunesse qui fermentent en se flétrissant. Oui, le mauvais ange dispute cette belle âme au ciel. Madame subit sa lutte au mont des Oliviers, elle accompagne de ses larmes la chute des roses blanches qui couronnaient sa tête de Jephté mariée, et tombées une à une. Attendez, ne vous montrez pas encore, vous lui apporteriez les clartés de la cour, elle retrouverait sur votre visage un reflet des fêtes mondaines et vous rendriez de la force à ses plaintes. Ayez pitié d'une faiblesse que Dieu lui-même a pardonnée à son Fils devenu homme. Quels mérites aurions-nous d'ailleurs à vaincre sans adversaire ? Permettez que son confesseur ou moi, deux vieillards dont les ruines n'offensent point sa vue, nous la pré-parions à une entrevue inespérée, à des émotions aux-quelles l'abbé Birotteau avait exigé qu'elle renonçât. Mais il est dans les choses de ce monde une invisible trame de causes célestes qu'un œil religieux aperçoit, et si vous êtes venu ici, peut-être y êtes-vous amené par une de ces célestes étoiles qui brillent dans le monde moral, et qui conduisent vers le tombeau comme vers la crèche...

Il me dit alors, en employant cette onctueuse élo-quence qui tombe sur le cœur comme une rosée, que depuis six mois la comtesse avait chaque jour souffert davantage, malgré les soins de monsieur Origet. Le docteur était venu pendant deux mois, tous les soirs, à Clochegourde, voulant arracher cette proie à la mort, car la comtesse avait dit : « — Sauvez-moi ! » « — Mais, pour guérir le corps, il aurait fallu que le cœur fût guéri ! » s'était un jour écrié le vieux médecin.

— Selon les progrès du mal, les paroles de cette femme si douce sont devenues amères, me dit l'abbé de Dominis. Elle crie à la terre de la garder, au lieu de crier à Dieu de la prendre ; puis, elle se repent de mur-murer contre les décrets d'en haut. Ces alternatives lui déchirent le cœur, et rendent horrible la lutte du corps et de l'âme. Souvent le corps triomphe ! « — Vous me coûtez bien cher ! » a-t-elle dit un jour à Madeleine et à Jacques en les repoussant de son lit. Mais en ce moment, rappelée à Dieu par ma vue, elle a dit à mademoiselle Madeleine ces angéliques paroles : « Le bonheur des autres devient la joie de ceux qui ne peuvent plus être heureux. » Et son accent fut si déchi-rant que j'ai senti mes paupières se mouiller. Elle tombe, il est vrai ; mais, à chaque faux pas, elle se relève plus haut vers le ciel.

Frappé des messages successifs que le hasard m'envoyait, et qui, dans ce grand concert d'infortunes, préparaient par de douloureuses modulations le thème funèbre, le grand cri de l'amour expirant, je m'écriai :
— Vous le croyez, ce beau lys coupé refleurira dans le ciel ?

— Vous l'avez laissée fleur encore, me répondit-il, mais vous la retrouverez consumée, purifiée dans le feu des douleurs, et pure comme un diamant encore enfoui dans les cendres. Oui, ce brillant esprit, étoile angélique, sortira splendide de ses nuages pour aller dans le royaume de lumière.

Au moment où je serrais la main de cet homme évangélique, le cœur oppressé de reconnaissance, le comte montra hors de la maison sa tête entièrement blanchie et s'élança vers moi par un mouvement où se peignait la surprise.

— Elle a dit vrai! le voici. « Félix, Félix, voici Félix qui vient! » s'est écriée madame de Mortsauf. Mon ami, reprit-il en me jetant des regards insensés de terreur, la mort est ici. Pourquoi n'a-t-elle pas pris un vieux fou comme moi qu'elle avait entamé...

Je marchai vers le château, rappelant mon courage ; mais sur le seuil de la longue antichambre qui menait du boulingrin au perron, en traversant la maison, l'abbé Birotteau m'arrêta.

— Madame la comtesse vous prie de ne pas entrer encore, me dit-il.

En jetant un coup d'œil, je vis les gens allant et venant, tous affairés, ivres de douleur et surpris sans doute des ordres que Manette leur communiquait.

— Qu'arrive-t-il ? dit le comte effarouché de ce mouvement autant par crainte de l'horrible événement que par l'inquiétude naturelle à son caractère.

— Une fantaisie de malade, répondit l'abbé. Madame la comtesse ne veut pas recevoir monsieur le

vicomte dans l'état où elle est ; elle parle de toilette,
pourquoi la contrarier ?

Manette alla chercher Madeleine, et nous vîmes Madeleine sortant quelques moments après être entrée
chez sa mère. Puis en nous promenant tous les cinq,
Jacques et son père, les deux abbés et moi, tous silencieux le long de la façade sur le boulingrin, nous dé-
passâmes la maison. Je contemplai tour à tour Montbazon et Azay, regardant la vallée jaunie dont le deuil
répondait alors comme en toute occasion aux sentiments qui m'agitaient. Tout à coup j'aperçus la chère
mignonne courant après les fleurs d'automne et les
cueillant sans doute pour composer des bouquets.
En pensant à tout ce que signifiait cette réplique de
mes soins amoureux, il se fit en moi je ne sais quel
mouvement d'entrailles, je chancelai, ma vue s'obs-
curcit, et les deux abbés entre lesquels je me trouvais
me portèrent sur la margelle d'une terrasse où je
demeurai pendant un moment comme brisé, mais sans
perdre entièrement connaissance.

— Pauvre Félix, me dit le comte, elle avait bien
défendu de vous écrire, elle sait combien vous l'aimez !

Quoique préparé à souffrir, je m'étais trouvé sans
force contre une attention qui résumait tous mes
souvenirs de bonheur. « La voilà, pensai-je, cette lande
desséchée comme un squelette, éclairée par un jour
gris au milieu de laquelle s'élevait un seul buisson de
fleurs, que jadis dans mes courses je n'ai pas admirée
sans un sinistre frémissement et qui était l'image de
cette heure lugubre ! » Tout était morne dans ce petit
castel, autrefois si vivant, si animé ! tout pleurait, tout
disait le désespoir et l'abandon. C'était des allées
ratissées à moitié, des travaux commencés et aban-
donnés, des ouvriers debout regardant le château.
Quoique l'on vendangeât les clos, l'on n'entendait ni
bruit ni babil. Les vignes semblaient inhabitées, tant
le silence était profond. Nous allions comme des gens
dont la douleur repousse des paroles banales, et nous

écoutions le comte, le seul de nous qui parlât. Après
les phrases dictées par l'amour machinal qu'il ressentait
pour sa femme, le comte fut conduit par la pente de
son esprit à se plaindre de la comtesse. Sa femme n'a-
vait jamais voulu se soigner ni l'écouter quand il lui
donnait de bons avis ; il s'était aperçu le premier des
symptômes de la maladie ; car il les avait étudiés sur
lui-même, les avait combattus et s'en était guéri tout
seul sans autre secours que celui d'un régime, et en
évitant toute émotion forte. Il aurait bien pu guérir
aussi la comtesse ; mais un mari ne saurait accepter de
semblables responsabilités, surtout lorsqu'il a le malheur de voir en toute affaire son expérience dédaignée.
Malgré ces représentations, la comtesse avait pris
Origet pour médecin. Origet, qui l'avait jadis si mal
soigné, lui tuait sa femme. Si cette maladie a pour cause
d'excessifs chagrins, il avait été dans toutes les conditions pour l'avoir ; mais quels pouvaient être les chagrins de sa femme ? La comtesse était heureuse, elle
n'avait ni peines ni contrariétés! Leur fortune était,
grâce à ses soins et à ses bonnes idées, dans un état
satisfaisant ; il laissait madame de Mortsauf régner à
Clochegourde ; ses enfants, bien élevés, bien portants,
ne donnaient plus aucune inquiétude ; d'où pouvait
donc procéder le mal ? Et il discutait et il mêlait l'expression de son désespoir à des accusations insensées.
Puis, ramené bientôt par quelque souvenir à l'admiration que méritait cette noble créature, quelques larmes
s'échappaient de ses yeux, secs depuis si longtemps.

Madeleine vint m'avertir que sa mère m'attendait.
L'abbé Birotteau me suivit. La grave jeune fille resta
près de son père, en disant que la comtesse désirait
être seule avec moi, et prétextait la fatigue que lui
causerait la présence de plusieurs personnes. La solennité de ce moment produisit en moi cette impression de chaleur intérieure et de froid au-dehors qui
nous brise dans les grandes circonstances de la vie.
L'abbé Birotteau, l'un de ces hommes que Dieu a

marqués comme siens en les revêtant de douceur, de
simplicité, en leur accordant la patience et la miséri-
corde, me prit à part.

— Monsieur, me dit-il, sachez que j'ai fait tout ce
qui était humainement possible pour empêcher cette
réunion. Le salut de cette sainte le voulait ainsi. Je
n'ai vu qu'elle et non vous. Maintenant que vous allez
revoir celle dont l'accès aurait dû vous être interdit
par les anges, apprenez que je resterai entre vous
pour la défendre contre vous-même et contre elle peut-
être! Respectez sa faiblesse. Je ne vous demande pas
grâce pour elle comme prêtre, mais comme un humble
ami que vous ne saviez pas avoir, et qui veut vous
éviter des remords. Notre chère malade meurt exacte-
ment de faim et de soif. Depuis ce matin, elle est en
proie à l'irritation fiévreuse qui précède cette horrible
mort, et je ne puis vous cacher combien elle regrette
la vie. Les cris de sa chair révoltée s'éteignent dans
mon cœur où ils blessent des échos encore trop tendres ;
mais monsieur de Dominis et moi nous avons accepté
cette tâche religieuse, afin de dérober le spectacle de
cette agonie morale à cette noble famille qui ne reconnaît plus son étoile du soir et du matin. Car l'époux,
les enfants, les serviteurs, tous demandent : Où est-
elle ? tant elle est changée. A votre aspect, les plaintes
vont renaître. Quittez les pensées de l'homme du monde,
oubliez les vanités du cœur, soyez près d'elle l'auxiliaire du ciel et non celui de la terre. Que cette sainte
ne meure pas dans une heure de doute, en laissant
échapper des paroles de désespoir...

Je ne répondis rien. Mon silence consterna le pauvre
confesseur. Je voyais, j'entendais, je marchais et n'étais
cependant plus sur la terre. Cette réflexion : « Qu'est-
il donc arrivé ? dans quel état dois-je la trouver, pour
que chacun use de telles précautions ? » engendrait
des apprehensions d'autant plus cruelles qu'elles
étaient indéfinies : elle comprenait toutes les douleurs
ensemble. Nous arrivâmes à la porte de la chambre que

m'ouvrit le confesseur inquiet. J'aperçus alors Henriette
en robe blanche, assise sur son petit canapé, placé
devant la cheminée ornée de nos deux vases pleins de
fleurs ; puis des fleurs encore sur le guéridon placé
devant la croisée. Le visage de l'abbé Birotteau, stu-
péfait à l'aspect de cette fête improvisée et du changement de cette chambre subitement rétablie en son
ancien état, me fit deviner que la mourante avait
banni le repoussant appareil qui environne le lit des
malades. Elle avait dépensé les dernières forces d'une
fièvre expirante à parer sa chambre en désordre pour
y recevoir dignement celui qu'elle aimait en ce moment
plus que toute chose. Sous les flots de dentelles, sa
figure amaigrie, qui avait la pâleur verdâtre des fleurs
du magnolia quand elles s'entr'ouvrent, apparaissait
comme sur la toile jaune d'un portrait les premiers
contours d'une tête chérie dessinée à la craie ; mais,
pour sentir combien la griffe du vautour s'enfonça
profondément dans mon cœur, supposez achevés et
pleins de vie les yeux de cette esquisse, des yeux caves
qui brillaient d'un éclat inusité dans une figure éteinte.
Elle n'avait plus la majesté calme que lui communiquait la constante victoire remportée sur ses douleurs.
Son front, seule partie du visage qui eût gardé ses
belles proportions, exprimait l'audace agressive du
désir et des menaces réprimées. Malgré les tons de cire
de sa face allongée, des feux intérieurs s'en échappaient par un rayonnement semblable au fluide qui
flambe au-dessus des champs par une chaude journée.
Ses tempes creusées, ses joues rentrées montraient
les formes intérieures du visage, et le sourire que formaient ses lèvres blanches ressemblait vaguement au
ricanement de la mort. Sa robe croisée sur son sein
attestait la maigreur de son beau corsage. L'expression
de sa tête disait assez qu'elle se savait changée et qu'elle
en était au désespoir. Ce n'était plus ma délicieuse
Henriette, ni la sublime et sainte madame de Mortsauf ; mais le quelque chose sans nom de Bossuet qui

se débattait contre le néant, et que la faim, les désirs
trompés poussaient au combat égoïste de la vie contre
la mort. Je vins m'asseoir près d'elle en lui prenant
pour la baiser sa main que je sentis brûlante et desséchée. Elle devina ma douloureuse surprise dans l'effort même que je fis pour la déguiser. Ses lèvres déco-
lorées se tendirent alors sur ses dents affamées pour
essayer un de ces sourires forcés sous lesquels nous
cachons également l'ironie de la vengeance, l'attente
du plaisir, l'ivresse de l'âme et la rage d'une déception.

— Ah! c'est la mort, mon pauvre Félix, me dit-elle,
et vous n'aimez pas la mort! la mort odieuse, la mort
de laquelle toute créature, même l'amant le plus intrépide, a horreur. Ici finit l'amour : je le savais bien.
Lady Dudley ne vous verra jamais étonné de son changement. Ah! pourquoi vous ai-je tant souhaité, Félix ?
vous êtes enfin venu : je vous récompense de ce dévouement par l'horrible spectacle qui fit jadis du comte de
Rancé un trappiste, moi qui désirais demeurer belle
et grande dans votre souvenir, y vivre comme un lys
éternel, je vous enlève vos illusions. Le véritable
amour ne calcule rien. Mais ne vous enfuyez pas, restez. Monsieur Origet m'a trouvée beaucoup mieux ce
matin, je vais revenir à la vie, je renaîtrai sous vos
regards. Puis, quand j'aurai recouvré quelques forces,
quand je commencerai à pouvoir prendre quelque
nourriture, je redeviendrai belle. A peine ai-je trente-
cinq ans, je puis encore avoir de belles années. Le
bonheur rajeunit, et je veux connaître le bonheur.
J'ai fait des projets délicieux, nous les laisserons à
Clochegourde et nous irons ensemble en Italie.

Des pleurs humectèrent mes yeux, je me tournai
vers la fenêtre comme pour regarder les fleurs ; l'abbé
Birotteau vint à moi précipitamment, et se pencha
vers le bouquet : — Pas de larmes! me dit-il à l'oreille.

— Henriette, vous n'aimez donc plus notre chère
vallée ? lui répondis-je afin de justifier mon brusque
mouvement.

— Si, dit-elle en apportant son front sous mes lèvres par un mouvement de câlinerie ; mais sans vous, elle m'est funeste… *sans toi*, reprit-elle en effleurant mon oreille de ses lèvres chaudes pour y jeter ces deux syllabes comme deux soupirs.

Je fus épouvanté par cette folle caresse qui agrandissait encore les terribles discours des deux abbés. En ce moment ma première surprise se dissipa ; mais si je pus faire usage de ma raison, ma volonté ne fut pas assez forte pour réprimer le mouvement nerveux qui m'agita pendant cette scène. J'écoutais sans répondre, ou plutôt je répondais par un sourire fixe et par des signes de consentement, pour ne pas la contrarier, agissant comme une mère avec son enfant. Après avoir été frappé de la métamorphose de la personne, je m'aperçus que la femme, autrefois si imposante par ses sublimités, avait dans l'attitude, dans la voix, dans les manières, dans les regards et les idées, la naïve ignorance d'un enfant, les grâces ingénues, l'avidité de mouvement, l'insouciance profonde de ce qui n'est pas son désir ou lui, enfin toutes les faiblesses qui recommandent l'enfant à la protection. En est-il ainsi de tous les mourants ? dépouillent-ils tous les déguisements sociaux, de même que l'enfant ne les a pas encore revêtus ? Ou, se trouvant au bord de l'éternité, la comtesse, en n'acceptant plus de tous les sentiments humains que l'amour, en exprimait-elle la suave innocence à la manière de Chloé ?

— Comme autrefois vous allez me rendre à la santé, Félix, dit-elle, et ma vallée me sera bienfaisante. Comment ne mangerais-je pas ce que vous me présenterez ? Vous êtes un si bon garde-malade ! Puis, vous êtes si riche de force et de santé, qu'auprès de vous la vie est contagieuse. Mon ami, prouvez-moi donc que je ne puis mourir, mourir trompée ! Ils croient que ma plus vive douleur est la soif. Oh ! oui, j'ai bien soif, mon ami. L'eau de l'Indre me fait bien mal à voir, mais mon cœur éprouve une plus ardente

soif. J'avais soif de toi, me dit-elle d'une voix plus
étouffée en me prenant les mains dans ses mains
brûlantes et m'attirant à elle pour me jeter ces paroles
à l'oreille : mon agonie a été de ne pas te voir ! Ne m'as-
tu pas dit de vivre ? je veux vivre. Je veux monter
à cheval aussi, moi ! je veux tout connaître, Paris,
les fêtes, les plaisirs.

Ah ! Natalie, cette clameur horrible que le maté-
rialisme des sens trompés rend froide à distance, nous
faisait tinter les oreilles au vieux prêtre et à moi :
les accents de cette voix magnifique peignaient les
combats de toute une vie, les angoisses d'un véritable
amour déçu. La comtesse se leva par un mouvement
d'impatience, comme un enfant qui veut un jouet.
Quand le confesseur vit sa pénitente ainsi, le pauvre
homme tomba soudain à genoux, joignit les mains.
et récita des prières.

— Oui, vivre ! dit-elle en me faisant lever et s'appuyant sur moi, vivre de réalités et non de mensonges.
Tout a été mensonge dans ma vie, je les ai comptées
depuis quelques jours, ces impostures. Est-il possible
que je meure, moi qui n'ai pas vécu ? moi qui ne suis
jamais allée chercher quelqu'un dans une lande ?
Elle s'arrêta, parut écouter, et sentit à travers les
murs je ne sais quelle odeur. — Félix ! les vendangeuses vont dîner, et moi, moi, dit-elle d'une voix
d'enfant, qui suis la maîtresse, j'ai faim. Il en est
ainsi de l'amour, elles sont heureuses, elles !

— *Kyrie eleison !* disait le pauvre abbé, qui, les
mains jointes, l'œil au ciel, récitait les litanies.

Elle jeta ses bras autour de mon cou, m'embrassa
violemment, et me serra en disant : — Vous ne m'é-
chapperez plus ! Je veux être aimée, je ferai des folies
comme lady Dudley, j'apprendrai l'anglais pour bien
dire : *my dee*. Elle me fit un signe de tête comme elle
en faisait autrefois en me quittant, pour me dire qu'elle
allait revenir à l'instant : Nous dînerons ensemble,
me dit-elle, je vais prévenir Manette... Elle fut arrêtée

par une faiblesse qui survint, et je la couchai tout
habillée sur son lit.

— Une fois déjà, vous m'avez portée ainsi, me dit-
elle en ouvrant les yeux.

Elle était bien légère, mais surtout bien ardente ;
en la prenant, je sentis son corps entièrement brûlant.
Monsieur Deslandes entra, fut étonné de trouver la
chambre ainsi parée ; mais en me voyant tout lui
parut expliqué.

— On souffre bien pour mourir, monsieur, dit-elle
d'une voix altérée.

Il s'assit, tâta le pouls de sa malade, se leva brusquement, vint parler à voix basse au prêtre, et sortit ;
je le suivis.

— Qu'allez-vous faire ? lui demandai-je.

— Lui éviter une épouvantable agonie, me dit-il.
Qui pouvait croire à tant de vigueur ? Nous ne compre-
nons comment elle vit encore qu'en pensant à la
manière dont elle a vécu. Voici le quarante-deuxième
jour que madame la comtesse n'a bu, ni mangé, ni
dormi.

Monsieur Deslandes demanda Manette. L'abbé
Birotteau m'emmena dans les jardins.

— Laissons faire le docteur, me dit-il. Aidé par
Manette, il va l'envelopper d'opium. Eh bien ! vous
l'avez entendue, me dit-il, si toutefois elle est complice
de ces mouvements de folie !...

— Non, dis-je, ce n'est plus elle.

J'étais hébété de douleur. Plus j'allais, plus chaque
détail de cette scène prenait d'étendue. Je sortis
brusquement par la petite porte au bas de la terrasse,
et vins m'asseoir dans la toue, où je me cachai pour
demeurer seul à dévorer mes pensées. Je tâchai de me
détacher moi-même de cette force par laquelle je
vivais ; supplice comparable à celui par lequel les
Tartares punissaient l'adultère en prenant un membre
du coupable dans une pièce de bois, et lui laissant un
couteau pour se le couper, s'il ne voulait pas mourir

de faim : leçon terrible que subissait mon âme, de
laquelle il fallait me retrancher la plus belle moitié.
Ma vie était manquée aussi! Le désespoir me suggérait
les plus étranges idées. Tantôt je voulais mourir avec
elle, tantôt aller m'enfermer à la Meilleraye où venaient de s'établir les trappistes. Mes yeux ternis ne
voyaient plus les objets extérieurs. Je contemplais
les fenêtres de la chambre où souffrait Henriette,
croyant y apercevoir la lumière qui l'éclairait pendant
la nuit où je m'étais fiancé à elle. N'aurais-je pas dû
obéir à la vie simple qu'elle m'avait créée ; en me
conservant à elle dans le travail des affaires ? Ne
m'avait-elle pas ordonné d'être un grand homme,
afin de me préserver des passions basses et honteuses
que j'avais subies, comme tous les hommes ? La chasteté n'était-elle pas une sublime distinction que je
n'avais pas su garder ? L'amour, comme le concevait
Arabelle, me dégoûta soudain. Au moment où je
relevais ma tête abattue en me demandant d'où me
viendraient désormais la lumière et l'espérance, quel
intérêt j'aurais à vivre, l'air fut agité d'un léger bruit ;
je me tournai vers la terrasse, j'y aperçus Madeleine
se promenant seule, à pas lents. Pendant que je
remontais vers la terrasse pour demander compte à
cette chère enfant du froid regard qu'elle m'avait
jeté au pied de la croix, elle s'était assise sur le banc ;
quand elle m'aperçut à moitié chemin, elle se leva,
et feignit de ne pas m'avoir vu, pour ne pas se trouver
seule avec moi ; sa démarche était hâtée, significative.
Elle me haïssait, elle fuyait l'assassin de sa mère. En
revenant par les perrons à Clochegourde, je vis Madeleine comme une statue, immobile et debout, écoutant
le bruit de mes pas. Jacques était assis sur une marche,
et son attitude exprimait la même insensibilité qui
m'avait frappé quand nous nous étions promenés tous
ensemble, et m'avait inspiré de ces idées que nous
laissons dans un coin de notre âme, pour les reprendre
et les creuser plus tard, à loisir. J'ai remarqué que

les jeunes gens qui portent en eux la mort sont tous insensibles aux funérailles. Je voulus interroger cette âme sombre. Madeleine avait-elle gardé ses pensées pour elle seule, avait-elle inspiré sa haine à Jacques ?

— Tu sais, lui dis-je pour entamer la conversation, que tu as en moi le plus dévoué des frères.

— Votre amitié m'est inutile, je suivrai ma mère! répondit-il en me jetant un regard farouche de douleur.

— Jacques, m'écriai-je, toi aussi ?

Il toussa, s'écarta loin de moi ; puis, quand il revint, il me montra rapidement son mouchoir ensanglanté.

— Comprenez-vous ? dit-il.

Ainsi chacun d'eux avait un fatal secret. Comme je le vis depuis, la sœur et le frère se fuyaient. Henriette tombée, tout était en ruine à Clochegourde.

— Madame dort, vint nous dire Manette heureuse de savoir la comtesse sans souffrance.

Dans ces affreux moments, quoique chacun en sache l'inévitable fin, les affections vraies deviennent folles et s'attachent à de petits bonheurs. Les minutes sont des siècles que l'on voudrait rendre bienfaisants. On voudrait que les malades reposassent sur des roses, on voudrait prendre leurs souffrances, on voudrait que le dernier soupir fût pour eux inattendu.

— Monsieur Deslandes a fait enlever les fleurs qui agissaient trop fortement sur les nerfs de madame, me dit Manette.

Ainsi donc les fleurs avaient causé son délire, elle n'en était pas complice. Les amours de la terre, les fêtes de la fécondation, les caresses des plantes l'avaient enivrée de leurs parfums et sans doute avaient réveillé les pensées d'amour heureux qui sommeillaient en elle depuis sa jeunesse.

— Venez donc, monsieur Félix, me dit-elle, venez voir madame, elle est belle comme un ange.

Je revins chez la mourante au moment où le soleil se couchait et dorait la dentelle des toits du château d'Azay. Tout était calme et pur. Une douce lumière éclairait le lit où reposait Henriette baignée d'opium. En ce moment le corps était pour ainsi dire annulé ; l'âme seule régnait sur ce visage, serein comme un beau ciel après la tempête. Blanche et Henriette, ces deux sublimes faces de la même femme, reparaissaient d'autant plus belles que mon souvenir, ma pensée, mon imagination, aidant la nature, réparaient les altérations de chaque trait où l'âme triomphante envoyait ses lueurs par des vagues confondues avec celles de la respiration. Les deux abbés étaient assis auprès du lit. Le comte resta foudroyé, debout, en reconnaissant les étendards de la mort qui flottaient sur cette créature adorée. Je pris sur le canapé la place qu'elle avait occupée. Puis nous échangeâmes tous quatre des regards où l'admiration de cette beauté céleste se mêlait à des larmes de regret. Les lumières de la pensée annonçaient le retour de Dieu dans un de ses plus beaux tabernacles. L'abbé de Dominis et moi, nous nous parlions par signes, en nous communiquant des idées mutuelles. Oui, les anges veillaient Henriette ! Oui, leurs glaives brillaient au-dessus de ce noble front où revenaient les augustes expressions de la vertu qui en faisaient jadis comme une âme visible avec laquelle s'entretenaient les esprits de sa sphère. Les lignes de son visage se purifiaient, en elle tout s'agrandissait et devenait majestueux sous les invisibles encensoirs des Séraphins qui la gardaient. Les teintes vertes de la souffrance corporelle faisaient place aux tons entièrement blancs, à la pâleur mate et froide de la mort prochaine. Jacques et Madeleine entrèrent, Madeleine nous fit tous frissonner par le mouvement d'adoration qui la précipita devant le lit, lui joignit les mains et lui inspira cette sublime exclamation : — Enfin ! voilà ma mère ! Jacques souriait, il était sûr de suivre sa mère là où elle allait.

— Elle arrive au port, dit l'abbé Birotteau.

L'abbé de Dominis me regarda comme pour me

répéter : — N'ai-je pas dit que l'étoile se lèverait
brillante ?

Madeleine resta les yeux attachés sur sa mère, respirant quand elle respirait, imitant son souffle léger,
dernier fil par lequel elle tenait à la vie, et que nous
suivions avec terreur, craignant à chaque effort de
le voir se rompre. Comme un ange aux portes du sanctuaire, la jeune fille était avide et calme, forte et prosternée. En ce moment, l'Angélus sonna au clocher du
bourg. Les flots de l'air adouci jetèrent par ondées les
tintements qui nous annonçaient qu'à cette heure la
chrétienté tout entière répétait les paroles dites par
l'ange à la femme qui racheta les fautes de son sexe.
Ce soir, l'*Ave Maria* nous parut une salutation du ciel.
La prophétie était si claire et l'événement si proche
que nous fondîmes en larmes. Les murmures du soir,
brise mélodieuse dans les feuillages, derniers gazouil-
lements d'oiseau, refrains et bourdonnements d'insectes,
voix des eaux, cri plaintif de la rainette, toute la
campagne disait adieu au plus beau lys de la vallée, à
sa vie simple et champêtre. Cette poésie religieuse
unie à toutes ces poésies naturelles exprimait si bien
le chant du départ que nos sanglots furent aussitôt
répétés. Quoique la porte de la chambre fût ouverte,
nous étions si bien plongés dans cette terrible contemplation, comme pour en empreindre à jamais dans
notre âme le souvenir, que nous n'avions pas aperçu
les gens de la maison agenouillés en un groupe où se
disaient de ferventes prières. Tous ces pauvres gens,
habitués à l'espérance, croyaient encore conserver
leur maîtresse, et ce présage si clair les accabla. Sur
un geste de l'abbé Birotteau, le vieux piqueur sortit
pour aller chercher le curé de Saché. Le médecin,
debout près du lit, calme comme la science, et qui
tenait la main endormie de la malade, avait fait un
signe au confesseur pour lui dire que ce sommeil
était la dernière heure sans souffrance qui restait à
l'ange rappelé. Le moment était venu de lui adminis-

trer les derniers sacrements de l'Église. A neuf heures,
elle s'éveilla doucement, nous regarda d'un œil surpris mais doux, et nous revîmes tous notre idole dans
la beauté de ses beaux jours.

— Ma mère, tu es trop belle pour mourir, la vie et
la santé te reviennent, cria Madeleine.

— Chère fille, je vivrai, mais en toi, dit-elle en souriant.

Ce fut alors des embrassements déchirants de la
mère aux enfants et des enfants à la mère. Monsieur
de Mortsauf baisa sa femme pieusement au front.
La comtesse rougit en me voyant.

— Cher Félix, dit-elle, voici, je crois, le seul chagrin que je vous aurai donné, moi! mais oubliez ce
que j'aurai pu vous dire, pauvre insensée que j'étais.
Elle me tendit la main, je la pris pour la baiser, elle
me dit alors avec son gracieux sourire de vertu : —
Comme autrefois, Félix!...

Nous sortîmes tous, et nous allâmes dans le salon
pendant tout le temps que devait durer la dernière
confession de la malade. Je me plaçai près de Madeleine. En présence de tous elle ne pouvait me fuir sans
impolitesse ; mais, à l'imitation de sa mère, elle ne
regardait personne, et garda le silence sans jeter une
seule fois les yeux sur moi.

— Chère Madeleine, lui dis-je à voix basse, qu'avez-
vous contre moi ? Pourquoi des sentiments froids quand
en présence de la mort chacun doit se réconcilier ?

— Je crois entendre ce que dit en ce moment ma
mère, me répondit-elle en prenant l'air de tête qu'Ingres a trouvé pour sa *Mère de Dieu*, cette vierge déjà
douloureuse et qui s'apprête à protéger le monde où
son fils va périr.

— Et vous me condamnez au moment où votre
mère m'absout, si toutefois je suis coupable.

— *Vous*, et toujours *vous!*

Son accent trahissait une haine réfléchie comme
celle d'un Corse, implacable comme sont les jugements

de ceux qui, n'ayant pas étudié la vie, n'admettent
aucune atténuation aux fautes commises contre les
lois du cœur. Une heure s'écoula dans un silence profond. L'abbé Birotteau revint après avoir reçu la
confession générale de la comtesse de Mortsauf, et
nous rentrâmes tous au moment où, suivant une de
ces idées qui saisissent ces nobles âmes, toutes sœurs
d'intention, Henriette s'était fait revêtir d'un long
vêtement qui devait lui servir de linceul. Nous la
trouvâmes sur son séant, belle de ses expiations et
belle de ses espérances : je vis dans la cheminée les
cendres noires de mes lettres, qui venaient d'être
brûlées, sacrifice qu'elle n'avait voulu faire, me dit
son confesseur, qu'au moment de la mort. Elle nous
sourit à tous de son sourire d'autrefois. Ses yeux
humides de larmes annonçaient un dessillement
suprême, elle apercevait déjà les joies célestes de la
terre promise.

— Cher Félix, me dit-elle en me tendant la main
et en serrant la mienne, restez. Vous devez assister
à l'une des dernières scènes de ma vie, et qui ne sera
pas la moins pénible de toutes, mais où vous êtes
pour beaucoup.

Elle fit un geste, la porte se ferma. Sur son invitation
le comte s'assit, l'abbé Birotteau et moi nous restâmes
debout. Aidée de Manette, la comtesse se leva, se mit
à genoux devant le comte surpris, et voulut rester
ainsi. Puis, quand Manette se fut retirée, elle releva
sa tête, qu'elle avait appuyée sur les genoux du comte
étonné.

— Quoique je me sois conduite envers vous comme
une fidèle épouse, lui dit-elle d'une voix altérée, il peut
m'être arrivé, monsieur, de manquer parfois à mes
devoirs ; je viens de prier Dieu de m'accorder la force
de vous demander pardon de mes fautes. J'ai pu porter
dans les soins d'une amitié placée hors de la famille
des attentions plus affectueuses encore que celles que
je vous devais. Peut-être vous ai-je irrité contre moi

par la comparaison que vous pouviez faire de ces soins, de ces pensées et de celles que je vous donnais. J'ai eu, dit-elle à voix basse, une amitié vive que personne, pas même celui qui en fut l'objet, n'a connue en entier. Quoique je sois demeurée vertueuse selon les lois humaines, que j'aie été pour vous une épouse irréprochable, souvent des pensées, involontaires ou volontaires, ont traversé mon cœur, et j'ai peur en ce moment de les avoir trop accueillies. Mais comme je vous ai tendrement aimé, que je suis restée votre femme soumise, que les nuages, en passant sous le ciel, n'en ont point altéré la pureté, vous me voyez sollicitant votre bénédiction d'un front pur. Je mourrai sans aucune pensée amère si j'entends de votre bouche une douce parole pour votre Blanche, pour la mère de vos enfants, et si vous lui pardonnez toutes ces choses qu'elle ne s'est pardonnées à elle-même qu'après les assurances du tribunal duquel nous relevons tous.

— Blanche, Blanche, s'écria le vieillard en versant soudain des larmes sur la tête de sa femme, veux-tu me faire mourir ? Il l'éleva jusqu'à lui avec une force inusitée, la baisa saintement au front, et, la gardant ainsi : N'ai-je pas des pardons à te demander ? reprit-il. N'ai-je pas été souvent dur, moi ? Ne grossis-tu pas des scrupules d'enfant ?

— Peut-être, reprit-elle. Mais mon ami, soyez indulgent aux faiblesses des mourants, tranquillisez-moi. Quand vous arriverez à cette heure, vous penserez que je vous ai quitté vous bénissant. Me permettez-vous de laisser à notre ami que voici ce gage d'un sentiment profond, dit-elle en montrant une lettre qui était sur la cheminée ? Il est maintenant mon fils d'adoption, voilà tout. Le cœur, cher comte, a ses testaments : mes derniers vœux imposent à ce cher Félix des œuvres sacrées à accomplir, je ne crois pas avoir trop présumé de lui, faites que je n'aie pas trop présumé de vous en me permettant de lui léguer quelques pensées. Je suis toujours femme, dit-elle en penchant la tête avec une suave mélancolie, après mon pardon je vous demande une grâce. — Lisez ; mais seulement après ma mort, me dit-elle en me tendant le mystérieux écrit.

Le comte vit pâlir sa femme, il la prit et la porta lui-même sur le lit, où nous l'entourâmes.

— Félix, me dit-elle, je puis avoir des torts envers vous. Souvent j'ai pu vous causer quelques douleurs en vous laissant espérer des joies devant lesquelles j'ai reculé ; mais n'est-ce pas au courage de l'épouse et de la mère que je dois de mourir réconciliée avec tous ? Vous me pardonnerez donc aussi, vous qui m'avez accusée si souvent, et dont l'injustice me faisait plaisir !

L'abbé Birotteau mit un doigt sur ses lèvres. A ce geste, la mourante pencha la tête, une faiblesse survint, elle agita les mains pour dire de faire entrer le clergé, ses enfants et ses domestiques ; puis elle me montra par un geste impérieux le comte anéanti et ses enfants qui survinrent. La vue de ce père de qui seuls nous connaissions la secrète démence, devenu le tuteur de ces êtres si délicats, lui inspira de muettes supplications qui tombèrent dans mon âme comme un feu sacré. Avant de recevoir l'extrême-onction, elle demanda pardon à ses gens de les avoir quelquefois brusqués ; elle implora leurs prières, et les recommanda tous individuellement au comte ; elle avoua noblement avoir proféré, durant ce dernier mois, des plaintes peu chrétiennes qui avaient pu scandaliser ses gens ; elle avait repoussé ses enfants, elle avait conçu des sentiments peu convenables ; mais elle rejeta ce défaut de soumission aux volontés de Dieu sur ses intolérables douleurs. Enfin elle remercia publiquement avec une touchante effusion de cœur l'abbé Birotteau de lui avoir montré le néant des choses humaines. Quand elle eut cessé de parler, les prières commencèrent ; puis le curé de Saché lui donna le viatique. Quelques moments après, sa respiration s'embarrassa, un nuage se répandit sur ses yeux qui bientôt se rouvrirent, elle me lança un dernier regard, et mourut aux yeux de tous, en entendant peut-être le concert de nos sanglots. Par un hasard assez naturel à la campagne, nous entendîmes alors le chant alternatif de deux rossignols qui répétèrent plusieurs fois leur note unique, purement filée comme un tendre appel. Au moment où son dernier soupir s'exhala, dernière souffrance d'une vie qui fut une longue souffrance, je sentis en moi-même un coup par lequel toutes mes facultés furent atteintes. Le comte et moi, nous restâmes auprès du lit funèbre pendant toute la nuit, avec les deux abbés et le curé, veillant à la lueur des cierges, la morte étendue sur le sommier de son lit ; maintenant calme, là où elle avait tant souffert. Ce fut ma première communication avec la mort. Je demeurai pendant toute cette nuit les yeux attachés sur Henriette, fasciné par l'expression pure que donne l'apaisement de toutes les tempêtes, par la blancheur du visage que je douais encore de ses innombrables affections, mais qui ne répondait plus à mon amour. Quelle majesté dans ce silence et dans ce froid ! combien de réflexions n'exprime-t-il pas ? Quelle beauté dans ce repos absolu, quel despotisme dans cette immobilité : tout le passé s'y trouve encore, et l'avenir y commence. Ah ! je l'aimais morte, autant que je l'aimais vivante. Au matin, le comte s'alla coucher, les trois prêtres fatigués s'endormirent à cette heure pesante, si connue de ceux qui veillent. Je pus alors, sans témoins, la baiser au front a c tout l'amour qu'elle ne m'avait jamais permis d'exprimer.

Le surlendemain, par une fraîche matinée d'automne, nous accompagnâmes la comtesse à sa dernière demeure. Elle était portée par le vieux piqueur, les deux Martineau et le mari de Manette. Nous descendîmes par le chemin que j'avais si joyeusement monté le jour où je la retrouvai ; nous traversâmes la vallée

de l'Indre pour arriver au petit cimetière de Saché ;
pauvre cimetière de village, situé au revers de l'église,
sur la croupe d'une colline, et où par humilité chrétienne elle voulut être enterrée avec une simple croix
de bois noir, comme une pauvre femme des champs,
avait-elle dit. Lorsque du milieu de la vallée, j'aperçus
l'église du bourg et la place du cimetière, je fus saisi
d'un frisson convulsif. Hélas ! nous avons tous dans la
vie un Golgotha où nous laissons nos trente-trois premières années en recevant un coup de lance au cœur,
en sentant sur notre tête la couronne d'épines qui
remplace la couronne de roses : cette colline devait
être pour moi le mont des expiations. Nous étions
suivis d'une foule immense accourue pour dire les
regrets de cette vallée où elle avait enterré dans le
silence une foule de belles actions. On sut par Manette,
sa confidente, que pour secourir les pauvres elle économisait sur sa toilette, quand ses épargnes ne suffisaient plus. C'était des enfants nus habillés, des layettes
envoyées, des mères secourues, des sacs de blé payés
aux meuniers en hiver pour des vieillards impotents,
une vache donnée à propos à quelque pauvre ménage ; enfin des œuvres de la chrétienne, de la mère et
de la châtelaine, puis des dots offertes à propos pour
unir des couples qui s'aimaient, et des remplacements
payés à des jeunes gens tombés au sort, touchantes
offrandes de la femme aimante qui disait : — *Le
bonheur des autres est la consolation de ceux qui ne
peuvent plus être heureux.* Ces choses contées à toutes
les veillées depuis trois jours avaient rendu la foule
immense. Je marchais avec Jacques et les deux abbés
derrière le cercueil. Suivant l'usage, ni Madeleine, ni
le comte n'étaient avec nous, ils demeuraient seuls à
Clochegourde. Manette voulut absolument venir.

— Pauvre madame ! Pauvre madame ! La voilà
heureuse, entendis-je à plusieurs reprises à travers
ses sanglots.

Au moment où le cortège quitta la chaussée des

moulins, il y eut un gémissement unanime mêlé de
pleurs qui semblait faire croire que cette vallée pleurait son âme. L'église était pleine de monde. Après
le service, nous allâmes au cimetière où elle devait
être enterrée près de la croix. Quand j'entendis rouler
les cailloux et le gravier de la terre sur le cercueil,
mon courage m'abandonna, je chancelai, je priai les
deux Martineau de me soutenir, et ils me conduisirent
mourant jusqu'au château de Saché ; les maîtres
m'offrirent poliment un asile que j'acceptai. Je vous
l'avoue, je ne voulus point retourner à Clochegourde,
il me répugnait de me retrouver à Frapesle d'où je
pouvais voir le castel d'Henriette. Là, j'étais près
d'elle. Je demeurai quelques jours dans une chambre
dont les fenêtres donnent sur ce vallon tranquille et
solitaire dont je vous ai parlé. C'est un vaste pli de
terrain bordé par des chênes deux fois centenaires,
et où par les grandes pluies coule un torrent. Cet aspect
convenait à la méditation sévère et solennelle à laquelle
je voulais me livrer. J'avais reconnu, pendant la journée qui suivit la fatale nuit, combien ma présence
allait être importune à Clochegourde. Le comte avait
ressenti de violentes émotions à la mort d'Henriette,
mais il s'attendait à ce terrible événement, et il y avait
dans le fond de sa pensée un parti pris qui ressemblait
à de l'indifférence. Je m'en étais aperçu plusieurs fois,
et quand la comtesse prosternée me remit cette lettre
que je n'osais ouvrir, quand elle parla de son affection
pour moi, cet homme ombrageux ne me jeta pas le
foudroyant regard que j'attendais de lui. Les paroles
d'Henriette, il les avait attribuées à l'excessive délicatesse de cette conscience qu'il savait si pure. Cette
insensibilité d'égoïste était naturelle. Les âmes de ces
deux êtres ne s'étaient pas plus mariées que leurs
corps, ils n'avaient jamais eu ces constantes commu-
nications qui ravivent les sentiments ; ils n'avaient
jamais échangé ni peines ni plaisirs, ces liens si forts
qui nous brisent par mille points quand ils se rompent,

parce qu'ils touchent à toutes nos fibres, parce qu'ils
se sont attachés dans les replis de notre cœur, en même
temps qu'ils ont caressé l'âme qui sanctionnait chacune de ces attaches. L'hostilité de Madeleine me fer-
mait Clochegourde. Cette dure jeune fille n'était pas
disposée à pactiser avec sa haine sur le cercueil de
sa mère, et j'aurais été horriblement gêné entre le
comte, qui m'aurait parlé de lui, et la maîtresse de la
maison, qui m'aurait marqué d'invincibles répugnances.
Être ainsi, là où jadis les fleurs mêmes étaient caressantes, où les marches des perrons étaient éloquentes,
où tous mes souvenirs revêtaient de poésie les balcons,
les margelles, les balustrades et les terrasses, les
arbres et les points de vue ; être haï là où tout m'aimait : je ne supportais point cette pensée. Aussi, dès
l'abord mon parti fut-il pris. Hélas ! tel était donc le
dénouement du plus vif amour qui jamais ait atteint
le cœur d'un homme. Aux yeux des étrangers, ma
conduite allait être condamnable, mais elle avait la
sanction de ma conscience. Voilà comment finissent
les plus beaux sentiments et les plus grands drames
de la jeunesse. Nous partons presque tous au matin,
comme moi de Tours pour Clochegourde, nous empa-
rant du monde, le cœur affamé d'amour ; puis, quand
nos richesses ont passé par le creuset, quand nous nous
sommes mêlés aux hommes et aux événements, tout
se rapetisse insensiblement, nous trouvons peu d'or
parmi beaucoup de cendres. Voilà la vie ! la vie telle
qu'elle est : de grandes prétentions, de petites réalités.
Je méditai longuement sur moi-même, en me demandant ce que j'allais faire après un coup qui fauchait
toutes mes fleurs. Je résolus de m'élancer vers la politique et la science, dans les sentiers tortueux de l'ambition, d'ôter la femme de ma vie et d'être un homme
d'état, froid et sans passions, de demeurer fidèle à la
sainte que j'avais aimée. Mes méditations allaient à
perte de vue, pendant que mes yeux restaient attachés
sur la magnifique tapisserie des chênes dorés, aux

cimes sévères, aux pieds de bronze : je me demandais
si la vertu d'Henriette n'avait pas été de l'ignorance,
si j'étais bien coupable de sa mort. Je me débattais
au milieu de mes remords. Enfin, par un suave midi
d'automne, un de ces derniers sourires du ciel, si
beaux en Touraine, je lus sa lettre que, suivant sa
recommandation, je ne devais ouvrir qu'après sa
mort. Jugez de mes impressions en la lisant ?

LETTRE DE MADAME DE MORTSAUF
AU VICOMTE FÉLIX DE VANDENESSE.

« Félix, ami trop aimé, je dois maintenant vous
» ouvrir mon cœur, moins pour vous montrer combien
» je vous aime que pour vous apprendre la grandeur de
» vos obligations en vous dévoilant la profondeur et
» la gravité des plaies que vous y avez faites. Au
» moment où je tombe harassée par les fatigues du
» voyage, épuisée par les atteintes reçues pendant le
» combat, heureusement la femme est morte, la mère
» seule a survécu. Vous allez voir, cher, comment vous
» avez été la cause première de mes maux. Si plus
» tard je me suis complaisamment offerte à vos coups,
» aujourd'hui je meurs atteinte par vous d'une der-
» nière blessure ; mais il y a d'excessives voluptés à se
» sentir brisée par celui qu'on aime. Bientôt les souf-
» frances me priveront sans doute de ma force, je
» mets donc à profit les dernières lueurs de mon intel-
» ligence pour vous supplier encore de remplacer
» auprès de mes enfants le cœur dont vous les aurez
» privés. Je vous imposerais cette charge avec auto-
» rité si je vous aimais moins ; mais je préfère vous la
» laisser prendre de vous-même, par l'effet d'un saint
» repentir, et aussi comme une continuation de votre
» amour : l'amour ne fut-il pas en nous constamment
» mêlé de repentantes méditations et de craintes expia-
» toires ? Et, je le sais, nous nous aimons toujours.

» Votre faute n'est pas si funeste par vous que par le
» retentissement que je lui ai donné au-dedans de
» moi-même. Ne vous avais-je pas dit que j'étais ja-
» louse, mais jalouse à mourir ? eh bien ! je meurs.
» Consolez-vous, cependant : nous avons satisfait aux
» lois humaines. L'Église, par une de ses voix les plus
» pures, m'a dit que Dieu serait indulgent à ceux qui
» avaient immolé leurs penchants naturels à ses com-
» mandements. Mon aimé, apprenez donc tout, car
» je ne veux pas que vous ignoriez une seule de mes
» pensées. Ce que je confierai à Dieu dans mes der-
» niers moments, vous devez le savoir aussi, vous le
» roi de mon cœur, comme il est le roi du ciel. Jusqu'à
» cette fête donnée au duc d'Angoulême, la seule à la-
» laquelle j'aie assisté, le mariage m'avait laissée dans
» l'ignorance qui donne à l'âme des jeunes filles la
» beauté des anges. J'étais mère, il est vrai ; mais
» l'amour ne m'avait point environnée de ses plaisirs
» permis. Comment suis-je restée aïnsi ? je n'en sais
» rien ; je ne sais pas davantage par quelles lois tout en
» moi fut changé dans un instant. Vous souvenez-vous
» encore aujourd'hui de vos baisers ? ils ont dominé ma
» vie, ils ont sillonné mon âme ; l'ardeur de votre
» sang a réveillé l'ardeur du mien ; votre jeunesse a
» pénétré ma jeunesse, vos désirs sont entrés dans mon
» cœur. Quand je me suis levée si fière, j'éprouvais
» une sensation pour laquelle je ne sais de mot dans
» aucun langage, car les enfants n'ont pas encore
» trouvé de parole pour exprimer le mariage de la
» lumière et de leurs yeux, ni le baiser de la vie sur
» leurs lèvres. Oui, c'était bien le son arrivé dans
» l'écho, la lumière jetée dans les ténèbres, le mouve-
» ment donné à l'univers, ce fut du moins rapide com-
» me toutes ces choses ; mais beaucoup plus beau,
» car c'était la vie de l'âme ! Je compris qu'il existait
» je ne sais quoi d'inconnu pour moi dans le monde,
» une force plus belle que la pensée, c'était toutes
» les pensées, toutes les forces, tout un avenir dans une

» émotion partagée. Je ne me sentis plus mère qu'à
» demi. En tombant sur mon cœur, ce coup de foudre
» y alluma des désirs qui sommeillaient à mon insu ; je
» devinai soudain tout ce que voulait dire ma tante
» quand elle me baisait sur le front en s'écriant : —
» *Pauvre Henriette!* En retournant à Clochegourde, le
» printemps, les premières feuilles, le parfum des
» fleurs, les jolis nuages blancs, l'Indre, le ciel, tout me
» parlait un langage jusqu'alors incompris, et qui ren-
» dait à mon âme un peu du mouvement que vous
» aviez imprimé à mes sens. Si vous avez oublié ces
» terribles baisers, moi, je n'ai jamais pu les effacer de
» mon souvenir : j'en meurs! Oui, chaque fois que je
» vous ai vu depuis, vous en ranimiez l'empreinte ;
» j'étais émue de la tête aux pieds par votre aspect,
» par le seul pressentiment de votre arrivée. Ni le
» temps, ni ma ferme volonté n'ont pu dompter cette
» impérieuse volupté. Je me demandais involontai-
» rement : Que doivent être les plaisirs ? Nos regards
» échangés, les respectueux baisers que vous mettiez
» sur mes mains, mon bras posé sur le vôtre, votre
» voix dans ses tons de tendresse, enfin les moindres
» choses me remuaient si violemment que presque
» toujours il se répandait un nuage sur mes yeux : le
» bruit des sens révoltés remplissait alors mon oreille.
» Ah! si dans ces moments où je redoublais de froi-
» deur, vous m'eussiez prise dans vos bras, je serais
» morte de bonheur. J'ai parfois désiré de vous quelque
» violence, mais la prière chassait promptement cette
» mauvaise pensée. Votre nom prononcé par mes en-
» fants m'emplissait le cœur d'un sang plus chaud qui
» colorait aussitôt mon visage, et je tendais des pièges
» à ma pauvre Madeleine pour le lui faire dire, tant
» j'aimais les bouillonnements de cette sensation. Que
» vous dirai-je ? votre écriture avait un charme, je
» regardais vos lettres comme on contemple un por-
» trait. Si, dès ce premier jour, vous aviez déjà con-
» quis sur moi je ne sais quel fatal pouvoir, vous

» comprenez, mon ami, qu'il devint infini quand il me
» fut donné de lire dans votre âme. Quelles délices
» m'inondèrent en vous trouvant si pur, si complète-
» ment vrai, doué de qualités si belles, capable de si
» grandes choses, et déjà si éprouvé! Homme et
» enfant, timide et courageux! Quelle joie quand je
» nous trouvai sacrés tous deux par de communes
» souffrances! Depuis cette soirée où nous nous con-
» fiâmes l'un à l'autre, vous perdre, pour moi c'était
» mourir : aussi vous ai-je laissé près de moi par égoïs-
» me. La certitude qu'eut monsieur de la Berge de la
» mort que me causerait votre éloignement le toucha
» beaucoup, car il lisait dans mon âme. Il jugea que
» j'étais nécessaire à mes enfants, au comte : il ne
» m'ordonna point de vous fermer l'entrée de ma mai-
» son, car je lui promis de rester pure d'action et de
» pensée. « — La pensée est involontaire, me dit-il,
» mais elle peut être gardée au milieu des supplices.
» — Si je pense, lui répondis-je, tout sera perdu, sau-
» vez-moi de moi-même. Faites qu'il demeure près de
» moi, et que je reste pure! » Le bon vieillard, quoique
» bien sévère, fut alors indulgent à tant de bonne foi,
» « — Vous pouvez l'aimer comme on aime un fils,
» en lui destinant votre fille », me dit-il. J'acceptai
» courageusement une vie de souffrances pour ne pas
» vous perdre ; et je souffris avec amour en voyant que
» nous étions attelés au même joug. Mon Dieu! je
» suis restée neutre, fidèle à mon mari, ne vous lais-
» sant pas faire un seul pas, Félix, dans votre propre
» royaume. La grandeur de mes passions a réagi sur
» mes facultés, j'ai regardé les tourments que m'infli-
» geait monsieur de Mortsauf comme des expiations,
» et je les endurais avec orgueil pour insulter à mes
» penchants coupables. Autrefois j'étais disposée à
» murmurer, mais depuis que vous êtes demeuré près
» de moi, j'ai repris quelque gaieté, dont monsieur de
» Mortsauf s'est bien trouvé. Sans cette force que vous
» me prêtiez, j'aurais succombé depuis longtemps à ma

» vie intérieure que je vous ai racontée. Si vous avez
» été pour beaucoup dans mes fautes, vous avez été
» pour beaucoup dans l'exercice de mes devoirs. Il
» en fut de même pour mes enfants. Je croyais les
» avoir privés de quelque chose, et je craignais de
» ne faire jamais assez pour eux. Ma vie fut dès lors
» une continuelle douleur que j'aimais. En sentant
» que j'étais moins mère, moins honnête femme, le
» remords s'est logé dans mon cœur ; et, craignant de
» manquer à mes obligations, j'ai constamment voulu
» les outrepasser. Pour ne pas faillir, j'ai donc mis
» Madeleine entre vous et moi, et je vous ai destinés
» l'un à l'autre, en m'élevant ainsi des barrières entre
» nous deux. Barrières impuissantes ! rien ne pouvait
» étouffer les tressaillements que vous me causiez.
» Absent ou présent, vous aviez la même force. J'ai
» préféré Madeleine à Jacques, parce que Madeleine
» devait être à vous. Mais je ne vous cédais pas à
» ma fille sans combats. Je me disais que je n'avais que
» vingt-huit ans quand je vous rencontrai, que vous en
» aviez presque vingt-deux ; je rapprochais les dis-
» tances, je me livrais à de faux espoirs. O mon Dieu,
» Félix, je vous fais ces aveux afin de vous épargner
» des remords, peut-être aussi afin de vous apprendre
» que je n'étais pas insensible, que nos souffrances
» d'amour étaient bien cruellement égales, et qu'Ara-
» belle n'avait aucune supériorité sur moi. J'étais aussi
» une de ces filles de la race déchue que les hommes
» aiment tant. Il y eut un moment où la lutte fut si
» terrible que je pleurais pendant toutes les nuits :
» mes cheveux tombaient. Ceux-là, vous les avez eus !
» Vous vous souvenez de la maladie que fit monsieur de
» Mortsauf. Votre grandeur d'âme d'alors, loin de
» m'élever, m'a rapetissée. Hélas ! dès ce jour je souhai-
» tais me donner à vous comme une récompense due
» à tant d'héroïsme ; mais cette folie a été courte. Je
» l'ai mise aux pieds de Dieu pendant la messe à la-
» quelle vous avez refusé d'assister. La maladie de

» Jacques et les souffrances de Madeleine m'ont paru
» des menaces de Dieu, qui tirait fortement à lui la
» brebis égarée. Puis votre amour si naturel pour cette
» Anglaise m'a révélé des secrets que j'ignorais moi-
» même. Je vous aimais plus que je ne croyais vous
» aimer. Madeleine a disparu. Les constantes émotions
» de ma vie orageuse, les efforts que je faisais pour me
» dompter moi-même sans autre secours que la reli-
» gion, tout a préparé la maladie dont je meurs. Ce
» coup terrible a déterminé des crises sur lesquelles
» j'ai gardé le silence. Je voyais dans la mort le seul
» dénouement possible de cette tragédie inconnue. Il
» y a eu toute une vie emportée, jalouse, furieuse,
» pendant les deux mois qui se sont écoulés entre la
» nouvelle que me donna ma mère de votre liaison
» avec lady Dudley et votre arrivée. Je voulais aller
» à Paris, j'avais soif de meurtre, je souhaitais la mort
» de cette femme, j'étais insensible aux caresses de mes
» enfants. La prière, qui jusqu'alors avait été pour moi
» comme un baume, fut sans action sur mon âme. La
» jalousie a fait la large brèche par où la mort est
» entrée. Je suis restée néanmoins le front calme. Oui,
» cette saison de combats fut un secret entre Dieu et
» moi. Quand j'ai bien su que j'étais aimée autant que
» je vous aimais moi-même et que je n'étais trahie que
» par la nature et non par votre pensée, j'ai voulu
» vivre... et il n'était plus temps. Dieu m'avait mise
» sous sa protection, pris sans doute de pitié pour une
» créature vraie avec elle-même, vraie avec lui,
» et que ses souffrances avaient souvent amenée aux
» portes du sanctuaire. Mon bien-aimé, Dieu m'a ju-
» gée, monsieur de Mortsauf me pardonnera sans
» doute ; mais vous, serez-vous clément ? écouterez-
» vous la voix qui sort en ce moment de ma tombe ?
» réparerez-vous les malheurs dont nous sommes éga-
» lement coupables, vous moins que moi peut-être ?
» Vous savez ce que je veux vous demander. Soyez
» auprès de monsieur de Mortsauf comme est une

» sœur de charité auprès d'un malade, écoutez-le,
» aimez-le ; personne ne l'aimera. Interposez-vous
» entre ses enfants et lui comme je le faisais. Votre
» tâche ne sera pas de longue durée : Jacques quittera
» bientôt la maison pour aller à Paris auprès de son
» grand-père, et vous m'avez promis de le guider à
» travers les écueils de ce monde. Quant à Madeleine,
» elle se mariera ; puissiez-vous un jour lui plaire ! elle
⸗ est tout moi-même, et de plus elle est forte, elle a cette
» cette volonté qui m'a manqué, cette énergie néces-
» saire à la compagne d'un homme que sa carrière
» destine aux orages de la vie politique, elle est adroite
» et pénétrante. Si vos destinées s'unissaient, elle serait
» plus heureuse que ne le fut sa mère. En acquérant
» ainsi le droit de continuer mon œuvre à Clochegour-
» de, vous effaceriez des fautes qui n'auront pas été
« suffisamment expiées, bien que pardonnées au
» ciel et sur la terre, car *il* est généreux et me pardon-
» nera. Je suis, vous le voyez, toujours égoïste ; mais
» n'est-ce pas la preuve d'un despotique amour ? Je
» veux être aimée par vous dans les miens. N'ayant
» pu être à vous, je vous lègue mes pensées et mes
» devoirs ! Si vous m'aimez trop pour m'obéir, si vous
» ne voulez pas épouser Madeleine, vous veillerez du
» moins au repos de mon âme en rendant monsieur de
» Mortsauf aussi heureux qu'il peut l'être.

» Adieu, cher enfant de mon cœur, ceci est l'adieu
» complètement intelligent, encore plein de vie, l'adieu
» d'une âme où tu as répandu de trop grandes joies
» pour que tu puisses avoir le moindre remords de la
» catastrophe qu'elles ont engendrée ; je me sers de
» ce mot en pensant que vous m'aimez, car moi j'ar-
» rive au lieu du repos, immolée au devoir, et, ce qui
» me fait frémir, non sans regret ! Dieu saura mieux
» que moi si j'ai pratiqué ses saintes lois selon leur
» esprit. J'ai sans doute chancelé souvent, mais je ne
» suis point tombée, et la plus puissante excuse de mes
» fautes est dans la grandeur même des séductions

» qui m'ont environnée. Le Seigneur me verra tout
» aussi tremblante que si j'avais succombé. Encore
» adieu, un adieu semblable à celui que j'ai fait hier
» à notre belle vallée, au sein de laquelle je reposerai
» bientôt, et où vous reviendrez souvent, n'est-ce
» pas ?

» Henriette. »

Je tombai dans un abîme de réflexions en apercevant les profondeurs inconnues de cette vie alors éclairée par cette dernière flamme. Les nuages de mon égoïsme se dissipèrent. Elle avait donc souffert autant que moi, plus que moi, car elle était morte. Elle croyait que les autres devaient être excellents pour son ami ; elle avait été si bien aveuglée par son amour qu'elle n'avait pas soupçonné l'inimitié de sa fille. Cette dernière preuve de sa tendresse me fit bien mal. Pauvre Henriette qui voulait me donner Clochegourde et sa fille !

Natalie, depuis ce jour à jamais terrible où je suis entré pour la première fois dans un cimetière en accompagnant les dépouilles de cette noble Henriette, que maintenant vous connaissez, le soleil a été moins chaud et moins lumineux, la nuit plus obscure, le mouvement moins prompt, la pensée plus lourde. Il est des personnes que nous ensevelissons dans la terre, mais il en est de plus particulièrement chéries qui ont eu notre cœur pour linceul, dont le souvenir se mêle chaque jour à nos palpitations ; nous pensons à elles comme nous respirons, elles sont en nous par la douce loi d'une métempsycose propre à l'amour. Une âme est en mon âme. Quand quelque bien est fait par moi, quand une belle parole est dite, cette âme parle, elle agit ; tout ce que je puis avoir de bon émane de cette tombe, comme d'un lys les parfums qui embaument l'atmosphère. La raillerie, le mal, tout ce que vous blâmez en moi vient de moi-même. Maintenant, quand mes yeux sont obscurcis par un nuage et se reportent vers le ciel,

après avoir longtemps contemplé la terre, quand ma
bouche est muette à vos paroles et à vos soins, ne me
demandez-plus : — *A quoi pensez-vous ?*

Chère Natalie, j'ai cessé d'écrire pendant quelque
temps, ces souvenirs m'avaient trop ému. Maintenant
je vous dois le récit des événements qui suivirent cette
catastrophe, et qui veulent peu de paroles. Lorsqu'une
vie ne se compose que d'action et de mouvement,
tout est bientôt dit ; mais quand elle s'est passée dans
les régions les plus élevées de l'âme, son histoire est
diffuse. La lettre d'Henriette faisait briller un espoir
à mes yeux. Dans ce grand naufrage, j'apercevais une
île où je pouvais aborder. Vivre à Clochegourde auprès
de Madeleine en lui consacrant ma vie était une destinée où se satisfaisaient toutes les idées dont mon
cœur était agité ; mais il fallait connaître les véritables
pensées de Madeleine. Je devais faire mes adieux au
comte ; j'allai donc à Clochegourde le voir, et je le
rencontrai sur la terrasse. Nous nous promenâmes
pendant longtemps. D'abord il me parla de la comtesse
en homme qui connaissait l'étendue de sa perte, et tout
le dommage qu'elle causait à sa vie intérieure. Mais,
après le premier cri de sa douleur, il se montra plus
préoccupé de l'avenir que du présent. Il craignait sa
fille, qui n'avait pas, me dit-il, la douceur de sa mère.
Le caractère ferme de Madeleine, chez laquelle je ne sais
quoi d'héroïque se mêlait aux qualités gracieuses de sa
mère, épouvantait ce vieillard accoutumé aux tendresses d'Henriette, et qui pressentait une volonté que
rien ne devait plier. Mais ce qui pouvait le consoler de
cette perte irréparable était la certitude de bientôt
rejoindre sa femme : les agitations et les chagrins de
ces derniers jours avaient augmenté son état maladif,
et réveillé ses anciennes douleurs ; le combat qui se
préparait entre son autorité de père et celle de sa
fille, qui devenait maîtresse de maison, allait lui faire
finir ses jours dans l'amertume ; car là où il avait pu
lutter avec sa femme, il devait toujours céder à son

enfant. D'ailleurs son fils s'en irait, sa fille se marierait ;
quel gendre aurait-il ? Quoiqu'il parlât de mourir
promptement, il se sentait seul, sans sympathies pour
longtemps encore.

Pendant cette heure où il ne parla que de lui-même
en me demandant mon amitié au nom de sa femme, il
acheva de me dessiner complètement la grande figure
de l'Émigré, l'un des types les plus imposants de notre
époque. Il était en apparence faible et cassé, mais la
vie semblait devoir persister en lui, précisément à cause
de ses mœurs sobres et de ses occupations champêtres.
Au moment où j'écris il vit encore. Quoique Madeleine
pût nous apercevoir allant le long de la terrasse, elle
ne descendit pas ; elle s'avança sur le perron et rentra
dans la maison à plusieurs reprises, afin de me mar-
quer son mépris. Je saisis le moment où elle vint sur
le perron, je priai le comte de monter au château ;
j'avais à parler à Madeleine, je prétextai une dernière
volonté que la comtesse m'avait confiée, je n'avais
plus que ce moyen de la voir, le comte l'alla chercher
et nous laissa seuls sur la terrasse.

— Chère Madeleine, lui dis-je, si je dois vous parler,
n'est-ce pas ici où votre mère m'écouta quand elle eut
à se plaindre moins de moi que des événements de la
vie. Je connais vos pensées, mais ne me condamnez-
vous pas sans connaître les faits ? Ma vie et mon bonheur sont attachés à ces lieux, vous le savez, et vous
m'en bannissez par la froideur que vous faites succéder
à l'amitié fraternelle qui nous unissait, et que la mort
a resserrée par le lien d'une même douleur. Chère Madeleine, vous pour qui je donnerais à l'instant ma vie
sans aucun espoir de récompense, sans que vous le
sachiez même, tant nous aimons les enfants de celles
qui nous ont protégés dans la vie, vous ignorez le
projet caressé par votre adorable mère pendant ces
sept années, et qui modifierait sans doute vos sentiments ; mais je ne veux point de ces avantages. Tout
ce que j'implore de vous, c'est de ne pas m'ôter le

droit de venir respirer l'air de cette terrasse, et d'attendre que le temps ait changé vos idées sur la vie sociale ; en ce moment je me garderais bien de les heurter ; je respecte une douleur qui vous égare, car elle m'ôte à moi-même la faculté de juger sainement les circonstances dans lesquelles je me trouve. La sainte qui veille en ce moment sur nous approuvera la réserve dans laquelle je me tiens en vous priant seulement de demeurer neutre entre vos sentiments et moi. Je vous aime trop malgré l'aversion que vous me témoignez pour expliquer au comte un plan qu'il embrasserait avec ardeur. Soyez libre. Plus tard, songez que vous ne connaîtrez personne au monde mieux que vous ne me connaissez, que nul homme n'aura dans le cœur des sentiments plus dévoués...

Jusque-là Madeleine m'avait écouté les yeux baissés, mais elle m'arrêta par un geste.

— Monsieur, dit-elle d'une voix tremblante d'émotion, je connais aussi toutes vos pensées ; mais je ne changerai point de sentiments à votre égard, et j'aimerais mieux me jeter dans l'Indre que de me lier à vous. Je ne vous parlerai pas de moi ; mais si le nom de ma mère conserve encore quelque puissance sur vous, c'est en son nom que je vous prie de ne jamais venir à Clochegourde tant que j'y serai. Votre aspect seul me cause un trouble que je ne puis exprimer, et que je ne surmonterai jamais.

Elle me salua par un mouvement plein de dignité, et remonta vers Clochegourde, sans se retourner, impassible comme l'avait été sa mère un seul jour, mais impitoyable. L'œil clairvoyant de cette jeune fille avait, quoique tardivement, tout deviné dans le cœur de sa mère, et peut-être sa haine contre un homme qui lui semblait funeste s'était-elle augmentée de quelques regrets sur son innocente complicité. Là tout était abîme. Madeleine me haïssait, sans vouloir s'expliquer si j'étais la cause ou la victime de ces malheurs ; elle nous eût haïs peut-être également, sa mère et

moi, si nous avions été heureux. Ainsi tout était détruit
dans le bel édifice de mon bonheur. Seul, je devais
savoir en son entier la vie de cette grande femme inconnue, seul j'étais dans le secret de ses sentiments,
seul j'avais parcouru son âme dans toute son étendue ;
ni sa mère, ni son père, ni son mari, ni ses enfants ne
l'avaient connue. Chose étrange ! Je fouille ce monceau
de cendres et prends plaisir à les étaler devant vous,
nous pouvons tous y trouver quelque chose de nos
plus chères fortunes. Combien de familles ont aussi leur
Henriette ! combien de nobles êtres quittent la terre
sans avoir rencontré un historien intelligent qui ait
sondé leurs cœurs, qui en ait mesuré la profondeur et
l'étendue ! Ceci est la vie humaine dans toute sa vérité :
souvent les mères ne connaissent pas plus leurs enfants
que leurs enfants ne les connaissent ; il en est ainsi
des époux, des amants et des frères ! Savais-je, moi,
qu'un jour, sur le cercueil même de mon père, je plai-
derais avec Charles de Vandenesse, avec mon frère à
l'avancement de qui j'ai tant contribué ? Mon Dieu !
combien d'enseignements dans la plus simple histoire.
Quand Madeleine eut disparu par la porte du perron,
je revins, le cœur brisé, dire adieu à mes hôtes, et je
partis pour Paris en suivant la rive droite de l'Indre,
par laquelle j'étais venu dans cette vallée pour la
première fois. Je passai triste à travers le joli village
de Pont-de-Ruan. Cependant j'étais riche, la vie politique me souriait, je n'étais plus le piéton fatigué de
1814. Dans ce temps-là, mon cœur était plein de désirs,
aujourd'hui mes yeux étaient pleins de larmes ;
autrefois j'avais ma vie à remplir, aujourd'hui je la
sentais déserte. J'étais bien jeune, j'avais vingt-neuf
ans, mon cœur était déjà flétri. Quelques années avaient
suffi pour dépouiller ce paysage de sa première magni-
ficence et pour me dégoûter de la vie. Vous pouvez
maintenant comprendre quelle fut mon émotion,
lorsqu'en me retournant je vis Madeleine sur la terrasse.

Dominé par une impérieuse tristesse, je ne songeais plus au but de mon voyage. Lady Dudley était bien loin de ma pensée, que j'entrais dans sa cour sans le savoir. Une fois la sottise faite, il fallait la soutenir. J'avais chez elle des habitudes conjugales, je montai chagrin en songeant à tous les ennuis d'une rupture. Si vous avez bien compris le caractère et les manières de lady Dudley, vous imaginerez ma déconvenue, quand son majordome m'introduisit en habit de voyage dans un salon où je la trouvai pompeusement habillée, environnée de cinq personnes. Lord Dudley, l'un des vieux hommes d'État les plus considérables de l'Angleterre [1], se tenait debout devant la cheminée, gourmé, plein de morgue, froid, avec l'air railleur qu'il doit avoir au Parlement, il sourit en entendant mon nom. Les deux enfants d'Arabelle qui ressemblaient prodigieusement à de Marsay, l'un des fils naturels du vieux lord, et qui était là, sur la causeuse près de la marquise, se trouvaient près de leur mère. Arabelle en me voyant prit aussitôt un air hautain, fixa son regard sur ma casquette de voyage, comme si elle eût voulu me demander à chaque instant ce que je venais faire chez elle. Elle me toisa comme elle eût fait d'un gentilhomme campagnard qu'on lui aurait présenté. Quant à notre intimité, à cette passion éternelle, à ces serments de mourir si je cessais de l'aimer, à cette fantasmagorie d'Armide, tout avait disparu comme un rêve. Je n'avais jamais serré sa main, j'étais un étranger, elle ne me connaissait pas. Malgré le sang-froid diplomatique auquel je commençais à m'habituer, je fus surpris, et tout autre à ma place ne l'eût pas été moins. De Marsay souriait à ses bottes qu'il examinait avec une affectation singulière. J'eus bientôt pris mon parti. De toute autre femme, j'aurais accepté modestement une défaite ; mais outré de voir debout l'héroïne qui voulait mourir d'amour, et qui s'était moquée de la morte, je résolus d'opposer l'impertinence à l'impertinence. Elle savait le désastre de lady Brandon :

le lui rappeler, c'était lui donner un coup de poignard
au cœur quoique l'arme dût s'y émousser.

— Madame, lui dis-je, vous me pardonnerez d'entrer
chez vous si cavalièrement, quand vous saurez que
j'arrive de Touraine, et que lady Brandon m'a chargé
pour vous d'un message qui ne souffre aucun retard.
Je craignais de vous trouver partie pour le Lancashire ; mais, puisque vous restez à Paris, j'attendrai
vos ordres et l'heure à laquelle vous daignerez me recevoir.

Elle inclina la tête et je sortis. Depuis ce jour, je
ne l'ai plus rencontrée que dans le monde où nous
échangeons un salut amical et quelquefois une épigramme. Je lui parle des femmes inconsolables du
Lancashire, elle me parle des Françaises qui font honneur à leur désespoir de leurs maladies d'estomac.
Grâce à ses soins, j'ai un ennemi mortel dans de Marsay, qu'elle affectionne beaucoup. Et moi je dis qu'elle
épouse les deux générations. Ainsi rien ne manquait
à mon désastre. Je suivis le plan que j'avais arrêté
pendant ma retraite à Saché. Je me jetai dans le travail, je m'occupai de science, de littérature et de politique ; j'entrai dans la diplomatie à l'avènement de
Charles X qui supprima l'emploi que j'occupais sous
le feu roi. Dès ce moment je résolus de ne jamais faire
attention à aucune femme si belle, si spirituelle, si
aimante qu'elle pût être. Ce parti me réussit à merveille :
j'acquis une tranquillité d'esprit incroyable, une grande
force pour le travail, et je compris tout ce que ces femmes dissipent de notre vie en croyant nous avoir payé
par quelques paroles gracieuses. Mais toutes mes résolutions échouèrent : vous savez comment et pourquoi.
Chère Natalie, en vous disant ma vie sans réserve
et sans artifice, comme je me la dirais à moi-même ;
en vous racontant des sentiments où vous n'étiez pour
rien, peut-être ai-je froissé quelque pli de votre cœur
jaloux et délicat ; mais ce qui courroucerait une femme
vulgaire sera pour vous, j'en suis sûr, une nouvelle

raison de m'aimer. Auprès des âmes souffrantes et
malades, les femmes d'élite ont un rôle sublime à
jouer, celui de la sœur de charité qui panse les blessures, celui de la mère qui pardonne à l'enfant. Les
artistes et les grands poëtes ne sont pas seuls à souffrir :
les hommes qui vivent pour leur pays, pour l'avenir
des nations, en élargissant le cercle de leurs passions
et de leurs pensées, se font souvent une bien cruelle
solitude. Ils ont besoin de sentir à leurs côtés un amour
pur et dévoué ; croyez bien qu'ils en comprennent
la grandeur et le prix. Demain, je saurai si je me suis
trompé en vous aimant

A MONSIEUR LE COMTE
FÉLIX DE VANDENESSE

« Cher comte, vous avez reçu de cette pauvre ma-
» dame de Mortsauf une lettre qui, dites-vous, ne vous
» a pas été inutile pour vous conduire dans le monde,
» lettre à laquelle vous devez votre haute fortune.
» Permettez-moi d'achever votre éducation. De grâce,
» défaites-vous d'une détestable habitude ; n'imitez
» pas les veuves qui parlent toujours de leur premier
» mari, qui jettent toujours à la face du second les
» vertus du défunt. Je suis Française, cher comte ;
» je voudrais épouser tout l'homme que j'aimerais,
» et ne saurais en vérité épouser madame de Mortsauf.
» Après avoir lu votre récit avec l'attention qu'il
» mérite, et vous savez quel intérêt je vous porte, il
» m'a semblé que vous aviez considérablement ennuyé
» lady Dudley en lui opposant les perfections de ma-
» dame de Mortsauf, et fait beaucoup de mal à la com-
» tesse en l'accablant des ressources de l'amour anglais.
» Vous avez manqué de tact envers moi, pauvre créa-
» ture, qui n'ai d'autre mérite que celui de vous plaire ;
» vous m'avez donné à entendre que je ne vous aimais
» ni comme Henriette, ni comme Arabelle. J'avoue mes
» imperfections, je les connais ; mais pourquoi me les
» faire si rudement sentir ? Savez-vous pour qui je
» suis prise de pitié ? pour la quatrième femme que
» vous aimerez. Celle-là sera nécessairement forcée
» de lutter avec trois personnes ; aussi dois-je vous

» prémunir, dans votre intérêt comme dans le sien,
» contre le danger de votre mémoire. Je renonce à
» la gloire laborieuse de vous aimer : il faudrait trop de
» qualités catholiques ou anglicanes, et je ne me soucie
» pas de combattre des fantômes. Les vertus de la
» Vierge de Clochegourde désespéreraient la femme la
» plus sûre d'elle-même, et votre intrépide Amazone
» décourage les plus hardis désirs de bonheur. Quoi
» qu'elle fasse, une femme ne pourra jamais espérer
» pour vous des joies égales à son ambition. Ni le
» cœur ni les sens ne triompheront jamais de vos sou-
» venirs. Vous avez oublié que nous montons souvent
» à cheval. Je n'ai pas su réchauffer le soleil attiédi
» par la mort de votre sainte Henriette, le frisson vous
» prendrait à côté de moi. Mon ami, car vous serez
» toujours mon ami, gardez-vous de recommencer de
» pareilles confidences qui mettent à nu votre désen-
» chantement, qui découragent l'amour et forcent une
» femme à douter d'elle-même. L'amour, cher comte,
» ne vit que de confiance. La femme qui, avant de dire
» une parole, ou de monter à cheval, se demande si
» une céleste Henriette ne parlait pas mieux, si une
» écuyère comme Arabelle ne déployait pas plus de
» grâces, cette femme-là, soyez-en sûr, aura les jambes
» et la langue tremblantes. Vous m'avez donné le
» désir de recevoir quelques-uns de vos bouquets eni-
» vrants, mais vous n'en composez plus. Il est ainsi
» une foule de choses que vous n'osez plus faire, de
» pensées et de jouissances qui ne peuvent plus renaî-
» tre pour vous. Nulle femme, sachez-le bien, ne vou-
» dra coudoyer dans votre cœur la morte que vous y
» gardez. Vous me priez de vous aimer par charité
» chrétienne. Je puis faire, je vous l'avoue, une infi-
» nité de choses par charité, tout, excepté l'amour.
» Vous êtes parfois ennuyeux et ennuyé, vous appelez
» votre tristesse du nom de mélancolie : à la bonne
» heure ; mais vous êtes insupportable et vous donnez
» de cruels soucis à celle qui vous aime. J'ai trop sou-

» vent rencontré entre nous deux la tombe de la sainte :
» je me suis consultée, je me connais et je ne voudrais
» pas mourir comme elle. Si vous avez fatigué lady
» Dudley, qui est une femme extrêmement distinguée,
» moi qui n'ai pas ses désirs furieux, j'ai peur de me
» refroidir plus tôt qu'elle encore. Supprimons l'amour
» entre nous, puisque vous ne pouvez plus en goûter
» le bonheur qu'avec les mortes, et restons amis, je
» le veux. Comment, cher comte ? vous avez eu pour
» votre début une adorable femme, une maîtresse
» parfaite qui songeait à votre fortune, qui vous a
» donné la pairie, qui vous aimait avec ivresse, qui ne
» vous demandait que d'être fidèle, et vous l'avez fait
» mourir de chagrin ; mais je ne sais rien de plus mons-
» trueux. Parmi les plus ardents et les plus malheu-
» reux jeunes gens qui traînent leurs ambitions sur
» le pavé de Paris, quel est celui qui ne resterait pas
» sage pendant dix ans pour obtenir la moitié des
» faveurs que vous n'avez pas su reconnaître ? Quand
» on est aimé ainsi, que peut-on demander de plus ?
» Pauvre femme ! elle a bien souffert, et quand vous
» avez fait quelques phrases sentimentales, vous vous
» croyez quitte avec son cercueil. Voilà sans doute le
» prix qui attend ma tendresse pour vous. Merci,
» cher comte, je ne veux de rivale ni au-delà ni en
» deçà de la tombe. Quand on a sur la conscience de
» pareils crimes, au moins ne faut-il pas les dire. Je
» vous ai fait une imprudente demande, j'étais dans
» mon rôle de femme, de fille d'Ève, le vôtre consis-
» tait à calculer la portée de votre réponse. Il fallait
» me tromper ; plus tard, je vous aurais remercié.
» N'avez-vous donc jamais compris la vertu des hom-
» mes à bonnes fortunes ? Ne sentez-vous pas combien
» ils sont généreux en nous jurant qu'ils n'ont jamais
» aimé, qu'ils aiment pour la première fois ? Votre
» programme est inexécutable. Être à la fois madame
» de Mortsauf et lady Dudley, mais, mon ami, n'est-
» ce pas vouloir réunir l'eau et le feu ? Vous ne connais-

» sez donc pas les femmes ? elles sont ce qu'elles sont,
» elles doivent avoir les défauts de leurs qualités.
» Vous avez rencontré lady Dudley trop tôt pour
» pouvoir l'apprécier, et le mal que vous en dites me
» semble une vengeance de votre vanité blessée ;
» vous avez compris madame de Mortsauf trop tard,
» vous avez puni l'une de ne pas être l'autre ; que va-
» t-il m'arriver à moi qui ne suis ni l'une ni l'autre ?
» Je vous aime assez pour avoir profondément réflé-
» chi à votre avenir, car je vous aime réellement beau-
» coup. Votre air de chevalier de la Triste Figure m'a
» toujours profondément intéressée : je croyais à la
» constance des gens mélancoliques ; mais j'ignorais
» que vous eussiez tué la plus belle et la plus vertueuse
» des femmes à votre entrée dans le monde. Eh bien!
» je me suis demandé ce qui vous reste à faire : j'y
» ai bien songé. Je crois, mon ami, qu'il faut vous
» marier à quelque madame Shandy, qui ne saura rien
» de l'amour, ni des passions, qui ne s'inquiétera ni
» de lady Dudley, ni de madame de Mortsauf, très indif-
» férente à ces moments d'ennui que vous appelez
» mélancolie pendant lesquels vous êtes amusant
» comme la pluie, et qui sera pour vous cette excellente
» sœur de charité que vous demandez. Quant à aimer, à
» tressaillir d'un mot, à savoir attendre le bonheur,
» le donner, le recevoir ; à ressentir les mille orages de
» la passion, à épouser les petites vanités d'une femme
» imée, mon cher comte, renoncez-y. Vous avez trop
» bien suivi les conseils que votre bon ange vous a
» donnés sur les jeunes femmes ; vous les avez si bien
» évitées que vous ne les connaissez point. Madame de
» Mortsauf a eu raison de vous placer haut du premier
» coup, toutes les femmes auraient été contre vous,
» et vous ne seriez arrivé à rien. Il est trop tard mainte-
» nant pour commencer vos études, pour apprendre
» à nous dire ce que nous aimons à entendre, pour être
» grand à propos, pour adorer nos petitesses quand il
» nous plaît d'être petites. Nous ne sommes pas si

» sottes que vous le croyez : quand nous aimons, nous
» plaçons l'homme de notre choix au-dessus de tout.
» Ce qui ébranle notre foi dans notre supériorité,
» ébranle notre amour. En nous flattant, vous vous
» flattez vous-mêmes. Si vous tenez à rester dans le
» monde, à jouir du commerce des femmes, cachez-
» leur avec soin tout ce que vous m'avez dit : elles
» n'aiment ni à semer les fleurs de leur amour sur des
» rochers, ni à prodiguer leurs caresses pour panser
» un cœur malade. Toutes les femmes s'apercevraient
» de la sécheresse de votre cœur, et vous seriez tou-
» jours malheureux. Bien peu d'entre elles seraient
» assez franches pour vous dire ce que je vous dis, et
» assez bonnes personnes pour vous quitter sans ran-
» cune en vous offrant leur amité, comme le fait au-
» jourd'hui celle qui se dit votre amie dévouée,

» NATALIE DE MANERVILLE. »

Paris, octobre 1835.

POSTFACE

« *Ce roman, peut-être le plus beau qui soit* », *jugeait Alain. Peut-être aussi le plus mal lu. Le style rebute aujourd'hui, pense Henri Guillemin qui, dans une préface trop méconnue (Classiques du Milieu du Monde), admire sans condition : « Que Balzac, à trente-six ans, ait été capable d'écrire certaines pages où revit un premier amour, c'est la preuve qu'il était marqué du signe des élus. »*

Roman du premier amour donc ? Roman d'histoire pour Alain : « C'est l'histoire des Cent-Jours vue d'un château de la Loire »; social aussi : « Le Lys est première-ment de société », notamment par le code de la grande lettre de Mme de Mortsauf. Roman clinique encore, démontre Moïse Le Yaouanc (Classiques Garnier) par « l'hypocondrie très caractérisée » de Mortsauf, l'héré-dité des enfants assortie d'une phtisie et d'une chlorose, et le cancer du pylore de Mme de Mortsauf. « En sorte que les gens de cœur périssent par l'estomac », remarque Vandenesse. Cette seule phrase d'un personnage souvent pris pour un simple amoureux pâlot devrait pourtant donner à entrevoir un Lys plus complexe qu'il n'est cru. Un auteur aussi. Pour connaître Balzac, Le Lys est, entre toutes, l'œuvre qu'il faut bien comprendre.

*

D'un rapide examen extérieur, tout d'abord, création et créateur sortent déjà singulièrement du commun.

De la conception du Lys annoncée vers le 10 mars 1835 à la sortie des deux volumes en librairie le 10 juin 1836 : quinze mois. « Sainte-Beuve a travaillé quatre ans Volupté. Vous comparerez », écrit Balzac. Comparons. Commençons par la vie de l'homme durant ces quinze mois : un voyage à Vienne pour revoir la comtesse Hanska ; deux voyages à Boulogne avec Frances Sarah Lovell, comtesse Guidoboni-Visconti ; un séjour à Frapesle chez l'amie Zulma Carraud ; deux séjours à La Bouleaunière chez Mme de Berny — le second, tragique, puisque Balzac voit pour la dernière fois sa Dilecta. Autant de voyages aux sources, intercalés de quelques séjours mystérieux à Meudon, d'un « à la campagne », d'un enfin à la prison de la Garde Nationale. Ajoutons un marivaudage avec Caroline Marbouty, une liaison épistolaire avec une « Louise » inconnue et qui le restera, et, peut-être, la paternité d'un fils, Lionel-Richard Guidoboni. Et le rachat de la bi-hebdomadaire Chronique de Paris en décembre 1835. De menues péripéties dont un déménagement. Enfin les menaces judiciaires de la veuve Béchet, éditeur mécontent, l'attaque et contre-attaque de Buloz, acheteur du Lys en feuilleton, et le procès qui traînera de mars à mai 1836. Et voyons maintenant la vie du créateur. Durant ces quinze mois Balzac a : fini trois romans Melmoth réconcilié, La Fille aux yeux d'or, Séraphita) ; *révisé et souvent considérablement augmenté trois romans* (Chabert, Gobseck, Lambert) *et l'importante* Introduction aux Études de mœurs ; *commencé cinq romans* (*une première* Fleur des pois, *la suite de* L'Enfant maudit, Le Grand Propriétaire, *notamment*), *et une pièce* (Richard Cœur d'Éponge). *Ne mentionnons un* Brillat-Savarin *ou la révision des* Œuvres de Saint-Aubin *que pour mieux constater que Balzac n'est pas un créateur ordinaire. Car il a encore produit, en six mois, pour* La Chronique, *quelques quarante longs éditoriaux de politique étrangère, plus quantité de comptes rendus*

*chroniques, notules, remplissages et, au besoin, ses rédac-
teurs étant aux champs, le journal entier. Et le long
Historique du procès (cf. Documents, p. 366). Il a encore
commencé Le Cabinet des Antiques et Ecce Homo. Il a
commencé, fait, refait et achevé La Messe de l'Athée,
L'Interdiction, Facino Cane. Et Le Contrat de mariage
où apparaissait un « petit crocodile habillé en femme »,
cette Natalie de Manerville qui abandonnera Vandenesse
à ses « imposants souvenirs ».*

*Enfin Le Lys. Par à-coups d'un labeur effrayant,
bien étudié par M. Le Yaouanc. Les trois quarts du
manuscrit, une centaine de pages, sont écrits pour la plus
grande part en une semaine de juillet près de Mme de
Berny : une ébauche, telle que la décrit l'Historique,
dont chaque page demandera au moins « sept ou huit »
révisions successives faites de corrections, de bouleversements, d'ajoutés énormes. Le schéma même est encore
informe : pas d'envoi à Natalie, un simple récit biogra-
phique qui commence par le bal de Tours. Capital: le
récit de l'enfance, simple esquisse, est éparpillé, souvent
en réponse à l'enfance malheureuse de Mme de Mortsauf,
mais en bribes lancinantes comme un thème qui sourd
des profondeurs, peu à peu.*

*En août près de Zulma, les corrections commencent,
continuent en septembre, en octobre près de la Dilecta.
Corrections acharnées par l'ajout de l'envoi, de la grande
lettre de Mme de Mortsauf et, surtout, de l'enfance inau-
gurale. En novembre, décembre, la publication commence
dans La Revue de Paris, arrêtée à la moitié par l'affaire
du feuilleton pirate de Saint-Pétersbourg (cf. Historique
p. 381).*

*En mars 1836, la sentence du procès pouvant inter-
venir et donc la publication en librairie devant lui
succéder immédiatement, Balzac se remet au Lys. Sans
flamme. Il corrige la partie publiée qui fera le premier
volume, s'escrime au style — « ce sera l'œuvre la plus
parfaite » —, donne le bon à tirer, entame la correction
de la suite — « des effets littéraires extrêmement diffi-*

22

*ciles à rendre ». Le 16 mai, le dernier quart reste toujours
à écrire : « le plus facile. Tout est maintenant achevé,
posé, Je n'ai plus qu'à conclure ». Ce sera un labeur
inhumain, jusqu'à la dernière minute où se tairont
enfin les presses de l'imprimerie. « Ce sont des victoires
qui tuent, encore une et je suis mort. »*

*

Des sources connues du Lys, *l'une semble impure,
c'est la prétendue déclaration de Balzac : « Je referai*
Volupté. » *L'attestation émane de Sainte-Beuve,* Volupté
*aussi. Sur le terrain du style, le duel a dû valoir bien des
boursouflures au* Lys. *Quant aux « ressemblances », la
critique les a traquées, accumulées. Trop. Balzac eût-il
voulu « refaire* Volupté » *qu'il ne l'aurait pas refait
ligne à ligne.* Obermann, Le Rouge et le Noir *en proposent aussi. Et surtout Rousseau, auquel pourrait revenir l'honneur de l'idée première du trouble compromis
de la maternité factice. Mais les sources littéraires deviennent dérisoires quand les réalités de la vie du créateur
offrent avec une œuvre des similitudes frappantes. Or,
il existe un témoignage de Balzac lui-même évoquant
le 22 août 1836 la mort de M*me *de Berny : « la céleste
créature dont M*me *de Mortsauf est une pâle épreuve »,
et* Le Lys : *« cette couronne que quinze ans auparavant
je lui avais promise ». C'est clair, si clair que des équiva-
lences ont été établies : M*me *de Mortsauf = M*me *de
Berny. Natalie = M*me *Hanska. Lady Dudley = M*me
*Guidoboni + Marquise de Castries + lady Ellenborough.
Mortsauf étant tiré par Balzac d'un peu « tous les maris
de ses maîtresses ou de ses amies ». Le schéma n'est pas si
simple, ni les structures affectives de l'œuvre, comme le
prouvent les réalités de la vie de Balzac, et les transformations aussi de ces réalités.*

*Ainsi M*me *de Berny. En 1822, cette filleule de Marie-
Antoinette et de Louis XVI, tenue sur les fonts baptis-
maux par Laure de Fitz-James — d'où ses prénoms :*

Antoinette *(son prénom usuel)-*Louise-Laure *(le prénom
que choisira Balzac, comme Félix nommera Blanche de
Mortsauf, Henriette) — était la grande dame de Villeparisis. Mère exemplaire, éducatrice parfaite, adorée.
Un document inédit est à inscrire en bonne place à côté
des codes épistolaires de Mᵐᵉ de Mortsauf : devenu un vieil
homme, son fils Alex se souviendra qu'il « n'a cessé de
la pleurer » et gardait toujours ses lettres « qui lui formaient encore tout un petit code de conduite ». Le jeune
Balzac tombe amoureux, comme Félix. Mais s'il a
vingt-deux ans, Mᵐᵉ de Berny en a quarante-quatre
(et un an et demi de plus que la mère de Balzac). En
outre, elle a eu dix enfants. Dont une fille, Julie, seule
trace illégitime d'une longue liaison avec le Corse André
Campi, mort en 1819, qui fut probablement le père
réel d'au moins cinq autres des enfants de Mᵐᵉ de Berny.
De plus, à Villeparisis, ce futur Lys ne vit pas avec son
mari, magistrat peu à peu atteint de cécité et d'un « caractère difficile », mais avec le frère cadet de son mari,
Emmanuel, dont le dossier aux Archives de la Guerre
est aussi à placer parmi les documents du Lys : émigré
pendant douze ans, comme Mortsauf, il était revenu
« sans fortune avec des infirmités ». A la même époque
que le personnage de Balzac, il demandait réparation
à la royauté restaurée en arguant, lui aussi, de ses qualités d' « héritier du dévouement que ses ancêtres ont toujours marqué pour l'auguste famille des Bourbons ».
Son attachement quasi officiel pour sa belle-sœur donnera
autant de scrupules à Balzac que s'il avait été M. de
Mortsauf, dérivé évident d'un fraternel mélange de ce
modèle inédit de l'Émigré, malade, ruiné et royaliste,
avec le mari au « caractère difficile ».*

*Quant aux enfants, que de réalités encore dans la
mauvaise santé des jeunes Mortsauf. Un fils et une fille
de Mᵐᵉ de Berny étaient morts en 1814 et 1816 et, tout
près du Lys, une fille avait dû être enfermée, folle à
jamais, en 1834 ; une autre était morte quelques semaines
plus tard et, en 1835, la mort du « fils préféré » accablait*

*définitivement cette mère qui, refusant désormais de
voir Balzac, mourait en juillet 1836. Dès 1834, une maladie de cœur avait abattu la mère malheureuse. La femme
aussi. Et Balzac avait déjà pu mesurer sur « cette figure
si gracieuse, vue vieillie en un mois de vingt ans »,
sa part dans des ravages dont il était aussi responsable
que Félix, lisant la mort sur la figure dévastée de son
Lys. Que de coups il lui avait portés.*

 *Le pire, parce que le premier, dès 1825, avait été sa
liaison avec la duchesse d'Abrantès. Ce nom n'a jamais
été inscrit à côté de celui de Lady Dudley alors que plus
tard, dans une sorte de bilan, Balzac mettra en balance :
« les emportements de la duchesse d'Abrantès » et « la
tendresse de Mme de Berny », « les deux seules femmes
qui aient marqué comme volupté et comme affection ».
Je souligne car il faut bien attirer enfin l'attention sur
cette réalité de la vie sentimentale de Balzac, exact
équivalent de l'alternative de Vandenesse au même âge :
volupté contre tendresse. Est-ce le marquis au pinacle
de la vie parisienne qui s'éblouit d' « être la gloire à des
titres si différents de deux femmes si supérieures, et
d'avoir inspiré de si grandes passions que de chaque
côté la mort arriverait si je leur manquais » ? Ou l'obscur petit bourgeois Balzac, tout fat d'être l'objet d'une
âpre lutte entre la tendre et vulnérable filleule de Marie-
Antoinette et une duchesse célèbre, une maîtresse à folies
qui menaçait de se suicider à tout propos et qui, du reste,
l'avait tenté sérieusement au moins une fois.*

 *En 1832, le cœur de la Dilecta saignera encore. Le
nouveau danger est une grande dame au superlatif :
Claire-Clémence-Henriette, marquise de Castries.
Passionnée et scandaleuse comme Lady Dudley, elle se
refusera avec l'obstination d'un Lys. Ce fait jouera dans
la complexité de la création, qu'un exemple illustre :
dans La Duchesse de Langeais, portrait noir et vengeur
de la dédaigneuse marquise de Castries, Balzac avait
choisi pour cette héroïne un prénom remarquable :
Antoinette. Le prénom de Mme de Berny. Et dans Le*

Lys, « *couronne* » *de M*^me *de Berny, quel prénom choisit-il pour* « *l'ange* » ? *Henriette : le prénom de la marquise de Castries. A cette dernière il emprunta aussi certainement le prénom d'Arabelle Dudley. Traditionnel chez les Fitz-James — famille maternelle de la marquise — depuis Arabelle Churchill, il était porté au moment du Lys par la petite-fille du duc Édouard, seule représentante féminine des Fitz-James. La tradition anglaise, l'anglomanie de la marquise ont dû inspirer bien des traits de Lady Dudley, dont les* « *ressemblances* » *supposées avec Frances Sarah Lovell proposent une énigme assez étourdissante si ses relations avec Balzac étaient celles que l'on croit, et vertigineuse si l'enfant qu'elle mettait au monde le 29 mai 1836, Le Lys s'achevant, était bien le fils de Balzac.*

D'autant que cette liaison du moins n'avait pu toucher aussi durement le cœur passionné et jaloux de la Dilecta, *Balzac ayant été délivré par elle, selon l'expression de Guillemin, de* « *l'obligation des simulacres* » *depuis 1833. Une* « *Étrangère* », *polonaise sinon anglaise, avait alors porté le coup de grâce : M*^me *Hanska, dont la survenue dans sa vie avait alors fait dire à Balzac :* « *Mon destin est fixé* ». *Celui de la* Dilecta *était fixé depuis longtemps. La* « *chère étoile* » *de Félix, que M*^me *de Berny évoquait encore, désespérément en 1832 —* « *je suis toujours ta chère aimée! ta chère étoile!* » *— savait déjà combien elle faiblissait. Elle s'accrochait, affreusement, lui offrant* « *le tribut d'une volupté créée par toi, les caresses d'une chérie façonnée à ton usage* »; *s'enivrant des bouquets imaginaires qu'il lui envoyait alors de Saché, comme M*^me *de Mortsauf s'enivrera, au moment de disparaître, d'un bouquet de Félix. Mais elle ne pouvait pas ne pas entendre, déjà, la plainte que Balzac reprendra lorsque, en mars 1836, il reprendra Le Lys :* « *ma jeunesse est près de s'éteindre sans avoir été rassasiée de la seule destinée que j'eusse, car M*^me *de Berny n'était pas jeune, et croyez que la jeunesse et la beauté sont quelque chose.* » *Il avait trente-trois ans quand* « *en 1833, elle en avait*

cinquante-sept. Tout est là », dira-t-il *plus tard. Elle
avait jeté quelques derniers cris* — « *que de caresses je
te prodigue* » — « *l'horrible clameur* » *de l'agonie de
Mme de Mortsauf. Celle d'une souffrance mortelle :*
« *J'espère que ton cœur me servira de tombe avant qu'il
appartienne à une autre. Chéri adoré, je ne connais
rien de plus inhumain que la vie quand elle reste accro-
chée à un être qui n'en veut plus.* » « *On souffre bien pour
mourir* », *dira Mme de Mortsauf.*

*Peu avant la conception du Lys, en janvier 1835,
la maladie de Mme de Berny faisait écrire par Balzac
à Mme Hanska :* « *A tout moment la mort peut m'enlever un ange qui a veillé sur moi pendant quatorze ans,
une fleur de solitude aussi que jamais le monde n'a touchée; et qui était mon étoile.* » *Suivait déjà la lettre de
Natalie :* « *Perdre cette noble et grande partie de ma vie,
et vous savoir si loin, c'est à se jeter dans la Seine.* »

Le Lys était commencé. Jusque dans les mots « *ange* »,
« *que jamais le monde n'a touchée* ». *Les métamorphoses
sont capitales. Dans les faits, l'équivalence Mme de Mortsauf = Mme de Berny n'a pas d'intérêt car elle ne permet
pas de comprendre les réelles nécessités de la création du
Lys pour Balzac. La* Dilecta *proposait un exemple d'une
foule de qualités; son dévouement absolu, sa tendresse
infinie ne se discutent pas. Mais un exemple de pureté ?
mais un modèle pour le Lys, pur entre les plus pures
fleurs ?*

*Mme de Mortsauf n'est pas une vérité une et indivisi-
ble. Zulma Carraud, l'amie, restée la chaste amie, devrait
compter comme aussi importante dans l'élaboration du
Lys.* « *Centre d'une solitude complète* » *à la campagne,
malheureuse aux côtés d'un mari aussi détruit par les
prisons anglaises que Mortsauf par l'émigration, dont
la vie a été* « *rompue* » *et, semble-t-il, l'intelligence* — « *une
seule chose a survécu... une austère probité; ce qui me
prouve que l'intelligence a des divisions bien marquées* »,
remarque-t-elle —, *Zulma a voué sa vie* « *incolore à
jamais* » *à ses enfants* — « *vous savez bien que je suis*

seule *pour mes enfants* ». *Outre le nom de Frapesle, le trictrac, la tapisserie de Zulma et les « pistonnages » du mari qui éprouvaient autant la patience de Balzac que les agaceries bizarres de Mortsauf, celle de Félix, que de souvenirs dans* Le Lys. *Le plus important est un fait de 1832.*

Balzac comprit alors l'amour de Zulma et tenta un assaut qui fut repoussé. Après son départ, elle lui écrira une lettre essentielle dans l'histoire du Lys : « *Vous avez espéré agir sur moi par l'espoir d'un paradis inconnu... Vous n'avez donc pas deviné que je suis fière de n'y être pas initiée!* » *Elle va plus loin et nous éclaire :* « *C'est à ce que cette singulière position jette sur moi d'inusité, d'extra-commun, que peut-être j'ai dû l'attention que vous avez faite à moi, en tant que femme.* » *Je souligne car le fait est important pour pénétrer certains besoins profonds chez le futur auteur du* Lys *dont, impérieux et bien compris par Zulma, le besoin de pureté.* « *Je suis voluptueuse, dites-vous, et je résiste à la volupté! Sentez-vous bien tout ce qu'il y a là-dedans ?... Je n'ai point osé vous dire tout cela devant vous; je n'étais pas si forte d'ailleurs.* » *Autre étape du* Lys : *en septembre 1833, Balzac se met à trouver des « ressemblances frappantes » entre la* Dilecta *et Zulma. Et Zulma tisse la trame aussi en se faisant le double chaste, en recommandant le souvenir éternel de « l'ange sublime » dont elle sent « heure par heure, tout ce qui la fait vibrer » :* « *quelle que soit la femme qui se donnera à vous, elle sera pâle auprès de l'image de celle que vous avez tant aimée... seulement parce que vous l'avez aimée avec vos vingt ans.* » *L'amour chaste de Zulma a joué un rôle évidemment capital. Tout d'abord parce qu'il a été : il était donc possible. Mais aussi par ses regrets de ce qui n'a pas été. Une lettre du 19 avril 1835,* Le Lys *n'étant encore que fort incomplètement conçu, dut peser lourd, où elle se plaint de sa vie :* « *Le long supplice qui chaque jour amène un pli de plus à mes paupières serait une étude digne du peintre de* La Femme de trente ans; *mais*

*comment révéler tous ces mystères du cœur ? Il y a là chose
sacrée. Tout s'effacerait presque à l'énoncé. » Quel défi !*

   *Mais Mme de Mortsauf = Mme de Berny + Zulma
n'est pas encore la clef qui permet d'accéder réellement
à Balzac, créateur du Lys. Ce Lys, ce n'est ni pour la
Dilecta, ni pour Zulma, ni même pour Mme Hanska ou
toute autre Natalie à venir que Balzac a éprouvé le besoin
de le faire grandir dans son cœur, dans s a vie ; c'est pour
lui. Toutes les transformations qu'il a imposées à la
réalité correspondent à des nécessités intérieures profondes. La réalité nous apprend à les connaître — nos
indiscrétions n'ont pas d'autre raison d'être — et, par
la réalité, à comprendre que la création du Lys mène
loin au fond du cœur et de la vie de son créateur.
Beaucoup plus loin.*

*

   *Ni roman d'amour, ni même bilan sentimental, dé-
pouillé d'événements, Le Lys est une véritable analyse.
Une remontée aux sources affectives d'une vie, aux sources
primordiales. En avance sur son temps, Balzac a été,
il faut bien le constater, plus moderne, plus découvreur
que la critique la plus actuelle. Les études du Lys ne
semblent considérer qu'une histoire qui commencerait
au bal de Tours, moment où Félix découvrant de « belles
épaules », « plonge » et plonge en même temps vers sa vie
d'adulte. Or Le Lys ne commence pas là. Et arrivé là,
Balzac prévient très clairement le lecteur, et le critique :
« Si vous avez bien compris ma vie antérieure. » Il semble que cet avertissement n'ait pas été bien entendu :
on oublie que sur le manuscrit, Balzac avait d'abord
donné quinze puis dix-sept ans à Félix. La vie antérieure,
c'est-à-dire l'enfance de cet être, n'a été remarquée que
pour inventorier années de nourrice et de pension, ou
étapes de sa scolarité ; les unes et les autres identiques
à celles de Balzac. Mais l'essentiel a été réduit à peu, en
acceptant un Balzac « mal aimé », ou réduit à rien en*

*ırrêtant, par exemple, en une ligne qu'il « a eu sensi-
blement moins à se plaindre de ses débuts dans la vie
et de sa mère que Félix ». Les faits les plus positifs démentent cette affirmation qui fausse absolument toute compréhension du* Lys *et, en même temps, de Balzac. Car il
dit Félix non pas « mal aimé » mais haï. C'est une sensible différence.*

*L'examen du manuscrit prouverait à lui seul le contre-
sens de toute édulcoration en montrant avec quelle force
l'évocation de sa vie sentimentale a peu à peu poussé
Balzac à remonter aux sources de cette vie et à leur donner finalement la place qui leur convenait : la première.*

*Parce que sans le début de sa vie, la suite n'aurait pas
été, parce que sans cette vie antérieure, la suite ne se
comprenait pas. L'enfance était, dans tous les sens du
terme, primordiale. Pourquoi ne pas lui prêter l'attention qu'il demande, et le croire quand il fait dire par Félix
que le récit de son enfance « était nécessaire pour expliquer l'influence qu'elle exerça sur [son] avenir » ?
Comment méconnaître le poids des mots lorsqu'il montre
son enfance « comme une longue maladie », et parle de
« tant d'éléments morbides » ? Le* Lys *va loin dans la
souvenance, et l'analyse. Demandant comment un « nouveau-né » put « blesser » une mère ; questionnant :
« étais-je donc un enfant du devoir » ; obsédé par le
souvenir des « douleurs de l'enfant », « déshérité de toute
affection », atteint d'autant plus gravement que son frère
est : « l'amour de ma mère. » « Affamé d'amour » et ne rencontrant chez sa mère que dérision et despotisme haineux.
Comment ne pas ressentir l'horrible vérité des souffrances
qui ont inspiré ces phrases ? Et l'importance de cette
autre phrase : « Malgré tant de barrières épineuses, les
sentiments instinctifs tiennent par tant de racines, la
religieuse terreur inspirée par une mère de laquelle il
coûte trop de désespérer conserve tant de liens, que la
sublime erreur de notre amour se continua jusqu'au
jour où, plus avancés dans la vie, elle fut souverainement jugée. En ce jour commencent les représailles des*

*enfants dont l'indifférence engendrée par les déceptions
du passé, grossie par les épaves limoneuses qu'ils en
ramènent, s'étend jusque sur la tombe. »* Avec Le Lys,
ce jour avait commencé.

Le manuscrit n'est pas seul à nous dire l'affreuse
réalité des souvenirs. Comment lire Le Lys et ignorer
le lien douloureux que l'on peut suivre à travers tant de
plaintes de Balzac qui, jusqu'à la tombe, répétera :
« Je n'ai eu ni mère, ni enfance. » « Si vous saviez ce
qu'est ma mère ! » « Elle me hait pour bien des raisons,
elle me haïssait avant que je fusse né. » Il savait qu'il
était « l'enfant du devoir » alors que son frère Henri,
né d'une liaison avec le châtelain de Saché, était bien
« l'amour de sa mère ». Il se savait haï, et non pas « mal
aimé ». Dans toute sa correspondance court, comme une
indestructible obsession, le rappel de « la plus infernale
jeunesse qui jamais ait été infligée à un être vivant ».

Serait-ce faux qu'il faudrait quand même tenir ces
phrases pour essentielles, le créateur du Lys croyant à
leur vérité. Et rien ne le dément. Ni l'honnête Zulma
révoltée par les « folles caresses » réservées à Henri —
« Votre mère, je ne la conçois pas ! » Ni Fessart qui notera
avec indignation en marge des patelinages biographiques
de la sœur de Balzac que ce dernier « n'avait jamais pu
entendre parler sa mère sans éprouver un certain tremblement, qui lui ôtait toutes ses facultés quand il était en
sa présence » ; par une confidence de Balzac se souvenant
qu'on « le faisait mourir de faim » rue Lesdiguières, il
confirme aussi l'âpre parcimonie qui enchaîne Félix
au même âge. Sont-ils inventés les désordres qui accablent
physiquement l'adolescent du Lys, ce « symptôme d'idiotie », cette boulimie de lecture ? On sait pourtant qu'au
collège de Vendôme, atteint de la même boulimie, abandonné pendant huit ans sans voir les siens à la même
« solitude monstrueuse », Balzac eut une « espèce de maladie cérébrale ». Sa famille fut bien obligée de le reprendre.
Il ressemblait « à ces somnambules qui dorment les yeux
ouverts ». Témoignage peu suspect : il est de la révé-

rencieuse fille de Mme Balzac. Plus formel encore, le témoignage de Mme Balzac elle-même. Il faut bien mettre au défi les commentateurs pieux de montrer une seule lettre où cette femme ait donné un mot d'amour vrai à son fils. Tous ses sentiments se résument par une phrase à Laure : « Je t'ai toujours dit que j'attendais de voir Honoré riche pour juger de son cœur pour moi. » Chaque mot serait à souligner, à commencer par le mot toujours.

Un an avant de mourir, Balzac écrira à sa mère : « Je ne te demande pas certes de feindre des sentiments que tu n'aurais pas, car Dieu et toi savez bien que tu ne m'as pas étouffé de caresses ni de tendresse depuis que je suis au monde, et tu as bien fait, car si tu m'avais aimé comme tu as aimé Henri, je serais sans doute où il est ; et, dans ce sens, tu as été une bonne mère pour moi. » Dans cette amère dérision, dans cette terrible accusation, c'est, inguérissable, l'enfant du Lys qui souffre toujours.

Mais Balzac dit et répète, aussi comme une obsession : « Mme de Berny a été ma mère. » La mère qui aime et la mère qui aide. Et cette phrase enfin, essentielle, la fin de l'analyse du Lys : « Mme de Berny n'était que mon immense filialité trompée. »

La création du Lys est là. Dans sa vérité par l'explosion du « jugement souverain », remontée aux sources d'une vie à jamais empoisonnée, et dirigée inexorablement vers un amour véritablement contre nature par la privation de l'amour primordial, le plus « instinctif » et le plus pur aussi, celui d'une mère. Là aussi dans les transformations par la pureté du Lys, purification de la femme substituée à la mère, tentative désespérée d'un homme qui veut se libérer de ses poisons. Il sait que son immense filialité trompée l'a jeté à vingt-deux ans vers une femme plus âgée que sa propre mère, et il comprend que, « affamé d'amour », l'assouvissement de sa faim a fait de lui un malade qu'il ne serait pas devenu si Mme de Berny était restée un Lys. C'est pourquoi il a besoin de ce Lys, de cette pureté. Doublement, car cette *pureté représente aussi la purification de la mère, l'essai d'une remise en place de l'image maternelle. Une image qu'il n'avait pu connaître qu'à travers Mme de Berny.*

Que de signes dans ses empoignades avec la vérité. Dans le choix qu'il en fait. Ainsi le cadre même de l'histoire : la Touraine, cadre de son enfance; la vallée de Saché qui, toute sa vie, signifiera pour lui : guérison. Quant à l'histoire de Félix et de son Lys, dans mille détails, des dates — tels ces « quarante premiers jours » évoqués par Félix — on retrouve tous les faits, toutes les idées, le temps aussi des premiers moments de ses amours : les amours de Félix sont exclusivement faits des souvenirs de l'amour encore chaste de Villeparisis. Et développés avec une minutie chronologique dans la succession des souvenirs qui donne une saisissante idée de son exceptionnelle mémoire affective. Il est là tout entier le jeune homme attiré par la tendre grande dame du village, à un moment capital de sa vie, que Le Lys situe sans ambiguïté. Il n'hésite pas à préciser : « J'étais entre ma puberté prolongé par mes travaux et ma virilité qui poussait tardivement ses rameaux verts. » Une mère sourit à cet « affamé d'amour » et l'irrémédiable arrive parce que la vraie mère avait préparé l'irrémédiable.

La scène de la mort de Mme de Mortsauf montre la complexité du mal dont Balzac veut se libérer. Scène affreuse dans sa première version par les sauvages regrets du Lys et ses reproches : « Une hardiesse m'aurait fait vivre. » Par ces reproches, Balzac se justifie d'avoir cédé à l'amour humain, trop humain de Mme de Berny. Refusant, il l'aurait tuée. Mais aussi, ne l'a-t-il pas tuée finalement ? Voici la seconde face de la vérité, très dure. Car dans cette scène de « clameur horrible » passe sans doute aussi l'horrible souvenir des derniers moments de l'amour acharné d'une femme trop âgée. Balzac était dès lors exilé de la vie où amour signifie et tendresse et volupté. Ainsi comprenons-nous qu'il ne pouvait se purifier de ses poisons. L'amour de Mme de Berny pour cet enfant « sans mère » n'avait pas été un commencement, mais une fin. Au moment où elle lui cédait, le destin de Balzac était fixé. Le Lys, cette prodigieuse psychanalyse de Balzac par lui-même, ne pouvait le guérir d'une psychose incurable. A la fin de la création, la réponse de Natalie montre d'ailleurs qu'il se savait condamné.

Condamné depuis le début, car Le Lys nous apprend que le mal avait frappé plus profond, et permet de découvrir l'atteinte sans doute la plus grave. La haine de Madeleine pour Félix, son rejet par cette jeune fille, n'ont retenu l'attention d'aucun commentateur. A la fin de l'histoire, avant la conclusion de la réponse de Natalie, ils lui donnent pourtant son véritable sens.

Et réel aussi. En 1822, auprès de Mme de Berny, le jeune homme dont les sens bouillonnent avait remarqué Julie. Elle avait dix-huit ans et, plus tard, il se souviendra qu'elle « était ravissante comme beauté, une rose du Bengale »; il avait composé pour elle un poème. Il faut se souvenir du portrait de Madeleine, autre poème à un « cher bouton de la plus belle fleur », et ne pas oublier ses « couleurs de rose du Bengale ». Il y avait Élisa aussi, qui avait seize ans et le regardait en rougissant : « Déjà l'on dit qu'un mariage se prépare. Certes, si j'étais en ce moment de fortune à me marier, je n'hésiterais pas. » Il croit qu'il peut encore choisir et prévient Mme de Berny : « Il ne résulte pas de cela qu'il ne faille pas nous revoir, mais je veux venir peu à peu moins souvent. » Mais il est déjà irrémédiablement enfermé et les jeunes filles en fleur le repousseront. Julie ? « On voulait me la faire épouser », elle en épousera un autre. Élisa ? Elle ne se mariera pas et mourra quelques mois avant la naissance du Lys. Madeleine de Mortsauf ? « Elle me haïssait. » Plus loin, quand elle repousse définitivement Félix, Balzac évoque sa « haine réfléchie comme celle d'un Corse »; phrase étonnante quand on sait que Julie, et Élisa, étaient bien filles du Corse Campi. En 1848, Balzac n'aura pas oublié Élisa « quand elle est devenue jalouse du bonheur de sa mère, et elle en est morte;

jalouse de la chose, et non de moi bien entendu qu'elle haïssait ».

Cette haine, *après celle de la mère, fut pour la seconde fois, et plus définitive que la première, la privation d'un autre amour naturel. Le rejet de l'homme hors de la vie affective normale.*

Rastignac *peut-être, qui épousera la fille de sa maîtresse, sera une autre création conjuratoire, mais combien impure, combien désabusée. Et bien peu efficace puisque, comme il l'avait pressenti, pour Balzac, l'inguérissable blessure faite par sa mère et qui l'avait rendu infirme pour la vie, le souvenir indestructible de la douleur des* « déceptions du passé, grossie des épaves limoneuses qu'ils en ramènent », s'étendront « jusque sur la tombe ».

A.-M. Meininger.

DOSSIER

Biographie

La biographie de Balzac est tellement chargée d'événements si divers, et tout s'y trouve si bien emmêlé, qu'un exposé purement chronologique des faits serait d'une confusion extrême.

Dans l'ordre chronologique, nous nous sommes donc contentés de distinguer, d'une manière aussi peu arbitraire que possible, cinq grandes époques de la vie de Balzac : des origines à 1814, 1815-1828, 1828-1833, 1833-1840, 1841-1850.

A l'intérieur des périodes principales, nous avons préféré, quand il y avait lieu, classer les faits selon leur nature : l'œuvre, les autres activités touchant la littérature, la vie sentimentale, les voyages, etc. (mais en reprenant, à l'intérieur de chaque paragraphe, l'ordre chronologique).

Famille, enfance; des origines à 1814.

En juillet 1746 naît dans le Rouergue, d'une lignée paysanne, Bernard-François Balssa, qui sera le père du romancier et mourra en 1829 ; trente ans plus tard nous retrouvons le nom orthographié « Balzac ».

Janvier 1797 : Bernard-François, directeur des vivres de la division militaire de Tours, épouse à cinquante ans Laure Sallambier, qui en a dix-huit, et qui vivra jusqu'en 1854.

1799, 20 mai : naissance à Tours d'Honoré Balzac (le nom ne comporte pas encore la particule). Un premier fils, né jour pour jour un an plus tôt, n'avait pas vécu.

Après Honoré, trois autres enfants naîtront : 1° Laure (1800-1871), qui épousera en 1820 Eugène Surville, ingénieur des Ponts et Chaussées ; 2° Laurence (1802-1825), devenue en 1821 Mme de Montzaigle : c'est sur son acte de baptême que la particule « de » apparaît pour la première fois devant le nom de Balzac. Elle mourra dans la misère, honnie sans raison par sa mère ; 3° Henry (1807-1858), fils adultérin dont le père était Jean de Margonne (1780-1858), châtelain de Saché.

L'enfance et l'adolescence d'Honoré seront affectées par la préférence de la mère pour Henry, lequel, dépourvu de dons et de caractère, traînera une existence assez misérable ; les ternes séjours qu'il fera dans les îles de l'océan Indien avant de mourir à Mayotte contrastent absolument avec les aventures des romanesques coureurs de mers balzaciens. Balzac gardera des liens étroits avec Margonne et séjournera souvent à Saché, où l'on montre encore sa chambre et sa table de travail.

Dès sa naissance, Honoré est mis en nourrice chez la femme d'un gendarme à Saint-Cyr-sur-Loire, aujourd'hui faubourg de Tours (rive droite). De 1804 à 1807 il est externe dans un établissement scolaire de Tours, de 1807 à 1813 il est pensionnaire au collège de Vendôme. Puis, pendant quelques mois, en 1813, atteint de troubles et d'une espèce d'hébétude qu'on attribue à un abus de lecture, il demeure dans sa famille, au repos. De l'été 1813 à juin 1814, il est pensionnaire dans une institution du Marais. Autant d'étapes que l'on retrouvera dans *Le Lys*. De juillet à septembre 1814, il reprend ses études au collège de Tours, comme externe.

Son père, alors administrateur de l'Hospice général de Tours, est nommé directeur des vivres dans une entreprise parisienne de fournitures aux armées. Toute la famille quitte Tours pour Paris, en novembre 1814.

Apprentissages, 1815-1828.

1815-1819. Honoré poursuit ses études à Paris. Il entreprend son droit, suit des cours à la Sorbonne et au Muséum. Il travaille comme clerc dans l'étude de Me Guillonnet-Merville, avoué, puis dans celle de Me Passez, notaire ; ces deux stages laisseront sur lui une empreinte profonde.

Son père ayant pris sa retraite, la famille, dont les ressources sont désormais réduites, quitte Paris et s'installe pendant l'été 1819 à Villeparisis. Le 16 août, le frère cadet de Bernard-François était guillotiné à Albi pour l'assassinat, dont il n'était peut-être pas coupable, d'une fille de ferme. Cependant Honoré, qu'on destinait au notariat, obtient de renoncer à cette carrière, et de demeurer seul à Paris, dans une mansarde, rue Lesdiguières, pour éprouver sa vocation en s'exerçant au métier des lettres. En septembre 1820, au tirage au sort, il a obtenu un « bon numéro » le dispensant du service militaire.

Dès 1817 il a rédigé des *Notes sur la philosophie et la religion*, suivies en 1818 de *Notes sur l'immortalité de l'âme*, premiers indices du goût prononcé qu'il gardera longtemps pour la spéculation philosophique ; maintenant il s'attaque à une tragédie, *Cromwell*, cinq actes en vers, qu'il termine au printemps de 1820. Soumise à plusieurs juges successifs, l'œuvre est uniformément estimée détestable ; Andrieux, aimable écrivain, professeur au Collège de France et académicien, conclut que l'auteur peut tenter sa chance dans n'importe quelle voie, hormis la littérature. Balzac continue sa recherche philosophique avec *Falthurne* et *Sténie* (1820), que suivront bientôt (1823) un *Traité de la prière* et un second *Falthurne*.

De 1822 à 1827, soit en collaboration soit seul, sous les pseudonymes de lord R'hoone et Horace de Saint-Aubin, il publie une masse considérable de produits romanesques « de consommation courante », qu'il lui arrivera d'appeler « petites opérations de littérature marchande » ou même « cochonneries littéraires ». A leur sujet, les balzaciens se partagent ; les uns y cherchent des ébauches de thèmes et les signes avant-coureurs du génie romanesque ; les autres doutent que Balzac, soucieux seulement de satisfaire sa clientèle, y ait rien mis qui soit vraiment de lui-même.

En 1822 commence une partie de l'histoire du *Lys* : sa longue liaison (mais, de sa part, non exclusive) avec Antoinette de Berny, qu'il a rencontrée à Villeparisis l'année précédente. Née en 1777, elle a alors deux fois l'âge d'Honoré qui aura pour celle qu'il a rebaptisée Laure, et la *Dilecta*, un amour ambivalent, où il trouvera une compensation à son enfance frustrée.

Fille d'un musicien de la Cour et d'une femme de la chambre de Marie-Antoinette, femme d'expérience, Laure initiera son jeune amant aux secrets de la vie. Elle restera pour lui un soutien, et le guide le plus sûr. Elle mourra en 1836.

En 1825, Balzac entre en relations avec la duchesse d'Abrantès (1784-1838) ; cette nouvelle maîtresse, qui d'ailleurs s'ajoute à la précédente et ne se substitue pas à elle, a encore quinze ans de plus que lui. Fort avertie de la grande et petite histoire de la Révolution et de l'Empire, elle complète l'éducation que lui a donnée Mme de Berny, et le présente aux nombreux amis qu'elle garde dans le monde ; lui-même, plus tard, se fera son conseiller et peut-être son collaborateur lorsqu'elle écrira ses *Mémoires*.

Durant la fin de cette période, il se lance dans des affaires qui enrichissent d'une manière incomparable l'expérience du futur auteur de *La Comédie humaine*, mais qui, en attendant, se soldent par de pénibles et coûteux échecs.

Il se fait éditeur en 1825, imprimeur en 1826, fondeur de caractères en 1827, toujours en association, les fonds de ses propres apports étant constitués par sa famille et par Mme de Berny. En 1825 et 1826, il publie, entre autres, des éditions compactes de Molière et de La Fontaine, pour lesquelles il a composé des notices. En 1828, la société de fonderie est remaniée ; il en est écarté au profit d'Alexandre de Berny, fils de son amie : l'entreprise deviendra une des plus belles réalisations françaises dans ce domaine. L'imprimerie est liquidée quelques mois plus tard, en août ; elle laisse à Balzac 60 000 francs de dettes (dont 50 000 envers sa famille).

Nombreux voyages et séjours en province, notamment dans la région de l'Isle-Adam, en Normandie, et souvent sur ordonnance médicale comme Vandenesse, en Touraine, dans la vallée du *Lys*.

Les débuts, 1828-1833.

A la mi-septembre 1828, Balzac va s'établir pour six semaines à Fougères, en vue du roman qu'il prépare sur la chouannerie. *Le Dernier Chouan ou la Bretagne en 1800*, dont le titre deviendra finalement *Les Chouans*, paraît en mars 1829 ; c'est le premier roman dont il assume ouvertement la responsabilité en le signant de son véritable nom.

En décembre 1829, il publie sous l'anonymat *Physio-*

logie du mariage, un essai ou, comme il dira plus tard, une
« étude analytique » qu'il avait ébauchée puis délaissée
plusieurs années auparavant.

1830 : les *Scènes de la vie privée* réunissent en deux volumes six courts récits. Ce nombre sera porté à quinze dans
une réédition du même titre en quatre tomes (1832).

1831 : *La Peau de chagrin* ; ce roman est repris pour
former · la même année, avec douze autres récits, trois
volumes de *Romans et contes philosophiques* ; l'ensemble
est précédé d'une introduction de Philarète Chasles, certainement inspirée par l'auteur. 1832 : les *Nouveaux Contes
philosophiques* augmentent cette collection de quatre
récits (dont une première version de *Louis Lambert*).

Les *Contes drolatiques*. A l'imitation des *Cent nouvelles nouvelles* (il avait un goût très vif pour la vieille littérature), il
voulait en écrire cent, répartis en dix dizains. Le premier
dizain paraît en 1832, le deuxième en 1833 ; le troisième
ne sera publié qu'en 1837, et l'entreprise s'arrêtera là.

Septembre 1833 : *Le Médecin de campagne*. Pendant
toute cette époque, Balzac donne une foule de textes divers
à de nombreux périodiques. Il poursuivra ce genre de collaboration durant toute sa vie, mais à une cadence moindre.

Laure de Berny reste la Dilecta, Laure d'Abrantès
devient une amie.

Passade avec Olympe Pélissier.

Entré en liaison d'abord épistolaire avec la duchesse
de Castries en 1831, il séjourne auprès d'elle, à Aix-les-
Bains et à Genève, en septembre et octobre 1832 ; elle se
laisse chaudement courtiser, mais ne cède pas, ce dont il
se « venge » par *La Duchesse de Langeais*.

Au début de 1832, il reçoit d'Odessa une lettre signée
« L'Étrangère », et répond par une petite annonce insérée
dans *La Gazette de France* : c'est le début de ses relations
avec Mme Hanska (1805-1882), sa future femme, qu'il
rencontre pour la première fois à Neuchâtel dans les derniers jours de septembre 1833.

Vers cette même époque il a une maîtresse discrète,
Maria du Fresnay.

Voyages très nombreux. Outre ceux que nous avons si-
gnalés ci-dessus (Fougères, Aix, Genève, Neuchâtel), il

faut mentionner plusieurs séjours à Saché, près de Nemours chez Mme de Berny, près d'Angoulême chez Zulma Carraud, etc.

Son travail acharné n'empêche pas qu'il ne soit très répandu dans les milieux littéraires et dans le monde ; il mène une vie ostentatoire et dispendieuse.

En politique, il s'affiche légitimiste. Il envisage de se présenter aux élections législatives de 1831, et en 1832 à une élection partielle.

L'essor, 1833-1840.

Durant cette période, Balzac ne se contente pas d'assurer le développement de son œuvre : il se préoccupe de lui assurer une organisation d'ensemble, comme en témoignaient déjà les *Scènes de la vie privée* et les *Romans et contes philosophiques*. Maintenant il s'avance sur la voie qui le conduira à la conception globale de *La Comédie humaine*.

En octobre 1833, il signe un contrat pour la publication des *Études de moeurs au XIXe siècle*, qui doivent rassembler aussi bien les rééditions que des ouvrages nouveaux, répartis en quatre tomes de *Scènes de la vie privée*, quatre de *Scènes de la vie de province* et quatre de *Scènes de la vie parisienne*. Les douze volumes paraissent en ordre dispersé de décembre 1833 à février 1837. Le tome I est précédé d'une importante *Introduction* de Félix Davin, prête-nom de Balzac. La classification a une valeur littérale et symbolique ; elle se fonde à la fois sur le cadre de l'action et sur la signification du thème.

Parallèlement paraissent de 1834 à 1840 vingt volumes d'*Études philosophiques*, avec une nouvelle introduction de Félix Davin.

Principales créations en librairie de cette période : *Eugénie Grandet*, fin 1833 ; *La Recherche de l'absolu*, 1834 ; *Le Père Goriot*, *La Fleur des pois* (titre qui deviendra *Le Contrat de mariage*), *Séraphita*, 1835 ; *Histoire des Treize*, 1833-1835 ; *Le Lys dans la vallée*, 1836 ; *La Vieille Fille*, *Illusions perdues* (début), *César Birotteau*, 1837 ; *La Femme supérieure* (titre qui deviendra *Les Employés*), *La Maison Nucingen*, *La Torpille* (début de *Splendeurs et misères des courtisanes*), 1838 ; *Le Cabinet des antiques*, *Une Fille d'Ève*, *Béatrix*, 1839 ; *Une princesse parisienne* (titre qui deviendra *Les Secrets de la princesse de Cadignan*), *Pierrette*, *Pierre Grassou*, 1840.

En marge de cette activité essentielle, Balzac prend à la fin de 1835 une participation majoritaire dans la *Chronique de Paris*, journal politique et littéraire ; il y publie un bon nombre de textes, jusqu'à ce que la société, irrémédiablement déficitaire, soit dissoute six mois plus tard. Curieusement il réédite (et complète à l'aide de « nègres ») en gardant un pseudonyme qui n'abuse personne, une partie de ses romans de jeunesse : les *Œuvres complètes d'Horace de Saint-Aubin*, seize volumes, 1836-1840.

En 1838, il s'inscrit à la toute jeune Société des Gens de Lettres, il la préside en 1839, et mène diverses campagnes pour la protection de la propriété littéraire et des droits des auteurs.

Candidat à l'Académie française en 1839, il s'efface devant Hugo, qui ne sera pas élu.

En 1840, il fonde la *Revue parisienne*, mensuelle et entièrement rédigée par lui ; elle disparaît après le troisième numéro, où il a inséré son long et fameux article sur *La Chartreuse de Parme*.

Théâtre, vieille et durable préoccupation depuis le *Cromwell* de ses vingt ans : en 1839, la Renaissance refuse *l'École des ménages*, pièce dont il donne chez Custine une lecture à laquelle assistent Stendhal et Théophile Gautier. En 1840, la censure, après plusieurs refus, finit par autoriser *Vautrin*, qui sera interdit dès le lendemain de la première.

Il séjourne à Genève auprès de Mme Hanska du 24 décembre 1833 au 8 février 1834 ; il la retrouve à Vienne (Autriche) en mai-juin 1835 ; alors commence une séparation qui durera huit ans.

Le 4 juin 1834, naît Marie du Fresnay, présumée être sa fille, et qu'il regarde comme telle ; elle mourra en 1930.

Mme de Berny malade depuis 1834, accablée de malheurs familiaux, cesse de le voir à la fin de 1835 ; elle va mourir le 27 juillet 1836.

Le 29 mai 1836, naissance de Lionel-Richard, fils présumé de Balzac et de la comtesse Guidoboni-Visconti. Le 10 juin 1836, sortie du *Lys* en librairie, chez Werdet (2 volumes in 8°).

Juillet-août 1836 : Mme Marbouty, déguisée en homme, l'accompagne à Turin où il doit régler une affaire de succession pour le compte et avec la procuration du mari de Frances Sarah, le comte Guidoboni-Visconti. Ils rentrent par la Suisse.

Autres voyages toujours nombreux, et nombreuses rencontres.

Au cours de l'excursion autrichienne de 1835, il est reçu par Metternich, et visite le champ de bataille de Wagram en vue d'un roman qu'il ne parviendra jamais à écrire, et rencontre pendant « deux heures » cette lady Ellenborough dont on voudra faire un « modèle » de lady Dudley. En 1836, séjournant en Touraine, il se voit accueilli par Talleyrand et la duchesse de Dino. L'année suivante, c'est George Sand qui l'héberge à Nohant ; elle lui suggère le sujet de *Béatrix*.

Durant un second voyage italien en 1837, il a appris à Gênes, qu'on pouvait exploiter fructueusement en Sardaigne les scories d'anciennes mines de plomb argentifère ; en 1838, en passant par la Corse, il se rend sur place pour y constater que l'idée était si bonne qu'une société marseillaise l'a devancé ; retour par Gênes, Turin, et Milan où il s'attarde.

On signale en 1834 un dîner réunissant Balzac, Vidocq et les bourreaux Sanson père et fils.

Démêlés avec la Garde nationale, où il se refuse obstinément à assurer ses tours de garde : en 1835, à Chaillot sous le nom de « madame veuve Durand », il se cache autant de ses créanciers que de la garde qui l'incarcérera, en 1836, pendant une semaine dans sa prison surnommée « Hôtel des Haricots » ; nouvel emprisonnement de 1839, pour la même raison.

En 1837, près de Paris, à Sèvres, au lieudit les Jardies, il achète les premiers éléments de ce dont il voudra constituer tout un domaine. Sa légende commençant, on prétendra qu'il aurait rêvé d'y faire fortune en y acclimatant la culture de l'ananas. Ses projets assez grandioses lui coûteront fort cher et ne lui amèneront que des déboires. Liquidation

onéreuse et longue : à la mort de Balzac, l'affaire n'était pas
entièrement liquidée.

C'est en octobre 1840 que, quittant les Jardies, il s'installe à Passy dans l'actuelle rue Raynouard, où sa maison
est redevenue aujourd'hui « La Maison de Balzac ».

Suite et fin, 1841-1850.

Le fait marquant qui inaugure cette période est l'acte de
naissance officiel de *La Comédie humaine* considérée comme
un ensemble organique. Cet acte, c'est le contrat passé le
2 octobre 1841 avec un groupe d'éditeurs pour la publication, sous ce « titre général », des « œuvres complètes » de
Balzac, celui-ci se réservant « l'ordre et la distribution des
matières, la tomaison et l'ordre des volumes ».

Nous avons vu le romancier, dès ses véritables débuts
ou presque, montrer le souci d'un ordre et d'un classement.
Une lettre à Mme Hanska du 26 octobre 1834 en faisait
déjà état. Une lettre de décembre 1839 ou janvier 1840,
adressée à un éditeur non identifié, et restée sans suite,
mentionnait pour la première fois le « titre général », avec
un plan assez détaillé. Cette fois le grand projet va enfin se
réaliser (sous réserve de quelques changements de détail
ultérieurs dans le plan, de plusieurs ouvrages annoncés qui
ne seront jamais composés et, enfin, de quelques autres
composés et non annoncés).

Réunissant rééditions et nouveautés, l'ensemble désormais
intitulé *La Comédie humaine* paraît de 1842 à 1848 en dix-
sept volumes, complétés en 1855 par un tome XVIII, et
suivis, en 1855 encore, d'un tome XIX (*Théâtre*) et d'un
tome XX (*Contes drolatiques*). Trois parties : *Études de
mœurs*, *Études philosophiques*, *Études analytiques*, — la
première partie étant elle-même divisée en *Scènes de la vie
privée*, *Scènes de la vie de province*, *Scènes de la vie parisienne*,
Scènes de la vie politique, *Scènes de la vie militaire* et *Scènes
de la vie de campagne*.

L'*Avant-propos* est un texte doctrinal capital. Avant de
se résoudre à l'écrire lui-même, Balzac avait demandé
vainement une préface à Nodier, à George Sand, ou envi-
sagé de reproduire les introductions de Davin aux anciennes
Études de mœurs et *Études philosophiques*.

Premières publications en librairie : *Le Curé de village*,

1841 ; *Mémoires de deux jeunes mariées, Ursule Mirouët, Albert Savarus, La Femme de trente ans* (sous sa forme et son titre définitifs après beaucoup d'avatars), *Les Deux Frères* (titre qui deviendra *La Rabouilleuse*), 1842 ; *Une ténébreuse affaire, La Muse du département, Illusions perdues* (au complet), 1843 ; *Honorine, Modeste Mignon*, 1844 ; *Petites misères de la vie conjugale*, 1846 ; *La dernière incarnation de Vautrin* (achevant *Splendeurs et misères des courtisanes*), 1847 ; *Les Parents pauvres* (*Le Cousin Pons* et *La Cousine Bette*), 1847-1848.

Romans posthumes. *Le Député d'Arcis* et *Les Petits Bourgeois*, restés inachevés, et terminés, avec une désinvolture confondante, par Charles Rabou agréé par la veuve, paraissent respectivement en 1854 et 1856. La veuve assure elle-même, avec beaucoup plus de tact, la mise au point des *Paysans* qu'elle publie en 1855.

Théâtre. Représentation et échec des *Ressources de Quinola*, 1842 ; de *Paméla Giraud*, 1843. Succès sans lendemain de *La Marâtre*, pièce créée à une date peu favorable (25 mai 1848) ; trois mois plus tard la Comédie-Française reçoit *Mercadet ou le Faiseur*, mais la pièce ne sera pas représentée.

Chevalier de la Légion d'honneur depuis avril 1845, Balzac, encore candidat à l'Académie française, obtient 4 voix le 11 janvier 1849, dont celles de Hugo et de Lamartine (on lui préfère le duc de Noailles), et, aux trois scrutins du 18 janvier, 2 voix (Vigny et Hugo), 1 voix (Hugo) et 0 voix, le comte de Saint-Priest étant élu.

Amours et voyages, durant toute cette période, portent pratiquement un seul et même nom : Mᵐᵉ Hanska. Le comte Hanski était mort le 10 novembre 1841, en Ukraine ; mais Balzac sera informé le 5 janvier 1842 seulement de l'événement. Son amie, libre désormais de l'épouser, va néanmoins le faire attendre près de dix ans encore, soit qu'elle manque d'empressement, soit que réellement le régime tsariste se dispose à confisquer ses biens, qui sont considérables, si elle s'unit à un étranger.

En 1843, après huit ans de séparation, Balzac va la retrouver pour deux mois à Saint-Pétersbourg ; il rentre par Berlin, les pays rhénans, la Belgique. En 1845, voyages communs en Allemagne, en France, en Hollande, en Belgique, en Italie. En 1846, ils se rencontrent à Rome et voyagent en Italie, en Suisse, en Allemagne.

Mme Hanska est enceinte ; Balzac en est profondément heureux, et, de surcroît, voit dans cette circonstance une occasion de hâter son mariage ; il se désespère lorsqu'elle accouche en novembre 1846 d'un enfant mort-né.

En 1847, elle passe quelques mois à Paris ; lui-même, peu après, rédige un testament en sa faveur. A l'automne, il va la retrouver en Ukraine, où il séjourne près de cinq mois. Il rentre à Paris, assiste à la révolution de février 1848 et envisage une candidature aux élections législatives, puis il repart dès la fin de septembre pour l'Ukraine, où il séjourne jusqu'à la fin d'avril 1850. Malade, il ne travaille plus : depuis plusieurs années sa santé n'a pas cessé de se dégrader.

Il épouse Mme Hanska, le 14 mars 1850, à Berditcheff.

Rentrés à Paris vers le 10 mai, les deux époux, le 4 juin, se font donation de tous leurs biens en cas de décès.

Balzac est rentré à Paris pour mourir. Affaibli, presque aveugle, il ne peut bientôt plus écrire ; la dernière lettre connue, de sa main, date du 1er juin 1850. Le 18 août, il reçoit l'extrême-onction, et Hugo, venu en visite, le trouve inconscient : il meurt à onze heures et demie du soir. On l'enterre au Père-Lachaise trois jours plus tard ; les cordons du poêle sont tenus par Hugo et Dumas, mais aussi par le navrant Sainte-Beuve, qui lui vouait la haine des impuissants, et par le ministre de l'Intérieur ; devant sa tombe, superbe discours de Hugo : ni Hugo ni Baudelaire ne se sont trompés sur le génie de Balzac.

La femme de Balzac, après avoir trouvé quelques consolations à son veuvage, mourra ruinée de sa propre main et par sa fille en 1882.

Documents

Les trois premiers textes qui suivent formaient ensemble la *Préface* de l'édition originale parue en deux volumes chez Werdet le 10 juin 1836.

Le premier, une *Préface* sans doute écrite effectivement en juillet 1835, fut d'abord publiée en tête du premier feuilleton dans La Revue de Paris du 22 novembre 1835.

La courte note qui suit est datée de la veille du jugement du procès.

L'*Historique fut écrit* « en une seule nuit » (*lettre à* Mme *Hanska du 12 juin 1836*). Publié d'abord dans La Chronique de Paris du 5 juin, il formait dans l'édition originale une énorme *Introduction* non seulement au Lys, mais à Balzac lui-même en 1836. Ses explications sur son travail sembleront sans doute plus captivantes que son plaidoyer pour une douteuse particule. Quant au procès, il permet de faire revivre les mœurs littéraires à l'époque, jusque dans leurs manifestations juridiques, avec une virulence qui explique qu'à la publication du Lys, ait immédiatement succédé la conception par Balzac d'Illusions perdues.

Pour mieux connaître ces mœurs, suivent deux échantillons de la critique du Lys :
— un article anonyme du Vert-Vert, paru le 10 janvier 1836, au début des démêlés de Balzac avec Buloz, après l'interruption du feuilleton qui allait devenir un arrêt définitif ;
— un autre article aussi anonyme du Vert-Vert, paru le 7 juillet 1836, après la parution du Lys en librairie.

Ces deux articles ont été révélés par R. de Cesare dans Un mese della vita di Balzac (gennaio 1836) et Balzac nel luglio 1836 (*Società editrice Vita et Pensiero. Milano*).

PRÉFACE DE L'ÉDITION ORIGINALE

Dans plusieurs fragments de son œuvre, l'auteur a produit un personnage qui raconte en son nom. Pour arriver au vrai, les écrivains emploient celui des artifices littéraires qui leur semble propre à prêter le plus de vie à leurs figures. Ainsi, le désir d'animer leurs créations a jeté les hommes les plus illustres du siècle dernier dans la prolixité du roman par lettres, seul système qui puisse rendre vraisemblable une histoire fictive. Le *je* sonde le cœur humain aussi profondément que le style épistolaire et n'en a pas les longueurs. A chaque œuvre, sa forme. L'art du romancier consiste à bien matérialiser ses idées. Clarisse Harlowe voulait sa vaste correspondance, Gil Blas voulait le *moi*. Mais le *moi* n'est pas sans danger pour l'auteur. Si la masse lisante s'est agrandie, la somme de l'intelligence publique n'a pas augmenté en proportion. Malgré l'autorité de la chose jugée, beaucoup de personnes se donnent encore aujourd'hui le ridicule de rendre un écrivain complice des sentiments qu'il attribue à ses personnages ; et s'il emploie le *je*, presque toutes sont tentées de le confondre avec le narrateur. *Le Lys dans la vallée* étant l'ouvrage le plus considérable de ceux où l'auteur a pris le *moi* pour se diriger à travers les sinuosités d'une histoire plus ou moins vraie, il croit nécessaire de déclarer ici qu'il ne s'est nulle part mis en scène. Il a sur la promiscuité des sentiments personnels et des sentiments fictifs une opinion sévère et des principes arrêtés. Selon lui, le trafic honteux de la prostitution est mille fois moins infâme que ne l'est la vente avec annonces de certaines émotions qui ne nous appartiennent jamais en entier. Les sentiments bons ou mauvais dont l'âme fut agitée, la colorent de je ne sais quelle essence, et lui font exhaler des parfums qui en particularisent la pensée ; certes, le style des êtres souffrants ou foudroyés ne ressemble pas au style de ceux dont la vie s'est écoulée sans catastrophe. Mais de cette physionomie sombre ou attendrissante, mondaine ou religieuse, joyeuse ou grave, à la prostitution des plus chers trésors du cœur, il est un abîme que franchissent seuls les esprits impurs. Si quelque poète entreprend ainsi sur sa double vie, que ce soit par hasard et non par un parti pris comme chez J.-J. Rousseau. L'auteur, qui admire l'écrivain dans les *Confessions*, a horreur de l'homme. Comment ce Jean-Jacques, si fier de ses sentiments, a-t-il osé libeller la condamnation de madame de Warens, quand il savait si bien plaider pour lui-même ? Entassez toutes les couronnes de la terre sur sa tête, les anges maudiront éternellement ce rhéteur qui put immoler sur le triste autel de la Renommée, une femme en qui s'étaient trouvés pour lui le cœur d'une mère et l'âme d'une maîtresse, le bienfait sous la grâce du premier amour.

L'Auteur.
Paris, juillet 1835.

Je ne m'attendais pas après avoir écrit ces lignes sur la sainteté de la vie privée, que je serais obligé, à dix mois de là, de raconter une partie douloureuse de mon existence, et de comparaître en présence du public, ainsi que je le fais dans le récit suivant qui appartient essentiellement au *Lys dans la vallée*, et que par une volonté bien déterminée, j'entends laisser en tête de mon œuvre, tant qu'elle subsistera ; à moins qu'un arrêt ou mon propre vouloir ne l'en retirent.

De Balzac.
Paris, 2 juin 1836.

HISTORIQUE DU PROCÈS
AUQUEL A DONNÉ LIEU
LE LYS DANS LA VALLÉE

En commençant un récit empreint du *moi*, et qui nécessairement va livrer à la publicité les dégoûts, les tracas, les persécutions d'une vie cachée avec soin jusqu'ici, j'éprouve un mouvement d'amère tristesse. L'âme souffrante a sa pudeur comme les malades ont la leur, et quand il s'agit de montrer pour la première fois une plaie, il n'est personne qui ne tressaille ; or, je vais ici découvrir des plaies morales. Quelque lustre que le caractère puisse recevoir par la révélation des tourments intimes que les passions mauvaises infligent à un artiste, et qui font sa lutte extérieure avec les hommes aussi grande, par rapport à lui, que l'est son combat avec sa pensée, cette exhibition inspire une sorte de compassion, et j'avoue que j'ai horreur de la pitié. Au prix de la gloire de Jean-Jacques, je ne voudrais pas exciter la commisération dont l'accablent les cœurs généreux.

Au moment d'atteindre à la tranquillité, quand je n'avais plus que quelques mois de tortures, parmi tant d'intérêts mesquins qui me sont opposés, parmi tant de sottises, de mensonges, de jalousies, de haines, de médiocrités, je rencontre un adversaire sans moyens personnels, mais armé de deux Revues, accompagné d'une troupe d'écrivains qu'il se vante d'avoir disciplinés, et dont il a fait ses feudataires, ayant conquis assez d'influence dans la presse parisienne pour en disposer. Cet homme m'attaque violemment. J'étais bien décidé à me taire dans cette dernière lutte, à ne jamais user dans mon intérêt littéraire ou privé d'un journal ou d'un livre dans lesquels un écrivain se trouve comme un orateur dans sa chaire, parlant sans contradicteurs à un public prévenu. Je me suis donc tu quand j'avais judiciairement le droit de m'expliquer. J'empêchai M. Labois, mon avoué, de réclamer dans dix-sept journaux de Paris, alors que la presse acceptait, de la main de mes adversaires, *l'annonce d'un fait faux*, calomnieux envers moi, celle d'un jugement qui n'existe pas, qui n'a été rendu *ni par défaut, ni contradictoirement*, et l'insérait avec d'outrageantes suppositions, *avant l'échéance même* de l'assignation que la *Revue* m'avait donnée. Pour moi, ces faits étaient du domaine de la procédure, ils devaient tomber sous les yeux des magistrats. Dans cette circonstance, mon silence complet était trop éloquent ; il me vengeait trop hautement pour que je me crusse obligé d'aller me défendre au coin de toutes les bornes du journalisme avec des adversaires que j'ai le droit de mépriser.

24

Depuis longtemps le parti d'un homme mis au ban de la littérature devait être pris envers tous les malheurs prévus de la guerre littéraire. Un jour vient où les blessures sont cicatrisées, où les lâchetés de ceux qui vous ont frappé par derrière sont oubliées ; et, pour l'honneur de notre pays, il faut les laisser dans l'oubli : les injurieux articles passent, les livres restent ; les grands ouvrages font justice des petits ennemis. Tôt ou tard l'avenir ou le présent vous savent gré d'avoir souffert en silence. Il est un grand homme, qui, prévoyant sa gloire, s'en est épargné les souffrances : Walter-Scott a gardé pendant trente ans l'anonyme le plus sévère, il a joui sans amertume de toute sa renommée. Lord Byron, moins habile calculateur, a présenté sa poitrine et son front à ses inférieurs, qui se croyaient ses égaux ; dix ans après son premier succès, il quittait à jamais l'Angleterre. Prenez garde, vous qui me lisez! je ne me plains pas, et surtout je ne me compare ici à personne ; ce n'est pas ma faute si je prends des exemples élevés : nous ne connaissons pas les luttes obscures auxquelles je pourrais comparer la mienne ; et quand il faut chercher des analogies pour justifier les malheurs des existences médiocres, elles ne se rencontrent que dans la vie des hommes illustres. Ainsi donc, j'espère que je trouverai quelque indulgence auprès de ceux qui pourraient m'accuser de manquer ici aux règles secrètes de ma conduite : je les ai observées dans des occasions plus irritantes que ne l'est celle-ci. La critique a souvent calomnié ma pensée. Or, les plus beaux génies n'ont pas été exempts de colère quand des critiques trompaient le public sur la nature de leurs ouvrages en disant que telle page était noire quand elle était blanche ; mais ils riaient alors qu'on les accusait de boire dans un crâne. Un homme probe a sa vie pour se défendre contre une injure, mais que peut la pensée contre une calomnie? il y a de quoi allumer chez un homme la colère que ressentent les mères en voyant maltraiter leurs enfants.

Ne vous y trompez pas! En accusant Fréron d'avoir été au bagne, Voltaire, que je n'approuve point en ceci, voulait donner une horrible leçon aux calomniateurs de la pensée. *Vous prêtez des infamies à mon esprit, que diriez-vous si j'en prêtais à votre personne?* est le sens de l'*Écossaise.* Il m'est permis de parler de ces choses, à moi qui ne juge point mes contemporains ; à moi qui, nuit et jour emporté par le travail, n'ai jamais écrit, ni dit un mot de blâme sur les œuvres de ceux dont je pourrais envier les talents. Je n'ai point défendu ma personne ridiculisée à plaisir ; elle est connue de mes amis, elle est indifférente au public. Je ne défendrai jamais mes œuvres, malgré l'exemple de Schiller, qui écrivit vingt-trois lettres pour justifier *Don Carlos*, malgré l'exemple de Voltaire, malgré la jurisprudence de la vieille école où chaque œuvre donnait lieu à d'insultantes polémiques. Quand *l'Esprit des lois* a été nié par les plus grandes intelligences du xviiie siècle, et que Montesquieu a été forcé d'écrire des livres pour la défense d'une œuvre qui lui coûta la moitié de sa vie, ne doit-on pas se résigner? J'ai remarqué que, si le soleil engendre des nuées de moucherons, il en est de même de toute éclatante poésie : chaque fleur a son insecte particulier ; chaque succès, légitime ou surpris, a ses ennemis.

Mes adversaires ont fondé l'impunité de leurs assertions sur mon silence, en croyant que je me tairais toujours. Cependant, je ne pensais pas qu'après avoir suffisamment crié par la fenêtre en plein tribunal, la *Revue de Paris* continuerait chez elle le triste métier qu'elle a fait à l'audience. Or, dimanche dernier, 29 mai, un compte rendu de notre procès où tous les faits sont encore tronqués, a paru dans la *Revue de Paris*, recueil qui, par sa cherté, s'adresse à la classe la plus élevée de la société. Cet écrit, destiné à influencer mes vrais juges, pose des faits, publie des pièces dont il n'a pas été question à l'audience; il continue les plaidoiries de l'avocat, et malgré sa promesse d'impartialité, les paroles du mien n'y sont pas. *Le Droit*, seul journal qui ait donné le dessin des improvisations de M. Boinvilliers, les a seulement analysées. Alors mes amis alarmés m'ont appris que les indifférents croyaient les niaiseries dont la presse appâte régulièrement le public. Ils ont essayé de me prouver la nécessité où j'étais de prendre la parole en me rappelant une occasion récente où j'ai durement éprouvé comment la calomnie des plus petits journaux réagit sur la vie et sur les intérêts.

En juillet dernier, de retour à Paris, après une absence de six semaines, j'ai trouvé mes amis convaincus par mes ennemis que j'avais été mis en prison pour dettes ; ils m'apportèrent je ne sais combien d'articles insérés dans les petits journaux, et dont le premier de tous était, je crois,

intitulé *Un Grand homme perdu* ; si ces courageux gens de
lettres ont regardé comme une plaisanterie cette attaque,
qui certes n'avait rien de littéraire, ce n'en était pas une
pour moi, pauvre écrivain qui, arrivant du fond de l'Allemagne, me trouvais naturellement dénué d'argent. J'eus
chez moi une convocation, préparée par le journalisme, des
créanciers que toutes les maisons habituées au crédit
parisien ont coutume d'avoir. Mes affaires étaient dans un
ordre parfait, les comptes bien en règle ; car la basse littérature, manquant de mémoires à publier, s'était amusée à
en entasser une certaine quantité sur ma table. Quand je me
suis adressé dans ce péril à quelques personnes, toutes se
sont enfuies comme devant un lépreux. En présentant les
billets de mes libraires aux marchands d'argent, je leur
aurais nui, je dus ne pas employer ces ressources ; car, à ma
première tentative, un loyal usurier me prévint que c'é-
taient des effets de complaisance souscrits pour me tirer
d'affaire. J'ai, dans une semaine, liquidé cette petite
émeute domestique, sans me plaindre ni des hommes, ni
des choses. Pendant ce temps, chacun a pu savoir par les
plaisanteries même des petits journaux, que je revenais de
Vienne. Alors, je suis redevenu beaucoup plus riche que
par le passé. Les petits journaux sont tombés d'un excès
dans un autre. Un homme, je vous le donne bien organisé,
mais facile au découragement, d'un naturel nerveux et
impressionnable, comme le sont beaucoup d'artistes, aurait
succombé en trouvant à sa porte quinze mille francs ameutés
là pendant son absence, et ses amis en voyage. Certes, le
désespoir aurait pu s'emparer de lui. Mais l'habitude des
luttes inconnues, qui font de ma vie une guerre continuelle,
m'avait endurci. Au lieu de faire d'inutiles élégies, j'achevai
d'écrire à la hâte *le Lys dans la vallée*.

Je ne raconte pas ce petit trait de convenance littéraire,
et cet exemple du savoir-vivre qui régit la république des
lettres, sans dessein. Mes amis m'ont fait apercevoir que
l'attaque alors dirigée sans succès contre mon crédit, se
recommence aujourd'hui contre mon caractère ; que si la
partie niaise du public, et qui est la plus considérable,
avait cru jadis, suivant une expression d'une lettre signée
Capo-Feuillide et lue la semaine dernière par M. Chaix-
d'Est-Ange au tribunal, que je *voyageais à Clichy* ; cette
partie niaise allait croire Me Chaix-d'Est-Ange en ses plai-

doiries, avec d'autant plus de raison que celles de mon avocat ne sont nulle part et que les siennes sont partout ; avec d'autant plus de raison que j'étais présent et que je gardais le silence ; que les niais ne se disent pas : *Il y a procès, attendons;* ils répètent : *Qui ne dit mot, consent.* Enfin, me dit-on, il existe des crimes de lèse-public ; et quand le public daigne s'occuper de vous, il ne vous pardonne pas de ne point s'occuper de lui ; le voilà sur les gradins de son amphithéâtre, il attend le gladiateur ; si le gladiateur ne paraît pas, il le siffle absent. Enfin, j'ai tant rencontré de personnes qui m'ont dit depuis le 10 janvier dernier : « *Vous avez été condamné*, ou *vous avez donc perdu votre procès contre la* Revue de Paris? ou *pourquoi quittez-vous* la Revue de Paris? » que plusieurs fois, sans mes énervants travaux, je fus sur le point de céder à la plus douloureuse des nécessités, celle d'introduire sur la scène, non pas l'auteur qui n'a jamais abusé du droit de parler en son nom, mais l'homme privé. Savez-vous que c'est une grande douleur que d'assister à son inventaire de son vivant ; ceci n'arrive que dans la séparation de corps et de biens quand on est marié, ou dans la faillite qui est une mort civile. Or, il fallait livrer quelque chose de son intérieur, cette douce patrie où l'on souffre, où l'on aime, où l'on est aimé ; il fallait se découvrir la poitrine en public, et crier : — Voyez quelle passion les médiocrités infligent au travail qui réussit ! Voici les calus de ma plume, et voilà les marques de mon crucifiement ! Je reculais par paresse, car chaque jour a son travail, et j'aimais mieux retoucher une page pour les hommes d'élite, que de m'en laisser arracher une au profit des sots.

Je flottais encore indécis, confiant dans les juges, et pensant que la meilleure réponse en cette affaire serait le jugement. Mon avocat et mon ami, M⁰ Boinvilliers, partageait mon opinion sur le profond dédain que méritent la boue des rues et les criailleries de la foule. Dans la révolution, quand l'abbé Maury entendit toute une place publique crier : *A la lanterne!* il a dit un mot et a continué son chemin. Enfin, une réflexion, qui n'est pas sans intérêt pour ma vie littéraire, a vaincu ma répugnance, et j'ai résolu de joindre cet historique à la préface de ce livre. Quoique mes adversaires ne méritent pas cet honneur, leurs attaques forment une page trop curieuse dans l'histoire littéraire, et prouvent trop contre les progrès de l'esprit humain, en mettant à nu les passions misérables qui, de tout temps, ont assailli les artistes, pour ne pas me faire souhaiter que le livre soit beau afin que la vengeance soit éternelle. Mon ouvrage des *Études* contient déjà plus de soixante sujets achevés ; parmi cette grande quantité d'œuvres, s'il en est qui n'ont que cinq à six feuilles d'impression, beaucoup ont deux volumes ; mais parmi toutes mes compositions, il s'en rencontrait deux : *le Médecin de campagne* et *le Lys dans la vallée*, qui, outre toutes les conditions nécessaires à l'exécution d'un ouvrage, exigeaient une grande tranquillité d'existence, la plus profonde paix dans l'âme, l'emploi unique de mes forces, la solitude sans bruit, tous les genres de calme, excepté celui de l'intelligence occupée à rassembler les mille petites pierres de ces deux patientes mosaïques. J'avais rêvé de polir avec persévérance deux figures, la Vertu sans reproche et le Repentir employant ses expiations au profit du monde, au lieu de s'ensevelir dans le cloître ; je voulais surtout étudier la langue française aussi bien que les fibres les plus déliées du cœur, et aborder la grande question du paysage en littérature. Chacun de ces ouvrages aura été l'objet d'un procès, long, dispendieux, qui veut des courses, des démarches, des conférences ; chacun de ces tristes débats aura soulevé des calomnies, des mensonges, des luttes sans profit, et où on laisse, quoi qu'il arrive, de sa chair aux blessures, et de son énergie à la Salle des Pas-Perdus. Au lieu de demeurer dans les steppes de l'intelligence à glaner ce que nos prédécesseurs nous ont laissé, la pensée de l'auteur devait aller par la ville, obéir à l'avoué, à l'avocat, elle devait subir la question des affaires, être gehennée par le premier venu, il fallait habiter le champ de bataille au lieu de demeurer dans le cabinet à la lueur des studieuses clartés de la nuit. Quelle fatalité ! Quelle force conspire contre les tentations qui nous saisissent tous de faire quelque chose de grand ? Quelle main est celle qui arrête le pinceau sur la toile commencée ? quelle puissance ordonne à la glaise de se fendre avant que l'ébauchoir n'ait achevé ? Est-ce un instinct des médiocrités qui s'escomptent leur vengeance ? y a-t-il quelque chose de pernicieux dans les arts ? Peut-être la morale de cette histoire de ma vie privée est-elle dans l'exclamation du psalmiste : *Heureux les pauvres d'esprit !*

N'était-ce pas en tête d'une œuvre que je crois belle de pensée, sinon parfaite d'exécution, que je devais faire savoir à la dernière moitié du xixe siècle qu'après tant d'illustres exemples, le monde a toujours une coquille prête pour tout ostracisme? Dans la ville où cent quatorze notaires, cent neuf avoués, douze cents avocats, mille comédiens, tous ennemis les uns des autres, sont tous réunis en corps et se soutiennent, les artistes sont isolés ; quand l'un d'eux est calomnié, tous les autres arrivent à l'œuvre, la pelle à la main, et lui creusent sa fosse, espérant qu'il succombera, tandis que le corps entier des avoués, des avocats, se lève si l'on touche à l'un d'eux. Le sacerdoce est ainsi ; mais, quant au sacerdoce de la pensée, tous lui disent : *Raca!* N'est-il pas utile de prouver, pour expliquer la déconsidération croissante de l'écrivain que l'on confond avec l'homme de lettres, comme si le magistrat était l'homme de loi, que la littérature se dit *Raca* à elle-même? Ainsi, dans la lutte actuelle, où je défends les intérêts de *l'exploité* contre *l'exploitant*, de l'écrivain contre le marchand, je suis seul. Pas un de ceux qui devraient, comme les apprentis de la Cité dans *Nigel*, crier : *Aux bâtons!* pas un ne bouge. Non, pas une sympathie! Je dois même rendre justice à la presse, il y a chez elle une honorable unanimité contre moi. Toutefois, dans *la Gazette de France*, récemment un homme d'un beau talent, un vigoureux critique, sans déguiser sa pensée sur mes œuvres, les condamnant ou les approuvant à son gré, a pris mon parti contre ces lâches, qui viennent effrontément s'asseoir chez moi sans y être jamais entrés, raconter ce qui s'y passe, ce qui s'y fait, y clouer de prétendus tapis, y poser des divans fantastiques, m'habiller des laquais, me vernir des carrosses, après avoir porté le désordre dans mes petites affaires. Critiquer les meubles de l'auteur, pour se dispenser de parler de ses livres, est une des faces de la polémique littéraire. Que M. A... N... trouve ici l'expression de ma reconnaissance pour sa politesse! Et quelle épigramme contre le temps présent que de considérer comme une belle action l'observance des lois de la bonne compagnie! Encore si la république des lettres se contentait de me laisser seul; mais plusieurs véritables hommes de lettres sont intervenus hier en faveur de mon adversaire ; ils le secourent de toutes leurs forces. — *Abattez-le, nous l'achèverons!* a dit naguère un journaliste qui avouait m'avoir poursuivi d'injures pendant trois ans. Seul contre tous, j'accepte et je commence. Si l'on venait m'accuser d'avoir pris les tours de Notre-Dame, je ne ferais point comme le président de Harlay, je ne m'enfuirais pas, je dirais au juge : Allons ensemble à Notre-Dame. Ici, ma défense sera la paraphrase de : Allons ensemble à Notre-Dame.

Dans la vie littéraire, il y a deux points d'appui nécessaires à tout homme qui se produit, et qui sont ses tuteurs naturels : l'un est le libraire, l'autre est le journal ; ces deux points d'appui n'ont été pour moi que des obstacles à vaincre. Quant au premier, tantôt le libraire a fait faillite, tantôt il a voulu que le jour eût cinquante heures, tantôt il s'est plaint du peu de travail et des inexactitudes d'un homme qui publie seize volumes en trois ans ; ses plaintes étaient surtout très intenses quand il se trouvait en avance avec moi par comptes courants, comme cela se pratique entre négociants, et ici je me présente sous la forme purement commerciale ; je le remboursais alors avec intérêts et indemnités. Aucun de ceux qui ont traité avec moi ne peut dire que je lui aie fait perdre un centime, et ils ont palpé jusqu'à des bénéfices sur les ouvrages que je n'ai point faits. J'ai de tous des *quitus* parfaitement en règle, et quand j'ai rompu des traités avec eux, les indemnités ont été toutes arbitrées par eux seuls ou par des tiers. Cette probité me coûte seize mille francs dont j'ai les quittances. Le dernier avec lequel j'ai terminé mes relations, m'a vendu mes propres ouvrages à raison de quatre francs et cinq francs le volume. Il n'existe pas dans la librairie une seule maison ayant droit de me demander un sou, ni une page, excepté madame Béchet, à laquelle je dois deux volumes in-octavo qui terminent une publication de douze volumes, commencée en 1834 *, et qui sera finie en 1836. Je n'ai eu qu'un procès, à propos du *Médecin de campagne*, et sur mon appel est intervenue une sentence arbitrale rendue au souverain, qui contient un blâme sévère de la conduite de mon adversaire. Cette sentence a résolu nos conventions et stipulé les indemnités que je devais comme bénéfices anticipés d'ouvrages à faire, et dont par de bien justes motifs,

* *Eugénie Grandet* a paru en janvier 1834. (*Note de l'auteur.*)

je refusais de m'occuper ; j'ai payé les indemnités, la quittance est chez M° Outrebon, notaire.

Or, comme tous les livres vendus par moi aux éditeurs
dont je me suis séparé judiciairement ou à l'amaible sont
épuisés, que j'ai leurs quittances d'indemnités pour les
œuvres que je n'ai pas voulu leur donner, je ne sais ce
qu'aucun d'eux pourrait me demander. Des livres? quand
ils ont eu les miens, ils les ont vendus jusqu'au dernier.
Pour ceux que je leur ai promis et que je n'ai pas voulu
leur livrer, quoi? des indemnités, ils les ont fixées et touchées.
Prétendraient-ils avoir mes sympathies, mon amitié?
Veulent-ils qu'en me séparant d'eux pour des raisons valables sans doute, je leur accorde un culte? Le libraire est
un fermier de littérature, on le prend et on le quitte quand
on veut. M. de Lamartine loue l'exploitation de ses ouvrages
pour dix ans moyennant une somme. M. de Chateaubriand
vend définitivement l'exploitation des siens. Moi, je ne fais
de conventions que pour une seule édition. Voilà tout. Du
moment où pas un de mes anciens fermiers ne peut se
plaindre d'un dommage, il me semble que tout finit là de
lui à moi. Mais de moi à lui, si je le quitte, j'ai des raisons,
et je n'en dois compte qu'à moi-même.

Aujourd'hui, lassé de mécontentements qui peuvent
être réciproques, car souvent un auteur peut être aussi
insupportable à son libraire que le libraire l'est à l'auteur ;
aujourd'hui madame Béchet, qui s'est montrée en toute
occasion fort délicate, quittant le commerce, j'ai fait choix
d'un seul libraire, de M. Werdet, qui réunit toutes les conditions d'activité, d'intelligence, de probité que je désire
chez un éditeur ; il est probable que les relations amicales
qui doivent s'établir entre un auteur et son éditeur ne
seront jamais troublées ; car, outre ces qualités, il est plein
de cœur et de délicatesse, comme beaucoup de gens de
lettres peuvent l'attester ; tout me présage donc la plus
grande tranquillité sur ce point. Je ne veux faire ici le
procès à personne, mais la compatibilité d'humeur en pareille occasion est extrêmement nécessaire.

Si je vous initie à ces petites affaires domestiques, c'est
qu'à l'audience on m'a représenté comme un homme sans
foi ni loi, comme un juste-milieu entre le bédouin littéraire
qui vit d'emprunts, vend des livres, en touche le prix, ne
les fait pas, et l'industriel qui vend comme mes adver-

saires ce qui ne lui appartient pas et ce qu'il sait parfaitement ne pas lui appartenir ; c'est qu'en présence d'hommes graves, un jour, un monsieur, en plein salon, a dit que
j'avais vendu le même ouvrage à deux libraires ; que
sommé par un de mes amis de nommer l'ouvrage et les deux
libraires, mais ne le pou   nt, il s'est honteusement retiré ;
c'est qu'il y a de par le monde bon nombre de gens qui s'a-
musent à répéter ces niaiseries, parce que je n'ai pas autant
d'amis qu'il y a de niais ; c'est qu'enfin voici quatre ans
bientôt que mes amis me supplient de démentir mille
billevesées dont je ris. J'ai entendu dire que M. de Villèle,
sorti du ministère comme il y était entré, avait gagné
quarante millions à la Bourse. Et quoi sur M. de Peyronnet ?
et quoi sur tous les hommes publics par cette presse sans
dignité qui fait de la France une petite ville à cancans.
Hommes d'État d'aujourd'hui, le journalisme vous traite
comme vous avez traité ceux de la Restauration. Demandez
à M. Thiers et à M. Guizot ce qu'ils pensent aujourd'hui de
la presse qu'ils ont dirigée ?

Ce qui arrive dans la haute sphère des affaires publiques
se passe également dans la sphère littéraire. Vouloir démentir un journal, c'est imiter le chien qui aboie après une
chaise de poste. Le numéro qui vous tue ou vous déshonore
en vous faisant voyager à Clichy, est bien loin de vous
quand vous vous plaignez ; ceux qui ont lu l'attaque ne
lisent pas toujours la réponse. Je savais cela, je souffrais
patiemment.

Le souffle venimeux de la presse a passé dernièrement sur
le front pur d'une jeune femme dont le nom est européen ;
voici le fait. Une charmante princesse, souffrante et maladive, va respirer l'air de Naples, et les journaux allemands
annoncent qu'elle a été surprise par son mari avec un amant
dans une loge, en plein spectacle, et tuée par le prince ;
tuée !... entendez-vous ? Elle n'était ni tuée ni surprise. Je
crois même qu'elle n'était pas encore arrivée à Naples.
Tous les journaux démentent le fait *quinze jours après!*
Eh ! bien, supposez qu'elle ait, par hasard, un Werther
inconnu d'elle ? en Allemagne cela se peut! Supposez le
malheureux apprenant cette fausse nouvelle. Je le demande,
dans cette double calomnie qui tue deux choses, l'honneur
et la femme, n'y a-t-il pas de quoi amorcer le suicide ? En
présence d'un exemple aussi éclatant, comment parlerais-je

des misérables articles de journaux publiés sur des ridicules que l'on me prête ; peut-être en ai-je quelques-uns comme tout le monde a les siens, ce sont des amitiés bien cimentées que nos ridicules ; mais enfin je tiens aux miens et n'en veux pas d'autres. Comment pourrais-je intéresser le railleur public de ce temps aux petites infamies mensongères dont on affuble un pauvre artiste, qui lutte dans un coin avec sa plume ? Que Dantan m'accorde la royale prestance de Louis XVIII ; que l'on donne à mon boudoir (où personne de ceux qui en parlent n'est entré) une fastueuse célébrité ; que l'on s'attaque à ma fortune, en me mettant en prison pour dettes, moi qui paye les miennes et celles des autres quelquefois (commercialement, cela arrive) ; que l'on célèbre fantastiquement un jonc surmonté d'une pomme ciselée, comme trente personnes en portent de plus riches, entre autres le comte V..., qui a sur sa canne un diamant de six mille francs, et à qui je dois rendre cette justice qu'il l'a présentée à la mienne (au moins cette plaisanterie était de bon goût) ; que ce siècle si grand devienne si frivole ; que notre pays, si riche d'hommes éminents, s'amuse à les railler, à les poursuivre de cris, en laissant les gamins de la presse empressés de signer *Crédeville* sur tous les monuments frais, je vous le demande : n'y a-t-il pas de quoi hausser les épaules, sourire de pitié quand c'est pitoyable, ou rire avec les rieurs quand le bouffon est drôle ? Frédéric, voyant qu'une affiche faite contre lui était trop haut placée, la fit mettre plus bas. Mais il était roi ; moi, je n'ai pas cinquante mille hommes pour faire adorer mes vices et mes vertus, et la plupart du temps, les gens occupés ne savent rien de ce que l'on dit d'eux, et n'apprennent les calomnies que par leurs amis, qui s'en affligent ou s'en réjouissent.

Si donc quelques personnes trompées par les caricatures, les faux portraits, les petits journaux et les mensonges, m'attribuent une fortune colossale, des palais, et surtout de si fréquents bonheurs, que, si l'on disait vrai, je serais à Nice, mourant de consomption, je leur déclare ici que je suis un pauvre artiste, préoccupé de l'art, travaillant à une longue histoire de la société, laquelle sera bonne ou mauvaise ; mais que j'y travaille par nécessité, sans honte, comme Rossini a fait des opéras, ou comme Du Ryer faisait jadis des traductions et des volumes ; que je vis très

solitairement ; que j'ai quelques amitiés fidèles qui datent
de quinze années ; que mon nom est sur mon extrait de
naissance comme celui de M. de Fitz-James est sur le sien ;
que, s'il est celui d'une vieille famille gauloise, ce n'est pas
ma faute, mais que mon nom de Balzac est mon nom patro-
nymique, avantage que n'ont pas beaucoup de familles
aristocratiques qui s'appellent Odet avant de s'appeler
Châtillon, Riquet avant Caraman, Duplessis avant Richelieu, et qui n'en sont pas moins de grandes familles. Il
n'est pas de gentilhomme qui n'ait quelque nom primitif,
son nom de soldat franc. Les vieux contes apprennent aux
enfants ces choses historiques avec Ogier le Danois, Renaud
de Montauban et les quatre fils Aymon. Le nom primitif
de la maison de Montmorency, qu'on lui a si sottement
reproché en 1793, procède de la même source que celui de
la maison de Bourbon. Tout change de face au xixᵉ siècle,
comme tout a changé de face deux fois depuis l'invasion
des Romains, depuis l'invasion des hommes du Nord. La
noblesse a péri en 1789 en tant que privilèges ; aujourd'hui
il n'y a plus dans un vieux nom que l'obligation de se faire
un mérite personnel, afin de reconstruire une aristocratie
avec les éléments de la noblesse. M. de Chateaubriand,
M. de Lamartine dans les lettres ; M. de Talleyrand dans les
congrès ; beaucoup de généraux et de colonels de vieille
roche sur les champs de bataille ont montré par quelle voie
il faut procéder pour refaire l'édifice abattu. Si mon nom
sonne trop bien à quelques oreilles, s'il est enviable à ceux
qui ne sont pas contents du leur, je ne puis y renoncer :
Quoique l'on affecte de m'appeler d'Entragues, ce titre
ne saurait m'appartenir ; je sais parfaitement que le dernier
marquis était grand fauconnier sous Louis XV, et qu'il n'a
laissé qu'une fille mariée à M. de Saint-Priest. Je suis forcé
de dire ces choses, afin d'être au-dessus des ridicules qu'on
voudrait bien me voir accepter. Mon père était parfaitement en mesure sur ce chapitre, ayant eu l'entrée au *Trésor
des Chartes*. Je ne puis point gentilhomme dans l'acception
historique et nobiliaire du mot, si profondément significatif
pour les familles de la race conquérante. Je le dis, en opposant orgueil contre orgueil ; car mon père se glorifiait
d'être de la race conquise, d'une famille qui avait résisté
en Auvergne à l'invasion, et d'où sont sortis les d'Entragues. Il avait trouvé, dans le *Trésor des Chartes*, la conces-

sion de terre faite au ve siècle par les Balzac pour établir
un monastère aux environs de la petite ville de Balzac,
dont copie fut, me dit-il, enregistrée par ses soins au parlement de Paris. Mais ceci est tout à fait en dehors de la
question, il suffit de savoir que je n'ai pas, Dieu merci,
taché mon nom, que j'espère lui donner de l'éclat par moi-
même et continuer ce que mon père a commencé. Mon
père était, sous Louis XV, secrétaire du Grand Conseil,
dont il rédigeait les arrêts. Le cardinal de Rohan et M. de
Calonne l'avaient pris à cœur ; et, plus tard, il fit cause
commune avec son ami Bertrand de Molleville. Sans la
Révolution, il aurait fait une haute fortune sous la vieille
monarchie, qu'il a vu crouler. S'il a modestement achevé
une vie commencée avec quelques espérances, c'est que,
brisé par la Révolution, il s'est trouvé loin des affaires et
dans une position inférieure, enfin vieillard en 1814, et
repoussé avec M. de Molleville, qui déconseillait la Charte
à Louis XVIII. A seize ans, je tenais la plume sous leur
dictée, pour rédiger un long mémoire, au moment où M. de
Polignac et M. de Villèle refusaient de reconnaître la Charte.
Et j'entendais M. de Bertrand, ce vieillard de haute taille,
blanchi dans les révolutions, s'écrier : « La Constitution
a perdu Louis XVI, la Charte tuera les Bourbons ! On peut
aujourd'hui ne pas la donner : plus tard on ne la retirera
pas sans danger. Ceci ne tiendra pas ; mourons en paix, mon
cher ami, nous avons le commencement, nos fils verront
la fin ! » Pendant que ce fidèle ministre de Louis XVI disait
ces paroles, que j'écoutais en jouant avec son portefeuille
de ministre, Fouché disait à Louis XVIII de se coucher
dans les draps de Napoléon. Ainsi, le vieux 93 et le vieux
ministre de Louis XVI étaient d'accord sur ce point. Mon
père, mort en 1828, Secrétaire au Grand Conseil sous
Louis XV, est entré, vous le voyez, jeune aux affaires.

Quelques charitables loustics demandent pourquoi j'étais
M. Balzac en 1826 ? Si j'explique ma vie, autant expliquer
tout. Quand un éloquent député de la Restauration se
faisait imprimeur à la presse, et gagnait trois francs en
tirant le décret qui le condamnait à mort, il n'avouait pas
son noble nom. A Trieste, un pair de France s'appelait
M. Labrosse en se faisant commerçant. M. le baron Trouvé
mettait tout uniment : Imprimerie de Trouvé. On doit
avoir l'esprit de son état, quand on en prend un ; et je

connais en ce moment quelques enfants de familles illustres qui ne mettent pas leurs titres en signant leurs lettres de commerce. Ainsi ai-je fait. Ceci est la fable du *Meunier, son Fils et l'Ane*. Comme je ne répondrai plus jamais à quoi que ce soit, je suis forcé de descendre ici aux plus menus détails. Aussi, pour en finir sur ce point, dirai-je qu'avec ou sans particule, mon nom a la même valeur. Pour rassurer les commentateurs, j'ajouterai que mon homonyme littéraire, l'illustre Balzac, l'auteur des *Lettres*, s'appelait *Guers*, et prit son second nom d'une petite terre située près d'Angoulême, comme M. Arouet s'appela M. de Voltaire. J'irai plus loin : je dirai que, si je m'appelais Manchot ou Mangot, que mon nom me déplût, ou ne fût pas sonore et facile à prononcer comme l'ont été tous les noms illustrés, je suivrais l'exemple de Guers, de Voltaire, de Molière et d'une foule de gens d'esprit. Quand Arouet s'est appelé Voltaire, il songeait à dominer son siècle, et voilà une prescience qui légitime toutes les audaces.

En voilà, j'espère, assez pour démontrer combien j'ai le droit d'être insensible aux attaques dont mes livres, ma fortune négative, ma personne et mon nom sont l'objet. Passons à l'exposé des faits dans mon affaire avec la *Revue*, qui, en convoquant le ban et l'arrière-ban des calomnies, en les ravivant, les réchauffant depuis cinq mois, m'a obligé à ce préambule autobiographique, qui aura le mérite d'épargner quelque peine aux faiseurs de notices. J'arrive à MM. Buloz et Bonnaire.

Un auteur et un éditeur font ensemble toutes les conventions qu'il leur plaît de faire, quand il s'agit d'une œuvre littéraire, et voici les miennes avec tous les journaux dans lesquels j'ai inséré des articles. Je concède au journal le droit de les publier dans le journal seulement, de les insérer purement et simplement, et de ne les réimprimer que dans le cas où il serait nécessaire de le faire pour compléter des collections ; si le nombre des abonnés de 1836, par exemple, était supérieur à celui des abonnés de 1833, et que les souscripteurs de 1836 voulussent l'année 1833 ; enfin, je rentre dans tous mes droits de propriétaire après un terme fixé, pour faire de mon œuvre ce que je veux comme si elle n'avait pas été publiée.

Sous l'empire de cette convention, la *Revue de Paris*, qui a publié *pendant trois ans* des plaintes hebdomadaires sur l'abus des contre-façons, qui a nommé Léopold CONTRE-FAÇON Ier, qui a si souvent fulminé des imprécations contre la Belgique, que j'ai compté soixante *articles* sur ce sujet, la *Revue de Paris* a vendu à Saint-Pétersbourg *le Lys dans la vallée*, ouvrage devant former la valeur de deux volumes in-octavo, qui se composait pour elle à l'imprimerie de M. Fournier.

Le Lys dans la vallée a paru à Saint-Pétersbourg en OCTOBRE, NOVEMBRE, et DÉCEMBRE 1835. Le premier article du *Lys dans la vallée* a paru à Paris, dans la *Revue*, le VINGT-TROIS NOVEMBRE.

Pour que *le Lys* parût en octobre à Saint-Pétersbourg, quand il ne devait paraître que le 23 novembre à Paris, il faut, *vu les distances*, que M. Buloz l'ait livré à Paris à quelqu'un en septembre, à mon insu ; cela est clair.

Vu nos conventions, je laisse les honnêtes gens apprécier ce fait. Les conventions ne sont pas niées ; et comment aurait-on pu les nier, elles sont approuvées par M. Buloz, et entre les mains des magistrats au moment où j'écris.

Ceci n'est rien. Tout art a ses difficultés, chaque artiste travaille à sa manière, les combattants attaquent le taureau comme il peuvent. M. de Chateaubriand a fait de prodigieux changements entre ses manuscrits et ce que l'on appelle *le bon à tirer*. Bien plus, j'ai lu la préface d'une onzième édition d'*Atala* qu'il dit ne ressembler en rien aux précédentes éditions. Buffon a fait de même. Ingres, en peinture, procède ainsi ; il a, dit-on, refait dix fois le *Saint Symphorien*. Je me suis laissé dire la même chose de Meyerbeer. Ce malheur atteint avant tout l'artiste ; quant au spéculateur, il agit en conséquence. Je travaille ainsi, malheur qui m'oblige à ne dormir que six heures dans les vingt-quatre, et à en consumer près de seize à constamment élaborer mon pauvre style dont je ne suis pas encore satisfait. Ce malheur, heureux, en ce qu'il préserve le public d'une fécondité indéfinie, n'est ignoré de personne ; il a dans la typographie une horrible célébrité ; j'ai eu la plaisante surprise d'entendre crier dans l'atelier de M. Everat : *J'ai fait mon heure de Balzac, à qui à prendre sa copie!* Car les ouvriers font cela par corvée. Ces corrections vont souvent à quarante francs par seize pages (une feuille). La *Revue de Paris* me payait deux cent cinquante francs par feuille. Un jour, M. Buloz se plaignit si amèrement de mes corrections en disant que

je ruinais la *Revue*, qu'impatienté, comme tout artiste
l'eût été, je lui dis : Je vous abandonne cinquante francs
pour avoir mes coudées franches, ne me parlez plus de ceci.
Voilà qui va bien. Avec moi (on le sait !), les questions
pécuniaires sont bientôt tranchées ; j'affirme que, quand
j'ai écrit ma *Lettre aux Écrivains modernes* sur les grandes
questions de propriété littéraire, comme je parlais pour
tous, je n'ai rien voulu recevoir, et la *Revue de Paris* serait
fort embarrassée de me montrer mes quittances de *la
Femme de trente ans* et de *Madame Firmiani*. On m'a dit
que, de même que la dette d'un roi mort n'obligeait pas la
couronne de France, une direction n'engageait pas l'autre.
Ces conventions, relatives aux corrections, ont été faites
précisément pour *le Lys dans la vallée* et pour la fin de
Séraphîta. Alors, pour ne pas engager dans ces deux œuvres
qui devaient être volumineuses, et qu'on voulait publier
sans interruption, une grande quantité de caractères,
M. Buloz, à l'aise avec cinquante francs par feuille, ce qui
pour vingt feuilles faisait mille francs, a fait composer en
vieux cicéro, nommé typographiquement *têtes de clou*,
TOUT LE MANUSCRIT du *Lys dans la vallée*, qui formait les
deux tiers de l'ouvrage, attendu qu'on a composé cent
quatre feuillets de mon écriture et que le manuscrit n'en a
que cent trente-six. De cette composition (la composition
s'entend en imprimerie, de toutes les lettres assemblées
en ligne, en colonne, ni paginées, ni divisées), il devait
être tiré une seule épreuve pour moi, sur laquelle j'allais
opérer toutes les corrections, et qui représentait comme un
second manuscrit destiné à être recomposé dans le caractère
de la *Revue*, qui est en petit-romain. C'était d'un grand
administrateur. Qu'a fait M. Buloz ?

Il a demandé pour lui un second exemplaire, c'est ce
second exemplaire qu'il a vendu à Saint-Pétersbourg.

Ainsi, sachant que sur seize pages de primitive composition, il ne restait pas souvent un seul mot dans le *bon à
tirer*, il a livré à Saint-Pétersbourg les informes pensées qui
me servent d'esquisse et d'ébauches. Non seulement il a
vendu ce qui ne lui appartenait pas, mais il a trahi à l'é-
tranger la cause de la littérature ; il a fait le plus immense
tort à l'écrivain.

Ainsi la lettre de madame de Mortsauf à Félix de Vandenesse, qui fait seize pages de la *Revue de Paris*, ne se

trouve pas dans la Revue de Saint-Pétersbourg ; ainsi toutes les phrases sont tronquées ; ainsi dans mon manuscrit, il y avait des *notes* pour m'expliquer à moi-même ce que je voulais exécuter, comme dans un *scenario* où l'on met : *Ici, la reine reprochera à Pyrrhus son infidélité.*

Eh bien, ces notes, ces phrases sans commencement ou sans fin, sont imprimées dans la Revue de Saint-Pétersbourg. Il existe dans cette Revue un endroit, le plus palpitant du livre, où vous lisez en grosses lettres : CONTRASTE. Il se trouve au moment où vous verrez Félix de Vandenesse quitter pour la première fois la vallée de l'Indre, emportant la lettre de madame de Mortsauf. J'avais mis ce mot pour me souvenir de placer en cet endroit cette lettre, qui doit servir à faire la différence qui existe entre les Françaises et les autres femmes ; car vous voyez en effet la pensée qu'elle inspire à Félix de Vandenesse, quand il a laissé madame de Mortsauf pour lady Dudley (voyez pages 232 à 240, tome 2). Embarrassé de ce mot, l'éditeur russe en a fait un titre.

Mais le comble de la trahison et du tragi-comique, le voici ! La préface de l'auteur, l'envoi de Vandenesse qui raconte sa vie à une femme, le récit qui est, à proprement parler, l'ouvrage même, tout se suit sans division en Russie, où le cadre est alors dans le tableau. En effet, dans les imprimeries, les ouvriers composent ligne à ligne, sans s'informer des divisions, ni des chapitres. L'auteur indique tout à un chef, nommé *metteur en page*, qui scinde les chapitres, dispose enfin la matière typographiquement avec les titres nécessaires. Or, ce travail n'existant pas dans cette informe composition livrée à mon caprice et à mon scalpel, les ouvriers russes l'ont reproduite avec la fidélité du fabricant chinois qui, recevant pour modèle une assiette écornée, a écorné de même tout le service de porcelaine qu'on lui commandait, imaginant, en Chinois, adorateur du bizarre, que les Européens abandonnaient la théorie du beau idéal ; en sorte que, dans la Revue de Saint-Pétersbourg, ce qui est à la page 45 est à Paris à la page 19. Les incorrections de langage, les scories de la pensée qui bouillonnent dans l'encrier de l'écrivain pressé de faire *son carton* avant de peindre sa fresque, tout est publié en Russie. Quand je me suis plaint de cette barbarie à un ami de M. Belizard, il me répondit : — Bah ! les Russes n'y regardent pas de si près. Pauvres Russes qui nous lisent avec beaucoup plus d'attention que les Parisiens, il a fallu vous calomnier aussi !

Savez-vous, en présence de ce dol et de cet abus de confiance, ce que dit M. Buloz dans la *Revue de Paris* d'hier (p. 340), pour se justifier de ce qu'il y a dans sa trahison de plus monstrueux ? *L'éditeur de Saint-Pétersbourg est obligé de soumettre à la police russe tout ce qui s'imprime dans son journal ; la censure russe lui impose souvent des changements qu'il est forcé de subir.*

Le malheureux ! ceci est bon à dire aux niais, à ce public qui gobe, sans les mâcher, toute espèce d'articles. Ce que j'articule ici me semble assez accablant. La Revue de Saint-Pétersbourg est entre les mains des juges ; je suis dispensé de donner des preuves ; mais les exigences de l'amitié m'en ont fait garder d'irrécusables.

J'ai, en un beau volume in-folio relié par Spachmann, et formant deux cent trente-huit pages, l'exemplaire de cette première composition *en têtes de clous*, et dont il devait n'exister que cette seule épreuve ; je l'ai en ma possession, divisée en ces deux cent trente-huit pages, coupées dans les colonnes, reportées chacune sur papier tellière, afin de pouvoir écrire mes changements, mes ajoutés qui y sont, et en conférant la publication faite à Saint-Pétersbourg dont les juges ont un exemplaire, il est facile de voir qu'*il n'y a pas une suppression ni un changement*. Les mots mal mis y sont reproduits, tout cela est désespérant d'exactitude. Or, j'ai communiqué à M. le président du tribunal ce précieux volume ; je lui ai montré la première composition en têtes de clous, en lui faisant voir que souvent une page en a fait seize, que des pages entières sont biffées. Puis je lui ai montré un autre volume dans lequel se trouvent les sept ou huit épreuves successives, toutes chargées d'ajoutés et de corrections, qui ont été demandées par moi de la seconde composition, faite pour la *Revue* en caractère dit *petit romain*, et qui prouvent d'énormes travaux entre cette seconde composition et le *bon à tirer*. Puis, les *bons à tirer* étant encore chargés de corrections, j'en ai composé un troisième volume, dont j'ai fait hommage à M. le docteur Nacquart, à qui mon livre est dédié.

L'homme est ainsi fait. Commet-il une action blâmable, il la veut justifier ; il entasse alors mensonge sur mensonge ;

puis, pour faire croire à sa véracité, il a besoin de mettre en doute la loyauté de son adversaire ; de là les calomnies. Moi, de qui le métier est d'observer, je reconnais les fils déliés de cette trame intimement tissue dans l'âme par la passion ; oui, tout cela se tient, et me semble très logique, très bien conçu. Mais, la main sur la conscience, un enfant jugerait cela. Je ne puis montrer au public ces volumes à l'appui de mes paroles, mais le magistrat les a vus.

Ainsi, non seulement la vente faite en fraude de mes conventions est avérée, mais ce qui surpasse aux yeux des artistes ce délit, ce qui fait bondir le cœur de l'homme amoureux de l'art, la lésion de l'œuvre elle-même est irrécusable, et comme je l'ai déjà dit, *la lettre de madame de Mortsauf,* formant seize pages de la *Revue,* ajoutée après la première composition, n'existe pas dans la *Revue étrangère,* dans la publication de laquelle la censure russe n'a rien ôté.

Vous comprenez que je n'ai appris ces spoliations et de ma pensée et de ma propriété que fort tard ; j'étais en pleine exécution du *Lys,* je n'ai su tous ces dommages que vers le 23 décembre. Pour entamer l'instance, il fallait écrire en Russie, se procurer les pièces, car il y avait des délits que je persiste à croire condamnables ; mais, appelé devant les juges ordinaires et ne courant pas après la vengeance, je me suis confié à leur justice, sans prévoir que le public connaîtrait de cette cause.

Vous comprendrez que dans une vie occupée, un écrivain, qui se dispute avec la langue soir et matin, ne s'embarque pas volontiers dans le plus beau procès du monde ; il me répugnait d'attaquer M. Buloz. Un rendez-vous fut pris, non pas chez moi ; je ne voulais plus le recevoir, mais chez M. Jules Sandeau. M. Buloz vint, et je m'étais précautionné de témoins : c'étaient M. le comte de Belloy, M. Jules Sandeau et M. Émile Regnault ; ces deux derniers étaient amis de M. Buloz ; enfin, M. Bonnaire, l'associé de M. Buloz, l'accompagnait. Je leur reprochai vivement cette trahison, j'insistai plus sur le fait littéraire que sur le fait pécuniaire, et voilà ce que je leur proposai : solder tous nos comptes avec la fin du *Lys,* et me le laisser, comme indemnité, publier aussitôt en librairie. M. Bonnaire traita ceci d'extorsion. Après leur avoir donné vingt-quatre heures de réflexion, je leur déclarai, sur leur refus de tout arrangement,

que je discontinuais tout travail à la *Revue*. MM. Regnault
et Jules Sandeau devinrent exclusivement mes amis après
cette conférence.

MM. Buloz et Bonnaire calculèrent, en gens habiles, car
ils sont habiles en ces sortes d'affaires, ils calculèrent que
je ne pourrais pas les attaquer sans pièces, que les pièces
n'arriveraient pas avant un mois, et ils m'assignèrent.
Ainsi, moi qui devais être l'attaquant, je fus l'attaqué.

Voici sur quoi ils fondèrent leur demande.

Quand un écrivain donne par an vingt ou trente feuilles
à une revue (ce que peu d'écrivains ont donné à la *Revue*
depuis qu'elle existe), comme cela fait quatre mille ou six
mille francs, il s'établit naturellement un compte courant.
Tantôt je devais à la *Revue*, tantôt elle me devait, et je lui
devais plus souvent qu'elle ne me devait, je dois le dire ;
car les hasards de la vie sont tels que le travail n'est pas
toujours en raison des besoins. Les gens de lettres qui
m'attaquent sur tous les points, seront d'accord sur celui-ci.
Mais somme toute, mes comptes se soldent. Si la *Revue*
ou le libraire y perd quelques intérêts, moi, j'y perds mes
nuits. Je souhaite que chacun ait ses comptes aussi clairs
et la conscience aussi nette que la mienne. Or, en décembre
1835, je devais à la *Revue* deux mille cent francs ; mais elle
avait dix feuilles (deux mille francs environ) composées
pour elle (la fin du *Lys*). Si nous n'étions pas bout à bout
en argent, il y avait balance avec mon travail. Refusant
de collaborer, je devais l'argent.

Comment le devais-je ?

M. Buloz, homme d'une profonde instruction, sait tout,
ou du moins a tout lu, car il a été longtemps correcteur
d'imprimerie ; je ne dis pas cela pour l'humilier, car moi,
pour obliger un imprimeur, j'ai été typographe en mon
nom ; et, par suite de cette affaire, j'ai perdu une somme
considérable, aujourd'hui payée par les produits de ma
plume, à quelques milliers de francs près ; mais ce désastre
me contraint à travailler encore pour réparer mon patri-
moine. Voilà la cause de mes obstinés et rudes travaux.
M. Buloz, donc, homme considérable en science, directeur
de deux revues, et qui s'est brouillé avec M. Gustave
Planche, avec M. Victor Hugo, pour des questions sans
doute purement littéraires, sur lesquelles ils n'étaient pas
d'accord ; car il affirme dans son compte rendu du dimanche

29 mai, n'avoir jamais eu de difficultés avec qui que ce soit ; M. Buloz, après neuf mois de travaux consécutifs faits par moi sur la fin de *Séraphita*, dont la première partie était publiée en 1834, et de qui j'ai vingt lettres me demandant cette œuvre, s'avise de la trouver mauvaise, embrouillée, incompréhensible, de nature à faire tort à la *Revue*...

— Que fait alors un artiste ? a demandé l'avocat de M. Buloz. Il a, s'est-il répondu à lui-même, dans ce cas, bien le droit de se retirer. Je réponds à l'avocat de M. Buloz que je ne le pouvais pas. Je devais. Mais un artiste de cœur dit : — Je reprends mon œuvre. Que me devait M. Buloz ? Une indemnité. Savez-vous ce que je fis ? Je lui dis : — Je paye les trois cents francs de frais faits depuis neuf mois sur la composition et je reprends mon œuvre. Si vous n'en voulez pas, M. Werdet, homme ignare, la ramassera.

M. Werdet paie, et publie *le Livre mystique* dans la huitaine qui suit la date de la quittance donnée par la *Revue* des trois cents francs de frais faits sur la composition de *Séraphita*.

Remarquez qu'à l'audience, l'avocat de M. Buloz a dit au mien que je l'avais trompé, que l'on n'avait jamais pu m'arracher la fin de *Séraphita* ; tandis que Me Boinvilliers tenait entre les mains une facture de la *Revue de Paris*, portant vente avec détail des frais de toute la composition de *Séraphita*, livrée à M. Werdet avec cet acquit : *Pour M. Buloz*, ROLLET. La date de cette facture est du 21 novembre, et la date de la publication du *Livre mystique* est du 2 décembre, onze jours après la livraison des *bons à tirer* de *Séraphita*, ce qui suppose que j'ai mis peu d'obstacles à l'impression, et qu'alors la fin de *Séraphita* était donc prête pour la *Revue*. Tout ceci dérange un peu l'échafaudage des dates de M. Buloz, qui, dans sa livraison du 29 mai, en se livrant à d'agréables turlupinades sur des travaux qui ont duré neuf mois, et qu'il admirait alors, sinon comme littérature, au moins comme acte de persistance et de courage, a du moins prouvé que je me suis constamment occupé de *Séraphita* depuis le mois de mars 1835 jusqu'en novembre. Quant à l'intervalle qui sépara la fin du commencement, il a été employé au dépouillement des livres dont je me nourrissais, et rempli d'ailleurs par *le Père Goriot*.

Enfin, pour bien fixer ce point si audacieusement nié par l'avocat de mes adversaires, en pleine audience, et de là dans les journaux, je vais raconter un petit fait qui détermine bien les dates. M. Werdet, en rusé libraire qui aime les articles, dit à M. Buloz : « Si j'achète un ouvrage incompréhensible, il me faut votre secours pour le vendre ; promettez-moi un article sur *le Livre mystique* à la *Revue*, et bien favorable ; j'en fais, dit-il en riant, une clause de la vente. »

M. Buloz promit : « Mais, comme il s'agit de mysticisme, et que personne à la *Revue* n'est en état de faire des articles là-dessus, reprit-il, je vous trouverai un jeune homme à moi, qui, avec des indications, vous satisfera. »

Voici, pour confirmer cette clause de la vente faite le 21 novembre, une lettre de M. Buloz, écrite, datée, signée par M. Buloz, en date du *1er décembre 1835*, où il est un peu question des corrections que je faisais alors sur le troisième article du *Lys dans la vallée*, tandis qu'il avait paru depuis deux mois à Saint-Pétersbourg. Je n'avais pas voulu, toujours par des motifs de convenance, avoir un article sur *le Livre mystique*, à côté d'un fragment du *Lys*. Voici la lettre :

Monsieur, nous n'avons pas encore votre livre*, il est bien difficile, par conséquent, de faire un article raisonné d'ici samedi sur *Séraphîta*. Si cependant il vous gênait trop de donner le troisième article du *Lys* pour ce numéro, je pourrais le remplacer par un autre ; faites donc à votre convenance, et faites envoyer (vos placards) à mesure, pour qu'on ait bien le temps à l'imprimerie de faire vos corrections.

Votre dévoué,
Buloz.

L'article parut. La *Revue*, assez sotte vis-à-vis de l'abonné, auquel on avait solennellement promis la fin de *Séraphîta* que *le Livre mystique* publiait, prit le parti de la raconter de point en point, avec de froides réflexions, sans cette bonne grâce que trouve M. Buloz pour *ses* auteurs ; je ne fais cette remarque que parce que l'auteur était à sa

---

* Il parut le 2 ; mais M. Werdet avait promis à M. Buloz les bonnes feuilles. (*Note de l'Auteur.*)

dévotion ; mais les mauvaises plaisanteries continuées sur *Séraphita*, dans la *Revue* de dimanche, expliquent assez l'aigreur de l'article sur *le Livre mystique*.

Ceci est catégorique, concorde avec tout ce que je viens de dire sur *Séraphita*, et contredit cruellement les mensonges que MM. Bonnaire et Buloz ont mis dans la bouche d'une des lumières du barreau ; ces pièces démentent les allégations et les dates de l'article publié hier dans la *Revue*, sur l'impossibilité où l'on était d'avoir la fin de *Séraphita*.

Combien de mains, de cerveaux, supposez-vous à l'homme qui imprime *le Livre mystique* chez Baudoin, du 21 novembre au 4 décembre, qui publie *le Lys* dans la *Revue* et *la Fleur des pois* (fin octobre) chez madame Béchet ? Dites-moi, vous qui m'avez représenté comme un artiste qui commence tout et n'achève rien, est-ce donc d'un flâneur ces publications obstinées dans leurs dates ? Je me souviens qu'en novembre et décembre, je revoyais *le Médecin de campagne* en troisième édition.

Quelle récompense de tant de travaux ? L'insulte devant la justice !

Le Livre mystique, imprimé chez Baudoin, fut vendu en dix jours ; réimprimé chez Bourgogne le onzième, il parut en deuxième édition un mois après la première édition. C'était du bonheur pour de l'inintelligible. Je commençai à croire que M. Buloz ne l'avait pas lu : c'était vrai ; il nous l'avoua dans la conférence où se trouvaient MM. de Belloy et Émile Regnault. Ma fierté d'écrivain me coûtait huit feuilles à ceux cents francs la feuille, ce qui m'enlevait un avoir de seize cents francs dans mes comptes avec la *Revue*. Ainsi je lui devais toujours.

Alors nous substituâmes *le Lys dans la vallée* pour solder mes comptes.

Donc ces messieurs, forts du reliquat, m'attaquèrent en me réclamant : 1° la suite du *Lys ;* 2° les *Mémoires d'une jeune mariée*, et demandèrent une somme exorbitante de dommages-intérêts, en s'appuyant surtout sur la somme dont j'étais débiteur, qu'ils divisaient sur ces deux ouvrages, quoique l'un remplaçât évidemment l'autre ; car tous les jours, entre auteurs et directeurs de revues, on change de projets. La preuve en est dans le refus de *Séraphita*. Mais sur ce point, il y a quelque chose de plus clair et de plus décisif, qui est une lettre d'envoi de M. Buloz avec mon compte, où M. Buloz met en bloc *le Père Goriot*, *Séraphita*, *le Lys dans la vallée*, d'un côté ; puis de l'autre, les sommes que l'on m'avait remises à diverses époques. Ce compte embrasse deux années, et prouve victorieusement ce que mon avocat a dit à ce sujet. Or, cette pièce est entre les mains des juges. Je n'en suis pas réduit à des allégations, moi. Je ne me livre pas à des plaisanteries pour justifier des assertions mensongères : je dis *Telle chose est*, et je donne tout bonnement, sans plaisanterie, la pièce probante signée des adversaires ou écrite par eux.

Quant à la demande des deux mille cent francs du reliquat, je fis des offres réelles par huissier ; sur le refus de ces messieurs de prendre le solde, je les déposai à la caisse d'amortissement, dont le récépissé se trouve entre les mains du juge.

Ici se révèlent des faits de nature à corroborer ce que je vous disais pour expliquer la logique de mes adversaires. Tous deux m'avaient menacé de réveiller les dogues faméliques de la presse contre moi, de m'attaquer ; l'on sait à Paris ce que signifie : *Je vous ferai empoigner par les journaux !* Cela veut dire : « Je vous calomnierai, je dirai que vous ne vous nommez pas par votre nom, que vous me devez de l'argent, que vous êtes sans foi ni loi. » Je ne sais pas comment les tribunaux entendront le respect dû à la justice ; ils punissent sévèrement les comptes infidèles de leurs séances ; eh bien ! voici par où M. Buloz a commencé le procès. J'étais assigné à comparaître *un vendredi*, 12 janvier (je crois) ; le mardi précédent, trois journaux annoncèrent, Dieu sait avec quels commentaires ! que j'étais condamné. Cette annonce excita un déluge d'articles.

Je n'avais aucune preuve que ces articles émanassent des revues et de M. Buloz, mais il était clair que ce n'était ni moi ni mon avoué qui en étaient [sic] les auteurs ; mais voici que *hier*, *dimanche*, *29 mai*, dans la *Revue de Paris*, M. Buloz, dans une note, se sentant bien coupable à cet endroit, dit qu'il entendait parler d'un jugement par défaut.

Je ne puis pas aller crier aujourd'hui aux magistrats de la première chambre : « Messieurs, voici la procédure, vous avez une greffe, *il n'y a jamais eu de jugement par défaut*. J'étais assigné pour le 12, et avant ce jour, la nou-

velle de ma condamnation courait par toute la France. »
En ce moment, nous ne sommes plus devant nos juges,
mais je le crie au public devant lequel vous me traînez.
Je vous donne les *Mémoires d'une jeune mariée*, M. Buloz,
et il y a quelque chose de gracieux à moi, à vous faire un
présent qui vous sera de quelque utilité ; je vous les donne
gratis, si vous pouvez produire dans votre sale procès un
jugement par défaut.

Maintenant, j'ai quelque orgueil à raconter cette histoire ; elle est instructive ; elle prouvera certes à tous ceux
qui me liront, que l'on nous vend cher la triste célébrité
littéraire, que nous avons de secrètes agonies, que les
travaux de l'intelligence sont accompagnés de persécutions
horribles, que les spéculateurs, les entrepreneurs sont de
cruels bourreaux, car ils gehennent affreusement des
intelligences qu'ils devraient laisser calmes, dans leur
intérêt bien entendu, quand elles sont laborieuses. Vous
voyez que ces messieurs préparaient leur rôle pour l'audience où nous arrivons.

Je n'ai que des remerciements à adresser à l'avocat
que MM. Buloz et Bonnaire ont chargé de contrôler les
épaules de cette timide madame de Mortsauf ; il s'est
très spirituellement moqué de mon œuvre, et nous sommes
dans un pays où la plaisanterie consacre à jamais les
œuvres qui lui résistent. Si *le Lys* n'a pas été coupé par
cette ironie fine et tranchante, mon livre aura subi des
charges assez fortes pour ne plier sous aucune critique de
feuilleton ; d'ailleurs les feuilletons sont dépassés, ils seront
pâles après l'avocat. Si je n'avais pas été absent, si j'avais
été au Palais, j'aurais ri moi-même des agréments qui ont
fait de cette cause, si sérieuse par la parole haute et grave
de mon avocat, une *cause grasse* dont les juges ont commencé par rire. Mes remerciements ne s'arrêtent pas là.
L'avocat de MM. Buloz et Bonnaire est une des célébrités
du barreau, nous le savons ; mais sait-il lui-même combien
je lui dois de gracieusetés pour son talent de chasseur ? Ses
clients lui ont apporté des lettres qui ont fait lever en
pleine audience deux pièces de gibier. En allant chercher
M. Pichot, en lisant sa lettre, l'avocat de M. Buloz savait-il
qu'il apportait sous ma plume un médecin qui ne pouvant
me tuer comme D. M. P. essaie, depuis trois ans, de me
tuer littérairement ? Nous arrivons à l'une des maladies

dont je suis affligé ; car je suis indisposé de M. Pichot,
comme on est malade de la poitrine ; j'ai sur les épaules
le Perroquet de Walter Scott.

Ici, je vais expliquer l'emploi des mots de *dignité personnelle* par lesquels j'ai justifié mes deux refus de collaboration à la *Revue de Paris*. M. Pichot me servira de transition.

MM. Véron et Rabou ont successivement dirigé la *Revue
de Paris*, j'ai été de leur part l'objet de procédés gracieux,
continuellement polis, sans mécomptes, et je les ai toujours trouvés pleins d'obligeance. Il y a deux raisons de
ceci : d'abord tous deux peuvent écrire de bons livres ;
ne se souciant point d'en faire, ils n'étaient point jaloux,
comme hommes, de succès qui les enchantaient comme
directeurs. Puis, par une fierté bien ou mal placée, je pense
qu'il y a peu de convenance à faire parler de ses œuvres
dans un recueil où l'on publie beaucoup d'articles. Le public
sait qu'on ne peut pas dire du mal d'un homme chez lui ;
et l'on est comme chez soi, dans une Revue où l'on écrit
habituellement. La plupart des gens de lettres sont d'un
autre avis, je ne les blâme pas. J'ai par conviction un autre
sentiment. Les articles de journaux ne peuvent rien contre
un bon livre, et ne servent qu'à protéger les mauvais ;
je n'ai jamais demandé à qui que ce soit un article ; j'ai sur
ce sujet la plus profonde indifférence. Or, comme je n'ai
point d'exigences, et que je ne demande rien à mes collaborateurs, ni aux directeurs de Revues, il est bien difficile
de ne pas s'accommoder d'un ouvrier littéraire, excessivement laborieux, qui apporte des falourdes à la cheminée
des Revues, et qui s'en retourne avec son argent. M. Pichot
était, disons-le, beaucoup plus homme de lettres que médecin, mais il reste toujours un peu du médecin chez lui.
En effet, quand M. Pichot est venu diriger la *Revue de
Paris*, il a trouvé plaisant de m'administrer des pilules
extrêmement amères pour corriger ma trop grande confiance
en moi-même ; ayant peu de malades en ville, il a entrepris
de guérir des titillations de la vanité les gens qu'il avait
sous la main. Naturellement, quand un homme marche
seul et sans appui, ne reçoit que des boulets ramés dans son
esquif, il a besoin de croire en lui pour continuer sa route.
Souvent peut-être s'exagère-t-il sa force, sa puissance ;
l'usage de l'énergie cérébrale peut en amener l'abus.

D'ailleurs, pour prendre la plume, il faut bien s'imaginer
que l'on va écrire quelque chose de bon ; si l'on croit n'avoir
que de détestables idées à exprimer, que des aventures
flasques à raconter, il vaut mieux se faire médecin et tuer
le monde que de l'ennuyer ; car les morts ne se plaignent
pas, tandis que les vivants ennuyés sont bien bavards, et
vous font un mauvais renom. Pour empêcher les rechutes
d'un malade, il faut lui faire éviter les causes de la maladie,
et M. Pichot, qui tenait à guérir les écrivains de leurs accès
de vanité, a imaginé de leur ôter l'occasion d'écrire. C'était
logique à la manière de M. Prudhomme : *Otez l'homme de la
société, vous l'isolez.* M. Pichot travaillait, sous trois pseudonymes, au détriment des rédacteurs de la *Revue* : M. Pickersghill, Sheridan Junior, et H.-C. de Saint-Michel, je crois,
mais sans compter M. Amédée, M. Pichot et M. A. et M. P.
et M. A. P., tous rédacteurs qui ne reparurent jamais quand
M. Pichot eut quitté la *Revue*. M. Pichot serait peu flatté
si je publiais le compte des pages glissées par lui sous ces
noms, *regnante Pichot*, je lui en fais grâce. Il écrivait lui-
même *l'Album*. Or, pendant que je recevais des lettres
élogieuses du directeur, Pickersghill, Sheridan, surtout ce
terrible H. de Saint-Michel me mordaient, *l'Album* me
donnait des férules. J'étais le héros de la littérature secondaire, etc. ; enfin, j'avais un picotin de lardons qui
m'atteignait hebdomadairement et partait d'Écosse, de
Londres, de Paris. Il y a des gens qui me croient observateur, eh bien, j'ai cru à Sheridan Junior, malgré ses
balourdises ; j'ai cru à Pickersghill, j'ai cru à Saint-Michel,
et j'ai cru à P... jusqu'au jour où venant corriger une
épreuve à l'imprimerie, j'ai découvert que M. Pichot était
le Cardillac de cette bande de critiques, qui en voulait à ma
pauvre bijouterie littéraire. Malheureusement mes amis,
qui prennent ma gloire au sérieux, les flatteurs ! qui surtout
veulent qu'un homme ne soit pas plaisanté dans sa maison,
car alors *il perd de sa dignité*, s'étaient aperçus, et aussi un
peu mes éditeurs, que si la *Revue de Paris* payait bien mes
articles, elle était horriblement hostile à mes ouvrages publiés en volumes, et ils me dirent : — Vous avez donc bien
besoin d'argent pour recevoir les étrivières dans la *Revue*
qui vous déclare qu'elle ne peut pas se passer de vous (car
ce mot *la providence des Revues* que l'on m'attribue sur
moi-même, date de cette époque) ; je sentis combien cette

situation était peu convenable, et pendant que je faisais *Ferragus, chef des dévorants*, la *Revue* devenant de plus en plus hostile à l'écrivain, je la quittai pour aller à *l'Europe littéraire*. J'éprouvai même des désagréments si nauséabonds, car la médecine perçait toujours un peu sous la direction, que mes obligations finirent avant la conclusion de *Ferragus*, histoire complète et entière, au-delà de laquelle il n'y avait plus rien à publier. Je signifiai brièvement mes intentions.

Voici la lettre que M. Pichot a écrite à M. Buloz sur ce sujet :

« *Paris, 16 mars 1836.*

» Monsieur,

» En réponse à la demande que vous me faites l'honneur de m'adresser, je dois déclarer qu'en effet M. de Balzac, après avoir inséré la première partie des articles intitulés *Histoire des Treize* dans la *Revue de Paris*, que je dirigeais alors, en vendit la suite à un autre recueil. M. de Balzac a prétendu depuis qu'il n'avait discontinué sa collaboration que par des motifs de dignité personnelle. Mais sa dignité lui paraissait si peu compromise, qu'il ne me laissa pas ignorer que la *Revue de Paris*, dont il se disait poliment l'obligé, aurait toujours la préférence en lui accordant l'augmentation de prix qui lui était offerte ailleurs. J'aurais peut-être, je l'avoue, subi la loi de son talent et contribué aux enchères, si je n'avais cru la dignité de la *Revue* tout aussi intéressée à la question que la dignité de M. de Balzac.

» Agréez, etc.

» Amédée Pichot. »

M. Pichot a oublié, en écrivant cette lettre, une quittance motivée, que voici, donnée en mars 1833 :

« Je soussigné, directeur de la *Revue de Paris*, reconnais que les deux cent quarante pages que M. de Balzac devait fournir à la *Revue de Paris* aux termes du traité signé entre M. de Balzac et moi, finissent à la page 313 du quarante-huitième volume de la *Revue de Paris*, et qu'à dater de cette livraison, M. de Balzac ayant, suivant les clauses du traité, résilié ses engagements, les articles que fournira M. de Balzac après le dernier paragraphe de la première *Histoire des Treize*, qu'il a reconnu devoir être réglée à raison de deux cents francs la feuille, seront l'objet de conventions nouvelles.

» Amédée Pichot. »

Puis, parmi beaucoup de lettres excessivement élogieuses que M. Amédée Pichot me fit l'honneur de m'écrire à cette époque, je choisis celle-ci que le lecteur comprendra parfaitement, après les explications que je viens de donner :

« *Paris, mercredi 10 avril* [1833].

» Monsieur,

» On m'a dit que vous vous étiez cru directement attaqué dans une réponse ironique de la *Revue de Paris* à l'annonce que nous a lancée *l'Europe* au moment de notre renouvellement. Cette réponse est de moi, de moi seul, et ne s'adresse qu'à *l'Europe*. Mais je déclare que j'ai parfaitement compris qu'elle serait en même temps une réponse pour ceux qui ont usé de leur droit pour nous abandonner. Ce n'est pas vous seul ; si c'est un peu vous, c'est vous moins que d'autres, car je me plains surtout de mes amis en cette circonstance, et vous avez fait plus pour la *Revue* que certains d'entre eux, puisque vous avez fait des réserves pour elle. *Je ne vous ai jamais rendu à la* REVUE *de service d'ami* * ; *je n'ai été pour vous que le directeur* : c'est le directeur seul qui doit être blessé de ne pas être assez riche pour payer aussi cher que *l'Europe*. Puisque la littérature est un commerce **, pourquoi n'y aurait-il pas des enchères en littérature ? Un jour, la *Revue de Paris* pourra renchérir à son tour ***. D'ici là elle est forcée de répondre commercialement à des annonces commerciales ; il est permis de ne pas se laisser égorger comme des moutons d'Agnelet ; il n'est pas prouvé que nous ayons la clavelée encore.

---

* Sheridan Junior, Saint-Michel, A. et P. lui donnaient des remords. (*Note de l'Auteur.*)
** M. Pichot est le seul à Paris qui travaille par amour de l'art, et il n'a jamais eu d'ateliers de rédaction pour arranger des mémoires, comme il y en a à Londres pour les gravures. (*Note de l'Auteur.*)
*** M. Buloz a renchéri sur M. Pichot, mais dans les procédés seulement. (*Note de l'Auteur.*)

» Je ne vous dissimulerai pas, monsieur, qu'il se prépare contre vous des attaques d'amour-propre, par suite de la préférence que vous donne *l'Europe*, sans doute par suite des regrets que j'exprime, car je ne suis pas des derniers à louer ce qu'il y a de remarquable dans votre talent ; il y a longtemps que je l'ai dit et imprimé, j'espère le dire longtemps encore. Ces attaques, monsieur, ne viennent point de la *Revue de Paris* qui en sera fâchée au contraire, espérant toujours vous retrouver, ne pas vous perdre même à présent. Je ne vous en parle que parce que vous avez paru voir une attaque exclusivement dirigée contre vous dimanche dernier. Règle générale, monsieur, j'avoue toutes mes actions et tous mes écrits. Je suis même en position d'accepter quelquefois une responsabilité qui n'est pas la mienne. Dans l'occasion, adressez-vous donc directement à moi : je ne recule jamais devant une explication.

» Je vous dois ici une observation. Il m'est revenu que vous donniez ailleurs la suite des *Treize*. Je ne sais pas alors jusqu'à quel point vous pouvez laisser subsister la note qui terminera votre *Ferragus*, car il ne serait pas juste que nous fissions l'annonce de deux articles que nous n'aurions pas. Remarquez que cette *Histoire des Treize*, dont je vous remercie d'ailleurs bien franchement, coûte plus de mille francs de frais *extra* à la *Revue de Paris*. Je suis donc prêt à accepter la suite ou du moins une partie de la suite. Il ne serait pas juste que, quelque mérite qu'il y ait dans la *Théorie de la démarche*, cet article se trouvât notre seule ressource pour lutter contre l'intérêt si puissant, si révolutionnant de l'*Histoire des Treize*. Du reste, je n'ai d'objection que sur le titre que vous donnerez aux articles qui ne sont pas notre lot.

» Je reste, monsieur, toujours prêt à vous contenter, et j'espère même avoir d'ici à un mois l'autorisation dont je vous ai parlé. Dans ce sens, moi directeur, je serai même servi par le sentiment que fera naître la perte de vos articles à nos actionnaires.

» Mille compliments.

» Amédée Pichot. »

Les commentateurs peuvent se trouver très embarrassés de concilier la lettre envoyée à M. Buloz, lue au tribunal, et imprimée dans les journaux pour achever l'œuvre de ma

déconsidération entreprise sur soumission cachetée, avec
la quittance et la lettre que je rapporte, forcé par la nécessité de trahir mes habitudes et l'éducation que j'ai reçue.
Je ne sais pas pourquoi M. Pichot a publié *le Perroquet* de
Walter Scott, car il a peu de mémoire ; il a oublié même
qu'en allant porter ma rédaction à *l'Europe littéraire*, je
fis des réserves, comme il le dit, pour la *Revue*, quand ses
amis l'abandonnaient complètement. *Ne touchez pas à la
hache*, deuxième épisode de *l'Histoire des Treize*, était
composé sous les yeux de M. Pichot, en même temps que
je finissais *Ferragus*, dans la même imprimerie, chez M. Everat, où je corrigeais les épreuves de l'un et de l'autre
journal. La quittance est du mois de mars 1833, et *Ne touchez
pas à la hache* a paru avant mon traité avec *l'Europe littéraire* dont M. Pichot parle dans sa lettre du 10 avril.
Cette lettre implique par sa contexture que j'ai commis
quelque énormité envers la *Revue*, que j'ai commencé
quelque travail, et que je l'ai abandonné. L'avocat de M. Buloz l'a produite avec triomphe : « Messieurs, voilà ce qu'est
M. de Balzac! Il n'en fait jamais d'autre ; il commence des
œuvres intéressantes et ne les achève jamais. »

Oui, mes adversaires ont poussé un spirituel avocat
à dire ces choses d'un écrivain qui en sept ans a produit
TRENTE-SEPT *volumes in-8º*, dans lesquels sont contenus
environ cent ouvrages différents, et qui, à l'heure où
j'écris, n'a que *le Cabinet des Antiques* et *les Héritiers
Boirouge* sur le métier.

Que résulte-t-il de la quittance motivée de M. Pichot?
Qu'en mars 1833, mon traité se trouvait rempli, que je
pouvais m'en aller et laisser *Ferragus* à la 313ᵉ page de la
48ᵉ livraison de la *Revue*, et que je pouvais exiger un grand
prix d'un homme qui me rendait de fort mauvais services
(*voir sa lettre*), et que j'ai consenti, pour le journal, à l'a-
chever sur l'ancien prix. Pour un homme qui a l'habitude
de prendre la poste et de s'en aller à l'étranger, distraction
assez naturelle aux hommes d'étude accablés de travaux,
il me semble qu'en cette circonstance ma conduite est celle
d'un homme qui tient au-delà de ses engagements. Je ne
demandai mon congé définitif, signé dans la quittance, que
pour avoir le droit de publier *Ne touchez pas à la hache*, car
M. Pichot m'avait imposé l'obligation de ne travailler
que pour la *Revue*. J'ai expliqué pourquoi je la quittais.

M. Pichot m'offrit alors au-delà de ce que je demandais,
car il voulait convoquer les actionnaires, comme il me le dit
dans sa lettre, pour être autorisé à me payer plus cher que
ne payait *l'Europe littéraire* ; mais, quand on se retire avec
dédain, il me semble que l'on est loin de demander quelque chose, et la lettre de M. Pichot (celle de 1833)
ne me montre pas l'obligé de la *Revue* comme celle de
1836.

Je n'ai pas achevé *Ne touchez pas à la hache* dans *l'Écho
de la Jeune France*, pour la raison que voici. Le directeur
de ce journal avait publié, *sans mon bon à tirer*, tout un
chapitre qui parut en France dans l'état où *le Lys* a paru
en Russie ; il s'ensuivit un débat très aigre, des plaintes
du directeur, car, quand on a tort, on se plaint de celui qui
a raison. Comme il m'avait très sollicité, je suis comme les
femmes, je n'aime pas les paroles dures et les moqueries
quand on a obtenu ce que l'on a très fort désiré ; je voulus
rompre, et je rompis. Mais voici une pièce qui prouve que
j'ai pu faire en cette occurrence ce qui m'a plu :

« Je soussigné, gérant de *l'Écho de la Jeune France*,
reconnais avoir reçu de M. de Balzac la somme de deux
cents francs, restant due par lui sur celle que je lui ai
remise pour prix de deux articles intitulés : *Ne touchez pas
à la hache*, après balance faite du nombre de pages fournies
et des paiements faits. Je reconnais qu'au moyen de ladite
remise, il n'est plus rien dû par M. de Balzac à *l'Écho de la
Jeune France*, et que la propriété desdits deux articles lui
revient tout entière quatre mois après leur publication
dans *l'Écho de la Jeune France*, auquel il n'en a, suivant
convention verbale, concédé que l'usage pour la publication
dudit journal.

» Bon pour quittance et solde de tout compte.

> » *Paris, 15 octobre 1833.*

» J'approuve pour faire la paix avec M. de Balzac.

> » Forfelier »

Est-ce clair ? Voyez-vous la clause sans laquelle je ne
traitais avec personne, *suivant mon usage* ? Le procès qu'on
me fit à l'occasion du *Médecin de campagne* m'avait éclairé.
Et moi, travailleur hâté, laboureur pressé d'ensemencer
ses champs, depuis ce jour j'ai été forcé de tout mettre
par écrit, de verbaliser à tout propos ; c'est ce qui fait que

je puis aujourd'hui accabler de preuves et d'actes mes adversaires.

Je crois qu'en lisant ces pièces authentiques, irrécusables, l'avocat de mes adversaires aura quelque regret d'avoir épousé, comme le lui a dit M⁰ Boinvilliers, les passions haineuses de ses clients qui supposent un jugement, font attaquer un homme seul par vingt journaux, pour étouffer sa voix qui va crier leur indélicatesse, une vente faite en fraude de mes droits, la contre-façon des langes d'un livre ; qui va dévoiler un acte que Walter Scott qualifierait en disant qu'ils ont noyé le chevreau dans le lait de la mère, en vendant une œuvre informe, un fœtus littéraire, qu'ils savaient ne devoir être amené à terme qu'après six mois de travaux obstinés faits dans l'intérêt commun de la *Revue* et de l'auteur.

Ici se place la lettre que M. Buloz a demandée à M. Capot-Feuillide, qui, *comme vous le savez*, a dit l'avocat des adversaires, est *un homme distingué*. Je distingue en M. Feuillide plusieurs hommes, l'homme politique, beaucoup plus distingué que ne l'est l'homme littéraire ; l'homme littéraire, qu'il n'est pas dans mes habitudes de juger ; le directeur de journal de qui je possède une lettre que je lui rendrai sans la publier : procédé chrétien ; mais je déclare que, de la discussion, il va ressortir que je n'ai affaire avec aucun de ces différents personnages. Voici la lettre obtenue par M. Buloz de la magnanimité de M. Feuillide :

« Vous me demandez pour quelle cause M. de Balzac ne donna pas à *l'Europe littéraire*, quand j'en étais le rédacteur en chef-propriétaire, la suite d'*Eugénie Grandet*, dont il nous avait donné le premier paragraphe ; je suis en mesure de vous satisfaire, d'autant plus qu'en cela *l'Europe littéraire* n'a éprouvé que ce que bien d'autres recueils ont éprouvé avant et depuis. M. de Balzac avait touché une très forte somme en avance (douze cents francs, je crois..., oui, douze cents francs), et il nous donna la *Théorie de la démarche*, d'abord. Mais cette *Théorie* était fort loin d'avoir libéré l'auteur envers nous.

» *Eugénie Grandet* fut annoncée, et il en parut le premier chapitre. Ce chapitre paru, M. de Balzac voyage je ne sais où : par exemple... à Clichy ou en Savoie, comme il lui arrive souvent. Un sien parent ou ami nous vient un jour, qui nous dit que M. de Balzac exigeait, pour nous donner la continuation d'*Eugénie Grandet*, l'énorme somme de deux mille francs, avant même que nous eussions une ligne de cette suite. Quelque beau que soit devenu le sujet d'*Eugénie Grandet*, nous trouvâmes que c'était le payer cher ; surtout si l'on veut bien considérer que par les frais de remaniement, les corrections chez l'imprimeur, la nouvelle de M. de Balzac se serait montée à quatre mille francs au moins.

» Notez encore que le prix de deux mille francs était le double de celui que nous aurions dû à M. de Balzac, en suivant le traité verbal fait avec lui pour le prix de ses œuvres. Cette manière de nous demander de l'argent nous déplut.

« Nous n'eûmes donc pas la suite d'*Eugénie Grandet*, dont nous avions le premier chapitre..., fort bien payé, ma foi !

» Faites l'usage que vous voudrez de ma lettre, qui dit toute la vérité.

» A vous d'estime et d'amitié.

Signé : Feuillide. »

Si l'on me demande pour quelle cause je n'ai pas donné à M. Feuillide, rédacteur en chef et propriétaire de *l'Europe littéraire*, la suite d'*Eugénie Grandet*, dont j'avais donné le commencement à *l'Europe littéraire*, je suis en mesure de satisfaire le public qu'il met dans la confidence de ceci, moins parce qu'il est le public que parce qu'il s'agit d'assommer M. de Balzac. Je n'ai point donné mon œuvre à *L'Europe littéraire* de M. Feuillide, parce que j'ai très énergiquement refusé d'y participer en quoi que ce soit. *L'Europe littéraire* de M. Feuillide n'était pas plus *l'Europe littéraire* de M. Lefebvre que celle de M. Lefebvre n'était celle de M. Bohain. Cela signifie qu'il y a eu trois sociétés pour *l'Europe littéraire* : 1° celle de M. Bohain, qui a été dissoute et liquidée par M. Bohain, lequel a payé tout ce qu'elle devait aux papetiers, aux imprimeurs et aux gens de lettres, les seuls créanciers possibles d'un journal ! Cette entreprise gigantesque et mal comprise a cessé parce que les actionnaires n'ont versé que les deux tiers de leur mise sociale, et M. Bohain, comme gérant, a tout liquidé à ses dépens.

Puis il a cédé *l'Europe* comme journal à une société

nouvelle, dont M. Lefebvre a été le gérant. Moi qui n'avais
rien mis dans *l'Europe* de M. Bohain qu'une histoire de
Napoléon extraite du *Médecin de campagne*, je travaillai
beaucoup à la deuxième *Europe littéraire*, dont M. Lefebvre
était le gérant. Le gérant d'une société est le seul administrateur légal ; sachons bien ceci. Mais cette société, voyant
qu'il fallait énormément de fonds, s'assembla pour se
tâter les capitaux ; il fut résolu d'abandonner *l'Europe*.
Dans ces conjonctures, *Eugénie Grandet* parut. Comme la
société allait se dissoudre et que nous ne savions pas dans
quelles mains tomberait le journal, je déclarai à l'un des
hommes les plus éminents de la justice consulaire, et qui
aujourd'hui occupe une fonction élevée dans le corps muni-
cipal de la ville de Paris, qui alors était bailleur de fonds
de cette deuxième *Europe*, que je ne continuerois pas *Eugénie
Grandet*, s'il quittait le journal, parce que s'il ne lui donnait
pas ses fonds, lui homme riche, je ne donnerais pas ma prose,
moi homme pauvre, parce que *six mille francs*, qu'il devait
ajouter aux six mille francs perdus, étaient moins pour
lui que *deux mille francs* pour moi. Je ne cite pas le nom
de ce magistrat, il n'est pour rien dans tout ceci, il peut
regarder la presse comme très venimeuse, il peut ne pas
aimer à figurer dans une affaire judiciaire, même pour
jouer un beau rôle, mais il ne me démentira pas, même
sous le manteau de la cheminée ; car, avant d'écrire ceci,
je l'ai prié de consulter ses souvenirs.

— Deux mille francs, *Eugénie Grandet*! dit-il avec une
franchise commerciale qui est dans son caractère, qu'est-
ce que c'est donc?

— C'est une œuvre toute faite, ce qui arrive rarement
aujourd'hui.

Comme j'avais eu un procès dans ce temps pour *le
Médecin de campagne*, et qu'on commençait à me calomnier, le magistrat me prit à part et me dit :

— Je vous avoue que je ne donnerais pas deux mille
francs d'une chose qu'il faudrait attendre ; je suis commerçant : quand je paie, je veux être livré.

Je l'invitai à venir me voir, et il parcourut le manuscrit entier d'*Eugénie Grandet*. Il me pria d'attendre six
jours avant d'en disposer, car il ne savait pas encore s'il
soutiendrait ou non *l'Europe* ; il s'en abstint, et fit bien.
Le lendemain, il m'écrivit qu'il quittait *l'Europe littéraire*.

Ici commença la troisième *Europe littéraire*, celle de
M. Feuillide. Pour montrer le cas que les juges doivent
faire de la lettre de M. Feuillide, je n'ai qu'à rapporter la
déclaration que M. Lefebvre, le gérant de la deuxième
Europe m'a remise, écrite entièrement de sa main, et que
j'ai portée au juge.

« Je soussigné déclare à M. de Balzac renoncer à exercer
tout recours contre lui pour les publications d'un ouvrage
intitulé *Eugénie Grandet* ; en conséquence, ledit M. de
Balzac est autorisé à publier ledit ouvrage, où et quand
bon lui semblera, y compris ce qui en a été inséré dans
l'Europe littéraire, considérant que la fin ne peut être séparée
du commencement.

» *Paris, 1er octobre 1833.*
» Le Gérant du Journal,
» Lefèvre. »

Ceci est concluant, je pense, et coïncide, comme vous
le voyez, avec mon récit. M. Feuillide prétend que je
devais à *l'Europe littéraire* des sommes importantes. Si
quelqu'un pouvait le savoir, c'était certes M. Lefebvre,
et quand on se retire d'une mauvaise affaire, généralement
les gérants la liquident. Liquider, c'est payer ce qu'on
doit et se faire payer ce qui est dû. Si j'avais dû quelque
chose, il est clair que M. Lefebvre ne m'aurait pas laissé
vendre à madame Béchet ce qu'il aurait déjà payé, sans me
réclamer son dû ; loin de là, il se départit de ses droits,
pour m'en faciliter la vente. Ceci me semble d'une excessive clarté, et dément, pièces à l'appui, la lettre de M. Feuillide dans le journal duquel je n'ai rien mis. Voici pourquoi.
M. Feuillide prit des arrangements pour acheter *l'Europe*
pendant que j'imprimais (de novembre à décembre)
Eugénie Grandet, et, quand le journal parut sous une autre
forme typographique, j'étais en Suisse, où je passai trois
mois ; je ne pouvais lui prêter le secours de ma plume ;
d'ailleurs, il fit un article contre ma collaboration qu'il
trouvait trop chère, et, comme je suis forcé de le dire,
vivant de ma plume, ayant des obligations, je ne pouvais
pas donner gratis ce que madame Béchet achetait fort cher.

Je ne dirai pas comment a fini *l'Europe littéraire* pour
M. Feuillide, j'ai la religion du malheur. Mais il m'est
permis de dire qu'en écrivant de semblables lettres contre

moi, M. Feuillide abuse de sa position et de la mienne ; il a l'estime et l'amitié de M. Buloz, il peut se passer de M. de Balzac.

Ceci n'est concluant qu'en raisonnement ; mais j'aime mieux les faits.

L'Europe de M. Lefebvre m'a donné douze cents francs. D'accord. Que devais-je ? Soixante colonnes, car on me les payait vingt francs, et je crois que le compte sera juste, si je prouve que j'ai fait soixante colonnes.

La *Théorie de la démarche*, retirée de la *Revue de Paris* pour *l'Europe*, en a fait trente-six ou quarante, que j'ai chez moi.

La *Persévérance d'amour*, conte, a donné vingt colonnes ; je n'ai pas les colonnes, car elles ont servi de manuscrit pour mon troisième dixain de contes drolatiques où le conte fait quatre-vingts pages ; cependant, je puis faire erreur, n'ayant pas les pièces sous les yeux.

Les deux premiers chapitres d'*Eugénie Grandet* ont fait entre vingt et trente colonnes.

Voici de bon compte entre quatre-vingts ou quatre-vingt-cinq colonnes. Total, *seize cents francs.*

Comprenez-vous, maintenant, la quittance de M. Lefebvre ? Mon prix de vingt francs est stipulé par un acte particulier, revêtu du timbre de l'étude de Me Clausse, et qui déroge pour moi seulement aux conventions faites avec les autres collaborateurs.

Il est une phrase proverbiale qui nomme ce qui se fait ici, *laver son linge en public* ; que la honte de ces explications, qui ne révèlent en moi que travail et pauvreté, retombe sur ceux qui les ont provoquées. Quand par hasard j'ai reçu de la boue en passant dans la rue, je me brosse tranquillement chez moi, sans croire que mon honneur en ait souffert.

Il y a cela d'utile, que ma cause contre MM. Buloz et Bonnaire est maintenant dégagée de tout ce qu'ils y ont apporté d'étranger. Voici les faits dans toute leur simplicité. Si j'avais quelque méchanceté dans le caractère, j'aurais pu rendre ce récit beaucoup plus piquant, mais si je dois quelques succès *au vrai* dans mes conceptions, je crois qu'il ne faut pas le déserter sous les yeux de la justice. Ces explications sont longues, fastidieuses peut-être. Mais la calomnie fait le mal avec une seule phrase, plus ou moins spirituelle, et il faut des pages pour rétablir l'ensemble de petits faits dont se compose la vie de tous les jours, à laquelle s'adresse la calomnie ou l'injure. Or, dites-le-moi, vous qui me lisez, le hasard fait que le malheur m'a rendu défiant, mais avouez que s'il fallait qu'un artiste tînt compte de ses moindres actions, s'il fallait écrire sa vie tous les soirs, comme sa dépense, avec des pièces justificatives, la vie ne serait pas tenable?

Maintenant, il faut savoir qu'au moment où MM. Buloz, Bonnaire, Brindeau et M. de Saint-Joseph qui appartient, je crois, au tribunal de première instance de la Seine où je suis jugé, achetèrent la *Revue de Paris*, j'avais les plus légitimes motifs de défiance contre M. Buloz.

Voici les faits.

M. Buloz est un homme de courage, d'une grande ténacité, à qui j'ai attribué d'abord une connaissance des hommes, mais qui gâte ses qualités par des défauts dont je ne veux pas parler : ici toute censure serait en moi suspecte ; je raconte et ne juge pas. J'espère me conduire jusqu'au bout de cette narration en honnête homme outragé qui explique les faits et non en écrivain rancuneux. Si la *Revue* n'avait rien dit hier, si ces deux hommes avaient laissé le procès où il devait être, devant les juges ; si au lieu de faire du scandale, ils avaient laissé l'affaire suivre son cours, je vous le jure, je leur aurais fait l'aumône de mon silence. Si cette défense voit le jour, ils l'ont quêtée, sollicitée. M. Buloz, lassé d'être correcteur, plein d'ambition, ce qui est louable chez tous les hommes, acheta la *Revue des Deux Mondes*, au moment où la *Revue des Deux Mondes* était tombée, et n'avait plus d'abonnés. A cette époque, en 1831, je crois, M. Buloz, quoique malade, courait dans tout Paris, pour ramener les abonnés fugitifs : il allait de l'Arc de l'Étoile au faubourg Saint-Antoine, endurait à tous les étages toutes les raisons de tout abonné récalcitrant, et il arrivait à l'Observatoire, chez moi, dans mon pauvre logis, et me contait ses douleurs en me demandant mon secours. Je fus pénétré d'admiration pour cette lutte insensée! Car on crée un nouveau journal, mais on ne plonge pas un vieux journal dans la cuve d'Éson. Mais moi-même j'avais entrepris une lutte insensée! Je combattais la misère avec ma plume! Je voulais payer une dette immense pour moi, et vivre honora-

ument méumé

gmentgment

blement. Je voulais arriver à ce grand résultat avec une plume d'oie, une bouteille d'encre et quelques mains de papier, dans une ville où le littérateur n'a point de crédit, et où il faut non seulement du talent, mais du bonheur, et encore travailler nuit et jour pour gagner six mille francs par an. Moi qui devais huit mille francs d'intérêts annuels pour les capitaux dus! n'était-ce pas folie? J'entrepris cette lutte au moment où, pour moins, un de mes amis dont le suicide fut célèbre, se brûlait la cervelle. Je ne sais quoi de fraternel me portait vers M. Buloz, ex-correcteur comme j'étais ex-imprimeur. Souvent nous partagions le modeste, le frugal dîner que je n'ai pas cessé de faire. Quoique les feuilles de la *Revue des Deux Mondes*, d'une *justification* exagérée, accumulassent quarante mortelles lignes et cinquante-six exécrables lettres, ce qui dévorait le manuscrit, et qu'à cette époque, je fusse loin de connaître la langue avec laquelle je me débattais, je donnai d'abord à M. Buloz mes feuilles à cent, et cent vingt francs; il me paya cent cinquante francs les dernières, lorsque l'abonné, ramené par ses efforts, revint au bercail. J'en fis énormément : *l'Enfant maudit, le Message, le Rendez-vous*, etc. M. Rabou dirigeait la *Revue de Paris*, et me laissait volontiers secourir M. Buloz, au succès duquel il ne croyait pas. Je donnais à la *Revue des Deux Mondes* pour cent francs, ce que la *Revue de Paris* me payait cent soixante francs. Et remarquez que je ne demandais à M. Buloz ni vasselage, ni éloges, ni rien. Il parle aujourd'hui de mon amour-propre excessif! Je ne me suis jamais imposé à quelque journal que ce fût; mais à lui je n'ai jamais demandé une ligne, ni pour moi ni pour mes amis; certes, un de ses supplices sera d'avoir à lire ma réplique : qu'il me démente, qu'il cite ce que j'ai fait insérer, moi, que son avocat accuse de connivence avec les *réclames*! moi qui, souvent sollicité par M. Buloz de faire ce que l'on nomme des *têtes d'articles* à des citations prises dans mes livres, n'ai jamais pu formuler une ligne sur moi-même. J'ai essayé. Ou je m'encense trop, et c'est ridicule; ou je me critique, et c'est dangereux, parce qu'il n'y a que moi qui connaisse bien mes défauts. Aussi mes libraires se sont-ils fâchés de ce que je ne savais pas faire ce que les autres faisaient pour eux-mêmes très bien. Eh bien, après deux ans, je publie les *Contes drolatiques*; je le dis avec un courage qui sera mal apprécié, cette œuvre est la plus originalement conçue de cette époque, ce livre n'est pas un pastiche comme on le dit, car il n'y a pas d'œuvre qui puisse être construite de *centons* pris dans Rabelais, quand ces prétendus centons font déjà trois volumes. Non, mes contes sont écrits *currente calamo* dans l'esprit du temps. Aussi, pour échapper à toute contestation, ai-je signé cette œuvre de rénovation littéraire. Si j'en avais fait l'objet d'une plaisanterie à la Macpherson, je n'en aurais point eu la gloire. Si jamais un journal a dû soutenir une œuvre, n'était-ce pas celle-ci ? Savez-vous ce que fit M. Buloz ? Il imprima quatre lignes foudroyantes que je ne rapporte pas : il s'agit d'une accusation d'obscénité que je mérite comme la *Vénus* de Pradier la mérite, comme la *Vénus* de Houdon, comme toutes les statues la méritent. Il tua le livre, et cependant, il m'avait égaré les épreuves d'un volume in-8°, intitulé *l'Absolution*, et je ne m'étais pas plaint.

Je l'avoue, mes répulsions, après de semblables traits, sont implacables, je désertai la *Revue des Deux Mondes*, qui me fut toujours hostile. M. Buloz prétend, dans son article de dimanche 29 mai, que ce sont de griefs semblables que je me plains encore, et que je trouve que la *Revue* me traitait en termes irrévérencieux ; il me semble qu'il est bien facile de contenter un rédacteur qui ne demande que le silence.

Quand MM. Antoine de Saint-Joseph, Bonnaire et Brindeau achetèrent la *Revue de Paris*, le bruit courut que la *Revue des Deux Mondes* était pour beaucoup dans cet achat ; je déclarai à M. Brindeau que je ne traiterais jamais avec M. Buloz, et M. Brindeau m'assura qu'il était seul et unique directeur. Ce fut avec lui que je traitai, et c'est surtout dans son traité que se trouvent expliquées les clauses sans lesquelles je ne traitais plus avec aucun journal, et relatives au temps pendant lequel je rentrais dans la propriété de mes articles, en stipulant que la *Revue* n'en avait l'usage que pour le service de ses abonnés. Il est faux que j'aie alors couru après la *Revue*, comme le dit M. Buloz. M. Brindeau vint plusieurs fois chez moi, me trouva très dégoûté des recueils périodiques, et m'assura que, n'étant point littérateur comme M. Pichot, et ne voulant point l'être, il veillerait à ce que je n'éprouvasse aucun désagrément. M. Brindeau quitta la *Revue* parce que, disait-il, il ne pouvait pas y avoir deux soleils, et il y laissa la planète de M. Buloz régner en liberté. Ce fut au moment de reparaître à la *Revue de Paris*, sous la direction de M. Brindeau, qu'eut lieu une polémique entre M. Pichot et moi. Dès que je parlai de Pickersghill, de Sheridan Junior et de Saint-Michel dont les articles avaient ennuyé beaucoup de lecteurs, quoique M. Pichot, désespéré de mes mots *dignité personnelle*, en demandât l'explication, la polémique cessa. M. Pichot est revenu en pleine audience m'attaquer, et vous pouvez apprécier sa générosité en cette dernière rencontre : mon avocat, ignorant les lettres données la veille à mes adversaires, se trouvait hors d'état de les combattre.

M. Buloz reparut chez moi, il me fit solliciter par des tiers, j'ai des témoins de ses promesses, de ses regrets ; s'il ne pleura pas comme M. Mendizabal, il fut si explicite qu'un de mes amis me dit : — Si, après cela, il vous trahissait, ce serait un...

Ce fut alors que, par une lettre approuvée par lui, qui fait pièce au procès, il stipula les conditions suivantes :

La *Revue* n'avait l'usage de mes articles que pour le service de ses abonnés.

Je rentrais dans tous mes droits trois mois après la publication.

J'abandonnais cinquante francs, sur le prix de deux cent cinquante francs, fait avec M. Brindeau, pour les corrections dont on ne devait plus me parler.

Je consentais à finir *Goriot* sur ce pied-là, et à finir *Séraphita*, et je promettais les *Mémoires d'une jeune mariée*, titre friand, que M. Buloz s'empressa d'annoncer. Mais, au lieu de porter à mon cou le collier d'un rédacteur attaché à la *Revue*, je pouvais faire des conditions à chaque article pour le prix, et travailler ailleurs.

Eh bien! malgré d'apparentes preuves d'obligeance, qui furent sincères sous le rapport pécuniaire, M. Buloz a si bien continué le métier que M. Pichot faisait avec moi ; la *Revue* m'était si hostile, qu'au moment où j'appris la vente à Saint-Pétersbourg, mes éditeurs refusant d'envoyer mes livres à l'une et l'autre revues, tant ils y étaient maltraités. Et qu'avais-je demandé à M. Buloz ? Le silence le plus absolu sur moi et mes ouvrages. Je ne saurais rapporter les personnalités gauches que M. Buloz laissait passer dans les articles de quelques collaborateurs ; mais je me trouvais certes à la *Revue* dans la situation d'un homme qui, dans un salon, ne reçoit le salut de personne, et que le maître du logis ne fait pas respecter ; dans ces conjonctures, un homme d'honneur prend son chapeau et s'en va. C'est ce que je voulais faire après la publication du *Lys*, lorsque j'appris l'abus de confiance dont j'étais victime.

M. Buloz, pour atténuer la gravité de son délit, a prétendu hier que *la Fleur des pois*, livre publié par madame Béchet, avait paru aussi à Saint-Pétersbourg, et que je n'attaquais point madame Béchet. Comme madame Béchet n'a que le droit de publier une édition dont le nombre d'exemplaires est déterminé, madame Béchet était en faute ; je me suis plaint et elle m'a, dans le temps, écrit une lettre par laquelle elle me mandait que M. Bellizard de Saint-Pétersbourg avait demandé communication des premières feuilles pour juger si l'ouvrage serait ou non défendu en Russie, afin de savoir s'il en prendrait ou n'en prendrait pas son nombre habituel d'exemplaires. Elle a donné les neuf premières feuilles, et le libraire les a insérées dans sa *Revue*. J'ai été convaincu de la bonne foi de madame Béchet, qui s'est engagée à ne plus rien communiquer ; mais elle ignorait que ces feuilles eussent paru, et c'étaient des *bonnes feuilles*, c'est-à-dire des feuilles tirées et prêtes à être brochées ; ce n'étaient pas même des *bons à tirer*, car les miens sont encore très chargés de fautes.

J'ai maintenant à discuter la déclaration que quelque gens de lettres ont mise à la sollicitation de M. Buloz, hier dans la *Revue de Paris*, et parmi lesquels le nom de M. Sue ne m'a pas médiocrement étonné, car il n'a pas publié deux articles dans la *Revue de Paris* ; il en est de même de M. Dumas. Mais j'accepte ces messieurs, et la fusion des deux *Revues* dans cette affaire est naturelle, elles appartiennent toutes deux à MM. Buloz et Bonnaire. Cette déclaration si haineusement préparée, prouve assez ce que j'ai dit, dans le cours de cet historique, sur les mauvaises dispositions des *Revues* envers moi. J'ai peu de choses à répondre à cette pièce qui me semble tachée de vin de Champagne, tant elle est absurde! M. Janin y prétend que, pour éviter la contrefaçon, il n'y a pas de meilleur moyen que celui de livrer ses manuscrits à l'étranger, comme M. Buloz a livré les miens. Ceci ressemble au proverbe de Gribouille, qui se jette à l'eau pour éviter la pluie. Si j'avais le temps, je coifferais M. Janin avec ses propres articles publiés dans la *Revue*, à propos de sa polémique contre les contrefaçons ; mais je l'engage à les relire, et il avouera que je ne saurais être aussi éloquent dans ma propre cause qu'il l'a été contre les misérables qui prenaient dans ce temps-là le chemin le plus court pour arriver à son *Chemin de traverse*. Je lui fais grâce du parti que je pourrais tirer en ce moment de M. Janin parlant aux Belges, contre M. Janin parlant à M. Buloz. Quand il me trouvera dans d'aussi terribles contradictions, qu'il ait envers moi l'indugence que je lui témoigne ici.

Cette déclaration dont les signataires ne sont plus que sept (nous pouvons emporter M. Janin hors du champ de bataille), nuit singulièrement à M. Buloz. Il y a soixante rédacteurs à la *Revue* ; les signataires ne donnent pas l'opinion de la majorité, car ils forment à peine un dixième, en comptant MM. Sue et Dumas pour une moitié de rédacteur, puisqu'ils n'y ont pas mis grand-chose. Je n'y vois ni M. Nisard, ni M. Nodier, ni M. Sainte-Beuve, ni M. Hugo, ni M. Rabou, ni M. Véron, ni M. Mérimée, ni M. Scribe, ni M. Pichot qui, comme rédacteur, valait cinq personnes, et qui, comme directeur, était bien autrement important. Mais M. Pichot, homme d'honneur et loyal (à part ses haines littéraires), signerait-il une déclaration semblable, quand il a signé jadis des conventions où il est dit le contraire par rapport à moi. Pour rétablir un droit aussi directement opposé au bon sens, il fallait des signatures autres que celle de M. Loëve-Veimar, qui, ayant fait plus de traductions que d'œuvres originales, se trouve naturellement contrefait, puisque Hoffmann est à Berlin en allemand avant d'être à la *Revue* en français ; il fallait des hommes qui eussent, comme M. Janin, à se plaindre des contrefaçons. Enfin, les magistrats apprécieront la valeur d'une déclaration qui se produit le 29 mai, dix jours après les concluantes et nobles plaidoieries de Mᵉ Boinvilliers, qui ont pu effrayer M. Buloz, et cinq mois après l'assignation donnée. Eh quoi! de votre propre aveu, fait dans votre compte rendu, vous saviez dès le 30 décembre 1835 sur quoi portait une plainte qui vous menaçait du juge

extraordinaire, et au lieu de rassembler tous les rédacteurs
pour fixer un point aussi grave, vous avez employé votre
temps à curer les égouts de la presse pour y trouver des
pierres à me jeter, vous avez été réveiller des passions
endormies, vous avez été demander à un médecin, chevalier
de la Légion d'Honneur, une ordonnance de contradiction
avec lui-même, préparée selon la formule, espérant m'en
empoisonner ? Ne valait-il pas mieux un peu moins songer
à une vie irréprochable et penser un peu plus à votre
défense ?

Cette déclaration est incompréhensible. Ou elle est une
complaisance sans conséquence, ou elle est sincère. Si elle
est sincère, l'attribuerons-nous à une réaction du feuilleton
contre les livres ? Mais je ne crois pas que ces messieurs
dont je ne suis en rien ni le rival ni l'égal, l'aient dirigée
en haine de ma personne, ils n'ont à me reprocher que le
mal qu'ils ont souvent dit ou écrit contre moi.

Voici d'ailleurs cette pièce, *justificative* dit la *Revue* :

« MM. les directeurs de la *Revue de Paris*, nous demandant s'il n'a pas toujours été dans l'usage entre nous de
tolérer la communication de bonnes feuilles de nos articles
à la *Revue étrangère* de Saint-Pétersbourg, dans le but de
combattre les contrefaçons belges et allemandes *, nous nous
faisons un devoir de déclarer que nous n'avons jamais pu
songer à refuser notre assentiment à une communication
qui sert la *Revue*, sans porter préjudice à nos intérêts.

» *Paris, le 26 mai 1836.*
» Alex. Dumas.   Léon Gozlan.
Roger de Beauvoir.
Frédéric Soulié.   E. Sue.
Méry. »

* Bruxelles possédera nos œuvres beaucoup plus promptement,
si on les publie à Saint-Pétersbourg deux mois avant de les publier à
Paris, et la Belgique les répandra sur nos frontières, avant que Paris
ne les édite. Ces messieurs ont dépensé tant de logique et de pénétration pour leurs œuvres qu'ils n'en ont plus trouvé pour ce pro-
tocole. M. Loëve fera peut-être mieux les affaires de M. Thiers
à Saint-Pétersbourg, qu'il ne fait ici celles de Buloz. Je ferai observer que MM. Soulié, Roger de Beauvoir et Méry n'ont commencé
leur collaboration à la *Revue* que depuis deux ans. Il n'y a de rédac-

« Je dis plus, — et c'est tout à fait le droit de la *Revue*. La contrefaçon, cette ruine de la littérature moderne, étant malheureusement dans le droit des gens, quoi de plus juste que de se contrefaire soi-même? Ainsi fait la *Revue* quand elle peut.

» Jules Janin. »

« Non seulement je regarde cette faculté de communiquer nos feuilles aux revues étrangères comme un droit concédé par nous à la *Revue de Paris*, qui, sous les directions successives de M. Véron, de M. Pichot, et sous la direction actuelle, a rendu tant de services aux gens de lettres ; mais je pense que c'est le moyen le plus puissant d'attaquer la contrefaçon belge, qui nuit tant aux intérêts des gens de lettres en France. Une évidente mauvaise foi * peut seule élever un différend à ce sujet.

» A. Loëve-Veimars. »

Ah, mes maîtres! quelle tendresse vous prend pour la contrefaçon russe, et quelle exécration vous portez à la contrefaçon belge ; je crois que, si mon affaire avait eu lieu à Bruxelles, vous vous déclareriez pour la Belgique contre la Russie. Ce qui est horrible à Bruxelles devient donc charmant à Saint-Pétersbourg! Il y a donc deux contrefaçons : une abominable, et une profitable ; celle qui me nuit et que vous protégez, et celle que vous haïssez pour votre compte ; la contrefaçon n'est donc pas partout la contrefaçon? Il faut donc aller porter nos manuscrits à genoux à M. Bellizard, dans l'intérêt de MM. Bonnaire et Buloz. Je ne puis m'empêcher de rire de cette déclaration et de ceux qui l'ont demandée. Quant à ceux qui l'ont signée, je les plains.

teurs nés avec la *Revue* que MM. Léon Gozlan, Janin et Loëve-Veimar, lesquels signent, contre leurs intérêts, une déclaration qu'aucun directeur n'approuve. C'est ce qui s'appelle *se crever un œil pour en crever deux à son voisin*. (*Note de l'Auteur*.)

* Quand la haine va jusque-là, on ne peut que se féliciter d'avoir de semblables ennemis. Où est la mauvaise foi ? Chez celui qui VEND ce qui lui est interdit de vendre, et qui le vend pour faire un tort immense au propriétaire, ou chez le propriétaire qui se plaint d'une double trahison, l'abus du droit et l'abus de la chose ? (*Note de l'Auteur.*)

Mais, pour contre-balancer les déclarations par les déclarations, j'annonce avoir entendu parler de certain traité
par lequel M. Buloz accorde *cent francs* par feuille à George
Sand, en sus du prix convenu, pour avoir le droit de *communiquer* les bonnes feuilles aux Russes, pourvu que George
Sand les donne quinze jours avant que l'article paraisse à
Paris. Comme George Sand est un auteur engagé avec
M. Buloz, je ne puis offrir que le témoignage de la personne qui
a fait faire le marché. M. Buloz a payé à M. Gustave Planche
deux fois le prix d'un article sur Mérimée inséré dans la
Revue des Deux Mondes, afin de pouvoir le vendre à Saint-
Pétersbourg. Ceci, M. Planche l'attesterait au besoin. Il en
est de même, je crois, pour M. Fontaney qui signait *Lord
Feeling*.

Ceci contredit un peu *l'usage* que M. Buloz voudrait
faire croire établi aux *Revues*. Quand même cet usage
existerait, il ne signifie rien dans la jurisprudence sans
règles fixes qui gouverne notre pauvre propriété littéraire.
Chacun fait son contrat comme il veut : autant de livres et
d'articles, autant de ventes et de conditions différentes.
On peut donner ses articles pour rien même, si on le peut ;
mais ceux-là personne ne les demande : il n'y a pas de manuscrit qui coûte plus cher que ceux qu'on ne paie pas.
M. Janin peut prendre la poste et aller porter ses manuscrits
lui-même à Bruxelles ; M. Sue peut monter sur un vaisseau
et s'aller vendre en Grèce ; M. Loëve-Veimar peut forcer
ses éditeurs, s'ils y consentent, à opérer de ses œuvres
futures autant de contrefaçons qu'il y a de langues en
Europe, tout cela sera bien ; nous faisons nous-même
notre droit, la *Revue* est aujourd'hui comme un libraire.
Or, mes conventions sont faites, écrites, elles sont sous les
yeux du juge, elles ne sont pas niées et portent que je ne
donnais à la *Revue de Paris* mes articles que pour être insérés
seulement dans la *Revue*, et non ailleurs. Si l'on pouvait
abuser de ma propriété littéraire, à quoi donc aurait servi
la clause par laquelle je rentrais, après trois mois, dans mes
droits ? Un enfant jugerait cela dans son innocence. Mais
combien l'abus de confiance n'est-il pas odieux ici ? Quoi que
vous fassiez, il est une règle certaine qui domine toute cette
affaire, et la voici. L'œuvre n'appartient au journal que
quand elle est parfaite, que l'auteur y a apposé ces mots
significatifs : *Bon à tirer* ! Or, vous l'avez vendue informe,

tout en la vendant en fraude de mes droits ; elle a paru à Saint-Pétersbourg deux mois avant de paraître à Paris. Ceci est une hache qui vous tombe sur le cou à tout moment, car la Revue de Saint-Pétersbourg est arrivée à Paris à votre honte, marchand d'épreuves en *têtes de clous*. Sentant votre cause mauvaise, vous avez supposé un jugement qui n'existe pas ; vous m'avez noirci dans l'opinion ; vous êtes sorti de chez vous pour aller faire écrire des articles mensongers, faits par des écrivains à vos gages ; vous avez été chez un libraire haineux, parce qu'il a contre lui une sentence arbitrale dont les magistrats peuvent lire les dispositions ; vous avez été chez le médecin sans mémoire, auteur du *Perroquet de Walter Scott* ; vous avez été chez M. Feuillide chercher des lettres que je contredis par des pièces heureusement conservées à travers les orages d'une vie occupée ; vous vous êtes moqués, en plein tribunal, du *Lys dans la vallée*, que vous me demandez. Que faisais-je, moi ? Moi, armé de pièces, de lettres, de souvenirs, pendant cette bourrasque de feuilletons, de jugements qui sont insérés dans dix-sept journaux, sans compter la province, je me taisais, j'attendais le jour du jugement. Il a fallu que je lusse l'infidèle récit de la *Gazette des Tribunaux* ; il a fallu que pour dernière provocation, la *Revue de Paris* vînt enfin me réveiller. Si nous avons perdu les improvisations de mon éloquent ami et avocat Boinvilliers, surpris d'ailleurs par des lettres sur lesquelles il ne devait pas compter, parce qu'elles sont en dehors de la cause, ce récit, sans les remplacer, aura du moins le mérite de bien expliquer les faits, et pourra servir à la Biographie de quelques contemporains. Ceci terminera le débat entre nous. A vendredi, le jugement du tribunal !

Pressé par le temps, n'ayant qu'un jour, ce précis peut faillir par la précision, par la construction de phrases mal sonnantes ; mais chacun comprendra qu'en cette affaire littéraire, la littérature doit céder le pas à la vérité due au tribunal et au public, à la généreuse indignation d'un écrivain à qui la calomnie se trouve ici trop pesante. Vous m'avez tous porté des coups qui peuvent saigner encore dans quelques mémoires chères, qui peuvent encore affliger mes amis, quand le public aura tout oublié, et M. Pichot aussi. Quant à moi, je vous pardonne. Dans sa lutte avec les hommes et les choses, Beaumarchais a trouvé ses

deux diamants, *le Barbier* et *le Mariage*, et il y a de la comédie dans tout ceci.

Lundi 30 mai.

J'avais dit : « A vendredi, le jugement! » Ce jugement,
le voici :

« LE TRIBUNAL, etc.

» Attendu que si le sieur de Balzac avait promis de
donner à la *Revue de Paris* un ouvrage non encore composé
et qui devait être intitulé : *Mémoires d'une jeune mariée*,
le sieur de Balzac a depuis renoncé à la composition de
cet ouvrage et offert en remplacement aux propriétaires
de la *Revue*, *le Lys dans la vallée* ;

» Attendu que les *Mémoires d'une jeune mariée* n'étant
pas encore composés au moment où ils ont été promis, il
est évident que c'est au nom seul de l'auteur et non à
l'ouvrage en lui-même que les propriétaires de la *Revue*
attachaient de l'importance :

» Qu'ils n'avaient donc aucun motif de refuser l'ouvrage
nouveau qui leur était offert, qu'ils ont effectivement
accepté cet ouvrage et en ont commencé la publication ;

» Que rien ne prouve que le sieur de Balzac se soit
engagé à fournir tout à la fois les deux ouvrages, et que le
contraire est même prouvé, puisque la *Revue* a cessé d'annoncer la publication des *Mémoires d'une jeune mariée* à
l'époque où elle a commencé à publier *le Lys dans la vallée*,
ce qui démontre qu'il y avait eu substitution d'une œuvre
à une autre ;

» Attendu que si le sieur de Balzac n'a pas donné à la
Revue de Paris la fin du *Lys dans la vallée*, il a eu un motif
légitime pour se refuser à l'acccomplissement de son enga-
gement :

» Qu'en effet, les propriétaires de la *Revue* ont indûment
disposé des épreuves du *Lys* en faveur de la maison de librairie Bellizard et Cie, de Saint-Pétersbourg ;

» Attendu que si les propriétaires de la *Revue de Paris*
ont pu de bonne foi se croire autorisés, par un usage assez
général, à disposer des épreuves en faveur de la *Revue
étrangère* de Saint-Pétersbourg, ils ont néanmoins à s'im-
puter d'avoir livré ces épreuves encore informes et non

revêtues du *bon à tirer* ; qu'il est résulté nécessairement de cette publication ainsi faite un préjudice moral pour le sieur de Balzac, mais ce préjudice n'est pas appréciable en argent ;

» Que ce préjudice d'ailleurs se trouve atténué par la publication faite par la *Revue de Paris*, conformément à la rédaction définitivement arrêtée par l'auteur ;

» Attendu, d'autre part, que les annonces faites dans certains journaux d'une condamnation par défaut contre le sieur de Balzac, *laquelle n'existe pas*, ne peuvent motiver une action en dommages-intérêts contre les propriétaires de la *Revue de Paris*, puisqu'il n'est pas prouvé qu'ils soient les auteurs de ces annonces ;

» Attendu enfin que le sieur de Balzac a offert réellement aux propriétaires de la *Revue de Paris* la somme de deux mille cent francs montant des avances par eux faites audit sieur de Balzac pour articles littéraires qu'il devait leur livrer ; que ces offres sont reconnues suffisantes ;

» Le tribunal déclare les offres réelles et la consignation qui s'en est suivie bonnes et valables ; déclare en conséquence de Balzac quitte et libéré ; autorise les propriétaires de la *Revue de Paris* à retirer la somme consignée ;

» Déclare les parties respectivement non recevables et mal fondées dans tous leurs autres chefs de demandes et conclusions ;

» Et CONDAMNE *les demandeurs* pour tous dommages-intérêts aux dépens, que de Balzac est autorisé à prélever sur la somme consignée. »

Je crois le jugement tout à fait en harmonie avec ma défense ; et s'il n'est pas convenable de remercier les magistrats d'avoir rendu la justice, il peut être permis à l'auteur de faire observer au public la grandeur avec laquelle le tribunal a apprécié le résultat des travaux littéraires, en déclarant que des indemnités pécuniaires ne pouvaient compenser les préjudices qu'on y porte.

S'il ne s'agissait pas ici des intérêts communs de la littérature, je ne me serais permis aucun commentaire sur un jugement aussi complet. Le tribunal a jugé tout ce qu'il avait à juger ; le public jugera le reste.

Vous remarquerez enfin que *le Lys dans la vallée* était prêt, car l'éditeur n'aura mis entre le jour où le jugement est rendu et le jour de la mise en vente que le temps voulu pour faire ses annonces et ses dispositions.

Enfin voici cet ouvrage pendant la composition duquel j'ai subi tant d'amers chagrins, d'odieuses attaques et de basses persécutions ; s'il s'y trouve quelques fautes, vous les imputerez au peu de liberté dont jouissait mon esprit.

Vendredi, 2 [sic *pour 3*] *juin.*

De Balzac.

ÉCHANTILLONS DE LA CRITIQUE

Le monde sait ou ignore qu'il existe dans un de nos douze arrondissements le bureau d'un journal hebdomadaire intitulé *Chronique de Paris*, dont les principaux rédacteurs habitent Nanterre. Ce recueil est imprimé en nonpareille et ne peut se lire à l'œil nu. Il enverra un télescope sous bande et franc de port à chacun de ses abonnés, quand il en aura.

En attendant, ce recueil a été vendu le jour de Noël de l'an dernier. Il a été acheté par une compagnie de capitalistes et de gens de lettres culminée par M. de Balzac, et payé la somme de deux cent soixante et dix livres, moitié comptant, moitié en billets.

En se mettant à la tête de cette vaste opération et de cette importante entreprise, M. de Balzac était dirigé par plusieurs motifs.

D'abord, il était importuné des bruits qui couraient sur son luxe. La pomme d'or de sa canne était évaluée trente mille francs dans les départements ; cela lui faisait du tort. On disait dans Paris que son appartement, assez vaste pour réunir toutes les femmes de trente ans de la capitale, était splendidement décoré et tendu en percaline relevée par des chefs d'or. En versant ses fonds dans l'industrie littéraire, M. de Balzac fait tomber toutes ces médisances. Il a fredonné, en signant l'acte, ce refrain de Boïeldieu :

> *Et l'on ne dira pas que je fais des folies,*
> *Car j'achète un journal, de mes économies !*

Propriétaire d'un recueil, M. de Balzac a pensé qu'il n'était ni convenable, ni avantageux de loger ses nouvelles en

garni dans les recueils des autres. Il a donc déclaré authenti-
quement qu'il n'écrirait plus que dans son journal.

Trois femmes de trente ans, dont deux de quarante-huit,
se sont aussitôt abonnées à la *Chronique-Balzac.*

Mais en faisant cette déclaration, M. de Balzac a oublié
qu'il avait des engagements antérieurement pris avec divers
journaux et revues, qu'il a passé des traités et reçu des
avances pour sa collaboration. M. de Balzac, qui est homme
d'affaires, qui a été négociant avant d'être littérateur, ne
doit pas ignorer la valeur de ses engagements.

M. de Balzac ne peut en aucune façon se refuser à fournir
à la *Revue de Paris*, le *Lys dans la vallée*, dont le commencement a paru, et dont la totalité a été payée d'avance.
Il ne peut se refuser à lui livrer les *Mémoires d'une jeune
mariée*, qu'il s'est engagé à lui donner et sur lesquels il a
touché des avances. M. de Balzac ne peut penser qu'il sera
quitte en remboursant les sommes qu'il a reçues. La *Revue
des Deux Mondes* a accepté le remboursement de M. Gustave
Planche, qui a déclaré transporter ailleurs sa critique ;
mais ce que l'on fait volontiers pour l'un, on peut ne pas le
faire pour l'autre. La critique de M. Planche peut aller où
bon lui semble sans qu'on la retienne. C'est une fille sans
conséquence ; mais la nouvelle de M. de Balzac, c'est autre
chose. M. de Balzac s'est intitulé la Providence des Revues,
et on ne lâche pas la Providence quand on la tient.

D'ailleurs, le *Lys dans la vallée* ne peut pas rester sur la
branche ; M. de Balzac ne peut le faire épanouir que sur le
terrain où il l'a planté. Après cela, il pourra donner à sa
Chronique la *Renoncule sur la Montagne*, la *Tubéreuse dans
le ravin*, la *Capucine sur la fenêtre*, et lui livrer tous les trésors de son imagination fleurie. Il pourra de même continuer
pour son recueil la série de légumes commencée par la
Fleur des pois, et y insérer la *Tige des Haricots verts*, la
Feuille du chou de Bruxelles, *Un cœur de romaine*, et autres
élucubrations potagères. La *Chronique* de Balzac deviendra de la sorte une véritable julienne, et les femmes de
trente ans ne voudront pas d'autre potage.

Mais d'abord, et avant tout, il faut que M. de Balzac fasse
honneur à ses engagements. Il est fâcheux pour lui que l'on
soit obligé de l'appeler en justice pour l'y contraindre.
Ces démêlés, que M. de Balzac a eu souvent déjà avec ses
éditeurs, ne peuvent profiter ni à son talent, ni à sa fortune,

et peuvent nuire à sa considération. Qu'il y prenne garde ! Ce n'est pas le tout d'être prôné par les femmes d'un certain âge ; c'est l'opinion publique qui fait les réputations, et avant tout, il est bon d'avoir pour soi l'opinion des honnêtes gens.

Le tribunal de première instance est saisi de la contestation qui s'est élevée entre la *Revue de Paris* et M. de Balzac. L'affaire est inscrite au rôle de mardi prochain. Les curieux ne manqueront pas à la première chambre. Me Chaix-d'Est-Ange plaidera pour la *Revue*, M. de Balzac n'a pas choisi d'avocat, il plaidera lui-même sa cause.

Vert-Vert. 10 janvier 1836

La Tubéreuse sur la montagne

Peut-être avez-vous subi les pâtimens réservés à ces enfances étiolées et jaunies, à ces aurores violettes enveloppées de brumes mélancolieuses et à peine éclairées de ce rayon élégiaque qui tombe d'un astre sans nom, et qui fait pousser sur la terre les fleurs humides de la tristesse ? Oh ! alors il est doux de se recueillir dans le sein des intelligences suprêmes, et de lécher sur ses lèvres pâlies, les saveurs amères qui sont les rosées de la nuit de l'âme ! Oh ! alors il faut faire comme fit Félix de Laitdânesse !

La chétiveté de Félix dissimulait, sous le mignonisme des formes, et sous les apparences suaves et satinées d'une adolescente faiblesse, des sentimens trempés dans les froides eaux du Styx de la fermeté et dans les laves brûlantes du Vésuve de la passion. Ainsi, une frêle bouteille soufflée par un manant, renferme quelquefois un vin généreux, une liqueur de feu et d'action.

Après avoir longtemps promené dans les sentiers scolastiques les pensées incandescentes de sa précocité, et rêvé des sultanesqueries qui énivraient le pachalik de son imagination, Félix tourna son regard vers l'Orient de la vie, cherchant à découvrir à travers le verre de son binocle les horizons roses d'une existence qui demande aux ailes de l'amour l'édredon de son lit et qui veut recevoir la cataracte des voluptés sur des épaules qui se sentiraient de force à supporter le monde si par hasard le monde avait besoin d'une cariatide.

Assez longtemps il avait sous le talon nonchalant de ses bottes rêveuses sarclé les herbes de la plaine. Il se dirigea donc vers la montagne avec tout l'élan de la jeunesse qui, comme Icare, attache à son dos les ailes de l'Espérance, collées avec la cire des illusions.

En gravissant la montagne, Félix avait soif, et il demandait à savourer la pomme que l'esprit tentateur fit manger à notre mère Ève. La Providence lui envoya une femme dont il dévora soudain un quartier, vrai quartier de pomme qu'il pela avec ce couteau de dessert que chaque homme porte sur lui, et dont la lame est faite avec le vermeil du regard, et le manche avec la nacre du désir.

Cette femme était si fleur, si fraîches couleurs de fleur, si doux parfum de fleur, qu'il la surnomma la *Tubéreuse sur la montagne*. C'était là une femme comme il y en a peu sous le ciel, et comme la terre n'en est pas digne d'en porter deux.

Elle avait trente-neuf ans, le plus bel âge des femmes. Elle se coiffait avec des nattes les jours pairs et avec des boucles les jours impairs. Ses cheveux étaient châtains, moirés de blond : le blond particulier de cette chevelure indiquait chez la femme qui en était ornée, une sérénité d'âme capable de supporter avec résignation les plus sobres chagrins domestiques ; la teinte châtain indiquait au contraire que cette âme savait se révolter contre toute tyrannie, surtout contre la tyrannie conjugale.

Son front limpide laissait apercevoir, sous le cristal de sa peau, les pensées tendres et douces qui circulaient dans cette tête modelée d'après les camées antiques.

Son nez légèrement bombé vers le milieu annonçait le goût des voyages.

Ses yeux fendus en amandes, dénotaient beaucoup d'aptitude pour l'histoire naturelle.

La teinte cerisée de ses prunelles était un sûr indice de philosophie. Ses sourcils qui se dessinaient comme les deux branches d'une accolade jetée sur le papier par un habile calligraphe, indiquaient, par la tenuité nette et hardie de leur forme, le goût du travail à l'aiguille et particulièrement de la broderie au plumetis.

Sa bouche, qui avait précisément l'étendue d'un des sourcils, beauté de proportion que l'on remarque chez la Vénus de Praxitèle, accusait une constance à toute épreuve et un dévouement au-dessus des plus grands sacrifices. Son menton était plein de dévotion : sa forme louait Dieu ; sa fossette était une prière.

Elle avait la taille ovale, indice de vertu et même de pruderie, pour peu que l'ovale s'aplatisse sur les côtes gauches. Ses coudes étaient ceux d'une femme forte contre un sentiment, mais faible contre un préjugé. Ses doigts, sa forme ronde, et dont les ongles étaient remarquablement petits et entourés aux extrémités d'une chair dont la transparence et la couleur ressemblaient à celles de l'opale, annonçaient un esprit cultivé et une prédisposition aux maladies du pylore.

Puissances du ciel ! qu'il était doux avec une telle femme, d'aller sur la montagne et de tremper sa tête dans les nuages et de cueillir des plantes hybrides, et d'abattre des noix et de manger des groseilles, et de dénicher des merles, et de lui dire : — Transbordons nos âmes, et sous les vagues écumeuses qui secouent les colères de l'hymen, plongeons nos têtes juvéniles et phosphorescentes pour pêcher sur le sable doré les perles et le corail de la vie ; et puis, chère, nous remonterons vers le soleil, pompés par l'arc-en-ciel, et dans les steppes azurées d'une existence tissue avec les fils de la Vierge et la soyeuse chevelure des anges, nous goûterons ce bonheur inexprimé et cette félicité dont le nom ne peut être prononcé par la voix des hommes, mais doit être dit par les cordes de la harpe céleste quand elles frémissent sous les doigts de la Madeleine !

Ainsi parlait Félix de Laitdânesse. Mais, hélas ! un an après la montagne était plongée dans la douleur, les arbres pleuraient, les troupeaux étaient en deuil ; la *Tubéreuse* touchée par le soc de la passion, avait été brisée. Priez pour Félix !

De Blaguezac.
Vert-Vert. 7 juillet 1836

Notes

P. 11
1. Du manuscrit à l'édition originale, une epigraphe :
« Il est des anges solitaires (*Séraphita*). »

P. 13
1. Jean-Baptiste Nacquart (1780-1854), docteur en médecine depuis 1803, voisin des Balzac au Marais, ami de
la famille. Il soigna Balzac toute sa vie, lui prescrivant
à chaque maladie « l'air natal » de la Touraine, notamment en 1822 juste avant le « poème Berny » ; il s'intéressa
à ses travaux littéraires, lui prêta souvent de l'argent
et l'assista à son lit de mort.

P. 17
1. A la place de « tourments » on lisait « pâtiments » dans
La Revue de Paris. Dès octobre 1835, Nacquart remer-
ciant Balzac qui lui avait envoyé des épreuves du *Lys*,
demandait : « Tenez-vous au mot pâtiment ? » Balzac le
laissa dans le feuilleton, mais le tollé des petits journaux
le décida à lui substituer *tourments* dans l'édition originale. Stendhal lut-il *Le Lys* en feuilleton ? Dans ses
Mémoires d'un Touriste, il s'interroge sur Balzac et
« suppose qu'il fait ses romans en deux temps, d'abord
raisonnablement, puis il les habille en beau style néolo-
gique, avec les *pâtiments* de l'âme, *il neige dans mon
cœur*, et autres belles choses. »
2. A Mme Hanska, le 2 janvier 1846 : « Aussitôt que j'ai

été mis au monde, j'ai été envoyé en nourrice chez un gendarme, et j'y suis resté jusqu'à l'âge de quatre ans. De quatre à six ans, j'étais en demi-pension, et à six ans et demi, j'ai été envoyé à Vendôme, j'y suis resté jusqu'à quatorze ans, en 1813, n'ayant vu que deux fois ma mère. » On retrouvera dans les pages qui suivent la réalité de ces souvenirs.

P. 19
1. « Mlle Delahaye, chargée de nous... avec le respect et l'obéissance... nous imprimait aussi la crainte. » Laure Surville. *Balzac. Sa vie et ses œuvres,* 4.

P. 20
1. Dans la réalité : la pension Le Guay, à Tours.

P. 22
1. Dans la réalité : le collège de Vendôme, dont le nom figurait sur épreuves, effectivement dirigé par des Oratoriens, alors que celui de Pont-le-Voy l'était par des Bénédictins.

P. 24
1. Isaïe, devenu prophète de Dieu après que ses lèvres furent purifiées avec un charbon ardent.
2. Autant de détails exacts ici et dans les pages qui suivent : Balzac fut bien mis à l'Institution Lepître, installée dans l'ancien hôtel de Joyeuse au Marais, et suivit les cours au lycée Charlemagne. Un détail arrangé : pour la tentative d'enlèvement de Marie-Antoinette, Lepître, gardien de la reine, avait été en relations non avec le père du narrateur, mais, bien réellement, avec le beau-père de Mme de Berny, le chevalier François-Augustin Reynier de Jarjayes, le véritable « Chevalier de Maison-Rouge » et tête de ce complot. Sur ce personnage, voici quelques renseignements pour la plupart inédits : il avait épousé en 1787 la mère de la future *Dilecta*, veuve de Philippe-Joseph Hinner, harpiste de la reine, mort en

1784 à trente ans. Après l'échec de la tentative, Jarjayes, chargé de missions secrètes, divorça en février 1794 pour mettre sa femme à l'abri. Le danger passé, ils se remariaient à Lyon en mai 1797. A la Restauration, Jarjayes était nommé lieutenant général et Administrateur des Salines. Il mourait le 11 septembre 1822 — l'année du début du « poème Berny » — non à Paris, comme il est toujours dit, mais à Fontenay-aux-Roses.

P. 25
1. Mot du temps qui désignait les surveillants et les répétiteurs.

P. 26
1. Balzac fut inscrit à la Faculté de Droit de 1816 à 1819.

P. 28
1. Formant trois rangées de boutiques — modes, jeux et plaisirs — séparées par deux galeries, des hangars de bois avaient été mis à la place de la colonnade entre Palais-Royal et Jardins, dont la construction prévue avait été empêchée par la Révolution. Jusqu'à la fin de la Restauration, l'endroit fut le haut lieu des dévergondages en tout genre.

P. 30
1. On retrouve une obsession du suicide par noyade non seulement dans *Le Lys* mais dans toute l'œuvre de Balzac et, toute sa vie, tout au long de sa correspondance.

P. 31
1. Deux bals furent offerts au duc, lors de deux passages successifs à Tours : l'un le 25 mai à l'Hôtel-de-Ville l'autre, le 6 août suivant, dans les jardins de la Maison; Papion (cf. *supra*).

P. 33
1. Le 20 mars 1815 aux Tuileries.

P. 35
1. Steppes étaient alors au masculin.
2. Frapesle, nom de la propriété de Zulma Carraud près d'Issoudun, était, dans la réalité topographique de la vallée tourangelle, le château de Valesne, situé près de Saché, et qui appartenait aussi aux Margonne. De ceci, le manuscrit témoigne : Balzac avait bien tout d'abord désigné Valesne qu'il nomma ensuite Falesne avant le Frapesle définitif.

P. 36
1. Le trajet de Félix, étudié respectivement par J. Maurice et P. Citron, a été démontré exact et bien emprunté par Balzac lorsqu'il effectuait à pied le trajet de Tours à Saché, ou l'inverse.

P. 37
1. Albergier en orthographe des *Contes drolatiques*.

P. 39
1. A l'époque, toute construction ornementale pour parcs et jardins.

P. 40
1. Nom d'invention pour un château imaginaire mais situé à l'endroit exact de la ferme de Vonne que Balzac voyait depuis la fenêtre de sa chambre à Saché, selon un renseignement donné par lui dans une lettre du 25 août 1837 à Mme Hanska.
2. Nom imaginaire repris des *Contes drolatiques*.

P. 42
1. 1781, donné par le Furne, a été rectifié par Le Yaou-

anc. A juste titre : Sénart remplaça souvent à partir de 1786 le sénéchal de l'Ile-Bouchard qui avait Saché sous sa juridiction, avant de devenir après 1791 un redoutable président du comité révolutionnaire de Tours.

P. 49
1. Pour qui ce « rappelez-vous » ? Balzac avait visité la villa Diodati, près de Genève, avec la marquise de Castries en 1832, puis en 1834 avec Mme Hanska.
2. Jeune fille gracieuse.

P. 56
1. Journal qui se disputait l'opinion royaliste avec *La Gazette de France*.

P. 58
1. Célèbre ébéniste, favori de Balzac qui plaça de ses productions dans son propre intérieur et dans seize de ses œuvres.

P. 60
1. Pour l'explication de cette institution, voir *Le Contrat de mariage* : « Le majorat... est une fortune inaliénable, prélevée sur la fortune des deux époux, et constituée au profit de l'aîné de la maison, à chaque génération, sans qu'il soit privé de ses droits au partage égal des autres biens. »

P. 63
1. A Mme Hanska, le 12 juin 1835 : « M. le Cte Maurice Esterhazy est bon garçon. » Balzac l'avait rencontré à l'ambassade d'Autriche. Sous l'émigration, il s'agissait du prince Antoine, l'un des plus grands propriétaires fonciers de Hongrie et d'Autriche. Souvenons-nous (cf. Postface) de l'émigré Emmanuel de Berny en Autriche.
2. « A n'en pas douter », Balzac utilisa les travaux de Louyer-Villermay, auteur d'un *Traité des maladies ner-*

veuses ou vapeurs et de l'article *Hypocondrie* du *Diction-
naire des sciences médicales*, affirme Le Yaouanc. On
peut d'autant moins en douter que des recherches nous
ont révélé que Mme de Berny avait de bonnes raisons de
connaître ces travaux : l'une de ses sœurs avait épousé
un Louyer-Villermay, le propre frère de leur auteur.

P. 65
1. Louis-Claude de Saint-Martin (1774-1803). Les pages
qui suivent prouvent que Balzac connaissait l'illuminisme martiniste, mais le mêlait souvent d'emprunts à la
doctrine de Swedenborg.

P. 71
1. Plus loin donné comme chirurgien à Azay. Le Yaouanc
signale un authentique Gatien-Claude Deslandes, chi
rurgien à Tours pendant la jeunesse de Balzac.

P. 79
1. Orthographe à laquelle Balzac tenait et qui, à l'époque,
n'était pas incorrecte.

P. 91
1. Balzac donne le sens de *métayer* à ce mot qui pourtan¹
signifiait *moissonneur*.

P. 98
1. Héroïne de Richardson, symbole de l'enfance malheureuse.

P. 99
1. Sous la Restauration : général de brigade.
2. Ordre fondé par Louis XIV, réservé aux officiers catholiques, supprimé à la Révolution, rétabli le 18 septembre
1814.
3. D'après le calcul de Le Yaouanc, en 1965 : 500 000
francs lourds.

P. 101
1. Corps de gentilshommes de la Garde du Roi.

P. 102
1. Félix se compose ici la biographie de Julien Sorel.

P. 106
1. Balzac donne ici pour la première fois le nom de son
    héros qui venait peut-être de celui d'un marquis de Van-
    denesse, grand bailli de Touraine au XVIIe siècle (Le
    Yaouanc).

P. 115
1. Cuauhtémoc, empereur du Mexique, supplicié en 1522.

P. 116
1. Les célèbres bouquets de Félix comme, d'ailleurs, nom-
    bre de détails dans les descriptions des paysages de la
    vallée, prouvent que Balzac s'est livré, selon Le Yaou-
    anc, « à un travail très personnel et à une sérieuse enquête
    sur les graminées et la flore des champs... Tout tend à
    prouver qu'il s'est adressé à un vrai naturaliste, qu'il a
    voulu s'appuyer sur une documentation scientifique (à
    vrai dire, d'origine plus parisienne sans doute que tou-
    rangelle) ».

P. 117
1. Jésuite, auteur au XVIIIe siècle de *L'Optique des cou-
    leurs*.
2. Jusqu'à l'édition Furne, Balzac donnait Fitz-James
    et non Grandlieu. Encore un dédoublement : le nom de
    Fitz-James évoquait la marquise de Castries, sa famille
    maternelle et son oncle, le duc Édouard, propriétaire du
    château de Fitz-James aux environs de Paris. le nom de
    Grandlieu évoquait Mme de Berny dont le mari plai-
    dait, au moment du début des amours de Villeparisis, des
    intérêts hérités dans une société fondée sous l'ancien
    régime pour l'exploitation du lac de Grandlieu.

P. 119
1. L'admiration de Balzac pour Beethoven est manifeste dans sa correspondance et dans ses œuvres : il l'évoque dans dix-neuf d'entre elles, selon le recensement de F. Lotte ; notamment, de façon éclatante, dans *César Birotteau.*

P. 124
1. Raisin sucré de Touraine dont l'orthographe pouvait être, indifféremment : cô, cos, cot, caux, cors (Le Yaouanc).

P. 125
1. Balzac à Mme de Berny en 1822 : « Ma pauvre maman... ». Pour l'importance de Rousseau, signalée dans la *Postface*, relire cette phrase à Mme de Berny : « mon caractère... relisez les *Confessions* et vous l'y trouverez tout au long » (*Correspondance de Balzac*, Classiques Garnier, I, 181, 153).

P. 127
1. Archaïsme signifiant : le bien que l'on a.

P. 128
1. « Quiconque aime le die », rectifie Le Yaouanc, d'après *La Courtisane amoureuse.*

P. 136
1. Balzac à Zulma, le 25 janvier 1833 : « Vous savez quand vous faites de la tapisserie, chaque point est une pensée. Eh bien, chaque ligne du nouvel ouvrage [*Louis Lambert*] a été pour moi un abîme. Il y aura là des secrets entre nous deux. »

P. 139
1. Balzac à Zulma, le 2 septembre 1833 : « Vous souffrez !

Songez bien à moi, au magnétisme, qui n'est pas une illusion. »

P. 147
1.   Allusions successives à : *Les Marana, La Femme abandonnée, La Femme de trente ans, L'Interdiction.*

P. 150
1.   Peu importe l'erreur de Balzac sur Pétrarque, poète toscan et non vénitien, dans une page par ailleurs si remarquable par ses rapports littéraux avec la réalité. Le 19 juillet 1837, il enverra à Mme Hanska un hymne sur Mme de Berny : « Elle a fait l'écrivain, elle a consolé le jeune homme, elle a créé le goût... elle a encouragé cette fierté qui préserve un homme de toute bassesse, cette fierté que Boulanger a peut-être trop poussée à l'excès dans mon portrait. » Portrait dans lequel, le 1er octobre 1836, Balzac était fier de voir si bien rendue « la persistance à la Coligny... qui est la base de mon caractère ». Enfin, le 26 janvier 1835, il avait déjà écrit : « Une femme est beaucoup dans notre vie, quand elle est Béatrix et Laure, et mieux encore. Si je n'avais pas eu une étoile à voir, quand je fermais les yeux, j'aurais succombé. »

P. 159
1.   Cet « homme » était Talleyrand.

P. 170
1.   Le retour de Napoléon de l'île d'Elbe.

P. 171
1.   Ouvert le 1er novembre 1814.

P. 172
1.   Le 18 juin 1815.

P. 174

1. « Le pays des Francs, l'Occident chrétien pour les musulmans », explique Le Yaouanc.

P. 177

1. 8 juillet 1815.

P. 180

1. Commandée par Davout, l'armée s'était retirée au sud de la Loire après la capitulation du 3 juillet 1815. Elle fut dissoute le 1er août suivant.

P. 182

1. Voir les premières pages du *Bal de Sceaux*.

P. 183

1. Le faubourg Saint-Germain ultra, par opposition au Château, c'est-à-dire à l'entourage du roi aux Tuileries.

P. 184

1. « L'auguste railleur », défini par *Le Bal de Sceaux*, était obèse, goutteux et impotent.

P. 195

1. Fait exact, vérifié par Le Yaouanc dans *Annales* et *Mémoires sur l'agriculture* en Touraine.

P. 203

1. Jean Origet (1749-1828), fondateur de la Société médicale d'Indre-et-Loire, reconstitua l'Hôtel-Dieu à Tours et fut peut-être le médecin de la famille Balzac.

P. 206

1. Idée force chez Balzac. Son dernier roman, *Le Cousin Pons*, en donnera une saisissante illustration.

P. 213
1.   Selon Le Yaouanc, « le cérémonial français ne contient rien, semble-t-il, qui justifie la repartie de la comtesse ».

P. 215
1.   Le prince de la Paix était Manuel Godoy, ministre impopulaire de Charles IV d'Espagne.

P. 221
1.   Le 17 juin 1816, avec Marie-Caroline, fille du roi de Naples, Ferdinand 1er.
2.   L'évacuation, d'ailleurs anticipée, eut lieu à l'automne 1818. L'allusion à la prospérité reparaissante est une vérité historique : l'envahissement étranger avait coûté fort cher et les déprédations des troupes dans les campagnes avaient même provoqué une véritable famine pendant l'hiver 1816-1817.

P. 223
1.   Ce palais alors fort différent de l'actuel Élysée remanié en 1856, avait été acheté par le duc de Berry à la duchesse de Bourbon au début de la Restauration.

P. 224
1.   Orthographe courante à l'époque de Balzac.

P. 228
1.   C'est-à-dire un thé dont les feuilles ont pu bien se déployer dans l'eau bouillante, grâce aux précautions savantes du rituel anglais.

P. 231
1.   « Bouquet de fleurs dont l'arrangement forme un langage muet » selon Littré.

P. 232

1. Célèbre excentrique anglaise (1776-1839). Elle quitta l'Angleterre à la mort de son oncle le ministre en 1806 et, après quelques errances, vécut jusqu'à sa mort dans un singulier palais qu'elle avait fait construire à Dji-houn, près de Saïda en Syrie.

P. 237

1. Forme particulière des cancers gastriques caractérisée par l'induration des tissus entraînant une intolérance rapide et totale à toute alimentation.

P. 247

1. Le premier nom venu sous la plume de Balzac était celui de Bretonneau.

P. 252

1. Le Yaouanc cite H. Raisson, auteur en 1835 d'une *Académie des jeux* : « Un roi c'est deux tours ; et un tour, c'est deux coups. »

P. 254

1. Marchands d'œufs, volailles et fromages.

P. 261

1. Authentique petite maison où Balzac séjourna avec Mme de Berny en 1830, avant d'écrire, en 1832, *La Grena-dière*.

P. 283

1. Le futur Charles X. Le pavillon de Marsan, où il habi-tait, attirait les ultras qui jugeaient son frère Louis XVIII par trop jacobin.

P. 285

1. Allusions successives à : *La Femme abandonnée, La*

Duchesse de Langeais, La Grenadière. A la fin de sa vie, Balzac aurait pu encore citer parmi ses œuvres qui illustraient sa hantise des meurtres moraux : *Pierrette, La Rabouilleuse, La Cousine Bette, Le Cousin Pons.*

2.   Allusion possible au drame réel de la fille du duc de Bellune qui s'était empoisonnée par jalousie en 1824 et dont Balzac devait se souvenir en concevant *La Marâtre* (cf. A.-M. Meininger. « Théâtre et petits faits vrais », *Année balzacienne 1968*, 369 sq).

3.   Le misérable était Maxime de Trailles, et l'allusion concernait *Le Contrat de mariage.*

4.   Allusion à *La Femme de trente ans.*

P. 322
1.   Un John (1781-1833), quatrième vicomte Dudley and Ward, créé vicomte Ednam et comte de Dudley en 1827, avait été ministre des Affaires étrangères du cabinet Canning de 1827 à 1828.

LA MAISON DU CHAT-QUI-PELOTE, suivi de LE BAL DE SCEAUX, LA VENDETTA, LA BOURSE. Préface d'Hubert Juin. Édition établie par Samuel S. de Sacy.

LA PEAU DE CHAGRIN, suivi de LA FAUSSE DE ... Préface. Édition présentée et établie par Pierre Barbéris.

LE CURÉ DE ... Édition présentée et établie par Anne-Marie ...

EUGÉNIE GRANDET. Édition présentée et établie par Samuel S. de Sacy.

LA RABOUILLEUSE. Préface de René Guise. Édition présentée et établie par Anne-Marie Meininger.